# 竿王传奇

（上）

杨明 著

辽宁人民出版社

©杨　明　2019

**图书在版编目（CIP）数据**

罕王传奇/杨明著.—沈阳：辽宁人民出版社，2019.7
ISBN 978-7-205-09588-8

Ⅰ.①罕… Ⅱ.①杨… Ⅲ.①长篇历史小说—中国—当代 Ⅳ.①I247.5

中国版本图书馆CIP数据核字（2019）第085606号

---

出版发行：辽宁人民出版社
　　　　　地址：沈阳市和平区十一纬路25号　邮编：110003
　　　　　http://www.lnpph.com.cn
印　　刷：沈阳市第二市政建设工程公司印刷厂
幅面尺寸：170mm×240mm
印　　张：30.5
字　　数：525千字
出版时间：2019年7月第1版
印刷时间：2019年7月第1次印刷
责任编辑：赵维宁
装帧设计：戴　丽
责任校对：刘再升
书　　号：ISBN 978-7-205-09588-8
定　　价：113.00元（全二册）

# 自　　序

本小说是我半生学习研究清朝历史的总结，记录了学习心得和研究发现。对历史记载不完整、不清楚的地方进行合理的编写。另辟蹊径，别开生面，很多观点与几百年来的史学家、小说家的观点大相径庭，但绝非胡编乱造。

本人多次参加辽宁省史学论坛学术研讨会，其中在第四届辽宁史学论坛暨后金建国四百周年与中国历史进程学术研讨会上，我的一篇论文引起省内外专家学者们的关注。会后受新宾满族自治县文化局和赫图阿拉城领导的邀请，在赫图阿拉城小住两天谈清朝早年历史，应邀重新书写"赫图阿拉导游词"。

本小说并采正史、野史，合理地剖析清朝早期历史留下的多桩历史谜案，诸如吉祥数之谜、歪梨娘娘之谜、二次认父之谜、身世之谜、黄马褂之谜、皇太极名字之谜、大妃死因之谜、杀弟之谜、杀子之谜、弑母之谜、建元之谜、姓氏之谜、扶持建州国主之谜、辽东利税之谜、六堡之谜、八旗之谜、八和硕贝勒推举罕王之谜、恩养汉民之谜、叶赫老女之谜、七大恨之谜、炮伤之谜、迁都之谜、遗诏之谜、大清年号崇德之谜、改族为"满"之谜、七星灵位之谜、沈阳罕王宫之谜、福陵之谜、建国大顺之谜、舒尔哈齐配享太庙之谜、多尔衮死因之谜、十四岁亲政之谜等等。

本小说力图解析努尔哈赤是怎样从一个边塞挖参、采蘑菇、打猎的少年，成长为一个伟大的政治家、军事家，成为长达二百九十六年的大清帝国奠基人的。

沈阳故宫，原本是清太祖努尔哈赤的皇宫，以它雄伟壮观的古建筑、流传下来的珍贵文物和扑朔迷离的传奇著名于世。努尔哈赤的恩师正一道长既别出心裁又寓意深刻，他用建筑的方式在沈阳罕王宫描述了他的预言："大政殿的顶尖寓意努尔哈赤，正面可视大政殿上的八条边寓意'八旗'，随八条边呈现出的上四角和下四角，寓意努尔哈赤的'四十四'战年，十王亭寓意努尔哈赤十年帝王年。"

无独有偶，在赫图阿拉城，有着和沈阳故宫一样的八角殿，虽然没有十王亭，但曾经有过九尺长、五丈宽的十个石梯台阶，寓意"九五之尊""十年帝王年"。

历史事实证明了努尔哈赤恩师的预言，同时我们也深深地为"易经"的高深莫测和博大精深所震撼。

翻阅历史记载，拂去历史的尘埃，在字里行间中搜寻，挖掘出了努尔哈赤的吉祥数"四四"，"四四"是努尔哈赤顺应天道的吉祥数。"四四"这个吉祥数在清朝历史上出现二十多次，而且是体现在大事件上，更彰显清朝这段历史玄妙无穷，不可思议。

看过这部小说的人，第一印象就是认为我写的是玄学或是神话故事，其实不然，努尔哈赤的吉祥数"四四"的确发生在清朝前期。比如：

万历四十三年（1615），随着军事力量的蓬勃发展，因军队的大量增员，努尔哈赤将四旗扩编为八旗，红、黄、蓝、白四正旗，增加了镶红、镶黄、镶蓝、镶白四旗，正四旗和镶四旗（四四）的八旗遂成定制。

万历二十年（1592）十月二十五日第八贝子出生，努尔哈赤给贝子起名"皇太极"，这是一个大福大贵的名字。其他十五个儿子都以飞禽走兽命名，比如多尔衮是"獾子"的意思。女真族这样热爱动物，想必是与其游牧渔猎的生活密切相关。"皇太极"的名字是一个历史之谜，史学界多有争论。清史稿有记载："等到皇太极继位，人们咸以为有天意焉。"挖掘出"四四"之谜，就不难解释了。皇太极是第八贝子，如同八旗一样，里面有两个四（四四）。

万历四十四年（1616）建金称汗，这里反映出努尔哈赤的吉祥数"四四"。

万历四十六年，天命三年（1618）四月十三日夜半时分，过午夜也就是四月十四日（四四），大明辽东抚顺关外，努尔哈赤下令，一只啸叫的响箭射向天空，打破了仲春夜晚的宁静，八旗大军就此与大明开战。

天命七年（1622）四月初四日（四四），努尔哈赤下汗令，从辽阳小城迁往辽阳东城，也就是新城。

后金天命十一年（1626）四月初四日（四四）征讨喀尔喀巴林部，原因是囊奴克贝勒背盟与大明修好。

古时候，城有四门。在努尔哈赤时代就改为八门，即大东门、大南门、大西门、大北门和小东门、小南门、小西门、小北门，四大门和四小门（四四）。

努尔哈赤二十五岁起兵到六十八岁病故，一生征战四十四年（四四）。一个人再信奉自己的吉祥数，也不可能用生命去捍卫。可见"四四"的特别之处。

还有努尔哈赤的恩师预言："身后辈出四十四，四十四年做江山。"果真，先是四贝勒皇太极继位,后有十四贝子多尔衮掌权,最后统一了全国。1644年努尔哈赤的孙子福临在北京坐拥江山。这些我们只能看作天命使然。

还有部分关于吉祥数的内容,小说中会详述。

直到努尔哈赤的孙子顺治帝福临,在顺治十年(1653)执行太祖遗命,也和这个吉祥数有关。除我所述二十多次的"四四"外,历史记载努尔哈赤在用兵上、建筑上、礼品及赏赐上出现的"四四"就更多了。努尔哈赤应用数字能量,让诸事顺应天道。很可惜,清朝前期给我们留下的历史资料太少,不然努尔哈赤的吉祥数"四四"的离奇应用还会更多。

更为传奇的是五处龙脉地连成"大清龙脉",是谁谋略创造出"大清龙脉"?其故事情节更为扑朔迷离,别有洞天。


附:作者在辽宁省第四届史学论坛(后金国建国四百周年)上的一篇论文
——清朝历史阶段各国的国号和年号的内在关联

天命十一年(1626),皇太极为什么将"后金"改为"大清",这是一个历史之谜。在古时候人们认为:"国号、年号涉及国运,属天机运程,因此,史书没有详细记载,内涵也只有少数人知道。"

笔者猜想,皇太极将后金改大清是有文字上的内涵的,"清"中之水可灭"明"中之火,"明"字变成了"氵月",不成汉字,可水中之月视为地,入"主"压明中之月,就变成了地主"清"字,他要做大地的主人,还有一个含义就是,明中的日月,为天主,大清要改天换地,改明为清,一统江山。

当年李自成的百万农民军,声势浩大,势如破竹,占领了明朝大面积土地和城池,包括北京都被他攻陷了。李自成雄心勃勃,他不但要占了大明的地,还要关注大清这片沃土。何以见得?通过他的国号"大顺"就可以看得出来李自成的大志。李自成他要扭转乾坤,左扭东面大清年号"崇德"德字的左面"彳"为"川";右转西面大明年号"崇祯"祯字的右面"贞"为"页",川加页为顺,他扭转大清、大明的年号改定为他的国号"顺"。这还不算,你大明不是天主吗?你大清不是要改天换地当地主吗?李自成更是野心勃勃的狠人,他改清中之月、明中之月,也就是改天地二月为二日,合为"昌",他改大明、大清的国号为他的年号"昌"。他要改天改地,一统江山。

国号： 　清　　　明　　　顺
　　　　　　　　主
　　　　　　氵月　　视为地
年号： 　崇德　　崇祯　　永昌
　　　　彳川　　贞页　　（川＋页＝顺）

这里还要说一下崇祯的"祯"字。崇祯元年（1628）朱由检继大明皇帝位，他为什么选年号"祯"字？当时大明的主要敌对国就大清（后金），而大清（后金）首领们都称之为"贝勒爷"因此在"贝"字头上放把"戟"，寓意用年号压制大清的这些贝勒王爷及其国运。

大家应该看过电视连续剧《末代皇帝》，溥仪是伪满洲国一个傀儡皇帝，伪满洲国与大清国没有关系。日本天皇"赐"伪满洲国年号"康德"，所以大家又称溥仪为"康德皇帝"。溥仪很有可能认为这个年号挺好的，康有"康熙"，德有"崇德"，其实不然，这是一个屈辱的年号。

年号康德，康字上一点，寓意天皇，也就是天皇的厂子，下面罩着一奴隶的"隶"字。再说"德"字，溥仪你是"彳"的人下人，人上之人是天皇，你要在伪满洲国运的"十四"年里，感恩戴德，"一心"效忠（1931年9月18日事变，1945年8月15日光复，共计十四年）。

有人提出："你解释的是简体字。"其实换成繁体字的答案是一样的。

中华文化，博大精深，隐藏的奥秘无穷无尽，所以不论是大清、大明、大顺还是日本，都有一个这样的国家机构，按照大明的称谓叫作"钦天监"。

2015.9.11

辽宁抚顺

遼東奇傑

為楊明軍王傳奇題漫書 李仲元

著名文物学家、书法家李仲元题：辽东奇杰

著名书法家哲成题：罕王传奇

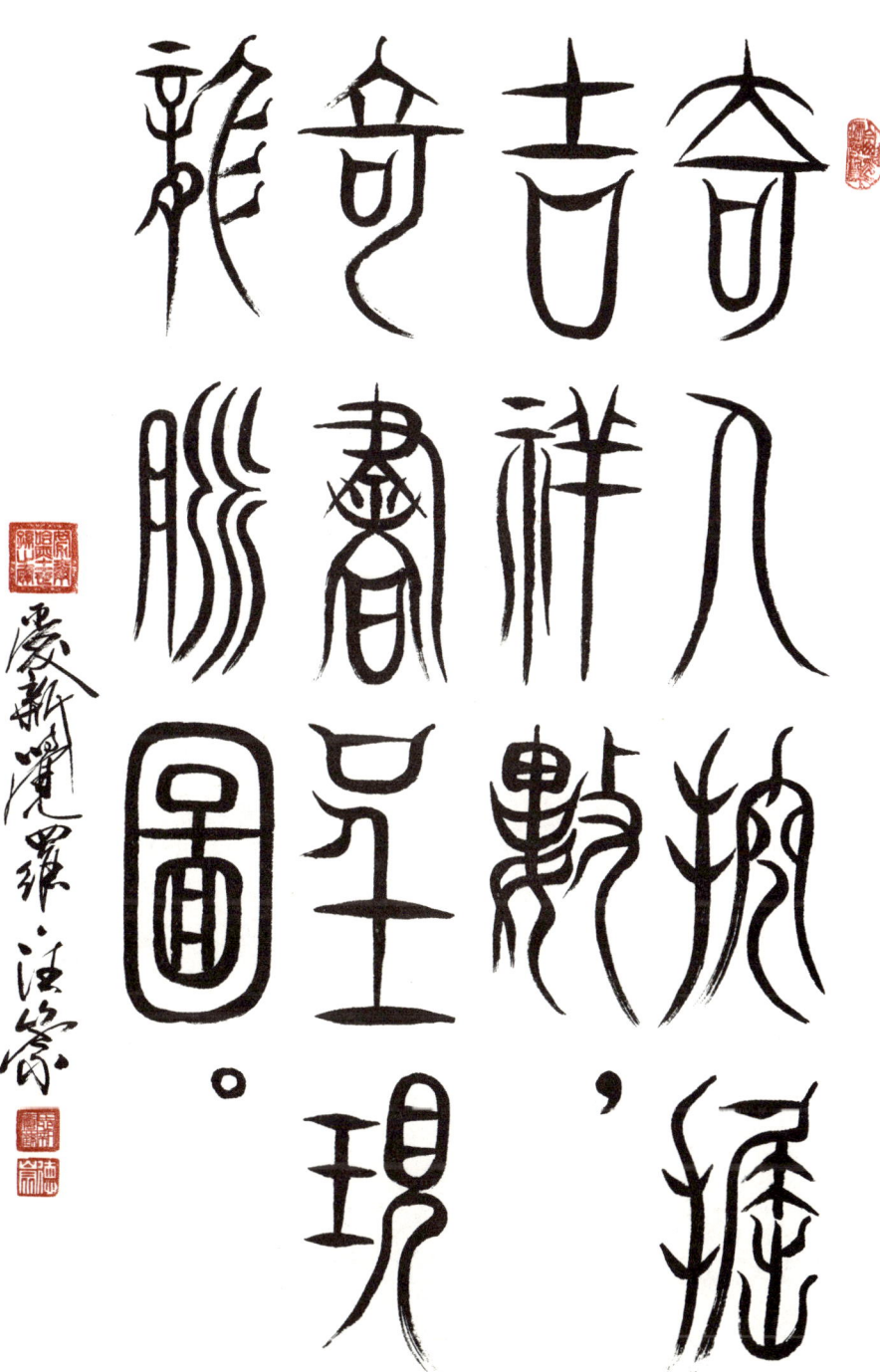

爱新觉罗·德崇题：奇人挖掘吉祥数，奇书呈现龙脉图。

作者杨明题：扑朔迷离 罕王传奇

# 目录

第一章　少年坎坷 ······················································ 1
第二章　青年历练 ······················································ 35
第三章　父祖蒙难 ······················································ 59
第四章　起兵报仇 ······················································ 66
第五章　初战告捷 ······················································ 74
第六章　连夺两城 ······················································ 89
第七章　统一建州 ······················································ 95
第八章　面对挑衅 ······················································ 131
第九章　征战海西 ······················································ 143
第十章　叶赫老女 ······················································ 208
第十一章　扩编八旗 ··················································· 215
第十二章　兵礼两待 ··················································· 219
第十三章　建元天命 ··················································· 226

# 第一章　少年坎坷

## （1）

在大明隆庆年间，居住在东北大地的女真部落，进入了凡有血气皆有争心的大争之年。蹉跎岁月尘封这个金戈铁马英雄浪漫的时代，留给我们的是古老的历史瘢痕，一个个传奇，就像一朵朵浪花跳出水面，我们的故事就从这里开始。

在东北有四个女真部族，就是建州女真、长白山女真、海西女真、野人女真，有数千个城寨镶嵌在茫茫林海、山岳、平川。长白山麓，千年古树成林，遮挡天日，昼如黄昏，溪水清澈。一眼看去，水中青石伴着游鱼，岸边满是野花，绿草像条大毯子铺在河畔，花香飘满山野。

在东北地区居住着数量颇大的女真族人，主要集中于建州、海西、野人三大部分。赫图阿拉城属于建州女真中的一个村寨，与其他女真村寨一样，族人靠放牧、挖人参、采山果、狩猎为主要生活来源，到集市上买卖或易货来获取生活必需品。

努尔哈赤的小名叫"小罕子"，是大明建州左卫老都督觉昌安之孙，是接班都督之位塔克世的长子，居住在赫图阿拉城（今新宾满族自治县）。努尔哈赤的祖父和父亲都是明朝官员，论级别是二品大员，实质上就是边疆土官，或者叫土著酋长，在朝廷上规格很高，能够享受一些荣誉和待遇。

努尔哈赤立国后，对先人追加了封号。

父亲塔克世，追尊显祖宣皇帝。

生母喜塔喇氏，追尊宣皇后。

据说努尔哈赤是母亲怀孕十三月而生，是在明嘉靖三十八年（1559）2月21日己未出生。

他有四个弟弟：

二弟，爱新觉罗·穆尔哈齐。母为塔克世之妾李佳氏，异母弟。

三弟，爱新觉罗·舒尔哈齐。母为宣皇后喜塔喇氏，同母弟。

四弟，爱新觉罗·雅尔哈齐。母为宣皇后喜塔喇氏，同母弟。

五弟，爱新觉罗·巴雅齐。母为塔克世侧福晋纳喇氏，异母弟。

努尔哈赤的生母也就是大福晋喜塔喇氏，她体弱多病，到努尔哈赤快满十岁的那年便一病不起。

喜塔喇氏病得奄奄一息时，拉着塔克世的手说："额尔根（老公），看来我不行了，你要好好地照顾我们的孩子，尤其要待我们小罕子好，我是眼看着罕子长大，他有超出一般孩子的优点，长大后一定能有大的出息。我跟了你一辈子没有求你什么，我就求你好好地待他、培养他、爱他。"塔克世看着奄奄一息的大福晋，心中涌出心痛的苦涩，对着大福晋点点头。

说起努尔哈赤名字的由来还有一个传说：在喜塔喇氏生产前，梦见一个披野猪皮的人从远处慢慢向她走来，一道金光闪烁让她惊醒。没过多久顺利生下大阿哥努尔哈赤，女真语努尔哈赤是"野猪皮"的意思，故此得名。

据说，努尔哈赤的祖先布库里雍顺是神女下凡所生，见风就长，语惊四方。然而努尔哈赤生下来发出的哭声和别的孩子一样，没有什么特别，就连脚下的七颗红痣也没引起太多的注意。

喜塔喇氏病故，贝勒府里一片哭声，努尔哈赤生平第一次感觉到惶恐和无助，那年努尔哈赤刚满十岁。

由于侧福晋纳喇氏长得年轻貌美、标致狐媚，深得塔克世的宠爱，被立为大福晋。纳喇氏虽然有一个好容貌，但她不是很善良。看着努尔哈赤亲哥儿仨就是不顺眼，经常无故找碴儿虐待几个无娘的孩子，使得这位本来是女真族大贝勒的努尔哈赤不得不上山采蘑菇、挖人参，下河捕鱼，拼命打猎，操劳家务。

随着时间的流逝，人们越来越惊奇地发现努尔哈赤与众不同。跟同年龄孩子相比，他的身材高大，体格健壮，长得凤眼大耳，仪态庄重，声音洪亮，尤其是具有成年男子一样的力气。俗话说："老儿子大孙子，老爷子的命根子。"努尔哈赤的爷爷觉昌安非常喜爱他、关心他，还注重对他的培养。

远处，三人三骑奔进山林，这是觉昌安带着孙儿小罕子还有一个壮年的阿哈（奴隶）查里盖，他们骑在马背上，獒犬左右跟随，一眼看去他们是去狩猎的，工具带得特别齐全，有弓箭、刀枪、绳子、兽夹、诱饵、雨具、毯子、火石等。这三人往山林深处走去，受惊的飞禽野兽时不时地飞走或跑掉。觉昌安看着欢天喜地的努尔哈赤也露出了笑容，说："你看水中游的、地上跑的、天上飞的，尤其赶上今天这样好的天气，哈哈哈！"跟随的阿哈查里盖迎合说："贝勒爷说的是，这里的猎物最多，看来我们是要大丰收啦。" 努尔哈赤也兴奋地说："我也要显显身手啊！"觉昌安："罕子高兴吧？"努尔哈赤："高兴。"他们主仆三人为

## 第一章 少年坎坷

了能获得更大的收获，决定到深山里去行猎。快到傍晚，他们来到了一处高坡，坡上绿草丛生，坡下大树很多，阿哈查里盖说："贝勒爷，看，那里有个天然的大山洞，十分隐蔽，也背风，晚上能挺暖和。"他们走了过去，努尔哈赤看后说："这里挺好的，晚上就住这吧。"觉昌安说："好吧，就住这里。"他们分别下马，把东西放下，席地而坐，阿哈查里盖拿出包裹里的饼和干肉吃了起来，同时又分给了两只獒犬一些，就睡觉了。

第二天他们起得很早，尽快吃了早饭，去山泉喝了几口水，又灌皮囊水。觉昌安说："今儿个晴天，阳光明媚，百鸟歌唱，这种天气大部分野兽都会睡懒觉，我和小罕子下兽夹，阿哈查里盖你去河里下网，完事我们在这会合。"说完，他们三人便拿着工具分头行动了。觉昌安背着好些个兽夹和努尔哈赤向林子深处走去，找到了一处停下对努尔哈赤说："这里是野兽晚上容易出没的地方，把手套递给我。"努尔哈赤问："为啥还要戴手套呢？"觉昌安说："下夹子要戴手套，因为怕有些动物能嗅出夹子上的人味儿，那样就套不到猎物了。"小罕子点点头，戴上手套，先挖了个坑，把夹子埋进地中，盖上浮土又在上面放些碎肉，再用杂草覆盖，标上了记号。就这样他们小心翼翼地下了十几个兽夹，觉得很满意，这才回往山洞。

阿哈查里盖脱了衣服，一个猛子扎进了江里，游了几圈，看来水性很好，他游到一处觉得那里水草丰美，把挂网下拉到这里，一端绑在一个大石上，他又潜入江里游到江对岸把另一端也固定好，看看网下得很好，他这才满意地游上岸来，穿上衣服往住地走回，当他回去时，觉昌安已经回到了山洞，觉昌安问："渔网下好了？地方选得怎么样？"阿哈查里盖道："放心吧，绝对能网上不少鱼。"觉昌安点点头说："好，那我们现在就去挖野猪坑。"于是，他们便拿着铁锹去了，找到了一棵大树，在大树的下面开始挖，觉昌安对小罕子说："因为野猪皮厚体大，还长有獠牙，见人就拱，杀伤性极大，在山林里打猎，有三种野兽不好对付，一是老虎，百兽之王自不必说，要是想要抓到一只，没有十几个好猎手那根本是不行的。还有就是狼，那种畜生很聪明，嗅觉灵敏也很机警，凶残又坚韧，而且它们成群结队，想抓住它们也是很困难的。再有就是大野猪了，它们不像家猪那样蠢笨，只知道吃睡，它们多数比家猪大，蛮力大，经常到松树上磨蹭，久而久之松树油子在野猪的身上就像盔甲一样坚硬，刀枪很难扎透它们的皮，而且野猪脾气很大，动不动就会朝人猛力撞击，但它跳跃能力很差，所以猎手都用这种挖坑的方法来对付野猪，这样的方法比较安全有效。"小罕子点点头。他们挖的坑是一个方形，长宽各约两米，深也有两米，坑挖好了，他们在坑里插上几支锋利的扎枪，坑的四周放了一些大石头，在坑上用大树枝树干封好，找了很多树叶和土，把坑隐蔽好。觉昌安是很有经验的猎手，他所挖的野猪坑，一般的小野兽踏到上面保证不能塌陷，只有几百斤的野猪才能压断树干掉进坑里。

主仆三人正式的打猎要开始了，他们找到一个隐蔽的地方埋伏好，看他们腰间系着绳子，刀已出鞘，弓箭待发，那训练有素的两只獒犬也悄无声息，张着凶牙瞪着利眼四处张望。突然一个声响，人们屏住呼吸在观察着，看见了，原来是几只鹿，待等到近点，觉昌安首发其箭，箭接二连三地飞了出去，两只獒犬吼着便冲了过去，只听几声惨叫，几下挣扎就没有了声音。努尔哈赤和阿哈查里盖跑了过去看到獒犬扑住了两只鹿，他们把两只鹿放到了树杈上，等回来取。又继续寻找下一个目标，一路上射杀的一只只山鸡、野兔都是獒犬给叼回去的。

他们继续悄声走着，生怕惊着野兽，林子多有叽叽喳喳的鸟叫，觉昌安好像听到了什么，一挥手让大家俯下身来，渐渐地他们听见了"哗哗"的声音，三人屏住呼吸，慢慢地向前摸去。只见一只熊瞎子在猛烈摇晃一棵树，等着树上的果子往下掉，那熊有一人高，体形很大，不停地撞击那颗粗壮的大树，然后捡掉下的果子吃。觉昌安一声命令，两只獒犬疯了一样嗷嗷叫着奔去，觉昌安很兴奋，同时给阿哈查里盖打了一个手势，阿哈查里盖会意，去找了几块大石头放在附近，又拿出了绳子，三人都是弓箭在手向前走。两只獒犬嗷嗷叫对峙着熊瞎子，忽然觉昌安一个口哨，两只獒犬突然分开两侧，觉昌安使出浑身力量猛地将准备好的长箭，射向那熊的前胸。虽说熊瞎子皮糙肉厚，但也抵不住箭的锋利，那长箭也确实是扎入了熊的体内，只见熊血飞溅了出来，一声震天巨吼，仿佛地震了一般。那熊暴跳如雷，向三人扑了过来。人们早已藏在树后，随着熊瞎子的走近，人们在树后转动躲避熊瞎子的视线。当熊瞎子走近，阿哈查里盖拿出扎枪刺向熊瞎子的背后，努尔哈赤一箭射到熊瞎子的眼睛，紧接着觉昌安一枪刺到熊瞎子的脖子，那黑熊被刺到，疯了一样抓狂，紧接着一枪拔出，另一枪刺进，紧接着阿哈查里盖搬起石头砸向熊瞎子，熊瞎子从痛苦地嚎叫到痛苦地呻吟再到停止了呼吸。三人喘着粗气坐在了地上，一会儿他们开怀大笑，他们在为有这样大的收获而高兴。

时过中午了，他们扛着猎物回到了山洞。阿哈查里盖生火，努尔哈赤负责烤野兔肉、野鸡肉，没过多一会儿，那野兔便烤好了，三人又拿出了自带的干粮准备用餐。努尔哈赤拿着烤好的肉送到觉昌安眼前："玛法你吃。"觉昌安伸手接了过来，并说："小罕子，你要努力记住打猎的每个细节，这样才能成为一个好猎手。"努尔哈赤:"嗯,放心吧,我一定会成为一个好猎手的,不但要成为好猎手,我还要努力成为女真的洪巴图鲁。"

## (2)

  大明朝的李成梁是一位真正富有传奇色彩的英雄。李成梁,字汝器,又作汝契,号银城,是朝鲜族人。他的先祖李英在明朝初年从朝鲜渡江来到中国,定居在辽东铁岭卫。父亲是大明边关的一名将官,因患重病离开人世。按照大明的制度,军职可以由子弟世袭;而到李成梁这一代时由于家道中落,穷得连去北京办理袭职手续的盘缠都没有。李成梁只能在窘迫中长吁短叹,苦度时光,空怀一身本领和满腔雄心大志。

  一次难得的机遇,让李成梁见到了大明的巡按御史李辅,李辅见李成梁器宇不凡,通过接触与交谈,他看到了李成梁的军事天赋,觉得他是大将之才,于是慷慨地拿出一笔银子赠给李成梁,资助他到北京办理袭职手续。李成梁断然拒绝不敢接受,李辅说:"我是为大明发现人才、推荐人才,这钱就算是我借给你的,以后有了钱还给我,没有我不会当账要。"李辅又写了推荐书信交与李成梁,就这样李成梁接受了这笔银子和书信,大礼跪拜相谢。

  后来李成梁到了北京,获得了辽东军事要塞险山堡参将一职(险山要塞在今天辽宁省丹东市西南约十二公里处)。

  参将一职是明代镇守边疆的领兵官,职位在总兵、副总兵之下,负责一地或一路的防务与策应。李成梁有了施展才能的机会,从此,一飞冲天,成为一颗照耀在帝国东北部上空极为耀眼的将星。

  大明隆庆元年(1567),四十一岁的李成梁第一次在对抗蒙古骑兵入侵中崭露头角。由于"赴援有功"一战成名,随着捷报进入帝国最高层的视野。战后,李成梁虽然继续驻守险山要塞,却已经官升代理副总兵。

  按照大明帝国的军事制度,总兵一职负责统帅镇军即为正兵;副总兵分领三千兵,为奇兵;游击略低于副总兵,分领三千兵往来防御,为游兵;参将分守各路,东西策应,为援兵。

  李成梁驻守险山,同时协守辽阳,屡立战功。

  在大小数次战斗中,李成梁表现出了高超的指挥才能,且身先士卒,极大地鼓舞和激励了明军的士气,每战必胜。隆庆三年(1569)四月,张摆失等鞑靼兵出兵险山边塞,李成梁率兵迎击,斩杀张摆失,其部一百六十余人毙命,迫使其残部仓皇逃走，李成梁因抗敌有功"进秩一等"。

同年九月，鞑靼王俺达汗之子辛爱率大军进攻辽东，明总兵官王治道战死疆场。这样，明政府就提拔李成梁为代理署都督佥事一职。

赫图阿拉山风景秀丽，觉昌安吸着旱烟袋闭目养神。突然远处传来一声声惨叫，两条獒犬闻声立马跑了过去，直奔努尔哈赤他们挖的野猪坑，努尔哈赤也立刻拿好弓箭长枪飞奔过去，他们听到了叫声就知道野猪陷入坑里，努尔哈赤最先跑到坑前高兴地大喊："快来看哪，是头大野猪哇！"这时阿哈查里盖往那边跑去，觉昌安紧随其后，努尔哈赤和阿哈查里盖搬起早已放在树后的巨石，猛力砸向坑中的野猪。虽然那野猪皮奇厚无比，但禁不住巨石的猛砸，那有三百斤的大野猪，在坑里急得团团转，身体早已被坑里的扎枪头刺透，剧痛让野猪疯了一样四处乱撞乱拱，他们搬起了大石头砸向野猪，有的巨石被那大野猪用獠牙撞碎。因为野猪皮坚硬无比，努尔哈赤的箭射到了身上根本不起作用，于是努尔哈赤便找准角度快速两箭射中了野猪的双眼，野猪疼得撕心裂肺，更加猛烈地撞这深坑，又将那大方形坑撞成一个椭圆形。觉昌安和阿哈查里盖又搬起巨石猛砸向大野猪，大野猪被砸蒙了，再加上失血过多，在原地停了下来。觉昌安说："我们等一会儿，野猪血流多了就昏了。"这时阿哈查里盖搬起了一块大石头砸向野猪，正好砸在野猪的头上，野猪倒下了。觉昌安命令那两只獒犬扑了下去，撕咬狂抓野猪的肚子、咽喉、面部等稍微软弱的地方，一会儿工夫那野猪被咬得血肉模糊咽了气。

他们休息了一会儿，把野猪搬回了山洞。

觉昌安在山洞看护着猎物，努尔哈赤和阿哈骑马去河边，他们开始收网。努尔哈赤高兴地说："没到一天时间就挂了这么多的鱼啊！"

主仆三人把所有的猎物装上马背，带着丰收的喜悦走在回家的路上。

李成梁在又一次对抗蒙古骑兵入侵中，表现出他的机智勇猛。战后，李成梁官升副总兵。

李成梁以军功当上了大明的中高级军官，大明的军事制度规定副总兵分领三千兵马。李成梁有了施展军事才华的舞台，这个舞台将实现他的理想和抱负。

除了李成梁的个人才华和努力外，李成梁还有幸赶上了万历新政。万历新政中最为重要的"考成法"规定按功记奖、按功升迁。上天继续眷顾李成梁，他得到首辅张居正的极大支持。万历新政十六年，前六年名臣云集，徐阶、高拱、张居正先后或联手开创了历史上著名的隆庆新政；后十年，则是更加著名的张居正新政，推行一系列社会改革措施，加强中央集权，严格考核官吏，打击地主豪强，抑制土地兼并，清丈全国土地亩数，扩大税收来源，裁减宗藩俸禄，巩固边防，在明朝封建统治江河日下的潮流中，张居正力挽狂澜，一时收到了富国强兵的效果。

李成梁继任辽东总兵时，辽东地区的政治、经济、军事形势十分严峻，驻军的粮饷十分匮乏，士气大为低落，疲弱不堪。此前十年间，镇守辽东的三大总兵殷尚质、杨照、王治道先后战死疆场。这样，就给明军官兵心中，投下了浓重的阴影。因此，继任辽东总兵官的李成梁尽管官阶一再升迁，但其所处的环境并不乐观，他面临着外敌的穷凶极恶和内患的肆虐。在明朝首辅大学士张居正的奖掖提拔下，李成梁与巡抚张学颜一道，通力合作，大力整修武备，加强边防保卫，选拔骁勇善战的将校统率军队，广招天下健儿，组成一支战斗力极强的亲军队伍。他采取了"请赈恤、实军伍、招流转、治甲仗、市战马、信赏罚，废黜懦将数人"等有力措施，使辽东明军士气高涨，声威大震。

## （3）

旭日从东方升起，站在山坡上放眼望去，那烟筒山上，苏子河畔，马群、羊群、牛群，奔腾跳跃，撒欢儿嘶鸣，山坡花草茂盛，到处是黄色的、蓝色的、紫色的野花，处处显露春天的生机。

努尔哈赤早早来到了这里，等待一天一次的习武训练。远远看见爷爷觉昌安带着四个背着刀枪的阿哈，一行五人钻进树林，来到一块平坦的草地上。觉昌安悄声示意大家席地而坐，他拿出了旱烟袋，一边有滋有味地吧嗒着老旱烟，一边眯着双眼，打量着在花间草丛中捕捉蚂蚱的大孙子，暗自赞赏着：多漂亮多英俊，凤眼大耳，面如冠玉，鼻直嘴阔，虎头虎脑透出几分豪气。他怜爱地微笑着点点头。"玛法（爷爷），玛法，"努尔哈赤从远处跑了过来，"玛法我早就来了。"觉昌安："嗯，小罕子准备。"努尔哈赤立即后退几步站定，蹲下马步。觉昌安说："一定要练好基本功，扎好马步，让你脚下生根。"

觉昌安让努尔哈赤练一套拳，又让努尔哈赤拿起剑，大喝一声："起步！"努尔哈赤应声轻步跃进草坪，一时间行如疾风，剑似闪电，步伐稳健，动作轻盈，挥剑准确，姿态优美。或刺、或劈、或撩、或崩，异常分明。轻捷处，如云中飞燕；勇猛时，若凌空雄鹰；蹦跳间，像林间松鼠；劈杀时，似水中蛟龙……这就引来了一些人的围观，努尔哈赤练完了一个套路的剑法之后，垂手直立，不喘不慌，只待祖父再下口令。

　　觉昌安身穿两侧开襟的青布短袍，腰束宽带，拿起枪，要与努尔哈赤对练，喊道："小罕子。""嗻！"觉昌安运足了气大喊一声："准备好了吗？看枪！"接着爷孙俩对刺起来。觉昌安先来一个弓步平刺，努尔哈赤迅速跃步上挑，只听"咔嚓"一声，枪被挑到半空；觉昌安随即又来了个虚步下扎，还没等枪头绕过来，努尔哈赤就猝然回身，长剑后撩，"咣当"一声，把枪拨了老远。这时，只听周围看热闹的人连声叫好，叫好声回荡在山谷之间。众人发疯似的喝彩，觉昌安十分得意地将努尔哈赤搂在怀里，又推开，拍拍努尔哈赤的肩膀："好样的！"

　　远处打马过来一个小伙子，人们喊着：神箭手，神箭手！原来是董鄂部的一个神箭手。觉昌安示意手下的阿哈，阿哈立即招手喊道"喂！小伙子，小伙子。"，来人减缓了速度，看着人群。阿哈："露两手给我瞧瞧啊！"来人到众人面前敏捷地下马，看上去能有十七八岁的，身穿女真人服装，搭弓佩刀，显得是那么英俊干练。阿哈："小伙子，你是董鄂部的神箭手，愿意不愿意和我们建州部比试比试。"小伙子："好啊，和谁比？"觉昌安笑着说："和他。"小伙子："他？小孩？拉倒吧别开玩笑了！"觉昌安说："你可不要小看他，你看看他就用这张弓和你比，你试试。"小伙子接过弓拉拉试了一下："好硬的弓啊！"疑惑地把弓递给了努尔哈赤，努尔哈赤不客气地两膀一较劲弓拉满月。小伙子服气地点点头。一个阿哈说："这弓是明朝授我指挥使的，是上好的楠木弓。弓力甚强，没有千钧之力，就无奈它何！我建州也只有几个人能把它拉开。"小伙子一惊，忙说："参见指挥使大人。""嗯。"觉昌安手指百步开外的一棵柳树，"就那里好吧。"小伙子当仁不让，连发五箭，结果中的三箭，上下相错，有点不好意思。努尔哈赤不慌不忙，接过弓，脚跟站稳，运足底气，也连发五箭，不仅箭箭中的，而且五矢环聚，远者不过五寸。围观的人一片喝彩："我们建州的神箭手胜了，神箭手，神箭手！"小伙子走到努尔哈赤面前："你叫什么名字？"努尔哈赤："小罕子。"这时只看见一只雕飞近，随着努尔哈赤一声哨响，迅速向天空发出一箭，只看海东青追上箭用口叼住飞回落在努尔哈赤的手臂上，努尔哈赤奖励喂食一块肉干。大家赞叹地说："真是神雕啊！"一个阿哈讨好地对觉昌安说："大阿哥将来一定是我们了不起的大将军。"另两个阿哈说："贝勒爷后继有人哪！""大将之才啊！"

　　觉昌安和努尔哈赤并肩走出树林，后面跟着牵马的阿哈，觉昌安："小罕子，古人说，'刀法在身，赛过黄金'，好好练将来一定会有出息。"努尔哈赤："嗯哪，

## 第一章　少年坎坷

玛法什么时候接我和弟弟去您那里啊？"觉昌安："过几天。"努尔哈赤高兴地拉住爷爷手臂，将头亲昵地靠近："太好啦！"觉昌安："你现在的额娘对你们不好？"努尔哈赤抬头看着爷爷没有正面回答。此时一匹快马跑来，来人向老贝勒爷小声说了几句话，觉昌安："那我们就回去了，你要抓紧时间练功啊！"努尔哈赤说："那我就上山打猎去了。"觉昌安："好，去吧！别太晚了，早点回家。"努尔哈赤："嗯哪。"

走了一会儿，努尔哈赤上了山岗，回头看见觉昌安也在回头，便向着觉昌安一行几人招手再见。

山上宁静而悠然，努尔哈赤进入了树林，金色的阳光渗进浓郁的树林里，山上的瀑布、小溪流淌着形成那美丽的画卷。努尔哈赤选择了一个狩猎的地点俯下了身体，猎狗温顺地趴在身边，他们在静静地等待。一只山鸡进入了他们的视线，努尔哈赤开弓放箭，山鸡中箭倒下，猎狗飞奔而去将猎物叼回。海东青在天上盘旋着，突然俯冲猎取了一只兔子，寻找他的主人后飞到努尔哈赤身边。努尔哈赤微笑着抚摸海东青后，给了一块肉干后放飞了海东青。努尔哈赤继续进入深林，搜寻着，一只梅花鹿又进入了他的视线，努尔哈赤搭弓射箭时，警觉的梅花鹿突然奔跑起来，努尔哈赤快步追了上去，猎狗也奔跑追去，海东青在前面干扰着梅花鹿，努尔哈赤选择了一个好的时间瞄准射箭，梅花鹿中箭倒下后又晃晃悠悠地挣扎起身逃命，猎狗上去咬住了梅花鹿的喉咙。努尔哈赤跑到了跟前，拔下了箭，扛起了梅花鹿走，来到了一个溪水处，放下了东西，寻来了树枝点燃了篝火，拔出靴子里的匕首，将兔子开膛清理，手脚十分麻利，根本就不用水清洗，削尖一根树枝，串好兔肉放在篝火之上，手掌翻飞，等兔肉表面发黄，油滴在火上发出吱吱声响。这时海东青又猎取了一只兔子，努尔哈赤满嘴油腻边吃肉边喂食猎狗和海东青，觉得口渴就来到了山泉喝了口水。努尔哈赤一声口哨，又射向天空一支箭，海东青追上用口叼住。

努尔哈赤带着打来的猎物兴高采烈地回到赫图阿拉城，人们看到努尔哈赤收获的猎物纷纷夸奖"大阿哥好样的"。努尔哈赤乐哈哈地和大家打招呼："好啊，布禄大叔。"有两个妇女议论："看看小罕子小小的年纪就和大人一样干活，真有出息。""哼！纳喇氏他那个后妈还不满足呢！""听说贝勒爷对前窝的几个也不是很好。""可不是嘛，有了后娘就有了后爹。"

努尔哈赤快到家门时慢下了脚步，表情淡漠，无奈地走进家门，放下了猎物，走入房间。弟弟高兴地喊着大阿哥扑了过来，努尔哈赤拿出在山上烤的肉分给三弟舒尔哈齐、二弟穆尔哈齐，弟弟高兴地接了过去，美美地吃着。这时侧福晋纳喇氏冷着脸子拿着貂皮走进屋，横眉立眼地说："小罕子你这个败家子！败家子！这么好的皮子，你为啥捅了这么大的口子？"努尔哈赤毕恭毕敬地说："额娘，那是箭射的口子，缝两针就好了！"纳喇氏眼珠子瞪得溜圆，发着脾气："什么？叫我缝两针？进到你们这个穷家，什么都要我干，今天你这个臭小子还使唤起我来了？"努尔哈赤忍气吞声地看看纳喇氏退出屋外。纳喇氏转头看见两个孩子在吃东西，就怒骂道："兔崽子，真没规矩，又偷嘴吃。"说着就拿起了扫炕扫把就打两个孩子。努尔哈赤箭步冲进屋里，趴在两个弟弟身上，用身体护住他们，扫把打在了努尔哈赤身上。努尔哈赤一转身辩解道："是我上山打猎自己烤的肉，是我留给弟弟的。"纳喇氏："你还敢顶嘴？"接着打在努尔哈赤身上，努尔哈赤激愤地抓住了扫把怒目看着纳喇氏。纳喇氏："你给我松开，你给我松开。"边说边往回夺扫把，努尔哈赤一松手，纳喇氏摔倒在地，于是就号啕大哭："打人了，小罕子打人了——呜呜——呜呜呜——"努尔哈赤的父亲塔克世跑了过来，一看纳喇氏倒在地上，头也出血了，质问努尔哈赤："你这个兔崽子，你翅膀硬了，还敢打你额娘啦？"说着就动手打努尔哈赤，小敦子（舒尔哈齐）上来拉塔克世，喊道："是她自己摔倒的。"纳喇氏："他们偷嘴吃，说说都不行啦？呜呜呜——"在塔克世一愣神的工夫努尔哈赤跑出屋外。"还有你！"塔克世说着就抬手打小敦子，吓得舒尔哈齐也跑出了屋外，努尔哈赤顺手拿起了腰刀和弓箭，拉着三弟舒尔哈齐的手跑出大门。塔克世怒吼着："你们跑，让你们跑，你们给我滚，给我滚远远的，永远不要回来。"

他们一口气跑出了城外，坐在了道边，大口喘着粗气。一会儿，努尔哈赤委屈的眼泪流了下来。舒尔哈齐："哥哥你还疼吗？"努尔哈赤疼爱地搂着舒尔哈齐："哥哥不疼，都是那个坏女人找碴儿。"努尔哈赤擦了擦眼泪，看了看弟弟，抚摸着弟弟的头。舒尔哈齐："哥哥我好想额娘啊！"说着就痛哭起来，努尔哈赤一边为弟弟擦泪水，一边说："墩子咱不哭啊，咱们是男子汉。你看额娘在天上看着我们哪！"舒尔哈齐："在哪里啊？"努尔哈赤指着天上，"你看就是那颗星星，那就是我们的额娘。额娘不是常说要我们学会坚强、忍耐，我们要学好骑射刀法，等我们长大了，成为我们女真的洪巴图鲁，就没有人敢欺负我们啦！"努尔哈赤小脸膛显出了坚韧和聪明。为了分散弟弟的注意力，他哄弟弟说："对了，我昨天教你写的字学会了没有？"舒尔哈齐："记住几个。"努尔哈赤拉起坐在地上的弟弟，说："走我们去古勒城。"努尔哈赤要带弟弟去古勒城找他的姥爷

## 第一章 少年坎坷

王杲。舒尔哈齐害怕地说:"那要翻山,山上有狼,我怕。"努尔哈赤:"不怕啊!咱们有这个。"说着挥挥弓。小哥儿俩慢慢地走向山坡,消逝在夜幕里。

这一天的夜很黑,努尔哈赤带着弟弟深一脚浅一脚艰难走在山坡上,虽然现在已经进入了初春,但冬天的积雪仍然残留着。他们走着走着,舒尔哈齐脚下一滑,摔下山崖,努尔哈赤想拉住弟弟,不小心也摔下去了。

又是一个明媚的早晨,觉昌安带着四个阿哈,来到了约定每天的习武地点小树林。觉昌安下了马,靠在一棵树下,拿出了旱烟袋,装上烟点着,吧嗒吧嗒地吸着,不时向赫图阿拉城方向望去,几位阿哈在舞动刀枪演练。又过了一会儿,觉昌安站起来向远处望去,还是不见努尔哈赤,一个阿哈说:"贝勒爷,一向都是大阿哥在这等儿咱们,今天这是咋了?"觉昌安:"就说是的啊?"另一个阿哈:"想必是大阿哥昨天累了,贝勒爷不用急,一会儿就来了。"觉昌安坐下又装了一袋烟点着吸了两口,站起身在鞋底敲了敲烟袋锅,急切地说:"走,去赫图阿拉城。"

一行五人打马奔向赫图阿拉。觉昌安还没有走进院内,就急切地喊着:"小罕子,小罕子。"塔克世闻声边穿衣服边往外走:"阿玛。"觉昌安:"小罕子呢?"塔克世:"他——他——昨晚让我给打了,他就跑了,到现在也没回来。"觉昌安听后大怒:"你呀!你,还不赶快给我找去。"塔克世:"嗯哪,嗯哪!"觉昌安急忙走出院外,大声对着手下的阿哈命令道:"给我在城里找回小罕子,快去。""喳!喳!觉昌安又令自己带来的阿哈四人骑马分头寻找,他们在城里各处不断地喊着:"小罕子——小罕子——"。觉昌安气哼哼地回到房内坐下。塔克世指派他家的男女阿哈:"你们也去找找。""喳!"塔克世和纳喇氏走进屋。纳喇氏:"阿玛你喝水(递上壶、碗,倒上水)。"塔克世:"阿玛,喝点水消消气。"觉昌安:"你们长点心吧!就这么大的孩子和大人一样干活,你们还不满足?你们就这么容不下他啊!就撵他出去啦?"塔克世:"阿玛,虎毒还不食子呢!就是他犯错打了他,害怕,跑到谁家去躲起来了,等会儿就回来了。"塔克世:"我今天把小罕子领走!"觉昌安拿出旱烟袋,盘腿坐在炕上,喝了口水,吧嗒吧嗒地吸着烟焦躁地等待。

自己手下的阿哈分别回来:"禀告贝勒爷,城内没有,有人看见,昨晚小罕子领弟弟出了东城门。"塔克世心想:"那小罕子昨晚是到哪儿呢?可能是找他姥爷去了。那要经过大山哪,唉,再等等。"塔克世和他派出的阿哈也回来了,不安地看着觉昌安和塔克世,觉昌安明白了,还没等阿哈说话,就说:"他一定是昨晚奔我去了，山上猛兽那么多，不好，要出事。"又气又急，一脚就把炕桌踢翻，水壶、杯碎了一地，抬身就往外走，一边走一边骂道："要是小罕子出事，我饶不了你们这两个犊子。"觉昌安带着手下，急忙打马奔出赫图阿拉城，奔山上打马而行。塔克世也觉得不妙，急忙令阿哈去通知人去寻找孩子们，自己带领府中人出城去了。

"小罕子——小罕子，小敦子——小敦子——小罕子——"声音响彻山谷。

## （4）

雄伟壮观的紫禁城皇宫内，乐师弹奏着优美的乐曲、舞姬伸展优美的舞姿翩翩起舞，皇帝与众嫔妃正在把酒言欢，嬉笑声声。望眼一道流星从窗前划过，一皇妃对着满天星星在许愿。皇帝醉眼蒙眬问："干什么呢？"皇妃笑着说："我在许愿。"皇帝："你许的什么愿说来听听。"嫔妃："祝我大明江山永固，祝吾皇身体康健，万岁！万岁！万万岁！"皇帝："好！好！好啊！看来你很喜欢星星哦，明天下旨给你摘两颗。"众嫔妃笑，皇帝："你喜欢哪颗星星啊？"嫔妃："什么星星我都喜欢，就是不要那个破灾星。"皇帝说："哈哈哈，好，明天我下旨把那个破灾星给轧碎，给你摘两颗漂亮的星星。"众嫔妃："好啊！我也要——我也要——呵呵呵呵！"众嫔妃喂菜喂酒，皇帝左拥右抱。

一个老太监听到后，抬眼观看大殿上，心想："明明知道星星帮不了你什么，却偏偏向星星许愿，明明知道灾星是群星之首，却要亵渎神灵，造孽啊！"从窗外夜幕的远方渐渐看到两只龙（一只是五爪金龙，一只是四爪青龙）游荡而来，在皇宫上空飞舞后，消失在夜幕之中。

有一小太监匆匆进入大殿，对总管太监小声说了几句话，总管太监向殿大门走去。总管太监说："我说邵大人你怎么又来了？"看那监司邵华阳白发白须，清癯的面庞，身穿白袍，仙风道骨。邵华阳说："总管大人，我数月前派出的四路断龙脉的人马都回来了，特来复命。多日没有早朝，我却有大事面奏皇上，请总管大人通融，这个请您笑纳（递上一个盒子），老臣这厢有礼了。"总管太监："好吧！我去通报，还要看皇上的心情了。"总管太监走进大殿："启禀皇上，钦天监监司邵大人来过一次啦，这又来了，想必是有急事禀奏。"皇上示意宣他进来。总管太监挥手让舞女退下，高声道："宣钦天监邵大人觐见。"同时皇帝吩咐嫔妃退下。

邵华阳仙风道骨迈进大殿，跪倒参拜："吾皇万岁，万岁，万万岁。"皇上：

# 第一章 少年坎坷

"爱卿平身。"邵华阳："启禀皇上，为保我大明江山永固，钦天监数月前派出四路人马，明察暗访我大明四方疆土，昨日最后一路回京。恭喜皇上，四路人马已破九处奇龙穴、二十一处混龙脉，真是可喜可贺啊！皇上："听你道来，朕甚是欣慰，赏赐钦天监白银三千两、锦缎五十匹，去嘉奖有功之人吧！"邵华阳："谢皇上！臣昨日到观星台上夜观天象，东方天边水平星明亮高低有序，象征今年收成会好；南方繁星满天紫气飘荡，象征吉祥如意；西天云霞似锦，象征着边疆安宁。却发现天之东北一带"王气升腾"。苍穹之上，新帝星正在孕育，周围紫气充盈，祥云环绕，众星拱卫，若明若暗。此天象预示着紫薇帝星下凡，降临辽东，人间即将再现真龙天子。皇帝闻言大惊："爱卿，果有此事？你可看得准确？"邵华阳："千真万确！臣以全家性命担保！如不及时破风水、断龙脉、泄王气，送紫薇星还天，恐辽东生变，天下大乱。"此话一出，带有酒意的皇上惊得是目瞪口呆。皇上："这，这该如何是好？"邵华阳："臣三代备受皇恩，不敢怠慢，看来要大费周章，臣愿前往。"皇上："你已年迈，派他人去好了！"邵华阳："臣虽已年迈，想来日也不多了，但此事关系重大，恳请皇上准老臣去辽东办差，为国尽忠。"皇上："爱卿真是忠臣哪！朕没有看错你，那就准你所奏。赏宫廷菜肴一桌、御酒两坛，下去吧！"邵华阳："谢主隆恩，吾皇万岁！万岁！万万岁！"邵华阳退出大殿。

一个车夫赶着马车，车上载着数名军士，他们进入了城门，又进入了总兵府。院内走来一位老者，他是总兵府的马夫，叫李皋，一字浓眉，鼻子翘翘的，一头白发，嘴上还有一点白胡子，一身青衣打扮。他看见了车上载着一个孩子，板着脸："回来了。"车夫大奎："啊！李叔。"面带笑容地来到了李皋面前，士兵忙着卸车上的东西往返于库房，李皋拉着车夫到马棚附近，看看周围就问："又抓来一个孩子，这不是造孽嘛！"车夫："李叔，这次可不是抓来的，是从山崖摔下里的，伤势不轻，不死也活不长，就捡来顶数，也算是积德了。"李皋点点头，看见车夫往东走就问："干啥去？总兵老爷正在祭奠呢。不要命啦？"车夫毕竟是年轻好奇，来到窗下，看见香案上烟雾缭绕，和尚们分立两旁俯首念着经文，只见老和尚一声阿弥陀佛，众僧停止了诵经。李成梁跪拜，"灾星上仙，招呼虎星护佑，吉日奉献，已通天地人和，护我辽东千里边疆太平，佑我大明万年江山永固。"这时李皋急切地挥着手示意车夫大奎快回来，大奎悄身迅速回来了。

由于李成梁的功成名就和经济上的富足，现在已经有了五位夫人。经人保媒刚刚又娶了一房，名为紫薇，人称"六夫人"或"紫薇夫人"。

李成梁所管辖的地域辽阔，阿谀奉承、投其所好的人自然不会少。有人说李成梁是百战百胜的大英雄，是国之栋梁；还有一个狗屁和尚说李成梁是天上虎星下凡，要建虎山，颐养虎威。还要祭拜灾星，灾星是群星之首。每年喂食老虎一个男童祭祀神灵。李成梁相信了和尚的话，他特意在城西北修了个虎山，令人到深山捕捉了三只东北猛虎圈养在虎山之中。

这一年，李成梁举行的祭仙仪式后，带领一行人来到后院虎山。马夫李皋回忆起过去的场面，那一次次将男童投入虎笼中的时候，群虎争食的惨烈场面，真是不堪睹目。因为在祭祀前两天就停止喂食老虎，当男童被投掷进去后，饥饿了几天的老虎迅速争抢撕咬，而后被老虎分尸。李皋自言自语地说："哎，这又一条人命要没了。"

李成梁身边有一个年轻美貌的女人，她就是紫薇夫人，看上去温柔、善良、一脸正气。她想替孩子求求情，又害怕李成梁怪罪，几次欲言又止。努尔哈赤已经被抬到了虎山大门，紫薇夫人实在忍不住了，她眼含泪花对李成梁说："老爷，能不能……"李成梁用手制止她说话，又一挥手，有人将努尔哈赤投入虎笼中。大家都揪起心来，眼瞅着即将发生的众虎争食的场面，有人愤怒地看了李成梁，有人在心里骂着李成梁，惧于总兵的淫威，无人敢挺身而出，阻止李成梁的残暴行为。大家不忍地低下了头："这是一条人命啊，做损哪！"努尔哈赤被扔进了虎山里面，连吓带摔就昏了过去。几只老虎立即围拢过来，走在前面的一只大老虎突然转身拦截着另两个老虎嗷嗷嚎叫。人有人言，兽有兽语，大老虎疯狂的虎啸像是告诉它们："你们别伤他，这是我的恩人。"人们惊奇地发现，老虎并没有吃孩子，反而好像在保护着他，大老虎用头拱着努尔哈赤，伸出血红的舌头舔着努尔哈赤的脸，另两只老虎趴在左右。努尔哈赤渐渐苏醒了过来，抬眼一看先是惊恐，当看到大老虎额头上的疤痕时，突然高兴地喊着："塔斯哈（满语：老虎）！"起身向前搂住了大老虎，同时引起他深深的回忆。

那一年，努尔哈赤等人结伴到山上采蘑菇、人参。为了能采到贵重的蘑菇，努尔哈赤将绳子一头勒在腰上，另一头绑在树干上，下到峭壁上采蘑菇。周围的蘑菇采得差不多了，就拽着绳子爬上来。忽听到不远处有虎的惨叫声，他急跑了几步，原来是一头大狗熊和一只半大的幼虎正在打斗，看上去幼虎受伤不轻。

努尔哈赤连忙拿起放在草丛里的弓箭，搭弓射箭，一箭射中狗熊的眼睛，狗熊痛得嗷嗷直叫，愤怒地向努尔哈赤这边奔来，努尔哈赤忙中又射了一箭，箭从

## 第一章　少年坎坷

大狗熊的耳边穿过，他知道他再跑也跑不过狗熊，于是他迅速地放下弓箭，急忙拿起山崖下的绳子系在腰上，又将绳子在左手臂上绕了一个扣，顺手在地上捡起一块石头，待狗熊靠近，突然砸向狗熊，狗熊又一次被打，怒不可遏地扑向努尔哈赤，努尔哈赤顺势跳下山崖，狗熊收不住掉下山崖。努尔哈赤惊得满头是汗，他从山崖爬了上来，来到伤痕累累的幼虎旁，幼虎还是充满敌意地低吼着，爬起来又摔倒。努尔哈赤跑到了林子弄来了草药用嘴给嚼碎，用树棍把药敷在幼虎的腿上，幼虎还是对努尔哈赤敌意地低吼着。后来药物是减少了幼虎的痛，也就减少了敌意，努尔哈赤又在衣服上撕下了布条，看看幼虎，又包扎前腿，不知是弄痛了老虎还是仍有敌意，它突然摆头张口，努尔哈赤急忙躲避。看见幼虎的头上的伤口太大了，就用弓将草药敷在伤口上，可能是草药有止疼作用，幼虎减少了敌意。努尔哈赤用围在身上的皮子，把幼虎拖进一个山洞。

为了提防夜间寻食的野兽，努尔哈赤找来了不少去腥草覆盖在有血迹的地方，又用石头垒砌挡住了山洞口后，回头对幼虎善意地笑着说："塔斯哈，我去给你弄点吃的。"说着堵好了洞口就去打猎。

已近黄昏，日头发出了红色的光芒，努尔哈赤高高兴兴地带了两只兔子走进了山洞，点亮了蜡烛。幼虎看来是饿了，这可真是应了那句话了"狼吞虎咽"，等幼虎吃完，努尔哈赤又打开了水壶把水倒在了洼地上，幼虎舔舐着。这时幼虎已经完全没了敌意，它一边饮水一边时不时地抬起头来发出轻轻的低吼，好像是在说着感谢话。让努尔哈赤庆幸的是老虎只是皮外伤。

经过了一段时间的治疗和喂养，幼虎的伤势好了起来，努尔哈赤也跟老虎越来越熟了。待幼虎伤势好转后，他们开始打闹戏耍，突然有一天，老虎停止了玩耍，竖起了耳朵，跑进了树林深处。过了一会儿老虎叼来了一只狍子，丢在了努尔哈赤的面前，努尔哈赤高兴地拍了拍老虎的头竖起大拇指。努尔哈赤用刀利索地收拾这只狍子，把下水扔给了老虎。努尔哈赤看着老虎美美地食用，心里想："看来它的伤都好了，我也该回家了。"于是他回到了洞里收拾好弓箭、腰刀和蘑菇，用绳子绑好了狍子，对老虎说："你好了，我也该回家了，还不知道家里人怎么罚我呢！"老虎像是听懂了人话，它放弃了食物，走到努尔哈赤身边，用头拱着他，很是依依不舍。

继母纳喇氏知道塔克世外出回家，正在梳妆台前梳妆打扮，心想："小罕子这十几天没有回来，可能是被狼叼走了吧，怎么和塔克世说呢？对，就说小罕子告诉我说去他玛法那里，对就这么说。"侍女送来了茶点，毕恭毕敬地退了下去。

忽听院内有动静，纳喇以为是塔克世回来了，急忙起身去了院内。只见院内众阿哈正帮努尔哈赤卸绑在身上的袍子和蘑菇，大家正为努尔哈赤的丰收赞美着："这个狍子很肥很大哟！""这些蘑菇是在山崖上采的吧？很值钱哪！"纳喇氏一看是努尔哈赤，本来笑着的面孔一下就撂了下来，冲着努尔哈赤就大嚷："小罕子，你小子这十几天跑哪里去了？还以为你喂了狼啦！""额娘，我追猎物迷了路。"努尔哈赤撒了个谎，因为他不想跟纳喇氏多说什么。纳喇氏移步向前看了看袍子和蘑菇，心里也很高兴。几个弟弟听说大阿哥回来了，都跑了出来，搂着大阿哥，说着问着。努尔哈赤打开包裹，把在山里烤的兽肉分给了几个弟弟。

努尔哈赤是在傍晚回到家里的，让他比较庆幸的是继母纳喇氏今天没有太难为他，躺在热乎的炕上很是舒服，好想睡个好觉，可他怎么也睡不着。虽然和老虎分开刚刚一天，努尔哈赤还是很想它，天还不亮就起身向山上奔去。

"塔斯哈！塔斯哈！"只听哗哗啦啦的声响，老虎叼着一只鹿欢快地跑来，放下鹿就扑到了努尔哈赤的身上，努尔哈赤抱着老虎很久很久，他既高兴又很激动，他们开始摔跤玩耍亲热一番，努尔哈赤带着老虎去打猎，他们默默藏在暗处，待等猎物出现，努尔哈赤一拍老虎的后背，老虎就像大山猫一样听话，迅速追向猎物。后来每次努尔哈赤进山老虎都给带来猎物，后来猎物多了，努尔哈赤就骑马进山。

这一天努尔哈赤满怀欣喜地来到了山上，他在呼唤："塔斯哈——塔斯哈——塔斯哈。"可不见老虎的影子。他继续呼唤："塔斯哈——塔斯哈——塔斯哈。"努尔哈赤哭着喊着翻了一道山又一道山，仍不见老虎出现。日就要落山了，此时美丽的晚霞余晖好像和努尔哈赤的心情格格不入，当他走到山坡上，猛然抬头看到不远处有五六只狼，瞪着眼睛，吐着舌头，缓缓地迎面而来。努尔哈赤先是一惊，心想完了！拼了！他迅速地拔出腰刀，迎面冲了上去，就在头狼离努尔哈赤不远的时候，突然头狼惊嚎一声，转身就奔跑逃窜，其他狼也跟随窜入草丛之中。努尔哈赤擦了擦头上惊出的汗水，他开始还很纳闷儿，不过一会儿他就想明白了："可能是整日里和老虎在一起，身上沾染有很浓的老虎气息。"

努尔哈赤接连找了几天没有见到老虎身影，他一脸惆怅和伤感。

在李成梁的虎山中：人们被这神奇的场面震惊了，大家都松了一口气，交头接耳议论着："真是天下之大无奇不有！""这孩子命真大。""有福之人啊！"紫薇夫人抬起头看着这个场面激动地说："老爷，这孩子是个命大福大之人，就饶他一命吧，收为你的马童，将来出征时给老爷牵马，定会给老爷带来吉祥之兆。"李成梁听她说得有道理，他也很奇怪，老虎竟然没有吃这孩子，想了想说："好吧！

## 第一章 少年坎坷

就这样吧。"李皋听到这样的对话,还没等李成梁发话,喊着大家欣喜地跑去虎圈,先是用牛肉把老虎引到另一处,李皋将努尔哈赤抱了出来。

从此,努尔哈赤成了总兵府的一个马童,就和马夫李皋吃住在一起。努尔哈赤本身就是女真族,就是游猎民族,对于马是十分钟爱的,他每天不辞辛苦地刷马、喂马、清理马圈。

万历二年(1574)十月,王杲又率军攻明,李成梁率副将杨腾、游击王惟屏东出边墙,各军从四面包围王杲盘踞的古勒寨(今辽宁省新宾满族自治县西古楼村),敌人狼狈逃窜,全都聚集到王杲的寨子里。成梁命令曹参将前去挑战。

寨子地势高,王杲挖深沟筑坚垒来加固防守。李成梁用火器攻打,破坏了几个栅栏,石头箭头如同下雨一般。把总于志文、秦得倚率先攻入,各将领紧随其后。王杲逃往高台,放箭射死于志文。正好赶上起大风,李成梁纵火烧敌营,先后斩首一千一百余人,平毁了敌人的营防,然后回师。王杲受到重大打击,已组织不起军队,躲进阿哈纳的营寨。曹参将率领精锐骑兵前往追剿,王杲又跑到南关。于万历三年(1575)七月被女真哈达部首领王台捕获,缚献明朝,八月被明正法。李成梁因功"进左都督,世荫都指挥使"。

远处传来了呼唤的声音:"小罕子。"努尔哈赤听见李皋喊他就跑了过来说:"爷爷。"李皋怜爱地摸摸努尔哈赤的头说:"来铡草。"李皋续草,努尔哈赤挥臂铡草的场面,让走过来的紫薇夫人看见,忙喊道:"停停停,我说老李头儿,这么小的孩子你叫他干这个?"说着拿出了手帕给努尔哈赤擦着头上的汗水。李皋笑着说:"夫人,你不知道,小罕子的力气比我们都大,真是天生神力。"紫薇夫人疑惑地看看李皋,"你不信?"李皋看着另一个方向喊道,"大奎,过来。"那个车夫忙跑过来应声说道:"啥事?夫人好!"李皋:"你和小罕子拉钩,让夫人看看。"李皋对夫人说:"要是没看到,说你都不信。"说着他们都伸出了食指搭上,李皋喊道:"开始。"只见膀大腰圆的大奎被一个刚刚十二岁的孩子,没有费太大的力气就拉了过来,大家都笑了起来。李皋拿来了扁担递给大奎,用这个表演给夫人看,说着扁担勾搭在努尔哈赤的食指上,大奎奋力地拉着,还是被努尔哈赤拉了过来,大家都大笑不止。李皋忽然严肃地说:"小罕子,多次和你说,就是这位紫薇夫人求的情,才救你出来的,还不赶快谢谢夫人。"小罕子慌忙跪倒谢恩,紫薇夫人拉起努尔哈赤说:"我带小罕子回房,你们自己干吧!"

说着拉着努尔哈赤回到了自己的房间。

努尔哈赤来到了紫薇夫人的房间，他惊奇地看着这富丽堂皇的四处。紫薇夫人拿出点心水果给努尔哈赤，努尔哈赤从来就没有见过这么多好吃的，边吃边感激地看着紫薇夫人。紫薇夫人看着虎头虎脑的小罕子，笑呵呵地说："慢点，慢点吃，喝点水。"说着递过水。紫薇夫人："对了，我一直想知道，你一个小孩子那么晚了去山上做啥去了？"努尔哈赤目光呆滞地看着紫薇夫人，紫薇夫人又问："你家在哪里？"努尔哈赤说："我没有家，爹妈都死了，我和弟弟在山上滑了下来，走散了。"紫薇夫人叹了口气："唉，可怜的孩子。"她定住目光想了想说："小罕子，我做你干娘你愿意不？"聪明的努尔哈赤高兴地说："好哇！"说着就要下跪，紫薇夫人笑着拉住努尔哈赤："先不急，等我禀明老爷。"努尔哈赤点点头。紫薇夫人："你上过学没有？"努尔哈赤："额娘在的时候，上过两年私塾，额娘不在了我就开始干活了。"一个丫鬟来到房间："夫人，老爷回来了。"紫薇夫人："小罕子你去吧。"努尔哈赤应声走出房间，紫薇夫人走到镜子前，整理一下秀发，就要出去相迎，李成梁大步走了进来："紫薇。"紫薇行礼后说："老爷，您回来了，春红快去厨房，告诉老爷回来了，弄几道老爷喜欢吃的菜，快去。"丫鬟应声答道："是。"走出了房门。紫薇服侍李成梁脱去外衣，坐下了。紫薇夫人说："老爷这次出兵一定是打了胜仗，老爷威武。"李成梁笑着说："你就是聪明。"紫薇笑容满面地说："一看到老爷雄赳赳的气势就知道。"丫鬟："老爷、夫人酒菜备好，请——"李成梁："是有点饿了，紫薇过来，今天陪我喝几杯，哈哈！"紫薇娇滴滴地答应着来到了餐桌前，倒上两杯酒，端起："我敬老爷胜利而归。"李成梁笑呵呵地说："好好好。"紫薇又给李成梁夹菜："这是你最爱吃的，对了，春红把我炮制的百年参酒拿来。"丫鬟应声而去，很快拿来了酒，递给紫薇。紫薇倒上参酒说："这杯酒给老爷接风洗尘。"李成梁应声道："好！干！紫薇不愧是书香门第，说出的话就是受听。"李成梁从怀里掏出一个小包说："你看看这是啥？"紫薇接过看是首饰，娇滴滴地看着李成梁："老爷对我真好！"李成梁色眯眯地看着紫薇：两道弯眉，樱桃小口，一双似愁非愁脉脉含情的双眼。

李皋看见努尔哈赤回来，就面带笑容地说："小罕子，夫人都赏你啥了？"小罕子高兴地说："糕点，还有水果，可好吃了。"李皋说："看得出夫人特别喜欢你，你小子来福啦！夫人大家闺秀，好人哪，从不刁难我们下人，你要对夫人特别恭敬。对了，我还给你留的烤地瓜，走。"努尔哈赤感激地拉着李皋的手

## 第一章　少年坎坷

往房间走去，边走边从怀里拿出糕点说："爷爷这个给你。"李皋说："好孩子，还是你留着吃吧。"努尔哈赤："在家玛法对我最好，现在是爷爷你对我最好。"李皋："唉！我一个孤老头子，哪有那么大的福啊！"努尔哈赤突然站住说："不，从今天起你就我的玛法。"李皋蹲下身，双手抚摸着努尔哈赤的脸颊，激动地说："唉，好孩子。"

　　李成梁用餐的房间传来了美妙的琵琶声音，透过窗户纸能看见紫薇怀抱琵琶弹奏的身影，李成梁在得意地欣赏着，那种得意是一个成功者的得意，也就是所说的风度吧！一曲完结，紫薇来到桌前拿起酒壶给李成梁满上，端起，送到李成梁的手里，李成梁一饮而尽，紫薇又倒了一杯送到李成梁面前，李成梁："等会儿。"紫薇娇滴滴地说："老爷是大丈夫，一言九鼎说话算话，说好了我弹一曲你饮三杯，不嘛，你喝。"说着就把酒杯送到李成梁嘴边给喂酒一杯，又倒了一杯又给喂下。李成梁大笑不止，说："你这个小女子就是不吃亏。"紫薇："哼，都嫁给你这么久了，还叫人小女子？"李成梁大笑着说："不不不，是夫人，是夫人。"说着李成梁把紫薇搂在怀里。紫薇搂着李成梁说："老爷，有个事情想求你，你能答应我吗？"李成梁："答应，答应，什么事我都答应，你说。"紫薇："老爷，你整天忙于军务，时常还要出征，我一个人在家总是想你，我真的好寂寞。"说事，说事。"李成梁用手爱惜地掐住紫薇的脸蛋，"你就别跟我绕弯子了，哈哈哈！"紫薇："说起那个小罕子也算是很有缘，小家伙也招人喜欢，我想认他做我的干儿子，老爷你看行吗？"她轻手晃动着李成梁，"就当一个小猫小狗养着——行不？"李成梁："应了，应了，夫人要什么我都答应。"李成梁大笑后："来人，去叫李皋带小罕子来。"一名侍卫应声转身出门。一会儿李皋带小罕子来到，二人给李成梁和紫薇夫人行礼。李皋道："老爷、夫人有什么吩咐？"李成梁看看小罕子："小罕子，夫人有意想认你为干儿子，你可愿意？"李皋激动地搭手在肩示意努尔哈赤说："小罕子，快快。"努尔哈赤忙跪倒："干爹干娘在上，受儿一拜。"紫薇将努尔哈赤扶起，拉到身边，怜爱地抚摸着努尔哈赤的头："罕儿。"李皋："恭喜老爷、夫人喜得贵子。"李成梁不解地说："啥？贵子？"李皋："是这样，就连老虎都护罩小罕子，将来一定大有作为，这不他的造化来了，小罕子也是和夫人有缘，认了干亲那不就成了贵子了嘛！"李成梁笑着说："啊，老李头儿你有两下子啊，哈哈，下去领赏吧！"李皋："还别说，小罕子，不、不，是公子啦！呵呵，和老爷还有几分相像。"李成梁："啊，我看看，我看看，哈哈哈！"李成梁看了看努尔哈赤虎头虎脑的也很是喜欢。

第二天早晨，有传令兵匆匆赶来交了一封信给侍卫长，侍卫长到李成梁寝室门前："报总兵大人，有军情。"李成梁："进来。"侍卫长进入房间递上密报，李成梁看信。紫薇："咋啦，又有军情了？"李成梁大骂："妈的，这群鞑子还是不安分，又来犯我边关，走！"李成梁进到里屋穿军装，紫薇告诉丫鬟："去告诉小罕子给老爷备马。"李成梁换好了军装走了出来，紫薇也拿出来斗篷给李成梁披上系好说："老爷一定要多保重啊！"李成梁："放心好了。"紫薇："还有为我家昭雪的事。"李成梁："知道，知道，我每次出门这都是你必须的叮嘱，我知道了，夫人，这几天我派往京城的人就回来了。"说完匆匆带领侍卫走向马棚。努尔哈赤抓住马笼头早就在那里等候，李成梁翻身上马。努尔哈赤："大帅威武，一路凯歌。"李成梁笑呵呵地看着努尔哈赤，努尔哈赤不好意思地说："干娘教的。"李成梁带着侍卫雄赳赳走出来府门。

## （5）

隆庆元年（1567），李成梁接到军报：蒙古察哈尔土蛮汗骑兵大举进攻永平。李成梁率所部兵马紧急赴援，设下了包围圈，令小股部队引诱，小股部队与蒙古军对阵被击溃，全军追杀着明军。明军小股埋伏部队齐发利箭，令蒙古军冒着箭雨进攻，明军被击垮向后溃退，蒙古军穷追不舍。李成梁在高处看到蒙古大军完全进入了包围圈，令旗一挥，顿时响起军号声声，战鼓擂擂，炮声隆隆。炮弹在蒙古骑兵中爆炸，骑兵和战马的肢体飞上了天，还是没有阻止蒙古兵的进攻。这时李成梁又一挥动令旗，两边伏兵四起，被追赶的明军反身杀了回来，马蹄声、嘶鸣声、喊杀声震耳欲聋，明朝的骑兵、步兵和蒙古骑兵厮杀的场面真是壮观，喊杀声、亡命的嚎叫声交织在一起，似鬼哭如狼嗥。最后蒙古骑兵惨败逃跑，李成梁露出了得意的微笑。李成梁命令一部分人打扫战场，大部队返回营地。

击败了土蛮汗的进攻，李成梁受到了上司的重用，被晋升为辽东副总兵，驻守险山，同时协守辽阳，屡立战功。在大小数次的战斗中，李成梁表现出了高超的指挥才能，且身先士卒，极大地鼓舞和激励了明军的士气，每战必胜。

这是初秋的一天，午后时分，一群建州部的人在山腰林间采集猴头、松子等山货。中间有位健壮的女真汉子，登高攀树，手脚利索。他就是觉昌安手下的阿哈查里盖，在和大家说说笑笑地忙碌着。忽然从山下传来马蹄声和铁甲的撞击声，又夹杂着哀号声。大家一起向山下眺望，山下草籽沟村走出来一大队明朝的兵马，

## 第一章　少年坎坷

最前面一杆大旗，上写一个大字"李"。奇怪的是，队伍里绑了许多小男孩，大的不过十岁，小的还不会走，被官兵拎到马车上哇哇地哭叫。官兵后面是一群边哀哭边追赶的百姓，他们用马鞭枪棒驱赶着人们，有的被打倒，显然都是孩子的父母亲。大家都不明白，抓这么多小孩儿干什么？他们也犯了国法了？查里盖说："我们走近点，看看怎么回事，猫着点走，别让官军看着。"有几个胆大的点头同意。人人弓腰小步，悄悄下山藏在路边深草里。官军出村，哭涕的人群更加骚乱，有人叫喊起来。

领兵的师爷转身斜眼对旗下的将官说："这样恐怕不妥，这些草民都是家有枪箭的猎户，一旦拼命，我们要吃亏的，不如——说着伸手掌向下挥了一下。将官不假思索，大声叫："好，来人，传令。""等等。"师爷说，"先这样，告诉百姓领回小孩，都到村外集合，再——"片刻全村人都集中村外，被官兵围在中间，将官下令："全部斩了。"大军冲进人群，一阵箭射，一阵乱砍，转眼伏尸遍野，血流成河，大地上充满了血腥味。将官和师爷的脸都得意起来，拉起那些早惊呆的小孩，如同得到宝贝似的，一下走个干净，四周立刻静得像半夜一般。

路边深草里偷看的人，各个惊得目瞪口呆。女真各部天天厮杀，他们也都历经征战，可是从没有见过如此不分男女老幼的屠杀。倒下的气息已绝，呼救声犹响耳侧，忽听远处传来一阵奸笑声，众人望去，山脚下突然出现一小队女真兵，领头的正在嗤笑不止。仔细一看，都认识他，就是不远处的图伦城之主尼堪外兰。尼堪外兰的左副将问尼堪外兰："明兵抢走小孩有啥用？"尼堪外兰回答："管他呢，看看寨中有多少犬马牛羊，都是我们的了，哈哈！"右副将说："这个小寨财物不会太多吧！"左副将接口说："哪天明兵屠了古勒城，那我们可发大财了。"尼堪外兰听了副将的对话，愣着不语。

古勒城距离图伦城不远，两家时有纷争，图伦城兵少，每次都败。左副将见尼堪外兰发愣，说："主子，有啥事？"尼堪外兰好像是自言自语："怎么能让明兵打古勒城呢？"图伦城士兵走远了，查里盖才领着身边的几个人悄悄地转身奔赫图阿拉城方向去了。

古勒城主阿台与夏古城主阿海，是亲兄弟，两城相距不远，相互援助。哈达的贝勒户尔干没什么能力，实力衰落。阿台阿海哥儿俩儿合计要报父辈的仇，于是就联合了叶赫贝勒，准备攻打哈达。

原来阿台和阿海的父仇是这样结下的。努尔哈赤的玛法觉昌安和古勒城主王杲是亲家，儿子塔克世娶王杲之女，就是努尔哈赤的生母喜塔喇氏。王杲俗称"阿古都督",其身材魁梧,骑射娴熟,善使一口大刀。此人为人聪慧,有才辩,能精通汉文、蒙文,是建州右卫都督。他不畏强暴,而且脾气暴躁,同时也与明军多有争斗而产生积怨,因此开罪了哈达贝勒户尔干和李成梁。

嘉靖年间,王杲联合蒙古军经常兵犯辽东,偷袭抚顺并杀死抚顺备御彭文珠,还经常抢掠东洲、惠州等地。

嘉靖三十七年(1558),王杲联合蒙古军图门汗,兵分两路入侵明边境,一路从东洲堡入侵,一路从抚顺核头山侵入,在明军的有效抗击下,这两路人马惨败。王杲仍不死心,又率军攻打凤凰城等地,同样被明军击败。当王杲率领大军回到古勒城时,城池已被明军捣毁。由于王杲经常带领部族攻打大明,又对待属下蛮横,引起很多人的不满。属下由不满到反叛,有三十多人归降了明朝,被开原收留。想收回叛逃之人未果,王杲又联系海西女真哈达贝勒王台,被王台拒绝。王台将此事报与辽东总兵李成梁,李成梁决定会同哈达兵一起灭掉王杲。

李成梁传令副将杨腾、游击王惟屏分兵驻守军事要地。二人得令带人马从四面包围古勒城,曹参将前去挑战。寨子地势高,又有深沟坚垒利于防守,攻打十分困难。最后杨腾命令用多个火炮同时攻打,破坏了几个栅栏,石头、箭镞如同下雨一般。把总于志文、秦得倚率先攻入,各将领紧随其后。王杲放箭射死于志文,自身逃往高台。副将杨腾、游击王惟屏命令防火烧寨,正好赶上起大风,古勒城火光冲天。此战明军共斩首两千一百余级,其余兵士四处逃窜。明军平毁了古勒城,然后回师。王杲受到重大打击,已组织不起军队,躲进阿哈纳的营寨,曹参将率领精锐骑兵前往追剿,王杲又逃到南关,几经辗转后被王台俘获,交与李成梁,李成梁派人将王杲送交到北京,朝廷按律将其凌迟处死。

哈达贝勒户尔干得到古勒城主阿台联合叶赫的消息,自知不敌,立刻前往抚顺关求见辽东总兵李成梁。往日,李总兵都会阻止大的争端,来平衡各部落的势力,这次正赶上李成梁烦心的时候,脱口骂道:"正事还没忙完,没工夫管你那闲事,滚!"户尔干皱着眉头出了总兵府,正撞上尼堪外兰往里进。他问户尔干:"户贝勒,来做啥事?"户尔干说:"来求援兵,可李大人在里面发愁呢,不管我们的事。""李大人愁啥事?""不知道。你来做啥事?""我来看望李大人。"户尔干看着尼堪外兰手里的东西说:"看来你们的关系不错?""那是啊!""你如果能帮我,让总兵大人出兵古勒城,我送你白银五百两,美女两人。""此话当真?""当真,如果你能出兵,俘获的东西我不要都给你。""哈哈哈,那就一言为定。"他们击掌立约,户尔干走了,尼堪外兰没进总兵大堂,转弯进了师爷屋子。师爷正坐

## 第一章 少年坎坷

在案子里面写字,见尼堪外兰进来,说:"尼城主,来老夫这儿有什么事?"尼堪外兰答:"给爷请安来了,这是给您的。"说着递上了礼品。"呵呵,你有孝心啊!有什么事,坐着说吧。""打听个小事。""嗯?""听说李大人弄来这些个小孩,有啥用啊?""甭提了,大人正愁这事呢。"师爷说,"你来得正好,帮我想想。"师爷接着说:"皇上给我家老爷下了一道圣旨,说是钦天监夜观天象,辽东方向有天子祥云升腾,王气更盛,钦天监派人寻找龙脉,已经灭掉了不少,听说还有一条没有找到,这不现在开始找呢。总兵大人令严厉盘查奇异男童,发现可疑之人,格杀勿论,确认钦犯押解进京。这不前两天钦天监来人说发现草籽沟村有些奇异,一条河围着村子流,三面是水,不正是龙居之地吗?我家大人派人拿了那村三十个男孩,交给钦天监的人,那人看后却说没有一个奇异男孩,不成,再找。现在看事要难办了,已经过两个多月了,钦天监的人还在追办,又抓了不少男孩,还是没有结果,大人正在发愁呢。"

尼堪外兰听了,眼珠乱转,来了坏水,说:"恭喜爷,这样的地方,这样的小孩,有啊!""真有?""有。""走,见我家大人去。"师爷拽着尼堪外兰就往总兵的后堂跑。师爷亲自入堂通报,片刻,传令兵出来,高声叫:"进。"尼堪外兰跟着传令兵往里走,只见李总兵坐在大椅子上,旁边一个丫鬟轻轻捶背,一个丫鬟慢慢揉肩,又一个垂手站在腿边,再两旁各有四个站得直溜溜的护卫,目不斜视,手扶腰间刀剑。中间的总兵一脸愁容,呆若木鸡。尼堪外兰疾走两步,掸掸左右的马蹄袖,跪拜说:"大人吉祥。"总兵翻了一下眼皮,问:"什么地方,说说。"尼堪外兰跪着说:"就是建州的古勒城,那城是三面高山围住一片平川,平川上建城堡。""啪"的一声,总兵拍案大怒,说:"本官要找的是混世龙,你竟然胡乱说什么高山平川,拿我开涮哈,拉出去给我打。"尼堪外兰可吓坏了,慌忙辩解。一边出来两个护卫,按住了他就要往外走。师爷忙说:"大人","何不听他说完再打。"师爷转身问尼堪外兰:"说说,山上怎么有龙?""大人,"尼堪外兰缓缓气说,"那山高顶天,山腰云霞不断,常年本地飘浮,时有金光闪耀。常言道:虎行风,龙行云。不是有龙吗?"李成梁一听有道理,喘口粗气,一摆手示意护卫放手,护卫退回原位,这时尼堪外兰正正身子、稳稳神,继续倒他的坏水:"城主阿台家的小五,现在不到十岁,属龙,还排行老五,子鼠、丑牛、寅虎、卯兔、辰龙,大人您看龙排为五,不是巧了?还有去年那小子掉井里了,竟然没淹死。大人您看……"李成梁看了看尼堪外兰说了声:"下去吧。""喳!"尼堪外兰耷拉着脑袋退了下去。李成梁看看尼堪外兰走出去后对师爷说:"什么东西,排行老五属龙的多了,他们两城有仇,这纯粹是借题发挥泄私愤,什么玩意儿。"

阿台得到了哈达户尔干去了总兵府这个消息,恐惧明军干预,就暂时放弃了联合叶赫攻打哈达的计划。

在李成梁的府邸,李皋和努尔哈赤在虎圈喂食老虎,努尔哈赤摸着大老虎的头:"塔斯哈,你知道吗?我找了你好久,没想到你被捉到这里,吃吧!"李皋过来拿着手巾给努尔哈赤擦手说道:"少爷,看看这衣服多漂亮,别把衣服弄脏了。"努尔哈赤拉着李皋的手:"爷爷,都说了,还叫我小罕子,我永远是爷爷的小罕子。"李皋:"好,好!"努尔哈赤:"对了爷爷,干娘答应我还和你住在一起。"李皋:"那好啊!" 春红:"小罕子,小罕子,夫人叫你。"努尔哈赤:"哎——听见了——"

努尔哈赤跑回到紫薇夫人的房间,紫薇:"罕儿你跑到哪儿去了?"努尔哈赤:"我去帮爷爷喂食老虎啦!"紫薇:"罕儿,你现在要好好学习,将来才能有出息,干活不是你一个孩子的事,往后这个时辰必须来学字写字。"努尔哈赤看着慈祥的紫薇,他感动了,脑海中出现了后娘纳喇氏吼叫的面孔,眼里闪烁着泪花:"知道了,干娘。"紫薇:"今天把我教你的字,能记住的写一遍。"努尔哈赤:"是!干娘。" 紫薇看着低头写字的努尔哈赤点点头微笑,她从心里喜欢这个虎头虎脑聪明的孩子,紫薇拿起针线绣花,时不时地抬起头提醒着努尔哈赤:"注意执笔的姿势。""挺直腰,脸不要离得太近。"

丫鬟春红抱着被褥来到马棚,看到李皋说:"大爷。"李皋:"哎!春红啊,有事?"春红:"夫人吩咐我送来的被褥,顺便清理一下房间。"李皋:"唉,好,好,我和你去。"李皋一边走一边唠叨着:"你说小罕子这命,好命啊!"春红:"可不是嘛,夫人待小罕子像亲儿一样,这吃的、穿的、住的样样都想到,小罕子可来福了,嘻嘻!"春红打扫、整理着房间,李皋说:"听说夫人每天都在教小罕子写字?"春红:"是啊,教几个字还给讲什么故事呢!"李皋:"哈哈哈,那是在教成语典故。"春红笑着说:"对对对!我就是想不起来。"李皋:"夫人真是个难遇到的好人啊!"春红:"可不是嘛,对我们下人从来不横眉立眼、不打不罚。"李皋:"人家那才是真正的大家闺秀,知书达理啊!"春红:"可不是嘛,对我们下人从……"然后突然用手捂嘴。李皋看着大笑起来。

紫薇抬眼看到努尔哈赤停下了笔,抬起头望着自己,知道这是写完了,就放下绣品走了过去,检查写的字。"罕儿,你看这个字,"紫薇指着"國"说,"你

## 第一章 少年坎坷

看看这个字，少了点什么？"努尔哈赤看后想了想就添上一笔，抬起头看着紫薇，紫薇微笑着拍拍努尔哈赤的头："真聪明。"

紫薇拿起笔来写下"知人者智，自知者明，胜人者有力，自胜者强"，说："你看看这里有几个生字？"努尔哈赤："有三个。"紫薇："跟我念，知——人——者——智——，自——知——者——明——。"努尔哈赤："知——人——者——智——，自——知——者——明——。"紫薇："胜——人——者——有力——，自——胜——者——强——。"努尔哈赤："胜——人——者——有力——，自——胜——者——强——。"紫薇："自己念一遍。"努尔哈赤："知——人——者——智——，自——知——者——明——。胜——人——者——有力——，自——胜——者——者——。"紫薇："强——。"紫薇说：这里有一个典故，在魏国有一位将军，他不但身材魁梧武艺高强，而且长得英俊潇洒，是魏国公认的美男子。他听说齐国有一个美男子名叫子渊，于是他就问妻子：我和齐国子渊比谁美？妻子答道：齐国人称子渊是美男子，那是齐国人没有看到你，他哪能跟我家相公比呢？当然是我家相公美呗。他又问他的小妾，我和齐国子渊比谁美？小妾答道：别说将军对我如此恩宠，每天能看到将军，就是为奴为婢妾身都愿意，齐国子渊怎么能和将军比呢，当然是将军美啊！还有一次他和一位富商饮酒，将军说：你走南闯北见多识广，你看我和齐国美男子渊比谁美？富商的回答和妻妾是一样。这一次子渊真的来到了魏国，这位将军看到了子渊后自愧不如，于是他经过分析后得出了结论：妻子说我美，她是偏爱我；妾说我美，她是惧怕我；富商说我美，他是有求于我。根据这个故事，给予归纳总结。就是说人要面对事实，承认事实，你不承认他也是事实。丫鬟春红走了进来，说："夫人用餐了。" 紫薇点头："嗯。小罕子来吃饭吧。""哎！"紫薇和努尔哈赤来到了另一个房间，菜饭汤摆在桌上，努尔哈赤乖巧地拉出了椅子："干娘你坐。"春红站在一旁："夫人你看还需要点什么？"紫薇："可以了。"努尔哈赤："春红姐你也一起吃饭吧。"春红笑着说："不啦，我过一会儿吃。"紫薇和努尔哈赤用餐，紫薇看着虎头虎脑的努尔哈赤狼吞虎咽地吃饭，笑着说："慢点，慢点吃，这是你最爱吃的。"说着给努尔哈赤夹红烧肉。春红一边插嘴说："馋猫，红烧肉是夫人特意为你要的。"努尔哈赤对春红做了一个鬼脸。 紫薇看到努尔哈赤吃完就说："小罕子去玩一会儿吧，对了，拿几块糕点。"努尔哈赤答应着："谢干娘！"拿了几块跑出房门，来到了院内，远远地看见李皋："爷爷，爷爷。"听见喊声的李皋回头看见努尔哈赤笑着："哎！"放下喂料的料斗。努尔哈赤跑到了李皋面前，拽着李皋近了房间，推扶着李皋坐下："爷爷，你吃糕点。"李皋："罕子吃，爷爷不吃。"努尔哈赤拍拍肚子："我都吃饱了，你看。"李皋拍拍努尔哈赤的肩膀："哎哟，罕子，想我孤寡一人，哪里有命担得起你叫我爷爷。"努尔哈赤："不，你就是我爷爷，就是我爷爷，你吃啊，你吃。"说着拿起糕点往李皋的嘴里送。李皋："哈哈哈，好好好，我吃，我吃。"

## （6）

有两个人骑马从远处奔来，一路之上卷起一道尘烟。觉昌安在贝勒府，听到马蹄声和马的嘶叫，立刻放下手中的一打貂皮，站起身来。这时走进觉昌安的两个手下说："启禀贝勒爷，这一个月我们走访附近大小城寨，未能寻到小罕子。"觉昌安："没有打听村寨的人？"下人回答："打听了，都说没有见过小哥儿俩。"觉昌安难过失神地坐在了炕上，发出了叹息的声音："怕是遇到了狼群啦！小罕子，我的大孙子——"随着觉昌安发出哽咽的声音，老泪流出了眼眶。阿哈查里盖说："贝勒爷，明朝正在捉拿小孩，绑了三十多个小男孩，大的不过十一二岁，小的还不会走，被官兵拎在手里哇哇哭叫。官兵后面是一群边哀哭边追赶孩子的父母、亲人，不是被阻拦官军马鞭抽打，就是被枪棒打倒，后来又都被射杀了。"觉昌安说："一些孩子又能犯什么国法？"阿哈查里盖说："听说是朝廷下旨在捉拿什么混世龙，说是混世龙是帝星下凡到了我们辽东，朝廷钦天监的人就在辽东总兵府，被捉拿的小孩就被押解到总兵府，由他们验证。"阿哈查里盖说："是尼堪外兰带官兵去的，说是……"觉昌安："王八犊子，这个败类，查里盖带点银子，赶快去李成梁总兵府去打探，看看小罕子哥儿俩在不在那里。" 阿哈查里盖："喳。"

努尔哈赤朗声反复地念道："知——人——者——智——，自——知——者——明——，胜——人——者——有力——，自——胜——者——强。" 随着努尔哈赤的朗声背诵，紫薇陷入深深的回忆，小时候她老爸教习她功课的场面浮现在眼前，思亲的她不由得流下了两行热泪。努尔哈赤抬眼看到，慌忙跑了过来："额娘——额娘——你咋啦？"又有些不好意思："干娘你咋啦？"紫薇："没事，没事，我来解释这几句的意思，你要记住啊！知——人——者——智——，就是能认识别人的叫作机智；自——知——者——明——，就是能认识自己的才叫作高明；胜——人——者——有力——，就是能战胜别人的叫作有力量；自——胜——者——强——，就是说，能克制自己的人才算刚强。"努尔哈赤："嗯，干娘我记住了。"紫薇："那就歇一会儿好了，你去玩一会儿吧。"努尔哈赤抬眼看到

## 第一章　少年坎坷

紫薇眼角留有的泪花，乖巧地说："干娘，不如我给干娘练一套拳。"紫薇笑着说："你还会打拳？"努尔哈赤："嗯，将来我也要像干爹那样做一名将军。"努尔哈赤扶起并拉着紫薇走出了房间，来到了院子打起拳来。看着打拳的努尔哈赤，紫薇欣慰地笑了。

窗外树木的绿叶渐渐变黄，秋季到了，人们换上了秋天的衣装。在紫薇的房间火盆闪着红红的光亮，她拿着书念道："卧——薪——尝——胆——。"努尔哈赤："卧——薪——尝——胆——。"紫薇："这里的'薪'，就是指柴草。卧薪尝胆这句成语有一个典故：春秋末期，吴王夫差发兵打败了越国，越王勾践被捉来吴国当了马夫，日夜侍候马匹。对于一个君王来说，这实在是非常难堪的，但是勾践暗下决心，一定要恢复自己的国家，所以他没有露出丝毫的抗拒神态，老老实实养马。他每天睡觉睡在柴草上，吃饭、睡觉前都用舌头舔舔苦胆，发誓要报仇复国。勾践还装出对夫差忠心耿耿的样子，用心替他驾驭马车，态度谦卑。夫差认为勾践真心归顺了，就放他回国。

"勾践回国后，决心要使越国富强起来，他亲自参加耕种，和百姓同甘共苦，他怕眼前的安逸消磨了志气，就卧薪尝胆，还常自问：'你忘了在吴国的耻辱吗？'经过二十年的充分准备，勾践看时机已经成熟，就在吴国没有防备的情况下，领兵把吴国打得大败。夫差感到很羞愧，举剑自刎而死。"努尔哈赤目不转睛地思考着。紫薇："你背一下'知人者智——'的那一段解。"努尔哈赤："知人者智，自知者明，胜人者有力，自胜者强。"紫薇："你用这个来解释一下卧薪尝胆。"努尔哈赤想了想说："勾践兵败被俘，知道自己已经无力抗争，就表现出非常恭顺的样子，这就是自知者明，也表明要想战胜别人得有力量。他每天舔食苦胆是为了激励自己不要忘记复国雪恨。他的无比恭顺赢得了夫差的信任，准他回国。他回国后又采取很多措施富国强民，最后打败了吴国。这就表现出他知人者智，自胜者强。"紫薇拍拍努尔哈赤的头满意地笑了。

这时丫鬟春红走进来："禀夫人，老爷回来了。"紫薇高兴地"啊"了一声。回头对努尔哈赤说："你干爹回来了，你去玩一会儿吧，吃饭时喊你。努尔哈赤："嗯。"紫薇继续说："不能光贪玩，要练字啊！"努尔哈赤："知道了干娘。"努尔哈赤走出了房门，紫薇来到了梳妆台前整理秀发。

这时李成梁推开了房门，悄悄走到紫薇的背后把紫薇搂到了怀里。紫薇笑道："我知道你回来了，老爷可想死我啦。"说完把头靠在李成梁的手臂上，李成梁爱怜地抚摸着紫薇。紫薇撒娇道："人家掐着手指算你什么时候回来，盼了多少个日日夜夜！你只想着用兵打仗，都不把我放在心上了。"李成梁："哪里有哇，老爷我天天都惦念着的就是你呀！"紫薇："老爷你真坏，为啥不先来个信，让我先高兴高兴？"李成梁推转怀里的紫薇，用手刮了一下紫薇的鼻子说："就是想给你一个惊喜，哈哈哈哈！"紫薇边伺候李成梁脱下了外衣和帽子边喊："春红快去厨房给老爷准备酒菜，做老爷喜欢吃的啊！"又忙着给李成梁倒上了茶水。

一会儿丫鬟端来了酒菜，二人就座，紫薇款款地坐在李成梁身边，美目流盼，风情万种。紫薇分别把酒倒满，拿起酒杯说："老爷得胜荣归，第一杯我先敬老爷凯旋。"李成梁说："好，好，干杯。"紫薇："这第二杯酒我敬老爷铁马金戈，出战必捷，威武。"李成梁："好，好，咱们干杯，瞧我的小紫薇，小嘴真甜，不愧是书香门第呀！"紫薇撒娇地说："老爷。"李成梁哈哈哈大笑。这时管家带一个婢女手提一盏红灯笼过来，进门请安后说："老爷，几位夫人都想请老爷去吃酒，酒菜都备好了，您看？"李成梁面带不悦："告诉她们我在这里快吃完了，今天也累了，明天过去，告诉她们记住我的约法三章。"管家应声答道："是，老爷。"管家带丫鬟走出了房门，好奇的丫鬟问："管家老爷，什么是约法三章啊？"管家笑着说："我们家老爷是将星下凡，治军有方略，威震一方，治家也有方法，就是这个约法三章，竟然没有一个夫人敢争风吃醋，哈哈哈！高人哪！"丫鬟抬头看看管家，再没敢深问，背影消失在夜幕里。

房内还在推杯换盏，酒意正盛，李成梁已有几分醉意。李成梁问："你那个干儿子呢？"紫薇有点兴奋地接话说："提起小罕子我就高兴，也是多亏有了他，少了我好多寂寞，他真是聪明，几乎是过目不忘，这才大半年呀，不但认识了很多字，还可用琵琶弹曲了呢。"李成梁用有点惊奇的目光看紫薇。紫薇："春红去把小罕子叫来。"春红笑着答道："回夫人的话，小罕子就在门外守候。"紫薇："你看看他有多聪明。"春红："我这就去叫。"李成梁："嗯！还真是聪明啊！"努尔哈赤进门叩头："给干爹、干娘请安。"紫薇亲切地说："我儿起来吧，去拿琵琶，给你干爹弹一曲助助酒兴。"努尔哈赤应声取来琵琶弹奏起来，美妙的乐曲让李成梁大为高兴，满脸笑容地鼓掌说："好一个罕儿啊，好一个徒弟，还有你好一个师傅。"说着一把将紫薇搂在怀里，紫薇撒娇说："老爷你坏，都把人家弄疼了，小罕子来。"说着拿了几块糕点给努尔哈赤，又爱怜地摸摸努尔哈赤的头，又努努嘴。"谢干爹、干娘。"努尔哈赤应退出到门前。紫薇此时脸上掠过一丝忧愁，却没能逃过李成梁的目光，问："刚刚还是高高兴兴的，这会儿是咋的啦？"紫薇："我时时不能忘记我的家仇哇！"李成梁："我还正要和你说呢，我已探明，

# 第一章 少年坎坷

害你九族的就是兵部侍郎，是我的顶头上司，你说这仇可咋报哇！"紫薇："那也得给我报仇啊！老爷你是一方统帅，咋就不能给我报仇呢？"李成梁："等时机，等时机，从长计议，从长计议。"紫薇："那就反了。"李成梁慌忙上去捂嘴，又回头看看说："可不敢胡说，可不敢胡说。"紫薇已是满脸泪水："老爷，嫁给你就因为你是真英雄大男人，我不图名分，不图安逸，就想为我九族报仇，呜呜呜。"李成梁面带难色走到紫薇身旁，拍拍紫薇的肩膀安慰说："仇肯定要报，现在不是时机，等等吧！好了，好了，休息吧！"紫薇扭动了一下身体还是痛哭不止，李成梁："不哭了，不哭了啊，我今天也是累了，要不去别处睡觉？"紫薇忙站起说："不，不让老爷走，春红，给老爷打水。"努尔哈赤进来回答道："春红姐刚刚不小心把脚弄伤了，王妈用酒给揉呢，我去给干爹打水。"一会儿把水打来，李成梁退去鞋袜，紫薇上前要给洗脚，努尔哈赤乖巧地说："我给干爹洗。"说着就蹲下洗脚，洗着洗着，发现李成梁左脚底有三颗红痦子，便问道："干爹，您脚底这是什么？"李成梁兴致勃勃地告诉他："哈哈！我这三颗连在一起的红痦子是上天赐给的，我能高官厚禄，大福大贵一辈子，全靠这三颗红痦子了。"小罕子听后，不假思索地说："我的脚底长着七颗红痦子呢。"李成梁不相信地说："你有七颗红痦子？那你快脱鞋，让我看看。"小罕子脱下鞋，李成梁一看他的右脚底果然长着七颗红痦子，而且排列得与北斗七星一样，这让李成梁大吃一惊。

李成梁又回忆起万历皇帝下的密诏："奉天承运，皇帝诏曰：钦天监夜观天象，辽东方向有天子祥云王气更盛，钦天监派员寻找龙脉多年未果，令辽东总兵府严厉盘查奇异男童，发现可疑之人，格杀勿论，确认钦犯押解进京。钦此！"

努尔哈赤穿上了鞋，等了一会儿，看到李成梁呆呆的目光，于是叫道："干爹，干爹。"努尔哈赤的叫声打断了李成梁的思绪。努尔哈赤："干爹，我去倒水。"李成梁惶恐地说："不不，我来，我来。"慌恐中李成梁光着脚下床来接洗脚盆。紫薇吃惊地看着李成梁一反常态的举动："老爷，老爷，这是咋啦？"紫薇推扶着李成梁坐下。紫薇："老爷咋啦嘛？"李成梁望望端盆走出去的努尔哈赤，小声地说道："你知道不？先皇和皇帝都下旨追查钦犯'混世龙'，我还以为是钦天监故弄玄虚呢，看来所言非虚，你没看到小罕子的脚下有七颗红痦子？那是真龙天子征兆，常言道：'脚踏七星，必做龙庭嘛！'查找十余年的钦犯竟然藏于我的府中，所幸他还没有长大成人，否则朱家天下就要变了。"紫薇被李成梁的一段话惊得目瞪口呆。紫薇："那——那——你想——你想——？"李成梁得意地说："还用问吗，明天将钦犯押解进京呗！该我吉星高照，官运亨通，哈哈哈！"

紫薇不安地说："小罕子可是我的干儿啊！"李成梁："什么干儿，他是朝廷的钦犯，窝藏钦犯是要被诛灭九族的。眼看那孩子就要长大成人了，当今圣上比先帝更着急，悬赏越来越高。这回我抓到了他，给朝廷立下大功，皇帝少不了要给赏赐，说不定还可以升官晋爵呢！"聪明的紫薇已经看透了李成梁的心思，于是心生一计。紫薇："老爷，真的能得到那么多封赏啊！"李成梁："那是。"紫薇："真为老爷高兴，我现在心情也好多了，咱们先庆祝一下啊！"李成梁高兴地说："好哇！"他们又来到了酒桌开始推杯换盏，又双双上床行其好事。李成梁一路疲惫，又喝了紫薇夫人有意多劝的酒，加上床笫之间的勇猛，躺下一会儿就传来了鼾声。

　　紫薇背身张目在思考着，等待李成梁睡熟，听到李成梁鼾声如雷，就赶忙从他腰间解下出城的令牌，心急慌乱中衣不遮体地直奔西厢房小罕子住的屋子。咚咚咚敲门"快起来，小罕子！"李皋应声问道："谁啊？"紫薇："是我紫薇。"李皋："是夫人哪！"紫薇听到李皋刚要开门，说："大爷你不要开门，你把小罕子叫起来我有急事。"李皋："小罕子，小罕子。"努尔哈赤睡眼蒙眬地问道："谁啊？啥事啊？"李皋："夫人喊你。"紫薇到了房山暗处，一会儿小罕子出了房门东西张望，紫薇摆手："罕儿——罕儿——"小罕子走到近前看到衣不遮体的紫薇："干娘——你——你这是——"紫薇顾不得这么多了，蹲下拉住努尔哈赤的胳膊说："儿啊，李成梁看到你脚下的红痦子，拿你当反贼钦犯，要押解你进京领赏，要砍你的头。"努尔哈赤不解地问："干娘，那为啥啊？"紫薇："还不是今晚你露出你脚下的痦子惹的祸。"努尔哈赤不解地看着紫薇。紫薇继续说："老爷说你，脚踏七星必做龙庭。"紫薇疼爱地用手抚摸着努尔哈赤的头说："罕儿，为娘看你是个孩子，一直没有跟你说。我乃书香门第，居住京城，我父在朝为官，受奸臣诬陷，也是昏君无道，尽杀我九族八十九口，为我独活逃难，多方打点几经周折，嫁到李府，想有一天能报我血海深仇，为娘活着就是为了报仇，看来现在报仇没希望啦。儿啊！你我今生有缘，能有你为儿，为娘不枉此生。"努尔哈赤有些发蒙，但很快清醒过来，连忙给紫薇跪下："干娘，我该咋办？"紫薇："赶快逃命去吧！儿啊！如你有发达那一天，记住要替为娘报灭九族之仇，杀贪官杀昏君，仇人就是现在的兵部尚书。" 说到此紫薇是泪流满面，努尔哈赤非常动容，又一次跪倒在地潸然泪下说："干娘……不，您就是我的额娘，额娘我记住了您的话，我发誓，等我长大一定为您、为我的额娘报灭九族之仇。"紫薇恋恋不舍地摸摸努尔哈赤的脸："儿啊，拿着令牌快去逃命去吧！"夜深人静，他们的谈话被李皋听得一清二楚，知道这是小罕子生命攸关的大事，也知道紫薇该说的话也说完了，

## 第一章　少年坎坷

于是李皋干咳了几声，往房山走来，紫薇听到声音，羞愧地躲到树后，看见李皋出来了就说："老李头儿，老爷令小罕子办差，你去备马，把小罕子送出府门。"李皋拉起呆呆跪在地上的努尔哈赤，听见了李皋说："罕子，跟我走。"这时紫薇夫人已经泪流满面。

李皋牵马带着努尔哈赤走到了庭院，侍卫问："谁？干什么呢？"李皋："哦王侍卫长啊，是夫人令小罕子出去办事。"侍卫队长和侍卫走进一看李皋和小罕子和手中的令牌说："哦。"紫薇心碎地看着李皋和努尔哈赤离去的背影，心痛地用双手捂住脸。

李皋带努尔哈赤奔去马棚，牵出了一匹大青马，打开了后门。李皋说："小罕子——快——快走——"努尔哈赤双膝跪地："爷爷——我舍不得你啊！"李皋也是老泪纵横："先别说了，逃命要紧——快走——往山里跑——啊！"说着硬拉努尔哈赤上马，照马的后臀拍了一掌，大青马带着努尔哈赤远去，眼看一只黄狗追随而去。紫薇夫人在暗处望着努尔哈赤的背影消失，悄悄地关起了后门，她悲痛心酸，但她不知道，她救出努尔哈赤是打开了一个时代的大门。

## （7）

天微微发亮，李成梁在床上感觉口渴："来人——来人——"回手一摸，发现紫薇不在床上，又喊："紫薇——紫薇——"李成梁下床倒了一杯水喝起来，一会儿还是不见紫薇的身影，自觉不好，忙穿上衣服出去寻找紫薇，不见，又奔去努尔哈赤住房，发现努尔哈赤也不见了，顿时大怒，骂道："这个贱人看我怎么收拾你。"又大声呼喊："来人——来人——"一会儿来了不少的侍卫。李成梁："经查我府中书童小罕子，就是朝廷缉拿的钦犯混世龙，活捉重奖，如有反抗格杀勿论，立即出发。"

李成梁兵分三路去追，一路出东门，经东沙河，直奔沈阳卫；另一路出西门，搜索医巫闾山；再一路出南门，过辽河奔辽阳，逆太子河而上，直插烟筒山。

秋夜清爽，明月高悬。努尔哈赤骑在大青马上，顺着苏子河谷，由东而西，策马飞驰。天已经大亮，努尔哈赤打马疾驰，不知跑出了有多少里，他很累很渴，看到河流，于是下马喝水，情急之下也是努尔哈赤年龄太小，没有把奔跑后的马拴好，就只顾喝水，大青马也喝了水，当努尔哈赤喝水，又洗了洗脸，抬眼看到大青马慢慢地倒下，那是马急于喝水呛了肺，缰绳渐渐地潜入水中。努尔哈赤走上前看到大青马死了，他怜爱地摸摸大青马，拍拍他的头，表示感激之情。回头望望，看见远处一队骑兵向这里追来，努尔哈赤急忙带着大黄狗往树林跑去。

侍卫们确认了努尔哈赤是从东门走的，于是就奋力追去，当侍卫看到死去的大青马，领头的侍卫说："他跑不远——追——追。"他们打马快追。努尔哈赤边跑便回头看，远远地发现一队官兵又追了过来，他往附近的一片树林跑着、跳着，钻进树丛，沿着一条曲曲折折的小路，一直跑进大山里，阵阵山风吹得莽林呼啸作响。努尔哈赤靠在一棵枫树边，但又饿得睡不着。他想找点吃的，但两条腿实在迈不开步伐，刚费力站起来，便觉得眼前一黑，栽倒在地。眼看追兵越来越近，这时一群乌鸦落在努尔哈赤的身上。官兵追到树林前三岔路口，向右边的路看去，只见乌鸦正在啄食，侍卫队长说："这边有乌鸦他肯定没有走这条路，乌鸦正在叼啄死尸，咱们顺这条路追。"官兵便向左面的路继续追下去。努尔哈赤一会儿苏醒过来，听到追兵的马蹄声渐渐远去，看到身旁的乌鸦，知道是乌鸦救了他，他向乌鸦作揖感谢，这难道是天意不成？他又向苍天叩头谢恩，然后又继续逃命。向前搜索的一个侍卫队员回头发现了努尔哈赤身影，用手指向树林北方向喊道："队长——队长——你看——"队长："啊，全体向北给我追。"

远远地看到努尔哈赤领走大黄狗跑进芦苇荡。官兵追到此处，见莽莽芦苇看不见人影，这么大的芦苇荡实在是没法寻找。于是侍卫队长下令："给我放火烧荒，烧死他。"顿时草甸上一片火海，努尔哈赤实在跑不动了，被烟一熏就一头昏死在地。这时黄狗用嘴叼努尔哈赤的衣服，努尔哈赤全然没有感觉，眼见大火烧到了他的主人，只见它先是跳进附近的河水中将全身浸湿，然后从水中出来，围着努尔哈赤周边打滚灭火，再跳进水中，再出来灭火，就这样反反复复。这可真是"马有垂缰之义，狗有湿草之恩"。

众官兵看着熊熊大火，侍卫队长："看来混世龙在劫难逃啦，哈哈哈！归队。"官兵抬身上马，飞驰而去，土路上扬起一路尘土。

待大火过后，努尔哈赤醒来，看见周围一片焦土，时不时地还有烟雾呛着喉咙，发现唯有自己的周围还有芦苇没有着火，自己身上湿漉漉潮乎乎，而大黄狗却倒在地上奄奄一息，他明白这是大黄狗救了他。努尔哈赤跪倒在狗面前哭喊着："大黄——大黄——"大黄狗抬眼看看了努尔哈赤，眼睛里流出了泪水，发出呜呜的低声，好像在和他的主人告别，然后闭上了眼睛。努尔哈赤哭喊着："大黄——大黄——我的大黄——呜呜——呜呜——"努尔哈赤哭了多时，后又吃力地掩埋了大黄狗，磕了三个头，就往深山林子里跑去。

李成梁坐在桌旁，一拍桌子愤怒地骂道："紫薇你这个贱货坏我好事，你带

## 第一章　少年坎坷

小罕子跑了，我看你能跑到哪儿去，就为了你这么个干儿子连我都不顾了？奶奶的。"李成梁气处一把把桌上的茶具打在地上。此时有侍卫急急忙忙跑了进来："报大帅，紫薇夫人——紫薇夫人她——她——。"李成梁："她怎么啦？快说！"侍卫："她吊死在歪脖梨树下。"李成梁气急败坏地喊道："什么？奶奶的。"李成梁和几个侍卫直奔梨园，远远地看到紫薇是衣不遮体，被一段白纱悬挂在歪脖梨树下微微晃动。李成梁看罢说："你们稍等，我去。"李成梁走到了梨树下，看到紫薇半裸的身体，一手抱住，挥动宝剑砍断白绫，迅速把紫薇放下，脱下自己的衣服盖在紫薇身上，眼泪已流到了面颊说："紫薇啊，你这是何苦呢？怪我啊！怪我，我真的不知道你和小罕子感情这么深，要是知道我也不能把实情告诉你啊！都是我害了你，都是我害了你。嗨！紫薇呀，紫薇，你就是放跑了他，我还能怎么怪你，乖乖你这不是要我命嘛，嗨！"李成梁一边心里叨叨，一边爱怜的用手给紫薇梳理着散乱的头发，又把盖上的衣服向上提了提，无奈地向侍卫挥挥手，侍卫和侍女们疾步跑了过来，李成梁说："厚葬。"

疲劳的努尔哈赤睡在树下，晃动了一下身体，转过身来睁开了双眼，用手揉揉眼睛坐了起来，采了一些野果食用。忽听喊杀声，努尔哈赤疾步跑到山口隐蔽处观看，看到了是女真族在厮杀，争斗砍杀了一会儿，互有伤亡，看到一伙人骑马逃走，另一队人马追去。努尔哈赤想了想，警觉地跑去争斗现场，看到了几具尸体和死马，努尔哈赤捡起了刀、弓箭、包裹等，然后迅速往深山跑去。

努尔哈赤找到一个狩猎处静静地趴下等待猎物，一会儿一只兔子进入视线，努尔哈赤搭弓射箭，兔子应箭倒下，努尔哈赤跑去捡起兔子。一会儿兔肉烤好，狼吞虎咽吃了起来，又找到泉水处喝了点水，带上东西向深山走去。看到了一处山洞，洞的旁边还有一处泉眼，心里想："就在此处栖身吧！"努尔哈赤抬眼远远看去，半山腰有一处道观，门前还有人影晃动。努尔哈赤就在此地开始了他的狩猎生活。

一般人是拜师学艺，而真正的高手都是师傅选择徒弟。也是机缘巧合，正一道长无意中发现了努尔哈赤。

道长手捻胡须远远看去，努尔哈赤正在箭步灵腰疾步追杀着猎物，赞道："身轻如燕。"又有一次，道长看到努尔哈赤扛着一头野猪健步如飞，赞道："真乃天生神力啊！"道长从心里喜欢上了这个孩子。

今天又是一个晴天，万里无云，努尔哈赤起来，走到泉眼处洗了洗脸，喝了几口泉水，拿起弓箭、弯刀奔向密林，走着走着忽听到"唰唰"的挥刀声音。努尔哈赤轻步走去观看，一位道长身穿一套紫色道袍颧骨高耸，身形如鹤，眼中精光湛然，一口宝剑舞得龙飞凤舞。道长练剑收势，长吐一口气说："出来吧！"努尔哈赤非常惊奇地自语："我这么多轻的脚步就连猎物也不能察觉到，他怎么能知道我在此地呢？"努尔哈赤走到道长面前说："道长，不是有意打扰您老人家，我是打猎路过。"道长抬眼一看心里暗暗称赞："大贵之人哪！"道长问："你这么小小年纪不在家里，为啥只身跑到这深山老林来？"努尔哈赤："道长，我是孤儿，被坏人追杀逃到这儿的。"努尔哈赤一五一十地向道长说明了一切后，突然跪下虔诚地说："道长，刚刚看到您舞剑，真是武艺高强，您老要是能传授我武功，我拜您为师，认您为父，将来我长大为您养老送终。"道长抬头看看天，心里想："哈哈哈，傻小子，你知道为师在这里练剑就是为了会你呀！哎，可能是天意所致，让你逃到此地。"道长说："想要学好武功，那可不易呀！你小小年纪，能吃得了苦吗？"努尔哈赤扬起了头说："道长，俺不怕吃苦。为了能学到武艺、长能耐，俺什么苦都不怕。"道长看看努尔哈赤，想了一会儿，说道："那好吧！我现在就正式收你为徒。"就此，努尔哈赤叩头拜师，谢恩。

道长和努尔哈赤说了一会儿话，可能是详细询问了过去。道长说："我们正一派道士与全真教不同，正一派道士可以结婚、吃荤。道士是男女的通称，女道士也可称道姑、坤道；男道士也称道士、乾道；道士相互之间则称道长、道友、道兄等，也是男女通用的，道教以外的人也可以这样称呼他们。正一道士多为男性，不蓄长发和胡须，发式同俗人相同。他们不穿道装时，看不出是道士。从此你把小名忘掉，叫大名努尔哈赤。"努尔哈赤答道："是。"努尔哈赤跟随道长往道观方向走去。

李成梁回到紫薇的房里，看看东看看西，坐在紫薇的床上摸摸床上褥单，一脸忧愁陷入深思，回忆起往日的欢歌笑语画面："哎！人去楼空情犹在，物是人非事事休哇。"侍卫队长："报——报——，启禀大帅，混世龙慌不择路逃入芦苇荡，难于捕捉，放火将其烧死在芦苇荡。"一脸惆怅的李成梁说："给你们记大功，到账房领赏去，等朝廷下发了赏银再给你们打赏，下去吧！"

于是李成梁奏报朝廷，脚踏七星的混世龙被绞杀在芦苇荡里。因此捷报，明帝祭祀祖庙告捷，重重封赏了李成梁。

# 第二章　青年历练

## （1）

　　自从努尔哈赤到了正一道观，每天都是天刚蒙蒙亮就起床，自己练习祖父觉昌安教练的刀法，白天努尔哈赤什么活都干，打柴、种菜、烧香、敬佛、扫院子，而且每样活都干得认真，勤勤恳恳，从不偷懒。道长每每看到都是暗暗点头，他打心里喜欢这个徒弟。

　　夜深了，道长轻步来到努尔哈赤睡房，看到努尔哈赤酣睡在床榻之上，点燃了油灯，看到努尔哈赤脚下的七颗红痦子，道长心想："嗯，所言非虚，是大贵之人啊！"道长给努尔哈赤盖好了被子走了出去。

　　道长传授刀枪等武艺，努尔哈赤练就刀枪的绝世武功。道长又教授兵书、战策、礼仪、天文、地理和帝王之学。有点闲空努尔哈赤就去打猎补给道观，道观的人都非常喜欢这个孩子。在习练恩师教授的武功外，他又捡起自己比较熟悉的骑马、射箭（横射、直射），在此期间他练就直马三箭的绝世之功。

　　这一天，努尔哈赤受师命来选兵器，努尔哈赤在一个道童引领下来到了一个秘室，他上山五年还是第一次来到这里，看到兵器库内各种兵器真是琳琅满目，好多兵器都是第一次看到，看看哪个都好，真是爱不释手，忽闻"当啷"一声响，放眼看去，原来是一把金龙战刀，本来是在一个木制的刀架上，可能是年久木架朽了吧，架毁刀落。努尔哈赤拿起那把刀，只见又宽又长又重，刀出鞘寒气逼人。他看了又看真是爱不释手。

　　努尔哈赤回到了上房，双膝跪拜叩谢恩师。道长轻声说道："小罕子，小罕子起来说话。"努尔哈赤纹丝未动，道长哈哈大笑："努尔哈赤起来说话。""是！""好，好，好，这样的话我就放心啦。"道长喝了口茶，停了一会儿又说："努尔哈赤完成五年学艺，我将平生所学传授与你。可谓上晓天文，下知地理，十八般武艺样样精通，你把常人十年不一定学好的课程五年学成，你天性克己，聪慧过人哪，为师甚是欣喜。"听到这儿努尔哈赤心里美滋滋的。道长接着又说："努尔哈赤你要记住，四是你的吉祥数。""四四为八，里面有两个四，'四同四'是你顺应天道的吉祥数。"努尔哈赤还想问问内涵，道长告诉努尔哈赤，这是天机，涉及天机运程，好好利用，到时自知。

如今你学业成，下山后你要继续修炼文治武功，究天合、地合、人合、己合。你的大业是解众人之苦，你的路是王者之路，你一定要撑起大业，方不辜负我一片苦心哪！"努尔哈赤认为他还需要学习，但这么多年他深深地知道恩师是言出必行的。所以，努尔哈赤给恩师叩头谢恩，不忍离去，于是又跑回了房间，流着泪请求留在师傅身边。但道长执意要他下山，并说："将来若能成就大事，千万不要忘记对老百姓讲仁义，要恩威并施，其实这些你都知道，只是叮嘱，下山去吧，你有事还是可以回山门来看为师的啊！去吧，山下就是你的舞台，就是你的天地。"努尔哈赤实在是没有办法，就三拜九叩与道长洒泪而别，又去和师兄师弟辞行。

走出了道观，努尔哈赤恋恋不舍地转回来向道观磕了几个头，飞马向山驶去，踏上王者的征程。

努尔哈赤快马扬鞭奔驶着，土路上旋起一路烟尘，如同蛟龙入海。他心潮澎湃、举箭射天。最后他真的射出一扇时代大门，射出自己的一片天。

他看到有一甘泉，叫停下马打了一袋水，又拿出干粮食用，他在想自己究竟去哪里呢？是现在去参军呢，还是回家回赫图阿拉？努尔哈赤从心里不愿回那个没有温暖的家，但人总是有亲情，努尔哈赤还是时常思念阿玛，更让他思念牵挂的是玛法。努尔哈赤最后决定回赫图阿拉，先看望玛法，于是起身上马而去。

突然听见前面有士兵喊杀声，兵器碰击声、战马嘶鸣声，近前看到有两辆马车满载着货物在大路上奔跑，两伙人在打斗。"是抢劫！"努尔哈赤看明白了。于是大喊道："住手——"努尔哈赤声如洪钟，大家都愣住了，不约而同地把目光投向努尔哈赤，瞬间努尔哈赤人马已到近前。有一老者看到努尔哈赤像是看到了救星一样，连忙说："英雄，我们是庄户人家，他们是土匪，杀了我们的人还要抢劫我们刚刚买回的东西。"努尔哈赤怒目而视，说道："光天化日你们竟敢拦路抢劫？"一个土匪头目看了看努尔哈赤说："怎么的，年轻人你还想当横啊，告诉你啊，看你是个娃娃，滚吧。"努尔哈赤说："这个我就管了，管定了。"土匪头目说："给你脸你不要脸，你拿命来。"土匪边喊边挥刀砍向努尔哈赤，努尔哈赤出刀、挥刀的速度真太快了，众人还没看清是怎么回事，土匪头目已饮刀落于马下，众土匪看后都大惊失色，纷纷向山里逃命去了。

被救的人齐刷刷地给努尔哈赤跪下，谢救命之恩。努尔哈赤下马扶起老者，交谈才知道他是佟家庄园的庄主。努尔哈赤起身上马告辞要走，佟老一把抓住缰

## 第二章 青年历练

绳说:"你救了众人,这样的大恩岂能言谢,谢金谢银我们不提,就想请英雄到庄上喝一杯感恩酒。"众人也纷纷上来求情。努尔哈赤无奈只好跟随众人进了佟家庄园。

努尔哈赤被让到上房,佟老吩咐下人赶快备酒菜,又喊来生活在一起的家人,告诉他们事情的经过,儿媳和孙女双双施礼拜谢努尔哈赤。佟老让大家就座,酒桌上共四个座位,佟老坐上座,努尔哈赤在东为客座,佟佳氏及其母尤拉氏在西为陪坐。佟老首先站起说:"请问英雄大名?"答曰:"努尔哈赤。"佟老接着说:"好名字,让俺们先敬努尔哈赤少年英雄一杯,感谢你救命之恩!"努尔哈赤谦虚地说:"你太客气了,不过举手之劳嘛!"他们推杯换盏,让菜、夹菜来表达感激之情。酒过三巡菜过五味,大家也不是很陌生了,佟老就问起了努尔哈赤的家世:"努尔哈赤,你家住哪里,家里还有什么人?"努尔哈赤自从十二岁遇难脱险后,就依照恩师吩咐:"江湖险恶,不要轻易说出你的身世,你不知道对方是敌是友。"于是顺口答道:"家原来在满洲,父母早已去世,自己孤身一人漂泊在外。"佟老是什么阅历啊,心里想:"听他说话是一个有文化的人,应该有一个好的家庭啊,他说是孤儿,就是说没有什么依靠,那是不可能的,一定有难言之隐,不想说就不说吧!嗯,还是借坡下驴别深问!"不过通过言谈佟老真的从心里喜欢这个青年,这不单单是因为努尔哈赤救了自己的缘故。佟老的儿媳尤拉氏更是看好这个膀大腰圆的青年汉子,时不时地看看女儿,看看努尔哈赤。佟佳氏已到了少女思春的年龄了,尤其是酒后看到这么一位英俊潇洒的男人,不免脸红心跳,也少不了多看几眼。当然努尔哈赤看到佟佳氏火辣辣的眼神也是心领神会,面对这样一个美女又哪能不动心呢?这一切都看在佟老的眼里,他高兴,他真的高兴啊!感叹:"我佟家有望啦!"

佟佳氏拿起酒杯说:"努尔哈赤大哥,你救了俺玛法的命,你现在又是孤身一人在外漂泊,不如你就在俺家住,俺要好好报答你救命之恩呢。"佟老点了点头,朝媳妇尤拉氏弄了下胡子,转过脸对努尔哈赤说:"俺孙女说得对,以后就住在俺家,哪儿也别去了。"接着又是喝酒,直至深夜方散席。佟老派人单独打扫了一间上等客房,请努尔哈赤住下。

努尔哈赤来到山庄有些时日了。这一天,他刚刚吃过早饭,阿哈收拾下碗筷,就听有人敲门,并传来银铃般的声音:"大哥。"努尔哈赤打开房门,就闻到一股扑鼻的香味传来,见佟佳氏浓妆修饰,面白如玉,穿着旗袍,脚踏粉鞋,头上挽着高高的髻,更显娇媚秀丽。努尔哈赤的脑海中想着昨天的佟佳氏和今天的佟佳氏对比着，一时间两眼发呆直勾勾地看着她，这可让不见世面的姑娘臊得一个大红脸，慌忙把头低下。努尔哈赤如梦方醒，自知失礼，连忙说："快进来吧，佟姑娘。"佟佳氏："不了，我来带你到山庄走走，熟悉熟悉。哦对了，我小名叫秀儿，你以后叫我秀儿好了。""好，好，好！"他们从佟府走向大街，山庄里的人都听说，有人救了贝勒爷。当看到秀儿身旁的年轻人，不用猜就知道，"哦，就是这位英雄啊！""长得还挺英俊。""看哪，和秀儿多般配，没准儿还能成为我们山庄的姑爷呢！"人们在交头接耳地议论着。秀儿看到人们在张望，羞得面红耳赤，只顾低头向前走。

佟家庄园依山傍水，山庄的面积还真的不小。他们走了一会儿来到了后山护庄沟畔的桃柳树下休息。对于几乎同时一见钟情的男女，此时的心情可能是一样的感觉。在他们单独相处的今日，不免心中都泛起了激情，就像一叶小舟荡漾着甜甜的、美美的心绪。更显天是那样的碧蓝，风是那样的和煦，就连鸟儿叽叽喳喳都好像是在唱着情歌。秀儿斜倚在桃树枝旁，她那秀丽的面庞、婀娜的腰肢、凸起的胸脯，更显女人的骄姿。努尔哈赤一个血气方刚的壮汉，已有五年多没有见过女人了，今天见到了如此让人心动的美女，真让他心潮澎湃，血往上涌，他强忍着，控制着自己的情绪。最后努尔哈赤终于忍不住了，不管三七二十一，上去搂住那桃花般的美人，吻向那樱桃小口，佟佳氏被这突然的行为给闹蒙了，她挣扎了几下，却被这美妙的感觉所吸引，她在默默享受着男女间的情趣。

晚上努尔哈赤躺在床上，不免翻来覆去，想着恩师的培育、恩师的期望、恩师的安排。怎样才能结交明朝的官员？去抚顺关投奔李成梁，混个一官半职？能不能攀上还是未知数。又想想佟家庄园，地处僻远山区，若想成就大事，倒是屯兵积粮的好场所。佟家庄园有土地、有庄丁、有财富，况且佟家一家都是好人，对我又是很好，秀儿又倾心于我。现在的山庄的状况也需要我，一想起佟佳氏秀儿那双眼睛、那小口、那秀丽的面颊、那凸起的胸脯，哎，真是一位让人心动的秀妹啊！努尔哈赤心里也确实舍不得离开了。有道是"先成家后立业"，思来想去努尔哈赤决定就在此立足。

那边佟佳氏也在想着努尔哈赤，她回想着白天说的每一句话、每一个眼神，还有那热情的接吻，她时不时地偷偷笑着。半夜了，她还是睡不着，抱着枕头思绪万千，心里痒痒的。她想啊想，她想到她倒在他的怀里，想到他们大婚，想到他们有了孩子，想着她抱着孩子哄着孩子，美美地笑了，她带着微笑进入了梦乡。

尤拉氏看到了白天的情形，心里真是高兴，秀儿要是真的能嫁给这个好后生

## 第二章 青年历练

也是满足了,也对得起他那死去的阿玛了。

自从佟老见到努尔哈赤,真是从心底高兴,他见到努尔哈赤与秀儿成双成对地出入,心里早就明白了:"这么下去,日久天长,还能不抱重孙子?"他们可真是天生的一对。姜还是老的辣,一看便知,开头见他们俩不好意思说话,后来熟了,便没话找话,像有点情投意合的样子。于是他便把自己的想法告诉了寡媳尤拉氏。尤拉氏对努尔哈赤也非常满意,要是那样真的太好了。佟老接着说:"我已经老了,我们这个山庄,我们这个家需要像努尔哈赤这样的男人支撑,我想成全这门婚事,不是因为他救了我,而是通过这几天我的观察,发现努尔哈赤是一个正人,是一个有思想有能力的人。俺将他入赘过来,把全部家产传给他,我孙女也就有靠了。让他们给我们养老送终。"尤拉氏听公公的一席话,也确实觉得在情在理,女儿的心事她也洞察了七八分,知道秀儿已相中了努尔哈赤,况且又是全家的救命恩人,尤拉氏高兴地答应下这门亲事。

佟老令人找来了努尔哈赤,把他们一家的想法都告诉了努尔哈赤,努尔哈赤点头同意,并双膝跪下,右手抚胸对天盟誓,要善待秀儿,对玛法、额娘要养老送终。他们四人的想法是那样的一致,这才叫有缘千里来相会,天意作美新人合。

佟老找人选定了黄道吉日为他们完婚,秀儿听到后欣喜若狂。这一天很快就到了,佟老天不亮就起来,派人杀猪宰羊,打扫庄园,搭起喜棚,书写喜联,装饰新房,备办酒,发请柬。他又找人请来说书的、唱戏的、吹喇叭的。忙得佟老小辫子都翘到天上去了,他高兴得合不拢嘴,心里总想把孙女这喜事办得像个样子。

佟老的本家、亲朋、四邻长者都陆续来了,真是贺客盈门。方圆数十里,凡得过佟老好处的,现在佟老招赘养老孙婿,谁不来送份贺礼!一时间佟家庄园里喜气洋洋,热闹非凡。

那佟佳氏打扮得花枝招展,头上的金银首饰闪着光亮。努尔哈赤一身迎新衣服,更显得英俊潇洒。二人在一片吹吹打打的欢乐声中拜了天地,拜了尤拉氏、佟老,然后被送进洞房。

新婚后,努尔哈赤依旧晨起练舞,夜晚挑灯读书。佟老就把山庄的事交给努尔哈赤打理,整个庄园让努尔哈赤打理得井然有序,庄园老少对努尔哈赤都心悦诚服,佟老很是满意。

## (2)

努尔哈赤没有忘记恩师的教诲,没有忘记自己的王者征程,他开始传授庄丁刀法、枪法、箭法和骑术,小部分人教习战法,努尔哈赤在默默培训自己的军事人才。本来女真就是游猎民族,骑射、刀法都有一定的功底,在努尔哈赤训导下的二百多庄丁,整体提升了战斗力。

努尔哈赤入赘佟家,小两口恩恩爱爱,日子过得祥和平静。隔了一年,佟老去世,努尔哈赤依约继承了家产,独掌庄园。

这几天努尔哈赤每天都在想一个问题:怎么交际更多的英雄豪杰?他终于想明白了。晚上努尔哈赤和佟佳氏云雨后,就和佟佳氏讲了自己的想法。秀儿是多么聪明的女人,经过一年多的时间与努尔哈赤生活在一起,她清楚努尔哈赤的志向和抱负。听到额尔根(老公)说起要开骑射大会,心里就明白了,秀儿爱她的丈夫,努尔哈赤身上具有的优点,常常让秀儿感叹,常常为能有一个这样的好丈夫而暗暗庆幸。佟佳氏笑着说:"额尔根,你是庄主你说了算。"努尔哈赤说:"我是想听听你的意见。"佟佳氏说:"开骑射大会,我们会认识很多有本领的人,能交好多的朋友,是好事啊!我愿意你去做,也支持你。"努尔哈赤满意地笑了,轻轻把秀儿搂在怀里,亲吻着她的头。其实努尔哈赤为能娶到这么贤惠、聪明、睿智的妻子也是心满意足。

有知识、有头脑的努尔哈赤打理佟家庄园,一切井然有序,而且由于合理用人,合作分工,一年多来佟家庄园有了大笔进项。比如:上山采蘑菇,人参,打猎,捕鱼,养殖猪马牛羊;种植粮食蔬菜。尤其是在合理分配上,赢得了全庄上下的感恩和敬畏。

佟家庄园的庄丁在努尔哈赤的训练下骑射、武艺有了很大的提高,整个庄园兴起尚武之风,还有大姑娘小媳妇也跟着演练。当大家听说要开骑射大会,都欢呼跳跃。按照努尔哈赤的吩咐,管家拿出了骑射大会的方案,努尔哈赤听后感觉很好,确定骑射大会在中秋节前五天召开,现在还有时间,尽快安排好,十天后开始在各个村寨张贴通知。

这几天努尔哈赤总是梦见玛法,本来早就想看玛法,可忙于山庄事物拖拉至今。这一天晚上,努尔哈赤和佟佳氏说了自己的身世,佟佳氏很高兴,她万万没有想到,自己的额尔根是建州指挥使的子弟,还是大阿哥。因为当时的指挥使在她眼里是一个了不起的大官。他们商量了一下,第二天努尔哈赤带上了几个庄丁走向赫图阿拉城旁的一个山庄,他的玛法(觉昌安)住在那里。越走越近了,努尔哈赤看到了这熟悉的山山水水,唤起了他童年的回忆和难以言表的苦楚。

他们一行人走进了寨子,努尔哈赤一眼看到了阿哈查里盖,阿哈查里盖看了

## 第二章 青年历练

半天突然认出了这就是他们的大阿哥,转身想要跑去报告给老都督,被努尔哈赤拉住,他们一起来到贝勒府。阿哈查里盖掀开门帘请努尔哈赤和佟佳氏进屋,觉昌安见到来人,疑惑地问:"这是——?"努尔哈赤看到玛法瘦了、老了,不由心头一热,扑通给觉昌安跪下喊道:"玛法。"觉昌安终于认出了是他的大孙子努尔哈赤,兴奋得老泪纵横,嘴里嘟囔着:"不哭,不哭,是大孙子回来了,是我的大孙子回来啦!"觉昌安放开努尔哈赤,双膝跪在地上:"谢苍天,谢女真神,是你们把我的大孙子给我送回来啦——"努尔哈赤扶起玛法并介绍了佟佳氏:"这是您大孙子媳妇。"佟佳氏给觉昌安见礼,觉昌安更是大喜过望,乐得他眼睛眯成了一条缝。他忙令人准备了丰富的酒菜,大家把酒言欢,述说着分别后的那些事。

第二天,觉昌安和佟佳氏终于说服了努尔哈赤,他们一起来到了赫图阿拉城,回到了家里,他们给城主塔克世、福晋们见了礼。塔克世本来想努尔哈赤哥儿俩是喂了狼了,今天见到真是高兴得不得了,毕竟是父子连心嘛!福晋纳喇氏看到努尔哈赤长成膀大腰圆、相貌堂堂的男子汉,这么风光地回到了家里,想想过去的行为真的有些后悔,感觉很不好意思。

多少年了,他们一家人终于吃了一顿团圆饭,席间他们说了分别的思念、愁苦和悔痛,时而悲伤,时而欢快。觉昌安告诉大家,已经上报朝廷,近日就有公文,塔克世世袭了都督职位。觉昌安喝得满面春风,他感觉家里愧对了大阿哥,就提议要给努尔哈赤十头牛和五十只羊,塔克世也感觉到愧疚,说要再给加绸缎、毛皮和银两,这些都被努尔哈赤婉言谢绝。

第二天,努尔哈赤在路上走,突然有人喊:"小罕子,小罕子!"跑过来一个人,正是府里阿哈的儿子,小时候还在一起玩耍的小伙伴,只见努尔哈赤手起刀落,将其劈死,他要杀一儆百。这就引得不少人远远地围观。

这时努尔哈赤大声说道:"不管人前人后,有谁再唤我的小名,这就是下场。"努尔哈赤惹的祸自然由父亲塔克世圆场,最后以醉酒误伤赔了银子了事。可祸不单行,努尔哈赤的一个远房叔叔听说了这个事,就大骂小罕子不是个东西,这被努尔哈赤的手下听见,努尔哈赤立刻带人前去。"你骂我,我不在乎,你是不是又喊我的小名了?""没有没有,没有的事。""就是他。"努尔哈赤装醉跟跟跄跄地拔出腰刀,那个人扑通一声跪下求饶,努尔哈赤挥刀砍下,对方一躲,也是努尔哈赤放他一马,左臂被砍断。一些家族的人就上来抱住了努尔哈赤,"谁再喊我的小名,就是跑到天边我也要杀了他。"就这样大家哄着劝着把努尔哈赤送回到贝勒府。一时间城内多有传闻说是"努尔哈赤小时候受到了惊吓,听到他的乳名，他就犯病，他就杀人"，等等。

塔克世听说又出事了，回到家里责备努尔哈赤，努尔哈赤让其他人都出去，又请来了玛法，让自己手下人护住房门，努尔哈赤向玛法和阿玛讲述了他那段不为人知的秘密。随即塔克世向城内下令："不得唤努尔哈赤的乳名，否则格杀勿论！此事不得外传，否则格杀勿论！"从此，寨子里的人都不敢再提起此事、再提起努尔哈赤的小名了。

一晃七天过去了，努尔哈赤一行回到了佟家庄园。中秋将至，正是秋高气爽，风和日丽。佟家庄园的广场正面挂着骑射大会的横幅，两旁挂着大红灯笼，广场周围挂插着绣球、彩旗迎风飘摆。在边塞很少有这种聚会，那可是人山人海，很多少男少女都穿着节日盛装，显得格外喜气洋洋。人们挑买着山庄出卖的各样物品、食品和酒肉，十几年了没有这样的场面啦，人们在感受着没有杀伐争斗的祥和的场面。

想参赛的人们都在竞相登记报名，登记得非常细致，比如住址、姓名、年龄等。时辰已到，管家宣布了比赛项目——赛马、赛箭、摔跤，还有比赛的规则和奖项。在口哨声和欢呼声中，女真族的男儿们争先恐后各不相让。比赛结果，获特等奖四人、一等奖有四十四人、二等奖八十八人、获三等奖一百六十人。

在一片欢呼声中努尔哈赤带领众人上台颁发奖品，有人提议请求庄主表演武功，努尔哈赤为了给人们助兴，也是想顺便显示一下实力，纵身上马，轻身似燕，施展了直马三箭的绝技，大家看到那三个飘落下的彩球，立刻想起了掌声和欢呼声，这欢呼声和掌声变成了大家的仰慕之情。

晚上山庄准备了篝火夜宴招待所有人，人们在朝霞般的篝火旁喝酒划拳行令，美丽的女真族女子优美的舞姿，引起了男人们参与，他们在尽情地跳跃，努尔哈赤弹奏着琵琶也加入了舞蹈的人群之中，幸福欢快都挂在了人们的脸上，温暖着每一个人的心灵。

努尔哈赤办骑射大会的基本目的达到，还有一个目标就是要义结金兰，他要加强自己的影响力和凝聚力。经过他认真筛选，努尔哈赤留下了七个人，他想我脚踏七星，加我就是八人，八的里面有两个四，正符合我的吉祥数。他们是女真族的额亦都、安费扬古、费英东、扈尔汉、何合里；汉族的岳寒；蒙古族的帖木儿克。他们谈天论地、谈大明帝国的腐朽、残暴，女真族的各自称王互相杀伐。他们又展示了各自的武功，有的舞动拳脚，有的使枪耍刀，骑射功夫更是不在话下。

## 第二章　青年历练

大家为努尔哈赤的文韬武略和人格魅力所折服。

第三天的晚宴上，在努尔哈赤的授意下，扈尔汉提议："俺们仿效三国的刘、关、张桃园三结义，怎么样？"这个提议说到了众人的心坎上了，大家拍手赞成，也在庄外的桃柳林中，杀乌牛、白马祭礼，焚香盟誓，结为兄弟，愿尊努尔哈赤为大哥，唯命是从。

因额亦都和帖木儿克是单身，就留在了山庄，众人施礼话别各回各家，努尔哈赤把训练壮丁的事情交给了扈尔汉和帖木儿克。

努尔哈赤忽然想起了一件大事没有做，于是令人找来额亦都，让他单独去趟抚顺，去城里请点痦子的安先生到山庄来行医，并给了安先生定金，安先生说："用不了这么多。"额亦都说："我们贝勒爷有的是钱。"安先生问："去哪里？"额亦都说谎骗他说："是叶赫贝勒，现在建州访友，有人给看相说贝勒爷脸上的痦子不好，所以命我前来请你。"

安先生到了佟家庄，当安先生看到努尔哈赤脚下的七颗痦子，惊得目瞪口呆，说话都结巴了："这——这——这是大富大——贵的红痦子呀！除——掉？俗语说脚踏七星必做龙庭呀！我可不敢。"努尔哈赤说："皮外之物，没有那么邪乎，不必多言了，去掉吧。"安先生在佟家山庄住了几日，当然是好吃好喝的招待，等努尔哈赤脚下痊愈，没有留下一点痕迹，努尔哈赤很满意，就让额亦都送安先生回家。

路上额亦都告诉安先生说："都说脚踏七星，必坐龙廷。你亲眼所见，就得把你杀掉。"还没等额亦都说完，吓得安先生魂飞魄散跪地求饶，发誓毕生不传告别人。额亦都接着说："本来想杀掉你，以保守秘密，我们贝勒爷大慈大悲，没有容许，让我给你准备了三十两银子，你必须守口如瓶，要不然就不是你一个人性命之事，是你全家的祸事，你回去立刻搬离抚顺城。"安先生连连点头，千恩万谢地走了。

努尔哈赤与佟佳氏真是英雄爱美女，是夜夜床笫交欢，如胶似漆，夫妻感情很好，佟佳氏常常为自己能有这么一个好老公而自豪，而感谢上苍。自佟老去世以后，努尔哈赤管理庄园外务，一切内务全部落在佟佳氏一人身上。这次骑射比赛花费银钱不少，虽然佟佳氏有些心疼，但她没有说一句埋怨的话。

一天，额亦都、帖木儿克向努尔哈赤汇报："我们的兵器都是自带的，长短不一，质量也不行，有的还拿木棍代替练习刀法，看看能不能买一些或者找来铁匠打造一些？要是能找来铁匠，还可以把原来的刀重新打造，成为一个样式。"

努尔哈赤说:"这个我想过,就等我们这批马在抚顺马市交易换回银子的吧。"于是决定明天起程去抚顺卖马。额亦都说:"俺和你一起去,俺在抚顺马市有些熟人,交情很好。"努尔哈赤说:"可以。"又对帖木儿克和管家说:"你们在家守住庄园,俺们过几天就回来了。"

## (3)

第二天他们就赶着马上路了。由佟家庄园到抚顺城二百多里路,因为他们赶着一百匹马,路上的时间就长一些。一天傍晚,马队走到了一个燕王山山坳处,额亦都告诉努尔哈赤当心这里有抢匪。话音未落,突然出现一队人马,挡住去路。为首的是一员女将,面若桃花,看年龄不大,手握一把太和剑,威风凛凛。她就是住在此上燕王洞的女土匪头目腊梅,她依仗人马多和自信的武功,要努尔哈赤把马留下,逃命去吧。努尔哈赤没有当回事,笑呵呵地看着这位女匪,可把旁边的额亦都气坏了,也不搭话催马挥刀直奔女匪,只用两个照面就将女匪打落下马。额亦都挥刀就要取女匪性命,被努尔哈赤喊住,被打落下马的女匪那高傲的气没了,披头散发满身灰土,面红耳赤。努尔哈赤不但饶了女匪性命,说她输在没有一匹好马上,还答应她回来后带她到山庄选几匹好马。

努尔哈赤一行人赶着马队进入了抚顺马市,额亦都带几个人看护马等。努尔哈赤带上几人骑马走向大街寻找酒店,忽然看到一伙蒙古人和官兵厮杀在一起。努尔哈赤远远看去,发现一个明朝的将军很像李成梁,于是催马向前,跟随的庄丁一看贝勒爷向前奔去,都一起冲上前去解围。努尔哈赤看得没错,这正是李成梁巡视抚顺城,顺便想到马市看看战马。李成梁万万没有想到在自己管辖的城里遭到袭击,而且还是白天,真是胆大妄为。来刺杀他的真是蒙古人,李成梁和他的十几个侍卫勉强抵挡着,看到又来了几个女真汉,李成梁大惊失色,看到来人是帮他们的,又转惊为喜。李成梁是被刺杀的主要目标,自然攻击的人多,努尔哈赤救的正是李成梁。他挥刀砍向刺客,刺客接二连三地倒下,正杀得痛快时,刺客的头领一看情况,一声口哨响起,刺客纷纷逃离。

一名侍卫来到了努尔哈赤的马前,"小子下马去见我们大人。""怎么说话呢,这是我们的贝勒爷,找不自在,是不?"努尔哈赤挥挥手阻止他们的对话,下马去见李成梁。看到努尔哈赤利落地收刀下马,李成梁更是在心里暗暗称赞。"见过将军。"李成梁笑着说:"多谢英雄出手相助。"努尔哈赤说:"将军客气了,举手之劳而已。"一个侍卫说:"贝勒爷,这是我们辽东总兵李大人。"努尔哈赤说:

## 第二章 青年历练

"哦，原来是我们辽东总兵李大人啊！失敬！失敬！"李成梁笑着点点头问道："英雄叫什么名字，家住哪里啊！"努尔哈赤施礼道："在下家住佟佳庄，叫努尔哈赤。"李成梁赞道："好武功，好身手！"努尔哈赤话别告辞，李成梁那真是英雄爱英雄，再说人家又出手相助，哪里肯放努尔哈赤离去，非得吃一杯酒答谢努尔哈赤。努尔哈赤告诉李成梁，此次来是卖马的，今天不能赴约，改日一定登门拜访。李成梁一听高兴了，就说："多少马？我都买了，价钱你放心，一定公道，让你满意。"于是努尔哈赤一行人赶着马群，随李成梁及其护卫队奔向总兵府衙。路上骑马并行交谈着，此时李成梁心情已经很平静了，看着努尔哈赤，脑海中忽然闪现出小罕子的容貌，于是直言地说："你和我过去的一个干儿子很像啊！"努尔哈赤敷衍着回答说："是啊，同族人都有一些相像，比如我看汉族的朋友们，有时也是看错，哈哈！"

总兵府大摆筵席，李成梁先请努尔哈赤、额亦都入座，又喊来几位将军同坐，李成梁举起酒杯敬酒，感谢努尔哈赤出手相助。大家你敬一杯，我又回敬一杯，喝得很是热烈。李成梁看着努尔哈赤，脑海里总是闪现出小罕子的面孔，他慢慢地摇摇头，还是心存疑虑，于是他私下安排陪酒的将军们一定要把努尔哈赤灌醉。将领们频频敬酒，努尔哈赤是何等的聪明，他明白李成梁的用意，索性将计就计，把自己喝得酩酊大醉。李成梁安排侍卫们把努尔哈赤送到客房，扶上床脱下鞋，李成梁看看脚下，没有痦子，放心地转身走了出去。

第二天上午，努尔哈赤在两名侍卫的引领下，来到了总兵府李成梁的书房，努尔哈赤给李成梁见礼后坐下，李成梁说："努尔哈赤，看你年纪轻轻，武功高强，你想没有想过到军中效力？"努尔哈赤说没有想过，祖祖辈辈就是这样过来的。李成梁除了有感激之情外，更多是赏识努尔哈赤，也就是英雄惜英雄，何况边关常有战事，哪能不想让更多的英雄豪杰纳入自己的麾下。李成梁又怂恿说："依照你现在的高强武功，如果在军中效力，将来因战功得到的奖赏不亚于你一个庄园的收入啊！"努尔哈赤欲擒故纵地说："这个，这个我还真得想想。"李成梁高兴地说："咱们都是老爷儿们啊，给你一个月时间考虑，如果你想通了，就来当教官，我把刚刚招来的五千名新军交给你训练。"此时努尔哈赤显得有些激动，说："对，大人你说得对，咱们都是爷儿们，血气方刚，不能拖泥带水的，我现在就答应你。"李成梁拍案大笑说："好，好，好！"说完兴奋地走到努尔哈赤面前，拍了拍他的肩膀，努尔哈赤憨厚地一笑。努尔哈赤又说了些谦虚的话，李成梁说："军中的事情，熟悉熟悉就是啦，不是很难的，另外，我给你派一个军校做你的副手，还有什么需要解决的事情你不是可以找我嘛！"一名侍卫走进来，一看李成梁正在会客，于是走到李成梁面前悄声禀告有人听令前来报到。李成梁："快，让他进来，我正要找他呢。"

一会儿，一名身材魁梧的大汉走了进来："启禀大帅，属下奉命前来报到。"

李成梁说："这是书房，就不要拘礼啦！"命来人坐下说话。来人刚刚要坐下，自然看着对面的人，四目相对，两个人都惊呆了。李成梁奇怪地看着他们，只听见来人大喊："哥？哥，大哥。"努尔哈赤非常激动地喊道："是舒尔哈齐。"两人都疾步上前，拥抱在一起，他们都流出了喜悦幸福的眼泪。这个场面着实让李成梁感动，李成梁看明白了这是分离的哥儿俩见面，要给他们见面说话的时间，于是他慢慢起身走出了书房，让人安排酒席去了。

努尔哈赤推扶着舒尔哈齐坐下，满脸挂笑坐在旁边，问起分别后的事情。原来舒尔哈齐是被一个采药的老人救下，带回了家中，为他疗伤。几个月的时间也建立了感情，从此就生活在一起，相依为命。老人是南方人，独身，性情较温和，对他很好，教他汉字，教他武功。言谈话语中流露，老人原来是梅花拳的掌门人，逃难来到辽东。原来是老人养他，后来老人病倒了，舒尔哈齐也长大了，由舒尔哈齐伺候老人，最后送走了老人就来从军了。其实努尔哈赤常常因想起舒尔哈齐而非常痛心，他以为舒尔哈齐没有了，没有想到，真的没有想到舒尔哈齐还活着，这让努尔哈赤乐得都想飞起来。努尔哈赤嘱咐三弟舒尔哈齐："我们是孤儿，后来失散，到今日相逢。"

当李成梁问起过去，努尔哈赤就直接说是佟家庄园收留了他，现在已经是娶妻生子，简单地介绍了一下。

一会儿侍卫奉命请哥儿俩过去，酒桌上两人频频举杯敬酒，感谢总兵大人热情款待和知遇之恩。当李成梁问起缘由时，努尔哈赤习惯地说："我们是孤儿，小时候走散了，他被一个药农收养，我被佟家庄园收养，现在入赘佟家庄园，已经有了孩子——"最后努尔哈赤为舒尔哈齐请假，约定十天后回来报道。李成梁准了努尔哈赤的要求。哥儿俩酒足饭饱告辞，走了出去，一直等候的管家带努尔哈赤取走卖马的银子，又一同骑马踏上回佟家庄园的大路上。路过燕山，把腊梅等一行人也带回了山庄。

回到了家，舒尔哈齐见过了嫂子和可爱的孩子，心里是万分高兴。尤其是嫂子对他悉心照顾，更让这位失去了爱的女真汉子很激动，多少年了今天体会到了家的感觉，晚上躺在床上不免热泪盈眶。努尔哈赤问起舒尔哈齐为啥没有回家，

## 第二章 青年历练

舒尔哈齐气愤地说:"我恨那个女人,我也恨阿玛。"努尔哈赤又问起玛法(爷爷),舒尔哈齐说:"那时我还小,玛法的印象不很深。"因失去了爱而活在仇恨中的舒尔哈齐,养成了他坚韧的性格。

努尔哈赤把卖马的银子给了佟佳氏,佟佳氏打开一看,问:"怎么这么多!"努尔哈赤就讲了事情的经过,佟佳氏这才知道多出的银子是有感激之情。"你真行!"佟佳氏满心欢喜收起了银子。"

努尔哈赤把山庄的事务安排好后,在努尔哈赤的授意下,佟佳氏撮合了额亦都与腊梅的婚事,举办了婚礼。这时管家来报,请的铁匠全家已经到了,努尔哈赤听报非常高兴地说:"一定要安排好他们衣食住行。""喳。"

说话间回军营的时间就要到了,努尔哈赤在屋里握着佟佳氏的手说:"家里事你就多操心吧,记住我会努力让我们部族兴旺的。"在佟佳氏的思想里,额尔根的话就是对的,虽然她恋恋不舍,但她无怨无悔,虽然她不知道什么三从四德,但额尔根的话必须照办。努尔哈赤又对佟氏嘱咐一番,叫她有事多同那几个弟兄商议。佟佳氏对努尔哈赤说:"有一事拜托你一定要同意,带上他们俩也替我照顾你,有事还可回来报个信。"原来是佟佳氏为努尔哈赤找了两个贴身侍卫,努尔哈赤点头同意,夫妻二人洒泪道别。努尔哈赤和舒尔哈齐一行四人翻身上马,毅然打马奔驰而去。

努尔哈赤来到抚顺关总兵府下马,李成梁派黄副将为努尔哈赤安排上等房间住下,晚上又专备酒宴为他洗尘,舒尔哈齐也被请来作陪。酒席按照李成梁的意思安排在亭子里,席间,李总兵问努尔哈赤学艺的情况,他略微讲了一些。李成梁看努尔哈赤没有细说,也就不深问了,说道:"这次劳师动众广招天下健儿的招募五千新兵,全靠你训练了,你这个教头可要给我当好哇!"

说到军训,李成梁知道努尔哈赤有武功,但在训练新兵上能不能行,李成梁心里还是没有底。但他非常清楚,作为一个军训的总教头,没有很好的个人武功是无法镇军的,于是李成梁命令舒尔哈齐练一套军中设定的刀法和枪法。努尔哈赤给予了评价并指出了不足。李成梁听了非常高兴,嘱咐努尔哈赤要结合自己的武功,有效地改进现在的刀法和枪法,使之尽快获得军训的效果。

万历五年(1577)冬。努尔哈赤被正式任命为总教官,经过精心的准备,努尔哈赤军训的计划被李成梁批准了。

这一天,努尔哈赤带舒尔哈齐来到教军场,与大家见了面。舒尔哈齐上台介绍:"现在由总教官努尔哈赤训话。"努尔哈赤大声说道:"兄弟们,我是新任总教官努尔哈赤，从今天开始我将教习大家枪法、刀法和战法——"正说着来了一位李成梁手下的偏将名叫刘少廷，此人身材魁梧不亚于努尔哈赤，满脸络腮胡子，腰挂短刀，英姿勃勃，威风凛凛，看年龄有三十挂零。来人走上台来，努尔哈赤疑惑看着他，不解他的来意。刘少廷不客气地用手点指努尔哈赤说："你就是新任的总教官努尔什么——赤，看你小小年纪，不是靠武功，是靠裙带关系当上的总教官吧，哈哈哈！"听到此话，舒尔哈齐跳上台来，横刀而立；"浑蛋，看你满口喷粪。"努尔哈赤抬臂拦住舒尔哈齐，向来人说："你是什么意思？"刘少廷："看你一个不满二十岁的娃娃，你就当上总教官我不服气，你要不是靠关系上来的，你敢不敢和我过过招？"还没有等努尔哈赤应口，刘少廷就抽出腰刀，努尔哈赤也不搭话，也抽出了腰刀。但见刘少廷一个右斜劈刀冲努尔哈赤的颈部劈了下来，但见刀近，努尔哈赤一个缩头挪步让过一刀，刘少廷一刀劈空，他的右脚一上步，一个左斜劈刀又奔努尔哈赤颈部砍来，努尔哈赤一个缩头挪步又让过一刀，刘少廷两刀劈空猴急了，他以为他的刀重努尔哈赤不敢接刀，他使出了全身力气来一个力劈华山，对努尔哈赤的头部劈来，努尔哈赤沉稳地将力聚于臂膀，迎接这一刀，震得刘少廷臂膀发麻，刀被震飞，努尔哈赤一脚将刘少廷踢飞摔到台下。台下五千新军一片欢呼声、叫好声、呐喊声，响天动地，轰动的人群向教军台上聚集过来。努尔哈赤令舒尔哈齐领队，自己带上亲兵走出了教军场，直奔总兵府。

到了总兵府，施礼见过李成梁后，平声问道："总兵大人，辽东没有军纪吗？"李成梁笑呵呵地说："我就知道是这样的结果。"努尔哈赤还要说，李成梁用手止住努尔哈赤说话，笑着说："哈哈哈，我就直接告诉你吧！因为你的年龄才十九岁，我唯恐众人不服，故派偏将刘少廷前去挑战，主要是为你立威——哈哈哈哈——"努尔哈赤恍然大悟，他从心里敬佩李成梁，真诚地说："大帅你不愧是当代的英雄，真是深谋远虑，文武双全哪！"李成梁哈哈大笑说："你不要生气。""我没有生气，只是问问军纪，当时是影响了我的部队训练。"李成梁发出一声"噢"，他又看看努尔哈赤，心中为努尔哈赤有如此气度而感到惊讶。

晚上，舒尔哈齐军中的好哥儿们听说了舒尔哈齐找到了哥哥，而且还是新兵的总教头，就订了一桌酒要请努尔哈赤，舒尔哈齐先是婉言谢绝，架不住好哥儿们软磨硬泡，答应去问问他有没有时间。努尔哈赤爽快地答应了，大家都很高兴，互相都认识了，他们谈天论地，说说军中，提提武功，酒过三巡菜过五味，都已酒足饭饱，话别告辞，当军卒们结账时，他们意想不到努尔哈赤早已命亲兵代为结账了，大家为能认识一位年轻的英雄而感到自豪，同时为努尔哈赤的大度所折服。

## 第二章　青年历练

至此以后凡军中友人聚会，费用大都是努尔哈赤支付。

努尔哈赤六个月的军训安排别出心裁：编队五十人为一组，共一百组，挑选确定了百人为组长，由努尔哈赤亲自训练他们。训练的口号是这样的：努尔哈赤喊："这次打仗，你想不想回来？"众人喊："想——想——想。"努尔哈赤喊："还想见不见你的亲人？"众人喊："想——想——想。"努尔哈赤说道："想就要拿出你们的勇气来，只有练好武功，才能有效杀伤敌人，才能有效保护自己。"

军训布置很是别致，前三个月就是上山下山跑步和枪、刀的基本功训练。刀法三招：左斜劈刀、右斜劈刀、拦腰横劈刀；枪法三招：直刺、上档、转枪杆横打。努尔哈赤安排舒尔哈齐负责军训督查，每天汇报督查情况，由各组长手拿长鞭监督新兵训练，动作不对的或不认真不用力的上去就是一鞭子。

这天一个亲兵禀告说是佟家庄园送来了一百只羊劳军，这是努尔哈赤的用心良苦。于是努尔哈赤命令停止训练，召开全体新兵大会。努尔哈赤满面春风地对大家说："最近大家训练辛苦了，我让庄园送来了一百只羊犒劳大家，百组长带着你的部下去领羊，现在大家休息，停止训练。"新兵们都高兴地大喊："努尔哈赤——努尔哈赤！"

其实军中有不少将领对努尔哈赤当新军教官猜忌和嫉妒，据说赢刘少廷靠的就是蛮力，是不是努尔哈赤只有蛮力，不太懂刀法和枪法啊！于是，有很多的将领，他们以不同的理由请示李成梁要求召开比武大赛。

李成梁为努尔哈赤给他的部队带来勃勃生机而欣慰，为了增加部队的斗志，李成梁同意召开比武大赛，大赛头名获白银千两，李成梁要用银子刺激他的部队，也要给努尔哈赤一点补偿。努尔哈赤得知了这些情况，对于这次大赛他心知肚明，就是有些将军们对他不服气的挑战。

当大赛开始，几万大军环三山而坐，擂台在三山附近的平地上。扣人心弦的比武开始了，这些将军们无论使用什么兵器，他们的招招式式努尔哈赤都了然于心，一个个将军败下阵来，虽然他们都闹个灰头土脸，但在心里的的确确佩服努尔哈赤武功高强。努尔哈赤拿到一等奖，大家都是口服心服。

比武大赛圆满结束，李成梁回到了总兵府，侍卫送来香茶，上来两个丫鬟给他捶腿。师爷问起李成梁怎么知道努尔哈赤会获得一等奖，李成梁笑了笑，没有正面回答，自言自语地说："给他一点补偿吧！"李成梁他知道这三个多月佟家庄园几次送牛羊劳军，那是努尔哈赤意在给超负荷训练的新兵补养身体，这种品格的确让人欣赏。

李成梁是一位真正的武功高强、指挥有方的英雄,有多少年带兵经验的他,看到努尔哈赤上次出手相助时展示的武功,心里非常清楚:一是努尔哈赤的出刀速度极快;二是努尔哈赤反应快,躲闪腾挪灵活;三是努尔哈赤刀重力度强,一般的对手难以招架;四是努尔哈赤的耐力好,久战力不衰。在冷兵器时代努尔哈赤具备一个英雄的所有条件。

李成梁打造的这支新军就是敢死队,给予他们优厚的待遇,伙食、住宿、军饷都高于普通军队,甚至私分给他们土地。明朝规定土地是不能私自分配的,只有李成梁的部队是个例外。一时间李家军士气高昂,在战场上更是奋不顾身,勇往直前。李成梁的这支新军武装,就是后来令敌人闻风丧胆的辽东铁骑。

李成梁又为辽东铁骑配备了当时极为先进的"三眼神铳",这种神铳柄长约四尺五寸,共有三个枪管,各长一尺五寸,枪头突出,围柄排有准星,以燧石击锤点火的方式发射,枪管可旋转,一个枪管击发后下一个枪管自动转到点火位置上,轮流发射,平射距离可达四十至五十丈。全枪由纯铁打造,重约十五斤。子弹也不是明军已普遍采用的铜壳定装弹,而是内装火药,掺有铁砂铅丸,发射出去就是一片,威力巨大。

发起冲锋时,辽东铁骑即冲入战阵,于战马上神铳齐射,基本上三枪过后,就能冲垮敌军。但问题似乎也未完全解决,三枪打完后怎么办呢?李成梁的过人之处在此得到了完美的验证,这把火铳之所以用纯铁打造,枪管突出,是因为打完后,待枪管冷却,就可手握枪管,那就是把十分标准的铁榔头。人骑着马冲进敌阵,先放三枪,也不用装弹,抡起来就打,成千上万个长达一米多的铁榔头抡起来,挨者头破骨碎,坠尸马下。

辽东总兵府侍卫前来报告,师爷说是他的亲属来了,师爷出去了,一会儿师爷带一封密报来见李成梁,启禀大帅:"是兔三送来了情报。"李成梁:"他人呢?"师爷:"他饿坏了,我安排正在用饭,一会儿我带他来见。"李成梁说:"不用了,说说情况。"师爷回答说:"蒙古部落酋长速把亥现在正在整饬军备,在他属下的部落集结人马,秣马厉兵准备进犯辽东,具体的人马数量和时间没有确定。"李成梁:"你给他带一百两纹银,让他务必打探清楚,情报准确我另有重赏。"师爷答应一声转身要走,李成梁叫他等等,安排师爷写一份奏章禀明军情,另外催促军需和饷银,师爷答应一声就出去了。

李成梁唤来侍卫,命他叫努尔哈赤速来。一会儿努尔哈赤急匆匆进门给李成梁施礼，李成梁对努尔哈赤介绍了军情，他估计一个月的时间蒙古速把亥大军要来犯边。李成梁指令军训新兵要抓紧，不管你用什么方法，一个月内新兵要熟练掌握"三眼神铳"，一定要具备战斗力。

第二天，努尔哈赤教习了各组长刀法、枪法、棒法各一路，指令组长必须十天完成，二十天完成"三眼神铳"熟练使用。另外要求督促对军纪、军事要求、阵法要熟记于心，并下了军令："如有达不到者，剥夺其土地，军饷减半，酌情实施军法。"

此军令发出，掀起一场轰轰烈烈的练兵热潮。

## （4）

军营大帐内，各路将军战列两旁。李成梁："近得密报，蒙古部落酋长速把亥现在正在整饬军备，他在集结人马，要犯我辽东，诸位将军要严明军纪，加紧军训。这是套路话，我就不多讲了。今天主要说一件事，就在我们大帐之中，有两位将军多有不合，言语相讥，互不服气，现今到了刀兵相见之际。两位将军虽没有打斗，但这样大的违纪行为在我李成梁的部队里是决不容许的，两名将军不合就是所属的两支部队不合，到了战时就会贻误战机。我们是兄弟，我们是生死兄弟，说大了我们是为朝廷效力，精忠报国；说小了我们是当兵吃粮，养家糊口，有什么不可调解的，有什么过不去的？我今天出五十两纹银给在场的所有人去包个酒楼把这件事化解，如果处理不好，我将在你们的兵饷里扣除五百两，这是给你们一次机会，如若不然都他妈的给我解甲归田滚回家去。这时两位将军双双跪拜，承认是他们错了，他们知道饷银一直未到，现在军中花的都是大帅兜里的银子，现在官场无不喝兵血，唯独大帅从不克扣军饷，他们不合还闹到让大帅出银子，真的觉得对不起大帅，这钱不用大帅出银子，我们自行解决。李成梁哈哈大笑："这样不就对了嘛，说出的话不能收，银子你们拿走，你们能有这样的态度，我的钱就没有白花，来人，拿银子。""是。""下去吧。"

各组长进行满负荷的紧张训练，这十天由舒尔哈齐督导新兵训练。努尔哈赤训练各组长兵器套路和组合作战，大家非常刻苦认真。训练完成后，各组长回到各组开始集训，因为前几个月的基本功训练，大家进步都非常快。

这一天，努尔哈赤和舒尔哈齐在教军场上检阅新军演练，结果让努尔哈赤非常满意。

努尔哈赤叫来舒尔哈齐并告诉他军训的下一步骤。五千人新军分为两队，士兵都各有标志。他们各指挥一军，从两个方向，顶着寒风，踏着皑皑白雪出发了。

传令兵来报，敌军正往烟筒山方向，就要和我们遭遇。舒尔哈齐令其手下分为三队，一队正面，左右各一队迅速前往埋伏。努尔哈赤同样知道了军情，令全军分为两队：一队正面进攻，一队迅速包抄，形成两面夹攻。两队进行了真刀真枪的对攻和防御的实战。

他们经过了十多天的演练，三次对杀，军威大震，有效地提高了部队的战斗力。

此次实战：伤一百二十六人，亡六人。李成梁没有怪罪，而是大加赞赏。

万历六年（1578），李成梁五十三岁，努尔哈赤二十岁。

一个名叫速把亥的蒙古部落酋长在万历六年正月里，率军大举入犯，李成梁接到密报、军报之后，经过缜密的分析和部署，命努尔哈赤率领部队昼伏夜行，飞兵出塞，长途奔袭两百里，出其不意地直捣敌营，斩首计划获得全面胜利，连续杀死对方五位首领级人物，阵斩并伤敌数以万计，李成梁大获全胜，此战，努尔哈赤训练的这支新军起到了关键作用。

战斗中努尔哈赤解救李成梁于危难之中，李成梁为努尔哈赤的勇猛和忠心以及大将之才而喜欢和佩服。

同年年底，速把亥会合其他部落，集结三万多兵力，声势浩大地前来报春天的一箭之仇，再次入侵辽东，在劈山扎下营盘。李成梁竟然摸透对方心理，一点不变地又来了一次昼伏夜行、夜晚出塞两百里赶到丁字泊，敌人正分派骑兵绕墙入城。那蒙古酋长事先准备得颇为充分，却怎么也没想到李成梁会把一模一样的故事再演一遍，捣毁劈山营，斩首四百三十级，杀死五名敌人首领。结果，大营被李成梁奇袭踏破，伤损比前一次还要严重。

此次战斗努尔哈赤又一次为救了李成梁而身受重伤。

李成梁除了有骁勇善战的部队，同时还有着出色的间谍情报网。李成梁率部长途奔袭，出其不意地直捣敌营，这种战法表现出他大将之才的判断力、组织力、执行力、亲和力，这与李成梁平时对部队的意志、毅力、战斗力、团队精神等方面的训练是分不开的。一年之内，两次飞兵出塞二百里并大获全胜，这在当年是了不起的大功，为大明帝国有史以来所绝无仅有。经过这两场大战，辽东铁骑威名大振，敌人闻风丧胆。

捷报飞传京城，万历皇帝得知后大喜过望，亲自率领群臣到祖庙焚香告祖。为此，皇帝专门登上皇极殿举行大典，接受文武百官的朝贺。

## 第二章　青年历练

明朝评价边帅李成梁是"师出必捷，威震绝域"大功，武功之盛，二百年来未有也，李成梁独领风骚二百年。为了表彰李成梁，封其为辽东总兵官，在大明辽东总兵府所在的广宁（北镇），修建了一座大牌坊，上刻"镇守辽东总兵官太保兼太子太保宁远伯"，给予了李成梁将军极为崇高的荣誉，他从此进入帝国贵族行列。

张居正兴奋之余，也为李成梁写下了"将军超距称雄略，制胜从来在庙谟"的诗句。

受到帝国如此大张旗鼓的表彰，李成梁喜悦之余，为了表示对张居正赏识提拔的感激之情，给张居正送去一笔数额不小的礼金，结果被婉言谢绝。张居正的理由是："按照帝国制度，李成梁获得的荣誉和地位，都是靠他自己一刀一枪出生入死换来的，不需要感谢我。我若是收了他的钱，就是侮辱了他。我也无法面对高皇帝的在天之灵。"这里表现出张居正成为一代名相的个人品质。

当时就有"南戚北李"的说法，就是南有戚继光，北有李成梁，李成梁当时确实是受人尊敬的一代名将。

这一天，李成梁和努尔哈赤在总兵府，来人手执一块腰牌说有人报请求见，李成梁看到腰牌立刻说："有请。"来人就是李成梁的间谍密探，努尔哈赤起身要回避，李成梁示意他坐下听听，他要努尔哈赤参与间谍活动，他要教努尔哈赤组织间谍的做法、要领和奖惩规定。

努尔哈赤魁梧强健、弓马娴熟，使用的兵器长大而沉重，远超出常人；且勇猛不怕死，常常身先士卒地冲锋陷阵，气势十分豪壮，令敌手很难抵挡。

李成梁对努尔哈赤的文韬武略是非常认可的，对努尔哈赤舍生忘死、忠肝义胆的行为心存感激，在朝夕相处中，李成梁与努尔哈赤建立起深厚的战友情谊。故此李成梁主动开口认努尔哈赤为义子。但李成梁万万没有想到的是，这次认父已经是第二次了。众将军纷纷前来祝贺。酒席间李成梁宣布任命努尔哈赤为侍卫长，入住总兵府。为避言官非议，只能在家里以父子称呼。

有记载说，努尔哈赤身长八尺，智力过人，曾经在李成梁麾下，每临战事，必定奋勇当先，屡立战功，"成梁厚待之"。[1]

努尔哈赤跟随李成梁无数次出征，受益于战场上的历练。如果说努尔哈赤的

---

[1] 彭孙贻《山中闻见录》，第一卷。

恩师道长是他的理论导师，那么李成梁就是努尔哈赤的实战教练，使努尔哈赤在军事生涯中得到真实的成长。站在军事地图前，李成梁在传授如何实地用兵。

努尔哈赤、舒尔哈齐的才干让大家十分认可，加上经常和将士们喝酒相聚，每次都是努尔哈赤慷慨解囊，因此获得众将士的赞誉和爱戴。

万历七年（1579），李成梁五十四岁，努尔哈赤二十一岁。

这一天努尔哈赤回佟家庄，一再嘱咐佟佳氏教育好孩子。然后去了练兵场，让大家停下训练，大约有百十多号庄丁列队。努尔哈赤说："我们必须要努力练功，就是要振兴我们女真族，让我们不受外族凌辱。我们要替天行道、匡扶正义，将来必须扩军，你们就是将来的中流砥柱。你们当中的人将来会有很多人要做将军，将军不是等来的，而是刻苦训练、刻苦学习得来的。只有刻苦训练，在战场上就会少流血，不至于丢了性命。今天我要教大家练习的要领：一是要眼狠，二是要心狠，三是要手狠。有道是当场不让步，举手不留情。练武的要领，第一要训练的是速度，一招制胜。第二是训练躲闪腾挪，让对手打不到你，以此保护自己。第三是练习力度，同样是挥刀立劈，那就是要看实力。所以我们不光要练习武艺，还要学兵书战策，以适应将来战场的需要，指挥作战才能得心应手。"一番话说出，让众庄丁群情激昂，他们高呼："努尔哈赤，努尔哈赤。"事实上在努尔哈赤起兵后，这支部队起到了至关重要的作用，这是后话。

在总兵府，叶赫贝勒扬佳努觐见李成梁，看见李成梁身后的努尔哈赤英姿勃勃，心中赞叹说：年纪轻轻成为李成梁的侍卫长，身高臂长，一副英雄气概，了不起啊！扬佳努又得知努尔哈赤是女真人，所以决定将爱女孟古许给努尔哈赤，这让李成梁非常高兴。

择日李成梁为努尔哈赤准备聘礼，带努尔哈赤一起去了叶赫。这是对努尔哈赤的最高奖赏，感谢努尔哈赤在危难时相助，也可以说回报或者笼络人心，再有就是李成梁的确喜欢这个有军事才华的义子，要尽义父之情。

这一天他们来到了叶赫，见孟古果然是貌美如仙，努尔哈赤甚喜，李成梁也是得意忘形："我得了一个好儿媳。"扬佳努惊异地看着李成梁。李成梁自知失言，于是哈哈大笑："我与努尔哈赤情同父子嘛！"扬佳努接受聘礼并赠宝马、甲胄给努尔哈赤，这桩婚事就这样定下了。

万历八年（1580），努尔哈赤因听说未婚妻孟古生病在床，心中惦记，不顾李成梁给他下发的军令贸然出走，因无军牌而无法出城，血气方刚的努尔哈赤从

## 第二章 青年历练

城上跳下奔叶赫方向跑去，将士纷纷大喊："努尔哈赤逃跑了，努尔哈赤逃跑了。"

努尔哈赤就这样来到了叶赫住了几天，等孟古病情见好，方才回辽东总兵府向李成梁请罪。李成梁严厉地斥责了努尔哈赤，并要给努尔哈赤点教训，下令鞭二十作惩罚。执刑的侍卫剥去努尔哈赤的衣服后说："侍卫长，军令如山，多有得罪啦！"努尔哈赤："男子汉，敢做敢当，你就来吧！"

万历九年（1581）的一天，李成梁坐在大帐的皮椅上，侍卫端上上品香茶。有人来报管家带来一个京官，并递上帖子，李成梁看后摆手示意请进来。一会儿韩管家带来的那人，给李成梁见礼后自我介绍说："我是国丈府的，国舅爷给你带来了礼物，这是礼单，还有国舅爷的一封书信。说着他哈腰把礼单和书信托起，侍卫上来取，递交给李成梁。李成梁深知郑贵妃深得皇帝宠爱，郑氏一族权倾朝野。当听说国舅爷赏给他的重礼，一时间真的有些受宠若惊，心想怎么这是唱的哪出戏！他边想边打开书信。来人补上一句说："这是国丈亲笔书写。"李成梁赞道："好字，好字，真是龙飞凤舞哇！"李成梁看罢书信明白了。原来是尼堪外兰攀上了国丈府，和国丈做了儿女亲家。来人说："建州国系你辖区，群龙无首，国丈的意思是看在他的面子上，扶持尼堪外兰做建州国主，说是建州国，其实不过就是百十个城寨而已。"信中大意是，亲家（尼堪外兰）既出我不好驳面子，就烦请总兵费心。信的内容非常客气，令外人推尼堪外兰做建州国主不是很难办的事情，尤其国丈那是皇亲国戚，哪里敢得罪！别说给了这么多的礼物，就是一封书信你也得照办。李成梁想到这里说："请回去转告国丈，谢谢国丈的赏赐，我会鼎力扶持尼堪外兰做建州国主。另外，我辽东出钱出力为建州国在甲版修建王城，让国丈放心，下官一定竭尽全力办差。"

京官走了，李成梁骂道："妈的，什么事都能遇到。"对门外卫兵大声命令："来人，速去传来尼堪外兰。"侍卫说："大帅，尼堪外兰就在大帐前等候。"李成梁笑了笑："他奶奶的，还真猴急，传。"一会儿尼堪外兰领着另外两个城主，跪拜在堂下并将两棵千年人参奉上，李成梁看到后，真是喜出望外，并说："起来说话，看座，上——上茶。"几个人看见这位不怒自威的李成梁，心里不免有些紧张，因为当时的李成梁那可是了不起的英雄。朝鲜记载："辽广之人，但知有李大爷而不知有皇上。"

几个人听见总兵大人让座，都免不了喜形于色，慌忙谢座。李成梁说："尼堪外兰，我准备提携你做建州城主。"还没等李成梁说完话，尼堪外兰双膝跪拜谢恩。李成梁接着说："我出资为你修建王城，等修好了王城，我先公布你国主之位。"尼堪外兰起身还要跪谢，被李成梁挥手止住。李成梁接着说："你要管好建州各寨，等有了业绩，我上书朝廷册封你做建州国主。"尼堪外兰马上表示要竭尽全力去管理好建州，肝脑涂地为大明帝国效力。李成梁示意尼堪外兰过去，尼堪外兰附耳上来。这时有一军校进入大帐，李成梁看到有军情，向尼堪外兰挥手，示意让他们退下，他们三人起身行礼告辞。

尼堪外兰三人走出了大帐，同时长长出了一口气，解开了衣襟想散去紧张的汗水。他们走出军帐后，同行的两位城主立刻向尼堪外兰贺喜，他们知道尼堪外兰为建州国主那就意味着建州三卫都要归尼堪外兰所辖，他们俩一路上奉承着，回到了建州他们为尼堪外兰摆酒庆贺，尼堪外兰真是满心欢喜。

经过策划，他们决定以尼堪外兰的生日为幌子，宴请建州各寨的所有贝勒老爷们。大多寨主听说了此事都纷纷前来祝寿，唯独觉昌安、塔克世不买尼堪外兰的账。尼堪外兰原本是觉昌安手下，因为做事圆滑，深得觉昌安的赏识，为此提拔了他做了城主。觉昌安对尼堪外兰巴结上了朝廷后，那高高在上不可一世的嘴脸，很是厌烦，而且尼堪外兰这次只发一个请柬，少了礼数，故此觉昌安和塔克世没有参加尼堪的寿宴。还有阿台等一少部分人与尼堪外兰素有结怨，也没有参加尼堪外兰的寿宴。故此尼堪外兰耿耿于怀，伺机报复。他又苦思冥想如何尽快做出政绩，登上建州国主之位。

万历十年（1582），李成梁五十七岁，努尔哈赤二十四岁。

速把亥再一次卷土重来。当时，这位酋长在蒙古部族中最为剽悍凶猛，号称勇冠蒙古各部的雄鹰。他曾经在战场上亲手将李成梁之前的一位大明帝国辽东总兵斩于马下，并先后数次重创其他几位总兵率领的大明军队。与自己忠实的骑士们呼啸着杀入大明边关，如入无人之境，烧杀抢掠后从容离去，成了这位酋长最为快乐的节目。这些人为患边疆长达二十多年，成为令大明帝国君臣将佐谈而色变的一方巨祸。自从李成梁出现后，这位酋长便屡屡败在李成梁的奇袭之下，令他感觉很不爽和窝囊，发誓要复仇，要和李成梁决一胜负。这一次，他动员了所有兵马和子弟精锐，准备一举拿下李成梁。

努尔哈赤得知此事，来见李成梁。努尔哈赤说："父帅你的年龄大了，我要替父出征"李成梁："不行啊，朝廷明文约定女真族人不可带兵，要不我早就提你为将军了，是因为无奈才让你做侍卫长。"努尔哈赤说："父帅我把儿子褚英带来，想求你老给予培养，另外我只要指挥战斗权，一旦战事停止，我的权力即刻消失，我就是想替父出征、为国效力，父帅你就等胜利的消息吧！"李成梁对努尔哈赤把

## 第二章 青年历练

儿子送来的用意心知肚明,也为努尔哈赤的真情和勇气所感动。想想有努尔哈赤的儿子在我这儿,也算是风筝的一根线,也好,于是同意了努尔哈赤的请战。

李成梁在军营大帐上和诸位将军商议军情,对于努尔哈赤的独特见解众将官都表示敬佩。

这一次努尔哈赤则改变战术。分析敌军对奇袭一定有着百倍的警觉,但努尔哈赤偏偏派一支奇袭部队来诱敌。命令奇袭部队一旦遇敌要迅速撤离,真正的军事目的就是将速把亥的兵马引入设在义州(即今辽宁省义县)境内的埋伏圈里。结果,敌军穷追不舍,明军且战且退将敌军引入埋伏圈内,将敌军团团包围,并将敌军隔为两段,将前军全部吃掉,在混战中速把亥被努尔哈赤一箭射死。酋长的弟弟抱着哥哥的尸体痛哭而去,指挥残军奋力突围而去,从此势力大衰。此次战斗中努尔哈赤连续杀死对方五位首领级人物,阵斩并伤敌数以万计,大获全胜。

万历十年(1582)是大明帝国晚期历史上不幸的一年,几乎实现了大明帝国辉煌中兴的张居正,重病后死了。

此后数年间,帝国政治天翻地覆,张居正所制定的政策、法规、制度被一一废止,帝国政界在动荡不安中变得晦暗不堪。受到张居正支持重用的戚继光被迅速边缘化,在郁郁寡欢中死去。与张居正志同道合的一些官员,形式不同地被牵连。五年前以战功受封宁远伯爵位,进入帝国贵族行列的李成梁,如今已五十七岁,达到了人生事业的巅峰。他同样受到过张居正的支持和倚重,然而,李成梁却避免了池鱼之灾。其原因有三:其一,远离京师,与张居正没有过多的私人交往;其二,赫赫战功给万历皇帝留下了深刻印象;其三,动荡不安的辽东局势离不开这位骁勇战将。

万历十一年(1583),李成梁耳闻目睹了张居正的生前身后,从一人之下、万人之上的辉煌到身败名裂、家破人亡的全部过程。也耳闻目睹了另外一位真正的英雄戚继光,从威震天下、威名赫赫到默默无闻地死去的全过程,真是触目惊心、心怀不平,更有物伤其类之感。

李成梁走进自己的密室,给张居正、戚继光上香祭拜,大骂皇帝昏庸,自断臂膀,自毁长城。既然你对江山都儿戏,我又何苦为你卖命?你在朝廷做你的大皇帝,我在辽东做我的辽东王。

这一年清算张居正的工作拉开序幕,随后,张居正家产被查抄没收,十余口人被盖有官印的封条闭在室内,张居正那些或真或假的罪行被公告天下。李成梁得知此消息后，派人搭救张居正的家人，但是为时已晚，其全家人都饿死在被贴上封条的家中。

于是李成梁上疏皇帝：

臣辽东总兵李成梁跪拜吾皇万岁！万万岁！

辽东边关连年兵事冲突，百姓苦不堪言。臣自知为国效力，镇守辽东之责任重大，不敢丝毫怠慢。征兵、练兵补充兵源；整军、练军以备实力。然辽东利税尽数上交，每年下拨军费常常误时，贻误战机。臣斗胆跪拜请求：将辽东利税直入军中，用一地之利税，保我大明帝国河山安宁，可派钦差理财。

臣愿为大明江山，肝脑涂地，死而后已。

望请准奏为盼！

辽东总兵李成梁跪拜上呈

不久皇帝下旨准了李成梁的"承包"上呈，并大加赞赏李成梁的忠勇可信，不需派员管财物，皆由李成梁自行决断。

从此李成梁开始贪墨辽东利税，杀良冒功，谎报军情，走向没落。

许多言官上章启奏论利弊，让大家没有想到全部启奏都被淹了。很多大明的官员都在骂李成梁将辽东利税窃为己有。他们哪里知道这来龙去脉，没有皇帝的圣旨，辽东的商民利税是不可能到李成梁之手的。同时李成梁散金买通一路官员，形成了庞大的关系网，为其摇旗呐喊。

（史学家评论：此时的李成梁不但谎报军情，而且开始杀良冒功、贪赃枉法、行贿受贿，乃至于最后，整个辽东的商民利税都被他一个人所侵吞。然后，他用这些钱财贿赂各级政府官员，笼络对他有用的朝廷要人。宫中朝野的权贵机要人物被他喂饱后，为他奔走卖力。）

史书记载："全辽商民之利尽拢入己。以是灌输权门，结纳朝士，中外要人无不饱其重赇，为之左右。"[1]

---

[1]《明史》列传第一百二十六，李成梁。

# 第三章　父祖蒙难

## （1）

万历十一年（1583），图伦城城主尼堪外兰接到密报，古勒城阿台与明军因羊群过界而发生了不小的械斗，双方虽没有死人，但各有伤员。

尼堪外兰听后非常高兴，他想来想去终于想出一条毒计，他要设计除掉阿台，不但要设计除掉阿台，还要把觉昌安、塔克世一锅端。他突然哈哈大笑，为自己的奇思妙想而扬扬得意。他写好书信说阿台聚众造反，已经犯关杀了不少明军官兵，命人快马传书给在京城的女儿，由国丈上奏给皇帝，皇帝下旨给李成梁，务必对古勒城犁庭扫穴，斩杀阿台。李成梁接到圣旨心中纳闷儿，刚刚发生不久的事，朝廷是怎么知道的？噢，一定是尼堪外兰要借明军的手除掉异己。李成梁本来管辖辽东的政策就是"分而弱之，间而治之，以夷制夷"，他找来尼堪外兰说：国丈要我扶持你为建州国主，新城就要修好，你要把建州给管起来。阿台犯关，边军虽然没有死人，但伤了不少人，这是大逆不道犯上作乱。皇帝下旨讨伐，你要出力。据你了解阿台有多少人马？回答："有三千多人马，而且兵强马壮。""你现有多少人马？"尼堪外兰回答："有两千多人马，不过阿台人马骁勇，再加上城高城坚。另外，夏古城阿海是阿台的兄弟，手下有一千多人马。我怕不是他的对手，还要官军和火炮的支援。"李成梁："这么办，我调游击将军张志文带五千人马和火炮助你，不过你要打头阵。"尼堪外兰听后甚喜，满口答应："是，是，是！"尼堪外兰请来协助攻打阿台的游击将军张志文，酒席间命他的几个小福晋作陪，面对美女美酒张志文很是高兴。酒后，尼堪外兰又以重礼相赠，令两名侍女伴寝。第二天他们谈起战事，张志文说："按照大帅的意思你打头阵，怎么打你说了算，我会鼎力相助。"尼堪外兰说了他进攻的毒计，张志文点头同意，尼堪外兰说："那我就按计策行事，诱敌深入。"

尼堪外兰又到哈达部见到贝勒户尔，巧言令色允诺厚礼，哈达部出兵三千协助攻打古勒城。

狡猾的尼堪外兰开始实施他的恶毒计划。他带上几个随从匆匆到了赫图阿拉城，见到觉昌安、塔克世说："朝廷要发兵剿灭阿台，我知道阿台与都督有亲情，都督对我又有恩，我必须来给您报个信，听说哈达也出兵助战。"觉昌安听后大骂阿台："不知死活的东西。"阿台妻子的祖父是努尔哈赤的祖父觉昌安。觉昌安为了使孙女免于战难，也为古勒城一城百姓着想，最后商量的结果是让尼堪外兰去总兵府要明军暂缓出兵，由塔克世出兵两千人马，尼堪外兰出两千人马，威吓和劝说阿台向朝廷认罪，同时也是对明军的一种威慑，令其不敢轻易出兵。

觉昌安、塔克世大军在前，尼堪外兰在后，将至古勒城，尼堪外兰发令，万箭齐发，觉昌安的人马死伤无数。觉昌安和塔克世被这突发的行为气蒙了，慌忙命人放箭回击，塔克世打马挥刀带着众人冲向尼堪外兰，说是两千多人马，到现在不过有一千五百人，尼堪外兰那些都没有经过训练的乌合之众一哄而散，塔克世紧追不舍。

站在远处城头上的阿台，对这突然动作一时间大惑不解，又一下子明白了，这是尼堪外兰的毒计。立刻带领人马冲出城追击尼堪外兰。当尼堪外兰跑到山坳，埋伏在那里的明军和哈达军一边放箭一边冲了出来，三队合一夹攻，塔克世被迫退回到古勒城。

觉昌安和塔克世进入到城中见到阿台说明了事情的缘由，阿台等众人十分气愤。阿台说："尼堪外兰这个老贼我要刀劈了他，哈达不来攻我，我还要出兵伐他，现在他自己送上门了，一并灭了省事。"觉昌安说："你不知道明兵也来助攻了？"阿台说："明兵劳师袭远，何须一虑，今冬又奇冷，天时于他们不利，我事必成。"正在争论时候，塔克世急急地跑进来，说："明兵已经到了。"觉昌安问："有多少兵马？""扬起的尘土遮蔽天日，兵马队伍望不到边际，恐怕过万人。"这时哨兵又跑来报："明兵已到城下，我们被包围了。"觉昌安回头望阿台，阿台不在意地说："请随我城上观敌。"古勒城墙确实又高又厚，可以两马并排上城墙，两侧还能走步兵。墙边滚木礌石齐备，枪箭充足，一溜排开的大锅熬着冒泡的松油。上城一看，明兵已经围住了城池，想走也走不出去了。阿台见了，心里也没了傲气，但是嘴上不服，对觉昌安说："三日内即可杀退敌兵，贝勒爷你们在我城小住几日。"

夏古城阿海是阿台的兄弟，听说古勒城被围攻，就带来本部一千多人马前来解围，没有想到半路被明军和哈达兵截杀，被迫退回城中。明军、哈达兵开始进攻，夏古城防守远不如古勒城，城主阿海领兵奋勇守城。明军的大炮齐鸣，没多一会儿就破了城，阿海的一千多兵马大部分战死，少数逃脱，阿海也战死。

几路人马汇集到古勒城下，一阵炮轰后立刻架梯攻城。阿台在城上骑马左右

## 第三章 父祖蒙难

指挥，滚木齐下，礌石横飞，滚开的松油烫得明兵满地乱跑。第一次攻击被打退了。这时，城门大开，阿台率五百骑兵追杀，杀得敌军人仰马翻。明兵没有料到，一时慌乱，死伤无数。刘少廷以为阿台要突围，立即带领大军在前方堵截，可是阿台根本没想向前突围逃跑，而是正面与其交战，让人们看到古勒城的士兵十分勇猛。在阿台的一声令下，队伍退回了城中。

张志文大怒，让人传来了尼堪外兰，尼堪外兰进了军帐，刚要施礼，就听见张志文说："得得，我受不起你的大礼，好你个尼堪外兰，你不是打头阵嘛，你的人呢？"尼堪外兰马上笑脸相迎，说："我部人马就是乌合之众，大明军将神勇嘛，将军你看看这个。"说着从怀里拿出了两颗硕大的东珠献上，张志文这才消了点气。张志文说："依我看觉昌安、塔克世是来劝降的，你为啥要射杀他们？"尼堪外兰又说："将军，朝廷要扶持我做建州国主，塔克世、觉昌安多有不服，早晚要反，还不如今天一起办了。等这件事情平了，我另有大礼相送，保你一生荣华富贵。"此时的游击将军张志文被尼堪外兰的金钱迷惑，就顺其所为了。

尼堪外兰说："我有一计，招抚古勒城，骗他们开门。""能行吗？""行，你看我的。"

此时城上只有副将把守，阿台一阵冲杀，早已疲乏，回府休息去了。尼堪外兰带上几个随从来到城下一箭之地，看见城上的兵将就大喊道："天朝的大兵既然来了，不会放了你们，明日还有两万大兵到来，你们再抵抗，最后和夏古城一样，终被屠城。我已经和明军说好，明军开恩，谁杀了阿台，谁就做城主，还赏金千两。谁打开城门投降可免一死，并且饶恕全城的生灵。"城上的副将和身边的人看到城下的大军，他们心里都知道现有的兵力难能抵抗，破城是早晚的事，再要抵抗屠城也是避免不了的。他们商量了一下，与其全城人死，不如让城主一人死，换得全城平安。于是副将对尼堪外兰大喊："你说话能算数吗？""我也是女真人，为保一城生灵，我向将军求的情，不然明天城破，城里的人别想有一个人活着走不出来。我向天保证，我刚刚说的没有虚言。"

于是他们奔向阿台的住处，阿台在睡梦中被厮杀声惊醒，同时有士兵来报："副将造反了！副将造反了！"阿台带着亲兵杀退反叛。副将率人疾速跑向城门，打开了城门向尼堪外兰投降，尼堪外兰大喜。张志文急令明军进城，大开杀戒，他们见人就杀，一时间血流成河。除了向尼堪外兰投降的人，其余两千多士兵和三千老百姓都被屠杀殆尽，觉昌安和塔克世也没有逃脱厄运，被乱军杀死。此次犁庭扫穴军民死亡四千多人。

明军收兵，哈达部带着部分战利品回归了本部，尼堪外兰携带截获的大量物资返回图伦城，留下一队人马处理战场、看守财物。

　　努尔哈赤忙于军务刚刚回来，等了多时后，舒尔哈齐就奔了过来，拉着努尔哈赤进了屋内，说了古勒城的实情，努尔哈赤惊闻噩耗，悲痛欲绝，二人不动声色地骑马奔向古勒城。两兄弟摸进城内，找到父祖的尸体，用白布裹身，各背一尸体飞身上马。这时被守军发现追击，追至今新宾满族自治县的木奇镇，他发现了一棵硕大的榆树，舒尔哈齐上树一看，树有空洞，于是他们传接着就把玛法和阿玛放在大树洞中。安置好父祖，开始向山上奔去，找到了一个有利地形，努尔哈赤和舒尔哈齐向追兵冲去。

　　努尔哈赤立马三箭射出，立刻三名追兵落马，哥儿俩又搭弓射箭，不少人被射于马下，紧接着就冲到近处挥刀砍杀，如同虎入羊群，真是碰着死挨着亡，追赶的士兵不断被砍死于刀下，纷纷逃去。

　　他们找到了一个山泉下马休息，吃了点牛肉干，喝点水就立刻奔回了军营，舒尔哈齐小声和几位新兵说了几句话后，就同努尔哈赤直奔总兵府。

　　来到总兵府，努尔哈赤见到李成梁，双膝跪倒，"求父帅给我做主，报杀害父祖之仇。"努尔哈赤的一席话把李成梁闹蒙了，"我儿快起来，说说清楚，我一定给你做主。"努尔哈赤说："觉昌安是我的玛法，塔克世是我的阿玛，已被尼堪外兰设计所害，张志文就是帮凶。"李成梁听后方才明白，努尔哈赤想凭借自己的能力发展提升，不想借助家庭的背景拉动关系，着实有些敬佩。闻听觉昌安、塔克世身亡，李成梁立刻安排人调查此事。

　　尼堪外兰回到了图伦城，管家见到了主子马上笑脸相迎："恭喜我主，铲除了心头大患，大获全胜，胜利而归。"尼堪外兰哈哈大笑："好，好！你去准备酒席，我要犒赏出征的所有人。"

　　尼堪外兰酒后回到了房里，丫鬟给捶腿揉肩。他一边喝着茶，一边吸着大烟袋，耷拉着大脑袋，发出狰狞得意的笑声。

　　李成梁听完调查结果，马上传来张志文。李成梁："张志文你知罪吗？尼堪外兰使的毒计，你就是帮凶，这四千多条性命你承担得起吗？来人给我拿下。"张志文大惊失色，自知事情败露，惶恐地低下了头。李成梁看到张志文默认没有辩驳，就命人给绑了押进牢房审问，审问结果报与李成梁。

　　李成梁对努尔哈赤说："已经查明，你祖父并没有反叛，在占勒城被害，只能说是误杀，至于如何误杀你心知肚明。我的属下违逆我定会处理，还给你一个

## 第三章 父祖蒙难

公道。"努尔哈赤："多谢父帅！"努尔哈赤跪拜谢恩，李成梁忙扶起："我儿快起来，别怪为父不能帮你雪冤，尼堪外兰也算上是皇亲国戚，我无可奈何，报仇靠你自己了！我相信你。我能办到的是让你世袭指挥使，给予抚恤。"努尔哈赤："父帅，大恩不言谢，我要为我父祖报仇，父帅宽恕儿臣不能再侍奉左右了！"李成梁："唉，我还真的舍不得你呀！"努尔哈赤眼圈微红也有些动情地说："父帅有用我的地方你发话，我永远是你的义子干儿。"

李成梁夜访被囚的游击将军张志文，这位游击将军激动地拉开衣襟："大帅，你看看这些伤疤，念我的多次战功，饶我一命，让我回家侍奉老母。"说着张志文双膝跪下，满脸是泪。李成梁念其战功和昔日战友情，决定以死囚代替执法，给努尔哈赤一个交代。李成梁秘密把游击将军张志文送走,让其隐姓埋名了此一生。

## （2）

努尔哈赤和舒尔哈齐回到了建州赫图阿拉城，见到了部族亲人们，觉昌安的正妃、塔克世的福晋纳喇氏和几位庶妃，还有他们的孙男嫡女都在屋子里，他们痛哭失声哭天抹泪。有人哄劝着，聊起了事情的缘由。

努尔哈赤决定去辽阳找李松经略要个说法。努尔哈赤有个堂叔叫龙敦，在族人中地位仅次于觉昌安、塔克世，他来劝努尔哈赤说："大阿哥，就不要去了，明朝那些个凶兵悍将，怎么会听你说话？去了只能惹来杀身之祸，搞不好，会给全城带来灾难。来日我会照顾你家的。"努尔哈赤说："我阿玛、玛法都是朝廷敕封的官员，没有一丝一毫得罪明朝，却无故被害，我岂会和他们善罢甘休？""非得去？""肯定。""唉，"龙敦摇着头极不高兴地说，"不听劝哪。"其实，龙敦心里有自己的小算盘，他自己的家兵、阿哈、牛马比觉昌安家少得多，但现在他们一同遇难，现在赫图阿拉城主的位子，还有谁比他更合适坐呢？所以这个时候，他是极不愿意努尔哈赤出去找麻烦的。

努尔哈赤稍微安顿了家事，挂刀背弓，一人一骑只身进了辽阳。努尔哈赤靠着在明军里面的一些熟人，在经略升堂之日，居然见到了李松经略，努尔哈赤当面直问："我阿玛、玛法有什么过错被尼堪外兰设计杀害？这是与我不共戴天之仇，请大人为我申冤。"李松经略看着气愤至极的努尔哈赤，问："你是谁？"努尔哈赤说："我建州贝勒觉昌安之孙、塔克世之子。"努尔哈赤又把事情的来龙去脉说了一遍。李松经略听完，又见努尔哈赤虽然愤怒却挡不住一脸英气，不禁说道："这个事我给你问一下，会叫李成梁给你一个答复的，你先回家等消息。"努尔哈赤说:"这个事实由尼堪外兰唆使的,把他交给我,我才甘心。"李松说:"待查明后再定夺,你先回吧。"努尔哈赤只好先回到家中。

几天后,明朝派出使者来到赫图阿拉城,对努尔哈赤说:"已经查明,古勒城误伤了你父祖,并不是有意这样做的,确实是误杀的。"努尔哈赤:"难道一句误杀,就算完事了吗?"明朝的使者说:"那你就等等,看看上面如何处理。"这一等就是一个多月。

无奈,努尔哈赤来到总兵府见到了李成梁,才知道在李成梁的关照下,已经为努尔哈赤办理了一切手续,努尔哈赤袭都督指挥衔。李成梁告诉努尔哈赤:"游击将军张志文已被正法,也算是为你报了仇。至于尼堪外兰,他是皇亲国戚,为父不好明里插手,你知道为父的意思吗?就当你们女真人自己的事情,你自己处理吧,我相信你的能力。"努尔哈赤说了一些感激的话后,就打马回到了建州。

这一天,明朝派使者来到了建州,告诉努尔哈赤,对你父祖被误杀,朝廷给予抚恤:其一,将努尔哈赤父、祖曾经享有的三十道敕书(贸易特许证)全部转给努尔哈赤;其二,补偿马三十匹。其三,奏请朝廷批准,由努尔哈赤袭任满州左卫指挥使的职务,不日朝廷下放册封文书。

敕书是女真人与明朝做买卖的凭据,一道敕书准许一人一马进城交易,三十道须是较大的城主才有这么多。努尔哈赤说:"我阿玛、玛法被害,全是尼堪外兰唆使的,要把他首级交给我,才算是报仇。"明朝使者说:"这个事可能办不妥,尼城主现在是皇亲国戚,在辽东听命总兵大人,是执行朝廷的圣旨办差,你还是不要深究了吧。""难道我这不共戴天之仇就报不得了?""你就好好地做你的都指挥使吧。"明朝使者说完,打道回还,走了。

努尔哈赤心知肚明,如果没有李成梁的关照,没有什么人会把我这个年轻小子放在心上。有谁能理会他一个无足轻重女真青年呢?此时,努尔哈赤计划起兵,向尼堪外兰报仇。从此,努尔哈赤有了虽然很小,却是走向王者之路的发展空间。

闻听明朝使者来安抚努尔哈赤,气坏了努尔哈赤的堂叔龙敦。更让他想不明白的是,努尔哈赤跑到辽阳告状,李总兵竟然没抓这小子,反而让他接任都指挥使,不但自己原来的打算都泡了汤,而且努尔哈赤的势头还超过了自己,他自己不过才有三道敕书。他越想越郁闷,越想越生气。

努尔哈赤将伯叔礼敦、额尔衮、界堪、塔察篇古和弟弟舒尔哈齐等人请到家里,将皇帝封职的敕书给众人看了,引起龙敦的不满,原本认为应由他来担任都督之职,突然被努尔哈赤给坏了好事,让龙敦耿耿于怀。

## 第三章　父祖蒙难

　　努尔哈赤世袭了都督之职，诞生了新的建州左卫都督府。他们一起来到了都督府，放眼四顾，百感交集。现在，努尔哈赤本部能上阵同宗人，只有三弟舒尔哈齐与二弟穆尔哈齐，四弟雅尔哈齐、五弟巴雅喇还很小。他找来同族亲戚商量起兵报仇，引起了部族一些人的反对，以叔叔龙敦为首的一些人更是反对起兵报仇，理由是尼堪外兰强大，且有明朝后盾，怕给部族带来灾祸。努尔哈赤义正词严："杀我父祖之仇，乃人生之大仇，也是我部族之大仇，此仇不报誓不为人。"虽然现在只有父祖留下的盔甲十三副，不足百人的家丁，但努尔哈赤还是愤然起兵，在声讨尼堪外兰的誓师大会上，努尔哈赤发誓要杀尼堪外兰，用尼堪外兰的血祭奠亡灵，为父祖报仇雪恨。

　　龙敦为了达到自己的目的，偷偷地到了图伦城，见到了尼堪外兰行大礼参拜，献上礼物。尼堪外兰不知龙敦什么意思，疑惑地看着他。龙敦讲了赫图阿拉城的所有情况，并说："努尔哈赤自不量力，就凭他一百多人就要对抗尼堪外兰国主，真是蚍蜉撼树。"尼堪外兰这时听明白了，说："哦，朝廷扶持我做国主是事实，朝廷出银子给我修王城，只是现在册封文书还没有到，你就说说你的想法吧。"龙敦："国主，你是皇亲国戚，册封还不是早晚的事，我愿给国主牵马坠镫，效犬马之劳。"他对天盟誓表示要效忠尼堪外兰，尼堪外兰见到有送上门的好事当然不会放过，问："你有什么要求？"龙敦说了就想做赫图阿拉的城主，尼堪外兰更爽快地答应龙敦，如果你帮我灭了努尔哈赤，不但赫图阿拉城是你的，建州左卫的城寨都归你管。龙敦欣喜万分，大礼跪拜谢恩。从此龙敦被欲望迷了心智，开始了一系列背叛部落、背叛亲情的违逆勾当，走向了一条不归路。

# 第四章　起兵报仇

## （1）

明万历十一年（1583）五月，身为都指挥使的努尔哈赤，传令集合赫图阿拉城内各家出人出马，以"十三副遗甲"起兵，练兵备战。又派人带了礼物到兆佳城，找城主同宗兄弟理岱，请求出兵助战，并宴请对尼堪外兰不满的城主前来会盟。就在这时，派下去的人纷纷来报，赫图阿拉城内各家都不出兵，这是努尔哈赤没有想到的情况。龙敦更是公开叫喊"我决不出一人"。龙敦有家兵五十多人，是城中大户，他不出人，别家也都随着不出了。更让努尔哈赤生气又无奈的是理岱，他的手下人把努尔哈赤送去的礼物原封送回，一个字没说，东西放在地上，扭头就走。

努尔哈赤知道图伦城住着尼堪外兰的两千多兵马，他还有三百多人，调到甲版城加固城墙去了，随时能够回援。努尔哈赤想：只有兄弟三人，兵不足百人，怎么能打下图伦城呢？于是他命舒尔哈齐开始训练亲兵，他自己打马奔向佟家庄园。

来到了佟家庄园，见到了佟佳氏说明自己的身世，一五一十地讲述了发生的一切事情。当时都指挥使在女真人的眼里是一个了不起的大官，佟佳氏听后很是欣喜，加上他对努尔哈赤的深爱和敬佩，到了现在只有服从的份了。于是佟佳氏问努尔哈赤："额尔根，你看现在该怎么办？"努尔哈赤说："你先说说你的想法。"夫妻俩商量来商量去最后决定卖掉佟家庄园，人们全部搬迁赫图阿拉城。努尔哈赤命人找来了额亦都、帖木儿克、管家等人，说明事情的缘由并把决定告诉了大家，让大家即刻准备，一切事情都办完就立刻去赫图阿拉城与会合。努尔哈赤告别众人，催马扬鞭，他要拜山门，叩见恩师。

正一道长经过认真的分析，为努尔哈赤定出计策："恭顺朝廷，打出为父祖报仇之旗，向尼堪外兰讨还血债。对尼堪外兰追而打，打而不杀，步步为营，统一建州。"并约定正一道长负责在明朝建立间谍机构，努尔哈赤负责在女真族建立间谍机构。到后来由于这两支间谍部队的迅速发展，就分不清楚间谍部队的地

## 第四章 起兵报仇

域了,也就是说,努尔哈赤拥有两支间谍部队。正一道长送了一箱子编集在一起的"四十四章经",制定出用数字代替文字,用人或飞鸽传书,以经书解密,季节不同,选用经书不同的章节解密,如冬季用的第一到第十一章经,以此类推。

  道长赠送努尔哈赤百金,努尔哈赤坚决不受。道长说,你现在起兵多有用钱之处,这是我借给你的以后偿还,努尔哈赤这才点头接受。说着话道长把一个包裹递给努尔哈赤,努尔哈赤疑惑地看着恩师,道长告诉他:"这是为师的心爱之物,金丝犀牛皮软猬甲,你不可示人。"努尔哈赤叩头谢恩。临下山,恩师留给努尔哈赤几句话要他记住:"天意四十四战年,四十四年称可汗,天命帝位十年。"努尔哈赤开口道:"谢恩师指点迷津,愿闻其详。""此乃天机不可泄也。"

  努尔哈赤回到了赫图阿拉城不久,佟佳氏带领全庄人赶着牛羊,车拉人扛地来到赫图阿拉城。现在已有二百多人,由舒尔哈齐、额亦都、帖木儿克领队开始练兵,因为佟家庄的庄丁早就训练有素,相当于一对一地教授武功。努尔哈赤多年的战争生涯总结出的一套格斗协同作战战法,他一直秘不传人,等的就是今天,他用这套战法训练自己的部队,就是每五人一组,就是格挡出敌人甲的刀,挥手砍向敌人乙,相当于两把刀同时砍向敌人,对骑射训练更是注重。当时在女真部落里,诞生了第一支正规化训练的部队。

  佟佳氏看到努尔哈赤回来,就把两个孩子让女阿哈带出去玩了,佟佳氏告诉努尔哈赤:"庄园卖给了哲陈贝勒,现在有了军费,可以开始招兵买马啦!"努尔哈赤说:"还要打造兵器和铠甲,准备军粮、军衣,这叫作双管齐下。"两个人同时都大笑起来,努尔哈赤把金丝犀牛皮软猬甲交到佟佳氏手里,说:"这个不可让人看到,应该怎么办?"佟佳氏笑着说:"我用黄布缝个衬套不就行了。"两个人说说笑笑地走进了内房。这就是后金国的第一件黄马褂,出自元妃之手,诞生在赫图阿拉。

  努尔哈赤又派人去通知参加射箭比赛获奖人员,告诉他们征兵的消息,获奖人员加盟,可直接做牛录额真,从此开始不断有人来投奔。现在的努尔哈赤的士兵总人数达二百三十多人了。

  努尔哈赤结义的兄弟到了,加入了努尔哈赤的战团,他们是女真族的额亦都、安费扬古,汉族的岳寒,蒙古族的帖木儿克,他们为努尔哈赤起兵分别带来了礼品,表示庆贺。他们见面自然是显得分外亲热,大口喝酒,大口吃肉,好不痛快,他们说昨日、谈今天、畅想未来。

岳寒从小生长在军人家庭，因父亲得罪了权贵，一家人含冤被害，他只身逃到边陲避难。是个了不起的英雄，不但武功好、机智，而且会汉语、蒙古语、女真语。努尔哈赤安排他扮作货郎，在建州地界走街串巷联络人情、打探军情，伺机发展密探人员，建立间谍队伍。

赫图阿拉城东，有两个小寨子嘉木湖寨和粘河寨，图伦城的士兵抢掠过他们。

赫图阿拉城西苏克素浒河部有一个大的城池叫萨尔浒城，与图伦城有过过节儿。努尔哈赤派出人，分头与他们联络，相约合兵攻打图伦城。萨尔浒城有兵五百人，答应出兵三百人加盟助战，另二百人在萨尔浒城等着，努尔哈赤兵马路过时会合。嘉木湖、粘河两寨全部士兵共一百六十人，由寨主全带入了赫图阿拉城，努尔哈赤出城迎接。粘河寨主常书说："这是两寨的所有人马了，愿能助城主一臂之力。这位是嘉木湖的寨主噶哈善。"努尔哈赤和噶哈善行礼，请他们进城，噶哈善站着没动，说："我们率众人来投奔城主，请不要把我们当作流民，希望能对待我们像手足兄弟一样。"努尔哈赤说："噶寨主说得极是，今日我们就杀牛宰羊对天盟誓，结为兄弟。"于是合兵一处，共有士兵三百九十人。

万历十一年（1583）春，努尔哈赤和舒尔哈齐商量好了，趁现在有时间去把父、祖安葬，入土为安。于是他们直奔新宾木奇镇方向，来到了神树前，举目一看，看不到任何迹象。舒尔哈齐一个蹿步上树一看，尸身没有了，就向努尔哈赤招手，努尔哈赤上去一看明白了，现在已经是人木合一。

原本钦天监看天观地知晓辽东有九九八十一条龙脉，已经被钦天监灭掉八十条龙脉，始终没有找到第八十一条龙脉，这棵神树正是明朝钦天监未能找到的龙脉，称之"悬龙穴"，冥冥之中，天意占龙脉，风水到皇家。于是他们摆上香案，敬上祭品，跪拜神树，求苍天、求女真神、求祖宗护佑起兵成功，让赫图阿拉城一崛而起。这就是"枝若千手洒甘露，树转乾坤度众生"。

努尔哈赤的堂叔龙敦，听说努尔哈赤结盟要攻打图伦城，于是暗地里对诺米纳的弟弟奈喀达说："大明朝要扶植尼堪外兰做建州国主，辽东总兵府出人出钱正在嘉班筑王城。你们攻打尼堪外兰，不就是和朝廷作对吗？不是找死吗？"奈喀达把这些话告诉了诺米纳。诺米纳确实有些害怕了，便背叛了盟誓，不敢出兵。于是派人到赫图阿拉城递上一封书信就走人了。信中大意是这样的：由于诺米纳贝勒身体欠佳，暂时无法出兵，等诺米纳身体好一些再从长计议，等等。

## 第四章 起兵报仇

努尔哈赤找来安费扬古、额亦都、帖木儿克等众头领议事,告诉大家诺米纳背信弃义,不发兵助战,众人听后都非常气愤,怎么办?现在萨尔浒城不出兵,人马就比图伦城少了很多,常书对努尔哈赤悄悄地说:"城主要从长计议呀!"噶哈善不知道常书说了什么,也没有问,大声说:"他们不出兵,我们自己也攻城去,攻不破图伦,杀他些兵将先出口气。"努尔哈赤看额亦都,额亦都也赞同进兵。努尔哈赤分析整体事态说:"我们佟家庄园的士兵可以一敌五,以外的士兵还不完全具备战力,不过以一敌二是没有问题的。以这样算来,我们现在的三百九十人最大的战力是一千人。尼堪外兰的一千五百人打古勒城伤亡四百人,纳降近一千人,图伦城有兵一千八百人,甲版城有兵三百可随时驰援,况且有城池掩护,如果偷袭不成,强攻我们是很难取胜的。再说说诺米纳,对于诺米纳的背信弃义,他应该受到惩罚,但要是强攻我们的损失也会很大,如果这时尼堪外兰要是出兵我们就危险了。"舒尔哈齐说:"如果尼堪外兰现在出兵打我们呢?"努尔哈赤说:"尼堪外兰自知理亏,辽东经略、总兵都知道此事,只是他现在是皇亲国戚,所以才没把他怎么地,在我没有打他之前他不会攻打我们的,即使他们来攻,我们可以守城。我还是那句话,要抓紧练兵,练到我们兵强马壮。"

第二天,努尔哈赤亲自来到教军场,向列队的士兵说:"别看我今天仅仅才有四百人,但我们的将来何止是千万计。你们当中会有很多人成为勇士、成为将军,我们在不远的将来就要做建州的主人,你们才是女真的勇士,但千里之行始于足下,刻苦训练那会增长提高我们的生存本领。想当勇士的,你们要练好刀剑;想当将军的不但要练好刀剑,还要学习兵书战策,一切梦想都要靠你们的行动来实现。"安费扬古喊道:"我们要当将军,我们要当洪巴图鲁。"士兵们一起在呼喊着。努尔哈赤接着说:"我们练吧,是要振兴我们女真族不受外族凌辱,替天行道,匡扶正义,我们将来必须扩军,你们这些人里面将来会有很多人要做将领,所以必须要刻苦训练,有好的武功,在战场就会少流血,不至于丢了性命。练功的要领,一是要眼狠,二是要心狠,三是要手狠。有道是'当场不让步,举手不留情',练武的要领,第一要训练的是速度,一招制胜,第二是训练躲闪腾挪,让对手打不到你,来保护自己,保护好自己才能战胜敌人,第三是练习力度,同样是挥刀立劈,那就要看谁有力度。所以等我们这些都练好了,那么我们就是铁军,我们就是狼军。"努尔哈赤在一片欢呼声中走下点将台。

由于明朝官员声言要扶持尼堪外兰,辽东出人出力给尼堪外兰修筑王城的事实，致使大多女真部落归附了他。那尼堪外兰有恃无恐，竟派人逼迫努尔哈赤归顺。努尔哈赤非常愤怒，对来人说："你回去告诉尼堪外兰，他设计杀害我的祖父和父亲，不报此仇，誓不罢休！"

萨尔浒城诺米纳与浑河部的杭嘉、札库木素有仇怨，最近又相互抢掠搏杀，萨尔浒城诺米纳损失不小，诺米纳决心要报复，于是厚着脸皮派人来到赫图阿拉城。来使对努尔哈赤行了大礼，不提往事，开门见山直接说："我家主子要约请爷合兵攻打浑河部巴尔达城，攻下后，城中的所有物资全归爷，城池归我家主子，你看如何？"努尔哈赤说："只要你们诺米纳城主肯出兵助我攻打尼堪外兰报我父祖之仇，我只要牛羊，其余的都是你的。""当真？""那是一定的。""君子一言。""驷马难追。"努尔哈赤平静地说："回去你禀告你家主子，要是同意助我攻打尼堪外兰，我答应出兵，转告你家城主他要是同意明日结盟祭祀，五日后一同发兵。"使者走后，努尔哈赤安排额亦都等人商议铲除萨尔浒城之计。

万历十一年初秋，努尔哈赤带兵四百与萨尔浒诺米纳的三百人，合兵到红透山东北部的巴尔达城下，巴尔达城有兵马六百人，比进攻的兵马少一些，但是城墙坚固，城上早准备了滚木礌石，列阵以待。努尔哈赤对诺米纳说："我兵远道而来，先休息一会儿，你兵走的路近了不少，你兵先攻城，我第二拨再攻。"诺米纳说："不行，你先攻。"努尔哈赤说："要不这样，你军中穿戴盔甲的兵多，让他们先冲一下，城上必放箭和滚木礌石，甲兵能挡住箭石，等城上箭石少了，我兵再攻城。"诺米纳说："不可以。""你的甲兵多，刀枪好，你说怎么办？""这个，这个——""这样吧，"努尔哈赤说，"把你们的盔甲兵器借给我兵，我兵先攻。""那行。"诺米纳的士兵陆陆续续地把盔甲和刀枪都交给了努尔哈赤的士兵，士兵们穿戴好盔甲，拿起刀枪，努尔哈赤一挥手，噶哈善与安费扬占上前，拔刀就斩了诺米纳和他的副将，诺米纳的士兵一下惊呆了，有几个心腹头领赤手空拳地叫骂，额亦都带人上前又斩了十多个，顷刻间没人敢再动一下，没人敢再出一声。

努尔哈赤派人向城上的守军喊话："不是我们要来攻城，是诺米纳逼我们来的，现在把他斩了，首级献给城主。"努尔哈赤带兵押着萨尔浒城的三百人，后撤走了，留下额亦都带着四十人，还有五十匹马和一张白虎皮加上诺米纳首级，等城内人来取。等努尔哈赤的兵马走远已经看不清了，城门才打开，出来一队骑兵，接了额亦都的东西，不一会儿，又出来一队骑兵，送给额亦都一颗东珠、一棵八品叶的千年人参，请他转交努尔哈赤。额亦都带人拨马回走，但是没有向南追赶努尔哈赤，而是向西南跑去。原来，巴尔达的西南是去抚顺的大路，通向图伦城，

## 第四章 起兵报仇

努尔哈赤命他查看图伦城地形去了。

努尔哈赤领兵马回走一个时辰，就到了萨尔浒城，军队进城，城门守军见有本城兵马同行，没有阻拦。进入城内，把诺米纳的家小，还有刚才阵前被斩那些人的家小，全集中到三百降兵跟前，一声令下，都斩了。这三百人个个吓得两腿发颤，无不担心自己的全家。努尔哈赤下令：凡是投降的士兵，不分散妻子儿女，不夺财产。对这么些俘虏，按女真惯例，降兵和他们妻子儿女都要分给人做奴才，妻儿们不知道将分给谁、分哪里去，家就此散了。但是，今天，努尔哈赤下了一道让这些即将变成奴才的人们想不到的命令：降兵编入军队，不拆散阿玛、额娘，不取走妻子儿女，不夺财产。命令传出，全城百姓无不感激努尔哈赤的恩德，家家户户欢天喜地，比打了胜仗还高兴。多少年来女真部族被俘的人家，都是沦为奴隶，妻女家人分离，然而，多少代的惯例被今天努尔哈赤打破，这就是名师出高徒的写照，他的高明之处就体现在降兵们心甘情愿地归附。

努尔哈赤把这些先是恐惧得发抖到欢喜得心跳的降兵都编入了自己的军队中，再把萨尔浒城财物运回赫图阿拉，留下一个投降的头领和五十名降兵看守萨尔浒城。

努尔哈赤打下萨尔浒城后，不但夺得了财物，兵马也增加了近五百人，加上最近来投军的一百多人，总计有千人的队伍。努尔哈赤备战练兵没有丝毫怠懈，于是天天行围打猎。与往日打猎不同的是，每个人都得遵守号令，不得喧哗，不准走错队形，时而奔跑，时而急行，违犯者受罚，遵守者奖励。猎到野兽，做成肉干、肉松、咸肉等，兽皮做衣服被褥，小兽如貂、狐、獾、狍等兽皮都能卖钱。努尔哈赤设定每十人为一个牛录，设牛录额真一名。先是牛录额真们每天轮换指挥围猎，后又改两队对攻训练。努尔哈赤真正懂得平时多流汗、战时少流血的道理。因此，在训练女真士兵时，其严格甚至到严酷的程度。

## （2）

努尔哈赤现在有了一定的兵力，在一次军事会议上，努尔哈赤对众将领说出一个必须执行不能泄密的事情，那就是："对尼堪外兰追而打，但不能杀，这是军令，自己要执行，还要自己的亲信知道，万不可泄密，违者死罪。"有人问是什么原因，努尔哈赤说，慢慢的大家就会明白的。他们研究如何攻打图伦城，通过众人商议，决定派出十个人，装扮成采集山货迷路的人，背着事先准备好的蘑菇、人参、药材等山货，去图伦城卧底，里应外合。半天时间，十个人陆续回来了，他们谁都没进去城。原来图伦城也得到了努尔哈赤攻取了萨尔浒城的消息，于是严格看守城门，生人都不让进去。努尔哈赤和额亦都等人商量怎么办，噶哈善抢先说："不让进，咱们就直接打进去。"常书轻摇了一下头，额亦都也不赞同，说："这样，我们舍得点钱，买些盐，扮成生意人，去卖盐，也许能进城去。"努尔哈赤："行，现在盐特别金贵，去的人别多，选三个吧，不要膀壮的，要外表精明的，看着像生意人，挑一老年和两个少年，像师傅带徒弟。"大家都同意。很快选定了人，装扮好了。努尔哈赤对他们说："进城后，看清地形和人马位置，然后，一人偷着溜出来报信，剩两个藏在城里，听得攻城声时，如果我们打南门，你二人去北门，射杀看门兵，如果打的是北门，你们就去射杀南门兵，记住了。"三人出发，果然进入了城内，天刚见黑，一人回来，细说了城中情况，努尔哈赤下令明早发兵，午后到达图伦城下。

努尔哈赤传令："迅速进兵。"正午时候，就到达了图伦城外的一片树林里。图伦城建在南杂木南山的北坡上，额亦都带了几个人去查看图伦守备情况，努尔哈赤叫大家下马休息吃东西，让马匹就近吃草。不一会儿，额亦都回来，大家合计攻城办法，额亦都说："他们城墙不高，踩马背就能上墙，守兵虽然多，但四面分散，我们可以突袭进城。"努尔哈赤说："行，我攻打南门，额亦都带四百人偷袭北门。在城内的人吃晚饭时候开始进攻。"努尔哈赤说完让大家继续休息。

太阳偏西，还没有落山，第一缕炊烟缓缓升起，努尔哈赤带六百人的马队，身先士卒大喊着冲向图伦城南门，所有人弓箭齐发。城上哨兵、巡逻兵应弦而倒，冲到墙下的人开始爬墙，刚上去几个人，尼堪外兰领兵的头领赶到，在城墙上指挥和督促士兵反击，进攻的士兵全被打了下来。跟后的人再上，双方刀剑相接，弓箭对射，杀在一起。

忽然，城内火光冲天，杀声一片，额亦都带领四百人偷袭北门已经入城，又迅速打向南门。箭从守城兵背后射来，瞬间图伦兵大乱，指挥的头领也不知道哪儿去了，守城的士兵被杀得屁滚尿流，纷纷投降，噶哈善护着努尔哈赤寻找尼堪外兰，影子也没有。有降兵说，尼堪外兰已经带着几个家人出西门跑了。原来，在卧底的人帮额亦都冲进北门时，尼堪外兰本来就胆小如鼠，看见城里到处火光冲天，看到努尔哈赤如狼似虎的士兵，自知图伦士兵根本就不是对手，慌乱中他就带着自己的侍卫护着部分家人逃跑了。本来就有不少人是觉昌安部下，对尼堪外兰多有怨气，他们大喊着我们是觉昌安的士兵，弃刀枪纷纷投降，原本图伦城的士兵也跟着投降啦，这次降兵一千多人。努尔哈赤进城，占了尼堪外兰的家，将没有逃脱的尼堪外兰的家人全部砍头祭祖。

## 第四章　起兵报仇

尼堪外兰这一生所积攒的万贯财产,全在家里放着,一点也没带走,他根本就没有想到努尔哈赤会这么快崛起,这么快就把图伦城攻下。他逃跑的时候为丢失的千万财产非常心疼,但毕竟没有一命金贵。努尔哈赤再次下令,投降者,不拆散阿玛、额娘,不取走妻子儿女,不夺财产。命令传出,城内士兵放下刀枪纷纷投降,一些降兵看到家人都痛哭流涕,发誓要跟随努尔哈赤永不变心。全城百姓又一次欢声雀跃,对努尔哈赤感恩戴德。努尔哈赤与众不同的胸怀和韬略,这就是王者的胸怀,这就是王者的韬略。就是这个与众不同的政治远见,让降兵降将心悦诚服、肝脑涂地。

努尔哈赤看到受降的士兵,看到这无数财宝,马、牛、羊数以万计,真是心花怒放,他要答谢两个人。

努尔哈赤立刻命人,赶羊五百只、牛一百头送往总兵府,为李成梁养军所用。努尔哈赤又亲自送李成梁东珠、人参、貂皮、虎皮、金银等物品足足有四大箱。又送李成梁特殊礼物:一名男阿哈做管事,管理侍女和与建州通信之用;四名美女阿哈是精挑细选的,送给李成梁做贴身侍女,确定侍女侍奉半年,半年后由另一批侍女替换。

李成梁平生未见得过如此丰厚的礼物,真的很感动,同时看到努尔哈赤这一个义子干儿对他的忠心。李成梁屏退左右对努尔哈赤说些客气话,努尔哈赤看着李成梁说:"父帅,这些都是小事。我思虑一个想法,不知道当讲不当讲?"李成梁:"我儿,你我还有什么不能说的?讲——说错都无所谓。"努尔哈赤说:"当今皇帝昏庸,不理朝政,朝廷多有贪官污吏,内争不断。多有人诋毁父帅,对未来我看也是世事难料。张居正、戚继光不就是这样嘛,原本还是声名显赫,不日就一落千丈。我的建州兵丁就是父帅您的兵,就是父帅您的私人亲兵,你身后留有一个家,你什么时候能来,我还是你的侍卫长。现在我还能帮助父帅守边效力。但我有一条,就是我不管什么朝廷,只效忠父帅的。"李成梁为努尔哈赤的话所感动,站起身双手扶住努尔哈赤的双肩,义父义子四目相对,这里有亲情的爱怜,有感情的传递,有生死之情的记忆。有道是:"情到深处不言中。"

# 第五章　初战告捷

## （1）

明万历十二年（1584）初春，残雪未融，东南风时起时无，浑河部兆佳城建在汤图西山顶峰，冰雪山路难行，因此努尔哈赤命令额亦都和三弟舒尔哈齐率领二百士兵先行，自己率领五百士兵随后，在兆佳城下集合。兆佳城的理岱，有一千兵马，而且城在山上，容易防守，所以没把努尔哈赤放在眼里。理岱想不战而智取。在进山的半路上有一个暗藏的哨所，住有一小队人马，理岱在努尔哈赤进山之前，又派去五十名弓箭手，他对弓箭手说："你们藏在路边，放过先头的士兵，等努尔哈赤到跟前时，一齐射他一人。谁射死努尔哈赤，赏他十匹马二十头牛，并且把我最小的福晋也给他。"弓箭手听了，恨自己没长翅膀不能快飞到暗哨。五十名弓箭手刚到暗哨前面藏好，就看见一队兵马从路上走过去，也不知道努尔哈赤过去没有，正在猜疑，又上来一队兵马，前面八人开道，后面一杆大旗，旗下有一员将官，身材高大，盔甲明亮。有人说：来了。远远的在射程之外呢，可是，不知道是哪个射手着急了，嗖的一响，箭就射了出去，大概是想要小福晋闹的，不会是想那封赏的十匹马二十头牛了吧。"啪"的一声，那支箭就掼在了努尔哈赤的马蹄前。护卫一见有刺客，打马飞驰而上，吓得五十个弓箭手转身跑进暗哨里，在暗哨里向外射箭，暗哨是由树干夹成的，上面挂了干草，建州护卫的箭射不进去。于是有人拿来了火箭，就是在箭头处绑了乌拉草，草里浸泡獾子油，点燃后射出去，这时东南风正起，几箭过去，暗哨就起火了，不知道里面是怎么反锁的门，一个人也没跑出来。山城中的理岱得报，努尔哈赤兵马已到，他登城观敌，见城下兵马有条不紊列阵安营，遥望暗哨那边升起的火光，心中有些发凉。

舒尔哈齐见理岱上到城头，便拨马来到阵前，大声质问："理岱，你为啥收留了我们的仇人，"理岱也大声回敬："尼堪外兰与我没有仇，再说我做了你又能拿我怎么样？努尔哈赤有啥本事，不过凭着哭闹，要个挂名的城主，怎敢对我指手画脚。"舒尔哈齐说："是骡子是马，拉出来遛遛。"理岱说："今天就比试比试。"说话间，努尔哈赤兵马也到了城下，二话不说，立即架梯攻城。努尔

## 第五章 初战告捷

哈赤指挥人马蜂拥而上城上的箭镞、石块，暴雨一样飞泻，额亦都、舒尔哈齐和安费扬古都穿着精铁盔甲，带着铁甲兵一拨儿一拨儿地往上冲，几次脚踩城头，又都被打下来，但是每次也杀敌不少。城下的弓箭队，各个是神箭手，城上守兵应弦而倒。天色渐晚，停止了攻城。努尔哈赤用甲兵攻城，士兵损失不大，理岱的士兵几乎都是棉甲，死伤惨重。城没有攻下来，晚上休息，努尔哈赤说："理岱防守严密，看来早有准备，不如回兵。"护卫西拉布说："本来就知道他们有防备，我也来了，怎么因为这个回兵，不行我领队攻城。"努尔哈赤笑了笑说："你还是忘了，哈哈！"于是下令让大军后撤三十里，并留下了暗哨观察动向。这是努尔哈赤打草惊蛇，他要惊走尼堪外兰。

理岱得知努尔哈赤撤军了，就哈哈大笑道"他有什么能耐，还不是滚蛋了。"他在为自己山寨险要位置而骄傲。第二天早起，理岱从热被窝爬出来就上了城头，向下瞭望，城下铁甲骑兵驰骋，越过沟壑、坡路和荆棘，队形整齐不乱。步哨巡逻，盔甲雪亮，在寒风里像冰片一样哗哗齐鸣。理岱热乎乎的心冷成了冰疙瘩，暗里叹气，自觉不如。整整一上午，努尔哈赤没有攻城，只是来回调动。理岱也把全部兵力调到正面城上站在城头大叫："尼堪外兰已经走了，你们去追好了。"其实暗哨早就通报了努尔哈赤，尼堪外兰带自己的亲兵逃之夭夭。到了吃午饭的时候，努尔哈赤还没有发起进攻，城上的守兵有些懈怠了，理岱命副将监守，自己回府吃饭。第一口饭刚送到嘴边，哨兵来报："努尔哈赤攻进城了。"理岱扔下饭碗，抓起大刀，出门上马，刚要走，努尔哈赤与安费扬古、噶哈善冲杀过来。理岱一愣，怎么这么快就攻破了？没空多想，带着五十多个护卫，往侧门跑。其实，没有攻破城池，额亦都与舒尔哈齐带着二百甲兵还在城下，边喊边冲呢。原来，一早起，努尔哈赤就带三百士兵，悄悄绕到了兆佳城的后山，准备从后面偷袭。可是到了后山一看，根本没有上山的路，抬头向上眺望，城池在悬崖峭壁上面呢。努尔哈赤命令士兵，在悬崖上凿出踏脚的石蹬，攀着横生灌木，先攀登上去一些人，再放下绳索，后面的人，踩前面的足迹，用了整个上午，三百人都悄悄上了山，后城墙不高，仅有几个哨兵，早就被干掉了，两个士兵搭个人梯，就能翻过城墙，所有士兵进城后，先向天空射两只响箭，城外额亦都听到信号，开始攻城。努尔哈赤向前冲杀，没想到第一个就碰上理岱，立刻拼命围攻，一下杀死十多个护卫，抢夺战马十二匹，安费扬古带十一人上马追杀理岱。追到城外，射杀二十余人，最后，射中理岱的坐骑，理岱落马被活捉。努尔哈赤命人点着了理岱府邸，然后向城墙上攻击，城墙上的兵马见城内火光冲天，城墙被包围，又没有城主指挥，纷纷投降了,兆佳城就这样被攻克。

打下兆佳城,努尔哈赤取得人口三千,马匹牛羊数万只,收编降兵八百多人。至此,有兵力一千八百多人,相当一个小部落贝勒的力量,但是,比起哈达、乌拉、叶赫等有兵马近万的大部落,还是弱小得多。

休息一天,第二日,努尔哈赤下令出动全部兵马就地冬猎。舒尔哈齐说:"出三百人打猎,得到的肉就够一千五百人吃几天了,为啥出这么多人,现在已经有东南风了,得肉太多,放不住的。"努尔哈赤说:"攻破兆佳城时,城中财物极多,有不少士兵见财物就去抢,不听号令,不进攻城上守兵。这次出猎,要重罚违令的人,战场上,士兵进退不一致,怎么能胜战。"又对额亦都、安费扬古、噶哈善等人说:"从明日开始,仔细分管士兵,十人作为一个牛录,设一员牛录额真统领,五个牛录设一员甲喇额真,统领五个牛录。士兵被奖励,也奖励牛录与甲喇,士兵被处罚,也同时处罚牛录和甲喇。"额亦都同意:"这样好,牛录、甲喇们就能上心管士兵了。再有,从今天起我建州女真不得吃狗肉,不得使用狗皮的各种饰物,不得射杀老虎。今后围住的猎物不要全部捕获,只射杀长成的,幼小的放走,估摸肉够吃就行,别贪图毛皮,多打浪费了。"努尔哈赤说:"这样好,告诉大家,听号令行止,每天有当日值日官号令,如何编队,如何进行骑射和刀法、枪法训练,如何提高战力训练,由佟家庄庄丁教授,都由值日官说了算。"

在兆佳城外,选了三座地势平缓、灌木与树林相间的小山,有向阳背风的小山沟,这样的地方有各种猎物聚集。一千五百人分三组,一组五十个牛录五百人骑马围住一座山,有的人带着海东青,有的人领了猎犬,人与人之间保持固定的距离,形成了环形的队伍,等听到牛角号吹响,队伍像一条线一样前进,遇到水沟、荆棘,都不许绕过,必须通过。这时,会有猎物在马前面被猎犬或鹰撵得乱跑,在谁面前的,谁可以用箭射杀,猎犬会把射中的貂、狐、獭、貉、狍、猞猁、银鼠等小兽叼回来,射手把它们驮在马背上。海东青不捡落地的,它只抓天上飞的野鸡、沙鸡、鹌鹑、野鸭、野鸽、飞龙等禽类。遇到虎放生,遇到熊和野猪,周围人必须停止猎杀小兽,合力用牛录箭(也叫大披箭)射杀,一只牛录箭由三人发射,两人在前拉弓背,一人在后,双手拉弓弦,射出大箭。四只牛录箭齐射一只熊或野猪,一下杀死。熊、野猪、野鹿、狼等大兽射手不拿,由后面人捡着。猎物的肉归集体食用,皮毛归射手所有。射猎时完全听从牛录或甲喇指挥,如果贪图小兽皮,不协助围猎,跑了猛兽,要给别人相当的小兽皮作为补偿。包围圈缩小到三五里时,人们下马步行,把各种野兽圈在开阔平缓的山沟里,射杀一些,然后把没有长成

## 第五章　初战告捷

的放走，包围圈一放开口子，会看见老虎打头跑，后面是各种各样飞禽走兽一齐追着老虎跑，这时候，最能看出老虎是百兽之王。

大半天的时间，围猎结束。带着收获，兵马回城，与城中家人一起吃饭，不是本城的士兵，在营帐里吃饭。说是吃饭，实际是吃肉，每户都分得够吃三四天的肉量，家人开始烧水，水是寒冬不冻山涧水最好，在铁锅先放了黄蘑菇、猴头蘑、山葱、山苞米、干的地缨皮、山辣椒秧，铁锅下用椴木生火，当水微温时，先放入肥嫩的飞龙鸟，稍炖一会儿，再放入几块野驴肉和半只熊掌。小火慢炖，直到天上龙肉和地上驴肉的香味及熊掌的油脂都溶到了汤里，改用椴木炭火，就开始吃饭了，把放在外面雪地上的大筐拎进来，里面是熊肉、鹿肉、狍子肉、野猪肉、野兔肉、野鸽肉等，肉块大小不等，熊肉最少，鹿肉、狍子肉和獾子肉较多，这些肉都是凉透没冻，是最鲜嫩的时候一家人各自拿着小腰刀切肉片，扔在滚开的汤中稍煮一下，六七成熟的时候就放嘴里吃了。

疲劳多日的人们，坐在暖乎乎的帐子里，慢慢品尝着飞禽走兽做成的盛宴，不论哪一种肉，都是吃不够的美味，喝一口飞龙肉丝和野驴肉丝做的热汤，像千年的老酒一样让人心里醉。富裕的人家有盐吃，蘸点苏子盐芝麻酱，如果再有粮食，做一瓢炒米茶，就相当高档了。又休息了一天，努尔哈赤率领士兵，取了兆佳城的人口、牲畜和各样财物，回到了赫图阿拉。安费扬古力擒理岱，功居首位，人口财物赏赐得最多。

回城当天的傍晚，噶哈善一人在路上巡查，碰上了萨木占，他是努尔哈赤二弟穆尔哈齐的舅舅，与龙敦走得很近，没有出征，所以也没有分到一点东西，但是也像挺高兴似的，说："噶寨主，有日子不见了，走，到我家喝一盅。"噶哈善说："等哪天有工夫的，我查哨呢。"萨木占拉着噶哈善的胳膊说："别等哪天了，我有个事要对你说，走吧。"噶哈善说："啥事？就这儿说得了。"萨木占手指着前面，说："你看，家也不远。"噶哈善顺着手势向前望，萨木占突然手一闪动，一把短刀插入了噶哈善的腹中，噶哈善当场倒地气绝。这一倒地，恰巧被远处的哨兵看见，立刻报告了努尔哈赤，努尔哈赤拽了盔甲边跑边穿，出门跳上马，向萨木占家的方向冲去，萨木占正在往路下拽噶哈善的遗体，见有人来，撒手跑了。努尔哈赤下马抱起噶哈善，怎么叫喊，也没用了。努尔哈赤怒气冲冲地对随他而来的侍卫说："马上去查，逃跑的是不是萨木占，跑哪儿去了。""喳。"侍卫应声下去。不一会儿，侍卫回报："有哨兵看见，从这儿逃走的是萨木占，逃往马尔墩寨。"这时，已有许多人赶到，努尔哈赤对额亦都、安费扬古等人说："明早发兵马尔墩，为噶哈善报仇。"舒尔哈齐不同意说："今日才出征回来，人马都疲乏，哪有劲儿再攻城？"努尔哈赤愤怒地说："那也要出兵。"额亦都劝道："马尔墩是兵马不足三百的小寨子，不一定敢收留萨木占。先办噶哈善的事吧，出兵的事明日再议。"第二天早起，探骑上报：萨木占确实在马尔墩寨。努尔哈赤点了年轻一些的四十个牛录四百兵马，由安费扬古领队，准备讨伐马尔墩。

明万历十二年（1584）秋，岳寒经过了近一年时间的努力，在女真族的各知名城寨基本建立了间谍网，他们负责给努尔哈赤送来方方面面的情报。此时的岳寒不再做货郎了，而是在赫图阿拉城开起了酒庄。王公贝勒、军民都到这里吃酒，努尔哈赤也多次光顾，时间久了人们都知道努尔哈赤爱吃这里的红烧肉和狮子头。

一般的情报会有专人定期来取，通过整理交给努尔哈赤，在有情报紧急的时候，岳寒会给努尔哈赤送去菜品，侍卫们会很快地将食盒送交给侍卫长，努尔哈赤会打开食盒下的机关，获悉紧急情报。

北京城里的正一间谍按照指令，实施手段，将一张纸放到了万历的床头。万历帝醒来一看纸张上一个"有"字，字写的是苍劲有力，十分漂亮。万历皇帝问侍奉在左右的人谁放到这里的，结果谁都不知道，他感觉很是蹊跷，于是想上朝问问众大臣。

万历皇帝朱翊钧堂堂正正坐在金銮殿龙椅上，群臣叩拜，吾皇万岁，万岁，万万岁！朝臣们看见皇帝都显得有些激动，因为万历皇帝多少年没有上朝了，有很多国家大事需要请奏报批。但万万没有想到的是，万历皇帝是为这个事上朝的，"我昨晚做了个梦，梦见一个神仙，神仙给我写了一个'有'字，不知道何意？"众大臣连忙马屁逢迎。一个大臣说："是好事呀！有，好啊！我大明帝国有万里疆土。"另一个大臣说："好兆头，有，我大明帝国有铁军百万。"一个个捧得天花乱坠。万历皇帝看了看钦天监监正邵天寅，说："邵监正你说说看。"邵天寅说："臣不敢妄言。"万历皇帝："恕你无罪，有话实说。"邵天寅说："启禀吾皇，臣才疏学浅，前些时日机缘巧合，相识高深道士，此人道深莫测，我想他可以说得清楚。"

一日，邵天寅接到圣旨要他伴驾上山会面道长，万历皇帝带群臣来到了道观。道长依然不敢讲，万历皇帝多次说恕你无罪，实话实说。在多次要求下道士说话了："依贫道所见此乃不详，'有'字是大不成大，明不成明。"皇帝听后黯

## 第五章　初战告捷

然失色，众大臣听了也都不寒而栗，大明不是要支离破碎吗？

道长在香案上拿出签筒，让万历皇帝抽出一签，道长解签回答的是："帝问天下事，官贪吏要钱。八方七处乱，十灶九无烟。黎民苦中苦，乾坤颠倒颠。干戈从此起，休想太平年。"其实签筒内所有的签内容是一样的，道长来到了窗前用手指指东方，"仔细看，仔细看。"万历皇帝和众大臣一同望去，但他们没看出什么来，但还是仔细在看。当邵天寅转回头想问问道长，道长却不见了。他就走到了另一个窗口，"他在那儿。"众人涌向窗口，只看到道长离去的背影已在半山腰，虽然是大白天，但旁边探出的山峰已遮挡住那里的光线，仿佛是一缕缕青烟飘然而过，道长腾空而起，瞬间已经无有踪迹。

这原来是正一间谍人为制造的烟雾，同时在另一个探出的山峰用绳索将这位道长接走的。

这件事成了京城街头巷尾的传闻，而这个传闻在动摇文武百官的心智。

图伦城的财物、人口全部被带回赫图阿拉。努尔哈赤论功行赏，将财物分给众人，大家无不欢天喜地，以不同的形式庆祝着胜利，饱尝着胜利给他们带来的喜悦。额亦都率先攻入城，功劳排第一，除了分得最多的财物，努尔哈赤把尼堪外兰的仆人都给了他。仆人中有一个女人，不足二十岁的样子，相貌极美，体态丰满，别人称她主子，一问才知道，是尼堪外兰新得的小福晋，努尔哈赤令她做了额亦都的福晋。噶哈善杀敌勇猛，时时用身体护着努尔哈赤，也分得不少东西，努尔哈赤又把自己的妹妹嫁给了他。噶哈善心中感激，没说话，早晚都忙着查营查哨。

派出去追赶尼堪外兰的人马回报，尼堪外兰被一队女真兵马救走，看来不像是甲版城的救兵，因为尼堪外兰对他们行参拜大礼。努尔哈赤暗想，谁救走了尼堪外兰呢？

努尔哈赤令侍卫长恒纬执行一项特殊任务。一队侍卫携带四个不小的皮箱，内装金锭，深夜进入了深山，道观内管事出来接待，恒纬拿出了书信递给管事道士，相互说了些客气话，转身带上侍卫打马回赫图阿拉。

努尔哈赤连连取胜，实力大增，又让龙敦愤恨不已，他聚集了一些宗人亲戚，对大家说："努尔哈赤取了萨尔浒城、图伦城无数财宝，一份也不分给我们。他出兵攻杀尼堪外兰，与明朝作对，他一人得罪明朝，明兵就会来杀我们全城，你们谁能挽救大家，去刺杀努尔哈赤，我们就让他做城主，努尔哈赤的家产都归他所有。"座中的康嘉被说动了心，说："我愿为全城百姓效力。今晚就去行刺，龙大哥的话可算数。"龙敦说："一字不差。"龙敦嘴是这样说的,可他心却做着美梦,如果努尔哈赤死了他就是都指挥使的不二人选,所有的财物还不都是他的。当晚,天黑不见五指,康嘉换了一身黑衣,黑布蒙脸,腰间别上短刀,弓着腰踮着脚,向努尔哈赤的院子摸去。

努尔哈赤住在家中,院子左右没有哨兵,因为赫图阿拉城坐落在一个小山上,城墙绕山而建,山陡墙高,城门一关,外人难进。可是,城内有人图谋,就难防备了。刺客康嘉猫着腰,用脚尖往前探着小步,一步一停,两步一蹲,越走越害怕,二百步远的道,走了三袋烟的工夫,还差一截呢。眼看离努尔哈赤的院门不远了,忽然听到腾腾的脚步声,有人来努尔哈赤家,吓得康嘉后退一大步,"咔嚓"一声,踩折一根细木棍。来人是噶哈善,查哨回来,他不住家里,早晚都护卫在努尔哈赤身边,听见声响,随口问道："谁?"惊得康嘉大步就跑,噶哈善感觉不对,追了几步,什么也没看见,天太黑。

康嘉不敢回家,慌张地往城外逃跑,城门哨兵都认识他,也没人搭理,他一口气跑到了邻寨胡济寨。这个寨子属于赫图阿拉城管辖,康嘉直接进了寨主章甲家里。章甲见他这么晚了来家里,还穿着紧身的黑衣,神色慌张,就问："大哥来有啥要紧的事?"康嘉说："我来救你们的命。"章甲立刻跟着他慌张起来,忙问："大哥快说,咋回事?""前日努尔哈赤打图伦城,你家出兵几人?""没出啊,谁家都没出啊!""是啊,努尔哈赤最恼恨你家,明天正午,他就来灭你们寨子,壮丁全杀,你们的福晋儿女收去做阿哈。""那可怎么办啊?快出个主意吧。""有个办法:跑。""我和你跑?""带着寨子人跑啊!""我听你的。""好,明天一见亮就起寨,投尼堪外兰去。""投他?他刚打败啊!""败一两次,有啥关系,大明、哈达都支持他呢。"

当晚,挨家通知,早做准备。第二天,刚放亮,家家套车,把几样吃饭的家什扔车上,拿着刀剑,赶着牛羊,拔营起寨了。有一户,安费扬古家,没打算跟着走,寨主章甲带两名随从,三骑来逼他走,安费扬古骑着马一手持弓一手拿棍,横在家门口,章甲怒吼说："大胆,敢不从命,不想让你满月的儿子活了,给我带走。"两个随从纵马来抓,安费扬古也不出声,单手横扫一棍,就把一个随从打下马,另一个双手端大刀,劈头就砍,安费扬古单手横棍一架,那把大刀"咻"的一声脱手而飞,章甲刚要发怒,"嗖"的一箭,"当"的一声插在他头盔上,盔缨子落了一脸,吓得章甲骂到舌头尖的话硬咽了回去,拨马就跑,落马的随从也爬上马背,横着身子,连同空手没刀的那个,一齐没影了。安费扬古下马进院子,

## 第五章 初战告捷

套上车,装上家里东西,带着家人回到了赫图阿拉。

努尔哈赤得到情报,在图伦城外救走尼堪外兰的就是浑河部兆佳城的兵马。城主理岱是努尔哈赤的同宗人,不但不出兵助战,反而把仇人接到营寨。尼堪外兰进城后,对理岱千恩万谢,并告诉理岱近期朝廷就要册封他为建州国主,可以保荐理岱做都指挥使。理岱很是兴奋,想着多少年梦寐的职位就要唾手可得,他又怎能不激动呢?因此对待尼堪外兰更是尊敬和百般献媚。对于努尔哈赤索要尼堪外兰根本就不加理会,甚至口吐狂言。

努尔哈赤决定,不等天气暖和,即刻发兵。

## (2)

努尔哈赤命额亦都留守城中,自己带着安费扬古,点了四十个牛录四百兵马,准备进兵马尔墩寨。兵马点齐,祭祀天地祖宗的时候,侍卫来报:"马尔墩寨来人,说他家主子愿意归顺。"祭祀完毕,传马尔墩寨的使者,使者走到努尔哈赤座前,掸抖左右马蹄袖,双手按下,跪地叩拜说:"给贝勒爷请安。"努尔哈赤问:"你家寨主有啥事要说?"使者说:"我家主子知道爷是建州贝勒的后人,早想归顺爷,萨木占逃跑到我们寨子,我家主子已经把他绑了。""人在哪里?""就绑在我主子家里。""咋没送回来?""我家主子请爷亲自去处理他,还有归顺之事和爷商议。""好,你去回报你家寨主,我这就去。"使者走了,努尔哈赤为噶哈善报仇心切,带着身边护卫上马就要走。努尔哈赤的一个堂哥叫班布理,跑上前来,抱住努尔哈赤的马头不让走,说:"大阿哥别去,那些要降的人有没有诚意?不知道他们有没有诡计。"努尔哈赤说:"我要不去,怎么能说有诚意?"班布理不松手说:"如果有事要说,让他们到我们城里来说。"努尔哈赤于是让八个护卫去马尔墩,先拿回萨木占。不到一个时辰,探骑来报,派出的八个护卫,刚到马尔墩寨子门口,就被寨子外的伏兵全射杀了。努尔哈赤一听大怒,立刻传令发兵。额亦都对努尔哈赤说:"马尔墩寨在山上,能向下放大块滚石,不易攻打,要有阻挡石头的办法。"努尔哈赤说:"带三辆有挡箭木牌战车。"安费扬古急着说:"不用想那么多,一个小小的山寨,一阵冲杀就拿下来了。"额亦都说:"不可大意,我也随军同去。"努尔哈赤对额亦都说:"军中新降的兵太多了,急需统领操练,你带着舒尔哈齐、常书把家里的事办好,我带安费扬古就可以了。"

努尔哈赤率领四百兵马,带三辆战车,攻打上夹河南部的马尔墩寨。行军小半日,就来到寨子的山下,见寨子里人马调动,寨门外士兵把守森严,滚木礌石布满路口。努尔哈赤令士兵下马休息,自己带几个护卫去寨子周围查看。这个寨子建在山顶,三面是陡峭的山崖,山崖上故意铲掉了能落脚的石块和灌木,光溜溜的不能上手脚,只有正门前,是又平又直大坡道,极容易放滚大石块,寨子的围墙不是石头垒的,完全是由几人高的树干夹成的。查看完,安费扬古说:"只能从坡道这边上了,进攻吧,我先上第一阵。"努尔哈赤同意。安费扬古率领三百人,下马步战,推着三辆战车挡前面,士兵藏在车后躲避箭石,没到坡路的一半,寨子外的守兵开始向下射箭,但是都钉在了战车的木牌子上,战车后面的士兵也射箭还击,几排箭之后,大块的石头滚了下来,坡道太陡,滚动的石头冲劲太大,没多久,两辆战车就被撞坏在半路上。只剩一辆了,掩护着士兵退了下来。努尔哈赤命令,在山下扎营,用树干夹成栅栏围住下山的道路。第二天,不出兵攻打,只是围着寨子,山上山下兵马对峙,都不出兵。山上的寨主兵将都得意起来。

第三日,安费扬古带二百人,躲在一辆战车后面,向山上进攻,打得不紧不慢,冲一段,射一阵快箭,山上一放大石块,连车带人就往下退,到了下午,努尔哈赤带了二百人,换下安费扬古的人马,接着进进退退地攻打,寨门外一个头领指挥士兵推大石头,努尔哈赤发一箭,射在他脸上,又出来一个士兵,又被努尔哈赤射倒,接着连续射倒三个,直到天黑看不清了才收兵回营。进入营帐后,点亮了无数火把,亮得像白天似的,摆开锅灶,点着柴火,烟气腾腾,人影绰绰,一看就知道是准备大吃一顿。寨门外的守兵疲累一天,看山下炊烟四起,肚子就跟着咕咕响,也撤进寨内,关了寨门,找吃的去了。这时,休息了一下午的安费扬古带了五十个士兵,穿着黑衣,鞋绑腰上,光着脚,偷偷向寨门摸去,躲过巡逻的哨兵,顺着坡道外沿,爬到了树干夹成的围墙下。走到离寨门远一点的地方,每人抱住一棵树干不动,听里面没有声音,一齐爬树,几下倒手,就上了树墙头,翻身跨进,一出溜,落进里面。再站着单排,向寨门摸去。门里只有四个守兵围坐一圈打瞌睡,过去四个人,一点声也没有就把门卫干掉。安费扬古打手势,让人打开寨门,然后带人往寨里绕,找干柴堆放火。火光一起,寨子里就乱了套,人影四窜。努尔哈赤带领三百多人早骑在马上,一见火光,打马就冲,坡道光洁没弯,一下冲进寨子,刀剑齐下,不多一会儿,俘虏了寨子里所有的守军,萨木占和马尔墩的寨主一同被捉住。

俘虏中有一百多人不是马尔墩的士兵,努尔哈赤一问才知道,他们是哈达部歹商的人马,歹商是哈达贝勒户尔干的儿子。安费扬古说:"不管谁的人,现在都是降兵,都带走,要不就都斩了。"努尔哈赤对安费扬古说:"看来马尔墩谋

## 第五章 初战告捷

害我,是哈达部唆使的,但是哈达部还没有公开与我们为敌,我们也不要得罪他们。"安费扬古说:"哈达部带兵的将官不少,但是没有一个打仗行的,何须怕他们。"努尔哈赤说:"他们虽然兵将不勇猛,可哈达地面近千里,人口多,兵马过万,不是我们能比的。"安费扬古听了不说话,可心里还是没瞧起哈达的兵马。歹商的士兵被关了一夜,天亮后,返还他们的马匹、盔甲和兵器,又分给干粮,放回哈达去了。

第四日,努尔哈赤毁了马尔墩山寨,取了人口、马匹、牛羊等财物,押上降兵,绑着萨木占,返回了赫图阿拉城。出征的士兵又分得不少牛羊,安费扬古先偷袭成功,除了赏赐给牛马,俘获的人口也全部赏赐给他。

龙敦听说哈达部的歹商掺和了马尔墩的事,就将此事密报了尼堪外兰。尼堪外兰一看有机可乘,他派心腹家兵去往歹商的城池,对歹商说:"努尔哈赤不听明朝总兵的将令,袭扰邻近的城寨,日后会打到你哈达部,也给建州带来祸患。我家主子不日就要做建州国主,请哈达帮助建州除掉努尔哈赤,事成之后,将靠近哈达部的十个城寨赠送。""空口无凭。""这有我家主子书信在此。""歹商本来就想占建州的便宜,正好就答应了尼堪外兰的请求。

初春的一天,歹商派来一个刺客,扮作商人,藏在龙敦家里。家兵对龙敦说:"如果事情做不成,咋办?"龙敦说:"如果成了,最好。如果不成,也好,刺杀不成,刺客就会被努尔哈赤杀掉,歹商反而会说努尔哈赤杀了哈达的商人,结成仇,努尔哈赤怎么能打过哈达?"家兵说:"主子,真是好计策。"这天半夜,努尔哈赤家里外间的侍婢还没睡觉,点着油灯,努尔哈赤发现油灯的火苗忽暗忽明地闪动,心中奇怪,侧耳听,窗外好像有声音。于是,起身拿刀,和妻子佟佳氏把七岁的女儿东果、五岁的褚英、两岁的代善抱到炕柜的后面藏起来,然后让佟佳氏假装上厕所,努尔哈赤矮着身子,躲藏在妻子的身影里,一同走到室外,妻子往屋后的厕所走去,努尔哈赤半路停下,藏在山墙外的烟囱下,侧着脸看窗户,有一个黑影正往撬开的窗户缝里偷看,风从窗户缝隙吹入,油灯的火苗才一闪一闪的,努尔哈赤轻跨两步,用没出鞘的刀击打那人的后脖子,一下把他打倒在地,同时又踢出一脚,努尔哈赤抬脚踩住了刺客的后背,侍卫听到声音跑出来,绑了刺客。

刺客被拖进屋里,努尔哈赤一看装束不像是附近的,倒是哈达那边的穿戴,于是就问:"你是哪里的?""我的哈达歹商部的。"努尔哈赤故意对刺客说:"你一定是来偷牛的。"刺客忙说:"我是来偷牛,没有别的意思。"这时额亦都、安费扬古等人闻声赶来，侍卫洛汉用刀尖指着刺客的喉咙说："啥叫别的意思？这就是说，实际是来害主子，撒谎说偷牛，能骗谁？"安费扬古大怒说："拿鞭子抽他没用，直接杀了。"洛汉接话说："对，杀死他，以戒别人。"努尔哈赤断然命令洛汉说："他确实是偷牛的，放了。"额亦都看了努尔哈赤一眼，走到刺客前，问："你到底是哪儿的？"刺客说："是哈达歹商部的，家里没吃的了，才出来偷牛。"额亦都说："噢，这样啊！是偷牛的。"努尔哈赤又问了几个问题，刺客都一一回答没有错。努尔哈赤说："我与哈达贝勒有些交情，你既然是哈达的人，没粮了，我应该接济你一些。"转头对妻子佟佳氏说："拿一张貂皮来。"努尔哈赤把貂皮给刺客，放他走了。貂皮可以换些粮食。

洛汉和安费扬古气红了脸，心里想：该杀不杀，还赏东西，咋个事？于是同声对努尔哈赤说："明明就是刺客……"努尔哈赤摆手止住他俩，说："我知道他是来害我的，可咋放他走？因为我们杀了他，他的主子必然以这事作借口，出兵夺我们的粮食，各个城寨都缺粮，没粮食，士兵没吃的，就会叛逃。他们必定乘虚来攻，我们现在弓箭兵器不足，人马比他们少得多，怎么防守？而且别的部落还会说我们杀人挑衅，所以不如放了他，给他一点东西，他就会不赞同他主子对我们出兵了。"洛汉、安费扬古听明白了，回去睡觉。

额亦都没走，对努尔哈赤说："这个刺客没刺成，不知道一会儿能不能再来刺客，你带着福晋孩子，到厢房护卫那睡觉。"努尔哈赤说："是这样，把我炕上的被里面放上枕头，迷惑刺客。"努尔哈赤与妻子抱着孩子去了厢房，额亦都布置了被和枕头后，出了房门，又觉得不妥，心里想：如果刺客扎了枕头，发现没人，必然还要去找努尔哈赤。于是，他又返身回到屋子里，上炕盖被，躺在边上，准备自己抓刺客。半宿没睡，直到天亮，没有再来刺客。

尼堪外兰一面在建州组织各城主对抗努尔哈赤，一面和哈达部歹商联络。索性派人给叶赫贝勒送去一封书信，大意也和对哈达一样的承诺："如果叶赫能帮助灭掉努尔哈赤，不但所有的战利品归叶赫，还将给十个城寨作为答谢。"

叶赫在女真族是有实力的较大的部落，叶赫贝勒是兄弟二人，清佳努贝勒和扬佳努贝勒，二人都勇猛且有谋略，几年间把叶赫经营得兵强马壮。叶赫部有兵马七千多人，两贝勒各自统领三千多。清佳努贝勒接到了尼堪外兰的书信，就约弟弟扬佳努贝勒去围猎，想听听弟弟有什么想法。兄弟见了面，清佳努对弟弟说："现在建州没有统一，内斗不断，城寨各自不相统属的时候，明朝要扶植尼堪外兰，要是我们出兵帮他灭掉反对他的城寨，我们也可以收获些财物。"弟弟扬佳努说：

## 第五章　初战告捷

"尼堪外兰只会奉承没能耐，我看帮助努尔哈赤就行，也能获得好处。"此时清佳努还不知道扬佳努的女儿孟古与努尔哈赤有婚约，说："努尔哈赤不行，不行，太弱小。"扬佳努看出清佳努要帮助尼堪外兰，就打岔，说："要获取财物，打建州的城池所得太少，远不如袭击开原、铁岭得到的多。""我说过你多少回了，不要袭击明朝的城池，早晚会吃亏的。"扬佳努说："明朝兵将见了我，哪个不是吓得乱跑，怕个啥？"两位贝勒意见不一，一个要打建州，另一个要犯明边境；一个要帮助尼堪外兰，另一个偏重努尔哈赤，讨论没有结果，各自领兵回自己城去了。

回去后，清佳努贝勒思来想去，决定要自己出兵帮助尼堪外兰。他召开了军事会议，让手下备战。这个重大军事信息几乎同时由正一间谍部和建州间谍部飞鸽传书到建州。而李成梁同样知道了这个信息。

努尔哈赤经过思虑后，命令建州间谍联络明军中的关系，用重金收买、挑拨离间、制造摩擦等手段，致使明朝官兵和叶赫多次厮杀打斗，各有伤亡。努尔哈赤又令人假扮叶赫部的人马抢掠明军的物资运输队。

这天辽东总兵官李成梁升帐训斥部下："听报叶赫清佳努部屡屡挑衅，他想造反吗？而我们的一些军将却惧怕叶赫，遇到摩擦多有躲避，这不是丢我们大明帝国军人的脸吗？"

于是就出现了叶赫清佳努部袭扰明朝边境、抢掠物资运输队的告急文书，不断传送到经略李松的案上，李松会同总兵李成梁到开原议事，研究决定要打击叶赫，以儆效尤。李松派使者拿上李成梁的书信到了叶赫。李成梁信中大意是这样的：告诉叶赫清佳努部，你部抢掠犯边，经略李松找我处理此事，本应讨伐你部，经略李松念与你多年交往之情，抚慰你部，加封叶赫东西两城为左右都指挥使，另赐封赏，请两贝勒管束好你的部落，三日后到开原议事。

叶赫部两贝勒万万没有想到，这点小事会惊动辽东经略和辽东总兵官，他们哪里知道实际发生的事和上报的内容有天地之差。他们既害怕去，又不能不去。

明万历十二年（1584）冬的一天，他们各带两千骑兵来到了开原城下。明朝通事指责他们说："两位贝勒是来听封的，为什么带了数千铁甲骑兵？"清佳努说："我们和周边部落多有摩擦，带这么多人马以防偷袭。""那你也不能带这些人马进城啊，这不是给经略和总兵大人难堪吗？"清佳努说："我二人各带三百兵进城，行吧？"明朝通事说："这还可以。"扬佳努本来要他的两千兵都进城，但是哥哥已经说了三百，也只好随着了。两贝勒带六百人刚一进入内城，就听号炮一声，埋伏城内的数千明朝的骑兵冲杀过来，将两个贝勒以及六百叶赫兵围在中间，最后杀到一个不剩。城外李成梁带领两万明兵，将三千多叶赫铁骑几乎杀光。之后李成梁进兵叶赫，捣毁山城数座，斩杀一千余人，获得战马近万匹，搜罗财物兵器无数，叶赫这个最强的部落从此一蹶不振。

## （3）

哈达部一直没有出兵攻打赫图阿拉城，此刻他们自己内部有些乱套。哈达部贝勒户尔干突然去世，户尔干身边的弟弟孟格布禄继承了贝勒职位，他只有十九岁，有一些人不听他调遣。户尔干之子歹商没有继承贝勒的位置，就不承认这个小叔叔的地位。户尔干还有一个弟弟，叫康古六，也从叶赫部回到了哈达，在叶赫部的支持下占领了几座城池。康古六是个私生子，以前在他哥哥户尔干继承贝勒职位时，就要与哥哥户尔干分财产，户尔干说："你不过是阿玛的私生子，这是你待的地方吗？再让我见了你的面，就立即杀了你。"康古六于是逃跑到叶赫部，叶赫贝勒清佳努收留了他，并把女儿嫁给康古六。孟格布禄与歹商开始对立起来，康古六因为恨户尔干，转而拿歹商报心中怨气，因此联合孟格布禄对抗他们的侄儿歹商，同时也相互提防着。

叶赫部被明朝总兵李成梁骗袭后，伤了元气。李成梁收到密报，说叶赫新上任的两个贝勒杀畜祭祖，发誓要为父报仇雪恨。李成梁暗笑："他妈的大言不惭，说报仇就能报仇啊！要是这样，我都死一百次一千次了。"李成梁在思虑着什么，忽听有人说话："禀大帅有军报。""讲。""叶赫帮助康古六抢劫歹商城寨，攻破了歹商的城池，不但掠夺了人口财物，还抓住歹商的妻子，康古六把她纳为了自己的小妾。歹商大怒，带人马与康古六拼命大战，结果又败阵而退，逃往另外一个城寨。"李成梁冷笑道："叶赫小子你给我等着。"

叶赫部的贝勒所谓的报仇只是停留在口头，不敢对大明有什么举动，而感情和利益关系让他们不得不支持哈达部康古六、孟格布禄，致使歹商受到很大的威胁。

歹商继续和康古六、孟格布禄对峙着，他的心里非常清楚，他们有叶赫两部支持，如果这样下去早晚会被蚕食掉，于是他命人备厚礼去见李成梁。李成梁爽快地答应派兵，并对歹商说："我可以帮你一次两次，哪能长期帮你呢！他们有叶赫的支持，你为啥不找一个帮手呢？"歹商："到哪里找帮手啊！""建州。"歹商连连摇头说："不行，不行，之前我对建州多有不敬，他没来打我，实属万幸了。"李成梁说："你派人去求他，我再给你说说话。"歹商疑惑地看着李成梁：

## 第五章 初战告捷

"能行吗？""在辽东还有敢不给我面子的？哈哈哈！"

李成梁对边疆地区长期实行分而治之、钳制平衡政策，一个部族如果稍许强大起来的话，就会立即扶植另一个部族与之抗衡，或者同时扶助几支力量，在其间挑拨离间，以收相互制约之效。因此，这些边塞部族很少有机会扩张自己的军事力量，他们进行哪怕很简单的军事训练，都有可能招来李成梁大军的打击。

歹商在叶赫部的地位是在康古六、孟格布禄之间两面受敌，就在歹商万难的情况下，李成梁找借口出兵扶植歹商，打击了康古六和孟格布禄。歹商在明兵的帮助下打退了叔叔康古六，势力稍微强了一点。李成梁用他的军事行动警告了叶赫、康古六和孟格布禄，然后就撤军回营了。

赫图阿拉的兵马已经操练休整了一段时间，安费扬古建议说："现在哈达部内乱不停，已经分裂成三四块，我们应出兵打下他几个城寨。"舒尔哈齐也赞同。额亦都不赞同，说："明朝正在出兵制止纷争，我们行动怕遭到明朝的打击。"其实努尔哈赤已经接到了李成梁的密信，听到额亦都的话，就接言说道："额亦都说得在理，我们不能明着打哈达部，但是可以间接地削弱他们。"安费扬古疑惑地问："咋办叫间接？"额亦都接茬说："想办法让哈达部的叔侄再相互斗，我军为一方助攻，就削弱他们了。"安费扬古高兴地说："对，出兵助康古六，狠揍歹商这小子，让他再和我们作对！"努尔哈赤说："不是帮康古六，是帮歹商。"安费扬古瞪大眼睛，大声喊："帮他？他先出兵到马尔墩寨算计我们，后来又派刺客，他是仇人啊！"正说着话，护卫来报说，哈达部一个小寨子的寨主前来归顺。其实努尔哈赤早已得到他们来归顺的密报了。努尔哈赤传进寨主，护卫领进一个健壮的汉子，进门给坐在中间椅子上的努尔哈赤行礼。努尔哈赤问："你叫啥名字？"壮汉答："我叫雅虎。""归哪个城主管？""前阵子归歹商主子，后来归了康古六。""为啥投奔这里？""新主子康古六看不上我们，夺了大家马匹牛羊，一不高兴，对我们就要杀要砍的，没法过日子了，所以来投奔大人。"努尔哈赤看了额亦都一眼，额亦都点头，努尔哈赤问："你寨子有多少人？"雅虎说："共来十八户。""好，令你做牛录额真，率领本寨人马。"雅虎领命。护卫带他下去，安排营寨去了。舒尔哈齐对努尔哈赤说："这伙人刚来，也不知道他们是不是奸细，不分开他们，还让雅虎做牛录额真，能行吗？"努尔哈赤说："他们那个寨子我知道，属于歹商领地，不久前被康古六占了，雅虎说的是实话，又带来家小，所以不怀疑他们。不怀疑就重用，别的寨子看见才能有心归附。"又叫额亦都与安费扬古去看看雅虎等人，打听一下哈达内部的情况。

路上，安费扬古问额亦都："我们真的帮歹商？"额亦都说："是。""为啥帮仇人？""因为，"额亦都停住脚步说，"康古六和孟格布禄都是亲近叶赫的，孟格布禄的额娘是叶赫人，康古六的福晋是叶赫贝勒的女儿，都是姻亲，他们联合之后，必然会攻击我们，歹商的地盘正好隔开了他们，现在歹商与叶赫结了仇，我们只有帮歹商，才能阻止康古六与叶赫联合，才对我们自己有利。"安费扬古点头说："是这么个事，就是太便宜歹商这小子了。"两人接着往营地走。

努尔哈赤暗地出兵与驻扎在大孤家西南山城的歹商联合，打击康古六，连下三城，捉住了康古六。努尔哈赤让归附自己的哈达人索塔兰做了康古六三座城池的城主。歹商与康古六有夺妻之恨，用鸣镝穿胸之刑射杀康古六。歹商命人把康古六的四肢分开，脱去衣服裤子，绑在一张大木板上，垂吊于树下，用五十支发信号鸣箭射他，先射其脚，三十步以外开弓，箭矢带着刺耳尖叫声迎面而来，"啪"的一声穿透脚背，钉在木板上。再发第二箭，一条腿脚射十箭，射完双腿再射手臂，两手臂各十箭，剩下十箭射胸腹。受刑的人不知在哪一箭下死去，只见身体上插满箭支，支支穿透胸背皮肉，钉入木板，木板上溅满血，看不见原来颜色。歹商仍然不解恨，又杀俘虏数百人，哈达人无不恐惧。孟格布禄自知不是对手，向努尔哈赤求和，努尔哈赤爽快地答应了。至此他征服了一个方向的威胁，他要完成当前最重要的工作是统一建州本部，杀尼堪外兰为父祖报仇，故传令收兵回了赫图阿拉。

## 第六章　连夺两城

### （1）

哈达部分裂，叔侄各领兵马对抗相持，努尔哈赤与哈达各方结盟，停止战事，平息了这个方向的威胁，腾出手他要出兵齐吉答城。

齐吉答城里领兵的兄弟二人，哥哥阿山是城主，弟弟阿海做副将，但是二人脾气秉性不同，处事的方式也有所不同。阿山多接触建州，原本是要投靠努尔哈赤，弟弟阿海却不同意，他的理由就是朝廷扶植尼堪外兰做的是国主，努尔哈赤能有几天蹦头？在努尔哈赤打哈达的时候，在尼堪外兰插手挑拨怂恿下，弟弟阿海杀死哥哥，自己做了城主，原城主的亲信不服调遣，城内开始混乱了。

努尔哈赤得到这个密报，决定趁乱攻打齐吉答城。努尔哈赤的堂兄班布理反对说：“攻打齐吉答，需要经过翁科洛城的领地，翁科洛城已经归附了尼堪外兰。如果打齐吉答城胜了可以，如果没取胜，兵马返回时就更危险了。”许多人赞同班布理的话，努尔哈赤说：“阿山原本是要投靠我们的，尼堪外兰唆使阿海杀了他的哥哥，我要给阿山报仇，刻不容缓。等阿海平息了内部的混乱，必定出兵打我们，那就不如趁乱先发兵打他。”最后决定出兵。

入冬后，努尔哈赤率领五百士兵，带了蘸蛇血的毒箭和战车云梯，向南面进兵，出征齐吉答城。这座城池位于本溪北甸子以南的一块开阔地上，前后左右都平整得像毯子，一条大河在城外流淌。城主阿海关闭四面城门，率领四百兵马，列在城上防守。努尔哈赤四面架云梯攻城，向城上悬楼射火箭，不长时间，城上起火，城下士兵开始上云梯进攻。城楼起火，阿海的士兵一点没慌乱，一部分人挑水救火，另一部分人防守严密，箭石滚木施放有序，兵马调动迅速，看来城中内乱已经平息了。努尔哈赤调集三百人猛攻薄弱的侧面，既将破城的时候，忽然下起了大雪。入冬的第一场雪，下就特别大，鹅毛一样大的雪花，层层叠叠地铺下来，落在身上化了，落地上化了，落在云梯上也化了，士兵的盔甲被淋湿，笨重起来，云梯粘雪又滑，已登上城墙沿的兵将，都被打退下来。努尔哈赤见天气不利，只好收兵撤退。

努尔哈赤每逢战斗他总是身先士卒，冲锋在前，他不缺少的就是勇气，以无畏的气概和拼死的作风，赢得了众人的爱戴。

回师经过业主沟西南的翁科洛城下时，遭到城上士兵的袭击。努尔哈赤率军反击，云梯架到翁科洛的城墙上，同时又点燃了城外城墙根的房屋柴草。离城墙稍远些的地方有几处高大的房屋，努尔哈赤亲自带着弓箭手登上了房脊顶部，骑在房脊上，向城里射箭。城中有一射手叫鄂尔果尼，臂力大，箭法准，他认出努尔哈赤是指挥的将领，对着盔甲打弯缝隙射了一箭，箭头透过甲胄，射入大腿一寸深。努尔哈赤伸手抓住箭杆，猛力一拽，拽出箭支，把滴着血的箭反射回去，射中城上一人。努尔哈赤受了伤仍然向城上发箭，血从脚面上流出来，依然不退。城中还有一个箭法更准的射手叫洛科，他借着烟雾的掩护，向着努尔哈赤的咽喉偷射一箭，"咔"的一声，箭插在脖子上。脖子前本来有薄铁甲护着，可是箭头竟然穿透了铁甲，锋利的箭头尖，也被铁甲钝成了回钩，回钩形的箭头插到脖子里。努尔哈赤抬手就拽出箭支，血随着箭尖像水柱似的喷射出去，努尔哈赤扔掉箭按住伤口，血从手指缝流出，流到盔甲上，盔甲如同用血洗了一样。护卫要扶努尔哈赤下来，努尔哈赤说："你们不要靠近我，以免让他们察觉到我受伤了，等我自己慢慢下去，你们接着发箭别停下。"努尔哈赤自己按着伤口，拿弓当拐杖拄着，稳稳当当地走下房，脚一沾地就昏了过去，血又从伤口喷出来，滴滴鲜血融化了地上的层层腊梅，护卫们赶紧抬起努尔哈赤，有人给伤口敷上马粪泡的灰，包扎上，然后抬入车里，盖上貂皮大氅，撤兵返回赫图阿拉。

两个月后，努尔哈赤的伤口痊愈，率兵再次攻打翁科洛城。破城后，活捉了鄂尔果尼和洛科两个弓箭手，将二人浑身上下绑满了绳子，一圈一圈地从前胸缠到双脚，护卫抬过来，像丢一块木墩子一样扔到努尔哈赤跟前，安费扬古愤怒地说："我们商议了，把这两个家伙的福晋儿女全部斩首，他们俩用鸣镝穿胸的刑罚射杀，以报前日之仇。"鄂尔果尼和洛科两人脸上没了颜色，不知道是惊吓的还是绳子勒的。努尔哈赤对大家说："两军交锋，志在取胜。他为他的主子射我，并不是有个人仇恨，是主子的命令。今天如果能为我所用，不也能为我射敌人吗？如此勇敢的人，若是临阵死于锋镝，都是可惜的，怎么能因为射伤过我的缘故，而杀他们呢？"说着起身走下来，亲自解开他们俩身上的绳索，扶他俩站起来，当场任命两人为牛录额真。不知道是激动的，还是绑得太久站不住，二人同时跪地，一个说："我全家人的性命都是主子给的。"另一个说："我愿为主子死。"旁边将士见到居然是这样的结果，大出意外，都愣住说不出话，手里还攥着一百

## 第六章 连夺两城

支鸣镝响箭呢，全没用了。这时的努尔哈赤二十六岁。

攻克了翁科洛城，人马在城里休息一日，第二天起早，围困了齐吉答城。鄂尔果尼和洛科两人作战勇猛而且有谋略，先射杀了几个守城的副将，后射死城主阿海，不到一日就打下了齐吉答城。努尔哈赤按军功赏赐将士，把城主阿海所有的奴仆和全部的马匹牛羊财物都分给了鄂尔果尼和洛科两人。然后将城中人口财物迁入赫图阿拉。南部用兵取得了胜利，人马操练休整两个月，过了年，准备再向北进兵。

明万历十三年（1585）春节刚过，正月十四，努尔哈赤自己率领铁甲兵二十五人、棉甲兵五十人以及护卫六人，八十多人的马队向西北进兵，去偷袭铁背山上一座叫界凡的小城。这个城中有兵马不到二百人，如果偷袭成功可以一举拿下，可是到了城下，发现城中已有防备，努尔哈赤下令立即撤退。

当人马撤退到太兰岗的时候，界凡、巴尔达、东家等几个城池会合了四百兵马追了上来，界凡的城主讷申和副将巴穆尼是这几个城中最勇猛的将领，带领本部人马跑在最前面，先追到了跟前，努尔哈赤拨马应战，讷申在前，举刀向着努尔哈赤肩膀斜劈下来，努尔哈赤前扑马背躲闪，刀锋蹭着后背铁甲滑过，劈空了，努尔哈赤身未抬起，双马错镫的时候，挥刀平扫，将讷申斩为两段，尸身摔落马后，这时，巴穆尼已冲到十步之内，努尔哈赤搭弓一箭，在五步远的地方，射透巴穆尼的胸背，战马驮着中箭的巴穆尼冲到努尔哈赤的身侧，两马擦头而过，努尔哈赤用肩膀一撞，巴穆尼落马而亡。

只一两个回合，两员最勇猛的将官毙命，惊呆了所有的追兵，都立定不动了。努尔哈赤见追赶的兵马比自己多好几倍，如果敌人发起攻击，自己肯定是吃亏，于是趁着对方惊慌失措的空当，让自己的人马后退，护卫洛汉小声说：“有三十多匹马太疲乏，跑不动，咋办？”努尔哈赤说：“都下马步行，用弓拨雪假装找箭头，边找边退，转弯过岭后，给马喂水，吃些草，再喂一把炒米，休息一会儿再骑。”说完，自己立马端刀，停在讷申的尸体旁边，怒目而视。讷申的部下哭着说：“我家主子人都死了，你怎么还不走？还要吃他的肉吗？你走吧，我要给主子收尸。”努尔哈赤怒声说：“讷申是我仇人，今日杀他，要吃他肉。”说着话，慢慢退走，退到弯路的地方，和六个护卫假装隐藏，露出头盔的缨子，没了头领的界凡士兵收起了讷申和巴穆尼的遗体，惊恐地退走了。

打头的追兵撤了，跟后的兵马就没有底气，遥望前面，还像有埋伏似的，几个城主一合计，最后决定一齐逃跑。努尔哈赤等追兵走净了，才带着人马返回，没有少一人丢一匹马。这次偷袭没有成功,只斩杀了界凡的城主,算是稍有战果,努尔哈赤决定,等开春后天气暖和,再发兵征讨界凡城。

明万历十三年(1585)初春,阵阵南风吹化漫山冰雪,比马路平坦的冰道变成了滔滔江水。努尔哈赤率领五百兵马,顺着乍暖还寒的春风向西北进发,再征界凡城。当走到界凡地面时,前方悬崖下的山路被河水冲坏了,人马堵塞在山脚下。

## (2)

这时探马回报,尼堪外兰策反了萨尔浒城,又汇集界凡和哲陈部五城八百多人马,即将出兵赫图阿拉。

有人听说敌兵比己方多就胆怯了,努尔哈赤对大家说:"敌兵虽然人马多,但不是败军之将就是反叛之兵,这几个城池汇集的乌合之众,我们只须出四百兵,就足可以战胜他们,有啥怕的?"努尔哈赤令额亦都等人带领士兵们休息待命,自己领着二弟穆尔哈齐和护卫两名,以及铁甲兵三十人、棉甲兵五十人,还有前哨两名、后哨两名,前行探路,沿着河边走过好几个山头,仍然是狭窄的小路,河随山转,一行人马也随河道转过山崖,一过山崖,突然发现前面有大队敌兵,两军骤然相遇,前哨没有回报,失去踪影。

敌兵在狭窄的小路上一字排开,旌旗连天,盔明甲亮,望不到边际,小路下是奔流的江水,上面是立陡的峭壁,没有躲藏的地方,八十余人就摆在了八百敌兵的面前。这是五城人马集中在这里,最前面是巴尔达城的,紧跟着的是界凡城的,刚上任的小城主背哺脱是老城主的儿子,带领着队伍,气势汹汹地要报仇拼命,再后边是托漠河城与章甲城人马,慢慢腾腾地跟着,既想捡便宜又要保存实力,正动着心眼,最后是反叛的萨尔浒城人马,战战兢兢地磨蹭。

努尔哈赤身后八十余人,见敌兵众多,都有些恐惧,其中有努尔哈赤五叔的孙子扎亲和桑古里,更是吓破了胆,竟然出溜下马,慌里慌张地解掉身上的盔甲,放在马背上,准备攀登悬崖逃跑,他们俩这一带头,其他人也都不知所措,有人跟着下马,有的掉转马头,队伍先乱了套。努尔哈赤回头怒声对二人说:"你俩平时在家里,常对兄弟族人称雄,今天见了敌兵,咋怕到解掉盔甲?"所有人都被说得愣住不动,穆尔哈齐问:"我们跑不掉的,咋办?"努尔哈赤说:"如果跑,敌兵必定来追,骑快马能逃脱,骑劣马必被追杀。敌兵也是在窄路上,攻击不便,我们主动出击,斩杀他几个前锋,再边战边退,假装引他们进入埋伏,敌兵必不敢穷追,我们能逃脱。"说完,努尔哈赤率领二弟穆尔哈齐以及护卫颜布禄、兀凌噶,

## 第六章 连夺两城

打马向敌兵冲去。

四骑扬尘飞奔，忽然乍起一股强劲的南风，吹起沙土，伴着奔马，向五城兵马扫去，四匹战马在疾驰涌动的风沙里一上一下地奔跑，如同四条出海的蛟龙漂浮在滔天巨浪之间。风沙打得敌兵睁不开眼睛，努尔哈赤也到了近前，四人弓箭齐发，顺风的箭又准又冲，刹时射倒二十多人，跟着是短兵相接，斩杀十余人。

前面的巴尔达兵招架不住，后面的上不到前来，前锋开始退缩了。在队伍中间巴尔达城主沙达木眯着眼睛，横着手臂，遮挡风沙，不说进也不说退，他的副将用手遮住脸说："主子，我们进兵冲吧，赫图阿拉兵没几个。"城主说："看见的好像还不到一百人，冲过来的看不清，反正是没几个人，探马报努尔哈赤出兵五百，这说明啥问题？"副将说："没有啥问题啊！"城主说："就这几个人向我们八百兵马冲过来做啥？为了送死吗？"副将说："不知道。"城主说："你动动脑袋，这不说明他们五百兵马已经埋伏好了，才派几个人来引诱我们上当吗？"副将说："那咱们咋办？"城主说："不能咱们进口袋，让别人看着，后退呀！"

最前面的巴尔达兵开始往回退了，努尔哈赤向前追杀。界凡兵在第二队，界凡城主看见前面开战了，带兵向前走，与退回的巴尔达兵就拥挤在一起乱了阵脚，界凡城主抻着脖子对巴尔达城主大喊："咋回事？后退干啥？"巴尔达城主用手掩着鼻口喊："有埋伏。"他这一喊，就不拥挤了，所有人马行动一致，后退。后三城的人马打头逃跑，从容多了，因为早留着心眼呢。努尔哈赤四人追杀敌兵四十五人，逃跑中自相践踏还有死伤。

五城兵马跑出很远，在平坦宽阔的地方稳住队伍。界凡城主很不高兴，说："没有照面厮杀一场就回兵，也太窝囊了。"托漠河城主说："如果中埋伏就惨了，咋个厮杀？"界凡城主说："巴尔达的兵马也没看见伏兵吧？"巴尔达城主说："大家不信有埋伏？那么努尔哈赤的五百兵马在哪里？咋只有几个人冲杀？"几个城主都说："毕竟没有看见。"巴尔达城主说："有个办法可以试一试，就知道有没有埋伏，如果没有，我们再追杀也不晚。"大家问："咋个试法？"巴尔达城主说："派出一队哨兵去查看一下，如果刚才那些人都逃跑了，说明他们害怕，就是没有埋伏。如果那百十个人还在那里，不怕我们八百大军而故意引诱，就说明有伏兵。咋样？"大家说行，于是，派出十五人的探马，返回原路查看。

努尔哈赤四人一阵冲杀，各个累得满身是汗，见敌兵退走，下马坐地休息，伸手脱了盔甲里面的棉马甲。马甲是一种特别的衣服，它穿在盔甲里面，早晨寒冷穿上它，当中午或者战场上热的时候，可以不脱外面的盔甲，直接把里面马甲脱出来，是很快地脱掉，一把就能摘下。战场上是没有工夫脱穿盔甲的，但是满身汗也十分难受，脱一件棉的衣服，立刻会清爽有精神。所以马甲是铁甲兵极实用的装备。

努尔哈赤刚坐下没有多一会儿，就听见敌军那面传来马蹄声，四人背靠在悬崖边，往有声音的方向张望，看见十几个骑兵，一边东张西望一边小心翼翼地向前走，就要走到跟前，努尔哈赤用全力发出一箭，把领头的将官射落马，那个将官落地后，刚扭动一下，就滚落路下的大河里去了。穆尔哈齐跟着也发了一箭，把第二个人也射落马下，余下十多人拨马回跑，又有连人带马出溜河里的。努尔哈赤没有追杀，扎亲等人走过来，问："追他们不？"努尔哈赤一脸怒气，不说话，上马往回走，大家跟在后面。

这一仗，得马二十匹、盔甲三十多副、刀枪弓箭三捆。走不远，遇见安费扬古带领五十人接应来了，两队人马合在一起撤回去了。

路上，安费扬古问："前面有路没有？"努尔哈赤说："只有小路，大路已经被敌兵把守住了。"安费扬古吃惊地问："看见敌兵了？"护卫颜布禄回答："我们与五城兵马走了个顶头碰，我俩和两位主子四人杀退了八百兵马。"护卫兀凌噶向安费扬古简单地说了冲杀的经过，安费扬古说："八十人与八百兵马遭遇在狭路上，实在是有灭顶的危险，一般人难逃厄运，幸亏我们都督神勇，不败反胜。"努尔哈赤哈哈大笑说："今日之战，以四人之力打败八百之众，是天助我取胜也。"

因为界凡五城已经有准备，而且路坏难行，这次讨伐又没成功，只好收兵。回到赫图阿拉城后，免去了怯战的扎亲和桑古里的牛录职务，扎亲家有马八匹、牛羊各一群，桑古里家有马七匹、牛羊各一群，又各罚二人马五匹、牛两只，两人留军中效力。护卫颜布禄、兀凌噶两人都是努尔哈赤五世祖包朗阿的孙子，作战勇猛，护卫堂兄有功，升为牛录，并且将缴获的二十匹马分赏给两人。

奖惩完毕，令众将加紧操练兵马，整治装束盔甲，又分出人马行围打猎，储备干肉当粮食，这时，有瓜尔佳城十多户人家来投靠，努尔哈赤奖赏了他们一些财物，安排五十多人住进赫图阿拉城里。没过几日，瓜尔佳城派来使者，要努尔哈赤交出瓜尔佳的叛民，并且要赔四百匹马、八百头牛来谢罪，否则就要马踏赫图阿拉。瓜尔佳是离赫图阿拉城不太远的一个小城，且兵马没有努尔哈赤的多，不知道为什么突然蛮横起来。

# 第七章　统一建州

## （1）

　　努尔哈赤迈出了走向统一建州的步伐，两次出兵界凡城，都没有攻到城下，仅取得小胜。

　　这时候，瓜尔佳城的城主希木连续对邻近的城寨出兵，都取得了较大的胜利。希木有兵马五百多人，虽然数量不多，但兵强马壮，能打硬仗，先是攻打播一混寨，斩杀三百人，寨主投降，献出全寨的马共四百匹，又献出牛羊二十群，寨中仅剩士兵几十人，而且没有一匹马。

　　之后希木又出兵攻打扎库木路城，城主撒隆率领全城五百兵马出城迎战，两家兵马相当，撒隆在队伍后面督军进攻，五百兵马一齐冲向希木的营帐。希木大开营门，亲自率领一百铁甲骑兵迎敌，希木骑着高大的骏马，手擎大刀冲在最前面，与一百骑兵一下就闯进撒隆的队伍中间，希木自己冲进包围圈里，撒隆的士兵还没有包围严的时候，希木营帐中冲出第二拨四百兵马，列开队伍平行进军攻击，希木率领兵马没在包围中停步，一直向前奔杀，不长时间就冲开包围，奔到撒隆的跟前，撒隆的护卫不是对手，纷纷落马，撒隆带着几个护卫拨马逃跑，战场上撒隆的士兵被希木的兵马前后夹击，很快全部投降。希木将四百多降兵全都斩首，进城夺走所有的马匹牛羊，又掠走年轻女子百人，然后弃城而归。希木连战连胜，不禁得意起来，又听说努尔哈赤也是两次出征，却没有什么收获，觉得自己比努尔哈赤强多了。

　　完颜城的城主墨尔根见希木勇猛，派人给希木送去厚礼，希望结盟，共同阻挡赫图阿拉的兵马。希木收了礼物后，亲自到完颜城与墨尔根盟誓。祭祀了天地祖宗，喝完血酒，墨尔根请希木到正房就座，说："希城主如今兵强马壮，理当收服四周城寨，做一部的大贝勒，现在只当一个小城主，实在是太屈才了。"希木说："我手下将士确实能征惯战，只是兵马不多，难与大的城寨抗衡。"墨尔根说："希城主，难道必须有一千五百兵马，才敢与努尔哈赤较量？"希木高傲地说："努尔哈赤有一千五百兵马，我不需要那么多，如果有一千，足够打败他的。"墨尔根故意激希木说："希城主在说笑话,不当真吧?"希木神情激动地说:"你信不过我?"墨尔根站起身,正色说道："既然这样,我借给希城主六百兵马,加上瓜尔佳城五百兵马,共一千多,你敢不敢去攻打努尔哈赤?"希木也站起身,大声说："墨城主肯借给兵马,我即刻发兵赫图阿拉,打下城池,取得财物,与墨城主平分。"墨尔根说："希城主攻打下来的城池,我怎好平分?如果得到牛羊,分我几只,就万分感激了。"希木说："一言为定。"墨尔根说："好,三日后,我便把兵马派到你城里,由希城主统一指挥。"希木神气地说："墨城主是爽快人,我现在回城准备,告辞。"说完,希木带领护卫返回瓜尔佳城。

希木走后,墨尔根望着他的背影暗笑。墨尔根的副将在一旁说："主子看希木能打过努尔哈赤吗?"墨尔根说："这小子胜了两阵,就自己觉得了不起,也不掂量掂量,再给他加两千兵,也打不过努尔哈赤。""那主子为啥借给他兵马?""我们兵马不足千人,离赫图阿拉、瓜尔佳都不远,他们两家都有可能攻打我们。希木自己不敢攻打努尔哈赤,现在我借给他兵马,让他去找努尔哈赤拼个两败俱伤,我们才能平安无事。""主子高见。""明儿你带兵去瓜尔佳城,战场上注意保存实力。""喳。"墨尔根安排完副将,又派出一个探子,扮成采山货的人,去赫图阿拉,与努尔哈赤的堂叔龙敦联系,因为早听说龙敦对努尔哈赤不满,他的家兵一直没有出征,看看有没有啥内部消息。

探子找到了龙敦,说希木率领两千兵马将攻打赫图阿拉城,龙敦一听这个消息,竟然说愿意做内应,去刺杀努尔哈赤,条件是将来龙敦自己做城主。探子赶紧回完颜城,把消息报告给城主,墨尔根听了高兴,心里想:如果真这样,赫图阿拉的兵将饶不了瓜尔佳的希木,让他们一齐受伤吧。

这时,瓜尔佳有几户人家因为与统领的将官不和,偷着跑到赫图阿拉,希木得知,觉得是个借口,可以借机讹诈努尔哈赤,为出兵找个好理由。努尔哈赤接到瓜尔佳使者的传话,立即派探马去瓜尔佳查看情况,同时召集几个将领合计对策。努尔哈赤说："瓜尔佳的希木,仅有一个小城,今竟口出狂言,是啥缘故?"额亦都说："希木是一个莽汉,一定是背后有人唆使,才敢和我们叫阵。叶赫、乌拉离他较远,哈达、辉发较近,哈达现在内乱,辉发部的贝勒王机奴这几年收服邻部,扩建山城,势力大增,可能是他暗中鼓动的吧!"舒尔哈齐说："辉发是最小的部落,不过有几千兵,有几座城,我们出兵打下瓜尔佳,看他们能咋的?"努尔哈赤说："要打瓜尔佳城,但是不要与辉发部翻脸,不能两面树敌,一定得联合一个打另外一个。"舒尔哈齐说："何必那么仔细。"正说着,有人送上了

## 第七章 统一建州

两份同样内容的飞鸽传书:"瓜尔佳兵马已出东城门,共有一千多人,一半是瓜尔佳城的兵,另一半是完颜城的,向我城方向走来。"

努尔哈赤对大家说:"原来是完颜城在背后鼓动。"安费扬古立即要出城迎战。努尔哈赤说:"不急,敌兵须一天的行军时间,希木的兵马勇猛,我军正面迎战,损伤定会不小。"安费扬古说:"我要看看希木到底有多大能耐。"努尔哈赤说:"这样,瓜尔佳兵马倾城而出,舒尔哈齐与安费扬古、常书带三百轻骑,走山岭,躲过希木的兵马,去占领瓜尔佳城,要故意放走几个守城的士兵。我与额亦都守城两三日,等希木知道瓜尔佳被攻打,必撤兵,我兵再追杀。"

舒尔哈齐带将点兵出城了。努尔哈赤说:"算计路程,今晚希木的兵马能到城下,穆尔哈齐把守城池,我与额亦都带四百兵马出城伏击敌兵,只冲杀一阵,趁着他们行军疲乏,杀杀他的锐气,然后回城,埋伏地点设在西门外的西山口。"

明万历十三年(1585)初秋,舒尔哈齐率三百轻骑出击八里甸子西北的瓜尔佳城。行军一日,傍晚到达城外,扎营在隐秘处。老窝就要被端掉了,希木还不知道,率领一千多大军进兵到了赫图阿拉城西山口,山口开阔平坦,两面高山,山下是黄土崖,夹在中间是一大片草地。站在草地上已经能看见赫图阿拉城了,希木命令士兵在此休息一会儿,派出探马查看前方地形,然后到城下扎营。

行军一天的士兵都已经疲乏,一同下马坐在蓬松的草地上,晒了一天的干草暖烘烘的,舒服极了。这时,努尔哈赤的四百兵马早已埋伏在草地外沿,额亦都说:"山口风大,敌兵都坐在草里,我们又在上风头,正好放火烧他们。"努尔哈赤说:"好!"于是,一声令下,火箭齐发,草地上起了火苗,一阵风过来,火焰像条条银蛇在草丛里四处蹿,正在享受的敌兵一下乱跑起来。努尔哈赤领兵射了几排快箭,等敌人集合了人马,四百人已经回到了城里。初秋的草还没有太干,烧着的只是草叶,草秆还绿着,火焰顺风蹿了几下,烧到黄土崖下就熄灭了。希木的人马也没有多大烧伤,最重的也不过是嘴上烧出几个水泡,多数人只是熏黑了脸,棉甲兵的衣服烧两个小洞,铁甲兵变成了黑甲兵,拽回跑远的马匹,列队出发,到一个开阔地扎营。

第二天清早,希木还没有发兵攻城,在瓜尔佳隐蔽了一夜的舒尔哈齐,率兵撞开城门,攻入城内,没有几个士兵抵抗,稍一冲击就全逃跑了。舒尔哈齐率部迅速占领了城池,传令城中人不许出屋,瓜尔佳城四门关紧,派人把守,城墙上旗帜不换,还是希木的旗号,三百兵马潜伏城中。

希木在赫图阿拉城下休息一夜,人马都恢复了精神,早饭用过,发兵攻城。

希木的五百兵马，不愧是精兵强将，登云梯拼死猛打，完颜城的兵马也唤起了斗志，一千兵马一齐冲击，城上一千多兵马全力防守，势均力敌。额亦都与穆尔哈齐左右指挥反击，努尔哈赤城上城下调动人马物资。

城里的龙敦感觉到了攻城的兵马厉害，有可能取胜，于是，他带着五十个家兵，偷偷地俯着身子来到城边拐角处，不一会儿，看见努尔哈赤带两个护卫下城，向他这面拐过来，龙敦一下跳出来，横刀拦住去路。努尔哈赤冷眼看着他，不说话，龙敦喘了一口气，先开口说："是你在外面惹事，使我们城池被围困，现在只有交出你，才能免除全城的灾难。"又回头说："一齐上。"说完，带头扑过来，努尔哈赤怒目而视，五十个家兵都恐惧不敢动手，握着刀枪站在原地，没有一个人敢上前。

努尔哈赤单手抽出腰刀，架开龙敦劈下来的大刀，两人单打在一起。这时，护卫洛汉带一百人冲过来，缴了龙敦家兵的刀枪，洛汉提刀上前来助战，努尔哈赤喝道："退下。"洛汉退到一旁，努尔哈赤与龙敦单打独斗几个回合，被努尔哈赤压住刀锋，横腿一扫，连人带刀一齐飞出场外，龙敦摔倒爬不起来，努尔哈赤一挥手，护卫把龙敦及他的家兵都绑了押走。

努尔哈赤带人到城下搬取箭矢，返回城墙上，见希木的兵马纷纷退下。额亦都说："刚才有两骑快马从西山口过来，到希木跟前说话，希木就急急忙忙撤兵了。"这时，探马来报，舒尔哈齐已经占领瓜尔佳城，被舒尔哈齐打跑的逃兵已跑到希木营中。努尔哈赤对额亦都说："希木要回兵救自己的老窝了，我们带八百人追击他。"正说着话，就见希木带本城兵马，匆匆上马急退，丢弃帐篷等杂物，完颜城的兵马也慌张地跟着跑。努尔哈赤开城门追击，先追上完颜城的士兵，一阵冲杀，完颜城的士兵全部投降。努尔哈赤率领四百士兵押着数百降兵回城，额亦都率领另外四百兵马继续追杀希木的士兵，希木带兵只管向前打马奔跑，也不回击，人马被射杀很多。一口气奔驰了小半日，中午之前到了瓜尔佳城下，希木身后兵马已不到三百人了。

希木仰头看城上，大喊："开城门。"话音刚落，城门打开，希木推马就要进城，却从城里奔出一队人马，领头将官单手持棍，冲到希木马前，盖头就是一棍，希木横刀一架，要是往日，接住这一棍不算什么，可是今日不同，起早攻城，又骑马奔跑了小半日，早没了力气，一棍打到，希木举着大刀跌落马下，被出城的士兵按住，捆绑了抬进城去，瓜尔佳士兵都惊恐对方战将武艺高强。拿棍的正是安费扬古，准备与希木大战一番，没想到希木一招落马。额亦都追上来，二百

## 第七章 统一建州

多瓜尔佳士兵全部投降。

战斗在城门口结束,额亦都与安费扬古合兵入城,舒尔哈齐带护卫接了出来,见最前面抬着希木,翻手一枪,刺死了希木。额亦都说:"已经活捉了,怎不押回城中?"舒尔哈齐说:"这种愚笨的狂妄之人,留他有啥用?"额亦都不语,舒尔哈齐又说:"我们明天顺道打下完颜城。"额亦都说:"派人回赫图阿拉禀报一下吧。""不用。""城里还不知道瓜尔佳情况。""那就明早发兵时再派人回去报一声。"

第二天,舒尔哈齐带着额亦都、安费扬古,率领五百人马进兵通化东部的完颜城,留二百人看守瓜尔佳城。下午到了完颜城外,完颜城的城主墨尔根登城往下一看,就明白了,希木肯定是全军覆没,借出的六百人马也搭进去了,努尔哈赤太厉害,自己肯定抵抗不过了。舒尔哈齐见城上有人张望,大喊:"城上的是不是墨尔根?"墨尔根立刻回答:"正是小人。""你为啥出兵攻打我们城池。""爷误会了,不是我要出兵,全是希木威胁我的,请爷明察。""今儿大军到此,你要战还是要归顺?""我全城人马愿意归顺,认爷做主子,请接受我等。""还不快出城迎接?""喳。"墨尔根知道抗拒只能是失败,归顺的都有赏赐,于是赶紧带领所有兵将步行出城。墨尔根快步走到舒尔哈齐马前,抖了抖马蹄袖,要跪拜请安。舒尔哈齐抬手一枪,刺透胸背,墨尔根立时毙命。舒尔哈齐下令杀,五百铁骑冲过,三百多没有兵器盔甲的士兵尽被消灭。然后入城,取了人口财物,回兵带上瓜尔佳城所有人口、牲畜,返回了赫图阿拉。

努尔哈赤把回师的兵马迎接入城,按功劳赏赐众人。庆功宴吃完,努尔哈赤问大家:"活捉了希木,墨尔根归顺,咋又都处死了他们?"舒尔哈齐说:"我处死了他们。""如果处死归顺的人,别人咋能再归附我们?""难道我杀了这些险恶的人,还是错了吗?"舒尔哈齐一生气,甩手走了。努尔哈赤对额亦都说:"你咋没拦他别杀墨尔根?"额亦都说:"见面就是一枪,没说话的空。"穆尔哈齐劝道:"算了,错一次也没大关系,别为一点小事让老二不高兴了。""好,"努尔哈赤同意地说,"休息几日,还要出兵围猎,多攒些食物。还有,你们看龙敦的事咋办?"额亦都说:"龙敦一定得严办,给他身后的人一个警告。""你说得对,本来是同宗家人,实在难下决心,但是如果不重办,啥事还比反叛罪大呢?你明天查一下,都谁参与了,不要连累无辜的人。"

三日后,努尔哈赤召集宗族及牛录以上将士,公布龙敦罪状,有挑拨纳米诺不出兵图伦城,唆使人刺杀噶哈善及两次行刺努尔哈赤等罪行。查明龙敦一人所为,他的儿子家人没有参与，所以决定将龙敦终身囚禁，他的财产和家兵由其长子继承。整个行刺事件就这样结束了，没有连累他人。

由于连续征战，人马都已疲乏，努尔哈赤决定休整半年，修理战车装备。这时建州间谍飞鸽传书："完颜城被刺死的不是城主墨尔根，只是他的一个副将。"额亦都赶紧把这一情况报告给努尔哈赤，又派出建州间谍去探察完颜城的情况。不久，建州间谍回来报告："墨尔根投靠了辉发部，在辉发贝勒王机奴的帮助下，从周围的寨子征调了人口兵马，再修建完颜城，现在已经有兵马五百人了。"额亦都说："当初墨尔根已经答应归附我们，现在却成了辉发的前哨，完颜城离赫图阿拉较近，我们应出兵征讨他。"努尔哈赤说："是舒尔哈齐逼迫的，他们才投靠了辉发，今年我兵马也太疲乏，先休整吧，明年再出征，完颜城是我建州的，早晚是我的。"整个冬季没有战事，有一个曾被希木围剿过的小寨叫播一混也属建州管辖，他蓄积了一些力量，招集了二百多兵马，也要投靠辉发，建州间谍立即把这个消息及时报与努尔哈赤，努尔哈赤找众将商议，众将都说不能让播一混也投靠辉发了。

## （2）

明万历十四年（1586）二月，李成梁的间谍来报：土蛮部首领一克灰正纠集把兔儿、炒花、花大等三万骑兵前往沈阳要挟赏赐。努尔哈赤接到通知，亲率前带三千铁骑跟随李成梁出征，李成梁招来努尔哈赤及女真勇士，率领副将杨燮，参将李宁、李兴、孙守廉及以轻骑出镇远堡。他们白天隐伏，晚上行军二百多里，到达可可毋林。这时刮起了大风，电闪雷鸣，大雨瓢泼，大军冒雨行进，敌人没有察觉。等到达敌营之后，风息雷止，天气晴朗，敌人发现后惊慌失措，纷纷射箭如同下雨一般。努尔哈赤急令自己的侍卫："看护好大帅不得向前，出了问题我要你们的命。"又命令自己的几名侍卫和部队，率先冒死冲锋陷阵。大营突破，斩首九百人，杀死头领二十四人。

李成梁把这次的战利品尽数赏给了努尔哈赤，努尔哈赤获得了军器和马匹的补充。李成梁说："等皇帝封赏后另有你的好处。"努尔哈赤对李成梁说："父帅，我虽然不在你身边，建州的部队就是父帅的军队，只要父帅一声令下，我马上就到。"李成梁得意地笑了。

播一混寨和完颜城以前都归属建州部，这些年各自为政，相互攻打。如今完

## 第七章 统一建州

颜城归附了辉发部,变成插在建州前沿的哨所,现在播一混寨也要倒向辉发,赫图阿拉所有将士都劝努尔哈赤出兵,扫平播一混这个小寨。舒尔哈齐要带兵出征,说:"播一混这个小寨子,前阵子被希木搜掠一空,刚有几个人马,又要去归附辉发,我带三百兵马,一日就能踏平他。"安费扬古也赞同说:"我也要会会寨主沙拉夫,听说他做事平常,但是马上本领不小,我要与他比个高低。"努尔哈赤点点头同意他们一同前往。

明万历十四年(1586)春末,尼堪外兰以建州国主的身份召开五城会盟,五城城主施礼拜见尼堪外兰后站立两旁。尼堪外兰说话了:"见过五位城主英姿勃勃我很高兴,不但我们城主要英姿勃勃,还要把我们的军队训练得英姿勃勃,等消灭了努尔哈赤,建州就是我们的了,我将把建州分有五卫,诸位将领不是一城之主,而是十城甚至更多城寨的卫指挥使。"五位城主高兴,同时施礼拜谢。尼堪外兰又告诉大家,朝廷发来两千甲胄、两千刀枪,到后发给各位城主。大家高高兴兴地下去了。

努尔哈赤带着舒尔哈齐、安费扬古,率领八百兵马,出兵位于今本溪富家楼以北的播一混寨。这个寨子离河很近,坐落在一片平坦河岸上。努尔哈赤的兵马行军到距离寨子十多里的时候,扮成采集山菜的探马回报:"播一混寨的寨主及二百多人马都在家里,还不知道我们出兵。"努尔哈赤传令:"全军打马快进,只包围寨子,不许攻击。"一阵飞奔,八百兵马就到了寨前,四面围住。寨主沙拉夫得报寨子被围困,披甲提刀上马,率领一百人马,出寨门列阵,沙拉夫骑马走到阵前。舒尔哈齐要率队冲杀,努尔哈赤喊住他,自己推马走到沙拉夫跟前,说:"播一混寨本属建州领地,现请寨主归附我城,我必待你等如兄弟。寨主如果与我决战,你寨士兵百姓皆不免遭难。"沙拉夫举刀说道:"要我投降也可以,如果胜了我手中的刀,生死由你,如果胜不了,别管我的事。"努尔哈赤说:"寨主说话算数?"沙拉夫大喊:"一言九鼎。"安费扬古催马进前,对努尔哈赤说:"我与他一决胜负。"说完,抖缰绳,马前冲,照着沙拉夫脑门儿当头一棍,沙拉夫横刀磕开铁棍,并不还手,也不看安费扬古一眼,立马不动,说道:"我只与城主一战。"努尔哈赤对安费扬古说:"你先退下。"安费扬古掉转马头,到努尔哈赤身边,低声说:"此人力道不小,还是我与他决战吧!"努尔哈赤说:"不用担心。"说完,努尔哈赤冲马上前,与沙拉夫战在一处,马打盘旋,两只大刀上下翻飞,难分胜负,突然,努尔哈赤一刀劈空,身体前倾,两马错镫,沙拉夫到了努尔哈赤的背后，举刀对着努尔哈赤的肩膀全力劈下，努尔哈赤听得风声，一只脚甩镫，身体就势离鞍，躲到马腹下，刀锋斩断了头盔的缨子，沙拉夫以为得手取胜之时，努尔哈赤在马腹下撒出捉马的绳套，勒住沙拉夫的脖子，一抖手把他拽落马下，努尔哈赤翻身上马，用刀尖压住了沙拉夫的脑袋，说："寨主算输不？"沙拉夫倒在地上也昂着头，说："动手吧，不用废话。"努尔哈赤收起刀，跳下马，扶起了沙拉夫说："寨主刚才的话可还算数不？"沙拉夫甩开手说："咋不算了？""那请寨主带人马归附我城。""咳，"沙拉夫一跺脚，"降。"

努尔哈赤没损一兵，没斩一卒，收服了全寨，带着整寨人口财物回兵赫图阿拉，又给了沙拉夫很多赏赐。这让舒尔哈齐很不高兴，大军出兵一回，没有得到一牛一羊的好处，真是泄气。播一混归附不久，建州间谍又传来消息，托漠河老城主布赖尔去世，老城主的二儿子温拉旦继任城主，温拉旦的哥哥梅布石心里不服气，暗地里拉拢一伙人，常到城边一个空旷废弃大库房里聚首嘀咕，窥视城主之位。努尔哈赤曾两次征讨界凡，都因为托漠河等五城联合而没有成功，现在托漠河城主易人，努尔哈赤决定乘机出兵托漠河城。

明万历十四年（1586）夏，努尔哈赤率领四百兵马出城，朝着苍石西南的托漠河方向行围打猎。舒尔哈齐镇守赫图阿拉，并且准备随时出兵接应。努尔哈赤的四百兵马不在大路上行军，只在山岭上追赶着鹿、貂、老虎等猎物，向托漠河偏西的一边行进，又派出探子先去查看各城的动静。边打猎物边朝前走，第四日午后，到达托漠河城以西八里远的一座山下，先扎下营帐，然后派出一百多人，往山坳里推进，射杀乱跑的野兽和惊起飞禽。安费扬古说："离托漠河不远了，五城的人都没有发现我们已经进兵，下午就攻城吧。"努尔哈赤说："不忙，白天出击托漠河，其他四城就能马上知道，会立即出兵从后面攻击我们，今晚休息，明儿白天不出猎大家休息，明晚天黑后攻城。"

第二天早起，日头刚出山，草叶上的露水还没有干，努尔哈赤的士兵在山坡底下，正无声地操练。有探子来向努尔哈赤汇报："托漠河的城主温拉旦，带着二百多人马，领着犬架着鹰，向西走来，队伍里有女人和小孩，都骑着马。"努尔哈赤立即召集几个将领到营帐来，说了这个意外的情况，安费扬古说："可能是温拉旦知道了我们出兵，带着福晋儿女要逃跑。"努尔哈赤说："他要跑，不应该向西跑，应向东，巴尔达在东北面，章甲在东面，咋朝着我们这面来呢？"额亦都说："也不会是攻击我们，其他四城没有出兵的消息。"努尔哈赤对护卫

## 第七章 统一建州

洛汉说:"增派远近探哨,查清我们周围十里内,还有没有其他城的兵马。"洛汉出去传令,努尔哈赤又对护卫理波鸣说:"再派快马暗探,看界凡有啥情况。"然后告诉大家:"不管有没有其他四城的兵马,先消灭温拉旦这支人马,并且不能放跑一人一马。"额亦都说:"那就先围后打。"这时,洛汉带着几个探哨回报:"温拉旦离这儿已经不足二里,直向我们驻地走来,除他以外,周围四里内没有任何兵马,十里内的探哨还没回来。"努尔哈赤问探哨:"他们有没有啥特别的地方?"探哨说:"没有,他们也是边走边射杀路旁山下的野兽。""有没有特别的兵器?""没有,都是常用的刀枪弓箭。""再去查看。""喳。"探哨退下。努尔哈赤说:"我兵就在此地设埋伏,常书带二十人,藏在路南山上,颜布禄带二十人藏在北山上,山下对阵的时候,你们拉长队伍,慢慢往山下走,迷惑敌人,如果有逃跑的,不能放过。额亦都带一百六十人顺路往西走一里,埋伏在路边,温拉旦的兵马到跟前时截杀,我与安费扬古带二百人在此地埋伏,等敌兵全通过后堵截,四面不能走掉一个,以防报信。"众将领兵各走各的地方,片刻间,四百人马踪迹皆无,青山石路,只有风吹松林响如涛声。

  努尔哈赤的兵马刚藏起来,托漠河的大队人马就不紧不慢地走进了伏击圈里,开路兵打着大旗,温拉旦一脸轻松还有点得意,后面两个女人带两个孩子,再后就是精选的兵马。突然,"呜——"的一声号角响,一支人马拦住去路,温拉旦一愣:有劫道的,一回身指挥后面的士兵向前冲杀,温拉旦没有见过额亦都,不认识,以为不过是哪个山头劫道的毛贼,没当回事,一阵冲杀,温拉旦的兵马败了下来,温拉旦很是意外,这些精选的兵马咋这么快就败了?温拉旦一边命令后面的兵将快上,一边问退回来的副将:"哪山的小贼,咋的打不过他?"副将说:"是赫图阿拉城的。""啊?"温拉旦吓得一哆嗦,"你没看错?""问清了,是努尔哈赤的人马。""咋可能呢?"温拉旦这才认真往前看,却发现北山上有亮点晃动,在树林子里一明一灭的,仔细看,竟然是有人马在移动,亮点是士兵身上盔甲的反光,温拉旦真害怕了,不由自主地掉转马头,又发现南山上也有兵马,温拉旦急着喊:"后退。"刚要打马先跑,看见努尔哈赤率领人马已堵住了退路。前面有兵马冲杀,后面路堵死,温拉旦急了,对着士兵大喊:"给我杀。"一马当先,冲向努尔哈赤,托漠河的士兵见城主冲上去了,也叫喊着冲杀过去,安费扬古催马上前,截住了温拉旦杀在一起,人要是拼了命,就有了激劲,如果连命都不要了就没有办不到的事,温拉旦的长枪竟然与安费扬古铁棍战得不分上下。额亦都率领兵马追赶着托漠河的士兵满山乱跑,最后成了一个大圈,托漠河的兵被围在当中，努尔哈赤的兵马也停止了攻击，围住不动，只有路中间的安费扬古与温拉旦杀得难分难解，所有人都瞪大眼定睛观看。

护卫洛汉发现，被围困的敌兵中没有了两个女人和两个小孩儿，立即报告，努尔哈赤说："派人分头找，一定要找到。"调出两个牛录，两人一组，十组人南北山找，在南山一个背风的小沟里，发现一个窝棚，是猎户在山里搭建的，里面有火炕、干柴、一个铁锅，路过的猎人谁都可以在这里过夜。哪个人用过之后，要再找些柴禾补上，以备后来的人用，漏雨的地方也要修一修。此时，在这个窝棚里坐着两个女人，正是温拉旦领的两个人。没有小孩儿，士兵在里面又找，墙角有几个笼子，是给猎人装活野兽用的，在笼子里找到了两个小孩儿，四个人一起被带下山，带到阵前。包围圈里仍然在厮杀，还没分出结果，一个小孩儿喊："阿玛。"温拉旦一听，拨马跳到一旁，看到妻子儿子都被抓了，长枪脱手，人也昏了过去，儿摔落马下，被围在圈里兵将全投降。安费扬古脸上流的汗，像是水洗的一样，脱了马甲，下马凉快。

在温拉旦和他妻子的身上，搜出像山梨一样大的东珠两颗，这样大的东珠真是价值连城，一对两个相同的大小，更是无价之宝，还有一个绿玉的小马，只有核桃那么大，像一滴水似的，不知道值多少银子。审问降兵，只知道两个女人是城主的妻子，一个小孩儿是城主的儿子，另一个是城主哥哥的儿子，别的都说不清，不知道去哪儿，不知道干啥去，更不知道有这么些宝贝。两个女人知道是去抚顺，干啥是男人的事，她们不知道。远哨都来回报，十里内没有兵马，界凡城也没有动静。

努尔哈赤令兵马原地休息，吃饭喂马，准备午后进兵托漠河城，不等到黑天了。士兵吃些随身带的肉干肉松，喝了山泉水，马匹就地吃草，休息一袋烟的工夫，起程向托漠河进发。

马队一阵小跑就走完八里路，到了托漠河城下，努尔哈赤令投降的士兵举着大旗，在前面叫城，里面的兵将看是城主的队伍回来了，立刻开启城门，努尔哈赤率领大军一下冲入城里，缴了城中士兵的武器，城主的哥哥梅布石带着几十人还要抵抗，看见自己儿子成了人质，也扔了刀枪投降。努尔哈赤收取了城中的人口财物，捣毁了城池，后半夜天还黑着的时候，带领所有人马赶着牛羊，悄悄撤回赫图阿拉，其他四城还不知道。

## 第七章 统一建州

## （3）

明万历十五年（1587）以后，万历皇帝从不上朝开始，逐渐进入了他长达三十余年的消极怠工，被他的臣子公开批评为"酒、色、财、气"四毒俱全的皇帝。而此时的李成梁也年过花甲，达到了人生事业的巅峰，然而也就是从此，从谎报军情开始，和自己的皇帝一样，进入了几乎是不可逆转的葬送帝国辽东事业的末路生涯。

努尔哈赤率军回到了赫图阿拉，论功行赏，大宴庆贺，大家都其乐融融。

努尔哈赤派人秘密把准备的礼品给李成梁送去，挑选的四名漂亮的女阿哈换回现在服侍的人员。有人呈上礼单，李成梁接过礼单抬眼看去："战马五百匹，虎皮二百张，貂皮四百张，狐皮一千张，人参四百斤，鹿茸八百斤，东珠一对，玉佩一对。"李成梁收了礼物，心情舒畅，很是高兴，回赠努尔哈赤白银八百两，蟒缎十五匹。

努尔哈赤一直恼恨哲陈部与尼堪外兰勾结，经过周密思考决定兵马休整后，首先征讨哲陈寨。

明万历十五年（1587），此时努尔哈赤已生五子、二女，共娶妻妾五人：佟氏春秀、钮祜禄氏、兆佳氏、富察氏、伊尔根觉罗氏。

此年正月，努尔哈赤收到恩师正一道长飞鸽传书拟定具体的国策，史称"上始定国政，禁悖乱，缉盗贼，法制以立"。

军马搬迁基本就绪，费英东、何和里等将官按照努尔哈赤的授意提出："如今努尔哈赤已经不是一卫之主，踞有建州全部地域了，所以不能仅仅成为贝勒爷，要上名号啦。"所有人都赞同。

于是，壬申朔初一日早上，努尔哈赤在他第一个王城举行了一个简单的登位仪式。舒尔哈齐、穆尔哈齐等四个弟弟，额亦都、何和里、安费扬古和费英东四位将官，以及其他的将领族人，齐集栅城的楼宇里，分立正厅两侧。努尔哈赤头戴莲台形貂皮上翻掩耳帽，身穿五彩龙纹长袍，腰系黄带子，左佩腰刀，右佩兑巾、砺石与獐角，足登鹿皮乌拉，身后紧随八名带刀护卫，最小的一个是扈尔汉，才十五岁，跟在最后面，走进厅里，端坐在正中的黑漆椅子上，护卫分列两旁。努尔哈赤的堂兄班布理，走出队列大声说："我家主子努尔哈赤上受天命，继承先祖玛法家业，恩养建州万众，因此上称号为：淑勒昆都仑贝勒。"说完跪地叩拜，两侧分立的众人，随班布理一起跪地叩拜，齐声呼："淑勒昆都仑贝勒。"叩拜完毕，起身再分立两侧，努尔哈赤下口谕："今建州归一，受天承业称贝勒，为一方之国，当立法律，制礼仪，赏罚有序，无人可越礼法而行。"言毕，起身离厅，带领众人到内城东面的堂子，焚香祭祀，叩告天地祖宗，而成为淑勒昆都建州贝勒。

礼仪完成。一个女真国家的雏形，破壳而出。

礼仪制度里规定：贝勒出入栅城，跟随乐队，吹箫笛唢呐，敲锣打鼓，以示威严；贝勒设宴席犒赏功臣，或是欢迎使节，设乐队拉二胡，吹洞箫，弹琵琶，爬柳其助兴。又规定塔克世的子孙腰系黄带子，为宗室，六祖的子孙腰系红带子以示为旁支。当晚，军民共庆上贝勒称号和乔迁新居。

建州一万五千精兵以王城费阿拉为藏身之地，按时令围猎操练，养精蓄锐。努尔哈赤一生以来都在隐军藏兵，所以叶赫等部落还不知道费阿拉的兵马实际数量，但是他们知道这一年里，努尔哈赤夺取了大片的疆土，收服了不少人口，而且更让他们愤怒的是，建州开辟了数个大集市，银子得了无数。更令叶赫、乌拉、哈达和辉发一同生气的是，建州收复的鸭绿江部，领域广大，阻塞了四部与朝鲜及辽东驻军的互市交易，挡住了各部挣钱的财路，只能在建州集市交易。

初夏，努尔哈赤率领八百兵马出征清原西面的哲陈部。这个山寨里住的哲陈贝勒阿尔泰，他本人只有三百多兵马，还没有他下属的托漠河城、巴尔达城的兵马多，但是阿尔泰能够调解哲陈各城之间的纷争，所以哲陈各个城主都承认服从这个贝勒，努尔哈赤决定先灭掉这个最弱小的贝勒。行军大半日，就到了哲陈山寨前，人和马都不休息，直接攻击山寨。阿尔泰不是打仗的能手，属下的兵士也很久没有上战场了，额亦都与舒尔哈齐各领人马，一个冲锋就攻入山寨，活捉了阿尔泰。舒尔哈齐说："活捉了哲陈的贝勒，我们用他威胁巴尔达、界凡等城寨，叫他们投降。"努尔哈赤回答说："你的办法没有用，哲陈各城主早就不听他们贝勒的调遣，咋个威胁法？不如斩了，让各城主感觉从此没有头领不能再联合较好。"于是，下令斩了阿尔泰。哲陈山寨地方不大，兵马也少，可是积攒的家当却特别多，阿尔泰是赚钱的好手，大概是只赚不花，除了马匹、牛羊、鹰犬，还有许多刀枪器械，装了几十马车，努尔哈赤赏赐完有功的将士，又还给了大福晋佟佳氏许多财物，有两个当年的佟家庄园那么些。这是唯一的一次不凭战功的赏赐。去年打下了托漠河，现在又灭了哲陈山寨，下一个要对付的就是哲陈部最大的城池巴尔达。

明万历十五年（1587）夏末，额亦都独自带兵出击红透山东北部的巴尔达城。

## 第七章 统一建州

努尔哈赤带领兵马埋伏在界凡城西,以防界凡出兵。额亦都率人马到达浑河时,河水意外地涨高了,原来只到小腿,现在已经齐胸深,人走到河中间时,能被激流冲倒。因为没有带来渡河的皮筏子,将士们都很为难,副将说:"实在不行,派人回城取皮筏子。"额亦都说:"我第一次单独带兵出征,不能让一条河给挡回去。"最后想出个办法,让会游泳的一些人先带着绳子的一头过河,然后把不会水的士兵用绳子连在一起,绳子都绑在右手脖子上,由先过河的人把他们拽过河去,战马会游水,也都拽过河,这样拽了几次,所有人马都渡过了浑河,在北岸的苍石歇了一袋烟的工夫,继续向巴尔达进发。

努尔哈赤在界凡城西面埋伏,没有见到他们出兵,远哨却送来了另外的消息:南口前北山的洞城人,在向清原方向迁移,用八十匹马驮着八十对木箱子,箱子不大,却是很沉的样子,还有的马匹驮着铁锅、铁钎子、粮食等物品。努尔哈赤没有见过洞城人,他问身边的人:"洞城人极难见到,是咋回事?"大家都摇头,说不清楚。班布理回答说:"我城离他们较远不了解,只有哈达人常与他们接触。我听说,洞城人终年生活在山洞里,轻易不出来,他们的长相也很特别,眼睛又大又圆,眼珠全是黑色的没有白色的地方,鼻子高出脸很多,鼻头长满红点,能闻到金子的味道。"有人问:"他们因为啥总待在山洞里?"班布理说:"洞城人怕阳光,出洞要戴很大的帽子,他们在山洞里挖金子,用鼻子就能闻到哪里有,山洞就是挖金子才挖出来的,听说他们吃石头就能活,但是也用金子跟哈达人换吃的用的东西。"

有人问:"没有人抢他们的金子吗?"班布理摇头说:"他们的山洞细小又深得没底,别人钻不进去,没法抢。"努尔哈赤问:"他们因为啥往清原搬家?"班布理说:"那就不知道了,也许是在清原找到好的金矿脉了吧。"努尔哈赤说:"他们驮了八十对小木箱,里面是不是金子呢?"班布理说:"啊,肯定是。"这时,有探马来报:"发现有一队辉发兵马向清原进发。"安费扬古说:"辉发兵肯定是去劫洞城人的。"努尔哈赤问班布理:"洞城人打仗咋样?"班布理:"没听说过。"安费扬古说:"不能让辉发兵捡了这个便宜,我们也应该去争夺金子。"努尔哈赤说:"不可因为几箱金子与辉发开战。"班布理说:"我们可以借这个机会看一下洞城人的情况,看看他们能打过辉发不,然后再说。"努尔哈赤说:"看一下也好,不过不能耽误这里阻击的事。班布理带十人去查看,记着,只许看,不许去抢,地上掉的都不许捡。""喳。"班布理答应着。

## （4）

　　班布理带人打马飞奔，不多时就到了清原西山的大路口，没看见那里有什么人，同来的哨探说："就是往这个方向走的，不会错。"正在张望的时候，隐约听见远处山谷里传来喊杀声，大家急忙催马进山谷，转过一个山弯，一座挡住半边天的高山出现在眼前，山下是辉发兵马在追赶着一些牵马上山的人，辉发的铁甲骑兵正在放箭，被射的就是洞城人，只见洞城人都穿着宽大松散的黑衣，带着大沿遮脸的黑色斗笠，看不清身体形状，也看不清面目，箭矢射来，并不慌张，也不抬头看，只是手臂一举，就接住了箭支，随手扔在地上，接着手一扬，金光一道，打出去一件东西，"啪"的一声击中发箭的铁甲兵，被击中的士兵应声落马，不多工夫，已经有几十个士兵被打中落地。班布理带人悄悄走到近处，潜伏下身子仔细观看，落马的士兵在地上奄奄一息，不能动弹了，再细看，那士兵前胸的铁甲上，竟然沾着圆圆的一片金子，几乎是镶嵌在甲叶子里。正在盯着看的时候，又一道金光在眼前闪过，一个东西击落地上，是一个圆溜溜的金球，差不多有牛眼珠子那么大。原来，这个圆球就是洞城人的武器，要了人命的东西就是人们拼命想要的金子。金球打在铁甲上，力道极大，变成了金片镶在铁片上。

　　辉发兵也看见洞城人手里都是金子，更玩命地追赶。洞城人牵着马跑，似乎与骑马跑得一样快，边跑边回身打出金球，转过一道山弯，到了一面悬崖峭壁前，这个悬崖立陡而且平整像一面大墙，有半里多长，高耸到半空，洞城人到悬崖下，摘了马背上的箱子袋子，闪身都钻进山体的缝隙里，头上大斗笠全部掉落在山外面。一百多匹马，一溜儿排在悬崖根，没人要了。辉发兵马也追到，都下马走近峭壁，一脚踢飞斗笠，往山体的缝隙里看，只有一只脚宽，在这竖直很长的岩石缝隙里面，黑乎乎的冰凉，没有人影，一些士兵用长枪向里面扎，有的缝隙深不到底，有的一步远就拐了弯不知道去向，正在无计可施的时候，忽听半空隐约有阵阵闷雷的声音，转眼间，悬崖上方土石齐下，草树横飞，烟尘四起，隆隆巨响，如同山倒了一样，悬崖下一百多辉发兵，二百多马匹，一个也没有逃脱，眨眼的工夫，都埋没在大大小小的石块下面了，辉发兵人人手里都攥着捡来的金球，可是没有人知道这一攥是五百年还是八百年。

　　远处的班布理望着尘埃散尽的石头堆，吓出一身冷汗，暗自庆幸没有走近悬崖，看了很久，静静的山崖石堆，没有一点声音，仿佛从来就是这样已经千年万年。班布理不敢到悬崖下去查看，带人往回走，经过刚才的战场时，对身边的士兵说：

## 第七章 统一建州

"捡一个金球和一个金片带回去。"士兵不敢去捡,说:"来的时候,主子有令:地上掉的都不许捡。我不敢违令。"班布理说:"我们不是捡金子,是拿两个洞城人的兵器,好回去复命。"那个士兵这才下马,捡了两样,装在羊皮袋子里,交给班布理。其他人没有下马,班布理带领他们回到了界凡西部的营地。

努尔哈赤的兵马仍然潜伏在界凡城西的时候,额亦都率领人马到了巴尔达城外,在距离南城门二里远的树林子中潜伏休息,天黑后,摘掉马的铃铛,四蹄裹布,悄悄到了城墙下,城里人没有发现,竖起云梯,搭上城头,额亦都带头爬梯子,第一个登上城墙,城上士兵这才发现有人攻城,发出响箭信号,城里的兵马立刻反攻,举着火把,拿了刀枪,一边放箭一边往城上冲。额亦都已经带人占领了一面城墙,从城墙上往下冲杀,突然,一支箭从低处射来,射中了额亦都的大腿,钻入甲胄,穿皮透肉,把额亦都钉在了城墙上,动弹不得。主帅受了重伤,不能冲锋了,向下冲杀的士兵都停止了步伐,敌兵也看见了,立刻来了精神,拼力反攻。额亦都大怒,却动不了身,情急之下,挥刀斩断箭翎,还是不能动,再用刀割断箭头,一段箭杆留在腿里,才从墙上下来,带头冲杀,敌兵惊骇,败退到城下。冲到城门口,杀退城门内守兵,打开了城门,城外铁甲骑兵一拥而入,拿下了巴尔达城。城主沙达木还没有出府门就被捉住,额亦都的士兵用弓弦勒死了他。额亦都也浑身是伤,不能站立,士兵们把他抬入沙达木的府邸内疗伤。在巴尔达休整了一日,第二天,押着降兵带了城寨中的人口财物,抬着额亦都回兵赫图阿拉。

额亦都攻破巴尔达城,在城内休整的时候,界凡城得到消息,城主背哺脱带领二百多兵马,出城去增援巴尔达。努尔哈赤已经在城外等候两天了,终于等到他们出兵,人下马,马俯地,放过前头的哨兵,城主背哺脱骑马跟在大旗后面,再后面是大队人马。等所有兵马全部进入了伏击圈里,安费扬古拔箭上弦,弓拉满月,"嗖"的一声,正中背哺脱的脑袋,箭透头盔,立刻毙命马下,伏兵合围,界凡士兵不战而降。努尔哈赤率领人马回兵赫图阿拉,比额亦都早回城一天,次日中午,额亦都才到城下,努尔哈赤已经得报额亦都受重伤,于是接到城外,额亦都得知努尔哈赤亲自迎接,忙命令队伍停下,自己忍痛下地站立,士兵扶着他刚站住,努尔哈赤已经走到跟前,额亦都坚持不住,又倒了下去,努尔哈赤亲自把他抱上车,一直扶着额亦都进城,并且杀牛宰羊犒赏士兵。额亦都浑身是伤,不能走步,努尔哈赤令二十个郎中为他治疗,静养近四个月伤痛才愈,努尔哈赤把在巴尔达城获得的栗色良马赏赐给他,还有女人两个、奴仆七个、敕书三道、牛羊各四群,全数赏给了额亦都。

哲陈部其他城寨见主城、大城都已经破灭，没有再敢对抗的了，纷纷归顺，努尔哈赤收复了整个哲陈部。

努尔哈赤用兵哲陈，都是偷偷地进行，既不惊动明朝的军队，也尽量不让邻近哈达部和辉发部知道，以免树大招风，两面树敌。但是还是被辉发部得到了消息，因为辉发出兵打过洞城，而且派出去的兵马几乎是全军覆灭，都被洞城人埋在了石头底下，然而意外的是，辉发竟然把兵败的责任算在努尔哈赤身上，在这件事里煽风点火告黑状的，是一个怨恨舒尔哈齐的人，就是完颜城的城主墨尔根。

## （5）

完颜城原来是建州部的城池，舒尔哈齐征讨它的时候，屠杀了这个城池的兵马，但是城主墨尔根却用计逃脱了，之后他归附了辉发部，重建完颜城堡，并且成为了辉发部的属地，因为嫉恨舒尔哈齐，所以一有机会就给建州使坏。辉发贝勒王机奴探听到洞城数百人要搬迁到清原，于是派出兵马半路打劫，想发一笔横财，结果却是损兵折将。墨尔根一见辉发贝勒恼怒，又来了使坏的机会。

他自己一人去给辉发贝勒王机奴请安，行过大礼之后，墨尔根故意问："主子有啥事不高兴？"王机奴说："前日出兵洞城，没捞到便宜，反而亏大了。"墨尔根神秘地说："我听说是有建州兵在里面捣乱，才坏了主子的大事。"王机奴恍然大悟："回来的伤兵说，追赶洞城人的时候好像有人窥探，那一定是建州的人。"墨尔根顺着话说："肯定是建州人先发现我们出兵，就通知了洞城人，让他们有了防备，才使主子吃了大亏。"王机奴气愤地说："可恨。"墨尔根见他真动了火气，接着扇风，说："主子还是忍了吧，努尔哈赤能征惯战，不好惹啊！"王机奴拍案大怒，说："我堂堂辉发贝勒，难道还怕他一个小城主。"墨尔根觉得差不多了，不可说得过分，话留三分，以免日后有了差头，自己落上责任，赶紧告辞回到完颜城。

墨尔根回到自己府中，感觉还不踏实。心里想：以前曾经联合瓜尔佳的希木城主，共同对抗努尔哈赤，结果差点没命。这次如果辉发出兵，我还是前哨啊，辉发能赢吗？也不好说，别把自己再搭上。想到这儿，墨尔根决定，还得出去活动，与明朝的驻军联络联络。第二天，他带了厚礼骑马前往辽阳城，墨尔根知道，努尔哈赤与抚顺的李成梁总兵有来往，但是与辽阳城里的巡抚大人还没有关系。到辽阳城内，直接拜见辽东巡抚顾养谦，只要银子够多，什么话都能说，墨尔根把女真各部说得动乱不已，各个贝勒都要反抗朝廷，即将危害明朝驻军的城池，又

## 第七章 统一建州

说努尔哈赤扬言要攻破辽阳，活捉巡抚大人，编得和真的一样。巡抚拿了人家的钱，就相信人家的话，立即给万历皇帝写了奏章，说："努尔哈赤者，建州骄酋也，骁骑已盈数千，袭扰边境，请朝廷出兵围剿。"万历皇帝已经十多年没有上朝听政了，也不亲自批奏章，完全由太监凭心情办理朝政，当值的太监宣来兵部入朝，当值太监没记清楚上奏地址，就随便说道："女真叛乱，出兵吧。"兵部认为女真叛乱，辽东总兵李成梁一定知道什么情况。于是兵部给李成梁总兵下令：围剿叛乱的女真部。李成梁接到了朝廷的文书，要他出兵围剿女真叛乱，也没有说明打谁，但他知道巡抚上奏的内容，同时他也接到密报：叶赫要打哈达。正在这时，侍卫递上军报：叶赫部贝勒纳林步路正在出兵打哈达部歹商的城池。李成梁一听，立即下令："出兵讨伐叶赫。"

万历十六年（1588）初春，李成梁率领一万五千兵马从威远堡出发，向东行军六十里，到了叶赫城下。叶赫贝勒布寨放弃了他驻守的西城，率领四千兵马进入了纳林步路驻扎的东城，与城内五千兵马共同防守城池，抵抗明兵。

明兵到达东城下，先用火炮轰击后架云梯攻城，但是，叶赫兵拼死抵抗，攻打两日，只攻下外城，内城墙高壁厚，火炮打不透，云梯也不够高，如果云梯接太长，人上到中间就折断了。城上滚木礌石齐下，箭矢如雨，明兵伤亡极大，一层层倒在城下。李成梁见攻不下来内城，就停止攻打，将内城包围住，然后派出人要与叶赫贝勒谈判。布寨与纳林步路也都同意，最后商定：叶赫归还占领的哈达城寨，哈达部赔给叶赫部敕书一百九十九道。明兵没有攻入城池，撤退走了，这个结果实际是叶赫部占了便宜，虽然损伤了不少兵将，又被毁坏了外城，但是内城保住了，一百九十九道敕书也是一大笔财富。

撤兵后，李成梁写奏章上报万历皇帝："出兵女真大捷，攻破城池四座，斩首女真人当陔等五百五十四级，斩杀战马九十八匹，缴获盔甲二百八十一副，余者顺服。我军阵亡陈迅等五十三人，轻重伤员一百三十五人，死伤战马一百一十三匹。"虚报战功不久，朝廷给李成梁记功，下发了金银、朝服、玉带等赏赐。巡抚顾养谦听说了这个结果，一点也不对他的意思，气得大骂兵部糊涂、李成梁浑蛋。又上奏章参了李成梁一本，说李成梁虚报战功有负圣恩。可是许久也没见到万历皇帝批复，然而军政之间却已经结下怨恨。

叶赫城被打得破烂不堪，布寨与纳林步路带人修复外城。布寨说："咋突然想出兵打哈达了呢？"纳林步路回答："出兵不是为了打哈达，本来准备去占领建州的巴尔达城，路过哈达歹商的领地，歹商的人不让通过，才打他们的。"布寨又问:"是不是努尔哈赤先得到了你要出兵的消息?"纳林步路说:"不知道,咋了?"布寨疑惑地说:"明兵突然攻打我们,也许是努尔哈赤叫来的援军。以后和建州打仗,要当心李成梁的干涉了。"纳林步路却不服气,说:"早晚我还得打过去。"谁都有疑问,但谁又都不知道,李成梁这是有意帮助努尔哈赤。

叶赫贝勒纳林步路没有与努尔哈赤发生冲突,被明朝官军打击之后,收起了袭击建州的打算。没过几日,纳林步路又亲自带兵出战长春南部的苏完部,攻打城寨,抢夺人口马匹牛羊。苏完是只有数百兵马的小部落,位于叶赫之东、乌拉之西,夹在两个大部落中间,有时依附叶赫,就受乌拉的袭扰,有时投靠乌拉,就要遭到叶赫的抢掠,总不能安生。这次叶赫又来抢人抢马,苏完贝勒索尔果对他的儿子费英东说:"叶赫又出上千兵马来抢我们,你再去找乌拉的满泰贝勒,求他发兵援助。"费英东说:"阿玛,不用去了,已经去好几回了,乌拉一回也没管我们,现在他都不见我们。"索尔果沮丧地说:"实在不行,我们就进乌拉城吧,归顺他们。"费英东不赞同说:"不论归附乌拉还是叶赫,阿玛都不能再是一部的贝勒,我们都不能做普通的褚申,只能当阿哈,亲人分离,任人驱使了。而且现在叶赫气势强盛,乌拉偏弱,就是去归顺,满泰也不一定敢收留我们。"索尔果说:"如果不归附他们,只有一死了,还有啥办法吗?"费英东犹豫着说:"还有一条道可以试一试。"索尔果问:"啥道?"费英东说:"要不我们归顺建州的努尔哈赤吧,听说到他那里的人,都能被恩养,当手足兄弟,不知道是不是真的。"索尔果忙说:"就去建州吧,先躲过眼前的灾难,现在就起程,叶赫的兵马离这里不远了。"

## (6)

索尔果带着家小,率四百兵马以及他们的家属共有五百多户,驾着马车赶着牛羊,急急忙忙向建州迁徙。拖家带口的队伍翻山越岭,钻山林蹚河水,穿过哈达与辉发的交界地带,走梅河口过清原,用了整整十天时间,走完了六百里的路程。还没有到赫图阿拉城,前哨就送到了苏完部来归的消息,努尔哈赤得报,亲自率领一千兵马出迎二十里,接到了苏完部队伍。只见长长的队伍无精打采地移动,老的少的坐在马车上,年轻的有骑马的也有步行,手里拿着长鞭,疲惫慌张的人群里夹杂着牛羊。索尔果看到建州来人,急忙带着费英东疾步走出人群,努尔哈赤也远远下马,索尔果等人施大礼参拜,努尔哈赤快步走上前,扶起索尔果,并解下自己的貂皮镶边的大氅,给索尔果披上,亲热地欢迎苏完部来归。然后命侍

## 第七章 统一建州

卫就地摆出米酒奶茶，支起锅灶，拿出来鲜肉干粮，与索尔果席地共食。侍卫和士兵一起，向所来的百姓兵丁分发食物、酒、茶、烟叶等东西。大家都吃饱了休息，有了精神之后，一同起程奔向赫图阿拉。

入城后，努尔哈赤又赏赐给索尔果等人许多奴仆、牛马、银子和衣物，从带来的五百多户人口中，选取壮年男子六百人披甲当兵，用费英东做大将，统帅本部兵马。费英东与努尔哈赤同龄，三十岁，做了率军的将领，十分感激努尔哈赤的信任。就在全城人高兴建州又增加了力量的时候，传来一个令努尔哈赤妻子佟佳氏特别担心的消息。

建州间谍打听到一个不好的消息，桓仁以西的雅尔古寨发生了混乱，老寨主刚去世，几个儿子为争当寨主打得不可开交。这让佟佳氏十分着急，这是因为她有一个堂兄就住在雅尔古寨，名叫户喇虎，是寨中大户，也是寨子里的一个头领，听说有事，佟佳氏要亲自去看看堂兄的情况。努尔哈赤劝道："福晋不要自己去，外人到有战事的城寨，容易遭到他们共同的攻击，那种危险的地方，你怎么能去呢？我派人仔细查看，回来告诉你。"佟佳氏急着说："不用回来告诉我，如果堂兄家还平安，让他们赶紧来我们这儿居住。"努尔哈赤说："这样也好，可是你堂兄怎么能信我们探马的话，你手中有没有他们认识的东西，叫探马带着当信物。"佟佳氏摇摇头说："咱家的啥东西行吗？"努尔哈赤说："咱家的不行，得是你们老佟家上辈人留下来的。"佟佳氏突然说："有了，我玛法有一把镶珍珠的短刀，后来给了我阿玛，在我这儿呢。"话还没有说完，转身打开炕行柜，翻了半天，终于找到一个小鹿皮袋，打开袋子的绳扣，从里面拽出来一把有精致刀鞘的小刀，说："就是这个。"说着把刀和袋子一起递给努尔哈赤。

努尔哈赤派额亦都带着十多人，装作放山的人，进入了雅尔古寨。这是一个有数百兵马的大寨子，老寨主刚去世，几个儿子为争寨主的位子，已经各自带着自己的部下动手了。佟佳户喇虎是老寨主其中一个儿子，手下带兵将领，管着二百多人马，正在准备晚上带人去火拼的时候，额亦都找到了他，自己报上名号，拿出来信物让户喇虎看。户喇虎果然认识这把小刀，请额亦都进入内堂，摆上几样菜斟上酒，打听堂妹的情况。额亦都简单地说了一下努尔哈赤这几年的事，然后对户喇虎说："你堂妹很担心你们，饭不吃觉不睡，怕你们有意外。努尔哈赤也请你过去帮他，我们那正需要你这样的人手。"户喇虎说："现在还不能去，我正给主子出力。"额亦都说："你们这儿的情况我都摸清了，你掂量一下，你这些人马能胜吗？"户喇虎顿了一下，又喝口酒，说："难。"额亦都说："明知不能取胜还去偷袭,最终还不是害了你家主子,而后自己的家人性命都不能保,又让亲人们伤心,何必呢?"户喇虎无奈地说:"还有啥好办法?"额亦都说:"如果不参与夺位,你家主子是不是还能活命?"户喇虎说:"也许吧。"额亦都说:"不如你带人归附努尔哈赤,既可以免了你家主子的灾难,又保得自家性命,我就是来接你的。"户喇虎不说话,低头想一会儿说:"我不能带走人马,有负于主子。我只带家人和你走吧,这样也许能让主子停止争夺。"额亦都说:"也好,不用带东西,以免被人看见。"户喇虎说:"好吧。"

傍晚,天还没有黑,户喇虎带着妻子儿女,各自登鞍上坐骑,丢弃了家里的牛马财物,像平常遛马一样,悄悄出了寨子,他们家住寨子边上,没有人注意他们几个。户喇虎的小儿子扈尔汉才十三岁,也自己骑马,高高兴兴地向前跑着。

出寨子很远了,户喇虎拽缰绳停下马,不走了,额亦都也赶紧拉马缰绳,拨转马头回走到户喇虎身边,问:"怎么,有啥事?"户喇虎侧头看着远处说:"董鄂部贝勒何和里与我有私交,我得去和他告个别。"额亦都说:"何和里贝勒在哪里?"户喇虎指了远处的山说:"前面,山下就是他围猎的营帐,我们今晚就住他那儿吧。"天还没有黑,能看出很远,额亦都顺着指向望去,果然,远远的山脚下,隐约有很长的营帐,能驻扎一两千人马,营帐前飘着大旗。额亦都问:"何贝勒与你关系很近吗?"户喇虎见额亦都有些犹豫,忙说:"我们是多年的朋友了,我去他那里,就像到家一样,没说的。"额亦都说:"好吧。"一行人打马向营帐跑去。

众人打马一阵小跑,来到营帐前,突然从大帐冲出一队骑兵,跑到户喇虎等人跟前,分开左右两支,向后包抄,把户喇虎、额亦都一行人围在当中,弓箭上弦,瞄准要射。户喇虎忙喊:"这是何和里的人马不?"骑兵中领头的也大声问:"是,你们是哪里来的?"户喇虎说:"我是何和里贝勒的朋友,从雅尔古寨来,请将军禀报一声。"这个领头的一挥手,一个骑兵拨马跑回大帐通报去了,余下的依然拉开弓箭瞄准着,谁也不说话。不多工夫,营帐中冲出大队人马,打头在前面是个年轻的将领,近前一看,正是何和里贝勒。他直接跑进包围圈,到了户喇虎跟前,抱着户喇虎的肩膀,高兴地说:"老哥,怎么是你呀?"拔刀张箭的骑兵退下,后出来的人马夹道欢迎,户喇虎与何和里并马而行,进了行营大帐。

进营落座,摆上酒席,款待大家。何和里先问:"老哥赶夜路,要去哪里啊?"户喇虎说:"我们要到建州,投奔妹夫努尔哈赤去。"然后就把雅尔古寨内乱的情况详细地说了一遍。何和里听完,显得特别伤心,说:"我不如老哥啊,还有

## 第七章 统一建州

个去的地方。我如今都没地方去。"户喇虎不明白,问道:"何贝勒管辖鸭绿江以北的董鄂部,城寨百座,地有千里,兵马过万,啥叫没地方去?"何和里难过地说:"老哥不知,我现在只能带着眼前这一千多人,到处游猎,董鄂的事,我不管了。"户喇虎问:"这是咋说的呢?"何和里把杯中的米酒一饮而尽,然后自己斟满酒杯,一仰脖又干了,叹口气说:"与福晋翻脸了,她在家里管事呢,我自己带着卫队属下出来了,各走各的路了。"户喇虎笑着说:"是两口子闹别扭啊,早听说贝勒的福晋不仅马上功夫厉害,而且办事泼辣利索,有福晋管着家里,贝勒正好可以出来散散心。"额亦都见何和里没精打采的,手下又兵马过千,心里有了主意,对何和里说:"何贝勒眼下没忙公务,不如到建州走走,我家城主努尔哈赤早就听说贝勒温和仁厚,希望能与你结识。"户喇虎也忙说:"这个主意好,我妹夫一定会当贝勒为上宾的。"何和里摇头说:"不妥,我也早听说努尔哈赤睿智神武,是一方豪杰人物,怎奈无缘相识,我一无名之士,不好冒昧拜访吧?"额亦都说:"何贝勒过谦了,要不这样,我先派人回城通报一下,让我家城主准备欢迎贝勒。"何和里犹豫着说:"那就看看吧!"额亦都见他吐口了,立即放下碗筷,出去派人回建州通报。户喇虎见何和里愿意,特别高兴,说:"太好了,我们可以在一起多待些日子。"举酒与何和里碰杯,干了一个。

报信的快骑派出,大家一边整天围猎喝酒,一边等待回信。努尔哈赤很快得到了消息,立刻与舒尔哈齐、安费扬古、费英东等人商量,让不让何和里带着兵马来?意见分成了两种:一种是努尔哈赤和费英东的意见,是欢迎,最好能让何和里加入到建州。另一种是舒尔哈齐、安费扬古等人的看法,不让来,原因是何和里手中的兵马数量与建州的差不多,一旦有摩擦,后果难以预料,而且何和里妻子手中还有数千兵马,不可小看。两种意见各不相让,一时没有准主意。

### (7)

何和里愿意到建州看看,让不让来有两种意见,在议事殿上,舒尔哈齐是坚决反对,大声说:"万万不能让他住进我们城中,不知道他们是啥心思,一旦有图谋的动作,我们的家不就是先被占了吗?我曾听说,何和里的福晋弓马刀枪,极是厉害,现在也统领数千兵马,不知道是不是已经埋伏在附近了,我们咋能麻痹大意呢?"在座的人大多点头同意这个说法,费英东原是赞同何和里来的,听了舒尔哈齐的话,有些犹豫,对努尔哈赤说:"是应该小心一些,要不再派探哨查看周围,把情况搞清再说。"努尔哈赤也坚持自己的意见,说:"不用再派探马了,已经打探清楚,我城周围八十里内没有一兵一卒,何和里是与他的福晋吵架,才离家出走的,他的福晋现在还坐在家里生气呢。况且,何和里要来我城,不是他主动要来的,是额亦都邀请的,又因为他与户喇虎是朋友,才同意到我们这里。"舒尔哈齐听了,很不高兴地问:"为啥偏要与他们联系呢?"说完,也没搭理任何人,一扭身,生气地走了。

努尔哈赤也没有喊他,继续对大家说:"为啥要与他们联系呢?请大家想想,我们建州西面是明朝的驻军,东面是辉发,北面是哈达,再远点是叶赫和乌拉,他们哪个贝勒不是手握成千上万的重兵,我们不过有几座小城,全部人马还不到两千,要想不被他们吃掉,就要壮大自己,往哪里扩大?只有南面城寨分散,没有大的势力了。即使何和里不来,我也准备向南面进兵,现在他主动来了,我们怎么能不要这个机会呢?"也有许多人赞同努尔哈赤的说法。

安费扬古还有疑问:"何和里也是一部贝勒,听说他的家业很大,特别富有,怎么能和我们联合呢?"努尔哈赤说:"见机行事,看情况,自会找到办法。"最终,大家都同意让何和里前来,接着又合计迎接驻扎等事情,统一了看法,各自准备去了。

何和里在自己营中,有老朋友陪着喝酒聊天,心情好了许多。这一天,几个人正在一起谈论打猎技巧,哨兵进帐来报:"有建州使者来到。"何和里忙说:"快叫进来。"哨兵出营帐,领进四个使者,来使一齐行礼拜见,对何和里说:"赫图阿拉城里已为爷准备好了酒肉膏粮,为爷的兵马准备好行营大帐。我家主子亲率大军来迎接,已到八里之内。"

额亦都和户喇虎听说努尔哈赤亲自来迎接,非常高兴。何和里对侍卫传令:"集合全部人马,出帐欢迎。"立刻号角长鸣,人马涌动,各将领带士兵奔马列队,排出两三里远。这时,已经能看到建州人马的旗帜了,何和里一马当先,身后紧跟着额亦都和户喇虎,再后边是几个盔甲明亮的副将和骑兵卫队。建州人马的头旗刚接近列队欢迎队伍,何和里一行人也快马行走到近前,额亦都踢马镫快走与何和里并马齐行,对何和里说:"最前面的就是努尔哈赤。"接着跑过何和里马头,到努尔哈赤马前转身说:"这位是董鄂部的何和里。"何和里没等努尔哈赤说话,急忙甩镫下马,抖掸左右马蹄袖,跪地行参拜大礼,说:"将军吉祥。"何和里身后的副将护卫见主子都行跪拜礼了,也全都下马跪拜。

努尔哈赤见何和里行这样大礼,暗吃一惊,没想到能如此臣服,也立刻下马,扶起何和里说:"贝勒见外了,我们是同宗同族之人,一见如故,何必用明朝

## 第七章 统一建州

的称呼，就做兄弟吧。"何和里恭谦地说："不敢，我已经不是董鄂贝勒，是个没有地方去的人了。"努尔哈赤说："老弟如不嫌弃，建州愿做你的第二个家。"何和里说："那就谢过将军了。"接着，努尔哈赤与户喇虎等人见礼，又引见给舒尔哈齐、安费扬古、费英东等认识，大家高兴地上马走向何和里的营帐。

当晚，努尔哈赤抬出米酒杀牛羊，犒赏董鄂部的所有兵士，送给何和里与户喇虎东珠、玉佩等礼物。何和里在中军大帐摆酒宴款待努尔哈赤等人。酒杯碰过三圈，礼仪的祝词说完，费英东与何和里干了一杯之后，问："听额亦都说，老弟与福晋怄气，是因啥事？"何和里说："都是家里闲事，让人见笑，说不出口。"费英东说："在座的没有外人，说一说，我家主子可以给你评评理。"何和里看着酒，端杯自己喝了，没说话。户喇虎也跟着说："有啥事不用放心里，说出去就完事了。"何和里抬起头说："都是些小事，我成婚好几年了，福晋一直没有生孩子，有人劝我早点娶个侧福晋生养，我还没说啥呢，福晋就和人家翻脸了，又和我吵闹不停，从这以后，天天看着，看别的女人一眼都不行，如果和谁说句话，准会闹翻天。"费英东说："因为这个，你就走了？""还不是，"何和里说，"前几天，她妹子来我家送东西，这个小姨子和我亲近些，总爱闹着玩，几年前还小的时候就这样。那天小姨子咬我的肩膀子，我把她抱起来扔到炕被上，不让她咬，碰巧，小姨子还没落到被上，福晋开门进屋，这下说不清了，又大闹没完，我就出来了。"费英东看了努尔哈赤一眼，见努尔哈赤极认真地听着，听完也没说话，费英东就对何和里说："我当是多大的事呢，闹着玩的小事，等福晋有了孩子，就不会这么小心眼了。"户喇虎也说："那是，她现在担心自己大福晋的地位，可以理解。"接着喝酒，又谈论一些进城驻扎的事情。

第二天，两部人马和在一起，回到建州城，因为城内没有足够的营房，何和里等将领进了城里，带来的兵马驻扎在城外，营帐早已经准备好了，吃饭的锅灶水缸干柴，睡觉的床铺被褥都有，和长住的营地一样。努尔哈赤又赏赐给何和里与户喇虎许多财物，有金银、房屋、奴仆和牛马，有衣服被褥、床柜锅碗等用具，所有的家什都不缺少。

刚给完东西，努尔哈赤又下了一个命令："长女东果格格已到婚嫁年龄，赐婚与何和里。"费英东前往何和里的住处传达，何和里听到后，先是惊呆，之后跪地不起，拒不接受。费英东见何和里不接受，十分疑惑地问："以格格的贵体下嫁任何一个人，没有不欢喜感激的，你怎么还不愿意呢？"何和里说："你是不知道啊，谁娶了格格成为额驸，能不高兴呢？可是我不一样。"费英东问："咋不一样?"何和里说:"一则初来建州,无寸草的功劳,怎么敢受如此恩赐?二则家中已有福晋,性情暴烈,恐怕不容,所以不敢再娶。"费英东说:"就这些啊,不碍事,我家主子不是说了,你率众来归附就是大功一件,至于家里的福晋,也没有关系,董鄂部离建州这么远,音信不通,你怕什么?"正说着,额亦都进来说:"我来传主子的话。"

额亦都怎么也来了呢?原来,费英东刚从努尔哈赤那里走,额亦都就进了屋,努尔哈赤告诉他,已下令将东果格格嫁给何和里。额亦都说:"何和里会为难的。"努尔哈赤问:"啥事为难?"额亦都说:"主子请想,格格下嫁过去,是做福晋呢还是做侧福晋?如果做了福晋,他家里的已有福晋怎么办?如果做侧福晋,他又怎么敢这样委屈格格呢?所以会为难的。"努尔哈赤赞同地说:"是这么个事,你看怎么处理一下才好?"额亦都问:"主子肯让格格做侧福晋吗?"努尔哈赤说:"为了能让何和里诚心归附建州,只好委屈格格了。"额亦都说:"何和里那里我去办。"努尔哈赤说:"全交给你了。"额亦都答应:"喳。"退出来,直接去见何和里。

## (8)

何和里见额亦都来了,把不同意的两个理由又说了一遍,额亦都说:"你必须答应。我家主子不日就会去招抚你的福晋,如果你福晋来归附,主子说格格可以做侧福晋,你福晋还不答应吗?真不答应,有人给你做主。如果你福晋不来,你就可以让格格做大福晋了。如果你拒绝了联姻,岂不是让董鄂与建州结仇吗?何况格格不但身份高贵,而且性情温顺,极是美貌,谁不仰慕,你就别犹豫了。"何和里听额亦都说完,想了一下说:"你说的是啊,我听从你们的安排。"

当日,举行了格格出嫁大礼,军民欢庆。格格刚到出嫁岁数,年龄还不是很大,于是把格格的两个较大一点的侍女,一个十八岁一个十九岁,都过了出嫁的年龄,一起陪嫁给了何和里,做了小福晋。从此何和里做了额驸,成为建州的重臣。

同何和里一样高兴的,还有努尔哈赤的大福晋佟佳氏,因为堂兄户喇虎一家平安归来,还带来了何和里及其所属的近两千人马,更让她喜欢的是侄儿扈尔汉聪明伶俐,佟佳氏让他住自己家里,对他和自己的儿子一样亲。

就在人人高兴举城欢庆的时候,建州所属东北部的一个村寨被劫持,消息传来,努尔哈赤派出多路探马查实,最终查明,是完颜城的墨尔根伙同辉发干的,大家听到这个情况,要立刻出兵夺回那个村寨的人口财物,努尔哈赤说:"不急,

## 第七章 统一建州

我们要紧的是操练人马,现在兵马增加了一倍,不演练成熟,马匹不养肥壮,怎么能上战场?"于是安排额亦都等人在校场安心练兵,操演阵法。

万历十六年(1588)秋,努尔哈赤带费英东和安费扬古,率领两千兵马,进兵通化东部的完颜城。到达城西的东星阿地时已是傍晚,人马就地休息,人吃肉松干粮,马喂青草。天色将暗,天空青蓝,最明亮的几颗星星已经出现在上空了,忽然,一颗流星瞬间从天外飞来,慢悠悠滑下,与往日的流星一闪而逝不同,这个流星渐渐地变大变亮,转眼间变得像称粮食的斗一样大小,青灰色的"大斗"发出一轮一轮的黄色光芒,就像一圈圈的水波似的往外漾着,又如同一个燃烧的飞碟,就在人们的头顶上悄无声息地飞过,落入了远山,所有看见它的士兵都惊慌失措,不少马匹也惊了,竖立起鬃毛乱撞。

努尔哈赤见人马都很恐惧,忙命令护卫抓住惊马,抱住马头,不让它跑,马匹都站住了,马背还在发抖。努尔哈赤等所有马都抓到了,稳住不跑,才对士兵们大声说:"刚才有客星落地,正是我们克敌的征兆。每一个大人物死去,就会有一颗流星飞灭,刚才的客星正落进了完颜城里,说明完颜城主墨尔根今夜必亡,我军不用苦战,一阵即能取胜。今晚不在这里扎营过夜,马上进兵攻城,到城里住。城主墨尔根的财物比贝勒还多,今晚都赏赐给有战功的。"士兵们听了,不再恐惧,来了士气,大军上马,连夜进兵攻城。没到半夜,就到了城下,人马都不休息,架梯杀上城墙,冲开了城门,大军攻杀进去,城里的守兵没有一点防备,不到一袋烟的工夫,拿下了城池,斩了城主墨尔根,全部人马住进了完颜城。第二天回师赫图阿拉,辉发没有出兵拦截,辉发在建州的前哨被拔掉了。

### (9)

万历十六年(1588),努尔哈赤决定向西远征,让理岱、何矮人随军出发,去攻打鹅尔浑城尼堪外兰。这鹅尔浑在浑河北岸,距明朝边境较近,易受明军庇护。从托漠河城回兵后休整四天,命令将出战的士兵,每人准备十五天的口粮,就是把羊肉煮到六成熟,然后剔掉骨头,肉放在迎风向阳的地方晒干,晒成一块一块又黑又硬的肉疙瘩,再用木榔头砸碎,黑肉块就变成了红色的细肉丝,口粮到此做完,一只羊的肉正好够一个士兵吃半个月,做成了还要包装,把羊尿脬洗净,控干表面的水分,再翻过来,将羊肉丝一团一团塞进去,整个羊的全部肉丝,正好能装满一个羊的尿脬,像一个大的葫芦那么大,挂在马鞍上。还要准备一瓢炒米,装在羊皮袋子里,挂在羊尿脬一起。这两样齐了,远征的军粮就算完事,马匹更简单,就地吃草，只要扎营在有水草的地方就行。所以女真兵马出征，不像明兵出战那么麻烦，要准备大量的粮食蔬菜、马草马料，要专门的士兵车辆运送，要有固定的地方存放把守，女真兵没有这些事。准备就绪，点兵马一千人出战，二弟穆尔哈齐留守，其余将官随努尔哈赤出兵。

  同年夏，努尔哈赤远征前甸以东五里远的甲版城。甲版在女真语里是"一支箭"的意思，尼堪外兰来此筑城之前，就有人在此地定居了。从这儿往西二十里到抚顺城之间，是开阔的浑河冲积平原，能耕种；向北五里是高山峡谷，能打猎；向南过浑河五里是东洲关，可以交易货物，明朝的士兵常来这里买女真的貂皮、人参、鹿茸等物品，他们称这里为"甲邦"，就是"甲版"的谐音。尼堪外兰选这里筑城，就是因为这里富足，又离明兵较近，能受到明朝的保护，而且远离赫图阿拉，有二百多里的路程。

  努尔哈赤率领兵马到达铁背山时，探马来报："尼堪外兰已经不住甲版了，又带着几百士兵领了福晋、儿女向北迁移，筑了鹅尔浑城居住。"努尔哈赤见已打探清楚甲版没人了，只好命令兵马就地扎营，又派出大批探马查看鹅尔浑的情况。在扎营的营盘前面，向西二里的地方设立驿马站，由额亦都领人接收各路探马送来的情报，研究鹅尔浑以及它与抚顺城明兵的情况。

  从甲版向北，沿着一条河冲出的沙路走五里，就到了平原的尽头，山峦突兀而起，连绵的山峰如同地平线上浮起的青云，在第一座山的山崖下，建有一座很大的草库，存放着明朝八千兵马一年用的粮草，站在草库的山下路边，往北向山里看，四里远的地方，是一个平坦的山沟，名叫李其沟，女真语是"山狸子"的意思，在这片平坦有河的地方，驻扎着明朝参将李如梅率领的八千人马，军营前的旗杆上，高高地飘着"李"字大旗，明兵也随着女真人的叫法，称这里为"李其"，站在李其西山的烽火台上西望，能清楚地看见抚顺城的城墙。

  从李其沟再向北沿河走八里，到了河的尽头，是明兵修建的一段边墙，并且驻守明朝参将李冰泊的两千兵马。边墙西北是铁岭的地界，东北是哈达部的地界，边墙东面隔两座山岭四里远有门近寨，是哈达与明朝驻军最近的寨子，门近的北山上，地势迷幻，难分方向，树木都斜歪不正，榛子棵在别的山上，只有马腿那么高，这里的榛子棵比马背还高，尼堪外兰依仗着哈达贝勒的关系，在这里建筑了鹅尔浑城。

  努尔哈赤在八十里外的营盘驻扎两整天，查清了鹅尔浑的地点路途和附近明兵的情况，第四天起营西进，过石门岭到章党，距离甲版有八里的路程时，派出

## 第七章 统一建州

五个牛录五十人,前往甲版潜伏,以防尼堪外兰突然回城。大军弃路上关岭东山,转头北走,进入哈达领地,躲过草库、李其和边墙的明朝驻军,直奔边墙东北的鹅尔浑城。翻山越岭,没有人家,到达李其北山时,留下五十人潜伏山上,如果李如梅出兵,就偷袭扰乱他们。向边墙东山派兵一百人,阻挡边墙李冰泊的人马。

中午,主力八百兵马开到了门近寨扎营。将士都下马吃饭,吃的东西简单,从羊尿脬中抓出一把羊肉丝,放在木碗里用山泉水泡一下,肉丝涨满碗,就拿小刀挑着吃了,肉吃完,再干吃一把炒米,午饭完事。门近寨周围山高林密,还没有看见鹅尔浑城,努尔哈赤让探马在前面带路,大队人马走了很久,还没到城下,众人都有些奇怪,努尔哈赤问带路的士兵:"鹅尔浑城不是在山坡上吗?咋还没看见。"士兵说:"明明就是这里,记得很清楚,不知道咋就没了?"额亦都说:"一定是迷路了,咋办?"努尔哈赤说:"原路返回,重新探路。"八百人马后撤,回到营地。又派出探马短哨,终于查到了城的位置,额亦都问探马:"刚才咋迷路的?"探马说:"很奇怪,上午的路径和下午不一样。"努尔哈赤说:"这次能整准不?"探马说:"能,这次割倒了榛子棵,割开树皮做的记号,又绑红线,不能错了。"

大军再次上山,没走多久就到了城下,城池竟然就在营地边上。鹅尔浑城门紧闭,城上连个哨兵也没有。努尔哈赤令额亦都率领二百人架梯攻城,居然没有兵马抵抗,就登上城墙,顺着坡道进入城里,也没有人,额亦都领人打开城门,出来说:"是座空城,尼堪外兰又跑了。"努尔哈赤说:"挨家搜索。"

额亦都带人搜查去了,努尔哈赤骑马沿小路往山上走,向远处看,突然发现西面边墙的大路上,有四十多人的马队在逃跑,人群中有个身穿盔甲的,像是尼堪外兰,努尔哈赤眼见仇人,心升怒火,打马追向逃跑人群,护卫们的马跑得慢,都落后了,那些人见有追击的,也加快速度,一直往西跑过了边墙,又向南拐的时候,努尔哈赤距离追上已经不远了,那些人边跑边回头射箭,努尔哈赤也射箭还击,追到大柳那个地方时,努尔哈赤已被射中数箭,一支插在腿上,一支穿透盔甲插在肩膀上。敌人也有八个被射落马,努尔哈赤身上带着箭把穿盔甲的人斩落马下,才看清他不是尼堪外兰。余下的人逃散了,努尔哈赤拨马往回走,半路上才遇到追赶他的护卫。

回到鹅尔浑城,额亦都报告:"城内只有来这里做买卖的大明人,在搜捕中斩了十九人,捉到六人,都是受了刀伤箭伤的。"这时,探马来报:"尼堪外兰逃进边墙的明兵营里了。"努尔哈赤大怒,对额亦都说:"把捉到的这六个人绑上,箭再插回他们伤口，押去边墙送信，要明兵交出尼堪外兰，否则，就进攻边墙。"

边墙参将李冰泊刚刚让尼堪外兰进了兵营，就接到努尔哈赤威胁的信使，这令李冰泊特别为难，他对师爷说："这个事太不好办，尼堪外兰是李成梁总兵大人扶植的，努尔哈赤也是他下令任命的都指挥使，他俩闹到我这里了，我偏向谁啊？如果再与努尔哈赤有战事，折损了兵马，我怎么负得起责任？"师爷说："这事你看这样吧！把尼堪外兰送到李成梁那里去，你看如何？""好主意，好主意！"

辽东总兵府内，李成梁坐在太师椅上看着尼堪外兰，有一股说不出的厌恶。尼堪外兰耷拉个大脑袋，哭丧个脸向李成梁诉苦："努尔哈赤占了我的城，夺我家产，杀了我的家人，望大帅做主，给我报仇哇！"李成梁淡淡地说："本来按照国丈的意思推你做建州国主，我唯命是从，辽东出人出力为你修建王城。你本应该管好你的建州，但你夸大其词，谎报军情，致使讨伐古勒城，觉昌安、塔克世也死在此役，事情我已查明。还是别说了，怎么回事你心知肚明，那是四千多条人命那，谁能担得起？谁能担得起？不是国丈的面子，你就是死一百次都不多，哎，你好自为之吧！"李成梁说着转身回到了内房，尼堪外兰灰溜溜地走了。

尼堪外兰见李成梁这个态度，心中暗暗骂道："你是什么东西，你算个屁，这是皇族的天下，你等着，看看国丈派人你咋办？"尼堪外兰于是就写信给女儿哭诉：努尔哈赤夺我城池，夺我财产，几乎全家人落难哪！来信致使国丈大怒，立刻派人来辽东兴师问罪。李成梁面对前来兴师问罪的人泰然自若，说："国丈说的话我李成梁岂敢不尊，头一次，我辽东出人出钱为尼堪外兰修筑了王城，那是国丈的面子。但尼堪外兰这个人心太歹毒了，本帅现已查明，建州古勒城的羊群误过边界，明军士兵想占点便宜，所以产生打斗，虽然有伤，并没有死人。可尼堪外兰谎报军情，诬陷阿台图谋造反，报到京城，皇帝下旨要我犁庭扫穴。我只有照办，故派五千兵马协助尼堪外兰治理建州。没有想到尼堪外兰做国主有人不服，他借此机会泄私愤，此役造出了四千多军民伤亡的血案，就连父子两任都指挥使都一同遇难。我是没有这个能力承担这个责任，我想要是皇帝知道了，国丈也难辞其咎，其子孙努尔哈赤要告御状怎么办？看在国丈的面子，我就把事情压下了。按我朝规定让努尔哈赤世袭了都指挥使，事先我已经喝令，说好此事就此拉倒，不可再提，我也不追究你尼堪外兰。"来使被说得无语回答，李成梁接着又说："他们都是女真人，一个是杀了人家的父祖，一个是为了父祖报仇，我管理辽东就是以夷制夷分而治之，让他们去争好了，我管不了那么多了，谁有能

## 第七章 统一建州

力谁就争去,我们都不宜插手此事,请回去转告国丈,恕微臣无能为力。"告诉带尼堪外兰来的军将说:"去吧!""去哪里?""哪里来到哪里去。"于是尼堪外兰又被带回了军营。

按照师爷的建议,参将李冰泊去了李成梁大人的儿子李如梅那里去问问如何处理。李冰泊带两个随从骑马到了李府,向李如梅说了情况,请教办法。李如梅说:"老弟不常出去走动,不知道现在的情况,我告诉你吧,家父是扶植尼堪外兰,可是他太不争气,形不成气候,家父很生气,对努尔哈赤好像还行,老弟就看着办好了。"李冰泊道谢说:"谢大人指点,末将知道了。""我告诉你,最好的办法,是别掺和女真内部的事,免得——,是不?""谢大人,告辞。""有空多到我这里走走。""是,是。"李冰泊回到边墙,与师爷合计:怎么才算是不掺和,又不违背总兵大人的心意呢?最后想了一个小办法。

边墙参将李冰泊与师爷琢磨了半天,最后想出的办法是让努尔哈赤自己来捉尼堪外兰,明兵谁也不管。李冰泊悄悄派出使者到了鹅尔浑城,对努尔哈赤说:"我家李大人说了,不管你们女真人的事,你们爱怎么斗就怎么斗,咱们也不挡着。"接着小声说:"你可以派人进去拿人。"努尔哈赤心领神会,于是派甲喇额真斋萨率领四十人,跟着使者进了边墙的兵营。

尼堪外兰正稳坐在一个行营里,慢慢喝明兵给他倒的茶水,脸色平静地问:"李大人出兵攻打努尔哈赤没?"倒水的士兵说:"大概出兵了。"正说着,斋萨带人进了行营,尼堪外兰抬头看见,惊得茶水洒在腿上,起身往后跑,从营帐下钻出去,斋萨带人追了上去,尼堪外兰急忙向城墙上跑,以为那里明兵多,能阻拦斋萨,可是明兵都出来看热闹,谁也不挡不管。在城楼里抓住了尼堪外兰,尼堪外兰的几十个护卫也被一并拿下。

在额尔浑城外,摆上祭品,焚香祷告父祖后,努尔哈赤亲手斩了尼堪外兰的首级。家仇得报,努尔哈赤心里平静了一些,对额亦都说:"明兵没有阻拦我们捉拿尼堪外兰,应该给明兵送些礼物,表达谢意。"额亦都说:"应该,我们收复了不少城寨,明朝驻军一直没有干涉。"努尔哈赤说:"借这个机会与明军处一下关系,给参将李冰泊送三百头羊、三十头牛、五百两纹银。给李如梅送一千两纹银,不可声张。""喳。"

努尔哈赤命令大军回师赫图阿拉。

万历十六年(1588)八月,努尔哈赤娶回已下聘礼的叶赫部孟古格格,就是大家习惯称呼的"孟古姐姐"。是当初叶赫贝勒扬佳努做主把爱女孟古许给努尔哈赤，孟古也是叶赫贝勒布斋和金台石的妹妹。除了大妃佟佳氏外，孟古是唯一跟政治没有关系的婚姻。

这一年，三十岁的努尔哈赤娶了十四岁的孟古，他在想："我今年三十岁，孟古十四岁，我们两个人的年龄加起来是四十四岁，这不正是我的吉祥数'四四'嘛，难道有什么天意？"于是，努尔哈赤带上卫队和新婚的孟古格格进深山拜山门，他要叩见恩师。

临下山时恩师留下四句话："贵人进门生贵人，十四娶进十四分。玉皇口谕送仙女，王母传唤回天门。"

历史记载：三十岁努尔哈赤娶进十四岁孟古格格进宫，进罕王宫生活了十四年，独生一子皇太极，二十八岁的孟古福晋于初秋逝去。

孟古是努尔哈赤的第三位大妃，她超凡脱俗的容貌，在女真族中是出类拔萃的美女。努尔哈赤对孟古情有独钟，这不仅仅是孟古的容貌出众，更重要的是孟古的贤淑和聪慧，更重要的一点是生活上的体贴，因为孟古学有"房中之术"。

事实上验证了正一道长的预测，冥冥之中似乎有什么天意？我们说不清楚，我们真的说不清楚，历史记载，孟古的确是为努尔哈赤生了一个优秀的儿子皇太极，造就大清万里江山。

临下山时，正一道长送给努尔哈赤十件自制黄马褂（金丝犀牛皮软猬甲）。新婚后的努尔哈赤没有缠绵儿女恋情，继续他的王者之路。

孟古体弱多病，对未来比较惆怅。为了丈夫和孩子，她要培养出一个接班人，她选中了阿巴亥，进行长时间的全面的培养，为了阿巴亥学会女人的本领"房中术"，她请来了她的师傅乌拉吉特氏。

乌拉吉特氏是居住在铁岭的中医世家，丈夫亚盖豪根是当地的名医。乌拉吉特氏来到了建州，同时给孟古带来了两坛药酒。此药酒补气补血，滋阴壮阳，祛风壮骨，延年益寿之功效。

晚上努尔哈赤和孟古对饮此酒，不想一夜行房事数次，晨起仍无倦意。努尔哈赤如获至宝，故唤此酒为"乾坤御液"。于是他立刻令人以乌拉吉特氏病重的名义，把乌拉吉特氏的丈夫和两个儿子接到了建州，以高官厚禄留下了夫妇二人，此酒为努尔哈赤独享。

## 第七章　统一建州

## （10）

万历十七年（1589）四月，努尔哈赤娶妻哈达部贝勒扈尔干之女哈达那拉氏阿敏格格。

同年九月，李成梁进京述职，皇帝见到李成梁问起辽东事宜，李成梁谈了很多辽东的事，其中他大加赞赏努尔哈赤："有一次，女真木扎河部落酋长克五十，率众掳掠柴河堡，并杀死了明军指挥刘斧。努尔哈赤知道后，立即斩杀了这个酋长，并将其首级交给明军查验。他还多次把女真人掠走的汉族人口交还辽东。另外，他主动把他的长子送到总兵府为人质。"万历皇帝听后对努尔哈赤赞不绝口，说："他恭顺朝廷，大有哈达万罕王台的风度。"

因此万历皇帝下圣旨，将努尔哈赤由都指挥晋升为都督佥事，相当于二品大员。这样努尔哈赤在李成梁的庇护下不断扩张，此时他手中掌握的敕书由当年的三十道猛增到了五百道。

努尔哈赤率领何和里与费英东带一千兵马，远袭本溪田师傅以北的兆夹城，额亦都带了二百人马做后哨。兆夹城主密古亲手下有兵马不足五百人，兵将虽然不多，却是谁都敢抢，建州、辉发和乌拉的商队去爱阳关做买卖，路上多次遭到密古亲的抢劫，抢了就跑，藏在山中，拿他没办法。这次努尔哈赤腾出手，查清了密古亲在大山里的据点，要打掉他的老窝。

一千兵马在大山里行进，走了两日，在哨探的带领下，终于找到了兆夹城。到城门前的时候，哨探指着前面的山林说："这就是。"可是人们都没看见，不知道城在哪里，只见眼前山峦起伏，森林茂密，哪里有城池？听了哨探的解释才知道，原来这个城寨的围墙不是石头青砖建成的，而是用柳树和榆树夹成的，又不是像石头墙那样平直，而是顺着地势的走向，弯弯曲曲种出枝条稠密的树墙，棵棵都有腰粗细，密密地挤成了墙，缝隙小得伸不进手，也不知道树木有几排的厚度，放眼一看，就是一片大森林，有几棵枯树斜立的地方，就是城门。城门有前门和后门两个，努尔哈赤把人马分成两部分，埋伏在两个门外，然后拨出四十人，去撬紧关着的前门。一出了动静，城里的守兵才发现有人来，立刻冲出一百多兵将，撬门的四十人转身就跑，冲出的兵将举着刀枪在后边追，这时，埋伏门外的人马齐出，把兆夹城的一百多兵将团团围住消灭了。城门里的人一看城外人马无数，吓得立即关死了大门，不再出来。

前后门都被堆积的大木头插住了，树墙又枝条交错，没法进入。努尔哈赤调出两组士兵,一组人劈开前门,把门里堆积的木头往外拽,另一组用刀斧砍伐树墙。任凭外面怎么干,里面就是没有动静,一天下来,树墙伐开两步的豁子,里面还不知道有多厚。从前门拽出了很大一堆,里面还多得不透风。士兵们轮流砍伐,用了差不多四天的时间,终于将八步厚的树墙砍出来一道口子。兆夹城的兵马也聚集在开口的地方,向外攻击。因为路窄难进,努尔哈赤亲率一百铁甲兵,先步战冲击进城,兆夹的兵马第一个照面特别凶猛,但被冲进去一百铁甲兵接住了,没等反击,兆夹的兵马自己就溃退了,大概是他们抢劫习惯了,打一下就跑,而且全都藏起来,没影了。

努尔哈赤一面指挥士兵沿着巷道追击,一面调集外边的兵马继续进城。这时,城里突然出了意外情况,士兵们都不向前追击,都在地上找东西,有的用刀挖墙缝,有的两个人抢了起来,仔细看,他们在抢银子,地面上墙缝里,净是零零碎碎的白花花的银子,努尔哈赤见状,解下自己的铁甲给侍卫穿上,说:"我兵互相争抢,恐怕会自相践踏,你去制止。"侍卫到士兵里去制止捡拾财物,没有人听他的,没有制止成,侍卫自己也跟着抢地上的银子。努尔哈赤又脱了身上的棉甲,给巴尔太穿上,说:"敌兵就要反击了,穿我的棉甲,调回士兵。"巴尔太去了,也跟着争抢银子。

这时,有数十兆夹兵马突然冲到努尔哈赤跟前,身边的堂弟旺善带几个护卫上前阻挡,被敌将打倒,敌将骑在旺善身上,举枪要刺,努尔哈赤此时已无甲胄,仅穿着马甲冲上前,发一箭,射中敌将额头,救下旺善,又有一敌兵上来,举刀要砍旺善,努尔哈赤再发一箭,射中敌兵咽喉,数十敌兵一齐溃退了。

费英东、何和里率领后继兵马进入,攻破了兆夹城,斩了密古亲。回兵后,何和里对努尔哈赤说:"侍卫、巴尔太等人,违令哄抢财物,险些害了主子的命,当斩首。"努尔哈赤说:"黑眼珠见不得白银子,谁能抗拒金钱的诱惑?是密古亲办法太毒,从轻处罚吧!"只罚没了两人的财物,仍留身边做侍卫。

回师时走大路,经过的小城小寨,大多从属董鄂部管辖,都听何和里的号令,经招抚归顺努尔哈赤,有数千户,建州实力大增。刚回到赫图阿拉,风尘未扫,护卫来报:董鄂部的使者前来求见,是何和里的福晋派来的,她知道了何和里归附建州的事了。

## (11)

何和里随努尔哈赤征兆夹城取胜,又招抚了许多旧部人马,正在高兴的时候,

## 第七章 统一建州

突然董鄂老家来了信使,又吓得他吃不下饭了。努尔哈赤对何和里说:"你不用担心,让费英东接见信使,告诉他们你进山围猎去了,先打发回去,日后我自有主意办好你家里的事。"何和里说:"恐怕不好办了。"努尔哈赤说:"放宽心,回去歇吧。"何和里愁眉不展地走了。

努尔哈赤令侍从找来了费英东,对他说:"你去安排一下,告诉董鄂部的信使,说城里主事的人都没在家,让他们吃饱歇好后就回去。"费英东说:"何和里老家的福晋那边,总得有个说法啊!"努尔哈赤说:"当然要有个结果,不是现在,先冷淡她一段时间,不用多久,她还会来找的,那会儿再说。"费英东说:"这样也好。"努尔哈赤说:"去办吧。"费英东答应一声"喳",下去办差去了。

兆夹城以南,董鄂部的东西两侧,很大的地区属于鸭绿江部,都是零散的城寨,努尔哈赤派出额亦都、穆尔哈齐、户喇虎等人,各带兵马收取人口招募士兵。活动在董鄂部左右的建州兵马,又让何和里的福晋惊慌不已。没过几日,董鄂部又派出信使来见努尔哈赤,要找何和里。这一次,努尔哈赤款待了信使,并且派额亦都随信使去董鄂部,劝何和里福晋归附。额亦都才走不多时,努尔哈赤点齐两千兵马,亲自去董鄂部。费英东问:"已经派额亦都去了,咋还要亲自去?又带这么多兵马?"努尔哈赤说:"何和里的福晋虽是女子,但性情桀骜,也领兵上阵,额亦都即使说动她的心,可是说不服她手里的枪,只有战场上胜她,才会真服气。"

大军前行,还没有到董鄂部的地界,迎到了额亦都派回来的信使,报告额亦都的差使没有办成,而且何和里的福晋已经愤怒,要兵临建州,夺回何和里。费英东对努尔哈赤说:"果然不出主子的估计,看来真要兴兵见阵了,这样怕会伤到何和里的亲属家人啊!"努尔哈赤说:"董鄂部是何和里的老家,董鄂的兵将都是他的亲人下属,怎么能真的杀呢?大兵压境,只是要在阵势上压倒他们,再用计取。"费英东问道:"那现在我们是进兵还是退兵呢?"努尔哈赤说:"我军列阵在董鄂部外,你去见何和里的福晋,告诉她,我要与她单对单比试个高低,如果她赢了,我们退兵,送回何和里。如果她输了,要她归附建州,我准许她与何和里团聚。"费英东担心地说:"何和里的福晋定能出兵来战,就是听说她马上的功夫不一般,主子能准赢她吗?"努尔哈赤说:"不用担心,能赢的不一定非得功夫强,将在谋而不在勇。"费英东说:"主子多加小心。"说完,带了几个人去董鄂报信。

费英东进了董鄂的主城,见到何和里的福晋,把努尔哈赤的话说了一遍,何和里的福晋也不说同意不同意,只问一句:"努尔哈赤在哪儿?"费英东说了扎营的地方，这女人确实急躁，二话不问，当场叫卫兵传令，集合五百铁甲骑兵，马上出发，人马还没有到齐，刚有三百多骑，何和里的福晋已经提枪上马，跑出大营，后面三百多兵马急急忙忙跟着出发了，把费英东晾那里没人管了，费英东只好自己出门，上马追赶。

前面三百多骑兵好像不喘气地飞一样，费英东几个累得人也喘马也喘，只是追过一些脚力差、跑掉队的骑兵，追了半日大队人马影子也没看见。打头奔驰的何和里的福晋更是急切，想一步跑到阵前，人马进入了一个开阔的山谷，正快马加鞭的时候，突然牛角号响起，前方大路上冷不丁一下出现一队人马，横在眼前，盔甲鲜明耀眼，旌旗招展，如同钢铁的城墙一般拦住去路，正在快跑的马队突然刹住，弄得人斜马歪，横穿乱撞，好一会儿才稳住了坐骑，人和马一起停住喘息，又发现大路两侧也埋伏着兵马，更是惊恐不已。

何和里的福晋也是猛拉缰绳，座下宝马一嘶长鸣，两前蹄扬起一窜，然后立地不动。努尔哈赤手持大刀，单骑稳稳地走出队列，何和里的福晋想说话，可是喘息厉害，说不出来，努尔哈赤停马对她说："你是何和里的福晋吧，我是努尔哈赤，福晋敢不敢与我单打独斗，一战定输赢？"何和里的福晋憋了憋气，又喘息一下，终于说出一句话："不敢的话来干啥？"话无二句，举长枪，夹镫催马，分心便刺，努尔哈赤摆刀相迎，马打盘旋，没过几个回合，何和里的福晋被努尔哈赤用刀背打落马下，建州兵立刻把她手脚捆上，抬回阵中。

她身后的副将见主子被捉，要冲上来拼命，这时，听身后有人喊："将军别动手。"副将回头一看，是刚才到董鄂的建州的信使。来的是费英东，才追上来，正好看见何和里的福晋落马，急急地跑到副将跟前，对他说："我是你家主子何和里的朋友，我们是来劝你家福晋同主子和好的，请你们一旁歇着，我们去劝福晋。"副将知道眼前的阵势，己方远不是对手，也没有办法，只好说："我等听从安排，请不要慢待福晋。"费英东说："这个自然。"

费英东回营，问努尔哈赤："何和里的福晋的刀枪功夫怎么样？"努尔哈赤说："确实厉害，不比我差。"费英东问："主子咋这么快就胜了？"努尔哈赤说："就用一个办法：以逸待劳。"

何和里的福晋被绑着，扔在营帐里，手脚不能动，嘴里却是不停地破口叫骂，营帐中没有一个人，随便她怎么喊。整整一个下午，没有人给送水送饭，又饥又乏倒在地上睡着了。直到第二天起早，才来侍从送饭，推醒她，解掉绳子，可是手都麻木不能拿东西，侍从喂她才吃到嘴里。吃饱喝足之后，侍从撤出，费英东走了进来，

## 第七章 统一建州

对她说:"请福晋归附建州,拜见我家主子。"何和里的福晋身上没有力气,口气不软,只说俩字:"不降。"费英东说:"昨日约定:福晋赢,我们退兵送回何和里,福晋输,归附建州,今天咋反悔了?"何和里的福晋说:"我答应了吗?既然被捉,不就是一死吗?"再也不抬眼不说话。费英东也没多说,退了出去。

不多一会儿,费英东带着侍从又回来了,对她说:"主子有令,不降者斩。"侍从拿绳子要绑她,还是没有反应。费英东又说:"绑回建州,先斩何和里,后斩福晋。"何和里福晋听了最后一句话,立刻睁开眼睛,恐慌起来,伸手抓住费英东的衣襟说:"求求你,别杀我丈夫,求你杀了我,求求你。"费英东说:"不行,要斩就都斩,要不斩就都不斩。"何和里福晋哭了起来,过了一会儿说:"我归附你家主子。"

何和里福晋归附建州,何和里回董鄂部召集所有部属,共有五万人口,全都迁入建州,努尔哈赤征集所有青壮者披甲当兵,得精兵一万人,加上原有兵马,共有两万多人。建州部的兵马立刻超过了哈达、辉发,赶上叶赫、乌拉,成为女真的大部落。

万历十八年(1590)年末,努尔哈赤再次出兵鸭绿江北岸的宽甸、虎山、岫岩等地,收取各路部众,疆域扩展到鸭绿江边黄海之滨,可以说是疆土辽阔。

在李成梁的庇护下,努尔哈赤开辟了多处关口集市,与明朝的驻军、商人以及朝鲜官民商户互市交易,在抚顺、清河、宽甸与爱阳设立大市,出售珍珠、貂皮、人参、鹿茸等货物。女真各部用的食盐,历来是从关口集市购买,受明朝专卖控制,很多物品常遭禁运。现今已能自己到黄海煮盐,夏末努尔哈赤派阿尔巴尼率领九百二十人去海岸,次年初驮盐回来,九百匹马驮盐九万斤。建州人口按丁分给,还有余量出售给哈达、辉发、叶赫、乌拉及蒙古各部落,建州实力因此大增。

努尔哈赤用五年多的时间,凭借严厉执法和赏罚严明,采取顺者以德服,逆者以兵临,征抚并用的策略,统一了满洲五部,势力逐渐强大起来。关口集市获得的利润让各个部落眼红,关口集市造成的矛盾也让各大部落愤愤不平。

李成梁接到密报:"一股蒙古敌寇侵入辽阳、沈阳、海城、盖县一带抢掠。"李成梁已经是六十五岁的年龄,再不能身先士卒,冲锋在前了,不禁感叹道:"岁月催人老哇!"李成梁按照老套路派遣一支奇兵出塞袭击,结果埋伏多日的敌军万箭齐发,明军死伤无数,战死一千余人,其余人逃了回来。

这是李成梁第一次失手打了败仗。"胜败乃兵家常事。"众将军劝着李成梁。

"我们一样可以报功，朝廷哪里知道这么多呀！"在李成梁的谋臣的怂恿下，在报告战果时，隐瞒了战死的人数，只上报杀敌二百一十人的战功。没过多久大明帝国送来了嘉奖，因为百胜将军胜了这次小仗不足为奇。

# 第八章　面对挑衅

## （1）

在两年前，努尔哈赤的恩师正一道长，根据形势发展，对辽东这块土地上进行周密完整的分析："建州的经济迅速发展，定会招来一次不可避免的战争。"为了迎接这场战争必须选择一个既隐蔽又坚固、既便于坚守又便于出击的新基地。

就这样正一道长寻到龙脉之地费阿拉城，费阿拉是努尔哈赤的第一王城，也是正一道长为努尔哈赤设定的"后金国龙脉的第一王城"。

费阿拉位于赫图阿拉西南虎兰哈达的二道河子，距离赫图阿拉八里，这个地方三面是悬崖峭壁，一面临河，仅西北有一条峡谷可以出入，地势极为隐秘，因而交通也是不便，出入行走也很困难。

费阿拉城现在已经基本修筑完工，城池分三层，分别有外城、内城和栅城，外城的城墙高一丈八尺宽一丈，用三尺见方的大石块垒砌，中间有椽木钩心，以熟黏米浆搅和胶泥填缝隙，砌出的城墙特别坚固，火炮轰不塌。城门上建有敌楼，敌楼高四丈，有窗户可以开合，窗上有望孔和箭孔，楼顶覆盖白草，做成坡形防雨。城门用二尺厚的硬木钉制，里面有多个大块长石做门销，即使有千斤巨木，也难以撞开。外城可驻兵数万，并且有工匠作坊，可使上千工匠同时开工。马场、仓库和小校场都在外城。外城里面，又修筑内城，由较小些的石块垒砌，城墙稍矮，墙壁不厚，城墙上设有雉堞、望楼、射台、隔台和壕子。内城可住人千户，城东建有祭祀的堂子。内城里面修建栅城，栅城是由八尺长的椽木夹成的，城内建有神殿、鼓楼、客厅、楼宇和行廊。

建州还在继续招收兵马，在增加互市交易的同时，努尔哈赤要开始把人口和军队向费阿拉城不动声色地转移，关于正一道长的战略定位他是不会和别人说的。

自从何和里归附以来，赫图阿拉居住的房舍就不够用，现在努尔哈赤提出搬迁，在议事厅里对大家说："费阿拉已经建得差不多了，选个日子，搬过去住。"可是多数人不愿意去，穆尔哈齐说："费阿拉地势狭小，进出不便，放牧就要走出很远，不如现在容易了。"舒尔哈齐也说："这里才修建得不错，我们也不像以前，要游牧逐水草而居，何必去那个山沟里呢？"安费扬古等人也赞同不搬。努尔哈赤的搬迁理由特别有意思，他说："近年归附我们的兵马增多，添了不少房舍给他们住，新盖的房子总是挤占叔伯弟侄的宅地，让大家不满，到费阿拉就没有这些事了。更主要的是，我们现在的兵马实力不比以前，哈达、辉发等小点的部落会眼气，叶赫、乌拉那些大部落会嫉妒，明朝的驻军会提防我们，说不定啥时候哪个贝勒可能偷袭我们，为了防备这事，要搬进费阿拉这个隐秘的地方，赫图阿拉仍然有兵驻守。即使有人偷袭我们大本营，也不能一下摸准。"额亦都赞同说："隐藏实力最主要，别的事都能解决，我同意搬迁。"努尔哈赤说是和大家商量，实际就是努尔哈赤的王令，最后议定兵马人口逐渐迁入费阿拉城。军队驻扎外城，宗室亲属以及诸将的家属近族居住内城，栅城是努尔哈赤办公务和居住之所。

万历十九年（1591）年初，努尔哈赤攻占鸭绿江部，娶庶妃嘉穆瑚觉罗氏。

这一年，努尔哈赤携带重礼拜见了即将离开辽东的李成梁。努尔哈赤说："父帅，别去北京了，我接你回建州，我会像带亲阿玛一样服侍你，让我也好好尽尽孝心。"李成梁："我儿，你的心意我明白，你我都不能惹祸上身，你还不知道这些言官吗？他们的嘴有时候比刀剑更锋利，其他各部也是虎视眈眈。我离开辽东后，你一定要警惕你的周围，尤其是叶赫。""谢父帅提醒，我不惧他叶赫，父帅请放心。"李成梁："我虽然是暗中助你，你有了顺利拓展的速度，其他部族是免不了有揣测和嫉妒，我担心的是他们联合起来攻打你。以后可就靠你自己了，对了，你现在的人马有多少？"努尔哈赤笑着伸出了两个手指，李成梁一拍大腿，"好！"两人都哈哈大笑起来。其实说的这两万人只是战军，守城军和新军还都没在编制。

李成梁："你把我的爱孙褚英领回去吧，他近两年进步非常大，像你，聪明，有神力，哈哈哈！"努尔哈赤："谢父帅培育之恩。父帅，建州的兵就是父帅您的兵，只要父帅一句话，刀山可上，火海敢闯，随时听父帅一声令下。"

李成梁退休回到了北京，由董一元接任辽东总兵官。

叶赫等的就是这一天，终于等到李成梁离开了辽东，也该出出压在心头上那一口口恶气。东城贝勒纳林步路要先挥师建州，打击努尔哈赤，同时以此威胁哈达的歹商。西城贝勒布寨提醒说："出兵不急，要出师有名，必须先找借口，可以先派使者去建州，找个理由索要他们的城池或银子，如果他们怕挨打，给了，

## 第八章 面对挑衅

咱们过个一年半载,再去索要,不用动兵马,得了城寨,咱不就便宜了;努尔哈赤设立了那么多的集市,早已是天怨人怒了,如果他们不给金银城寨,我们就联合其他部落,共同威逼,如果翻脸动了兵火,灭了建州,谁也不能说我们欺负弱小。"纳林步路听了,赞同说:"这个办法好,先得些便宜再说,建州那几个人马,不敢和咱们较劲。"

其实他们谁也不知道,努尔哈赤才是一个智者的行为。努尔哈赤始终采取隐军策略,另外守军不在编制,战军在编。新军经过训练,骑射武功达到标准方可进入战军,否则只能入列守军,守军定期选拔够标准的士兵进入战军,这就引起了很多守军私下自己或几个人进行武功训练。其实尚武之风不仅仅是表现在壮汉上,妇女儿童都在习武,所以建州军是极具战斗力的。而各个部落无论派出多少奸细,打探出的建州军也是不足一万。

本溪水洞以北的两个小城额尔敏、扎库木归附建州,这个事被叶赫探听到了。叶赫东城贝勒纳林步路有了难为建州的主意,额尔敏、扎库木两城位于赫图阿拉西南,叶赫在赫图阿拉以北,两地相距六百多里远,间隔着哈达建州两部,遥望不及,纳林步路用这两个小城做起了文章。叶赫东城里有两个侍卫宣尔当阿和摆撕汉,能言善辩,头脑灵活,纳林步路命二人为使者,去建州给努尔哈赤出难题。

二人到建州,努尔哈赤在费阿拉接见两个使者,宣尔当阿先说道:"传我家主子言:乌拉、哈达、叶赫、辉发同为女真人,语言相通,服饰相同,势同一国,岂有五主分建之理?今建州新得了许多国土,你们多我们少了,现在可以将额尔敏与扎库木两地选一个给我们。"说完,得意地侧脸眯眼看着,努尔哈赤听完,心里愤怒,但是脸色稍有不悦地说:"我乃是建州,你们属于扈伦四部,你国虽大,我岂能去取?我国虽广,你岂有分要的道理?且土地非牛马可比,岂能分给你?你们俩也是执政的臣子,不能争谏你们的主子,有何脸面来这里胡说?"摆撕汉见努尔哈赤没有答应的意思,跟着说:"贝勒难道能因为一个小城,而坏了与叶赫的关系吗?"努尔哈赤不与他理论,命令护卫将二人请出厅外,二人无功而回。

纳林步路听后很是吃惊,索地竟然不给,决定再加压力。他派人召集来哈达贝勒孟格布禄和辉发贝勒王机奴,研究勒索建州的办法,三人一拍即合,同意一齐派出特使,讹诈努尔哈赤。

## （2）

万历二十年（1592）四月，数万日寇渡海侵略朝鲜。武备废弛的朝鲜军队一触即溃，仅仅两个月零两天，朝鲜三都十八道全部沦陷，两名王子被俘。已逃到新义州的朝鲜国王李昖连连派遣使节向大明求援。求援书传到北京，明朝大臣一致要求出兵，当值的太监说万岁身体欠安，准兵部自行处理。兵部没有了解实际军情，以为是鼠窃狗盗之事，于同年七月，派遣五千骑兵入朝，但在平壤一战，几乎全军覆没，这让兵部大为吃惊。

万历二十年（1592）十月二十五日，在第一个王城费阿拉，孟古生下皇太极。

此时努尔哈赤正在征服乌苏里江流域野人女真三部：渥集部、瓦尔喀部、库尔喀部。

八旗指挥大帐里，努尔哈赤正在观看地图，有人疾步来到帐外，"报——，报——""进来。"来人进入大帐，打千施礼："启禀贝勒爷、恭喜贝勒爷，喜得八贝子。"努尔哈赤一下子就站了起来，"赏——重赏——"他显得非常的激动和兴奋。原因一，是他至爱的大妃孟古生子；原因二，就是孟古生下的是第八子，八里面含"四四"，这正是努尔哈赤的吉祥数。同时努尔哈赤仿佛听见一个声音："贵人进门生贵人——"兴奋之余，努尔哈赤为他的第八子起了一个预示未来而且大富大贵、极其尊贵的名字"皇太极"。冥冥当中预示着什么天意我们不得而知。

而在清史稿记载："等到皇太极继位，人们咸以为有天意焉。"

同年十二月，万历皇帝下旨任命宋应昌为东征经略、李如松为备倭都督辽东总兵官，增派四万兵力渡江援朝。李如松弟李如柏、李如梅一同率师抗倭援朝。

努尔哈赤表现得特别积极主动，一再上疏提出请求，希望能够允许他带领自己的部下参加战斗，为天朝和皇帝陛下效力。同时派间谍人员去朝鲜透露奏请的消息，散布谣言。朝鲜得到了消息很是害怕，他们知道要是努尔哈赤来了，那就是前门驱狼后门进虎，那朝鲜将不复存在了。于是上疏大明帝国，意思是说，我们两地接壤，多有冲突，常有不和，如建州来援助，恐怕也是关系难以稳和，并态度坚决地向皇上请求不能让努尔哈赤来援。努尔哈赤虽然被气坏了，却给大明帝国君臣留下忠勇的深刻印象。

叶赫贝勒纳林步路与哈达、辉发两部贝勒，商议共同出兵建州，全都赞成。

## 第八章 面对挑衅

纳林步路对二人炫耀说:"其实,我自己一路精兵,完全可以灭了建州。只不过,我想大家都被建州占了便宜,他们阻挡各部去市集交易的大路,又把布匹、盐和铁高价卖给我们,让我们吃亏。今要破建州,好事大家都有份。"

哈达贝勒孟格布禄随声附和,辉发贝勒王机奴听了,心里暗自嘲笑:不知道你是说大话还是真糊涂,我居建州之东,努尔哈赤兵马的凶猛,我见过多回了,三部合兵还不一定能赢呢。心中想的,嘴里不能说出来,面上还得恭维:"贝勒说的极是。吃亏的何止我们三部,向北更远的乌拉部、西北的蒙古、东边长白山部,都得高价买建州的货物,他们也应当恨努尔哈赤。还有朝鲜已经与建州接壤,也有重重是非。咱们当联合讨伐,这样,每部稍出些兵力,就能得到大的收获。而且,又显得贝勒是大度之人,有一方首领的风范。"

纳林步路稍被称赞,便喜形于色,高兴地说道:"这话有理。我马上再派人联络其他各部,共同派使节去建州一趟,先威吓努尔哈赤,再探一探建州的底细。"说干就干,当场派出三路使节分别联络乌拉、朝鲜和蒙古,长白山的两小部听从叶赫贝勒差遣,就不用先联络了。

不几日,各路使节陆续回报,乌拉部和朝鲜都答应联合,蒙古贝勒回答更干脆,直接说:"出啥使节?坐地下只能是喝酒吃肉,有事用弯刀说话,哪里要借用兵马,通报一声就行。"

派出使节的共有五路,各路使节于吉林四平东南的叶赫山城集合,同赴建州,要与建州贝勒努尔哈赤进行六方会谈,发难建州。

努尔哈赤得报,五路来使要齐集建州,即知道讹诈与兵火就在眼前了。在费阿拉栅城内的客厅里,努尔哈赤大摆酒宴,奏音乐,款待各路来使。建州的座席居正位,前面摆开两排桌子,使节、副手、护卫等人都在宴请之列,叶赫使节图尔德和辉发使节拜音达里,坐在最前面距离建州席位最近的桌子旁。

酒肉上满,分宾主行礼入座,奏乐饮酒,各部使节恭贺努尔哈赤继贝勒之位,努尔哈赤还礼相谢。酒过三巡,叶赫使节图尔德起身说:"我家主子有话,想要说出来,又怕触怒了贝勒,遭到责怪,不知道咋办?"努尔哈赤平淡地说:"你不过是复述你主子的话,若是金玉良言,我恭耳听之,若是口出恶言,我也派人到你家主子跟前,以恶言相报,岂会责惩你呢?"图尔德接话道:"我家主子说:要分割你土地,你不给;要令你归附,你又不从。如果两国兴兵,我能攻入你境内,你难道还能迈进我领地一步吗?"

努尔哈赤听得当面讹诈,故意装出勃然大怒,反手拔刀,挥刀斩断身前的桌案,杯盘倾碎地面，音乐之声戛然而止，身后护卫都握刀鞘怒目而视。努尔哈赤愤然说道："你们叶赫各个贝勒，何曾亲临阵前，马首相交破胄裂甲，经历过一场大战？过去哈达部孟格布禄与歹商自相扰乱，你们乘机掩袭，怎么看我也那么容易欺压吗？即使你们城寨尽是机关险地，我视它如无人之境，白天不去，夜里可往，你们能把我怎样？我曾因阿玛、玛法之故，问罪于明朝，明归还遗骨，给我敕书、马匹，授印信，岁输金币。你们阿玛也被明军杀了，白骨不知扔在哪个荒郊野外，未得收骸，却到在我面前大言不愧，怎么回事？"说完，怒视各部使臣，五路来人都恐惧不敢接话。

过了一会儿，辉发部使节拜音达里小心翼翼地说："贝勒息怒，凡事都好商量。"努尔哈赤怒声说道："不必多说了。"朝鲜使节坐在后面，紧张地站起来说："贝勒爷虽有雷霆之怒，可是我们国王的话，不敢不说，还求贝勒海涵。"努尔哈赤见是朝鲜使节说话，怒色稍减，使节继续说："你国人常越江入我国采集山货，射杀猎物，与我国人总有争端，请你国人别再进我国采猎，再则我国多有女子逃入你国，请求给予归还，就这两件事，求贝勒准许。"努尔哈赤说："这两件事，都可按你主子意思办。"又对身旁的侍卫说："等各路使节吃饱，就送客。"说完，率领护卫离席走了。使节们再没有心思品尝美味，一同撤出，准备回叶赫山城复命。朝鲜使节对大家说："各位北走回国，本使南行了，就此别了。"图尔德说："请到叶赫再商议。"朝鲜使节说："不必了，我使命已完成。"说完先离开走了，朝鲜单方面退出谈判。

会谈后，努尔哈赤召集所有将领，说："扈伦四部讹诈不成，必兴兵，事情只能战场上说话了，我军做大战准备，长短哨探全部派出，命建州间谍再增派商人探、猎户探和乞丐探，收集四部和抚顺、沈阳、辽阳等处情况。还有，派人与朝鲜联络，办好他们要求的两件事，以避免朝鲜出兵掺和。"吩咐完，又叫人把会谈上的讲话，写成书信，交给侍卫阿林察带到叶赫去，并且说："你带此书，到叶赫两贝勒面前宣读，你如果害怕而不敢读，就住他们那里，不要回来见我。"

于是，阿林察出使叶赫。叶赫西城贝勒布寨得报，派人把阿林察接到自己家里，阿林察给布寨看了书信，说："我家主子下令：给两贝勒同看。"布寨说："我看到就行了，不必给我弟看了，他性情暴躁，恐怕会伤了你。"阿林察不同意："我家主子说：不给两贝勒同看，我就不用回去了。"正说着，纳林步路走了进来，他也听说建州来使节，到布寨家里了，所以来看看，碰巧听到最后一句话，于是问："看啥？"阿林察当即读了书信，纳林步路没等读完，暴叫大怒，夺过书信，撕

## 第八章 面对挑衅

个粉碎,拔刀就砍,阿林察闪身躲过,布寨抱住纳林步路,把他推坐在椅子上说:"斩了来使,让努尔哈赤笑话我们没有气量。"转身让阿林察也入座。纳林步路喘着粗气,收了腰刀。布寨转移话题,问阿林察:"叶赫和建州都已联姻,我妹孟古格格是你家主子的福晋,她现在怎么样?"阿林察说:"孟古格格才生了八阿哥,取名叫皇太极,我家主子可喜欢了。"布寨又对纳林步路说:"啊,我妹子生阿哥了。"纳林步路沉着脸不说话,布寨又问阿林察:"你家主子有几位阿哥?"阿林察回答:"今年添了八阿哥皇太极和九阿哥巴布泰,共九位。""噢。"布寨应着,又说几句闲话,也没有得到什么有用的情况,就打发阿林察回建州去了。

阿林察出了门,纳林步路才说话:"不斩了建州的人,出不了恶气。"布寨说:"杀一个来使有啥用?我们派人去建州的时候,努尔哈赤也大怒,可还是让使节吃饱,我们怎能比他差了气度。有气咱们战场上见,免得说我们没经过一场大战。"纳林步路恨恨地走了。

叶赫等四部在六方会谈上没讨到便宜,决定刀兵相见。布寨没有同意纳林步路大举发兵建州的做法,他先唆使哈达贝勒孟格布禄,用小股兵力骚扰一下,一则试探努尔哈赤的反应,看他敢不敢对抗,更主要的是看看抚顺明兵的态度,会不会干预。

万历二十一年(1593)夏,叶赫与哈达各出兵一百人,劫持了建州的布察寨。努尔哈赤在途中得了军报,来不及通知大部队,就亲率安费扬古与扈尔汉,带领二百轻骑追击,一直追到哈达境内,在铁岭白旗以西的富尔佳齐寨,赶上了哈达的兵马。努尔哈赤令大部人马埋伏路边,自己领二十三人,袭击哈达兵马,哈达兵反击,建州兵退逃,努尔哈赤单骑殿后,引诱敌兵来追,孟格布禄看到建州兵少,亲率一小队人马追杀。哈达兵头将追到,努尔哈赤回身发一箭,射中马的前腹,中箭的马惊跑了,努尔哈赤的马也跟着惊了,一跃而后腿跪地,这时,哈达三个骑兵冲到,挥刀要砍,安费扬古截住三骑,几个回合将三人斩杀。努尔哈赤拽缰绳,战马起,又发一箭,射中孟格布禄的马头,战马立刻倒地死了,孟格布禄也摔在地上,他的侍卫一个镫里藏身,把他拽上自己的马背,两人骑一匹马跑了。努尔哈赤率兵追敌,斩杀敌兵十二人,缴获盔甲六副马十八匹,夺回布察寨人口牛马。

富尔佳齐战斗之后,叶赫都在打探明朝驻军的情况,却得到了意外的消息:抚顺、铁岭、沈阳等明军的大营里,几乎没有了兵将,都是空营。再细查探,才知道,是日本关白丰臣秀吉入侵了朝鲜釜山,攻占平壤,朝鲜八道全部沦陷,国王李昖逃至新义州,向明朝求援。朝廷派兵前去抗日援朝。

叶赫贝勒布寨得到这个消息万分高兴,心里想:从此没有明兵的干涉,塞外就是女真自己的天地,叶赫即将是女真的霸主。他立刻找纳林步路合计,准备联合各部,剿灭建州。

努尔哈赤得到明军已经出征朝鲜的消息,心中也是稍宽,没有西南明军和朝鲜的干扰。他就不用担心如何对付扈伦四部了。

## (3)

万历二十一年(1593)秋,叶赫纠合九路联军,共三万兵马,要一举扫灭建州。九路联军有:扈伦四部:叶赫、哈达、乌拉和辉发;长白山两部:朱舍里和纳殷;蒙古三部:科尔沁、锡伯和卦尔察。叶赫部出兵一万,哈达、乌拉和辉各出兵五千,长白山两部和蒙古三部合计出兵一万。

九路三万兵马集合在叶赫山城,这么多人马,怎么进攻?大帐中叶赫在中,左右各四部,布斋坐在当中扬扬得意,他之所以主张联合其他八部,他有当皇帝的意愿,今天他终于体会到了"九五之尊",大帐内开始制订军事方案,九部贝勒九种意见,有的要四面包围建州,有的要齐行横扫,有人说摆一字长蛇阵,有人说一拨儿一拨儿进军,争了一整天,也没有弄出来一个大家都同意的办法,到了天黑该睡觉的时候,还吵个不停,纳林步路心烦了,大发脾气,拍案大怒:"别嚷了,不用讲啥办法了。明天我发兵打头阵,你们随便跟着走就得了。睡觉。"说完,自己先走了。其他各部贝勒也感觉困了,各回营地,最终没有议论出什么结果,只定了明天出发。

次日起早吃饭喂马,然后一队队出发了。三万人马从叶赫山城开拔,前望不到头,后看不见尾,无边无际全是兵马,向南行进一白天,傍晚到达浑河北岸,这第一日,全天行军,进入了建州地界。

一队人马狂飙在通往抚顺满族木奇的路上,没过多久就到了神树下,侍卫摆上香案,供品摆齐,香火点起。努尔哈赤一摆手,侍卫们井然有序地向四方疾步跑到三百步外护卫。努尔哈赤与弟弟舒尔哈齐一起跪地,祭拜神树:"皇天后土,上下神祇,我建州守境安居,本无衅端。叶赫彼来构怨,欺压建州,无理索要土地、钱财。今又以盟主自居纠合众兵,聚九部联军犯我建州,侵凌无辜,天其鉴之。求苍天眷顾,求女真神护佑,求神树助威、求父祖显灵助我大军奋扬,人不遗鞭,马无颠踬,惟祈默佑,助我戎行。""待胜敌寇,再祭祀天地神灵。"

叩拜完毕起身,香火忽地喷燃出一团浓烟,直上中空。努尔哈赤对诸将大臣说:

## 第八章　面对挑衅

"神灵已应助我。"众人士气大增,这个消息很快就传遍了王城军民。

祭拜神树后,回到了费阿拉王城。现在要做的,是准确探明联军进攻的方法和路线,来自不同方向的飞鸽密报、军报放在努尔哈赤的桌案之上,九部联军三万多人,正向费阿拉进军。各路探马哨兵监视联军的行动,一直到下午,查探清楚,联军就是一路直奔费阿拉。

努尔哈赤一声令下,号角鸣奏,众将军们急忙赶往大帐,时辰到一起进入大帐叩礼请安。努尔哈赤发话了:"九部联军,三万人马已进入我们地界,很多人都在议论,很多人担心,敌军杂乱不一,多有分心,乃是乌合之众,有何担心?也有很多人甚是害怕,你们怕吗?"众人同声:"不怕。""我们建州的女真军人就是不允许你害怕,怕就要断送你的妻室儿女,怕就要给你的部族抹黑,怕就要断送你的生命。今天我祭天地祖宗,香火喷燃重烟,直上中空,神灵已应助我。我们何惧之有!我们一直采用隐军策略,不少人对我军的实际人数不是很了解,今天我告诉大家,我们的战军骑士两万,守军六千,这就是两万六千人。我今天要告诉大家一个更好的消息,就是我在深山皇族猎场里养军五千、马一万,天天全职练兵,不说以一顶十,以一顶五是没有问题的。"大家一片哗然,议论着,感叹着,都为努尔哈赤的高瞻远瞩心悦诚服。

努尔哈赤对各贝勒将军们说:"这古勒山位于苏克素济河南岸,扎克关西南、图伦城东南,在治城(今新宾满族自治县)城西一百里古楼村界内,苏子河贴其背下流,水势至此甚大,山路纵横,四面断崖峭壁,中间一条狭路。"努尔哈赤根据古勒山的险隘地形,进行了军事部署:在敌兵来路上,道旁埋伏精兵;在高阳崖岭上,安放滚木礌石;在沿河狭路上,设置横木障碍。

努尔哈赤站起身来,严肃地发令:"众将听令,次次战役我们女真族都是只要缴械的就不杀。令何和里率领一千兵马,到峡河路,设置横木路障,当道挖陷阱,引诱联军进入埋伏。安费扬古率领四千兵马,埋伏浑河南岸进入费阿拉的山口,放过联军,袭击联军尾部,等待联军溃退时迅速掩杀,扩大战果,可根据军情自我决定战事;费英东率领四千兵马,埋伏高阳岭上,多备弓箭手,准备滚木礌石,放过联军先头人马一万左右,袭击敌军中部,阻断后军进入。令舒尔哈齐率领深山锐军五千,进兵古勒山口东;额亦都率领五千兵马,进兵古勒山口西,都隐藏山林中不得暴露。努尔哈赤坐镇费阿拉王城,民众协助搬运滚木礌石、救护伤员。争取全歼先头部队,大家要依计行事。我们为保卫我们的疆土,保卫我们的家园,明日拼死一战,我军必胜。"众人:"我军必胜!我军必胜!"此时群臣激愤,斗志昂扬。大战之际，努尔哈赤特赐黄马褂以震军威。赏赐八件黄马褂，八里面有两个四，取他的吉祥数"四四"，受赏的八人有：舒尔哈齐、雅尔哈齐、何合里、费英东、安费扬古、额亦都、扈尔汉，还有就是褚英。受赏的人原本没有在意这个黄马褂，以为是贝勒爷的一个形式，回去仔细一看分别都大惊失色，这就是金丝犀牛皮软猬甲，乃刀枪不入的稀世珍宝，都在家面向王宫叩头谢恩。这是努尔哈赤一次次封赏给有功之人的黄马褂，是为了保护他的爱将（后来成为大清皇帝作为一个荣誉的奖赏）。

得到努尔哈赤的战令，几路人马分别出发。天色将晚，探骑武理堪来报：敌兵在浑河北岸集合，生火煮饭，火亮多得像天上的星星，不知道有多少兵马，吃完饭，连夜渡浑河，向古勒山进发。努尔哈赤命令继续查探，然后上炕睡觉，不一会儿就响起了酣声。

侧福晋富察氏听说了九部联军的进军情况，来到房间推醒努尔哈赤，问道："九国兵马来攻，恐惧了？岂是酣睡的时候？"努尔哈赤坐起身说："你方寸乱了吗？人有所惧，虽然躺着，也不能睡着。我果真害怕，怎么能睡得实？以前听说叶赫要三路来侵犯，因为不知道时间路线，时时关切这个事，现在来了，我安心了。我如果有负于叶赫，上天必定厌弃我，怎能不让我恐惧？今我顺天命，安疆土，他们不满意我，纠集乌合之众，戕害无过之人，可知上天不会保佑他们。"听到窗外有悄悄说话声，打开窗户一看有几名将官，又对窗外众将说："已经派出兵马伏击敌人，你们回去睡觉。"说完躺下，安寝如故。

叶赫联军经过一夜的行进，到了建州扎喀城的东郊。第二日早上天亮，又急切地进军，在九部联军先头人马，就是叶赫贝勒布寨、纳林步路率领的一万人。埋伏在高阳岭上的费英东四千兵马，放过先头人马。没到一个时辰，后续人马上来了，费英东一声令下，滚木礌石从山上砸下，弓箭如瓢泼大雨般射向敌军，顿时九部联军死伤无数，费英东所部死死地掐住岭口，阻断后军的进入，后面的两万联军向山上进攻。而叶赫贝勒布寨带领赶到围攻费阿拉王城右侧的扎喀城，他想占据此城栖身，后与费阿拉城对峙、进攻。守将鼎护和山坦打退了叶赫兵的多次攻击。叶赫贝勒布寨看到想攻破此城很难，于是命兵马又掉头围攻阿拉王城左侧的黑济格城，也被打退。联军昼夜行军，没有休息好，各种疲惫大大地降低战斗力了。叶赫贝勒布寨又不顾部队一天进攻的疲乏，又狂喊着向费阿拉王城进攻。

努尔哈赤打开城门，有一千名死士，身穿重甲，连面部均覆盖保护，只露出双眼，胯下的战马也同样披覆铁甲，每一个死士配备两匹战马，有的还穿两层重甲，

## 第八章 面对挑衅

排列在整个攻击波的最前面,兵器为长矛大刀,其功能是发起第一波攻击,意图对抗与消耗起初对阵时敌人最为猛烈的箭矢、刀剑,动摇敌人意志。然后冲向敌阵,大砍大杀。这时舒尔哈齐的五千人马,额亦都率领五千兵马,从后方的两个方向杀进,两面夹击,联军大乱。费阿拉王城全城人出动,杀气锐不可挡,千军万马喊杀声惊天动地,气势欲吞山河,如雷霆万钧,兵器碰撞声,受伤的惨叫声,如同鬼哭狼嚎。九部联军四处奔逃。额亦都领人即将追上布寨,战马首尾相交之际,举刀要砍布寨时,布寨战马前蹄踏在一个圆木上,马被绊倒,布寨高举着大刀,摔在地上,建州士兵武谈,死拉马头转身,从自己马背上跳到布寨背上,拔出腿上的匕首,骑在布寨身上将其杀死了。纳林步路在后面赶来,正看见布寨被匕首从后背扎到前胸,大叫一色,摔落马下。众将官看见两贝勒一死一昏,痛哭失声,抱起布寨、纳林步路就跑,建州兵将也拼抢争夺遗体,最后布寨遗体还是落到了建州士兵手里。叶赫兵将先头部队掉转马头全军退却,联军就此乱了阵脚。建州兵马开城门全线出击,旺善的死士阻挡了辉发和乌拉的势头,辉发贝勒王机奴中箭而退,旺善也浑身重伤,被两个士兵抬下战场。努尔哈赤率大队从山顶向下冲锋,舒尔哈齐率领常书、纳各布和武尔坤从侧面攻击,联军溃败。

安费扬古率兵截杀蒙古部,与科尔沁贝勒明安遭遇。明安贝勒是蒙古三部中最勇猛的武士,在安费扬古马前走两三个回合,被安费扬古一棍打在后背,连人带马落入河中,盔落甲裂,马陷泥里不能动,明安贝勒褪甲弃鞍,赤身骑一匹裸马逃跑了。

额亦都部下捉住一个衣着华丽的敌将,说自己愿意用重金赎身,被推到努尔哈赤马前,承认是乌拉贝勒满泰的弟弟布占泰,努尔哈赤免其死,并把自己的猞猁皮衣给他披上。九部联军全线溃退,又遭到费英东与何和里截杀,死伤无数。

古勒山一战,建州全胜,阵杀布寨,活捉布占泰,射伤王机奴,斩敌兵将六千多人,俘虏三千多人,缴获战马七千匹,军粮牛羊两千头,马车一千辆,铠甲三千副,刀枪兵器五百多车。努尔哈赤从此军威大振,远惧近服。

努尔哈赤回到王城,众福晋跪拜道贺,努尔哈赤来到了大福晋佟佳氏房内,看见了十四岁的褚英,疼爱地拍拍他的肩膀,说:"好样的,不愧是我努尔哈赤的儿子。"转身对佟佳氏说:"各将军都在夸褚英,武艺高强,杀敌勇猛。"佟佳氏听后也是大喜过望。

万历二十一年(1593)秋末,努尔哈赤乘建州大胜的余势,九部败溃各自返回,局势不稳之际,率兵出击长白山的朱舍里部,其部贝勒于楞格会一直依附叶赫,随叶赫出兵古勒山。今被努尔哈赤兵马围困,却无人能够帮助,叶赫现在无暇自顾,没有精力管他了,贝勒于楞格会自知不敌,开城投降。努尔哈赤收纳了于楞格会,收编了朱舍里部兵马,人口迁入费阿拉。接着命额亦都、噶盖和安费扬古率领一千兵马,围攻长白山三部最后一个部落——纳殷部。这个部落也是叶赫的附属,跟随叶赫出战古勒山。额亦都兵马未到之时,纳殷部贝勒搜稳调集了所有兵马,加固了佛多和山寨,额亦都率领人马围困山寨三个月,终于冲破佛多和,斩了搜稳,收服纳殷兵马。至此,努尔哈赤将长白山三个部落尽纳囊中,成为一个兵强马壮的大部落。哈达部虽然地域较大,可是已经分裂没有力量,辉发部疆域小人口少,是最小的部落。叶赫、乌拉虽伤了元气,但仍具有一定的实力。

万历二十一年(1593)努尔哈赤第二次进京朝贡。贡品十分丰厚,其中的极品得到郑宠妃的喜爱,抚摸着貂皮和狐狸皮,真是爱不释手,这让万历皇帝非常高兴,故下旨封赏。

"建州都司努尔哈赤接旨!"努尔哈赤急忙走上前。面对午门跪下来。那位差官朗声念道:"建州都司努尔哈赤为人宽厚,聪明能干,对朝廷赤胆忠心。十多年来如一日,守边认真,并能听从边境大臣指挥,又能团结女真各部。功勋卓著,难能可贵,又不辞劳苦,亲送贡品来京。其精神、品貌都是女真人的榜样。特赐给白银一千两,蟒缎五十匹,白绫五十匹,以兹奖励。钦此。"

努尔哈赤一边恭顺朝廷,一边挥金如土广交臣宦,他在努力满足臣宦们那贪婪的欲望,同时麻痹臣宦那敏感又脆弱的神经。

同年,刘綎受命率本部人马据守朝鲜,其他人马全军班师回国。李如松积功加太子太保,升中军都督府左都督。

在离开朝鲜之前,一朝鲜官员请求李如松将军留下墨宝,李如松请题诗于扇曰:提兵星夜渡江干,为说三韩国未安。明主日悬旌节报,微臣夜释酒杯欢。春来斗气心愈壮,此去妖氛骨已寒。谈笑敢言非胜算,梦中尚忆跨征鞍。(据说该扇今藏韩国中孝堂)

# 第九章　征战海西

## （1）

　　松花江流域的海西女真四部，他们是：叶赫部、哈达部、辉发部、乌拉部。

　　叶赫部以盟主自居，九部联军攻打建州，遭遇到了惨败，兵马损失不小，两贝勒一死一昏，气势皆无。性情暴躁的纳林步路回城后，时而因念兄仇，昼夜哭泣；时而因想九部三万人兵，败于建州不到一万人的手里，而百思不得其解。狂饮烈酒来压制心中的怨气，酒醉后怒骂、暴叫不止。他只饮酒不进食，忧怒成疾，不久死去，他到死都没有弄明白努尔哈赤的隐军实情。

　　布寨的儿子布扬古继承了叶赫西城贝勒，纳林步路的弟弟金台石继任了叶赫东城贝勒，两个新上任的贝勒把父兄的仇恨掩藏在心底，用心经营先辈们留下的家业，暗中与建州较劲，可是叶赫部的势力远不如从前了。

　　努尔哈赤乘势收复了长白山两部，兵回费阿拉城，论军功赏赐将士。额亦都等五位大将拼命死战，赏赐丰厚；旺善、噶盖等小将都立了大功，奖给的东西极多；两个弟弟除赏赐给财物之外，又上加赐号，赐舒尔哈齐为阿斯罕贝勒，穆尔哈齐为青巴图鲁。

　　战场上抓获的布占泰也放出囚室，可以在费阿拉城内自由走动，只是不许出城。没过几日，乌拉部贝勒满太派人到建州，要用一百匹马换回布占泰，大家听到这个消息，都十分高兴，旺善对扈尔汉说："不杀这小子算对了，没想到他这么值钱，还有谁能像他那么贵？"可是，谁也没想到，努尔哈赤回绝了满太的要求，满太又派人来说，愿意再增加十头牛，努尔哈赤仍然不同意，扈尔汉问努尔哈赤："这么多牛马还不换，要多少才换啊？我们已经占大便宜了。"努尔哈赤说："多少东西也不换。"满太没有再派人来，布占泰仍然住在费阿拉城中。大家都不明白，留着这个废物有什么用。

　　不久，蒙古科尔沁部贝勒明安会同喀尔喀其他四个部落的贝勒们，同派使者来费阿拉城，要求与建州通好，恢复商贸交易。努尔哈赤同大家合计这个事，多数人反对与蒙古通好，安费扬古等将官还要求出征蒙古，以报古勒山之仇。努尔哈赤说："不能出兵蒙古，如果大军远征，叶赫、乌拉会发兵来袭击，哈达、辉发怎么能不想占便宜。要是不能去攻打，就不如与他们和好，腾出手先灭掉弱小的部落。"于是，厚待来使，赠给明安、老萨等贝勒刀枪、甲胄和布匹，与蒙古和好。

努尔哈赤曾经明文规定：每个八旗将士，"只以敢进者为功，退缩者为罪；面带枪伤者为上功"。每次战后，"赏不逾日，罚不还面"。并能认真地按功行赏，依罪惩罚。对有功者，赏之以军兵，或奴婢、牛马、财物；对有罪的将士，或杀，或夺其妻妾、奴婢、家财，或贯耳，或射胁下。因此，八旗兵卒打起仗来，只有前进，没有后退的。

努尔哈赤在一个老兵的求情下，赦免了他儿子的死罪。但他的儿子却经历女真人难以接受的羞辱，给他们几个人穿女人衣服，抹上红脸蛋，游街示众，后来他们进入了死兵队。努尔哈赤曾经在死兵队里说："在今后的战斗中，你们要冲在第一线，迎着敌人的刀剑在战火中前进，就是死也要死在冲锋的马背上，用自己的行动证明你们能成为女真的洪巴图鲁，用自己的行动洗刷你们的耻辱，洗刷你们部族的耻辱。"

万历二十三年（1595）八月，舒尔哈齐以建州都督的身份赴京朝贡，结识朝官，挥金如土地联络关系，回来后向努尔哈赤讲述了进京的一切情况，虽然花去千金，但努尔哈赤还是非常满意。

这一年，正值抗倭援朝战争打得难解难分之际，蒙古大军又侵扰辽东，现任辽东总兵官派人到努尔哈赤的建州求援，努尔哈赤亲率大军解围，蓟辽总督上奏皇帝十分赞扬努尔哈赤："努尔哈赤忠顺学好，看边效力。"[1]

因此大明帝国以努尔哈赤"保卫边疆的重大功绩"，晋升他为正二品龙虎将军，正二品的崇高头衔，成为女真人中第一个得到如此崇高职衔的酋长，并享受朝廷每年八百两白银、十五匹绸缎的特殊待遇。

有侍卫来报：启禀贝勒爷，有人献宝。来人献上一把宝刀，这刀有三尺多长、四寸宽，刀的正面镌着七颗星，闪着熠熠光芒；刀的反面刻有"叶赫熊"字样。原来是锐兵宿营在山洞里，巧得此宝刀。

费英东看到宝刀，对努尔哈赤说："这可真的是一把宝刀，据说叶赫部有个

---

[1]《明神宗神录》。

## 第九章 征战海西

名叫'貔狲'的铁匠,擅长打刀剑。曾花十年的工夫,打出两把七星宝刀:'叶赫熊'和'叶赫罴'。'熊'刀为阳,'罴'刀为阴。两把刀都是削石如泥,剁骨如肉,锋利无比,世间少有。"并说起了不为人知的一个故事:"一日,从长白山上下来一只大棕熊,径直来到貔狲家里,把他妻子扛跑了。貔狲听到了响动跑出屋一看,急忙拿了一把七星宝刀赶上去,对准那只棕熊的屁股攮了一刀,只听'扑哧'一声,那刀便扎进熊屁股上了。棕熊疼得大叫一声,把他妻子抛有一丈多高,摔下来跌死了。棕熊又转过身来,大嘴一张,把貔狲也衔在嘴里,屁股上带着那把宝刀,逃上长白山顶,无影无踪了。人们来到铁匠铺里,见剩下的那把七星宝刀,是'熊'刀;'罴'刀被棕熊带走了。听说'叶赫罴'宝刀在叶赫布扬古手里。"努尔哈赤接过宝刀,亮出刀示意侍卫拿出佩刀,努尔哈赤挥刀砍去,侍卫的刀即断,努尔哈赤哈哈大笑:"今得宝刀,感谢上天眷顾。"锐兵献宝刀有功,提升为牛录额真,赏银千两、牛马各十匹。

这一年夏季,建州边部人马与辉发部发生械斗,建州军小有伤亡。时隔十几天后,努尔哈赤发兵突袭辉发部的多壁城,驻守的将领克充格没有防备,仓促抵抗,战死阵前,城池陷落。辉发部贝勒王机奴赶紧调集兵马把守辉发山城,同时向叶赫、乌拉求援,救兵还没有发出,乌拉部自己却出现了意外。努尔哈赤得到了建州间谍密报后,安排扈尔汉领人马守护多壁城,急忙回到费阿拉城。

原来是这样,乌拉贝勒满太带人到苏瓦烟席拦寨修建土壕,贝勒满太与儿子一起意外地死在那里。满太的两个亲信骑快马,到建州报信,天黑了,才跑进费阿拉城里,努尔哈赤立即亲自接见乌拉信使,问:"你家主子怎么死的?"信使答:"听说是主子两人到村子,被安排在一家较富裕的人家,酒后看家里的男人都不在家,就强行睡了两个妇人,半夜,她们的丈夫回来了,将主子两人杀死。"努尔哈赤又问:"这事是谁先看见,谁先说的?"信使说:"是兴尼雅。"兴尼雅说:"是我亲眼看到的。""你家主子故去,现在谁统领兵将?"信使说:"是我家主子的叔叔兴尼雅,请贝勒准许我见布占泰贝勒。"努尔哈赤说:"可以,你先下去吧。"

努尔哈赤立刻传见布占泰。布占泰听到要被传见,心想建州兵马刚回城里,天又这么晚了还传见,心里真是万分害怕,不知道又是什么祸事临头,进了大厅,恐惧地跪在努尔哈赤座前,努尔哈赤问:"最近住的吃的咋样?"布占泰颤抖着回答:"都好,都好。""刚得报,你兄长昨日死了,你想回乌拉祭祀吧。"

布占泰先是一惊，紧跟着又说："不敢。""你去见乌拉信使吧。"侍卫领布占泰下去了。

布占泰见到信使，知道了详细情况，正说着话，侍卫又来传叫。布占泰再次叩见，努尔哈赤对他说："满太死了，应由你继承贝勒的位子。"布占泰惊慌地说："不敢。""明日，送你回去，派兵助你坐上贝勒大位。"布占泰连连磕头说："贝勒您是我再生阿玛。"努尔哈赤又说："我的侄女娥恩哲聪明伶俐，玩嘎拉哈还没有谁能赢她，现在许配给你，过两年满十四岁，你来娶她。""谢贝勒爷赐婚。""下去准备，明个儿起早走。"布占泰千恩万谢地下去了。

第二天早上，努尔哈赤命令图尔坤黄占与博尔昆蕫扬占二人率领四千兵马，护送布占泰回乌拉城。行军两日，到达乌拉城。满太父子二人灵位早已设在大厅里，布占泰拜祭了兄长灵位，夜晚要自己守灵，建州护送将军不同意，说是为了布占泰的安全，命令士兵带布占泰回到建州的军营里。

半夜，军营外出现数十个身穿夜行衣的黑影，向布占泰睡觉营帐移动，移到帐前，一齐冲入，十把钢刀，同时砍到床上，却发现是空床，只有被褥没有人，于是都惊慌撤退，但是帐外已经火把通明，包围了兵马，数十黑衣人拼死出逃，大部分被当场斩杀，捉住两人跑了三个人。在皮鞭下审问他们，终于知道了原来是布占泰叔叔兴尼雅命令护卫前来刺杀。博尔昆蕫扬占对布占泰说："我家主子怀疑，满太也是兴尼雅刺杀的，看来主子看对了。他能杀死你哥，也可能杀你，所以我们方才不许你守灵，必须住军营里。"布占泰向建州方向跪拜说："贝勒爷谢你再次救了我的命。"说完，叩头不止。跑回去的人报告了，兴尼雅知道刺杀失败，就逃跑去了叶赫，布占泰继承了乌拉部贝勒之位。

这一年冬季，布占泰感激努尔哈赤再生的恩情，带了乌拉的侍卫将士三百人，用数百匹马驮着礼物，到费阿拉叩见努尔哈赤，称努尔哈赤为阿玛，又将妹妹沪奈带来，嫁给舒尔哈齐做侧福晋。努尔哈赤杀牛羊百头，设宴席款待布占泰及其随从。

建州与乌拉成为姻亲，两部建立了友好的关系。平静的外部环境，并没有影响建州进取的脚步，为了增加人口兵马，努尔哈赤派费英东率领一千兵马，过境乌拉部，远征乌苏里江流域的瓦尔喀部噶嘉路，收取沿途村寨，获得人畜三千。努尔哈赤选青壮的披甲当兵，得精兵四百，这些士兵体力强健，耐饥寒，忠勇善战，都编入巴牙喇亲兵队伍中。

## 第九章 征战海西

万历二十四年（1596）正月，努尔哈赤在费阿拉城接见了朝鲜南部主簿申忠一。国事和边塞之事都谈好了，努尔哈赤看着申忠一问道："你们朝鲜口口声声称我'贼奴'，啥意思？"申忠一巧妙地回答说："你有盗天下为己有之心，你不是贼又是什么？"众贝勒大臣都哈哈大笑。

当时建州军极具战斗力，在辽阔的大东北传闻着建州的两条龙和五只虎，两条龙就是努尔哈赤、舒尔哈齐，五只虎就是额亦都、何合里、费英东、安费扬古、扈尔汉。舒尔哈齐曾经以都督的身份代替努尔哈赤进京朝贡，所以舒尔哈齐在大明和女真各部落都享有威名。可朝鲜南部主簿申忠一却没有想到这一点，因此被舒尔哈齐传见。舒尔哈齐看到申忠一两手空空，不满意地说："你不知道我们建州有两个都督？以后礼物要送两份。""是，是！"

叶赫贝勒金台石不愿看到建州与乌拉成为联盟，却无力与两部对抗。为了防止遭受建州与乌拉的联合打击，决定也与建州和好。于是联络哈达与辉发，同派使者，出使费阿拉城。努尔哈赤将各路使者迎入厅堂，叶赫使者先行大礼，对努尔哈赤说："述主子话，我等不道，兵败名辱。自今以后，愿复前好，重通婚联姻。金台石愿把女儿礼娜嫁给代善，可择日迎亲。不知道贝勒愿意不？"努尔哈赤听完说："三部要重复前好，我也赞同。"说完，命侍卫准备四十匹带有鞍子的战马和四十副盔甲以及东珠、貂皮、布匹等东西，作为送给叶赫的聘礼。又叫人去杀黑牛白马准备祭祀天地。

努尔哈赤回房中脱去盔甲，换上便服，带着护卫及叶赫等三部使者，来到城东的堂子，里面的案台上，摆好了天地神祇的灵牌，牌位前摆着一碗酒、一碗土块、一碗熟肉、一碗生血、一碗马骨头，作为供品，在前面是两个香炉，里面放了用金达莱花瓣做成的香粉。叶赫的使者打头带着哈达、辉发的使者，上前点燃了一个香炉，后退三步，跪地三叩头，然后起身，走到案台前，对着灵牌说："结盟以后，若弃婚姻，背盟约，"说着，双手托起一碗土块，举过头顶，然后扔在地上，说，"其如此土。"哈达使者随着举起一碗骨头，扔在地上说："如此骨。"辉发使者跟着举起一碗血，扔在地上说："如此血，永坠厥命。"接着，叶赫使者说："若始终不渝，饮此酒，食此肉，福禄永昌。"说完，三个使者，每人喝了一口酒，吃了一块肉，再跪地三叩头，起身退下。努尔哈赤上前，点燃另外一个香炉，退身跪拜，起身对灵牌说："叶赫、哈达、辉发三部，践盟则已，有渝盟者不悔改，我必征他。"祭祀完毕，送各路使者回舍馆休息。

## （2）

万历二十五年（1597）。日本第二次进犯朝鲜，明朝再一次派兵出战。

叶赫贝勒金台石和布扬古得到消息，建州要会同乌拉攻打叶赫。为此叶赫做出一个决定，派使者来到建州，为马市纠纷向努尔哈赤赔礼道歉，表示今后愿意结亲和好。布寨的儿子布扬古继承了叶赫西城贝勒，布扬古为化解纠纷，保叶赫一时安宁，他主动将十五岁的妹妹布喜娅玛拉许配给努尔哈赤，可择日迎亲。努尔哈赤早就听说布喜娅玛拉（小名叫东哥）号称叶赫第一美女，心里真的是非常高兴，为此送了数量不菲的聘礼，这亲事算是订下了。

侍卫长恒纬前来禀报说："贝勒爷定要的红烧肉送到。""嗯。"恒纬一摆手，侍卫将食盒送了上来。侍卫都下去了，努尔哈赤打开食盒机关，取出密报，说是叶赫布喜娅玛拉格格，要密访建州，近日就要起程，我们将密切注视护佑。努尔哈赤急令三伙人马化妆接应。

这样的秘密行动，建州间谍是如何得到的呢？这就要从原委说起。

布喜娅玛拉，小名东哥，称为叶赫第一美女。粉白的面庞上，一对风流眼，眉目传情，鼻挺、齿白、唇红，走起路来，腰肢如柳，香胸颤动，妩媚撩人。男人见了，无不为之心头一动。叶赫国的民众都以见到一面为荣幸，很多贝勒、城主都以能娶到东哥为人生最高追求。东哥不但人长得美丽，而且心地善良，为人和气，有时候也很刁蛮和任性。但她却是很有主见的女真睿智姑娘。

有多少人上门提亲未果，而今布扬古为了叶赫的安宁，将妹妹许给了努尔哈赤，其内心是比较复杂的。

本来她生长在贝勒王府，应该说是幸福的，然而东哥的额娘过早去世，她的阿玛也离开了人间，让她没有了关爱和庇护，让她遇到了没有想到的遭遇。平心而论，她的阿玛死于建州战场，她是恨建州、恨努尔哈赤的。东哥的耳朵里早已灌满了努尔哈赤这个名字。对努尔哈赤众说不一，这让东哥十分迷惑。当他知道哥哥把她许给了努尔哈赤，心里是复杂的，她真想看看努尔哈赤，他到底是英雄还是魔鬼。她暗暗思虑了几天，这样的想法越来越强烈，徘徊不定的心理让她十分不安和烦躁。

一天她带着侍女、护卫来到叶赫的一个茶庄。一是出来散散心，二是东哥喜欢吃这家茶楼的糕点。虽然东哥戴着面纱，但就凭侍女马亚喇的美貌，谁都看得出东哥是何等尊贵的身份。这是一个楼宇开的两家店面，左面是茶楼，右面是酒楼。

## 第九章 征战海西

东哥来到了一个雅间，由护卫检验后的茶点端上来，护卫站立在门前，雅间里面只有东哥和侍女马亚喇，马亚喇比东哥大几岁，与东哥情同姐妹。东哥说出了自己的想法，却让马亚喇大吃一惊，连连摆手说不行。东哥说："哥哥布扬古是为了叶赫的安宁，决定了这个婚事，但我心中有一个疙瘩，就是父亲毕竟死在了建州的战场上，这个仇恨我是不能忘记的。但我还很想看努尔哈赤到底是什么样的人，如果他是英雄我为叶赫就答应这门亲事，如果他是魔鬼我就是死也不能嫁给他，我就去找我的阿玛。"马亚喇看到东哥那悲切的眼神和眼泪，好是心酸，慌忙说："格格，别，别，别这样啊，我都心疼死了。我豁出去了，你说，你说想怎么做，我都听你的。"于是她们商量出一个计划，但这一切被一个人听得清清楚楚。原来这个茶楼和酒坊就是建州的间谍站，东哥在的雅间门前有护卫，自然没有人能听到她们的谈话，但酒坊和茶楼有暗道机关，因此，这个神不知鬼不觉的计划信息已报到了建州。

这一天，东哥和马亚喇做好了充分的准备，又来到了茶楼来品味糕点，一会儿马亚喇推开门对护卫说："格格让你们进去。"东哥对护卫说："你们一直陪护着我，很是辛苦，这些糕点赏给你们。"护卫很高兴地道谢，东哥接着说："对了，我们叶赫的武士怎么可以没有酒呢？"马亚喇笑着说："格格，这是茶楼，哪里有酒呢？"东哥耍起了小姐脾气："我不管，你快去弄酒来。"一会儿马亚喇真的拿来了酒。两个护卫千恩万谢，因为东哥虽然有时候刁蛮，但掩盖不了善良的天性，她对下人一直都是很好，护卫没有什么疑惑，就高兴地吃着糕点喝起酒来，还没等酒喝完，两个护卫就醉倒了。东哥和马亚喇相视一笑，放下一封书信，出了雅间，告诉店主不要打扰房间的人，出了茶楼，门前是马亚喇早就雇好的轿车，所说的轿车其实就是带棚带帘的马车。马车漫不经心地出了叶赫城，马亚喇命令车夫快马加鞭，后面有两人打马超过了马车，后面同时也出现了两人马，不远不近地跟着。东哥和马亚喇她们以为神不知鬼不觉，怎么也没有想到有人护卫。他们护卫了一段时间，看到建州来人接应就打马回去了。

东哥顺利地来到了建州，看到了有很多的小贩在叫卖，看到了市场繁荣，人们边走边说笑着，看出一片祥和的景色。不必细说，东哥顺利地进入王宫，见到了孟古姑姑，施礼后分别坐下。五岁的皇太极跑过来，附在东哥的腿上，孟古告诉东哥："他是八阿哥，叫皇太极。"东哥抱起皇太极很是喜欢，看着孟古说："真漂亮，真好看！"东哥笑呵呵逗着孩子。孟古："早就听说你要来。"东哥疑惑地看着孟古，心里想：他们是怎么知道的？孟古："长大了，长漂亮了，都说你是叶赫第一美女，我看哪，你是女真第一美女。听说布扬古把你许配给努尔哈赤啦，打算什么时间嫁过来啊？"东哥说："搞不懂为啥布扬古和你都希望我嫁给努尔哈赤，他毕竟是杀我阿玛的凶手啊！我恨努尔哈赤，我这次来就是想看看努尔哈赤到底是英雄还是魔鬼。"孟古笑呵呵地看着东哥，东哥又继续说："自从阿玛走后，我就失去了一切幸福，说心里话我恨他。"孟古说："咦！一面是我的阿哥，一面是我的额尔根（老公），我应该向着谁？开战前我就给你阿玛带过信，你阿玛就是不听，他真的不知道努尔哈赤的韬略，也不知道建州士兵的勇猛。平心而论，这件事你不应该恨努尔哈赤，要怪就怪你的阿玛。他无理索要土地、财物，没有达到目的，他就纠结其他部落，九部联军攻打建州，来霸占人家的家园。当时我派人给你阿玛带去一封信，要他罢手，不然会后悔。他还以为我在求他，建州的实力我还会不知道吗？况且你阿玛死在士兵的手里，所以说，你不该怪努尔哈赤。"东哥想了想，觉得姑姑说的有道理，开始有了心理变化。孟古又说："假如你的护卫在外面杀了人，苦主能把恨记在你身上吗？就像有人诽谤努尔哈赤一样，说他的父祖死在李成梁手里，努尔哈赤还求媚于李成梁，自亦无所不至。你看看我们女真这么多有知识、有才华的人，就是看不明白这一点，或者是心里明白歪嘴说瞎话。你说李成梁部下受他人唆使，杀了努尔哈赤的父祖，你能怪到李成梁身上吗？"东哥有些信服了，说："姑姑，你说的也真是这么个理儿，但我听说了努尔哈赤很多传闻，努尔哈赤到底是一个什么样的人？"孟古说："努尔哈赤是我们女真族真正的洪巴图鲁大英雄，他是我们女真族的骄傲。我能嫁给他一天都是我的荣幸，我很满足。他不吝惜钱财，奖罚分明、公正，不徇私情。他不贪图享乐，布局辛苦拓疆土、打天下，他有一个伟大的目标，就是要统一女真族，团结起来，不受外族欺压。"东哥默默地听着，让她这个睿智的女真格格陷入深思。

这时听见有侍卫、侍女们的问候声和脚步声，人还没有进屋声音先到了——"听说有贵客来了，哈哈！"东哥闻听这朗朗的笑声声若洪钟，举凤目抬眼一看：只见来人身高体壮，仪表堂堂。这形象正和她心中理想人相吻合，因此，让东哥局促不安，而脸红心跳。

当海西女真三部与建州盟誓不久，金台石亲自给乌拉的布占泰送去礼物，祝贺新任贝勒之位，布占泰把他兄长满太的铜锤赠给金台石。布占泰又把瓦尔喀部安褚拉库路与内河路的头领介绍给金台石认识，金台石借机引诱这两路人马归附叶赫。

瓦尔喀部的这两路人，在费英东远征时已经归附建州，现在他们又要归附叶赫，

## 第九章 征战海西

努尔哈赤决定再次出征安褚拉库路与内河路。

努尔哈赤派五弟巴雅喇,大将费英东、噶盖,长子褚英四人,率领一千兵马,远征松花江二道河以南的安褚拉库路与内河路。出征前,巴雅喇不理解,就问努尔哈赤:"为啥要去那么远的地方?要穿过乌拉地面的。"努尔哈赤说:"我们现在还需要更多的兵马,到那里去给我收服人口。"巴雅喇说:"收服朝鲜或者蒙古的人口,不是更方便吗?他们离我们这儿近多了啊,不用走远路那么辛苦。"努尔哈赤说:"朝鲜兵几乎不能打仗,阵上遇敌稍强就投降了,没有战事的时候,又总是逃亡回国;蒙古兵虽然能够征战,可以做骑兵,能野外冲杀,攻城拔寨却差多了,只有女真兵悍勇,能争惯战,他们离我们这儿虽远,但是语言、衣冠、城郭和习俗都相同,收取的兵马都可以做巴雅喇亲兵,所以,得朝鲜人十个,不如得蒙古人一个;得蒙古人十个,不如得女真人一个。"巴雅喇点着头,听懂了。

努尔哈赤又说:"我们如果不收服那里的人口,就会被乌拉收去,将来乌拉强大了,就会打我们,现在一城一路地收取远方兵马,就是剪去乌拉的羽翼,丰满自己。你此次出战,当以招抚为主、杀掠为次。"巴雅喇点头说:"明白。"

东哥在王城得到了无微不至的照顾,她的言谈举止是那样高贵,加上美貌应该是彻底征服了努尔哈赤,让他显得异常的高兴。几天的接触使他们也熟悉了很多,依照东哥的要求,他们观看了建州勇士是怎么样练兵的。在回来的路上东哥打马如飞,努尔哈赤劝她慢着点,东哥还是打马快跑,努尔哈赤和他的卫队只能是紧紧随后。突然东哥一个马失前蹄,努尔哈赤快马向前,像抓小鸡似的把她抱到怀里。此时东哥靠着她钟情的男人身上显得有点羞涩和激动,靠在一个这么结实的臂膀她感觉到是那样安全,一股幸福的暖流涌在心头,让她的眼睛有些潮湿。

东哥:"听说你是神箭手,能不能让我见识见识?""好哇!"于是努尔哈赤带她入了树林深处,侍卫远远地护在左右。在射杀猎物时东哥看到努尔哈赤的神勇,心里暗暗佩服,侍卫们搭起了帐篷,架起了篝火,开始烧烤猎物。

黄昏落日中青山淡远,时聚时散的白云也挂上了黑蓝,东哥身后不远的山峰直泻的瀑布,跳动的篝火燃起那红焰,映红了东哥脸膛,就像是一幅画卷,是那样的动人心弦。

两个人一边烧烤一边喝酒,一边聊天。东哥是一个妙龄年纪、情窦初开的少女。激动人心的纯情浪漫和天真可爱,让钟情的两颗心拉近,努尔哈赤仿佛感觉自己年轻了许多，也好像情窦初开的青年。篝火前的东哥，更显魅力妖娆、楚楚动人，努尔哈赤情不自禁地把东哥搂在了怀里亲吻着。美丽的东哥早已被努尔哈赤的气质、胸怀、武艺、相貌所打动，此时更是淋漓尽致地表现出她那痴心、炽烈的少女的爱。一个妙龄少女怎能架住一个富有生活经验的男人的手段，没过多久东哥就身软如泥，最后就是见怪不怪的男女动情、野合，成其好事。

努尔哈赤坐起身来，仍然恋恋不舍地搂抱着东哥，东哥突然转身咬住努尔哈赤的肩头，努尔哈赤心里清楚明白东哥现在的心思，他不动声色，任凭东哥的伶牙侵入皮肤，血从肩头滴滴答答地流下，东哥擦了擦嘴："这一口我得替我阿玛报仇。""只要你能解去心头之气，就是扎我两刀都行。"东哥看了看努尔哈赤，把头轻轻地靠在了他的肩上，努尔哈赤爱惜地把她搂在了怀里。

肌肤之亲后感情升华，让两颗心紧紧地连在了一起，他们又一次端起来酒杯，边喝边谈着。努尔哈赤为东哥的见识和才华深感欣慰，为她独特的见解深深折服。东哥端起酒杯望着努尔哈赤敬酒，心里在庆幸苍天对她不薄。她没有顾忌地一杯一杯的敬酒，喝着喝着东哥可就喝多了，醉倒在努尔哈赤的身旁，努尔哈赤顺势把东哥搂在了怀里。

努尔哈赤已是几位妻子的丈夫，但是他从心里喜爱东哥，这不单单是因为东哥品貌出众，而是今天他体会到从未有过的快意，浑然不知东哥是学过"房中之术"的女人。他搂着东哥抚摸着，不知不觉他又激动起来，又开始给东哥宽衣解带。醉梦中的东哥突然紧紧地抓住自己的衣服大骂："布扬古你这个畜生，我们虽不是一母所生，但我们是一个阿玛，你是我亲哥哥，你不能再干这不是人的事了——"说着她大哭起来。

努尔哈赤一切都明白了，他唤来侍卫取来醒酒汤给东哥服下，渐渐的东哥醒来。

东哥睁开双眼，看见努尔哈赤那英俊的面颊上出现一种忧虑的表情，泛着一丝苦涩，于是问道："额尔根你咋了？""我们女真族实行多种婚姻制度，不像汉人讲什么三从四德，什么贞节牌坊。但像布扬古这样的畜生是被任何人唾弃的。"刚刚苏醒过来的东哥此时明白了。努尔哈赤的一句话深深地刺痛了东哥的心，她突然扑到努尔哈赤的怀里，痛哭流涕，道出了不为人知的秘密，这真是让努尔哈赤恨得青筋暴跳，咬牙切齿。

其实蒙古人和女真人盛行多种婚姻制度，就是彼此没有血缘关系的婚姻，考虑到了经济利益的原因，没有辈分之分，就是说父亲过世，儿子可以娶没有血缘的继母，叔叔可以取没有血缘的侄媳妇，这往往在汉族人眼中是乱伦，这就是民

## 第九章 征战海西

族文化差异。然而比汉族人更加痛恨的，就是有血缘关系的性行为，而东哥就是遭到这种畜生的性侵害，也是女真族所痛恨的。

严格说这种行为是带有仇恨的行为，这个行为的背后是有故事的。

自从叶赫贝勒布斋娶了东哥的额娘，整日迷恋左右，很少去大福晋那里；自从有了东哥，布斋对儿子的关心就差于以前。一次，被冷落的大福晋带着儿子布扬古去给布斋请安，却看到布斋跪在地上给东哥当马骑，这深深地刺痛布扬古的心，也埋下了仇恨的种子。布斋死在了九部联军攻打建州的战场上，让本来就过早失去额娘的东哥彻底失去了关爱。由此布扬古继任西城贝勒。一次节日的宴会后，不知布扬古是仇恨的报复，还是贪恋东哥的美貌，他竟然把同父异母的妹妹强暴了。东哥蒙羞自杀，都被手下的人救了回来，由此布扬古派人日夜守护着。屈辱让东哥几次想了却人生，仇恨又几次让东哥活了下来，无助的东哥只能是以泪洗面，忍辱偷生。本来女真女子十三四岁就到了出嫁的年龄，可东哥到了十五岁才等到了谈婚论嫁的今天。

东哥靠在努尔哈赤的怀里，这个臂膀是那样的安全可靠，在努尔哈赤抚摸下，东哥感到了一个从未有过的安慰。突然努尔哈赤愤愤地骂道："这个畜生，猪狗不如，记住我这句话，我早晚宰了布扬古。"远处传来咕咕的鸟叫，月光抚慰这一对恋人，努尔哈赤怜爱地抚摸着东哥的头，他真的是从心里爱这个小东哥。

他们谈天谈地、谈风谈雨，又说起了努尔哈赤的大志。努尔哈赤说："最近我时常在想，几百年来，我们女真族受外族欺辱，明朝时常对待我们女真部族'捣巢''灭之''斩杀''犁庭扫穴'，我们有哪一个部落没有遭此厄运，就拿你的叶赫我的建州来说，父祖都没逃此劫难。而我们女真部落还是妄自称王，各自为政，互相残杀。"东哥认真地听着。努尔哈赤接着说："我是以报祖父之仇的名义，追杀尼堪外兰，统一的建州，要不是这样，明朝那些官，还有那些言官不会等闲视之的。而明朝对付我们的政策是以夷制夷，给我们女真制造矛盾，限制我们练兵、扩大发展。怕我们强势，给明朝造成威胁。我不贪图自身享乐，我一生的志向，有一个梦想，那就是统一女真民族，要统一就要靠武力靠杀伐，要杀伐就得有理由，要名正言顺。我们每个部落的利益是小义，而统一女真则是民族大义。我现在的目标就是扈伦四部，就是出师无名啊！无端发兵攻打朝廷就要干预。"努尔哈赤太累了，说着说着他就睡了，东哥看着熟睡的努尔哈赤，看着看着就让她陷入了深思。

聪慧的东哥的确被努尔哈赤的人格魅力所征服，为他的大义大志和豪言壮语所感动，同时她也看得出努尔哈赤大智大勇的头领人物。一夜情话，几次恩爱，让东哥获得了极大的满足，此时东哥的感慨是，能做努尔哈赤的一夜福晋就是死她都愿意。

看到了努尔哈赤的大志，她看到了建州军的实力，灭掉叶赫只是时间上的事。她虽然恨他的哥哥布扬古，但她爱祖宗留下的这份基业，爱自己的部落，爱那里的人民，她还要尽力保住叶赫。同时她还要为自己额尔根的大业，为统一民族大义而献身，为他出兵制造借口。最后，她做出了一个艰难的决定，心甘情愿为努尔哈赤充当间谍。经过商讨他们拟订了一个完整的方案，努尔哈赤许下承诺。

努尔哈赤放飞心有所属奇女子东哥，不免心里感到阵阵的酸痛。

## （3）

初春的天气还很寒冷，巴雅喇率领兵马朝着东北方向星夜兼程，行进十五天，才到达安褚拉库路的地界，建州兵马一天横扫十个屯寨，收服人口三千多。褚英十九岁，初次上阵，冲杀勇猛，单人独骑，活捉了一个大部的路长郎柱。这个路长手下有四百多人马也全部抓住了，郎柱被绑在大帐中，却一点也不服气，破口大骂，褚英愤怒，拔剑要斩了他，刚好巴雅喇进门，拦住了褚英。巴雅喇对郎柱说："没本事战败了，要么死要么投降，你叫骂啥？咋的不服？"郎柱大喊："不服，你们等着，我儿子会来杀光你们。"巴雅喇问："你儿子厉害？"郎柱说道："当然。"巴雅喇问："有多大能耐？"绑在郎柱旁边人说："我家少主子扬古利是安褚拉库路的第一巴图鲁，你们别想打过他。"巴雅喇听了，转身拉着褚英退出了大帐。

到了大帐外面，褚英对巴雅喇说："不斩了这个老家伙，他们不会服。"巴雅喇说："杀他一人不足以服众，若要他们心里服从，只有一个办法。"褚英问："啥办法。"巴雅喇说："活捉扬古利，可是他既然称为第一巴图鲁，必然不会是一般的手把，恐怕胜他极难。"褚英说："不用多想，明天阵上见。"正说着，哨兵来报，有一队二三百人的兵马前来攻营，费英东、噶盖等将领也找过来，说："今日天晚了，我们守营不出，明日再战。"巴雅喇也说："来的可能是扬古利，来救他的阿玛，我们要多加小心。"褚英听说是扬古利，不容分说，抬脚就走，边走边说："我今晚就要会会他。"大家见了，追着劝他不要连夜出战，褚英一概不听，巴雅喇只好点兵绕行截住敌兵退路。

扬古利来攻打的兵马，已经到了营门前一箭之地，这时，营门大开，建州兵

## 第九章　征战海西

马冲杀出来，褚英一马当先，冲到阵前，大声问："来的可是扬古利？"来将一愣，说道："正是。"褚英再不说话，率队即向前冲杀，与扬古利刀枪相接，战到一处，两军同进兵，激战对攻之时，扬古利人马的后方，喊杀声大起，巴雅喇率领人马从后面包抄了上来，两面夹击，没过多久，扬古利的兵马纷纷被捉被杀，最后，只剩扬古利单骑独战褚英，四面围着建州的兵马，举出火把，照亮着战场。扬古利虽然是一员猛将，可惜遇到了强中手，二人大战上百个回合，终是被褚英打落马下，绑入大帐中。

扬古利被推到巴雅喇座前，一言不发，站立不动。巴雅喇对他说："战败被俘，要斩首祭旗，你有话要说没？"扬古利昂着头不吱声。巴雅喇接着说："我看你也是一身好本领，如果归附就可以免死。"扬古利毫不思索地说："不。"巴雅喇说："你不想救你的阿玛了？"扬古利说："技不如人，不用多说，我没有办法了。"巴雅喇说："如果你归附，不但不斩你了，而且你阿玛也能免死。"扬古利转过头来问："你说话算数？"巴雅喇说："算。"扬古利也是爽快人，马上说："我归附你们。"

郎柱早听说儿子被生擒活捉，彻底没了希望，只等一死。费英东来劝他归附建州，可保他儿子的性命，他也同意了。郎柱父子归顺，巴雅喇收编了他们的人马三百多人。最猛的巴图鲁勇士都不是建州的对手，其他屯寨纷纷不战而降，巴雅喇率兵马不太费力就攻下了安褚拉库主城，之后扫尽所属二十余城寨，俘获人畜一万，带回建州。所有的城寨全部放火烧尽，以绝他们要回家的念想。

回到费阿拉，努尔哈赤为出征四人摆酒庆功，赏赐丰厚，又给五弟和长子上赐号：赐巴雅喇为卓礼克图，赐褚英为洪巴图鲁。归附的人也都有赏赐，在俘获人口中抽兵八百人，提拔扬古利为甲喇额真，统领这些人马。

建州兵马的勇猛强悍和努尔哈赤对归附人口的赏赐，震动松花江两岸。

万历二十六年（1598）四月，在抗日援朝的第七个年头，土蛮首领炒花避开长城进犯辽东。由于李成梁长途奔袭的战法声名远扬，所以进犯辽东的土蛮非常谨慎，防范明军的偷袭。这一次李如松亲率两千轻骑出塞，长途奔袭土蛮首领炒花的大帐，力图用"斩首行动"对土蛮进行打击。然而情报出现了严重的问题，被反间利用，不幸的事情发生了。当明军经过一夜的长途跋涉到达目的地时，遭到数万土蛮骑兵包围，李如松和他的两千轻骑如同滴在溪流中的一滴墨汁，消失在抚顺浑河一带的山林原野之间。

李如松阵亡的消息传到北京，万历皇帝悲痛万分，在京西为李如松立衣冠冢。并追赠少保、宁远伯，谥忠烈。

这一年，努尔哈赤的长子褚英带兵征安褚拉库路获人畜万余，被努尔哈赤奖励爵位称呼为贝勒，并赐号洪巴图鲁。

上天仿佛特别眷顾努尔哈赤，自李成梁之后，又一次给了他千载难逢的良机，使他可以从容地巩固建州女真的势力。日本入侵朝鲜，大明帝国全神贯注地抗日援朝，辽东地区军事重心完全转向抗日援朝方面，主力部队入朝作战，辽东地区防务空虚，没有人关心辽东女真和努尔哈赤在忙些什么。努尔哈赤一面结交辽东官员，向大明帝国表示恭顺，一面迎接其他女真部族发起的挑战和对其他部落发起挑战。就在这连续抗日援朝的七年时间里，大明帝国因无力而放松了对东北部女真贵族的控制，一个女真建州部落就此崛起。努尔哈赤在第四次赴京朝贡回来后，宴请群臣说："大明朝廷腐败透顶，群臣勾心斗角，昏暗不堪，局势糜烂，七年抗倭援朝军力大减。而有机会让我们发展壮大，真是天助我也。"众贝勒大臣哈哈大笑。

在万历二十六年（1598），建州与哈达大战之后，因为日本的丰臣秀吉已经死去，日军撤退，朝鲜战争结束，明朝在朝鲜的兵马也陆续返回辽东。这时，明朝又有了精力干预女真事务，明王朝派出钦差大臣来到费阿拉城，责问努尔哈赤为什么攻伐哈达，为什么杀了哈达贝勒。努尔哈赤的回答真是理由充分："哈达贝勒孟格布禄先是要娶我已聘之女，让我蒙羞，后又与叶赫设计加害于我，故此雪恨。"钦差大臣要求归还孟格布禄的儿子吴尔古代回哈达，复立哈达部。努尔哈赤答应了明朝的要求，把三个人质中的吴尔古代，以及一千二百户部民送返哈达城，并把三女儿莽古济格格嫁给吴尔古代，给敕书三百道。一千二百户部民，每户有兵两三人，哈达城有兵马近三千人，逃亡的部民也不断地回归本部，哈达部逐渐恢复元气。

同年夏季，努尔哈赤派兵收服内河路部落、安褚拉库路部落；第二年，又派兵收服窝集、虎尔哈等部，大有吞并东海各部之势。在短暂时间内，努尔哈赤几乎把朝鲜会宁以西的各部女真都收归了建州，兵力大为增强。对此，乌拉布占泰心急如焚，生怕东海各部都被建州夺去。

乌拉贝勒布占泰被俘在建州的三年里，却也学到了一些努尔哈赤的精髓。今娶了娥恩哲格格，他借建州的强势，整治人马严肃军纪，提拔能人富国强兵，结

## 第九章 征战海西

交四邻,暗中发展。为了密切与建州的关系,将他十二岁的侄女满太的女儿阿巴亥,送到费阿拉做努尔哈赤的侧福晋,同时又往叶赫、蒙古科尔沁派遣使者,前去求婚,以此与两部结交。叶赫部含糊其词,没有说明答不答应。科尔沁贝勒明安同意把女儿嫁给他,布占泰立即送去盔甲、貂皮衣裙、猞猁狲大氅、金锭白银、人参、东珠等东西做聘礼,贝勒明安收到聘礼后,悔婚不送女儿出嫁,布占泰知道后暴怒不止,却不敢出兵征讨,咽下恶气,认了吃亏。接着又担心因向叶赫、蒙古求婚,惹努尔哈赤不满,赶紧再派人出使建州,二次向建州求婚。

使者到费阿拉城,对努尔哈赤说:"我家主子禀告阿玛贝勒:我昔日阵中被擒,赐以不死,立为乌拉贝勒,许嫁给我格格,待我恩情甚深。我辜负阿玛的恩惠,偷着求聘叶赫贝勒及蒙古贝勒的女儿,没敢告诉阿玛。今叶赫不应,蒙古接受了聘礼,却悔婚不嫁,让我遭到羞辱。既然我已承蒙阿玛的恩惠,就请免去我的罪过,再许给我一个格格,每年我都会带两个格格去朝拜阿玛。"

努尔哈赤早知道布占泰结交叶赫与蒙古,抢掠东海部落和朝鲜,日后必有一天会与建州刀兵相对。乌拉部的疆域人口兵马,比建州小不了多少,而且此时的建州四邻还都很不安宁。努尔哈赤想:不能因为小事就与乌拉不合,布占泰的要求还得答应。于是,他告诉乌拉的使者:"娥恩哲的妹妹姑施泰格格,就是布占泰的小姨子,已十三岁,也到了出嫁的年龄,今儿许嫁给布占泰,让他来下聘礼,定出嫁的日子。"

使者回报,布占泰得知努尔哈赤没有不满意他,心里有了底,命人准备聘礼,立即迎娶姑施泰格格,自己筹备兵马战车,要亲自率兵攻掠野人女真三部中的渥集部,把对蒙古的愤怒撒在松花江以北的屯寨上。

万历二十七年(1599)年初,渥集部虎尔哈路长王格、张格率领百人来归附努尔哈赤,贡奉渥集特产:黑白色貂皮各一张,黑貂皮色如油墨,亮如明镜;白貂皮像是一朵白云托在手中,闪动金光,都为世间罕见宝物。黑、白、红三色狐狸皮各一张,也都是难得少见的东西。另外有草色貂皮八十张,草色狐狸皮二百张,鱼肉干五十串,鸟肉干五十串,麋鹿肉干二十串,猴头蜂蜜等山货四十箱。从此,渥集虎尔哈路年年上贡称臣,听从调遣。

建州侍卫护送东哥和侍女马亚喇回到了叶赫。叶赫贝勒布扬古派出去的几路人马正在四处寻找东哥。他正在焦急地等待消息,忽闻东哥回府,立刻来见东哥,问:"你为什么去建州?为啥不告诉我一声?"东哥回答:"我要看看我无情的大阿哥，我们叶赫部族贝勒爷，把我许配的是什么样的恶魔，要看看杀害我阿玛仇人的嘴脸。告诉你，你送走的会是我的尸首，建州娶的只能是一副死尸。我要我的部族父老看看，我要让天上的阿玛看看，他还有一个血性的女儿。"布扬古被妹妹东哥损得无地自容，此时的他一种复杂的心理：羞臊、惭愧、内疚。随着他懊悔的眼泪流出的同时，眼睛里渐渐冒出仇恨的目光。他突然跪在妹妹的面前，对天发誓要强盛部落，为阿玛报仇。

东哥和侍女来到了马亚喇的家，马亚喇的额娘乌拉吉特氏给东哥格格施礼，被东哥扶起，并向她求办一件事。原来马亚喇的额娘生长在乌拉部，父辈行医，后嫁到了铁岭，丈夫亚盖豪根是中医世家，他们靠中药行医过着锦足衣食的生活。马亚喇从小就喜欢舞枪弄棒，无论父母怎么开导就是不悟中医之道。铁岭和叶赫近在咫尺，机缘巧合，在山上打猎马亚喇和东哥相识并结为姐妹，因此马亚喇的额娘教会了东哥房中之术。

当马亚喇的额娘听到东哥的所求，她很是为难地说："我可以看病求子，但不能开药断后。"无奈的东哥只能把家丑外漏，"作孽呀！"东哥的绝育行为惊世骇俗，她以自己的生命和身体为代价，成就努尔哈赤的民族统一大业，真是惊天地泣鬼神，可歌可泣。

建州派使者到了叶赫。按照努尔哈赤的安排，使者见礼后夺口先言："我家主子为叶赫贝勒爷的诚意所打动，叶赫能把十五岁的第一美女嫁给建州，我家主子已对天地神灵发誓，要约束部属十五年不犯叶赫。"

建州派使者商定迎娶时间，布扬古悔婚，推托说东哥身体不适，病卧床榻，不能确定迎娶时间。这时东哥走进大厅，对布扬古说："你不必和他们推诿多说了。"转身对建州使者说："努尔哈赤为报父祖之仇，愤然起兵。努尔哈赤是我杀父仇人，我怎么能嫁给他呢？回去告诉努尔哈赤，他要是强娶，娶的就是一具死尸。我要嫁，就嫁给一位英雄，只要他能杀了努尔哈赤。"建州使者毕竟在人家的地面，因此也不敢多言，于是回建州复命。东哥这样的慷慨无畏的言辞，很快就在海西四部传开，人们在传颂这位美女，对她更是敬佩有加。

在叶赫贝勒府，东哥在与布扬古说话，东哥说："努尔哈赤现在是开疆拓土，统一了建州五部和长白山三部。我们为什么不能去征服其他部族呢？"布扬古本来就是一个公子哥，坐拥祖上留下的财富，每天只知道享乐，哪里有拓展的思维，哪里有发展的目标？布扬古看到东哥的睿智，央求东哥参与部族事务，东哥爽快地答应了。

## 第九章 征战海西

在东哥的授意下，布扬古、金台石请来了哈达部孟格布禄贝勒，酒席间因为有东哥的作陪，孟格布禄显得格外兴奋，很久以前他仰慕东哥的绝代风华，今天见到羞花闭月、沉鱼落雁的女真第一美女，骨头都酥了，有美女相伴，孟格布禄真是心花怒放。布扬古要把东哥许给他，他立刻命人回去准备聘礼。

他们共同商议一票大的行动，很快就达成共识，分别进行了一系列的军事准备，叶赫两部与哈达孟格布禄部一起攻打哈达歹商部。

就在建州军用兵松花江畔的时候，他们联合军悄悄出兵哈达部歹商，不声不响地吞并了哈达歹商部，杀死歹商。不但俘获了近万人口，还获得了大量物资、财宝，还夺取歹商的敕书一百三十七道，战后哈达孟格布禄没有获得任何财产，只是得到几个战火后的焦土空城。为此哈达孟格布禄在叶赫使者面前大骂布扬古背信弃义。布扬古听后大怒，找金台石商议后，要立即发兵出击哈达贝勒孟格布禄的领地。东哥在一旁不屑一顾，说："就是莽夫，不懂计谋。"两个人同时看着东哥，东哥说出建议，两个人同时哈哈大笑，金台石大加赞赏，布扬古扬扬得意。于是就按照计谋开始行动。

"不经意间"东哥见到了辉发使者，使者早就听说东哥的美貌和胆略，今日得见惊得是目瞪口呆。当东哥聊起了辉发的贝勒爷及辉发的军队，辉发使者巧舌如簧，大加赞赏他们的贝勒爷如此英雄了得，军队更是无比英勇。忽闻东哥长吁感叹一声："哎，我只想嫁给一个英雄，只要他能杀了努尔哈赤，没承想大阿哥把我许配给哈达，哈达贝勒不过就是一个公子哥，他能够帮我报杀父之仇？"辉发使者早就听说东哥曾经放出的狠话，心想："你东哥不是要嫁给一个英雄吗，我家贝勒爷就是英雄，心想要是能成其好事，我会得到多少好处哇！"于是甜言蜜语地，赞美东哥的气度，言过其实地夸大辉发的实力和富有。东哥封赏了来使，来使欢天喜地地回去了，没过多久就派人捎来了消息，邀请东哥密访辉发。

自从东哥走后这段日子，努尔哈赤就像丢了魂似的，整日里是茶不思饭不想，也无心料理政务，朝思暮想难以入眠，基本就像是一个失恋的大男孩。这天努尔哈赤倒在床上思念着东哥，回味着和东哥接触的时时刻刻，想着想着，不禁心头袭来一阵阵酸苦，忍不住眼泪流了下来。努尔哈赤一下子坐了起来，"我一个大男人怎么能为一个女人流泪呢？"他想把持自己，但眼泪还是止不住流淌着。这是努尔哈赤一生第一次为情流泪，他的心还是第一次感觉酸痛，他甚至要呐喊，甚至希望马上见到东哥，以解相思之苦。他捶胸长叹，他后悔了，后悔不该让她为自己的大业去担风险；他后悔不该他去做那艰难困苦的事；他后悔了，后悔不该不尽快把东哥始娶进门。

第二天早晨，努尔哈赤带着侍卫长恒伟和几个贴身侍卫来到了恒伟家里，他们乔装打扮走出了建州，向叶赫打马奔驰。

叶赫城酒店老板亚格布是建州间谍的头目，当他看到罕王时，惊得他是七魂出窍，心一下子提到嗓子眼儿。他惊慌但又不露声色地把罕王让进了雅间，向罕王跪拜请安，努尔哈赤命他巧妙地将四名武功高强的侍女安排到东哥身旁。"喳"。亚格布让人安排酒菜，吩咐以维护后厨为借口不再迎客，又通知满洲间谍的其他人员护卫酒店左右。

东哥正在闺房里，只见下人禀报说："叶赫城茶楼来人带话说格格订的糕点做好了。"东哥带着侍女马亚喇来到了茶楼落座，店家小声告诉东哥有人要见她，于是她自身跟随店家来到了楼上，店家打开了一个暗门，东哥到了酒楼的楼上，努尔哈赤虽然乔装，但东哥还是一眼认出了他，这真的让东哥非常意外，也非常激动。她一下子就扑到了努尔哈赤的怀里，两双眼睛都含着幸福的泪花，努尔哈赤紧紧地拥抱着东哥，生怕她一下子飞走了。

酒桌上努尔哈赤和东哥对饮着，他们在诉说衷肠。在一楼大厅，亚格布陪着侍卫长恒伟等侍卫饮酒，亚格布几句话就探得这次是罕王秘密行动，建州所有人不知。他立刻借口方便，回到房间速写密信飞鸽传书。

此时建州群臣贝勒们如同热锅上的蚂蚁，多日不见罕王，没有谁知道这是怎么回事，于是派出多路人马找寻。当建州收到密信后，果断地派出五千大军，后有两万大军奔向叶赫，途中迎接到了罕王，大家才放下了一颗颗忐忑的心。

这一天，辉发贝勒王机奴见到如同仙女一样的东哥，大吃一惊。他从来没有见过这样美貌的女子，他骨头都要酥了，于是他盛宴款待。酒席间东哥赞赏王机奴的英雄气概，感叹命不由人，埋怨布扬古把她许配给了一个公子哥。不知道是王机奴喝多了，还是被东哥的美貌弄迷糊了，他竟然大言不惭地向东哥表白，如果叶赫能把东哥许给辉发，我王机奴要把努尔哈赤的人头奉献给叶赫。紧接着就是投怀送抱了，王机奴贝勒还想过分，东哥却闪身告辞了。第三天，送走了东哥，王机奴大骂自己白活，自己福晋们的优点加一起，都不足东哥一二，如果能娶到东哥，就是不要这个贝勒他都愿意，此时辉发贝勒王机奴最大的愿望能娶到东哥，他把能娶到东哥视为他人生最大的幸事。

## 第九章 征战海西

王机奴两次派使者前去叶赫说媒,叶赫都以"已经许配给哈达""不能人言而无信"等作为借口推脱。一次使者正要出府门见到了东哥,东哥叹口气说:"要是哈达悔婚就好了。"

辉发使者回禀了事情的经过,贝勒王机奴听后大骂,什么言而有信,不是先许给过努尔哈赤吗?悔婚又许给哈达孟格布禄,怎么就不能悔婚许给我王机奴呢?

猴急了的王机奴,按照谋士的建议,派人去哈达,承诺如果哈达退婚,辉发愿以一城相送,另加二百匹马五百头牛相送。哈达贝勒孟格布禄的两次回绝,惹怒了辉发贝勒王机奴,于是战事开始了。

开始虽然互有伤亡,还算是势均力敌。到后来王机奴玩了命了,倾全国之兵攻打哈达,几天的时间攻陷哈达两城六寨。哈达孟格布禄向叶赫求援,叶赫以与辉发有会盟为由拒绝出兵。哈达只能向辉发求和,如果辉发退回城寨,返还人口,哈达答应辉发的要求退婚。辉发王机奴达到了目的,大军回师,等待哈达悔婚。其实这是孟格布禄的缓兵之计,他哪里肯放弃东哥这动人的美女呢?就派人去了叶赫,请求叶赫出兵支援,不然无力,只能悔婚。叶赫就此装出大怒斩了来使,以哈达悔婚羞辱叶赫为由攻打哈达。哈达旧伤未愈,叶赫兵马又给他增添新伤,哈达部连战连败,不敌叶赫,于是,孟格布禄出于无奈把自己的三个儿子送到建州做人质,求援努尔哈赤出兵相助。

(4)

哈达贝勒孟格布禄挡不住叶赫的侵袭,派出使者把自己的三个儿子送到了建州,作为人质,请求努尔哈赤出兵助战。努尔哈赤与大家合计,问:"这个事咋办?"代善先说:"留下人质,但是不出兵,让他们相互斗去吧。"安费扬古也说:"孟格布禄不是好东西,总跟着叶赫后边跑,这回挨打,活该。"费英东不同意他二人的看法,对努尔哈赤说:"哈达远不是叶赫的对手,如果任他们自己斗,叶赫就是占大便宜了。我建议出兵驻扎哈达,然后看情况再决定帮不帮哈达打叶赫。"额亦都、何和里等人都赞同这个主意,于是决定派出兵马驻扎哈达,先出兵两千人,由费英东统领。

噶盖的额娘是哈达人,噶盖在哈达长大,熟悉山川河流,现在与额尔德尼一起研制文字,让他放下手里的事,随费英东一起前往哈达。建州两千兵马刚刚出城,探马送来情报,叶赫贝勒金台石亲率大军,又攻破哈达两座山城,斩杀一千多兵马,哈达所有人马已经退守哈达城。努尔哈赤令费英东、噶盖快速进兵,防止哈达城被攻破。费英东率领人马疾驰，不到一天就到了哈达城下，扎营在城池以东二里远的山脚下。

叶赫贝勒金台石、布扬古得知孟格布禄送人质到建州，求来援兵，就停止了进攻，兵马撤回叶赫东城。孟格布禄高兴，犒赏建州兵马，给领兵的将官费英东和噶盖送去十坛老酒，因为噶盖算是半个哈达人，以前曾是孟格布禄的莫逆朋友。

回到叶赫后，金台石、布扬古感觉到眼前的情况很不好，找来东哥一同商议。由于我们出战哈达，迫使哈达与建州联合了，反而对叶赫不利，于是，东哥又想出了好办法，他们要拆开哈达与建州的联盟。

金台石亲自挑选出五十匹良马，带上十锭黄金、百两银子以及貂皮、人参、鹿茸等东西，去开原城的通事家送礼。开原通事拿了东西，跟金台石客气得像一百年的老朋友，金台石就着高兴劲说："现在建州势强，已经危害四部的安宁，将来也会危害到开原和铁岭。"开原通事满脸笑容，眼睛正对着金子银子放光，嘴里跟着说："是，是。"金台石接着说："下官与哈达贝勒孟格布禄有点小误会，现在想跟他和好，共同抵抗建州，求大人帮忙说和。"开原通事顺嘴说："行，行。"金台石又说："下官已经写好书信，请大人带给哈达贝勒孟格布禄，让他按计行动。"开原通事这才抬起头，说道："听说你们叶赫的姑娘都很俊，其他部的贝勒都想娶，能不能送来几个瞧瞧？"金台石忙说："有有，下官府里刚好有两个新选上来的侍女，明儿个晚上都给大人送来，不知够不？"开原通事要把俩眼睛笑成一个了，拿过来金台石的书信，当扇子摇着，说："好，好好。"事情办妥，金台石恭恭敬敬地退了出来。

金台石的随从问："主子的事成了没？"金台石高兴地说："通事大人是个好人，办事要东西就直接说，一点也不绕弯，遇到这么好的大人不容易啊！"

不多日，开原通事亲自到哈达找孟格布禄，高举"回避"大牌的仪仗队，夹着四人抬的小轿子，进了哈达城，轿子落地，轿帘打开，孟格布禄在路当中行礼，开原通事扶着随从下了轿子，随手把金台石的书信塞给了孟格布禄，便细打听哈达有什么好吃的好玩的地方。孟格布禄准备了飞禽走兽、山珍野味，安排了两个姑娘陪着大人喝酒用餐去，开原通事喝高了玩累了，带了哈达的礼品，打轿回去了，他什么也没有跟孟格布禄说。

哈达部贝勒孟格布禄打开纸包一看两封书信，一封是东哥的，她大骂孟格布禄不是男人，本想你与叶赫联合杀死努尔哈赤，你却背婚弃义云云。还有就是叶赫贝勒的信，里面说：叶赫、哈达原本是和睦的邻居，现在是有些误会和气愤，

## 第九章 征战海西

叶赫希望和解。哈达如果能赎回在建州的人质，设计抓获努尔哈赤和建州的两个将官，歼灭他们的两千兵马，叶赫愿意归还哈达的城寨、人口、牛羊，择日迎娶东哥格格，两部和亲重归旧好，歃血为盟。孟格布禄看完书信真是欣喜若狂，叶赫和我联婚、联盟，我就有了靠山了嘛，不怕辉发来袭击我啦！所以他立刻就同意了叶赫的要求，当即派出使者与金台石联络，秘密约定同去开原商议此事，他们要设计剿杀努尔哈赤。这时的孟格布禄真是让东哥闹昏了头，只记得辉发打他，却忘记建州怎就不能打他。

东哥又一次地来到了茶楼，品味糕点的美味。茶楼是建州间谍机构，东哥口述了叶赫与哈达的密谋。

情报很快就传递到了建州费阿拉，努尔哈赤听后勃然大怒，立刻在大衙门召开了军事会议。努尔哈赤说明情报内容，要大家商议对付的办法，将领们都特别愤怒，叶赫背叛盟约，已经是建州的耻辱，哈达又要迎娶建州已经下了聘礼的女人，这样侮辱，就是平民也不能接受，何况是我们的贝勒爷。哈达背信弃义还要暗算贝勒爷，暗算去援助他们的兵马，绝不能容忍，一定要哈达尝到苦头，等贝勒爷定吧。情况真是像大家分析的那样，当努尔哈赤再次回到议事厅，发誓要灭掉哈达，并决定将计就计，出兵突袭哈达城，以雪夺妻背约之恨。

万历二十七年（1599）初秋，努尔哈赤亲率两万大军，出兵铁岭清河水库以南的哈达城。舒尔哈齐愿做先锋，努尔哈赤命他与二弟穆尔哈齐，共率领轻骑一千前军先行，大军跟随其后，北进直奔哈达城。同时，又命令二弟穆尔哈齐率领两千人马，护送侄女娥恩哲格格前往乌拉，与布占泰成婚，完成三年前的婚约，并且要与布占泰杀马盟誓，确保两部姻亲之好，防止乌拉与叶赫哈达联合。穆尔哈齐的人马在舒尔哈齐的轻骑部队之前出城东行，舒尔哈齐率兵马随后出城北走。

舒尔哈齐一千兵马轻骑快进，走了大半天，先到哈达城下。哈达兵看到建州军战旗迎风飘摆，将士都是英姿勃勃。搭话问道："这是去哪里呀？"舒尔哈齐说话了："路经此地，进城休息吃饭，请开城门让我们进去。""舒尔哈齐贝勒爷，请你稍候，我们去禀告我家贝勒爷。"孟格布禄接报立刻登上城墙，"是三贝勒啊，这是到哪里去？""是去攻打叶赫途经此地，你破费点，弄点吃喝。"孟格布禄自己心虚，是不是走漏了消息，所以他不敢开城门，于是就说："三贝勒，你在城下休息，我让人给你做饭。""他妈的，废什么话，你再不开城门，我就要攻城了。"这时孟格布禄验证了，这肯定是走漏了消息，不免心里十分紧张。他在城墙上，望见来攻打的兵马并不太多，命令手下人大开城门，调遣三千兵马，出城迎战。三千大军，盔甲鲜明旌旗如云，有条不紊，列阵出城前进。舒尔哈齐见敌兵人众势盛，自己兵少，不敢冲锋，命令士兵下马集合，持盾牌拦路，盾牌后面布置弓箭手和长矛手相错站立，以阻止哈达兵马的攻击。哈达也将人马摆开方阵，徐徐慢进，与建州兵马对峙，不敢放马快攻。两军正相持不下的时候，努尔哈赤的大队人马已经遥遥可见了，城上的孟格布禄遥望大军，急忙调回城外的人马，等努尔哈赤兵临城下时，三千兵已经全部进城，关紧了城门。舒尔哈齐到努尔哈赤马前汇报了刚才的经过，努尔哈赤得知刚才的阵势，当着所有将士的面，对舒尔哈齐大动肝火，怒声说："你这次来，难道是因为城中没防备吗？你来是看花的？"身边的扈尔汉劝努尔哈赤不要动怒，努尔哈赤依然怒气冲冲地说道："如果刚才攻击，混战，大军到，定可围杀敌军，敌军必溃逃，我军乘势，或许可得城门，现在战机全失，舒尔哈齐，你不用上阵了。"说完，转身命令褚英与扬古利率领一队兵马，从左路绕过舒尔哈齐的兵马，攻击哈达城的西城墙；命令额亦都与巴雅喇率兵，出右路攻打东城墙。

建州兵马绕城墙进兵，城上发射弓箭，投巨石，城下兵马伤亡很多。努尔哈赤再调兵马，围住城池，四面架云梯、堆沙袋，日夜轮番攻打，驻扎城外的费英东率兵助战额亦都，激战六昼夜，终于攻破哈达城。褚英率人最先登上城头，杀散守兵，冲入城内，甲喇额真扬古利生擒哈达贝勒孟格布禄，就立刻命人把消息报到城外的大营，努尔哈赤命令不要杀死孟格布禄。贝勒遭擒，顷刻间全城失陷，哈达部就此灭亡了。

努尔哈赤召哈达俘虏来见，孟格布禄衣衫破烂，头顶滴血，匍匐跪行，请求免死。"孟格布禄你有难，我派人助你，你又为何联合叶赫谋害我？""都是我不是人，我背信弃义，我鬼迷心窍，请贝勒爷原谅我一时糊涂，请贝勒爷饶命啊！"

努尔哈赤把自己的貂皮帽子给他戴上，脱下自己身上的貂皮大衣给他披上，免了他的死罪，带回费阿拉城收养。哈达城的财物不掠夺，家中妻子儿女团聚如故，编入建州户籍，其中有希福和他的弟弟硕色、侄子索尼等一大家子人。

这次战役收编哈达城中的人马八千，获得哈达的敕书三百六十三道。城内居家安定，硝烟灭尽，城池内外街路扫干净了，叶赫的一队兵马才不紧不慢地来救援，远远望见城头上建州的旗帜飘扬，哨兵静立不动，拨马头，脚不停步又撤了回去。

在建州本部统一之后，又吞并长白山三部，此次大战，吞并了第一个海西部落，就是离建州最近的哈达部，紧接着一气收复哈达所有辖地。这一年，努尔哈

## 第九章 征战海西

赤四十一岁。

就在哈达城激战之时，穆尔哈齐率领的送亲队伍到了乌拉的境内。乌拉贝勒布占泰闻报，亲自带着手下主帅偏将率领三千骑兵，出迎二百里，扎下大营等候，穆尔哈齐到达营地，布占泰犒赏建州兵士，休息一日，共同返回乌拉城。

入城后，布占泰与娥恩哲格格举行合婚大礼，整府挂彩，满城欢庆。布占泰杀牛羊八百头，摆千桌酒席，宴请两部军民，歌舞宴饮数日。婚礼完成，布占泰又杀黑牛白马祭祀天地，与穆尔哈齐焚香盟誓说："乌拉的土就是阿玛的土，乌拉的水就是阿玛的水，布占泰愿意依靠阿玛而活。"礼仪盟誓完毕，穆尔哈齐领兵马返回费阿拉城，这时努尔哈赤从哈达已经先回城好几天了。

孟格布禄被软禁在费阿拉城里，可以自由走动，但不能出内城。以前在哈达城的时候，他已经与噶盖是朋友，现在两人经常在一起喝酒闲聊，时间长了，孟格布禄唆使噶盖同他一起逃跑回哈达，答应将来由噶盖统领哈达全部兵马，哈达城里还埋藏着数万两白银，还有黄金，也分一半给他。噶盖经不住高官和金钱的诱惑，同意了。岳寒以酒楼为掩护建立的间谍站，已经布满整个女真族地区，就连军队中也多有眼线。

噶盖找了几个心腹计划出逃，其实他们的行动一直在建州间谍严密监视下，他们计划出逃的事失败，参与的人都被捉住。此时的努尔哈赤看到哈达的人口兵马已经驯服了，留着孟格布禄没啥用，于是将他和噶盖一起斩首了。

东哥正在闺房梳洗打扮，窗前飞来了一个信鸽，东哥在信鸽的腿上拿下了一张字条，抓了一把泡了大烟的谷子撒在地上，鸽子立刻飞去吃食。东哥拿出"四十四章经，对应季节翻到第二十四章经"，字条上的数字："二十四：一.三.四；一.五.十二；一.八.二；二.三.九；二.五.三；二.十一.四；二.十一.十二；二十一.二十六.三十一。"对照经书译出了文字："明干预暂不灭辉发。"看完后，东哥拿出燃香把字条烧掉。

辉发贝勒王机奴派使者来到叶赫，其主要目的是与叶赫联姻，说白了就是想要迎娶东哥。东哥义正词严地说："我拒绝建州联姻，悔婚努尔哈赤，就是要报父仇。我想嫁给一个英雄，只要他能杀了努尔哈赤。可你们的贝勒爷，连一个哈达都战不过，真让我太失望了。王机奴要是个英雄，要他证明给我看，否则别和我们叶赫谈联姻。"使者被训得不敢吱声，只能回辉发复命去了。

辉发贝勒王机奴听到了使者的讲述，也真是弄了一个面红耳赤、哑口无言，这件事就放下了。

万历二十七年（1599）冬，一无是处的辽东总兵官董一元被朝廷罢职，下旨由李如松接任辽东总兵，虽然言官们又是一顿反对和弹劾，但万历皇帝依然不改初衷。李如松感念皇恩浩荡，更加勤于兵事。

## （5）

当时的大明帝国对于边疆地区长期实行分而治之、钳制平衡政策，一个部族如果稍许强大起来的话，就会立即扶植另一个部族与之抗衡，或者同时扶助几支力量，在其间挑拨离间，以收相互制约之效。因此，这些边疆部族很少有机会扩张自己的军事力量，哪怕进行很简单的军事训练，都有可能招来大明帝国军队的打击。

万历二十七年（1599）二月努尔哈赤招来手下最有才华的两位大臣，命额尔德尼与噶盖始创满文。据说满文一般是朝廷中所用，没有普及，通用还是以汉字使用。

万历二十八年（1600），努尔哈赤向八旗全军颁布《训练兵法之书》，兵法的条文要从和硕贝勒、甲喇额真、牛录额真传送到每个八旗士兵。

野战之法的大致内容是："凡安居太平，贵于守正。用兵则以不疲劳自己，不困顿士兵，想办法以巧妙的谋略取胜为贵。在旷野遭遇敌兵，如果是我众敌少，我兵就潜伏到幽邃的地方，隐蔽不要被敌人发现，然后少派兵马，引诱他们，敌兵来追杀，我兵假意溃逃，引敌进入埋伏地域，是中计了；如果没有引诱来，就要仔细观察敌人城堡的远近及地势平陡，城堡很远而且地势平坦，则尽力追击，城堡较近地形有利掩护，则直接冲向城堡，敌兵必然退向城内，可以拥集于城门前，掩击敌兵，速战速撤以防城堡中敌兵出来争援。倘若是敌众我寡，则不要靠近敌兵，宜当快速后退以等待大军到来。等大军集结，然后侦察敌兵的位置，细审战机可否是宜，再决定进或者退。这是突然遇到敌兵的野战之法。

就在1591年至1601年的10年间，辽东总兵八易其人，就是说十年间换任八个总兵官，总兵官每个都在中饱私囊，弄得辽东官场昏暗不堪、局势糜烂，他们遇到的和李成梁遇到的是同样的敌人，却无抗敌之力，损兵折将，丢尽大明帝国脸面。

万历二十九年（1601）八月，辽东总兵官马林被定罪。大学士沈一贯上疏皇帝："此后十年间，八易辽东总兵，辽东局势糜烂。看来还得起用老将军李成梁，

## 第九章 征战海西

年纪虽然老了,但身体很好,他还可以统率部队,辽东总兵官非他莫属。"皇帝正对辽东无奈之时,听到奏报,真是又想起了威震绝域的李成梁。于是皇帝采纳并下旨任命李成梁再次镇守辽东。

七十六岁的老将军李成梁在离开辽东第十个年头,接到皇帝圣旨,第二次走马上任辽东总兵官。当李成梁看到现在的将官和士兵懒散无律,看到这里城墙年久失修。李成梁黯然失色,心里很难受,他在想:"我当年的铁军哪里去了?"

这一年正一道长约努尔哈赤来到赫图阿拉高山之上。正一道长手执拂尘点指方向:"城南一岗形如龟背,依附苏克素护河,北有龙山,西有凤凰山,东有麒麟岭。龙凤龟鳞,是为四灵,四灵俱在,实乃龙脉之地,王城设此可保基业如磐石。"努尔哈赤说:"恩师,赫图阿拉原本就是祖上故居,我出生之地,地势险要而宽广,适合大军驻扎。大军驻地难点在于,地势高而水源不足,平时城中人靠山上泉水,人多就不行了。"正一道长说:"此地为龙脉之地,有龙脉必有龙眼之泉,为师已为你探好,高岗之上,大榆树之下有水源,此龙眼泉水直通渤海,可养千军万马饮之不尽!"说着就把画有王宫的图递给了努尔哈赤。

努尔哈赤带人来到了赫图阿拉,首先要解决水源的问题,于是令人摆上香案,焚香叩拜后,即刻令人开始挖掘,掘地不到三尺,就挖到了一块大石板,石板直径大约一丈有余,重逾千斤。众人喊着号子将巨石搬开一点缝隙,一股清泉便疾射而出,水柱喷了足有一人多高,好半天后才渐渐落下,最后低于地面一尺,满而不溢,大家都为这壮观的场面所感染,大声呼喊着跑过来品味泉水。此井后被人们定名为'罕王井',泉水甘甜,大旱之年井水仍满。(罕王井至今仍在新宾赫图阿拉老城)

有了充足的水源,努尔哈赤心花怒放,于是令人筹建设计王城。李成梁得知此事就派人进京招来了设计师与工程师,按照正一道长设定的样式进行建造。从这里能看到正一道长对努尔哈赤的爱护和支持,也能看到李成梁对努尔哈赤的爱护与支持。

正一道长别出心裁又寓意深刻,他第一次在赫图阿拉城以建筑的方式描述了他的预言:"八角殿的顶尖寓意努尔哈赤,正面可视八角殿的八边寓意八旗之意,随八条边出现的上四角和下四角,寓意他的四十四战年;大政殿前的九尺长、五丈宽的十个石梯台阶,寓意九五至尊,十年帝王年。也就是说:"努尔哈赤带领八旗征战四十四年,十年帝王年。"(历史事实证明了努尔哈赤恩师的预断,同

时人们也深深为《易经》的高深莫测和博大精深所震撼、所激动）

同时还修建了祭祀的堂子，以便办理政务和拜祭天地祖宗。努尔哈赤自己以及成年阿哥的府邸，各侍臣们的宅子都重新建造，努尔哈赤亲自指定每个阿哥建房的地点与房宅的规模。代善的财产牲畜最多，新建造的房宅不但最多，而且高大豪华，气势远远超过了努尔哈赤的贝勒府。其他阿哥近侍卫的房子，都是看着贝勒府高矮，小一点修建，就更显得代善的府邸如鹤立鸡群一般。

新房子盖完，收拾干净了，代善站在大门外，得意地欣赏着自己的新家。这时，阿敏骑马从后面走过来，对代善说："二哥有啥喜事，别在心里偷着乐，说出来听听。"代善侧脸，见是阿敏，满脸是笑地说："弟弟看我的新家咋样？还有哪里不妥当？"阿敏下马，到代善身边，嘴对着他的耳朵小声说："我看很不妥当。"代善立刻绷了脸，斜眼看阿敏一下，指着远处的小房子说："比你的还不好？"说完"扑哧"笑出声。

阿敏依然小声说："哥，比我的好应该，可是你比贝勒爷的也好得太多了吧？"这细小的声音让代善听了一惊，笑容凝固在脸上。阿敏依然声音细小地说："大哥褚英原先执掌政务，因为啥被剥夺了牛录？二哥不得小心些，居然这样明晃晃的。"代善愣着不动，如同一个泥像一样没有反应。阿敏又说："别人不吱声，我不能不给二哥提个醒，我走了。"代善这才像一下睡醒似的，伸手拽住阿敏的膀子，一脸哭相一口哭腔地说："弟弟留步，我可不愿得罪阿玛和弟弟们，你得帮我想个办法，要不我把房子全扒了重盖，行不？"阿敏说："不好吧，你再想想。"说完要走，代善抓着不松手，阿敏挣不开，只好扶着代善胳膊说："进屋合计合计。"代善赶忙拉着阿敏走进门里。进到屋子里，代善恐慌地问："有啥办法没？扒房子行不？"阿敏摇头说："不行，二哥想想，这么豪华的房子，还没有住一天就突然扒了，别人会咋想？大家都没说话呢，咱们自己太折腾了，不是更显得有问题了吗？"代善急着问："咋办，有办法没？"阿敏说："别急，有个办法，你看行不？你把这个宅子送给贝勒爷，说是给贝勒爷建造的，不就行了吗？你自己再重新盖。""这个办法好，好！"代善稳住了心神，阿敏行礼告退了。

代善按照阿敏说的话，把自己的宅子送给了阿玛，努尔哈赤高兴地收下了，又给他指定了新的建房位置，并且拿出银子交给代善，让他把自己的房子也盖得好一点。代善见阿玛高兴，一件愁人的事办得这么开心，还多得了银子，也欢天喜地地告退，张罗自己的新宅第去了。

代善要重新建造府邸，没有在努尔哈赤指定的地方盖房，他自己选了一处房址，

## 第九章 征战海西

山势掩映，看着隐蔽，里面却是宽阔的地方，心里一高兴，又建起一座比原来更气派更宽敞的豪宅，只是被山林遮挡着，外面看不真切，只能看见巍峨的门楼。

由于努尔哈赤对其他女真部族进行了频繁的征讨攻伐，灭哈达，打辉发，所有这些军事行动，得到大明帝国一些大臣的重视。由于言官多次上表，皇帝派钦差来到辽东询问，李成梁回答："他们是因为一个女真第一美女争斗，打打杀杀。叶赫美女东哥，先是许配给建州都督努尔哈赤，建州已下聘礼，后叶赫又悔婚，许给哈达。之后就乱套了，辉发、哈达贝勒都在争抢美女。他们打打杀杀好啊，正符合我治理辽东的策略，就是以夷制夷，各部落国都在消耗实力，再说就这几条小泥鳅还能掀起什么大浪。请钦差大人回去转告我主，有我李成梁来，辽东可万无一失，不要听那些言官胡说八道，之前的八任总兵官又如何？这些言官鼠辈就会瞎嚷嚷，让他们来守辽东试试看。"钦差觉得李成梁说的很有道理，自回朝复命去了。

万历二十九年（1601）十一月，努尔哈赤娶乌拉部首领布占泰之侄女乌拉那拉氏阿巴亥。

就在这一年，随着战争和军队规模的扩大，建州军队的编制问题提到议事日程上来了。努尔哈赤在大政殿与群臣议事，有人提出要效仿明朝独树一旗。有人提出恢复后金国五色分队——红、黄、蓝、白、黑。红色代表太阳，黄色代表土地，白色代表水，蓝色代表天，黑色代表铁。但是铁又生于土，有了土就可以不要黑色了。众人各抒其见，议论纷纷。

努尔哈赤回到书房苦思冥想，八里面有"四四"，是我的吉祥数，如果效仿大明独树一旗，我一颗大星，脚踏七星，正好是八星，于是他草画出了一颗大星和七颗小星的八星旗。四是我的吉数，如果效仿前金，前金是代五色分队，红、黄、蓝、白、黑。红色代表太阳，黄色代表土地，白色代表水，蓝色代表天，黑色代表铁。但是铁又生于土，有了土就可以不要黑色了。这样，就只剩下四种颜色了"黄、红、蓝、白"四旗。他又看了看这些草图，不免还是有些疑惑，还是报请恩师定夺吧！

在努尔哈赤催促下，画师根据努尔哈赤的意思很快画出旗图呈献上来八星旗：黄星、黄龙、红底旗。四旗分四色都有龙的图案。努尔哈赤将画卷连同已经写好了一封书信交给了侍卫长恒纬，令他去叩见正一道长。努尔哈赤的恩师正一道长回信大意是这样的，诸葛孔明受一旗之累，不可效仿。赞同八旗立军，现所见的"四旗"可定位"正四旗"，以后军队规模扩大，可再立四旗。在正四旗的基础上镶边，即"镶四旗"，由王族血统嫡出贝子担任旗主。努尔哈赤看信后心中豁然开朗，"正四旗""镶四旗",这就是我顺应天道的吉祥数"四四"吗?努尔哈赤跪倒在地,向恩师所在方向叩头谢恩。

第二天,努尔哈赤发令告知众人:"我今新立四军,以后将增为八路大军。"

于是按照部队现有人数,编成四路大军,分别使用红、黄、蓝、白四个正旗,每路大军用一旗帜作为标识。设固山(女真语:旗主)贝勒一名统领管事。

规定三百人为一个牛录;五个牛录即一千五百人为一个甲喇;五个甲喇即七千五百人为一个固山。每个固山用一种颜色的旗,由努尔哈赤和他的子孙们统领,完全贯穿了王族继承的血统主义原则。从此建立起"牛录"与"甲喇"正规化的军事制度。

努尔哈赤在他的八旗军事组织中贯彻了"打虎亲兄弟、上阵父子兵"的原则。其基层组织中的牛录,就是在行围狩猎时以血缘亲族为纽带发展而来。在这种基层战术单位里,冲杀在战场上的是他们的精壮子弟,实施后勤保障的是家中的父老。他们相互支援,同生共死。胜,一荣俱荣;败,一损俱损,从而扭结成了特别能打仗的牢不可破的战斗集体。

在努尔哈赤指挥下,八旗铁骑具有狂飙般排山倒海的威力,其所到之处,常常一片血雨腥风。

## (6)

万历三十年(1611)九月,恰恰是在孟古二十八岁这年,九月孟古福晋重病不起,努尔哈赤心急如焚,只要是能使她病有好转,一切要求他都可以满足。努尔哈赤想起恩师的话:"贵人进门生贵人,十四娶进十四分。玉皇口谕送仙女,王母传唤回天门。"努尔哈赤就感情上说,希望恩师的预测有误,但还是不离孟古福晋左右陪伴着她。她享尽了时代所给予她的荣华,重病中孟古自己知道将不久于世,别无所求,只在弥留之际,想见一见生身之母。当时,努尔哈赤与叶赫部落的关系十分紧张,努尔哈赤清楚地知道,时至如今,他同叶赫的关系已非往日可比,他的飞速发展,不是密切了同叶赫的亲戚情谊,而是政治上更加分道扬镳,终至断送了儿女亲家关系。但是,心爱的妻子既然已经提出要求,他也只是派遣使者前往叶赫迎接岳母,让母女得见一面。

努尔哈赤急忙派使者去叶赫部,请孟古的额娘来见。孟古福晋是叶赫贝勒金台石的妹妹,同一个额娘所生,金台石怕建州努尔哈赤把额娘作为人质,竟然狠心不许额娘到建州去见孟古最后一面,只派了他额娘的仆人南太到建州探视。这

## 第九章 征战海西

让努尔哈赤义愤填膺:"你的妹妹病到即将离开人世的时候,想看看妈妈,你不容会见,硬是阻挠,这就是与我们断好。既然如此,我也不客气地要夺你的财富,杀你的部属,你就给我等着。"

孟古福晋带着未了之愿,于万历三十年(1602)初秋逝去。皇太极痛哭失声,这一年皇太极十一岁,却表现出他是那样的聪明和自立,悲痛之余,他深深地记住舅舅金台石的无情。努尔哈赤更是愤怒异常,令南太给金台石传话:"你们叶赫,曾无故劫布察寨,率九部攻古勒山,兵败,盟誓许女,聘礼下而不嫁。今福晋要与额娘诀别,又不许。事情做绝,两国成仇,我必问罪于叶赫。"说完,送南太回去复命。

孟古死后,努尔哈赤表现出了少见的悲恸,他痛哭不止。他下令四个奴婢殉葬,自己不饮酒、不吃荤达一个月之久。细观察努尔哈赤的一生,至亲大有人在,可至爱的人为数不多,孟古就是努尔哈赤的至爱,努尔哈赤用"至爱留三年"行为来表现他刻骨铭心的爱。因此孟古福晋的灵柩停放院内三年方才下葬,埋在赫图阿拉尼雅满山冈。(1605年迁葬于东京辽阳杨鲁山。后来她的儿子皇太极于天聪三年将其迁到沈阳与清太祖努尔哈赤合葬于福陵,即今沈阳东陵)

孟古格格十四岁进宫,进宫十四年头,二十八岁的初秋逝去,应验了正一道长的预测。冥冥之中似乎有什么天意,我们说不清楚,我们真的说不清楚,但真实历史记载着孟古格格的确是为努尔哈赤生了一个优秀的儿子皇太极,造就大清万里江山。

努尔哈赤对皇太极的母亲孟古评价很高。《清史稿》中,认为这位叶赫部落的孟古格格"庄敬聪慧",温婉和顺,听到顺耳的好话,她不沾沾自喜,面对忤逆或诽谤,仍然能够和颜悦色而不改常态。她不好逢迎谄媚之言,也不接近奸佞之辈,"耳无妄听,口无妄言",从来不干涉外界事务,只是一心一意地侍奉自己的丈夫和孩子。

史书记载说,努尔哈赤对皇太极"爱如心肝"[1]。除了孟古格格的原因之外,可能和皇太极的聪慧有很大关系。据说,皇太极三四岁时就很懂事,接触过的事情"一听不忘,一见即识"。到七岁时,努尔哈赤便"委以家政,不烦指示,即能赞理"[2]。就是说,这是一个七岁的小大人,不用劳烦大人指点,他就可以帮着

---

[1] 《满文老档》,太祖卷三。
[2] 《清太宗实录》卷一。

把家里的事情打理好。到后来,皇太极的兄长如褚英、代善等,跟着努尔哈赤常年在外征战。努尔哈赤便将全部家政,交给了年仅十余岁的皇太极。

孟古逝去这一年恰恰是努尔哈赤四十四岁,"四四"本是努尔哈赤的吉祥数之年,可他却失去了他的至爱孟古大妃,他很是费解,但他很快就接到了消息。就是在这一年,他的恩师道长已经为孟古福晋寻得一块风水宝地,称为"天龙穴"。此穴尽享龙气庇佑,福寿延绵,成就霸业,是绝佳的风水福地,更能庇荫子孙后代。

努尔哈赤的耳畔响起了恩师话:"贵人进门生贵人,十四娶进十四分。玉皇口谕送仙女,王母传唤回天门。""天意四十四战年,四十四年称可汗,天命帝位十年。"哪个四十四年登基称汗?思考中的他在书案上画着写着,他知道现在还不具备实力称汗,万历四十四年。他好像悟出了什么,难道还要等十四年吗?但在实际的历史记载,真的就是十四年后,努尔哈赤五十八岁,建立后金国,称汗,这是后话。

努尔哈赤又在想另一个问题,就是他对东哥的承诺:"只要东哥在,建州绝不找叶赫的麻烦,不攻伐叶赫。"但叶赫金台石对孟古的行为,绝对不能忍受,必须给予教训。东哥是在叶赫的西城,因此努尔哈赤决定发兵惩罚叶赫东城的金台石。

此时,乌拉贝勒布占泰在迎娶姑施泰格格的同时发兵东进。努尔哈赤接到聘礼,立即派二弟穆尔哈齐率领两千人马,护送侄女姑施泰格格前往乌拉,与布占泰成婚。送亲的大队人马一直走,快到乌拉城下,也没有迎接的队伍。穆尔哈齐扎下人马,命人进城去叫布占泰,不一会儿,出来几个布占泰的侍卫,对穆尔哈齐说:"我家主子已出兵东海,才走不两天,走前交代我等说:让姑施泰格格先住她姐姐家里。"穆尔哈齐只好把姑施泰格格送到娥恩哲那里,然后带着人马返回建州,没有成礼。

穆尔哈齐回到费阿拉城,向哥哥说了乌拉的情况,布占泰毫无礼节,努尔哈赤听完,没有什么态度,又告诉穆尔哈齐说:"将要发兵讨伐叶赫。"听说要发兵叶赫,众人都非常惊喜,摩拳擦掌,都想参战,吐一口心中的恶气。

努尔哈赤亲自带额亦都、扈尔汉、巴雅喇、褚英、扬古利及次子代善,率领八千兵马,绕道进入乌拉境内,从乌拉向西,出击叶赫部在吉林辽源西北的张城和阿气阑城,一鼓作气打下两城七寨,俘获人口两千、牲畜六千。代善是第一次出征,作战勇猛,俘获极多。大军逼近金台石的叶赫东城,叶赫两贝勒要合兵阻击,努尔哈赤率人马带着俘获的人口牲畜,原路撤回建州,金台石没敢追击。

万历三十年(1602)十二月,努尔哈赤第五次进京朝贡,在中原重金聘请各

## 第九章 征战海西

类手工业生产工匠，包括军器、造船、纺织、制瓷、煮盐、冶铸、火药等。就在这一年，建州"始炒铁，开金、银矿"，开始较大规模的采矿、冶炼。

蒙古喀尔喀五部为巴岳特、佮儿佮、扎鲁特、木伯哈、齐布什部。明朝驻广宁总兵官王在章，秉承明廷"以夷治夷"的政策，与扎鲁特部长吉赛打得火热，关系密切。一次，王在章邀约吉赛赴宴，竟叫自己的四姨太出来陪酒。那吉赛本是色中魔王，竟在酒宴上当着王总兵的面调戏四姨太。为了讨好吉赛，晚上王在章竟让四姨太陪着吉赛睡了一夜。不过吉赛也很慷慨，不断把他从其他部落掠来的年轻女子送来广宁，作为给王总兵的"贡品"。

当时的一位朝鲜使者对此有记录，同时还记录道：努尔哈赤的建州女真酷爱射猎。每当大规模围猎时，人们带上炒面，用水调和后充饥，风餐露宿，不以为苦；马匹也很能耐饥劳，只吃很少的水草便可以昼夜驰骋；女子奔腾驰猎不亚于男人，十来岁的孩子也能够弓矢驰逐，争强斗狠[1]。

万历三十一年（1603），努尔哈赤下令移都赫图阿拉，这就是努尔哈赤的恩师设定游龙走脉的第二个王城（在今辽宁省新宾满族自治县永凌乡附近）。这是正一道长根据建州记辽东的战略态势，早在两年前确定并开始修建的。

同年九月，布占泰兵分三路，以两路向钟城进攻，将东海钟城近地的女真各部"焚荡无遗"，当时乌拉兵铁骑如云，戈甲炫耀；钟城上空，烟火涨天，杀声动地。这一次布占泰俘获牛马五百余，男女人口数以千计。同年十二月，又以大兵向稳城女真进攻，并直捣庆源周围，大肆掳掠而归。

乌拉贝勒布占泰进兵渥集部，铁甲兵过万骑，旌旗如云，风驰电掣，所向披靡。已经做了十八年贝勒的布占泰，早就不是当年穿着华贵衣裳的富家小阿哥了，当日在古勒山战场上，从一个奴仆成群的小主子，一下子沦为阶下囚，苟活性命，历经磨难，之后，突然升为大部的贝勒，万人叩拜于脚下，经历生死富贵的锤炼，雕塑出他不同凡响的意志，因此，他有能力把乌拉部经营得兵强马壮，现在出征东海女真各部，攻城拔寨，凶狠狡诈。就是早已归附建州的张格、王格的虎尔哈路，他也一样不放过，任意抢夺牛马财物。

渥集部是苦寒之地，一般人没有见过布匹，村屯里富有一点的人家，男子会

---

[1] 李民寞《建州闻见录》

身穿虎皮衣，戴貂皮帽，女人会穿一个貂皮裤衩，或者是貂皮的围胸，穷人只有鹿皮或兔皮一块，半遮身体。乌拉兵马到了，不论归顺还是降服，一律抢掠。牛马犬鸡不用说，就是人身上一点衣服，耳朵上一个银环，都要拿下；鹿皮的兔皮的，也要拽下来看看，然后扔到火堆里烧掉，整屯子的人被抢得各个全身赤裸。如果每个人都规规矩矩，没有一丝反抗，就可能带走几个女子，饶过余下人的性命；如果有一人稍有不满的动作，结果必定是屠杀干净，不留一个喘气的活物。

乌拉的抢掠，不是一过就完事，不一定什么时候回头再来，以至于许多村屯，稍有传言乌拉兵要来，村民们无不举家逃进深山。

孟古福晋的灵柩停放了三年整，万历三十三年（1605），叶赫那拉氏孟古大妃的衣冠冢葬于尼雅满山。

正一道长为严防大明帝国钦天监窥视龙脉，用奇异的手法进行了安排。实际孟古福晋的真身葬在尼雅满山陵寝向北十四里，再向西十四里的青山绿林之中的风水宝地。

初春，努尔哈赤命巴雅喇、褚英、扈尔汉和扬古利四人率领两千兵马，出征钟山城以北的乌矮岩地带，招抚人口兵马，归附的人都赏赐布匹、银子、盐、瓷碗等东西。建州招抚的兵马返回不久，乌拉的铁骑就到，烧杀屠戮，归附建州的人口被杀得死走逃亡，努尔哈赤赏赐他们的东西被抢走，一件不剩。

布占泰又兵出钟山城以南的"十八里潼关"，这里是朝鲜咸镜北道的会宁、稳城、钟城、庆源、庆兴和茂山六镇的咽喉要地，关系着一道六镇的安危，驻扎着朝鲜军队。乌拉兵马攻到，一日全城陷没，惨遭杀掠。朝鲜国王派使者来建州，请努尔哈赤调停与乌拉的纷争，努尔哈赤说也痛恨布占泰的杀掠，愿意出兵协助朝鲜。建州与乌拉的冲突难以避免。

朝鲜的使者刚走，明朝开原的通事又到了建州，指责努尔哈赤袭扰叶赫，要求归还在叶赫俘获的人畜。努尔哈赤忍受了明朝对叶赫的偏袒，答应归还叶赫人畜两千，并派使者去叶赫盟誓。开原通事见这个情况，也十分高兴，称赞努尔哈赤遵守朝廷皇命，然后回开原去了。

李成梁离任辽东总兵十年里，八易总兵造成军力基础不堪入目。

万历三十四年（1606），李成梁八十一岁，第二次出任辽东总兵第六个年头，在这六年里，李成梁有效地恢复了间谍网，并在不断地打造自己的军队，但还是不如心愿，很多大仗还是需要努尔哈赤的鼎力相助。

## 第九章 征战海西

这一天，李成梁接到密报："喀尔喀五部中最为强大的部长吉赛自恃兵强马壮，现已备战，准备四万人马入侵辽东。"李成梁一方面指挥积极备战，同时又急招努尔哈赤商议对策，确定作战方案。努尔哈赤得到信后，即刻带卫队来到了总兵府，见礼后就到了李成梁早已准备好的宴席，他们的谈话、眼神、表情真像是父和子，他们说话交流直言不讳，这就是战友情父子情的真实写照。

努尔哈赤采用了正一道长计策，这一次提出了一个要求，这让李成梁意想不到。以往努尔哈赤出兵助李成梁抗敌，缴获战利品都归努尔哈赤，此外另有朝廷的赏赐，这次努尔哈赤要的是宽甸六堡，李成梁想了想，最后答应了努尔哈赤，并上疏奏请万历皇帝。

努尔哈赤协助李成梁击退了蒙古大军，同时他在等待朝廷的消息。

这六座堡垒分别是："孤山堡、宽甸、长奠、双堆儿、长岭、于散。"（位于今天的辽宁省宽甸、凤城、本溪境内。）这些堡垒，向南为辽东卫所的前沿要塞，向西则可屏障辽沈腹心地带，向东与朝鲜遥遥相望，向北成为抗御蒙古骑兵的第一线。

这六座城堡地势险要，具有极高的战略价值。这六座堡垒由于维护不善，在很大程度上失去了堡垒要塞的作用，环卫土地八百多里，人口多达六万多户，经常受到蒙古军的烧杀掠夺，明军又不得不出兵抗击。

于是李成梁上疏皇帝，奏章大致是这样写的：

臣辽东总兵李成梁跪拜吾皇万岁！万万岁！

今岁，喀尔喀部扎鲁特部长吉赛自恃兵强马壮，出兵四万意夺我辽东，我率领大军将其击退，杀敌一万有三，斩敌首二十余人。

臣看守边塞几十载，深知辽东六堡切孤悬难守，多有蒙古部族和女真部族的袭扰、烧杀抢掠。而此地所收税赋不及于冲突支出之万一，多年以来，整个辽东利税多用于此，故臣以为存六堡得不偿失，放弃六堡让女真部族看边效力。

女真部族系我大明子民，版图仍我大明帝国。这样，一可减少我朝财物损失和人员伤亡，二是女真部族可为我辽东战事部署多一道屏障。只是迁徙难度较大，但吾要为国效力。

臣一生甘为我主守疆效力，死而无憾，忠心日月可鉴，而惧谗言。臣今八十有三，力不能支，办完此差，思想告老还乡。

请求吾皇准奏为盼！

辽东总兵李成梁跪拜上呈

万历皇帝认为李成梁说得很有道理，并大加赞赏李成梁是国之栋梁，准了这个奏请，并指任李如柏接任院落总兵之职，圣旨很快就下到了辽东总兵府。

此议一出，立即受到一些大臣的反对。边疆土地，尺寸是宝，哪里可以说不要就不要了？可是万历皇帝无视众臣奏报，欣赏和信任李成梁。

当时，六堡有六万多户人家，差不多有二十多万人口安居于此。迁徙令一发，六堡人心惶惶，居民爱恋自己的故土，不肯搬迁，李成梁就派大军驱赶、逼迫他们，被打死的人到处都是。李成梁派大军强迁这些居民撤退到辽东腹心地区，虽然一些人得到了安置，但还有许多青壮年愤而投奔了努尔哈赤。迁徙六堡居民后，李成梁上疏奏报朝廷，万历皇帝下旨，对李成梁及其有功人员给予重金奖赏。消息传出，朝廷一片哗然。

李成梁将宽甸六堡作为助战奖励给了努尔哈赤，致使努尔哈赤不费一兵一卒便得到了八百里土地，消除了他在统一女真大业前进道路上的巨大障碍与威胁，同时还获得了很大一部分壮年男丁。

因为放弃辽东六堡这一重大举措，李成梁受到熊廷弼一干人等弹劾。万历皇帝丝毫没有改变对李成梁的器重，准奏的理由："一是辽东六堡仍在大明帝国版图，二是面对蒙古多一道建州女真武装的屏障，更符合以夷制夷的国策。"万历皇帝为此感叹李成梁是不可多得的栋梁之材啊！

历史记载：明朝先后几位监察官员包括后来大名鼎鼎的熊廷弼，一起弹劾李成梁，奏章交到了皇帝手上。许多人都以为这一回李成梁恐怕是罪责难逃了。谁知，万历皇帝高度赞赏李成梁的军功，对那些证据确凿的报告根本不予理睬。那些报告被无声无息地"淹"了。而令言官更无法理解的是，万历皇帝居然下令，对李成梁及其他一干有功人员予以高级别的嘉奖[1]。

万历三十五年（1607）冬季，蒙古喀尔喀部五个部落的贝勒来到满洲，进献了马匹和骆驼等礼物，尊努尔哈赤为昆都仑汗。努尔哈赤盛情款待五部贝勒，对天盟誓，宣誓缔约。

初夏，瓦尔喀部斐悠城的城主策穆特黑，偷偷来到建州叩见，对努尔哈赤说："我等因为居住的地方遥远，山水阻隔，所以依附了乌拉，贝勒布占泰对我们特别残暴，使我们贫苦不能过活。曾听人说，建州贝勒对归附的人赏赐丰厚，我们请求搬到建州居住。"努尔哈赤说："你们的人愿来这里，我必让你们每个人有家，

---

[1] 《明史》列传第一百二十六，李成梁传。

## 第九章 征战海西

有牛马财物，把你们作为亲信。你城路途遥远，间隔着乌拉、辉发，我派兵马去接你部。"

于是，命令舒尔哈齐、褚英、代善、费英东、扈尔汉、常书及纳各布等贝勒将官，率领三千兵马，前往斐悠城。大军东进数日，到松花江岸，晚上江边扎营，夜里天空阴晦，没有星星月亮，突然在军中的一面大旗上，出现一个圆圆的光亮，许多人都过来看，一会儿光灭了，紧接着又亮起来，和刚才一样，'很久才消失，大家认为这是奇异的事。舒尔哈齐对大家说："我从小跟贝勒征战,经历的地方多了，可从没见过这样的异事。此相是凶兆，应该回兵。"褚英不同意说："是凶是吉已有定数，怎能见了就回去，况且咋向阿玛复命？我意已决，不可回兵。"代善、费英东也同意褚英的话。于是，大军连夜开拔，离开此地。

又行进两日，到了斐悠城，收城内外部民五百户，牵马套车，举城迁徙，命扈尔汉率兵三百在前面开路，后面跟着五百户人家，再后面舒尔哈齐率领一千兵马及费英东、褚英和代善率领的兵马，大队兵民出城西行，并没有什么不吉利的事情发生。

## （7）

建州兵马掩护着斐悠城的部民迁徙，走得很慢。城中人家已经被乌拉兵掠夺不成样子，数百户人家，没有几个完整的马车，有车的人家，车上也没有多余的东西，身上穿的破烂古怪，有人穿的是半截鱼皮的衣裤，有的是几块毛皮挂在前胸、系在下身，有的男子仅有一张皮子系在肚子上，挡了前面，后面光着屁股。这些人鼻子耳朵戴着大环，环圈大多是骨头做的，极少有银质的耳环，脸上刺鸟尾鱼鳞，前胸刺虎熊，后背刺鹰蟒。头发编成辫子或者披散，或者戴着斗笠，背着叉袋，挎着弓刀，光脚走路，只有几个穿乌拉草鞋的。

大队人马走到图们江钟城的乌碣岩，准备过江的时候，开路的扈尔汉突然发现大江对岸有大片的乌拉营寨正在安置，当道拦住了归路。其中一队兵马有近千人，已经过河，正冲向迁徙的队伍。斐悠城的部民也看见了是乌拉的兵马，立刻惊慌得要四处逃窜。扈尔汉急忙命令一百人马去收拢人群，退到山脚安营扎寨，又命令哨兵通报后队的舒尔哈齐，自己与扬古利率领二百兵马，杀向进犯到跟前的乌拉兵。兵马相接，扬古利冲锋在前，一气儿连斩敌兵前锋七人，扈尔汉随后冲杀，敌兵退却，撤回大江的对岸。

后面的舒尔哈齐率领本部一千兵马先到河岸，见对岸乌拉军营接地连天，不知道有多少人马，不敢轻易出战，于是也在山脚扎下营盘，褚英、代善、费英东等人也到了前面，舒尔哈齐让他们扎营与乌拉营寨对峙，等待建州来兵马增援。其实，乌拉出兵拦截，努尔哈赤早得到了建州间谍"布占泰变了心要杀老丈人"的密报，立刻派额亦都、安费扬古、巴雅喇和旺善四人率领五千快马轻骑，日夜奔驰，支援图们江岸的三千兵马，又派出送信兵先行报信。穆尔哈齐和班布理听说只派了五千兵马，他们一齐找到努尔哈赤问道："探马说：乌拉出一万精兵拦截。咱们咋才出五千兵马，加上舒尔哈齐的兵马，也没有乌拉的多。"努尔哈赤说："兵不在多而在勇，乌拉打了几次胜仗就目中无人，不用我们的八千人马，就那三千就可灭他们一万，我是担心乌拉出兵不止是一万，才来接应，你们不相信我们建州军的战力？"班布理说："那倒是，布占泰终于露出凶心了，这回让他尝尝我们建州军的厉害。"

其实有很多人还不知道，努尔哈赤预测这次出行乌拉要出兵干预，如果派三千人马，估计乌拉要派一万人拦截。因此特安排褚英和代善各带领五百锐军，那就是一千锐军哪，并告诉他们如果战术用好，锐军就能以一当十。他们要是出一万，你这一千人即可迎敌，一定要杀杀乌拉的盛气。锐军的马快又耐力好，甲胄轻而坚，刀快、枪尖、弓硬，是在努尔哈赤猎场内训练的士兵，他们不参加生产劳动，是专职士兵，待遇极好，每日军训历练武功，可以说是战争的武器，极具杀伤力。

褚英和代善见舒尔哈齐要扎营等待，就各自领着手下的五百兵马，来到江边扈尔汉的营中，说："现在敌军立营未稳，可出其不意而攻破。如果等他们摆好了阵势，我军兵少，必然吃亏，所以不如现在出击。"要扈尔汉与扬古利率领部下三百兵马，同他二人出击敌营，扈尔汉和扬古利两人愿为死士，从正面冲击，于是约定，褚英率五百兵马左路出击，代善率五百兵马右路出击。商议已定，褚英带人出大帐，对着集合完毕的兵将，大声说："阿玛每次征伐，无不摧坚陷敌，今虽未亲履行间，而我等奉命来此，敌众何忧？昔日布占泰来侵我国，我国擒而缚之。阿玛免其死，扶他为贝勒，日子未久，他人还是从我手里释放的人，今天难道不能再绑回来吗？他们兵虽多，败将还是当初的败将，残兵仍是当日的残兵，我军仗天威，凭借我父的威名，凡我健儿，都应勠力向前。"一千三百多兵将齐声大喊："勠力向前——勠力向前——"战前鼓动，士气大增。三路兵马同时过江，扑向敌营，褚英跨马出战，鞭梢指处，杀声震天。

褚英营中的常书和代善手下的纳各布，没有随军出战。临来时，努尔哈赤曾

## 第九章 征战海西

特意告诉他俩，要看护着两个阿哥，然而在关键时刻，他们俩一齐退后，跑向舒尔哈齐的大营。

费英东得报两阿哥以及扈尔汉、扬古利过江出战，忙命令所属的七百兵马快速出兵，自己单人独骑，去舒尔哈齐大营调兵。常书、纳各布先到，刚说完情况，舒尔哈齐还有些不信，费英东又到了，急急地喊："贝勒还不速发兵？两阿哥的尸首都要找不着了。"舒尔哈齐这才相信，惊慌顿足叫道："坑死我了，到底应了凶相，上马，快上马，全上马。"一千兵马急火火出营。

褚英、代善和扈尔汉三路人马，士气高涨，打马如飞，从三个方向，插入了敌营。早晨还是晴朗的天，忽然阴云密布，冷风刺面，还没到中午，天色暗得像傍晚，大雨点子嗖嗖横飞过来。建州兵马顺风冲锋，刀枪齐下，顷刻间，乌拉人马死伤无数。等乌拉的将官整治兵马阻击时，又是顶着风雨，风雨里突然又夹了雹子，风夹冰粒子打在乌拉兵脸上，睁不开眼睛，背了天时。建州兵乘风砍杀敌兵，如同进了瓜地，占了天时。一阵冰雹的横飞，伴着建州的攻击，乌拉的营盘松动了。这时，舒尔哈齐的兵马冲到，铁骑大刀，追着乌拉满身泥泞的散兵，斩杀不计其数。

这些乌拉兵马，抢掠屯寨的时候悍勇无敌，穷凶极恶，他们率兵的将领，在其他部落面前显然是金戈铁马，但今天与建州对阵，乌拉军不堪一击，根本就不是对手，迎战的人一批批倒下，让乌拉军队人心里非常恐惧，纷纷后退。代善率兵攻杀最快，先冲到敌营中间，杀到乌拉主帅博克多的帅帐，博克多上马率领护卫来战代善，代善摆枪接刀，不到两个回合，代善的长枪砸到博克多的后背，打得他盔落甲裂，双马错镫之时，被代善伸左手把他抓了过来，活捉时，不缓劲，右手拿枪转向博克多后背一扎，穿背透胸，然后将死了的敌兵主帅掼于马下，主将一死，乌拉大营兵败如山倒。建州兵马追杀敌兵，从晌午战到傍晚，阵斩兵将三千多，俘获近四千人，其中有主帅博克多父子及手下的两个副将常住和胡里布，缴获战马五千匹、盔甲三千副、兵器营帐等物资五百马车。这是清代开国史上著名的以少胜多的战役之一。

从战场上败溃的乌拉兵将有两千多人，逃向了宜罕阿林城。建州兵马看守着俘虏，原地休整。大战两天后，赫图阿拉城的送信兵才到，五天后，额亦都的兵马才到达乌碣岩，与这里三千兵马会合。两队人马一同返回建州，并派快马送信兵先行。这次大战，是兴起的乌拉军与建州军第一次单独较量，曾经让松花江两岸闻风丧胆、悍勇无双的乌拉铁骑，在乌碣岩下一败涂地，这一战损失的兵马让布占泰心疼死了，他以为乌拉与建州在兵力的数量上基本是相等了，就是努尔哈赤翻脸我也不怕,自己劝自己胜败乃兵家常事。其实他和很多人一样被努尔哈赤的智慧所愚弄。

大军回行第三日,送信兵从赫图阿拉返回来,交给额亦都新的命令,让褚英、代善、额亦都、旺善以及侄子阿敏率领五千人马,直接出击乌拉的宜罕阿林城,见上一阵,速回兵,余下三千兵马押送降兵返回建州。

宜罕阿林城在乌拉境内,位于吉林东部,距离建州行军的路线不远,布占泰收掠的粮食、牛马、山货、水货等财物,都先在这里集中,然后运往乌拉城,这里原来有两千布占泰的亲兵把守,现在又从乌碣岩战场逃去三千多人马,共有五千守兵。褚英额亦都的五千大军,悄悄改变行进的路线,进兵到宜罕阿林城下,突然袭击了城池,五千乌拉兵马不战而逃,建州兵马追赶,斩敌一千,跑掉四千多。缴获东西极多,一时不能拿走的,就放火烧掉,捣毁了城池,人马迅速撤退。

打了胜仗,可褚英却极为不满,认为代善、阿敏、旺善以及额亦都等人,冲杀不力,只顾抢东西,才使乌拉人马跑掉了很多,对他们大加斥责,不讲情面。代善等人万分不悦,却没敢说话。额亦都是建州老臣,就是努尔哈赤也不曾这样指责过他,今天被褚英训斥,心里极不得劲。

所有人马都回到赫图阿拉城,努尔哈赤万分高兴,举城欢庆。有功的将士都得到了丰厚的奖赏,降服的乌拉士兵编入各个牛录,也有赏赐。褚英、代善、扈尔汉和扬古利四人的功劳,排在第一位,赏赐第一多,又给褚英和代善上赐号,以褚英遇大敌率兵先败敌众的功劳,赐号为阿尔哈图土门;以代善阵中力斩敌兵主帅博克多的功劳,赐号为古英巴图鲁,赐黄马褂一件。

舒尔哈齐在这次征战中被定为统领不力,没给什么东西,努尔哈赤只是不冷不热地说他一句:"老了吧,上阵都不如小辈啦。"舒尔哈齐也是冷漠地听着,没有接话。常书、纳各布以临阵后退的罪名,论为处死。所有的将官都跪着为他俩求情,请看过去的功劳,免一死。舒尔哈齐也跪地说:"诛杀二人,与我死无异。"努尔哈赤恩准免死,改为重罚,罚常书金十两、牛马各十群,罚纳各布剥夺所属牛录。

建州一战两胜,乌拉损失精兵近万、财物一城,将帅恐惧一团,害怕建州再出兵攻击,刚才骄傲不可一世的布占泰也没了精神。诸将和家人都来跪请,求他快给努尔哈赤认错,与建州和好。布占泰对大家说道:"恐怕来不及了,如果阵中两军胜败相当,去求和还好说,可现在是惨败,咋能求和?"一个将军说:"贝勒当年也是战败,努尔哈赤都恩养了,今儿再去求联姻,说得诚心一些,试一试再商议。"大家都怂恿布占泰再不要脸一回,能好好活着就行,没什么再好的办法,

## 第九章 征战海西

布占泰同意试一把再说。

布占泰听从大家的意见,准备了礼物派使者去建州道歉,乌拉使者到了赫图阿拉城,叩见努尔哈赤说:"带兵在乌碣岩堵截的乌拉主帅博克多,是我家主子的叔叔,他常不听主子的命令,任意行事,得罪了贝勒,今博克多被斩,也是为我家主子去祸患,请贝勒息怒。我家主子恳请贝勒再许一个女儿,乌拉愿依靠建州为生。"努尔哈赤斥责布占泰自以为是,杀掠建州附属屯寨,侵袭朝鲜等作为,乌拉使者替主子谢罪,之后,努尔哈赤告诉乌拉使者,是否再联姻过几日再定,然后安排使者住在城中。

## (8)

努尔哈赤召集大家商议乌拉的事,听说这时候乌拉要联姻,安费扬古第一个反对:"布占泰他也太不长脑子了,刚堵截完我们,还没找他算账,就来要娶格格,是不是疯了?我看应该再出兵破他的主城。"褚英立即请战说:"我愿带两万兵马出战,把乌拉城犁庭扫穴。"代善、扬古利等多数将官都赞同,要一起出征。努尔哈赤看大家群情激奋,望了额亦都一眼,又问大家道:"都赞同吗?"几个人争着说:"同意。"都喊完了,额亦都才说话:"这个事要琢磨一下,不可莽撞。""我也不同意。"议事厅的门口有人说话。大家不约而同回头看,是谁这么大胆,敢参与军机,仔细瞧说话的是一个站岗的侍卫,侍卫哪有这么大胆!他不是一般将官的家人,原来是努尔哈赤的第八子皇太极,十六岁了,好几次跟他阿玛说要上战场,努尔哈赤都没答应,命他先当护卫。今儿个听大家议论,憋不住说了一句,说完也有点害怕。

褚英回头一看,是老八在那里不老实,狠狠瞪他一眼,怒声说:"没你说话的份儿。"吓得皇太极赶忙侧过身站好。努尔哈赤听了皇太极放肆的话,不但没动怒,反而挺高兴,摆手叫皇太极说:"老八,过来。"皇太极见阿玛叫他,高高兴兴地走进来,跪地请安说:"阿玛吉祥。"努尔哈赤把他叫到座前,问他:"你咋不同意?"皇太极说:"乌拉是个大部落,应先打他们的小城,后打主城。"努尔哈赤摸着皇太极的头顶说:"老八也长大了,下去吧。"皇太极出议事厅站岗去了。

皇太极出了门,努尔哈赤才对大家说:"欲伐大树,岂能一下折断,必以刀斧细砍才能折。相等之国,想一举拿下,怎能得到呢?要尽取其外所属小部,唯存其都。若无阿哈,主何能生?若无诸申,贝勒何能生?"额亦都赞同地说:"就是贝勒说的这个道理。我们才胜,算新收编的兵马,不过有四万多,乌拉近些年大肆抢掠，现在兵马仍然够四万之数，我们切不可轻敌。布占泰要求和好，我看应当答应，如果逼急了，他就会与叶赫结盟，那对我们就太不利了。"大家听了两人的分析，觉得有理，都不说话了。布占泰的所谓四万人们那是虚张声势，但也是有一定实力的，不可小视，还要等时机等天运。

于是努尔哈赤派人出使乌拉，先斥责了布占泰，之后才说，把四格格穆库实许嫁给他。布占泰听了大喜，忙下聘礼，穆尔哈齐第三次送格格出嫁，与布占泰盟誓，成大礼。乌拉与建州很容易就通好了，布占泰又坐直了身子，觉得努尔哈赤也不敢太小看他，心里慢慢又有了底气。

建州与乌拉刚停刀兵，辉发与蒙古又翻脸了。原来是辉发贝勒王机奴被东哥一阵羞辱，立志要整治军备，他要做一个英雄，要与建州决一雌雄。故派出辉发的商人到蒙古购买马匹，买的数目很大，由蒙古几个部落供给。这时出了问题，建州间谍知道了这个消息就从中作梗，有的商人用假的银子骗了蒙古的部民，其中察哈尔部被骗走的马匹最多，部民找到察哈尔部的图门渣沙涂罕王，要求罕王为他们做主，罕王派出使者与辉发贝勒交涉，但是贝勒王机奴认为自己用的是真银子，是蒙古人野蛮，无理取闹，言语不合，王机奴一怒将蒙古使者打出辉发城。察哈尔罕王因此亲率大军讨伐辉发，集合了一万蒙古骑兵，绕过叶赫进入辉发部，大军围困了辉发山城。

贝勒王机奴此时也在整治人马，军力也不可小看。蒙古兵围了山城，却没有办法攻破，他们连攻城的云梯都没有，也不会用沙袋堆土登城墙，如果是野战，蒙古兵可能无坚不摧，可是一道城墙，就挡住飞马弯刀。蒙古兵的弓箭还算厉害，第一天围城，不但射杀很多守兵，贝勒王机奴不小心，也被箭射伤，但第二天，几乎没射到几个人。察哈尔的骑兵困城正好一个月，没有打下来，就撤兵了，因为每个士兵只带了一头牛做的牛肉干，装牛尿脖里挂在马背上，牛肉干吃光，没有破城，没吃的，就得回家了。

辉发山城被困一个月，兵马损失不大，可是吃的用的都没有了，就要人吃人了。贝勒王机奴连伤带累，没医少药，在察哈尔撤兵的时候去世了，到死他还没有忘记他那人生的遗憾。

因为没有安排接位的人，辉发立刻发生了内乱。王机奴的长孙拜音达里一天内连杀了他的七个叔叔，夺了贝勒大位。拜音达里七个叔叔家里，有他的堂兄弟四十多人，见拜音达里如此恶毒，都不敢再居住于辉发，一起带着家人亲眷逃亡到叶赫去了。

## 第九章　征战海西

叶赫收留了这些流亡的人，并且支持他们对抗拜音达里，在叶赫的支持下，辉发那七个叔叔所统辖的城寨都要反叛，投靠叶赫。

拜音达里看到这七个城寨在叶赫的支持下反叛，自知力不能支，于是他把自己的直系亲属和一双儿女送到了建州，要努尔哈赤派兵支援，并承诺割让四城寨。

叶赫贝勒金台石得报建州兵助拜音达里，马上跑到了西城与布扬古商量。布扬古让人请来了东哥，商量结果就是骗辉发拜音达里，这个情报很快就到了努尔哈赤的桌案上。叶赫派人出使辉发，对拜音达里说："你如果赎回在建州的人质，送我这里来，我就把你们叛逃来的人都给你押送回去。"拜音达里听了金台石的话，就接回了在建州的人质，连同自己的一个儿子和一个女儿，又送到叶赫做人质。叶赫接受人质后，却不送回辉发叛逃的人，拜音达里几次派使者去索要叛逃人。后来拜音达里要接回人质，金台石干脆不见，一句回话都没有。

拜音达里无奈，又派使者到建州，对努尔哈赤说："我们被金台石骗了，请贝勒担待我的过错。如果把贝勒的格格嫁给我，辉发愿意与建州永远通好。"努尔哈赤为了结交辉发，孤立叶赫，答应了拜音达里的请求，可是努尔哈赤现在没有未婚的成年女儿，舒尔哈齐和穆尔哈齐都没有，有个已经许给常书的女儿，还没有过门，没有别的办法，为了争取辉发，不战而屈人之兵，努尔哈赤决定让常书解除婚约，把这个女儿先许给拜音达里，但这是一计，努尔哈赤看出拜音达里出尔反尔，加上时机已到，他戏耍辉发。

拜音达里准备三十匹马、三十副盔甲，还有人参、貂皮、鹿茸等东西作聘礼。辉发的侍卫们对拜音达里说："不能只忙着联姻了，再不快点买粮食买牛羊，士兵百姓就要饿死了。"拜音达里这才让人去买办粮食，准许各处的商人进城做买卖。

东哥接到了建州间谍"努尔哈赤戏耍辉发"的密报，心里有数了，她要再次给努尔哈赤出兵找出借口。

就在拜音达里准备下聘礼的时候，金台石再次派使者陪同东哥来到辉发，使者对拜音达里说："我们贝勒爷秘密出访蒙古，刚刚回来问起此事。我们也如实说了，辉发叛逃的人一直没有送回来，是因为他们中有不少得病的，等他们病好了，就立即给你送回。"拜音达里相信了使者的话，说："要快点押回来，他们不回，早晚是个乱子。"使者回头看东哥，用眼神在问东哥，东哥稍稍点点头。拜音达里看着心里还纳闷儿，使者接着说："我家主子还说了，你如果不娶建州的格格，就把贝勒布扬古的妹妹东哥格格许给你。"用手摆向东哥，东哥把帽子连戴的面纱摘了下来。拜音达里抬眼一看东哥，那是风情万种，好似天仙，真是喜从天降，那脸上都乐出花了。心想：这个东哥格格早先许给努尔哈赤时，是待嫁的少女，后来悔婚再许哈达孟格布禄的时候，长成了大姑娘，现在已经二十三岁，还是个姑娘身，整个女真也没有这么大的姑娘，一般人家的女孩，十三四出嫁，还没有丰满，等十八九应该丰满的时候，又已经生过两三个孩子了，没了苗条的身姿。唯有叶赫的东哥格格，比待字闺中的少女更妩媚，比丰腴的少妇更妖娆，什么样的世间尤物！也许只有深山里炼出千年道行的狐狸精，或者是松花江里修行了万年的鲤鱼精，才是这个样子吧！女真第一美女那可不是浪得虚名，只看得拜音达里是神情失色、目瞪口呆。

酒席间，东哥的优美舞姿，动人的琵琶弹奏，气质高贵而有风度，真让拜音达里神魂颠倒，如在梦境一般。拜音达里当场决定，把送往建州的聘礼改送到叶赫去，这些东西还不够，马匹、盔甲、貂皮、人参、金银不算好玩意儿，再从小库中取出比鸡蛋还大的夜明珠、比秋水还清澈的宝玉送给美人，本来才被围困不久，衣粮缺乏的时候，拜音达里又用赈灾用的钱财博美女一笑。侍卫提醒拜音达里说："主子娶叶赫的格格，建州会愤怒的。"拜音达里一听，心里咯噔一下，然而喘口气的工夫被东哥接的一句话给冲淡了。"辉发与我们叶赫联姻，叶赫岂能怕他建州？"拜音达里对侍卫说："不要紧，我们马上和叶赫是一家人了。"侍卫把拜音达里拉到了一旁说："叶赫离我们远，建州近多了，不能没提防，我们城中食物兵器都需要补充。"拜音达里想了想说："对，我们现在多买粮食，多打猎物储备肉干，防止被人困城，挨饿的滋味真不好受。"侍卫说："还有，城墙被蒙古兵打得有些破损了。"拜音达里传令说："大修，要加高加厚，还要加修内城。再有打造箭支标枪，上山砍伐滚木，往城内搬运礌石。"银库中的财物全拿出来，可钱乐。

从两处发来的密报摆在努尔哈赤的桌上，辉发与叶赫联姻并盟誓联合。拜音达里已经反悔，要娶建州已下了聘礼的叶赫女人东哥，努尔哈赤怒不可遏，立即派人去辉发，当面责问，拜音达里说："叶赫派使臣说要把叶赫格格许配给我，我的儿子女儿还在叶赫，我不敢不从，只能是敷衍叶赫，不是还没娶叶赫格格嘛！等我把我的儿女接回来，我就去建州下聘礼。"建州使者还没有离开辉发的时候，叶赫就把拜音达里的人质全都接了回来。

叶赫接到了辉发的聘礼，都感觉意外，真没想到，拜音达里这么大方，忽悠也能弄着这么多宝贝。金台石和布扬古不得不钦佩东哥的睿智。东哥说："辉发不是要求释放他们的人质吗？我们要的是财富，要他们那几个破人有哈用，这打

## 第九章 征战海西

他辉发不还是要打吗？"布扬古迎合地说："嗯，对辉发表示一下姿态，放他们回去，也省得浪费我们的粮食。"金台石也认为东哥说的有理，于是就放辉发的人质回去了。

人质进了辉发城，刚好被建州使者看到，回头再问拜音达里，拜音达里又找借口："辉发现在有困难，等钱财足的时候再说。"就这样没有确定送聘礼的日子。建州使者情绪激动地严正警告，东哥是建州已聘之女。然而美女的诱惑力远远超过了这种提醒，被拜音达里严重地忽视了。

## （9）

辉发贝勒拜音达里打定主意悔建州婚约，要娶建州已下了聘礼的叶赫女人东哥格格，即将与叶赫联盟。

经过多方努力，这样的战争借口终于成立了。于是努尔哈赤决定，在他们两部盟誓之前，出兵打击辉发。

秋季，努尔哈赤亲自带领费英安东、费扬古、扈尔汉、扬古利、四弟雅尔哈齐，以及五个儿子褚英、代善、三子阿拜、四子汤古代和五子莽古尔泰，率领一万五千兵马出征辉发河东岸的辉发部。赫图阿拉城中穆尔哈齐与旺善率领两万五千人守城，防叶赫出兵。还有五千轻骑兵由巴雅喇和额亦都率领，作为增援的兵力。各个将官领命都下去准备，大厅里剩下了舒尔哈齐，还没有分给差事，舒尔哈齐问："我去哪儿？"努尔哈赤说道："你回去歇着吧。"说完，努尔哈赤也带着护卫离开议事厅，舒尔哈齐也没言语，愤愤地转身回家去了。

大军出征前，努尔哈赤命何和里秘密挑选四百人，有老有少，高矮胖瘦不齐，命他们装扮成商人，用骡马驮着各种货物，分成十几伙，进入辉发城里做买卖，住在城里做内应。辉发正在收购粮食牛羊和山上采集的干果，出售库存的貂皮、虎皮、熊胆、鹿茸和珍珠，各地商人云集，买卖兴隆，建州派去的四百商人，轻易地住进城中。等他们都进辉发城之后，一万五千兵马才出赫图阿拉城。

大队兵马东进，辉发贝勒拜音达里就得到了消息，当即收拢所有辉发各个城寨的人马，进入辉发城中，共有八千多兵力，然后城门关闭，往来隔绝，城外任何人不许进入，城内的一概不准外出。打探到建州出兵一万多兵马，拜音达里也不太在意，因为粮食、肉干和草药准备充足，城墙也加高加厚完毕，这回可不像上次被蒙古兵围困那样了，蒙古来攻打，没有防备，日子过得困难，现在不同了，不用惧怕建州的围困。

努尔哈赤率领大军进入辉发境内,没有一点阻碍,一边行进,一边张贴檄文,痛斥辉发兵助叶赫以及拜音达里背约不娶,要娶建州已下了聘礼的叶赫女人的恶劣行径,平平稳稳地到了辉发城下,只见高大的城墙修建一新,三丈多高,平整没有一点缺口。城墙上旌旗猎猎,甲士林立,滚木礌石齐备,以待大敌。这么高的城墙,云梯已经不能搭到城头了,但是建州的探马早就打探清楚了这里的情况,大军有备而来。努尔哈赤调出三千重甲骑兵,这些骑兵不但士兵全身披甲,带有护手和护脸,而且马匹也是披着铁甲,只露眼睛。只见令旗一挥,骑兵列着纵队奔向城墙,跑到城墙根,拨马再往回跑,战马折转的时候,士兵将马背上的一个沙袋扔到城下,不多会儿,堆积的沙袋就有三四尺高。城上的辉发兵开始放箭,可是骑兵不但跑得快,而且铁甲大多能扛住箭矢。

当每个士兵运去五个沙袋时,城墙下差不多被垫起一条近丈高的坡路,骑兵停止,攻城的步兵行动了,先有架梯士兵,冒着箭雨,推着带有牛皮盾牌的云梯,把它顶到城头,攻城的士兵乘坐挡箭战车到城下,一手举盾牌,一手持刀枪,开始攻城。城上兵马紧守城垛,箭似飞蝗,又如三伏暴雨,滚木礌石齐落,胜过雷霆震动,建州人马前仆后继,杀声震天,双方兵将损伤都不小。攻打到傍晚,也没有拿下城池。建州的攻势减弱,最后停止了,城上守兵以为停止了攻击,准备休息吃饭,突然城下鼓角声再起,开始又一轮进攻。刚下去的兵马立刻再登城墙,这时,城门里面几处大火冲天,城内大乱,建州的内应冲开城门,城外早准备好重甲骑兵像一阵暴风似的冲入城中。箭矢从守城兵背后射上来,城上兵将立马乱了套,攻打城墙的建州兵很快占领城墙,整个城池陷落,贝勒拜音达里战死城上,辉发部就此灭亡了。

努尔哈赤灭了扈伦四部中的辉发部落,掠夺人畜三十万,奴隶降民五千户,收编降兵八千人,夺得敕书二百二十道。

兵马回到赫图阿拉后,赏赐有战功的将士,带兵的将领得到的财物要用大车搬运,就是普通士兵,赏赐也不小。努扎是攻城的前锋兵,在乌碣岩战场上负伤三处,伤疤还没有落,进攻辉发城时又负一处重伤,他得到赏赐银子八两一钱,没鞍子的马四匹,绸缎一丈六尺,牛车一辆,粮食一石。随他出征的阿哈也获赏银子二两四钱、绸缎四尺。

雅尔哈齐也参加了这次出征,获得的财物很少,努尔哈赤看论军功分赏的账目时,见雅尔哈齐得到的赏赐还没有士兵多,就特意找到他问:"你论功劳很少,是真的吗?"雅尔哈齐有些惭愧地说,"是少,我上阵既不如可可弟弟,也不如

## 第九章 征战海西

子侄额驸们,还是别带我出征了。""没功劳,你家里东西就比别人的少多了。""没事,够吃。""不出征,你愿意做啥?""我想和额尔德尼学文化。""那好吧。"努尔哈赤回栅城后,把自己分到的二百两银子,让护卫给雅尔哈齐送去了。雅尔哈齐此后极少出征,潜心学习,翻译大明的书籍,记录建州的事情,写了十余册,后取名叫《满文老档》。

褚英这次依然有大功劳,赏赐极多,但是他还是克扣了弟弟们的东西。阿拜、汤古代和莽古尔泰都是初次征战,分到的本来就比褚英少许多,又被褚英拿走了一半,哪个能愿意,于是一齐找褚英讲理,褚英不许他们说话,凶狠地告诉他们说:"哪个敢得罪我?我继承贝勒后,先杀了和我作对的人。"吓得三个弟弟都不敢要东西了。除了三个弟弟之外,还有费英东、扈尔汉等人的也被克扣,但他们没搭理褚英,只是心里感到褚英处事不行。

最得意的是褚英,最沮丧的算是舒尔哈齐了,从不带兵上阵以来,天天垂头丧气,满口怨言。

万历三十六年(1608)十二月,建州第六次进京朝贡,舒尔哈齐以都督身份进京朝贡。舒尔哈齐除了给皇帝朝贡外,向有权势的大臣送礼贿赂权贵,出手大方令北京的权贵张口结舌、目瞪口呆,舒尔哈齐与帝国朝野上下有着广泛交往并颇受礼遇。

一次官场酒席上,有不少朝中重臣,这是钦天监监正邵天寅有意安排的。他们看到建州的迅速发展,经几个大臣包括兵部尚书商议而决定的,他们要分裂建州,以减少朝廷后顾之忧,他们把黑手伸向舒尔哈齐。

像是一场不经意的酒席,却充满了阴谋。邵天寅手拿鹅毛扇,搭凉棚顶住自己的脑门儿向舒尔哈齐望去说:"都督大人,你今年是大运之年那,是青龙转迹之运。"舒尔哈齐疑惑的目光看着邵天寅,问:"何以见得?"邵天寅说:"此乃天机,天机不可泄也。"

第二天舒尔哈齐带重礼登门拜访,礼毕就座。邵天寅说:"你们兄弟二人都是吾皇都督,没有等级的差别。而听说你在建州的地位,却是立于帐下?"舒尔哈齐回答:"是啊,谁让他是我的大哥呢,不然——"其实,统一建州后,为了兴基立业、巩固权位,同时在其内部开始出现了新的女真军事贵族,其地位、等级、权势、利益等都发生了变化,有些显示出尊卑的等级,的确让舒尔哈齐在内心深处感到不满和不平。

邵天寅说："都督大人，就冲你送上的礼物，这么看得起我，我一定帮你。你今年是大运之年，青龙转迹则需青龙点金，易成金龙，可为一国之主，建州将是你的天下了。"邵天寅说得舒尔哈齐心旷神怡。邵天寅继续说："我们国师府里招揽了全天下顶尖的风水相师、奇人异士。我派一人，此乃当今顶级高人，他就是监副阴阳手徐天锦，我让他带上几个高人去辽东助你点金成龙。

随着女真的统一及军事、经济力量的增长，努尔哈赤与舒尔哈齐为政界观点、地位、权力产生的分歧和不满，矛盾由小到大。邵天寅的话与舒尔哈齐心思正好相吻合，可以说是正中下怀。舒尔哈齐想入非非，心里像长了草。

舒尔哈齐回到了建州，向努尔哈赤复命后转回家里。他的长子阿布石和部将武尔坤前来参见，他们为舒尔哈齐鸣不平，怂恿舒尔哈齐另立门户。这时有人送上信物求见，舒尔哈齐令二人退下，求见的人就是监副阴阳手徐天锦，二人施礼就座，舒尔哈齐对徐天锦毕恭毕敬。徐天锦说："青龙转迹则是青龙点金，易成金龙。就是赤龙背加金龙三滴血，法式我做。"舒尔哈齐惊讶地说："什么，还需金龙血？""就是大都督身上的三滴血。""不行，不行，那可不行，这不是找死吗？"徐天锦说："都督大人你无须担心，不是要命，只需取血三滴，龙气充溢，告天行事，转迹宝地我已选好，东行黑扯木山。"说罢抬身告辞："我在山上等你。"舒尔哈齐咬了咬牙，派人找来他的两个心腹爱将商量此事。他们是常书、纳奇布，都有万夫不当之勇。最后决定铤而走险，伺机行事，最好是巧妙取血三滴。

舒尔哈齐带两个贴身侍卫，一个名叫兀西拉，一个名叫火列来，他们有极深的武功，同时带上自己的五千兵马去了黑扯木山。同行还有舒尔哈齐儿子阿布什，也是能征惯战之人，战场上舒尔哈齐的助手。舒尔哈齐派人告诉努尔哈赤说，去那里养病，以后不要叫他出征了。

山外有山，人上有人，努尔哈赤的侍卫也都是一等一的高手，常书、纳奇布取龙血行动败露当场被杀，死得很惨。

努尔哈赤得知舒尔哈齐出走，立刻召集众贝勒、贝子、大臣、将军们前来议事，大家到了议事大厅，听说此事都没人敢先说话，闹生分的毕竟是亲兄弟，别人怎么说，深浅不好拿捏，却又关系着生死存亡。静了好一会儿，扈尔汉急了，嚷道："不管别人咋想，我先说，决不能让舒尔哈齐自立门户，叶赫先前势力旺盛，闹起矛盾，后分东西两城，两个贝勒分立后就开始走向衰落；哈达最早时也曾强盛，号令四方，歹商、孟格布禄分裂，各自为政以后，就不行了，现在我们建州也要学他们吗？"费英东接话说："这本是贝勒的家事，我等不应多言，可是扈尔汉说的有理，如

## 第九章 征战海西

果贝勒念及亲情，恐怕会祸患家族，当早下决心。"努尔哈赤摆手止住大家，说："我已拿定主意，不许他们自立门户，我们建州的法度不容。扈尔汉，你去传回舒尔哈齐，褚英准备兵马，如果传不回，就捉拿回来。"

舒尔哈齐在黑扯木军营大帐中坐立不安，监副阴阳手徐天锦双手合拢，闭目打坐。突然有人来报："常书、纳奇布被杀死在城内。"舒尔哈齐大惊失色，徐天锦站起身来，"都督看来今天不能行事，我先告辞，来日方长。"

没过多久，只听到山下人马沸腾，大军已将黑扯木围个水泄不通。扈尔汉带卫队人马径直奔到了大营下马入帐。"拜见三贝勒，奉大贝勒命，请你回赫图阿拉，有事相商。""我要是不去呢？""三贝勒你可千万别为难在下，你还不知道我们大贝勒的脾气吗？你如果不回去，我们就要兵戎相见，你难道要看到我们建州自相残杀吗？你愿意看到跟随你的部下死去吗？这五六千个家庭就要沦为阿哈啦！贝勒爷，求求你跟我回去吧，你们是亲兄弟，他能把你咋样？"舒尔哈齐觉得扈尔汉说的有道理，他心里非常知道山下的兵马至少有一万，战没有胜算，也没有必要，我不就是发点脾气、闹点脾气吗？还能咋的？"好我回去。""谢三贝勒爷。"

舒尔哈齐进赫图阿拉城，扈尔汉的士兵立刻斩了舒尔哈齐的两个副将，拿下卫兵，把舒尔哈齐送回家中软禁了。阿布石和部将武尔坤得知舒尔哈齐回赫图阿拉城了，知道不是好事，率兵马要进城夺人，被褚英捉住，努尔哈赤把两人交给额亦都、费英东等人议罪，论为死罪，立即处斩了。

褚英在城外又捉住了带人马要进城的阿敏，报告给努尔哈赤，向阿玛请功，并要立即处斩阿敏。这时代善正好在旁边，急忙下跪说："阿敏不是来反叛的。"努尔哈赤还没有说话，褚英先凶狠地对代善说："你敢包庇他，你不想活了？"努尔哈赤制止褚英，问代善："你咋知道？"跪在座前的代善紧张地说："是我让阿敏往城里送马匹。"褚英不耐烦地瞪代善一眼，对努尔哈赤说："阿玛，不用说了，阿布石和武尔坤都论死罪斩了，阿敏也是一样的罪，斩吧。"努尔哈赤对褚英说："不行，阿布石、阿敏他们也是你的兄弟，他们如果有罪，不能姑息，如果没有罪，也不能冤枉。"说完令护卫去叫扈尔汉到城外，查明阿敏的事，不一会儿，扈尔汉回报：城外阿敏带一百人送来四百匹马，都是胜辉发后赏赐给代善的马匹。

得到报告，努尔哈赤叫起代善，又对褚英说："凡事不能鲁莽，况且关系人命的大事。"褚英不以为然，又瞪了代善一眼。努尔哈赤让护卫去释放阿敏，带过来，阿敏胆战心惊地前来叩见，努尔哈赤告诉了他阿玛和他哥哥的叛逆事件，阿敏惊慌得说不出话，努尔哈赤又说："已经查明了你没有参与，你也不用担心，要以你阿玛、哥哥为戒，不可生有贰心。"阿敏叩头答应，努尔哈赤告诉他："你阿玛、哥哥已获罪，他们的五千兵马由你和寨桑古统领。"阿敏谢恩，退出去了。努尔哈赤下令："执刑违法者，不得牵连他人。"

万历三十七年（1609）二月，舒尔哈齐因分裂罪被幽禁。

经过打扫的牢房和普通住房没有两样，舒尔哈齐的衣、食有很好的待遇，也包括定期会见亲人。

舒尔哈齐被幽禁在牢房，痛定思过，写诗一首来表达他懊悔的心情：

赤背妄念加金身，天眼预看龙断魂。
欲念贪婪似洪水，醒来但见滴无存。

万历三十九年（1611）八月，努尔哈赤下令处死舒尔哈齐（八月内含四四）。舒尔哈齐是在努尔哈赤恩养两年多，在第三个年头的八月份被处死。从幽禁到处死不到三年，可见他只是努尔哈赤的至亲，不是至爱，因为努尔哈赤对至爱的人要留三年。谋逆作乱是重罪，努尔哈赤念记亲情、军功没有剥夺他的财产，而由他的儿子继承，从这个行为上看，表达努尔哈赤执法不徇私情、公正严明。从舒尔哈齐的痛定思过，到舒尔哈齐的后代没有不满语言和报杀父之仇的行为上看，想必是舒尔哈齐行刺分裂罪是事实，只是舒尔哈齐自身承担罪过。

努尔哈赤下令：舒尔哈齐所犯分裂罪触犯国法，但念军功、亲情，只法办违法之人，不株连其他族人。并下旨记录在案，四十四年后追封为和硕庄亲王、配享太庙。

秋天给人们带来丝丝寒意，扈尔汉和安费扬古在酒桌上饮酒对酌，他们谈东谈西的，忽然扈尔汉想起了什么，两眼直勾勾地看着安费扬古，安费扬古笑着说："有话就讲，别神秘兮兮的。""罕王下旨，四十四年后追封舒尔哈齐亲王入太庙，为啥不是四十年或五十年呢？不明白，你应该知道。"安费扬古笑着说："看在咱哥儿俩的情分上我告诉你，但你能否保证不得与他人？"扈尔汉认真地举起右手放在胸前说："我发誓，我向女真神发誓，绝不向第二个人透露半个字。"安费扬古："舒尔哈齐墓地，乃高人所选，实为'囚龙穴'，这是第一把锁；恩养他俩都是在两年后的八月份处死，因为八里面有两个四，'四四'是咱们大贝勒的吉祥数，这是第二把锁，可谓锁上加锁；舒尔哈齐四十四（四四）年后尊亲王、进太庙，这是第三把锁，那是罕王以防再生变故。咱们贝勒爷是性情中人哪，念

## 第九章 征战海西

兄弟情分,还是准舒尔哈齐四十四年后封亲王、入太庙。"

### (10)

舒尔哈齐死后,留下的金银财宝、牛马犬鹰各种家产极多,这时舒尔哈齐还有六个儿子,有阿敏、扎萨克图、图伦、寨桑古、济尔哈朗和篇古。努尔哈赤命令六兄弟均分了遗产。褚英主持分家事宜,又从中大捞了一把,六兄弟没敢说半个"不"字,笑着把最金贵的东西奉送出来。贪污太多,怎能不露风声,怎么能瞒过建州间谍?努尔哈赤很快就知道了,对褚英的贪婪很不满意,命令褚英全数返还,一分一毫也不许留。济尔哈朗和篇古的年龄还小,努尔哈赤把他俩收养在自己家里。

灭掉辉发,安抚了乌拉,努尔哈赤继续用兵乌拉东面的女真各部,收取人口兵马。这时渥集部的呼尔哈路聚集一千人马,围困已经归属建州的宁古塔,驻防在萨齐库的建州兵马打退了呼尔哈的围攻,败溃的敌兵逃入了瑚叶路。

万历三十七年(1509)冬,努尔哈赤派扈尔汉、阿拜和汤古代统领一千兵马向东北进军,走了一个多月,到达滨海刀毕河以北的瑚叶路,收服各屯寨人口兵马,俘获人畜两千,在当地过的年,第二年初春,江面的冰还没有开化时,人马全部返回建州。这年秋天,建州所属的绥芬路遭到渥集部雅揽路的抢掠,路长图楞也被他们抓走了,努尔哈赤决定出兵招抚抢掠的部落。

额亦都、第六子塔拜和第七子阿巴泰率兵两千人,到达图们江以北、绥芬河与牡丹江两岸,招抚沿路屯寨人马,有四个路长康果礼、喀克都里、昂古和名噶图率众归附。额亦都等继续进兵到海参崴东北的雅揽路,打败各部守兵,雅揽路的路长那木都鲁率部投降,归附建州,额亦都、塔拜和阿巴泰率兵马返回。

宁古塔是苦寒之地,驻扎那里的兵将的日子异常艰苦,努尔哈赤总得赏赐他们财物,奖励将士,这次又给宁古塔将领僧格和尼喀里送去盔甲四十副、粮食四十石、青布八十匹,用马匹驮着运往宁古塔。当马队走到绥芬路时,四十副盔甲被木伦路的人马劫去了,努尔哈赤派博济里去木伦路,对他们的路长说:"将那四十副盔甲,用四十匹马驮回来。"木伦路长拒绝返还劫持的物资。努尔哈赤决定征讨木伦路。

夏初,努尔哈赤派阿巴泰、费英东和安费扬古带兵一千,冒酷暑东进,行走近一个月的时间才到达,收服了木伦路和乌尔古辰路,俘获人畜一千。

万历四十年(1612)正月,努尔哈赤与蒙古科尔沁亲王明安结盟,并娶亲王明安之女博尔济吉特氏。

在立储君的问题上，汉族文化是有嫡立嫡无嫡立长。努尔哈赤总觉得有些不对，但又没有什么好的办法，效仿呗！毕竟是人家走出来的路。但要是立褚英，他又感觉不是很称心。

大妃佟佳氏为儿子褚英能当上储君，真是绞尽脑汁。除了她非常疼爱褚英外，还有一个重要原因，就是玛法临终前的遗言："希望出生在佟家庄园的褚英能继承努尔哈赤的家业。"虽然当年的玛法并没有想到努尔哈赤能有今日的辉煌，但作为承诺了玛法的佟佳氏，发誓一定要完成这一切。

一天，佟佳氏对自己手下的亲信说："我想好了，今天要见见所说的那位高人。"约有两炷香的工夫，一个"萨满"进入王府，觐见大妃佟佳氏，跪拜请安，宾主落座，大妃佟佳氏令人献香茶。

一说起萨满，很多人对萨满的认识还仅仅停留在北方农村跳大神的阶段，其实真正的萨满巫术比起跳大神来说，不知道要神通多少倍，根本不是一回事。萨满与道术相比，不同的是，萨满从来不是师徒传承，而是直至萨满死后，才会在族人中挑选其继承人。而被选中的继承人都会表现出奇怪的病症，无药可医，一旦做了萨满后，所有症状自然而然就痊愈了。如果拒绝成为萨满，身体就会每况愈下，通常都会死于非命。

佟佳氏寒暄了几句，直接表露出想听大师高谈。于是萨满大师对大妃佟佳氏说："天下龙脉出昆仑，脉出八方，遍延天下。龙穴中，又可细分为五大正穴、十大偏穴和八大隐穴。隐龙穴就是隐穴，此穴游离不定，每隔三十年便会自行游走，很难查遇。我今奇遇这隐龙穴也是天缘巧合，只要将父母辈坟迁移至此，占据此穴，必会萌佑下代，为天下之主。"并把地理位置图呈上，佟佳氏赏赐给萨满一笔可观的银子，萨满千恩万谢。佟佳氏令亲信随萨满同去认路。

佟佳氏经过了深思熟虑，做出了一个让人意想不到的决定，她要用自己的生命成就儿子褚英，完成玛法遗愿。于是，佟佳氏在后宫摆上了酒席，请来了五大臣。在战争和生活中大妃佟佳氏与五大臣建立起深厚的情谊，在家中都是以兄嫂想称呼。酒席间大妃佟佳氏说："褚英是你们抱着他、疼着他、爱着他长大的，你们几位哪个没有教他做事、教他武功，罕王有意立褚英为储君，所以我将褚英托付给你们，这杯酒我敬大家表示谢意。"五大臣惶恐地一起站了起来，分别说着客气话。"希望你们能爱护他、拥戴他。"五大臣分别表态，"大妃有恩于我们，谨遵大妃吩咐，鞍前马后，肝脑涂地。晚上褚英应召来给大妃佟佳氏请安，佟佳氏疼爱

## 第九章 征战海西

地摸着褚英的脸:"长大了,让女真神保佑我们的大阿哥吧!"说得褚英也搞不懂怎么回事,还以为是额娘酒喝多了呢。褚英自小就随父出征,学的是兵书战策,练的是骑射武功,属于屠夫莽汉,比较少于心计,此时的他根本就想不到他的额娘为了他将要做出的非凡举动。

第二天,大妃佟佳氏精心打扮了自己,带四个婢女、四个贴身护卫乘车离开了王城,走向了赫图阿拉的深山,走了大半天,暮色降临,前方陡现一高山,放眼望去,顿感一股磅礴的气流扑面而来。

只见山峰绵延起伏,透过薄暮望去,宛如一条长龙蛰伏于此。山上郁郁葱葱,山下便是那苏克素护河,湍流到山岗脚下,潆绕盘旋,如缕如带。山石嵯峨,仿佛龙睛圆睁,两块巨石之上对称耸立,宛如龙角一对。大妃佟佳氏称道:"真乃风水宝地,好个去处!"又转过头来说:"你们今天跟随我有后悔的可以走了。"众人纷纷跪下,"往日之恩,今日跟随不悔。""今能攀龙附凤此生足矣!"

前有侍卫开路,后有侍女伴元妃,他们一起投入山谷,虽然是万里晴空,山涧峡谷中传来轰隆隆的雷石之声,他们走了,走向了远方,走向了很远很远的地方。

大妃的失踪闹得建州人心惶惶,派出的多路人马回报都无消息。努尔哈赤惦记妻子,头痛难忍,心力交瘁,身体不支,在王宫卧床不起。在五大臣的建议下,努尔哈赤决定立褚英为储位,也是对大妃佟佳氏的亡灵一点安慰。

(后来有史学家评论:目前,没有人知道舒尔哈齐是怎么死的。有研究者根据努尔哈赤的一生行事风格,断言是他杀死了自己的亲弟弟。

如果说舒尔哈齐死得足够蹊跷诡秘的话,还有一个人的死就称得上是彻底地蹊跷诡秘了。这个人就是努尔哈赤的第一位妻子、他的元妃佟佳氏。这位女士为努尔哈赤养育过两个孩子——嫡长子褚英、次子即后来的大贝勒代善。仅仅从这一点出发就可以断言,佟佳氏必定对努尔哈赤的早期生活产生过重大影响。奇怪的是,这位努尔哈赤的原配夫人、两个具有崇高地位和影响的儿子的母亲,竟然在历史上消失得几乎无影无踪。舒尔哈齐在《清史稿》上好歹还有大半页纸的传记,而这位佟佳氏则只有一行字的记载,曰:"元妃,佟佳氏。归太祖最早。子二,褚英、代善。女一,下嫁何如礼。"她的身世如何,她的一生怎样,她的性情与为人有什么特点,她到底出了什么事,甚至连死后埋在哪儿,等等,全部消失得无影无踪,整个就像在人间蒸发了一样。这种历史也算得上是混账透顶了。同样可以断言的是,其中一定隐藏着与努尔哈赤有关的不可告人的重大机密。

佟佳氏的命运,可能极大影响了她的两个儿子。褚英的乖戾和不可理喻,代善的庸懦和凡事忍让,应该与他们的母亲有着绝大关系。)

万历四十一年(1613),褚英登上储君的宝座,做了努尔哈赤的继承人,在努尔哈赤疗病期间,代理主持国政,声望日隆。五大臣精心扶持左右,众兄弟也都是俯首称臣,听命于左右。

叶赫与乌拉实力相当的,曾经剑拔弩张,到现在各守边界,互不侵犯,其中主要原因那就在于叶赫东哥格格。叶赫贝勒府,东哥、布扬古、金台石议事,东哥提议道:"建州实力非同一般,这两年布占泰实力也是大增,出兵攻陷钟城'十八里潼关',又发兵攻取瑚叶路诸部。六镇周围及其东北各部女真都听从布占泰的号令。乌拉离我们最近,迟早要对我们用兵。前面有猛虎建州,后面有狠狼乌拉,我们不得不防。让他们敌对,引发战争消耗他们的实力,可保我们叶赫平安,立于不败之地。现在边界事端,听说布占泰要对我们叶赫用兵,我们应该忍让与乌拉交好,来保存我们叶赫的实力,有机会让我见见他们来的使者。"两个贝勒都认为东哥此话有理,就对叶赫与乌拉边界的冲突有了让步。

乌拉使者来叶赫的时候,有意安排东哥会面参与,边界的纷争自然会处理得很得当,俘获的人放了,占的土地归还了。乌拉使者向东哥道谢,东哥说:"听说乌拉贝勒爷精于买卖,家中珍珠翡翠多的是,还有奇珍异宝,能不能让我开开眼界?"乌拉使者自然恭维,并说要回去禀明主子。

乌拉贝勒布占泰在边界事情处理上,由于叶赫格格东哥从中美言,处理的结果让他非常满意,说道:"叶赫东哥格格原来那是我们女真第一美女啊,岁月不饶人啊!"使者说道:"贝勒爷,你还真的没有看到东哥格格,虽说年近三十,看去如同二十岁的少女一般,真是美貌动人啊!我们乌拉是找不出这样的美女的。"说者无心听者有意,一种好奇心油然而生。当布占泰听到东哥问起奇珍异宝,就接话说:"有时间你请东哥来乌拉,挑几件物件送给她,也算是我对她的答谢。"东哥的帮助不单单让布占泰满意,使者也是非常感激东哥的,因为这几次公差布占泰给了他丰厚的赏赐,但始终没有止息纷争,这次办好了差事,使者从心里感谢东哥,没有东哥的调停,根本就达不到这么理想的境地。

使者把东哥请进了乌拉贝勒府,东哥去掉面纱,相互施礼请安。布占泰见到貌美如仙的东哥,惊得目瞪口呆。只见她面白如玉,目如秋水,那腰肢如柳,那妖艳又尊贵的气质,真是让布占泰立刻浮想联翩。一旁的使者:"贝勒爷,贝勒爷!""哦,哦!"布占泰自知失态,"请　　请　　请坐,上茶。"关于边部

## 第九章　征战海西

纠纷处理上，布占泰向东哥表示感谢。布占泰和东哥寒暄了几句就进入了正题，布占泰要送几件物件表示感谢。东哥来到了府库，看到满屋的奇珍异宝，真是琳琅满目。她不客气但很有分寸地挑选了两样小物件，布占泰为博美人一笑，送了一对价值连城的东珠，让东哥好是喜欢，东哥大加赞赏。布占泰看到东哥笑得如此阳光、如此灿烂，心中获得了极大的欣慰和自豪感。

一桌丰盛的酒席表现出布占泰的盛情，盛情之下更是频频举杯。东哥为答谢布占泰送的宝贝，酒席间施展了她艺术天赋。那玄妙的琵琶弹奏，优美动人的歌声；抬手展腰肢，投足抖香肩，真是勾人魂魄。美酒美人闹得布占泰恍恍惚惚，让本来早已麻木的布占泰产生了青春的冲动，多次疑惑自己是在梦中。接下来的两日夜夜笙歌，让布占泰乐不思蜀，不理正事。仅仅几天的时间，他们好像相处很久的老熟人，相互都感觉到相识恨晚。这一天东哥向布占泰辞行，布占泰又以汗血宝马相送，设宴给东哥饯行。酒过三巡，菜过五味，布占泰还是频频敬酒，有一种难以割舍的感觉。这时布占泰的福晋娥恩哲带侍女来了，说是部落有事情要布占泰处理。因为娥恩哲是建州的格格，布占泰不敢斥责，只是以酒喝多了推托。娥恩哲看着妖艳的东哥气就不打一处来，说："你是建州已聘的格格，不在家里好好待着，跑到我们乌拉来干什么？"真是主高奴大，在一旁的侍女口吐狂言："跑骚呗。"把东哥气得："你——你——"侍女自知失言，手捂着嘴。布占泰大怒："来人，把这个不知死活的拉下去，砍了。"娥恩哲一再求情，布占泰："死罪可免，活罪难逃，令射五只包骨箭惩戒。包骨箭是把箭矢的铁箭头拔掉，换上钝头的骨头，射人时不会插肉里，却能射出一个大包，是一种羞辱人的刑罚。娥恩哲看护着侍女一同下去了。

布占泰怒气冲冲地吩咐侍卫任何人不得入内，违令者斩。一场闹剧荡涤了原本欢快宴席的兴致，布占泰劝说东哥不要生气，别跟她们一般见识，东哥恶气未消，说："我平生愿望就是要找一个英雄，看起来你不是一个英雄，是个狗熊。"布占泰不服气地说："我不是英雄？我出兵攻陷距钟城'十八里的潼关'。兵锋所至，六镇周围及其东北各部女真都听从布占泰的号令。难道这还不够是英雄？"东哥说道："你连一个建州格格都忍让，还能指望你杀努尔哈赤，为我阿玛报仇？"布占泰当然记得东哥早些年放出的狠话，当东哥再次提到努尔哈赤时，布占泰眼神有些恍惚，那股豪气已荡然无存。

钦天监监副阴阳手徐天锦欢天喜地地回到了京城，他在辽东办成了一件天大的事。他把手下人扔到一边,只身来到钦天监,禀报邵天寅:"在赫图阿拉深山,查到辽东龙脉,乃是隐龙穴,左有青龙,右有白虎,南有带河,北有厉山,气势磅礴,王气正盛。我带人已将龙脉铲除。辽东的九九八十一条龙脉终于被我们都铲除了。邵天寅闻报更是欣喜若狂,马上觐见皇帝。

钦天监是大明帝国的一个特殊机构,集聚着天下顶级奇人异士。他们根据天文、地理、气象的变化,解释上天的意志,供皇帝在进行重大国事决策时参考。万历皇帝虽然懒得上朝,懒得见那些他不喜欢的大臣,却对钦天监有求必见。

邵天寅兴致勃勃地进入宫殿跪拜皇帝山呼万岁后说道:"恭喜皇上,贺喜皇上,大喜呀!多少年了,现今终于查到辽东龙脉隐龙穴,龙头已斩,龙喉已堵,龙肠已烂,龙脉已破,紫薇王气已泄。"万历皇帝听后是龙颜大悦,金银玉帛犒赏钦天监后,立刻进宗庙跪告祖宗。

统一女真大业的步伐将要迈进乌拉国,让努尔哈赤所烦心的是,出师无名,他要找出战争的理由。虽然已经对建州间谍发出命令,但至今没有结果。

就在努尔哈赤为家里事挠头的时候,建州间谍总部整理的详细密报呈给努尔哈赤。密报内容是:"乌拉贝勒布占泰宴请叶赫东哥格格不理政事,娥恩哲格格去劝说布占泰的时候,与叶赫东哥发生口角,娥恩哲格格的侍女出口伤人,被布占泰用包骨箭责罚,娥恩哲格格被怒斥。"

努尔哈赤看过密报后递给侍卫,侍卫将密报递给额亦都,额亦都、安费扬古看后,相视一笑:"跑了七天就是为了这么点小事,哈哈哈!"他们当然不知道密报内容还有很多。努尔哈赤也笑着说:"笑,就知道笑,这是小事吗?"额亦都和安费扬古不解,看着努尔哈赤,他们不知是何意。"你们看看布占泰用箭伤的是我们建州格格,我们建州格格遭受侮辱,我们能答应吗?"你瞧我,我瞧你的,突然大家一起大笑起来,他们不得不佩服努尔哈赤的智谋。努尔哈赤接着说:"汉人不是有一句话嘛,叫作欲加之罪何患无辞。我们一直对乌拉隐忍不发,那是没腾出手来,现在到时候了。"

召集各贝勒阿哥侍臣议事厅议事,努尔哈赤讲娥恩哲在乌拉受辱,大家都气愤异常,一致赞同讨伐乌拉。

初秋,褚英率领莽古尔泰、皇太极、费英东等人,统领一万人马进兵乌拉。令代善和阿敏率领五千轻骑做二队接应兵马。大军沿乌拉河行进,沿途连续攻克五座城池,收缴村寨二十多处,驻兵到乌拉城以西二里远的金州城时,乌拉城出

## 第九章　征战海西

兵来援，莽古尔泰和皇太极率兵击溃援军，占领了金州城。这里是乌拉储存粮食的地方，褚英急令运粮食到建州，刚刚运走一部分，乌拉的大军就到了，褚英急令建州兵听军令点燃了所有的粮仓，火光冲天，黑烟如深秋的乌云，遮挡住半面天空。乌拉全城恐惧，布占泰看到粮草被烧，心痛死了，急令回兵。并派亲信吴巴海乘船过河，求努尔哈赤平息怒火，留下一句话，我照办就是了，请阿玛回兵吧。乌拉三次来人，莽古尔泰不准进见，使者都没有准入之后，布占泰没有办法就亲自带了六个亲信乘大船，划到河中间，跪着向建州兵营喊："乌拉国即阿玛的国，请开恩别烧粮了。"说完叩拜不止。建州有大队人马出营，褚英披甲提刀，单人独骑下河中，到水没马腹处停住，对布占泰说："布占泰，我建州昔日擒你阵中，免你死，扶助你登上乌拉大位，把三个格格嫁给你，你七次盟誓谢恩。现在你藐视天威，背盟抢我建州属地呼尔哈，又用包骨箭射我建州格格。我们建州格格送来是尊为福晋的，何得凌暴至此？我们建州依天命循天理，远近钦服，不被辱于人，你不知百世前的事，难道十世以来的事也不知道吗？建州格格有过，你当告我与阿玛，无故被辱，他国都不受，况且我国？古人云宁损其骨无损其名，我们建州不愿有此兴兵，是你负恩悖乱，是以致讨伐。"

布占泰在船头叩首说："必是有人离间阿玛与我不合，我今身在河中，如果真射阿玛的女儿，皇天在上，河神在下共鉴，这些事都是传言。"布占泰身边的侍者拉布泰对褚英说："贝勒爷，既然因此动怒，怎么不遣使来问一声呢？"褚英训责拉布泰说："这里缺少多嘴的人吗？你说是传言要问？没确凿的事必须问，既是事实还问啥？这条河没有封冻的时候吗？我兵马不能再来吗？你口齿虽利能胜过我手里的刀吗？"

布占泰恐惧忙止住拉布泰别再说话。布占泰的弟弟喀尔喀玛叩首说："请贝勒宽宏，赐给我们一句话收兵吧。"褚英说："如果真没有这些事，把你的儿子和亲信的儿子送来做人质，证明你说的是实话，不然不可信。"说完回营。

莽古尔泰请求率兵过河攻城，褚英说："不行，来时阿玛有交代，要征服乌拉这样的大国，须像伐大树一样，一城一寨地吃掉，不可能一举取之。如现在过河进攻，对我军不利，乌拉必以死抵抗。现在已烧毁他的粮草，他们要过饥荒年了，吃不饱就要起内乱，我们瞧好吧！"褚英命令大军返回建州，等乌拉送人质来。

以前建州连续用兵取胜，获得财物人口极多，分赏给有功兵将财物的差使，多由褚英办理，褚英每次都是自己先捞好处，使得各个弟弟气愤，将士不满，褚英又总以势压人。这次乌拉之战，获得财物更是丰厚，褚英又是故技重演。

褚英代理主持国政，努尔哈赤就是要培养他做接班人，褚英就应该遵循努尔哈赤方略行事，但是，由于褚英自视在诸多贝子当中他是大阿哥，又是储君，视群臣也包括五大臣为奴才，口无遮拦，蛮横无理，贪得无厌，恶语吓人。褚英在沙场上骁勇无敌、能征善战，多次立下显赫的功勋，但在处理人际关系上，显得是那样的无知，与弟弟们、大臣们的关系越来越紧张。这次乌拉的军士行动，在所得物资、人口、牲畜等收获上更是贪婪。因此，造成周围大部分人感到恐惧和愤怒。努尔哈赤的另外几个子侄都握有重权，五大臣更是德高望重，因此，诸贝子、众大臣都向褚英发难，他们联合起来向努尔哈赤控告褚英。

努尔哈赤让他们每人写一份文书，说明褚英的过错或罪状，然后命令护卫逐项调查，此时褚英仍然执掌政务，但各个阿哥大臣手中也握大权，护卫们来来去去查几个来回，也弄不出个结果。

整不清是非，努尔哈赤也无法决断的时候，突然想到一个人，四弟雅尔哈齐身居事外，没有参与是非之中，于是传令由雅尔哈齐调查。雅尔哈齐领命，没用上一天时间，就把事情的前因后果查得清清楚楚，人证物证齐备，上报给努尔哈赤。褚英罪状有三条：

一、褚英与众弟弟和各大臣将官之间，彼此不睦。

二、褚英对战争获得财富合理分配所得已经不能满足，多次索要、克扣各弟弟和大臣们的财物马匹。

三、其三，当周围的人们使他感到不愉快时，他曾经不止一次放出狠话，说是等自己继位之后，就要干掉那些让他厌恶的弟弟和大臣们。

努尔哈赤见调查各事都有凭证，传来褚英训斥说："以前就给你的部众五千户、八百牧群、银万两、敕书八十道，比任何阿哥都多，如此多给还不满足，还要取弟弟们本来就少的物品，如此贪婪不义，来日何以服众？如果你总以为你的东西少，那就将你们的财物合在一起重新分配。"褚英仍然不认为自己有错，努尔哈赤让他回家思过，不用他再执掌政务。

再说乌拉布占泰贝勒这个窝火，建州以莫须有的罪名袭击我乌拉，攻营拔寨，掳去财物、人口、牛羊，又焚烧了粮仓，还要我们乌拉送人质。于是布占泰贝勒召集谋士、将领们前来贝勒府议事。将领们主战，要与建州一较高低；谋士们主和，送人质到建州，以求乌拉平安。正当喋喋不休地争论不下的时候，布占泰接到了叶赫东哥的信函，信中大意说的是："布占泰你是男人吗？你是一国之主吗？你还是一个英雄吗？四万乌拉军手握的是烧火棍吗？就是因为那么一丁点小事，你

## 第九章 征战海西

就遭到如此屈辱，你还跪地求饶，让我一个女人都看不起你。假如你还是一个男人，假如你沾一点英雄味，你就挺直腰板，扬起你的头。我将说服我的阿哥、叶赫两城贝勒助你报仇雪耻。"

布占泰完全震惊了，本来他常常想起东哥那洁白娇嫩的皮肤，是那样的柔软光滑，肌肤之亲，销魂之夜，让他一生都难以忘怀。单单让布占泰没有想到的是就是这么一个柔弱多情的女人，是这样的刚强而有胆量，义气而又有思想。他完全被感动了，用颤抖的手擦抹着那羞愧的眼泪。

（11）

建州兵马占领乌拉的金州城，火烧粮仓，布占泰屈服，建州军回兵，等待乌拉送人质来。建州没有等来乌拉送人质，却等来了建州的间谍和建州的探马同时送来的情报："布占泰要与叶赫结盟，下聘礼求娶叶赫三十岁的东哥格格，并且已经囚禁了努尔哈赤的女儿和侄女，布占泰竟把女儿萨哈廉和儿子卓启鼎以及十七个侍卫的儿子送往叶赫，发誓要和建州势不两立。"

褚英的行为让努尔哈赤十分烦心，让他十分担忧国家的命运。于是做出了决定，让褚英留守王城，由自己亲自统帅大军讨伐消灭吉林以北、松花江东岸的乌拉国。

冬雪满山，长河冰路，努尔哈赤集合三万人马，带领侍卫费英东、何和里、扈尔汉、额亦都和安费扬古五人和子侄四人，有代善、阿敏、莽古尔泰和皇太极，褚英留家里闭门思过，没准他出征。

大军在积雪的河面上行进，最前面是一队轻甲骑兵打旗开道，之后是八辆马车跟随，车上坐的是鼓乐手，敲四面大锣，打四面牛皮鼓，吹奏长短唢呐，鼓乐声传出几里远，乐队后面是十六骑护卫，然后是努尔哈赤的坐骑，紧跟着的侍卫打着黄罗伞，旁边跟随的是额亦都和扈尔汉以及侍卫队巴牙喇亲兵的马队。其他阿哥侍臣，各率领兵马，依次排列，向乌拉城进军。

兵马北进四日，沿途攻城拔寨，如入无人之境。第五天，乌拉贝勒布占泰出兵迎战，调集乌拉部四万人马，越过金州城和伏尔哈城，在城外旷野摆下六座大营，挡住建州兵马的道路，布占泰要在给东哥面前显露自己的英雄气概。努尔哈赤在距乌拉兵营四里外扎下人马，各路将士要立即出击敌营，努尔哈赤有些犹豫，不想全面进攻，命令坚守大营，不得出战。

代善与三个弟弟合计："你们愿意出战不？"莽古尔泰说："我愿出，可是阿玛已经下令守营了。"代善说："我去请求出兵。"阿敏阻止道："哥哥别去，阵前违令,贝勒必然动怒。"代善说:"眼前的战机如果失去,恐怕更难打了。"皇太极对代善说:"我陪你去见阿玛。"代善说:"不用,人多了,阿玛可能会更生气,我自己去。"代善去中营,正遇上费英东等几个侍臣也去见努尔哈赤,于是同行。

见到努尔哈赤,代善先跪地说:"何惧乌拉兵马,我们出兵之前,阿玛就说过,尽量不攻城,诱敌兵出城伏击,想了好几个引敌办法。今敌兵自己出来,立在平原旷野上,正可一鼓擒杀,舍了这个机会不战,喂马磨刀来干啥?等布占泰娶了叶赫的女子,我们遭受侮辱,再征讨他还有啥用?"各个侍臣也请求出兵。

努尔哈赤对大家说:"我仰上天眷顾,自幼上阵以来,遇劲敌无数,何时不敢单骑突阵,斩将拔旗!今日之战役,我怎么不能率你们身先搏战,只是敌兵众多,担心侍臣们有一两个被伤,兵士们亡于阵前,所以想求万全之计破敌,不是惧怕。你们如果众志一心,即可决战。"大家都愿同心一战,于是,努尔哈赤命侍卫取来盔甲穿上,命令各营将士准备出战。

各营的将领集合到中军大帐,努尔哈赤布置兵力:"代善、阿敏和额亦都三人率领五千兵马,出击左路敌营。莽古尔泰、皇太极和安费扬古率领五千兵马,出击右路。努尔哈赤自己率领一万四千兵马出中路。费英东和扈尔汉率领六千兵马,先于三路前攻击敌营,等敌兵反击出营,费英东扈尔汉后退,引诱敌兵到地势开阔处,左、中、右三路兵马,听鼓号声一齐出击,合围出营的乌拉人马。倘若蒙天眷佑,破敌营,可乘势夺城门,攻下乌拉城,现在他们城里只有两千守兵,夺下城池,不让乌拉兵回去。"

部署完,各将带兵行动,代善和莽古尔泰两支人马去左右埋伏,费英东与扈尔汉带领人马出中营,在距离乌拉兵营几百步的地方下马,结成方阵,步行攻击前面的两座敌营。乌拉前锋两营的主将见来攻的建州兵不是很多,又都是步兵,就没等后营布占泰的命令,两营共有一万人,马步兵全部出动,一齐反击。两军相接,人马漫山遍野,建州兵将先是猛冲,箭矢如风雨倾泻,紧跟后刀枪加身,乌拉兵依仗人多势众,兼有骑兵冲击,大喊大杀向阵中疾进。费英东等人带兵将边挥刀抵挡,边向后退却,乌拉兵马冲杀得更快了。

建州的兵将已经退到自己的营帐前了,再没有后路,这时,营帐后的山腰,鼓号声突起,震动山峦云霄,建州骑兵奔驰而出,五十五岁的努尔哈赤,头顶盔身挂重甲,一手提刀,一手持鞭,第一个冲进乌拉兵马中,挥刀斩将,黄罗伞和护卫都被甩在后面。

## 第九章　征战海西

努尔哈赤身边的将官护卫，见贝勒已冲入敌军之中，各个只管打马前冲，顾不得刀枪落没落身上，顾不得箭矢透没透盔甲，率兵将拼死跟进，身后兵马岂敢怠慢，千军万马齐奔，如决堤的江水倾泻，立刻止住了乌拉冲锋的势头。费英东和扈尔汉早看见努尔哈赤打头冲杀，怕有闪失，急忙上马，匍匐在马背上，穿枪林冒箭雨，追赶努尔哈赤。

代善领左路兵马，莽古尔泰率右路大军，与中路的努尔哈赤同时出击，三面围杀，乌拉前两营的这一万兵马，立即就溃不成军，当场被斩杀过半，余下的丢弃了刀枪盾牌，撇开大旗，惊慌逃窜。乌拉中营的布占泰，刚接到建州败退的消息，命令后营发兵追敌，兵马还没有出营，又接到了自己前锋溃败，建州攻营的报告，布占泰又急忙改命令为据守堵截。

乌拉的溃兵数千人逃回自己军中，冲乱了堵截的阵势，三路建州铁骑跟随杀到营前，两军混战，天昏地暗。战场上刀枪相击之音，与喊杀声、战马嘶鸣声，又夹杂鼓号声，震耳欲聋，死伤军士的号叫声动人心魄。

布占泰暴叫，调人马堵左路，右路溃败，派兵右进，左兵覆没，山川沟壑，尸横遍野，血流成河，马惊兵窜，战场延伸到乌拉城下。一些乌拉兵将逃进了乌拉城里，扈尔汉率领一队兵马撵着逃兵，争夺一座城门，冲击城池。安费扬古率领攻城兵也到城下，土袋砌台，道道云梯搭上城墙，城上城下，同时攻打，本来守城的兵力很少，没用多少工夫，就拿下了乌拉城。天黑前，努尔哈赤带着护卫进城，坐到西城门楼上，建州的旗帜也插在城楼上。

布占泰终不敌建州兵马攻击，阵乱营倒，率领几千残兵败将也逃向乌拉城，到城下才发现城池已被占领了，慌忙转向北面逃跑，这时代善率兵追到，截杀布占泰，几千残兵纷纷投降，布占泰仅领着十八人，骑的马快，趁着夜色奔叶赫逃去。

这一战，阵斩乌拉人马一万多人，俘虏近两万多人，得马三万匹，夺取乌拉主城，获敕书五百三十道。之后挥兵攻占乌拉其他城池，各个城寨几乎不战而降，俘虏人马近万，获取乌拉部民三万户，有二十万人口，至此乌拉部灭亡了。

这一天，整个建州军斗志昂扬，有的侍臣、贝勒、将军们私下议论："叶赫近在咫尺，该打叶赫了，哈哈哈！""那是啊，总算该出出这口恶气了。""就现在的热乎劲，准能拿下叶赫。"在努尔哈赤的军营大帐，都在等待努尔哈赤的军令，有的还都想好了要打头阵。然而让大家没有想到的是，努尔哈赤安排尽快把俘获的财物、人畜送回赫图阿拉城，部队进行休整，新军加紧训练等事宜。额亦都："启禀贝勒爷，那叶赫什么时候用兵啊？""谁说要对叶赫用兵了？不是说部队要休整嘛！"额亦都说："贝勒爷，谁都知道贝勒爷是一诺千斤的好汉，当初为了叶赫东哥格格你承诺十五年不犯叶赫，即使叶赫再无理，贝勒爷还是遵守这样承诺。可现在正好刚过了十五年。叶赫又近在咫尺，怎么能放过他叶赫？"群臣激昂，都跟着要求攻打叶赫。努尔哈赤说："我们是疲劳之师，叶赫现在是以逸待劳。"还有人喊着不怕累，不怕苦，只要贝勒发话，我们就一马当先云云。费英东说："贝勒爷，你看这样行不？"努尔哈赤看着费英东点头示意他接着说，"派使臣去叶赫要乌拉布占泰，叶赫要是交出布占泰，那叶赫就颜面扫地，如果不给，那打他就没说的了。"大家都赞同费英东的意见。努尔哈赤："大家的心情我理解，容我好好想想。下去吧！"

努尔哈赤现在到了两难之地，他要实现自己对东哥的承诺，还要顾及大家的情绪。努尔哈赤想了想，立刻建州间谍把这个情况送往叶赫，告诉东哥，建议明朝出面干预。建州间谍行动了，用数字写的密信自然到了东哥的手里面。

扈尔汉手下的新编牛录中有十多人原是布占泰的亲兵。其中有一个亲兵说："听说现在大军出征叶赫，明显是要去捉拿我们以前的主子吗？我们这样眼瞧着，那就太不讲情义了。"另一个亲兵说："乌拉的四万大军都没有用，我们又能帮上什么？""我们去叶赫给主子报个信，即使不能救主子，也算我们尽到了义气了，也算没辜负贝勒爷过去对我们的恩典。"其他人低着头没有响应的，这两个亲兵愤怒地说："你们都没血气了吗？都是胆小鬼吗？"终于有一人接话说："不是我们忘了过去主子的恩典，只是没有一点能力了，现在反叛，只是连累家人，都不能活，我们才几个人，除了一死，还能怎样？"其他人都赞同。"没用的东西。"两个亲兵愤恨地说着走了出去。等天黑后，两个人假装找水饮马，悄悄地消失在夜色里。

叶赫贝勒金台石、布扬古得到了乌拉战败消息就立即收拢境内各个城寨的兵马，集合到叶赫东城，东西两城兵马共有三万多人。

叶赫贝勒府他们几人商量，两个贝勒原本对自己叶赫铁骑勇猛比较自信，由于乌拉四万人马的失败，不得不承认建州军的厉害。"看来只能是拼死抵抗了。"东哥建议去开原求救，让明朝出面干预。立刻得到金台石、布扬古的赞同，他们知道自己难以抵挡努尔哈赤，按照东哥的建议去开原求救，将十马车的礼物送进了开原总兵马林的府中。总兵马林喜欢金银玉石珍珠，也喜欢人参貂皮鹿茸，见

## 第九章 征战海西

了这些东西眼睛就亮,也不客气一下,全收,一高兴立马摆酒款待来人。金台石哪有闲心喝酒,哭着个脸求马林说:"哈达、辉发、乌拉三部,被建州尽取了。今复侵我叶赫,其意要削平各部,再取辽东,推平开原、铁岭做放马的牧场。请总兵大人剿灭建州,恢复各部。"马林端坐正中,手里拿个鸡蛋大的东珠,呵呵一笑说:"贝勒过于惊慌了,努尔哈赤如果侵你,俺下一令,他就退了,何须慌张,喝酒。"金台石哀求说:"大人,努尔哈赤已到东城外,大人如不快发兵,我叶赫就要灭了。"马林品一口酒,咂咂嘴才说:"有这事?"金台石急急地说:"正是,请大人今日就发兵救城吧。"马林本想推托,可是又看了手里的东珠一眼,顿了一下说:"好吧。"转头对身边的护卫说:"传令,游击马时楠和周大歧率领本部一千人,携带火铳火炮,进驻叶赫,守卫城池,马上准备,今日出发。"卫兵应声下去,传完命令,又笑眯眯地对金台石说:"这件事我要上报给辽东巡抚和辽东总兵大人,努尔哈赤妄动伤我大明将士,那就是与我大明为敌。贝勒这回放心了吧。"

金台石愣愣地看着马林下命令,等到马林和他说话才回过神,直着眼睛嗑嗑巴巴地说:"大,大人,就,就一千?"马林见金台石是嫌兵少,就笑了,说:"贝勒别嫌兵少,这一千人马,是开原城精锐中的精锐,俺是轻易不派出去的,要不是看在这个东——"马林想说,看东珠的面子上,话到嘴边,觉得不妥,顺嘴改口:"这个东城,俺是不出兵的。一千火器营,顶你两万兵,呵呵!"

金台石赶忙称谢:"多谢大人鼎力相助,小人一同回去了,多谢大人!"起身行礼,心里想:有一千总比没有强。行完礼,急急忙忙回叶赫守城去了。马林也无心留客,急急忙忙回后堂,看金台石送来的东西中还有什么好玩意儿。

此时建州的使臣到了叶赫,见到了布扬古贝勒,建州使者要叶赫交出乌拉布占泰。布扬古拒绝了建州的要求,"布占泰交给你们,我们叶赫的颜面何在?""不交出布占泰我们的建州不也是没面子吗?如果我们贝勒爷发怒,其后果那就可想而知了。""你还别吓唬我,我们叶赫的铁骑也不是吃干饭的,送客。"布扬古拒不交出布占泰。

使臣回去复命,努尔哈赤大怒,亲率四万人马,绕道苏完,从东面兵进叶赫,吩咐不得疾进。四万大军漫山遍野,分左右两翼、分前队后队依次北进,雄赳赳地进入叶赫境内。建州前锋兵马包围了叶赫国的一个小城兀苏城,因为这个城有出水痘的(出水痘,是当时比较严重的传染病),所以没有收拢进入叶赫城。建州军士到城下喊话,问他们降不降,你们要是降了,可保一城人性命,不降就攻城。

城中众将官合计说:"建州兵马刀枪如林,甲亮如冰雪,岂是我等所能抵挡!如果招抚我们,我们就降了。"于是守将山谈和副将户石木开城门投降,率人出城跪迎建州兵马。之后主将山谈叩拜建州贝勒,努尔哈赤欢迎他们归附,以金杯赐酒,并把自己戴的一串东珠和金佛帽摘下来赏给他,其他人都有赏赐,给衣物金银牛马。

乌拉部灭亡,布占泰逃往叶赫部,因为有婚约,布占泰提出要与东哥完婚,然而眼光极高的东哥根本就没把败军之将布占泰看在眼里,况且东哥有着她的统一女真的使命,她找出一个不容置疑的说法:"我要嫁就嫁给一个英雄,只要他能杀了努尔哈赤。"东哥理由充分,断然拒绝履行婚约,又气又羞的布占泰不久郁郁而终。

建州兵马还没有到东城下,努尔哈赤就得到了开原总兵马林出兵助叶赫的消息,又因为叶赫也有了防备,和众贝勒大臣商量了一下就决定停止进兵,准备回师赫图阿拉。许多将官都不愿意退兵,代善先来劝阻说:"我们四万兵马出征多日,还没真正见上一阵,俘获极少,今到城下,难道只因为多了一千明兵,我们就胜不了叶赫吗?多个千八百人明军,叶赫不也就是三万多吗?比我们四万还是少的多呢,怎可怕他们?"大家都赞同,努尔哈赤说:"明兵一千,人不多,容易灭掉,可是斩明兵一人,就是与明朝开战,现在还不是与明朝开战的时候,所以要退,等待时机再来。"四万大军全部退回建州。

兵马刚回到赫图阿拉城,辽东巡抚兼都御史张涛和辽东总兵李如柏,共派使者跟着进了城,怒气冲冲的明朝使者坐着八抬大轿,仪仗队高举回避牌,鸣锣开道,建州迎接的兵马在最前面引路,进入栅城,见到努尔哈赤。明使者盛气凌人地说:"自今以后,不许侵犯叶赫,若是听从,是知道俺的好意劝你罢兵;若不听从,再侵犯他们,就是侵犯大明。"努尔哈赤答应听从明朝旨意。

明朝使者传完军令,吃饱喝足,索要了礼物,高高兴兴地返回了。努尔哈赤命人把讨伐叶赫的理由写成书信,带着去抚顺城,要见总兵李如柏说明情况。一同带去的还有八岁的十一阿哥巴布海,以及十一阿哥的奴仆数人。李如柏去了自己开的妓院里喝酒听歌,没时间接待,令手下的游击李永芳去看看。见到李永芳,努尔哈赤对他说明,是叶赫先夺建州城寨,联合九姓攻入建州,后结盟嫁女,聘礼下而金台石毁约,叶赫又将我已下聘礼的女人许给布占泰,现在又藏匿布占泰等事件,说完缘由,努尔哈赤愿与明朝消除敌对状态,要将十一阿哥等人留下做人质。

李永芳收下书信,留不留人质却不能做主,又去请示总兵大人,李如柏是谁啊,

## 第九章 征战海西

他是李成梁的儿子,他怎么不知李家和努尔哈赤的私人关系。于是,李如柏搂着三四个歌女,兴致勃勃地看跳舞,听李永芳说完话,就说:"他们送的谁,有谁认识?"摆手叫他退下。李永芳出来告诉努尔哈赤说,大人不收人质,努尔哈赤带着所有人返回建州。在建州与明朝关系紧张的时候,叶赫却与明朝打得火热,金台石把自己儿子送到马林处作为人质,实际却是马家的上等宾客,马林又增派三千人马到叶赫驻防。金台石见有明朝全力支持,心中有了底气。

努尔哈赤没有让褚英出征,把他留守老城思过。褚英在家中非但没有悔改,还变本加厉,他怨恨努尔哈赤和自己的弟弟们,还有那些不识时务的大臣们。褚英把他所恨的人的"罪状"写成表文,焚表告天,诅咒他阿玛和弟弟都死于战场。又预谋仿古逼宫夺权,将王城的侍卫都换上自己的亲兵,逼迫努尔哈赤让位,这样的行为怎能逃过建州间谍的眼睛!

努尔哈赤灭乌拉回兵后,看到只有褚英带众臣前来接驾,没有其他贝子、福晋前来,心想看来这小子是要动手了。就问道:"他们怎么没有来?""他们都在家准备庆功宴呢。""给我拿下褚英。"褚英大喊:"冤枉啊,冤枉啊!"努尔哈赤又急令额亦都带人包围王宫卫队,将褚英的党羽全体拿下。经严刑拷问,取得了口供,证实了褚英要逼宫夺位,就这样将褚英囚禁。

又有密报,褚英在囚室祈祷女真神眷顾,诅咒努尔哈赤和众贝勒、众大臣死于非命。努尔哈赤问皇太极如何处理,回答是:"这是重罪,牵系亲情,没有亲耳听到,谁说也不可信。"于是按照皇太极的建议,给褚英换一个更恶劣一点的囚房,预先设计安排好隐蔽听孔,来验证是否属实。他们预先等在那里,努尔哈赤和皇太极亲耳听见了褚英的诅咒,努尔哈赤对褚英已经是彻底绝望了,最后下令将他圈禁在四堵高墙之内。所谓的"四堵高墙"就是没有门,食品和垃圾都是吊筐人工进行。

一辆普通的马车跟随几个装束不起眼的骑马人进入了王城,这就是已经隐退了的李成梁,他要私会努尔哈赤。努尔哈赤得报后,命令小心伺候。侍女们上来了糕点、水果、茶水,李成梁此次到建州享有最高的礼遇。一声吆喝,侍女都下去了,努尔哈赤来到了客房,跪拜李成梁,口称:"父帅,给你老请安。""请起,请起。"李成梁直言不讳地说:"听说褚英被幽禁了?""是!""所为何事?"努尔哈赤答道:"父帅,他犯了谋逆大罪,国法不容啊!"李成梁:"褚英是我看着、爱着、教着长大的,褚英这孩子聪明,像你,天生神力,武功高强,又立下不少功劳，能不能看在我的面子上放他一马？"努尔哈赤："建州法令要每一个人遵守，一视同仁，哪怕是王族贝勒、贝子也是如此，奖罚分明，严厉执法。父帅，我知道你疼爱褚英，你在他身上付出了很多心血，这些我都知道。"李成梁发怒道："我的面子都不给吗？我这次来就是要把他带走，让他给我养老送终。"努尔哈赤沉痛地说："父帅，他是你的孙子，也是我的儿子，我能不痛心吗？"李成梁："努尔哈赤，你知道为父为何来？就是要把褚英带走，让我带走他吧，我心疼啊！"努尔哈赤再次跪下，"人在做，天在看，如果我把褚英放了，族人如何服从法度？治国就是治吏，礼义廉耻国之四维，四维不张，国之不国，父帅恕儿不能从命。""他是有功之臣。""正因他是有功之臣那就更不能枉法。杀一儆百，杀一儆万。""嗨咦——"

  李成梁来到了酒店，一桌丰盛的酒席摆在那里，李成梁心里烦闷喝着茶。一会儿被秘密押来的褚英送来了，侍卫给摘掉了头套。褚英抬头一看，心情非常激动，忙走几步跪倒在李成梁面前，"爷爷，爷爷"地喊着、叫着，已是泪流满面。李成梁也是老泪纵横，"你是爷儿们就站起来喝酒。"既然是这样了，李成梁也没有必要多说什么了，只是不断让褚英多吃多喝。看来"亲人不全有真义，干亲一样有真情"。褚英这天生铁汉现在还固执地认为他没有错，"是我额娘用佟家庄一庄的人和财富支持，才有建州今天，我就是当之无愧的二代罕王。"李成梁听到这儿，再看看褚英，心里就都明白了，还是让褚英多吃多喝。"爷爷您老大驾来看我一眼，我就是死，也闭上了眼。"说着又下跪叩拜。

  李成梁被接回了贝勒府，他太老了，心情又不是很好，喝了点水就午睡了。

  晚上努尔哈赤备好最丰盛的宴席请李成梁对坐上首，舞女跳着舞蹈，乐师奏乐，气氛祥和而热烈，贝勒、大臣、将军们，大家纷纷敬酒祝福。额亦都喝多了，因为他的前妻一家包括他的儿子都死在李成梁的剿匪部队，他一看明军的汉人就从心里厌烦和愤恨。故拿起酒杯，走到近前，用手点指李成梁说："你——你不是人——"众人大惊，努尔哈赤转头怒目而视。安费扬古慌忙站起，喊着侍卫，"他喝多了，下去休息吧。"转过头来说："大帅，他喝多了，话都说不明白啦，这是我们贝勒爷说的话。"大家更是吃惊地看着安费扬古。"咱贝勒爷说过，说大帅不是人，是天上虎星下凡尘，脚踏三星行天下，师出必捷，威震绝域，无人敢比，谁都不行"。李成梁也是转怒为喜，大家也露出了笑容。

  晚上，努尔哈赤亲送李成梁回房休息，众人见努尔哈赤走来，施礼后退下了。努尔哈赤说："父帅，看你今天喝了这么多的酒，我就知道身体还是很硬朗的啊！"

## 第九章　征战海西

说着给李成梁倒上一杯茶水,"父帅好好休息吧!"努尔哈赤说着起身要走,李成梁摆摆手示意他坐下,"我儿,为父看出来了,知道你志向远大,且有谋略,但我今天要跟你说一句话,你要记住。""什么?""就是为保我一世英名,只要我还活着,你不能犯关,不能称帝。"努尔哈赤笑着说:"父帅,那我能称汗吗?"李成梁微微一笑:"那还不是一样嘛!"两个人同时哈哈大笑。李成梁:"当今圣上,哎,对了,你知道什么是圣上吗?"努尔哈赤不懂李成梁想说什么,于是摇摇头。"圣上就是最高,说什么都是对的,但他只有一点没有当回事。""哪一点?""江山。"两个人又哈哈大笑。"而你努尔哈赤,其实什么做的都不够好,但你想要有自己的一片天。"两个人又大笑起来。努尔哈赤说:"父帅,我还是那句话,我就是你的私人部队,你要是愿意,你来称帝。"李成梁:"为父老了,但我刚刚的话你一定要记住。""嗯,儿记住了。"

褚英被囚禁两年后,在第三年的八月份,也就是万历四十三(1615)年八月被处死,享年三十六岁,死后被安葬在辽阳的东京陵,是关外很不起眼的简陋陵寝。无独有偶,这里还安葬着努尔哈赤的一位至亲,那就是努尔哈赤的三弟舒尔哈齐。

舒尔哈齐和褚英整体形式上和处理上有几个共同点:

1. 他们都是以谋逆大罪,触犯国法被处死。
2. 同葬在一个陵寝。(就是正一道长所选定的"囚笼穴"。)
3. 他们都是努尔哈赤恩养两年后,第三年的八(四四)月份处死。

囚笼穴是第一把锁,八(四四)月月份处死是第二把锁,努尔哈赤又给舒尔哈齐去上了第三把锁——"四十四年后,封亲王,享太庙。"

由此可见,努尔哈赤的一生信奉他的吉祥数,并充分理解和运用。在这里又一次体现出他爱憎分明的"情"与"法"。他念父子之情,没有给褚英上第三把锁。他念兄弟之情,舒尔哈齐可在四十四年后封亲王,享太庙。

褚英被处死后,努尔哈赤为感恩元妃佟佳氏的贡献,命代善接替储君位执掌国政,处理日常事务。

# 第十章　叶赫老女

## （1）

叶赫西城贝勒府，布扬古贝勒按照东哥的意思请来了西城的叔叔金台石贝勒。酒席间大家同贺这次渡过了难关，布扬古贝勒和金台石贝勒都分别向东哥施礼，感谢在危难之时献计献策，赞誉她是叶赫的福星。他们谈到建州军的战斗力，非常感慨，发誓一定要严格训练叶赫的人马，以抗衡建州军。东哥认为这样还不够，因为明朝的支持只能阶段性，我们要想立足于不败之地，那就要和蒙古联姻，只有这样我们才能长治久安，保叶赫一方百姓平安，她愿意远嫁蒙古。叶赫贝勒金台石为东哥的大义凛然所感动，说了一些感激的话。而布扬古此时流着泪水跪在地上，叩头礼拜，他要代表叶赫父老向东哥谢恩。布扬古的泪水代表了什么呢？是爱，是感激，还是愧疚？谁都说不清楚。

努尔哈赤将哈达部、辉发部、乌拉部整合到自己麾下，感觉到东哥的使命完成了，她该回家了。于是写信给东哥，准备迎娶东哥回建州，并答应继续履行过去的承诺，叶赫的事情可以从长计议。

让努尔哈赤亦万万没有想到的是，东哥拒绝回建州，此时东哥的内心是更纠结的。不久努尔哈赤就收到东哥的回信。

亲爱的额尔根（老公）：见字如面，想你泪下。

看到我们女真逐步走向统一，就要实现我们的愿望，我时时激动得流出眼泪。但我也时常备感内疚，虽然我为民族大义献身，是你口中之英雄，但我也是海西女真诸国的罪人。我让海西女真四部兵连祸结，时时想起内心不安。因此，我的所为一定要作为一个秘密，永远留存在我们的心里，切记，切记。

收到你的来信要迎娶我回建州，我真的好高兴、好兴奋，眼泪已沾衣襟。我真想马上飞到你的身边，躺在你的怀里。可我真的不能回到建州了，写到这里我真的撕心裂肺，捶胸顿足。我逢迎在几个部落贝勒间，如在狼群之中，想要达到目的有多难啊！你可想而知。我的额尔根，妾身已污，今生我们不能重圆，来世

## 第十章 叶赫老女

青身侍奉左右。

虽然我们见面时日屈指可数,但我无悔,能做你女真第一巴图鲁的一日福晋,都是我的幸运,都是我的幸福,我很满足。你是一诺千金的真男人、真英雄,十几年来建州从来就不犯我叶赫国。

同时我也深深知道,由于你的承诺、我的存在,至今女真无法统一。我不能阻碍民族统一大业,但我真的也不愿意看到我叶赫部落的毁灭,哪怕是我在九泉之下。

因此我决定要远嫁蒙古,找一块青山绿水之地了此一生,请不要打扰我,一年一年以后我们梦中相见。

就此绝笔!

东哥

看完信努尔哈赤这个刚强的汉子一阵酸楚,泪水止不住地流下,他把信紧紧地握在手里,真是肝肠寸断。一会儿,他又把信轻轻放在桌子上,轻轻展开,用拳头狠狠砸在桌子上,低下了头,他陷入了久久的深思,是悔,是痛,是爱,还是怜?

东哥已经是三十二岁的老姑娘,女真族的女人在这个年龄都当奶奶抱孙子了。在女真族中这个现象是不多见的,所以被人称"叶赫老女"。岁月蹉跎了东哥青春的年华,但她仍然是风情万种的佳人。东哥要外嫁蒙古的消息一经明确,即刻引起蒙古部落的反响。

首先是蒙古扎鲁特部。扎鲁特部驻牧于开原西北新安关外,在喀尔喀五部中最为强大。部长吉赛自恃兵强马壮,"骑兵众,牲畜多",说自己并非一般人,是"飞翔于天空之雄鹰,山林之猛虎",到处逞雄好胜,藐视各部,欺压劫掠,无恶不作。蒙古扎鲁特部援兔的儿子名叫吉赛前来提亲,布扬古贝勒很是高兴,于是来到了东哥的房间,告诉东哥。

东哥在想,我外嫁蒙古,努尔哈赤采取什么样的行动还是未知,不能给额尔根(老公努尔哈赤)找来这么强大的对手。她唯恐将来给努尔哈赤找来麻烦、带来伤害,于是东哥誓死不从。布扬古说:"你不是要嫁到蒙古的嘛!"东哥:"他是一个言而无信不折不扣的恶魔,我们怎能和他联姻?"无奈的布扬古以东哥身体欠佳,婉言谢绝,吉赛发怒要报复。

就这样,吉赛发兵攻打叶赫,激烈的战争开始了,最初叶赫列阵迎敌,双方互有伤亡。到后来关紧城门，严阵以待。由于明军火炮的助阵，蒙古吉赛损失惨重。吉赛攻城不下，开始对叶赫的村寨奸淫抢掠，大肆报复，数十个村寨的房屋被烧毁殆尽。

最后叶赫布扬古在东哥的同意下，九月初嫁给喀尔喀部达尔汉贝勒的儿子，名叫莽古尔岱。

叶赫部落的东哥格格，是一个伟大而传奇的女性，为努尔哈赤统一女真大业，奉献了她美丽的青春和年轻的生命，同时也换来了叶赫和百姓一时期的平安。

## （2）

正月努尔哈赤娶侧妃蒙古孔果尔亲王之女博尔济吉特氏，后尊为寿康太妃。

建州疆域增大，兵马增多，这是明朝不愿意看到的，朝廷意在女真各部势力相当，相互牵制，彼此攻打，以夷制夷。如今建州势盛，叶赫衰落，因此故意偏袒叶赫，以图他能与建州对立抗衡。叶赫贝勒金台石在明朝的支持下，又神气起来。他与蒙古联姻，拉住明朝，共同孤立打击努尔哈赤。

开原总兵马林听说金台石要把东哥嫁到蒙古，急忙派人去叶赫阻止金台石，叫他别再惹恼建州，引发兵火。等开原使者到了叶赫东城时，送嫁的队伍已经出发了，金台石头一次来了麻溜劲儿，喀尔喀部下聘礼的第二天，就送东哥出嫁了。开原使者想阻止也来不及了。马林得报这个结果，很不高兴，心里想：金台石做得太过分，这次努尔哈赤必定动怒，不是打蒙古就是打叶赫，如果讨伐叶赫，也会伤到开原的兵马，导致建州与明朝动干戈那可就坏了，我可不能担这种责任，得先写个奏章说清楚。

说干就干，动作要快。马林当即传来师爷，把叶赫、建州及蒙古的紧张局势写明白，上报巡抚和朝廷，把自己先择出来，收了叶赫金银珠宝的事，一点也不能漏口风。奏章传到朝廷，尚书侍郎们纷纷指责辽东巡抚办事不力，不能平息边境动乱。但是御史王雅量的看法却与各位大臣不同，认为这是一件好事，他给万历皇帝上疏："以前都是辽东兵马助叶赫，压制建州，现在建州与蒙古争婚，势不聚合，而叶赫求援于蒙古，对我大明有利。辽东设防的兵马不动，观建州进退，如果建州不听朝廷的宣谕，辽东可督叶赫，约蒙古，大败建州，扶持叶赫获胜，边境之乱就平息了。"

各种意见的奏章都送入宫中，等万历皇帝御批，可是迟迟不见音信，不知道当值的太监是不是把奏章都当废纸扔破烂堆里了。

## 第十章　叶赫老女

东哥嫁到蒙古喀尔喀部的消息很快传到建州，各个侍臣将官们听到都异常愤怒。代善、莽古尔泰、安费扬古、扈尔汉等人更是怒不可遏，一齐找到努尔哈赤说："听说叶赫已将贝勒所聘的女人改送蒙古了，无理莫过此事，真是奇耻大辱。趁他们走不远，发急兵到蒙古追赶，把人夺回来。"满腔怒火的人们还强烈要求出兵征讨叶赫。

以前，每当东哥被重新许配一次时，努尔哈赤通常都会情绪激动，怒气冲天。警告那些要娶东哥的贝勒，东哥是建州下过聘礼的女人，你们要是敢再下聘礼想娶东哥，他就会毫不犹豫地选择举兵讨伐。辉发、哈达、乌拉都是要娶没娶的时候被建州所灭。如今，面对东哥被改嫁蒙古王子这事，努尔哈赤表现得极为冷静，实在是让众人费解。

努尔哈赤不赞同地说："出兵蒙古这样的大事，如果仅因为赖婚的缘故，愤怒兴师，是很不妥的。不要为了一个女人而打仗，特别是当这个女人背后关联着叶赫部落、蒙古部落和大明帝国。我们的粮食储备不够，我们的实力还不够，现在肯定不是对叶赫与大明开战的好时机。"

莽古尔泰、旺善等依然坚持要出兵，旺善说："蒙古夺的是贝勒的女人，不是一般人的，这种耻辱，宁死都不忍受，贝勒怎可不理会，应速发兵。"巴雅喇、扬古利也赞同旺善的话。努尔哈赤对他们几个人说："假使我因为这事愤怒，要兴兵征讨，你们都应阻止我。现在我已看清事态，置身事外，息刀兵劝你们，你们怎么反而更坚决呢？我所聘的女人被他人娶走，我都不遗憾了，你等何必遗憾呢？她使各国不能和睦相处，兵连祸结，达于极点。因为东哥这个女人，哈达部、辉发部、乌拉部都灭亡了，因为东哥这个女人，蒙古扎鲁特部与叶赫开战。这个女人不会活很久的。结果，努尔哈赤一语成谶。东哥嫁到蒙古部族后，仅仅一年真的病死了，这是后话。

努尔哈赤揪心地做出了决定："不会因为你们说的那样就劳师动众。"说完又传令扈尔汉，调回驻扎叶赫边境的三千兵马，不出征。

大家见努尔哈赤坚决不出征蒙古，心里怨气不小，代善说："我等受辱，起因在金台石，当讨伐叶赫。"旺善再提意见："叶赫张狂是因明朝公开助兵，现在我们兵马增倍，当出征大明。"努尔哈赤又否决了他俩的说法，对大家说："如果单独讨叶赫，必能胜，但是明兵助战，不是让自己前后受敌了吗？如果征大明，可破城得其人畜，但我们这儿粮少，得来人畜何以养活？若养活他们，就累及我部部民，都饥苦不能生存。眼前要紧的，是练兵马修战具、多种粮食。叶赫早晚是我们所有,只是时机还没到。"提到出征打仗,人人欢呼雀跃,争着出头阵,一提粮食,谁都不吱声了,没人能想出办法,除了打仗掠得俘获。

努尔哈赤见没人接话,自己说了一个办法:"每个牛录出人十个,牛四头,耕种荒地,秋后打粮都入仓库。一个人种粮田五日,种棉麻一日。"大家赞同,于是设立笔帖式八人,库官十六人,管理耕田和收成。

建州没有出征蒙古,蒙古依然纷乱不断,赤峰以北的察哈尔是蒙古的大部,牧地辽阔,起于辽东,西到甘肃洮河,畜牧孳生,部众繁衍。现在的头领林丹汗是成吉思汗的第二十一世孙,继任汗位以来,力图再显昔日大元之威,养兵牧马,已有十余万铁骑,对外号称四十万蒙古兵,自认为是蒙古各部的主子。林丹汗仗着兵强马壮,骚扰明境,称雄蒙古,侵袭四方,最受其害的是他东边的扎鲁特部和科尔沁部。

科尔沁部在开原正北二百里外,也是蒙古的大部,牧地东西宽八百七十里,南北长二千一百里,辽远坦荡的大平原,绿草青青,雕旋雁飞,一望无际,尽头与天边相连。然而兵马比察哈尔部少,每次交锋都是科尔沁溃败,损失人马牛羊蒙古包无数。科尔沁贝勒明安为了与察哈尔林丹汗抗衡,主动和女真人联络,昔日结交叶赫部与乌拉部,古勒山战败后,先与建州求和,结盟之后通婚多人。扎鲁特是小部,夹在察哈尔与科尔沁之间,每次察哈尔出兵,扎鲁特都先挨打。

初春,科尔沁贝勒明安带着兄弟子侄,偕同扎鲁特部数个贝勒,来建州拜诣,送来汗血宝马和羊绒毯子。努尔哈赤率兵马出迎四十里,将客人接进赫图阿拉城中,杀牛羊,取山珍,搬米酒,大宴各个贝勒。焚香歃血盟誓之后,蒙古两部愿再与建州联姻。

明安先对努尔哈赤说:"昨日校场上比武,贝勒第八子皇太极的马功箭功,都是精湛。"努尔哈赤微笑着说:"老八弓马算行,人也精明。"明安又说:"我的侄女,莽古思贝勒的女儿哲哲,请许给皇太极,不知道贝勒能应允不?"努尔哈赤立刻说:"你既提出来,我岂有不应之理?哲哲现年几岁,几时可出嫁?"明安说:"已十三岁,到了出嫁的岁数,一同来这儿了。"努尔哈赤高兴地说:"已经来了,就在厢房吗?这样好,明日我就给莽古思贝勒下聘礼,然后操办,我们再大喝一回,好好乐呵乐呵!"明安赞同说:"贝勒说的是,我也有这个意思。"

努尔哈赤当即传来皇太极,命他准备礼品:盔甲四十副,腰刀四十把,青布四十匹,绸缎四十匹,貂皮镶领口袖口的猞猁狲皮旗袍十件,坤秋女帽十顶,花盆底鹿皮女靴十双。明日由皇太极自己带着聘礼拜见莽古思贝勒。

## 第十章  叶赫老女

　　扎鲁特部的贝勒们见科尔沁与建州达成婚约，急忙也要同建州立婚事，而且一上来就是三个贝勒一同定亲，努尔哈赤都答应，送给三个贝勒的聘礼与给科尔沁的一样不差。这一天里，努尔哈赤为四个儿子定下亲事：钟嫩贝勒的女儿嫁给代善，落内齐贝勒的妹妹嫁给莽古尔泰，额尔济格贝勒的女儿嫁给十阿哥德格类。努尔哈赤再命三个阿哥准备聘礼，又与扎鲁特的三个贝勒定下婚期，和蒙古两部贝勒结成了儿女亲家。

　　努尔哈赤又对蒙古各个贝勒承诺："在赫图阿拉城东边，将修建蒙古喇嘛大庙，等各位贝勒再来建州时，就可以在大庙里做法事。"蒙古人信奉喇嘛教，但在大明地界还没有一处庙宇，只能在野外简陋地祭拜，听说给他们建大庙，贝勒们以及随从无不合掌祷告，面露喜色。钟嫩贝勒高兴地说："大庙修成后，我们就可以住在里面，来赫图阿拉城，就像回家一样了。"在建州与蒙古一同欢庆的时候，辽东新上任的巡抚郭光复，派遣备御张伯之到建州下书，谴责努尔哈赤。

　　明朝使者到达赫图阿拉城外时，建州兵马出城迎接，护卫回报："来使张伯之气势汹汹，坐在八抬大轿里面，不搭理出城迎接的人，敲锣打鼓的仪仗队直接开入城内，前面的差役用皮鞭乱打路边的人。"努尔哈赤对大家说："小小的备御，在抚顺城只能靠边走路，来到我地，就飞扬跋扈，毫无礼数。"旺善愤愤地说："这种洋蹦的小人，有啥好说的，不如把他们打出城去。"努尔哈赤制止旺善说："他们不拘礼，我们不可失信义。"又命令代善："你去接待来使，听听新任巡抚有啥意图。来使说话如果和善，则以婉言回应；如果语言傲慢，就以正言斥责他。"代善应声出去接待，努尔哈赤没接见使者。明使者张伯之果然与代善言语不合，代善摔了巡抚的书信不看，将使者张伯之撵走。

　　明使者走后，代善上报努尔哈赤说："新任巡抚要求极是无理，索要马匹貂皮人参，又要复立哈达部，更可恨的是要我们退出宽甸的田地，不许种粮，还有别的蛮横的事，书信还没看。"努尔哈赤告诉代善："现在还不是跟明朝闹翻的时候，多可恨的事情都要先忍受。巡抚新上任，要做几样活演给朝廷看，我们得给他个面，答应他一两宗。拣事小点的，名声又大的，办一个，就把宽甸的粮田退给他吧。"代善应声："是，听阿玛吩咐。"

　　退地后，巡抚郭光复果然没有再找建州的麻烦，并上奏章说努尔哈赤对朝廷唯命是从。

　　巡抚得到土地，刚安定，从宽甸后退的女真部民，发生了抢劫明朝马匹的事件，再与明兵闹出摩擦，努尔哈赤忙派扈尔汉去宽甸，处罚了抢劫的部民，将马匹还给明兵。扈尔汉回赫图阿拉城后,努尔哈赤问他:"我们的部民为啥抢马?"扈尔汉说:"我都查清了,是一些新归附的士兵,没上过阵没有赏赐,贫苦没有财物,他们抢马,为了卖钱娶女人。"努尔哈赤说:"自从收服乌拉以来,没有大的出征,士兵得到的财物都少。你和雅尔哈齐去查一下,看看过了十六岁还未婚的士兵有多少人,录成名册,不要漏记。"扈尔汉领命找雅尔哈齐办差去了。

# 第十一章　扩编八旗

## （1）

努尔哈赤让费英东统计未婚没娶老婆的人数，费英东不知道是什么意思，就问："贝勒要记录这些人，有啥用处啊？"努尔哈赤说："部民们没有女人、家业，怎能用心出征？不出征时又生骚乱。我打算找出特别贫苦的人，给一些财物，让他们都娶上女人，你看咋样？"费英东听了，感动地说："大善事，应该应该。"

扈尔汉与雅尔哈齐两人逐个牛录清查，把核实准确的人名编辑成册，共有一千三百人。努尔哈赤给每个人银十两、青布一匹、绸缎八尺，令他们自己娶女人成家。数月后，再命雅尔哈齐按名册，查看这一千多人的情况，不两天，雅尔哈齐回报："已有一千零一百三十人婚娶，余下一百七十人，不能娶到女人了。"努尔哈赤不解地问："怎么一千多人都能娶，而那一百人多不能？是把给他们的钱喝了，还是输了？"雅尔哈齐摇头说："都不是，是没有女人了，一千多人一起聘娶，太多了，成年女人一个都没有了。"努尔哈赤说："这不行，一定要让人都娶上，再想办法。"雅尔哈齐纳闷儿地说："没人，能有啥法？"努尔哈赤回答："再说，你歇吧。"雅尔哈齐退出去了。

努尔哈赤叫来扈尔汉和费英东，把女人不够的事告诉他俩，然后问："你们看有啥主意？"扈尔汉说："我们很久没出征了，没有俘获人口，所以女人也少。"费英东也说："这事实在没主意，总不能给他们买女人吧。"努尔哈赤接口说道："你说的法行。"费英东发愣地问："我说啥办法了？"努尔哈赤说："买女人，就是花钱买，也要把这个事办妥。"扈尔汉和费英东一齐吃惊地说："这——"努尔哈赤又说："就你俩办这个差使吧，去明兵驻扎的大城池，买够一百七十个。"二人领命，起身先去辽阳。

两人穿着便装带足银子，领了几个随从，进了辽阳城。在集市上，看到了一户逃荒来此的人家，要卖两个十多岁的女孩，稍细看，褴褛的衣衫遮挡不住清秀，两人上前询问身价，正说着话的时候，拥过来一群恶狠狠的大户家奴，集市上行人纷纷闪让，这些家奴盯上两个女孩，一伸手抓住，就要抢走。扈尔汉一见，大喝：“放手，光天化日，还敢抢人吗？”大概是第一次有人敢怒喝他们，抓人的手都停住，愣着不动。恶奴群中走出一个领头的管家，斜眼打量扈尔汉一行人，见是剃头梳辫子的女真人，一脸傲气地说：“哪山沟里的草民，没听说过总兵李如柏大人吧，俺家大人要养一千个妓女，就差俩了，今天有了这俩妞，正好够数。怕了？闪一边去。”扈尔汉怒声说：“总兵敢在巡抚城里抢人？”管家一声奸笑，"巡抚城算啥，就是京城也随俺便，走。”家奴们抬脚要走，还没迈出一步，被又来一伙女真人围住，其中一个领头的说：“这俩人我们买了。”说着，把两大锭银子扔在地上，两个女孩一下被这伙女真人拽过去。

李如柏的管家大怒，高声叫："反了，给我打。"恶奴们挥棍就上，这伙女真人反手还击，一眨眼的工夫，连管家带恶奴都被撂倒，抱着胳膊腿打滚哭叫，那些女真人带了两个女孩走没影了。费英东赶紧拉着扈尔汉离开，扈尔汉说："那些人是赫图阿拉的。"费英东问："真的，你认识？"扈尔汉说："他们是启达的家奴。"费英东吃惊地说："咋回事呢？"扈尔汉说："不知道。"

启达是额亦都的次子，现在二十多岁，为人处世精明伶俐，努尔哈赤特别喜欢他，从小长在贝勒府里，成年后又娶了努尔哈赤的五格格。但是启达不像他阿玛那样忠诚能干，把聪明都变成了歪点子，从不出征上战场立功，吃喝嫖赌样样都特别精。在家奴给他抢女人的时候，启达自己没在家里闲着，带了几个人，偷着跑出建州，到开原城里逛妓院下赌场去了。妓院里一次最少点十个人，大吃大喝，酣饮通宵达旦，不分昼夜，妓院里累完进赌场，一扬手出十万，输净也面不改色。别人要是输这些，会嗷嗷哭着踹门而走，要是赢这么多，会嗷嗷喊着踢门而出，所以那个门也被叫作嗷门。启达与别人不一样，上青楼撒银子，用钱毕竟有数，也没什么大不了，可是出入嗷门还这样气色不改，可没有几个，结果被人盯上了，盯上他的不是图财害命窃贼，是开原城里的捕快。

开原的捕快都很疑惑，这个女真人既不是叶赫部的官员，也不是贝勒家的阿哥，没人认识，怎么有这么大的手笔？很可能是杀人越货的江洋大盗。于是秘密抓捕了启达，一审问，原来是建州的人，大老远越境来开原城找刺激。捕快不相信他这么富有，将启达押送回建州对质，到了额亦都家中，见到果真是大户人家，挥霍的钱财不是公款，也不是偷抢的赃钱，捕快们就放了启达，回城复命走了。

开原捕快前脚走，跟后辽东总兵李如柏的使者就进城了，随使者同来的还有李如柏府中的管家，费英东和扈尔汉也从辽阳回到赫图阿拉城，在城门口看见李总兵的管家，知道有麻烦了，赶紧先去见努尔哈赤。

## 第十一章 扩编八旗

见到努尔哈赤，扈尔汉把启达家奴打伤李总兵管家一事说了，现在李如柏一定是讨公道来了。努尔哈赤叫扈尔汉去找额亦都核实是不是真事，不要冤枉了启达。总兵使者在议事大厅里见到努尔哈赤，愤怒不已，要建州给个交代，努尔哈赤告诉使者，不必急躁，会给他满意的答复。正说着，额亦都绑了启达、抢人的家奴，还有强买来的两个女孩，一起送到议事大厅。努尔哈赤传令："将打人的阿哈斩了，首级交给李如柏的管家，买来的两个人也交给管家带走。"使者满意地走了。

努尔哈赤对额亦都说："启达没参与，是手下阿哈惹事，让他回家去吧。"额亦都跪着说："是这个逆子恶劣，让贝勒蒙辱，怎能不重罚他？"努尔哈赤安慰额亦都说："不必太介意了，孩子得慢慢管。"然后命侍卫给启达松绑，让额亦都带回去。

数日后，额亦都在自己家园子摆酒席十余桌，将所有亲属本家上百人召集来，说有事商议，主子奴仆都入席喝酒。宴席进行得差不多了，老酒喝了几十坛的时候，额亦都忽然站起，命人绑住启达，大家惊愕不知何故，启达的额娘哭喊着拽儿子，要解捆绑的绳子。额亦都上前推倒福晋，拔刀大怒，厉声说："天下有杀子的人吗？此子傲慢不驯，遇贝勒家阿哥拦路不让，皇太极进报军机，要给他让路，下道走沟。不除这个孽障，他日必负国恩，败及门户。不从者，血此刃。"众人都恐惧，启达冷面不语，奴仆们把他抬入室中，用被闷死了。

额亦都进贝勒府请罪，努尔哈赤惊愕叹息不已，没有说话，在座位上愣神很久，才说："唉，下去吧。"额亦都退出。

大明万历四十三年（1615），因部队增员，努尔哈赤将四旗扩编为八旗，在原有红、黄、蓝、白四旗的基础上，又增加了镶红、镶黄、镶蓝、镶白四旗，统一建州军的定编为八路大军，即正四旗和镶四旗，八旗遂成定制。现在努尔哈赤才真正地将他的吉祥数"四四"完整地写入他的军队。

以三百人为一个牛录，设一员牛录额真统领。五个牛录为一甲喇，设一员甲喇额真统领。以五个甲喇为一个固山旗，由固山旗主统领。每个固山旗中另有巴牙喇亲兵牛录五到十个，归固山旗主直接统领。

全军八个旗含有二百一十个牛录，增添的四旗本就设计好的：把原有四色旗帜的周围加上红色或者白色的镶边，成为镶黄旗、镶白旗、镶红旗和镶蓝旗四旗，与原旗帜合称为八旗，其中有四旗牛录多于编制，所以现在实有兵力七万八千人。

八旗人马由努尔哈赤及其子侄统领，努尔哈赤亲自带领两黄旗，代善统领两红旗，阿敏领镶蓝旗，莽古尔泰领正蓝旗，皇太极领镶白旗，杜度是褚英的长子、努尔哈赤的长孙，领正白旗。

又依据五行相生相克及左右方位的关系，再将八旗分成左右两翼，每翼各四旗，分别由费英东和额亦都统领。费英东为左翼四旗的固山额真，统领的四旗是：镶黄、两白和正蓝。额亦都为右翼四旗的固山额真，统领的四旗是：正黄、两红和镶蓝。

八旗组织不单纯是军事组织，同时也是政治组织、经济组织、司法组织、民政组织等等，举凡财富分配、司法审判与裁决、社会生活及其组织动员也全部完成于八旗体制之中，八旗制度根本就是努尔哈赤确定的一种"国体"。其组织、协调、指挥、管理、后勤保障、训练、战利品分配等原则，差不多都是由此脱胎而来。八旗旗主全部由努尔哈赤的儿子、侄子和孙子出任并世袭；早期跟随努尔哈赤起兵并发挥过重大作用的元勋们，或者陆续死去，或者在家养老，而非所有者。

努尔哈赤曾经明文规定：每个八旗将士，"只以敢进者为功，退缩者为罪；面带枪伤者为上功"。每次战后，"赏不逾日，罚不还面"。并能认真地按功行赏，依罪惩罚。对有功者，赏之以军兵，或奴婢、牛马、财物；对有罪的将士，或杀，或夺其军兵，或夺其妻妾、奴婢、家财，或贯耳，或射胁下。因此，八旗兵卒打起仗来只有前进，没有后退的。

兵马分定，暂无战事，努尔哈赤命令各旗加紧操练，养精蓄锐，准备与大明一比高低。

# 第十二章　兵礼两待

## （1）

努尔哈赤一方面对待朝廷表现得极为恭顺，另一方面积极抓紧时间统一女真部族。八旗兵马重新分理完毕，各旗在自己的校场操练，抽调出来的旗人在荒原上开田种地，或者进林海深处采摘山货，原野村屯，平静安宁。然而，辽东明朝官吏又有升降，将帅的变动再次影响到建州。

巡抚郭光复就任后，为了增加自己的权威，排挤辽东原有势力，上书朝廷，请求任命旧部老将张承荫担任辽东总兵。现任总兵李如柏是李成梁的儿子，李成梁盘踞辽东三十多年，结交朝中权贵，把四个儿子都安排成了高官大吏，如今李成梁已老迈，很久不到朝中走动，关系网早就断捻了，所以巡抚一纸奏章，令李如柏回家养鸟遛狗去了，张承荫走马上任。

新总兵张承荫虽然是靠关系升职的，但他却是一个能干将官。继任后，整治兵马，修造战具，亲自巡查边界城墙，并且装扮成小商贩，牵马驮货，进入建州地界，搜查当地实情，偷窥八旗兵马的营房驻地和校场演练。看到八旗士兵体格雄壮，操练整齐，盔甲亮得耀眼，纪律严明，比明朝的驻军精神多了，因而渐起嫉妒之心，更有讨伐之意。侦察完兵营，再巡查与明朝交界地带，看到肥沃的田地里苞米露黄，高粱穗压低了头，一串串豆夹都是溜溜鼓，轻风吹过谷子地，像大河里翻起了层层细浪，见到这丰收的景色，让张承荫更加郁闷，实在看不下去了，气哼哼地上马回了辽阳城。

张承荫进城，直接就去拜见巡抚郭光复，先说了看到的建州实情，然后要出兵攻占赫图阿拉城。巡抚连连摇头，否了总兵的意见。郭光复告诉张承荫说："咱们在辽东，应该安抚边境，尽忠朝廷，万万不可意气用事，生出事端，给自己找麻烦。"张承荫见巡抚不支持出兵，无奈地回到总兵府，叹着气，不甘心看着建州不管。

府里的管家听见张承荫叹息不已，从旁边侍女手里接过茶壶，斟水时小心地问："老爷为什么事叹气？"张承荫说："俺手握重兵，不能为朝廷出力，心里烦闷。"管家说："老爷您日夜操劳，怎么还说没出力呢？"张承荫喝一口茶，顿了一下才说:"俺想出兵建州,为国立功,巡抚大人却不肯,才心烦。"管家弓着腰,走近说:"老爷要是想办法,让建州先侵犯咱们,巡抚大人还不得派老爷出兵吗?到时候老爷就可上阵立功了。"张承荫一听,来了精神,说:"好,好主意啊!嗯,俺有办法了。"

不多日,张承荫派手下的通事董国萌出使赫图阿拉。努尔哈赤接见了总兵的使者,董国萌进入议事大厅,见面就说:"你们住所以外的地方,都属于俺们明朝。现在俺们要立界碑,其中几个地方,有柴河、三岔和抚安,那里的庄稼不许收割,住在那儿的你们的边民,都要迁回你们城里,把地方还给俺们。"努尔哈赤说:"我们累世居住的田地房舍,突然令我们丢掉,是你们想弃盟好,故意说这样的话吧?有贤者云:海水不溢,帝心不移。今明兵偏助叶赫,敌对建州,又令我境内部民不许收割自己种的庄稼而迁走,是朝廷的意思吗?我们建州女真也是大明版图,我也是大明帝国的'龙虎将军',正二品头衔。不愿太平相处,与我交恶,我们女真地小兵少,受小害,你们汉族人多,不受大害吗?"董国萌脸色不悦地说:"难道你们还敢和朝廷动刀兵不成?"努尔哈赤说:"如果有兵祸,我们部民不多,不难迁走躲避,你们大国能把民众都藏起来吗?若兵马相接,唯独是我们有祸患吗?你们自恃兵强马壮,动不动就欺凌于我,须知大小盛衰皆由天意。你们每个城池屯兵一万,国势还达不到,每个城池屯兵一千,我就能俘获城中军民。"董国萌怒声说:"此话太过分了,等着战场上见高低吧。"说完,带着盛怒走了。之后,张承荫命人立界碑数个,把多处种了庄稼的粮田,划入明朝界内。

安费扬古、代善、阿敏等人,见明朝总兵如此霸道,都怒气上冲,请求出兵攻打辽阳,努尔哈赤不准许,并派人传令在边界居住的部民和士兵,随便让明兵立界碑,不得与他们有冲突,忍让明朝的官吏。总兵张承荫派人先出使赫图阿拉,后让人在建州境内的粮田里立碑,以为努尔哈赤必然会动怒,与进入建州的人动兵戈,所以暗中调动兵马,准备还击。然而总兵张承荫一下军令才发现,好几路人马对总兵的军令阳奉阴违,动作迟缓,出人不用劲,出工不出力。张承荫见发出的命令如同泥牛入海一样没有声息,既吃惊又愤怒,命亲兵去各路督察,亲兵回报,不听军令的将官,都是原总兵李如柏的心腹部下,现在依然受李如柏的操纵。张承荫得知有这种事,勃然大怒,准备上报巡抚清洗兵将。还没有着手办这个事,卫兵送来了李如柏的帖子:辽东的老总兵李成梁去世了。

大明万历四十三年(1615),老将军李成梁一口气活到九十岁才去世,李如

## 第十二章 兵礼两待

柏、李如桢、李如松、李如梅四个兄弟大办后事，报信的帖子发出数千份，建州、叶赫、朝鲜及山海关以里都送到了。李成梁带兵三十多年，手下出去的将官极多，山海关的总兵杜松、沈阳参将贺世贤、广宁总兵罗一贵等人都是昔日的部下，像抚顺游击李永芳、铁岭游击于守志一样的小官，更是不知道有多少，各路有出息的大将豪吏，都风风光光地来给李家送礼，几十座酒楼一同摆下宴席，宾客来往一月不绝，豪华的宝马跑车，争奇斗艳塞堵了大街。建州也派出赶礼的使者，由费英东和扈尔汉两人带领几个随从，给李如柏送上四千四百两白银。

努尔哈赤来到了密室，面对李成梁的灵位，含着眼泪烧香，敬上后跪拜："父帅你一路走好啊！你一路走好。我努尔哈赤感谢你的栽培和辅助，没有你老人家，哪里会有我的今天？感谢你这么多年给我的呵护，父祖给我生命，而你给我的是人生。哎！想想我俩还真的是有缘，小时候认父，大的时候又一次认父，两次认父，可你就知道一次认父。父帅您是真英雄、大英雄，孩儿敬佩你，你才是大明的忠臣，可惜你没有遇到明君，你我虽是两族人，但你的恩惠如同再造，在我心里，你就是我的阿玛，就是我至爱的人。父帅，为你是大明的忠臣，为了您我对天盟誓：我三年不犯关。"努尔哈赤对至爱的人，总是按照对方的意愿或是按照自己的心愿留三年。

努尔哈赤的一生从心里认定的至爱为数不多，但李成梁是其中一人，可见李成梁在努尔哈赤心中的分量有多重。努尔哈赤用"至爱留三年"行为，来表现他刻骨铭心的情感。

努尔哈赤回到了书房，侍女送上香茶，递上烟袋给点燃。努尔哈赤深深地吸了一口，又长长地吐出，他在想李成梁说过的话："为保我一世英名，只要我在，你就不可称帝、称汗。" 父帅："你走了，我该建国称汗了。"于是他迅速传来侍卫长去安排，他要打马进山，叩山门，拜见恩师。

马队狂飙奔驰在山路上，过了山坳抬眼望去道观接着蓝天，道观下的密林郁郁葱葱，迎面刮来的山风很是凉爽，不远处迎接他们的两个道童为他们准备的山泉水，让大家很是惬意。

努尔哈赤拜山门见到恩师，上呈礼单，同时给"正一间谍"部队带来了金银珠宝。见礼寒暄后，努尔哈赤说明来意。道长笑道："我知你要来了。吾观天象，紫气升腾，正是开元建国的天时。"努尔哈赤表面微笑，心中如海涛翻滚。道长拿出一个本子，继续说："我已经给你写好。"递给努尔哈赤，努尔哈赤看着，道长一边给解释。

国号"后金",家族传承了宋代金国之意,有想象不到的政治向心力,亦有凝聚女真人之神力。更可转移明朝钦天监的奇人异士窥视到你父祖龙脉。称汗不称帝,其实女真的汗就是汉族的帝。赫图阿拉城定名为"兴京",年号"天命",加姓氏"爱新觉罗"(爱新:金;觉罗:族),立王威,金族血统为贵族。下面是八旗制度"建军方案补充内容"等等。

当时游猎民族原本就没有姓氏,部落的名称就是姓氏。你今加爱新觉罗姓氏,会更显后金国的尊崇和强烈的感召力和凝聚力。

## (2)

在铁岭县,李如柏单独接待两人,安排他俩住在一处隐蔽的私宅里,让管家带去奴仆十多人、侍女三十多人,仔细侍候建州的客人。和管家已经打过两回交道,都是老熟人了,现在管家知道了费英东和扈尔汉两人的身份,客气得不得了,每天要来宅子里一两次,关照吃住,呼唤侍女跳舞敬酒。有两个领舞侍女,容貌清新秀丽,身姿优美,长的还有点相像,穿的服饰不多,上身前面戴了一块手帕加一根细线,半开半掩,下身穿着长袜,腿根处系着一条素色的细绸带,绸带系成的蝴蝶节,颤颤抖抖欲遮欲落地挡在前面。

衣裳没有半两重,上面挂的装饰不一般,系手帕的线上串了四颗珍珠,三颗樱桃大的黑珍珠排在胸前,另一颗李子那么大的红珍珠挂在后背。手帕的四角上,镶着纯金压成的云彩卷,手帕两侧凸起处,各有一颗菱形尖的亮钻,像太阳下的冰晶,又像宝剑的剑尖,能让你感觉到手指被刺破正在滴血。腰下的绸带,更让人眼睛发蓝,两侧佩香囊锐角,前边坠着翠玉宝石,后腰正中垂着貂尾,身形未动,玉角相击,轻音乐耳,香气袭人十步之外。

费英东握着酒杯问管家:"你家主人太富有了,侍女一身珠宝,值多少银子?"管家指着系绸带的侍女说:"这一条绸子上的东西,值金子三十两。"费英东听了再说不出话。扈尔汉对费英东说:"前边的两个舞女,好像见过似的,咋那么眼熟呢?"管家笑着接话:"大人真是多忘事,这两个女子不是在辽阳买的,被你们抢去又还给俺们的吗,怎么不记得了?"扈尔汉吃惊地问:"是吗?"再细看她们,又说:"真看不出来,不像,太不像。"扈尔汉又问管家:"你在辽阳不是说买人做妓女吗?咋都成了侍女呢?"管家笑道:"有区别吗?反正都是大人的,想做什么就做什么。"

送礼完毕,费英东和扈尔汉返回建州,扈尔汉问费英东:"李如柏这么豪富,

## 第十二章　兵礼两待

他一年有多少俸禄啊？"费英东说："肯定不够买一条裙子上的珠宝。"

扈尔汉刚回到赫图阿拉，努尔哈赤告诉他，准备带兵出征东海西临、雅揽两部。建州派往东海做买卖的生意人带回来消息说，东海西临、雅揽两部已经归附努尔哈赤的部落，现在要反叛建州，不进贡貂皮，不出人到建州当兵。西面的明兵在挑衅，东边的领地不容叛乱。努尔哈赤命扈尔汉率领两个牛录六百人，带着阿拜、汤古代和塔拜三个阿哥，进兵海参崴以东的雅揽、西临。扈尔汉率领这一队人马在高山峡谷中悄悄行进，钻森林射杀沿途猎物，过江河砸冰窟窿捕鱼蟹，补充食物。整整走了一个月的时间，到达西临部，乘其不备，偷袭了山寨，斩杀敌兵二百，俘获人畜近千。雅揽部闻听西临被攻打，举全部落四百兵马来助战，这时西临已被占领，扈尔汉率领两个牛录兵马迎击雅揽部，一战灭掉助战的四百兵，继续进军，俘获雅揽部人畜一千，返回建州。

努尔哈赤亲自查问俘获的部民，为啥要反叛，有一个小头领知道原因，他告诉努尔哈赤说："雅揽部东边是额黑库伦部，他们部兵马强壮，铁骑过千，周围各部落都顺服，他们的贝勒说：传言建州兵马勇猛，但是比我部差多了，我手下兵将才是天下第一勇猛。如果有谁不信，可以捎信给建州，让他们派兵来战。其他部落都相信额黑库伦贝勒的话，所以才要反叛。"努尔哈赤决定要除掉叛乱的根源，灭掉额黑库伦部。

刚刚进入冬季，努尔哈赤从每一旗中抽出一个牛录，共两千四百人，由巴雅喇、阿巴泰、巴布泰和巴布海四人统领，进兵乌苏里江以东纳赫塔赫河以北的额黑库伦部。大军东进四十天，到了纳赫塔赫河的河源下一百三十里处，在顾纳喀库伦扎营，传信招抚额黑库伦城中的人马，城中回信说愿降。但是城外各处人马陆续进入城内，集合了三日，仍不投降。额黑库伦城墙由一丈高的巨木夹成，木栅栏外有三道一人多深、五步宽的壕沟，额黑库伦贝勒命人撤走壕沟上的桥板，关紧城门，弓箭手布满城池四周，严密把守。

巴雅喇见城门紧闭，箭矢对着城外，没有投降的意思，于是命令攻城。六旗重甲骑兵列一字阵前冲，向壕沟中抛投土袋，顷刻之间，在三道壕沟上垫出一条路。骑兵顺着垫出的路，顶着城里射出的箭矢，冲到城下，抛出捉马的绳套，挂在巨木的上端，然后用两匹马拽绳子，一较劲，巨木轰的一声倒地，几十个铁骑同拽拉，木城墙出现了数个豁口，城内弓箭手纷纷逃命，巴雅喇等人率领八旗兵马冲入城中，飞矢如雨，刀剑齐下，斩杀敌兵五百。额黑库伦贝勒带着三百残兵逃出城外，巴布泰率领一个牛录追击，在郊外将溃逃兵将全部杀尽。这一战，俘获人畜一万，收编降户五百，带回建州。从此，东海部落十年无人敢叛。

东海平定，蒙古安抚，叶赫无声息，明兵虽然欲动，但是将帅心思不一致，行动不成攻势，四邻安静。这时建州的各个旗主侍臣将官们，共同请求努尔哈赤上尊号，登基称汗。

三贝勒莽古尔泰就是努尔哈赤大福晋衮代的亲生儿子，衮代是努尔哈赤患难与共的妻子，是第二任大福晋。努尔哈赤起兵不久便成为他的妻子之一，与他度过了最为艰难的岁月。

《清史稿》中记载：当九部联军前来攻伐努尔哈赤时，这位衮代夫人担心努尔哈赤胆怯，焦虑得寝食不安。从中可以看出，在努尔哈赤创业之初，这位女士曾竭尽全力支持过丈夫的事业。因此，至今在东北满族地区流传着不少关于她的传说。可见，这不是一个平庸的女人。

年近五十的衮代，虽然色衰，但风韵犹存。只因窃藏金帛获罪，被努尔哈赤下令离弃。

莽古尔泰护送额娘回部落，途中与额娘唠嗑："额娘，你虽然年近五十岁，但额娘的体貌谁看都不过四十岁，美貌那就更不用说。所以我担心额娘回到部落会有男人倾心，即使没有，也会有绯闻，我真的担心你的部族和你的亲人，由此遭难。额娘，你能不能再求求阿玛。"衮代："傻孩子，你阿玛执法如山，你看看舒尔哈齐、褚英不都被处死了，额娘犯的是死罪，你阿玛不是看在和我多年情分上，那就是要杀头的，哪里还有脸面敢去求情啊！"说着说着，衮代流出了悔恨的眼泪，但她真的感觉莽古尔泰说的有道理。此时，她真是已经万念俱焚，悲伤憔悴。于是说："儿啊，额娘闹心，想喝酒，喝喝酒唠唠嗑，这分手以后还不知道什么时候再见呢。""喳。"勒莽古尔泰答应一声就打马去城寨购物，回来后一看衮代自尽了。莽古尔泰哭喊着叫额娘，捶胸顿足，号啕大哭。

莽古尔泰坐在道边上，拿出了酒菜，一边擦抹着眼泪，一边喝酒。虽然是夜幕来临，还是能看到从远处来了一位道士，道士走到近前，看到莽古尔泰伸手索要，莽古尔泰递给他酒肉，道士边吃边喝，边说："人死不能复生，生死皆有天数，你不必太伤心了。你我前世也是有缘，你今送我一餐，我今助你一世。"莽古尔泰目不转睛地看着道士，不懂道士说的是什么意思。道士说："天下龙脉出昆仑，脉出八方，遍延天下。"用手一指对面的山，莽古尔泰看去，也没看出啥来，就问："看啥？""我今天奇遇，山坳之中有一穴，此乃奇龙穴，虽不是天下之主，却可为一国之君。"莽古尔泰半信半疑，但事已至此就安排手下将额娘安葬在此地。

## 第十二章 兵礼两待

然而，就是这件事，成了人们茶余饭后的议论，传来传去变得晦暗不堪了。人们斥责莽古尔泰这个恶子，说他亲手杀死了自己的额娘。为此，努尔哈赤的传唤莽古尔泰询问。莽古尔泰回答："皇阿玛，我送额娘的时候，在马车上唠嗑的时候我是说出我的疑虑，额娘这么美貌，回到部落里，难免有人追求，真怕有绯闻让我们父子蒙羞，额娘心情不好，令我买酒，我只能遵命，回来后额娘就自尽了。就是狼都不能弑母，何况我是一个人哪！阿玛，我说的都是真的。"努尔哈赤疼爱地摸摸莽古尔泰的头："起来吧！孩子。"调查结果证明，莽古尔泰说的真话。

安费扬古和额亦都一边喝酒一边聊天，扈尔汉说："贝勒爷下令把衮代离弃……"安费扬古说："嗯，我们贝勒爷，感情热烈而奔放，威重、暴烈而公正无私，一旦稍有忤逆违法就按律法惩办。就是亲人犯法，也都是一视同仁，试看哪朝哪代的君王敢与贝勒爷相提并论？""我可听有人说，是贝勒爷授意莽古尔泰杀死了他额娘的。"安费扬古气愤地说："那是胡说八道，我是这样想的，这一是衮代其罪不足获死，其二贝勒爷还念起兵之时衮代多有相助，其三她给努尔哈赤生了一个勇猛的儿子莽古尔泰。假如贝勒爷想杀她，还用那么大费周章吗？直接下令处死不就结了吗？舒尔哈齐和褚英不就是这样被处死的吗？怎能授意儿子做龌龊的暗杀呢？况且羊有跪乳之恩，鸦有反哺之义，莽古尔泰哪能杀了亲生母亲，那还是人吗？努尔哈赤能饶了他吗？"额亦都信服地点点头说："来我们喝酒——干了——干了。"

# 第十三章　建元天命

## （1）

　　同年年末，春节将至，赫图阿拉城内早有了喜庆的气氛，杀猪宰羊蒸豆包，穿上新衣戴新帽，二十七杀年鸡，二十八杀年鸭，二十九出米酒，三十晚上坐一宿。八旗的额真侍臣们也聚到一起，合计这个春节怎么给努尔哈赤拜年。大伙儿七嘴八舌说了半天，都是以往拜年的礼节，皇太极截断大家的话，说道："大伙儿这些主意，和往年差不多，没点新鲜的？"这一问，顿时都没声了，刚才乱哄哄的说话声一下子静了下去，屋子里静得像没有一个人似的。

　　这时，人群最外圈传来一句话："俺有个想法。"大家都扭头看去，说话的人叫龚正陆，是早年从明朝境内抓来的童生，口音也不太一样，因为认识字，留在努尔哈赤身边写书信，成为侍臣。

　　龚正陆见大家都在听，就接着说："远古时候，商朝的成汤起兵做大王，是仅有七十里的小国；周文王起兵，只有一百里的封地；汉高祖称王起于泗水亭，今淑勒贝勒拥有建州，统领海西……""净是废话，和拜年有啥说道儿？"阿敏怒喝一声，打断了龚正陆长篇大论的开头，惊得他定住那儿一动也不动。皇太极起身，摆手止住阿敏说："二哥，先听他说完。"转身又对龚正陆说："先生请接着讲。"龚正陆稳稳神，继续讲："我家主子如今统领兵马数万，踞有疆土千里，当称皇帝，以帝号作为新年贺礼。"急忙说完，弓身退下。龚正陆走了，大家还是没有言语，眼睛相互看，不知道这个说法是好主意还是馊主意，都没了自己的主意。正在犹豫不定之时，额亦都与皇太极先表赞同，额亦都说："因我们的女真族没有罕王，各部蜂起，皆称王斗狠，互相战杀，甚至骨肉相残，强凌弱众暴寡。今上天要使我们女真人得享安康生养，是上天的仁慈才让我们女真族有了贤明的淑勒贝勒，将贫苦的人恩养，所以应当上尊号为罕王。"皇太极也同意地说："是阿玛的睿智功劳，才使得兵马强盛，生存无忧，阿玛不做罕王，哪个能做？"其他的额真侍臣听了，都说应该这样，于是命龚正陆写文书，上报给努尔哈赤，请予上加尊号，努尔哈赤允许，定下在新年举行登基典礼。

## 第十三章　建元天命

努尔哈赤的成长和建州部落的壮大离不开正一道长的鼎力相助，为了感恩道长，努尔哈赤把建国日期选在"正月初一"。

此时，他早已不是三十三年前起兵时的努尔哈赤了。那时，他的辖区只是一个小小的建州左卫。但如今，除了叶赫部落，他已经基本统一了整个女真民族。现在的辖区是北起外兴安岭、西到贝加尔湖、东临鄂霍茨克海、南到日本海之间的广大地区，还有部分外兴安岭和部分西伯利亚大面积土地。但在管辖区内还有部分部落没有心悦诚服地归顺。

大明万历四十四年（1616）二月十七日，农历正月初一是新年的第一天，清晨，天空湛蓝，旭日刚冒出山尖，集结号角响起，努尔哈赤的兄弟子侄侍臣，以及八旗各等额真护卫，齐集大殿广场上，各自站立到插在四方四隅的八旗下面。四方是东南西北，四隅是东南、西南、西北、东北，共八个方向，每一旗固定一个方向，无论围猎征战，还是居住集会，都依既定次序不变。辰时，各旗集结完毕，努尔哈赤头戴貂皮翻沿暖帽，身穿杏黄色龙纹长衣，率八名带刀护卫升殿，面南背北，端坐在御座之上。

努尔哈赤入座后，从每个旗下，走出一个侍臣，手中都捧着红色纸的文书。八个捧送文书的侍臣一齐走到大殿前跪下，八旗下的所有人随着八个侍臣跪于后面。御座右侧近侍阿敦，与左侧的巴克什额尔德尼，同时向前迎出来，接受八个侍臣呈上的请求加尊号的文书，二人转身捧回八份文书，把它们摆放在努尔哈赤前面的红色的桌子上。额尔德尼站立御座左前侧，面对八旗下众人，宣读表文之后，大声说："立国号后金国，天命元年，上加尊号为：阿卜凯·福灵阿·淑勒汗，加爱新觉罗姓氏，赫图阿拉城定名为'兴京'。"殿外八旗下额真侍臣以及场外兵将，齐声呼喊："阿卜凯·福灵阿·淑勒汗。"呼颂后起立，站在旗下。"阿卜凯·福灵阿·淑勒汗"是女真话的尊号，意思为"天命覆育列国英明汗"。

努尔哈赤罕王起身离开御座，走到殿外广场上的香炉旁，亲手点燃用杜鹃花制成的香粉，然后跪地拜祭上天，八旗各额真侍臣兵将，一同面朝香炉跪拜，罕王对天拜祭说："皇天在上，女真神在上今努尔哈赤登基称汗，重立后金国，建元天命，求上天保佑我国兵强马壮，六畜兴旺。"三叩首之后，起身回到御座。八旗额真侍臣将士在鼓角争鸣的乐声中，依次向罕王行三叩首礼庆贺，山呼万岁。这一年，努尔哈赤五十八岁。

行礼完毕，努尔哈赤罕王发布上谕："朕闻，上古治世，君明臣良，同心共济。君臣无私，秉志公诚，励精图治，则天心必加眷佑，地灵亦为协应。天无私，四时顺序；地无私，万物发生；人无私，则庶事咸理。后金国的君臣，皆当修身德清，以齐家治国，使黎庶安康。"上谕宣读完毕，再由额尔德尼公布对各额真侍臣的封赏，加封和硕贝勒八人，作为八旗的固山旗主，分别是：大和硕贝勒代善，二和硕贝勒阿敏，三和硕贝勒莽古尔泰，四和硕贝勒皇太极，五和硕贝勒阿济格，六和硕贝勒多尔衮，七和硕贝勒多铎，八和硕贝勒济尔哈朗。公布名字之后，八大和硕贝勒到殿前谢封，四个大的和硕贝勒都是二三十岁，大步进殿，掸开左右马蹄袖，跪地叩首。四个小的和硕贝勒就大小不一了，阿济格与济尔哈朗年龄稍大点，一个十二，一个十七，是自己跟着前面哥哥们走，进入大殿内，学着行礼。再后面的多尔衮和多铎就太小了，多尔衮只有五岁，多铎才三岁，是由他们的额娘带来的，大福晋阿巴亥一手抱着多铎，另一手领着多尔衮跨进大殿的门槛，多尔衮费了很大的劲，被他额娘拎着才进到门槛里面。进到门里，阿巴亥放下孩子，让多铎和多尔衮自己往前走，两个小不点儿像大人似的走步，掸左袖，掸右袖，跪地，叩头。看着俩小人儿有板有眼的动作，旁边的人跟着捡笑，就连御座上一脸严肃的罕王，也是满脸笑容，跪在第一排的皇太极，也忍不住侧头偷笑。

多铎做完了一整套的行礼，还没等别人说话，自己站起来就往门口跑，到大福晋阿巴亥跟前说："额娘，我行礼了，给我苹果。"话没说完，就从他额娘的衣兜里拽出一个苹果，"咔嚓"就是一口。多尔衮本来跪那儿直溜溜的，看弟弟跑了，也跟着站起来跑过去，跟他额娘伸手，两边看的人不禁轰然大笑，原来是两个苹果哄得他们规规矩矩。

封赏和硕贝勒八人之后，再由额尔德尼公布，加封一般贝勒十四人，有罕王的弟弟、儿孙和侄儿，分别是：穆尔哈齐、雅尔哈齐、巴雅喇、阿拜、汤古代、塔拜、阿巴泰、巴布泰、德格类、巴布海、图伦、杜度、岳托和硕托，十四个贝勒进殿叩拜。由近侍阿敦宣布加封一等大臣五人，分别是：额亦都（钮钴禄氏）、费英东（瓜尔佳氏）、何和里（董鄂氏）、安费扬古（觉尔察氏）、扈尔汉（佟佳氏）。阿敦再宣布加封的二等大臣九人和三等大臣十二人。二等大臣有：额尔德尼、阿敦、穆哈连、博尔锦、旺善、扬古利、班布理、常书和龚正陆；三等大臣有：鼎护、斋萨、阿林察、武谈、颜布禄、兀凌噶、鄂尔果尼、洛科、洛汉、雅虎、煌占和斐扬占。贝勒大臣加封之后，军中所有将士都有奖赏，从固山额真到最低等的牵马阿哈，个个分到银子、牛羊，广场内外人人欢喜，登基典礼结束，各旗兵将兴高采烈地回家过大年去了。

众人各自回家，罕王回宫，有一个大臣却没回自己家，撑着罕王的仪仗，追

## 第十三章 建元天命

到努尔哈赤的家里。这个追赶的人就是刚加封的一等大臣安费扬古。努尔哈赤前脚才进屋，安费扬古后脚就跟了进来，一脸不高兴地给罕王请安。努尔哈赤说："家里不用拘礼，咋了，不高兴？"安费扬古起身，噘着嘴说："我有话要问罕王。"努尔哈赤笑着说："今儿个站一上午，乏了吧。过这个年，你也五十八了，与朕同岁，别累着，先回家歇歇，有事明儿个再办。"安费扬古不同意："我话不说，睡不着觉。"努尔哈赤笑道："这么严重，那你坐下说吧。"安费扬古问："罕王过去奖励额真兵士，从来都以战功论赏。今儿个加封的八大和硕贝勒、四个大阿哥功劳显著，封赏不过分，可四个小阿哥还走不稳道呢，怎么就封成了和硕贝勒？我不懂。"努尔哈赤说："这四个小的，现在是没有一分的功劳，但是他们资质聪明，天赋大任，将来的功劳要比四大贝勒还高。"安费扬古又问："那他们现在就当四旗的固山旗主，怎么带兵？"努尔哈赤拍拍安费扬古的肩膀说："四个小的只是先给个封号，八旗兵马还是由四大贝勒和杜度统领，和原先一样，朕自领两黄旗，代善领两红旗，阿敏领镶蓝旗，莽古尔泰领正蓝旗，皇太极领镶白旗，杜度领正白旗。四个小贝勒不领兵，这回知道了吧？"安费扬古站起身说："是这样啊，我还以为让三岁的小阿哥掌旗呢，臣告退。"行礼退出了。

努尔哈赤来到了书房，侍女上来了香茶，他一边品味着，一边想着他的恩师说的话："立国号后金国，虽然增加民族的凝聚力，增加了民族的抗争力，但大明一定会认为你是大逆不道的，大明不会忘记前金国给中原带来的灾难，会加速对你的征讨。但你今天有本钱说话，有能力对抗。"想到这儿，他有在思虑加紧练军以备来犯之敌。

努尔哈赤在深山里开设了一个围猎场，游动军士守护，闲散杂人不得入内。围猎场实际就是努尔哈赤的一个藏军地，同时也是一个训练场，这里藏着近一万锐军，他们不参加生产劳动，是专职的军人。史书这样记载："奴酋练兵，始则试人于跳涧，号曰水练，继则习之以越坑，号曰火练。能者受上赏，不用命者辄杀之。故人莫敢退缩。"[1]

努尔哈赤对这支部队投入是很大的，从战马铠甲到刀枪粮草，都是最精良的，平日有爬山、涉水、游泳、长跑、举重、越野过障、攀登、骑马、射箭、武术、救助、伪装、侦察、汉语、文化、战术等等多方面训练，他们不单单进行单兵训练，同时进行小团队和大团队协同作战的训练。这些虽然与其他八旗军大致相同，

---

[1]《明熹宗实录》，天启元年正月壬寅。

不过这里的训练更专业，训练量是普通部队训练量的数倍，而且不断地吐故纳新、优胜劣汰、被淘汰的人回自己部落所在旗下，再从轮训八旗军挑选人补充，总之，这里会永保一支生力军，一伙专职的杀人武器。他们在追杀敌兵时，只要握紧刀柄，靠马的冲力就可以斩杀敌人。凡有大战或者硬战时，努尔哈赤会调用他们。

通过这样炼狱地火训练出来的士兵，在体能、技能、心理、意志等诸多方面都会令敌军闻风丧胆。在乌碣岩大战中，只有一千锐军携带三百八旗军就把乌拉的一万人马打得丢盔卸甲、人仰马翻，这就是典型的以少数锐军胜众的战列。

建州训练马如同训练人，训练与挑选战马时，会对马匹进行力量与能力的多重训练。在长途奔腾驰骋中，爬山越岭，履渊跳涧。凡是不符合标准的马匹，就会被淘汰掉或者送到马市交易给大明，大明只能批量使用淘汰下来的马，由此会想象到明军骑兵的战斗力。

同时分批训练八旗军，守城军不在八旗军正式名单里，只有参加训练考核通过的才能进入八旗军行列，八旗军体能下降的退回为守城军。

## （2）

后金在建州立国，努尔哈赤命文臣起草文书，分别递交周边各国。先奉书于朝鲜国王知道：后金国已收取辽东的建州、海西和东海女真各部，建元天命，有朕管束国人，与你国往来走动友好，我们二国，应当无刀兵，通商贸行礼仪。又送书至蒙古科尔沁部与扎鲁特部。最后呈文辽东新上任的巡抚李维翰，文书里大致是说："辽东女真人本是前朝金国之后裔，现在有淑勒汗努尔哈赤，收管建州国之人，再称后金国。希望国与国之间友好相处，互通往来，等等。"书信送出不久，朝鲜国王光海君派使节来祝贺，蒙古科尔沁贝勒安明，率领本部的贝勒台吉千人，带礼品百车，前往后金国都城赫图阿拉庆贺。努尔哈赤亲自率领兵马出迎百里。

辽东巡抚李维翰接到文书，不知道是应该道贺，还是要出兵讨伐，因为他刚到辽东上任不久，还把握不准火候。李巡抚在自己家的后堂转了一圈又一圈，挠脑袋，拽胡子，也想不出头绪，抬手喊垂手站立门口的家人："去叫师爷来。""是，老爷。"家人应声退出去，不多一会儿，一个瘦老头弓着腰，半跑半走地进了巡抚的后堂。进门拱手问："老爷有何吩咐？"李维翰已经转累了，坐进太师椅说："建州的贝勒，又改名叫淑勒汗了，好像还举办了庆典，给俺也呈送来文书，你看得怎么弄这个事？"

师爷再弓了弓腰，跨近一步，站到太师椅的侧面，试探地问："老爷您的意

## 第十三章 建元天命

思是……"李维翰仰头看着棚沿说:"如果去祝贺,不太妥当,他们称汗,并非皇上旨意,也不知道是不是与朝廷平起平坐,去是不行。如果不祝贺,而是派兵讨伐——也不妥,前几任巡抚都与建州通商做买卖,俺一上任就开战,要是损兵折将,也不妥,这真是难办的事。俺在朝中没人,头上这顶乌纱是大价钱买来的,不能没戴热乎呢就出毛病,真愁人。"

干瘦师爷的小眼睛翻了翻,说:"老爷莫急,不如先等等看,现在不知道朝廷是什么意思,过些时日,弄到上头想法,咱们再作计划,眼前先眯着,装不知道建州的事,反正也没出什么大乱子,老爷看可以吗?""嗯。"李维翰又长出口气说,"没啥好招,先这么办吧。还有,你马上操办些上等的特产,要黑貂皮、千年参、小鹿茸、成对的猴头、牛眼大的珍珠、虎鞭熊掌之类你看着办吧,俺得给王在晋大人送点礼,探探口风,去后房管家那儿,先支一万银子。""是,老爷。"师爷弓身退下。

巡抚李维翰划拉来不少好货,派了能言善辩的心腹亲信,前往京城,到王在晋的府中送礼。巡抚的亲信本来没有打算细说建州的情况,只想稍透露一点,好探听王大人的口气,可是没有想到,王在晋竟然比李维翰知道的详细多了。原来朝鲜已经送来国书,报告了建州的事情,王在晋当即给万历皇帝呈奏章说:"朝鲜咨报,努尔哈赤立号后金国汗,建元天命,指中国为南朝,黄衣称朕,词甚侮慢。"奏章上呈宫中多日,还不见批复,这时,辽东巡抚李维翰派心腹来送礼。王在晋赶紧询问建州的情况,可是来人搜肠刮肚讲述的,还没有他自己知道的详细,本想大发雷霆训斥李维翰一顿,又一想,人家大老远送来那么些好东西,狠劲咳嗽两声就算了。

尚书大人直接告诉李维翰的亲信:"回去跟你家大人说,不日将有圣上的旨意,叫你家大人整治军马,准备讨伐建州。"心腹亲信急忙打马回辽阳向巡抚禀报,带回来的不是风信,是准信,巡抚李维翰立马准备,可是等了很长时间,也没有圣旨传来。李维翰又与师爷合计,要先找点建州的不是,为进兵讨伐弄几样话把儿。

后金国初立,增加了不少新的事,先向周围邻国发送了国书,再向漠北蒙古及东海女真等边远的地方派出商队做买卖,挣钱的同时也能了解那里的风俗地理。在罕王往外派发使臣商人的时候,也有更远的异域之人来到后金国都。还没出正月的一天,一个远游的苦行僧,光头戴戒,身穿破烂的黄色袈裟,敲着木鱼,走进赫图阿拉城化缘。

这个和尚进城后，在一片开阔的地方放下木鱼，拿出一块团蒲铺开，打坐，敲木鱼，口中念念有词，不多一会儿，就有很多人来围观，可是不知道和尚嘴里说是啥话，没人听得懂。女真人信萨满，如果有人得病或者丢了东西，就请萨满来作法，点香跳大神，往往有灵验。今儿个见了这个和尚，估计与萨满差不多，也许能给人治病，有人上前与和尚说话，和尚也回答，可是一句都听不明白，和尚换了一种话音，还是无人懂，和尚又换话，讲的是蒙古话，这回有人可以同他说话了，女真人大多会蒙古语。和尚说他是西藏的喇嘛，出来讲佛法化缘，请施舍钱财食物。

北方人淳朴，乐善好施，当地俗语说："要三年大饭，给个县官都不干。"见大老远来的喇嘛要东西，纷纷给钱给物，又请喇嘛到家里住。喇嘛接受财物，但是不进人家，只在路边打坐，天色晚了，喇嘛闭目入定，一动不动。第二天早上，先出门的人看见喇嘛依然在打坐，胡子上和袈裟破口的地方都结满了霜凌，喇嘛像没有感觉的石头人似的，纹丝不动。

太阳升起来，晒化冰霜，喇嘛好像才活过来，睁开眼睛，手也能动了，开始敲木鱼用蒙古语讲经文。天天如此，一连五日，没有起过身，没有离开过打坐的地方。听经的人一天比一天多，夹在人群里听经的，有大臣有贝勒，罕王努尔哈赤也穿着便装，连续听了三日。第六天，罕王请喇嘛进汗宫，喇嘛不去，说自己只能住寺庙，罕王说要给他在城外山上建庙宇，请他做主持，喇嘛默许。

努尔哈赤回宫后，把自己准备出钱建庙宇的想法告诉了大臣们，大家都不赞同。何和里给罕王讲了一个故事，告诉罕王，喇嘛不如萨满灵。何和里说："我以前听说，有一户人家住在施家沟的河边，一天家里有人突然就得了抽风病，病人抽得不能喘气，每天抽七八次不止，家人请来十里八村最有名的孟郎中，针灸汤药都用了，没有治好。家人再请四院喇嘛来看，喇嘛收费极高，也没效果，并且说是不能全好，静养吧。都治不好，真是没有办法了。家里一个人说：'黄旗村老王家早先跳大神，和咱家关系也不错，请她来看一下吧。'大家都不太信她，因为都是认识的，可是眼下又没别的办法，就试一试吧。于是，去一个人请她，不巧她有事，没空来，但是她给画了两道符，带了回来，一用，真有效果，第一天用上，整天没有抽一次，第二天也没抽，第三天萨满办完她自己的事，来看病人，又在房前屋后看几遍，说：'是河边一棵老榆树有了道行，在这儿作怪，我把它撵走。'于是，回到屋子里，上香，挥剑，画符，一道贴在窗户上，堵住它的来路，另一道贴在那棵老榆树上，封住它。法事做完，只收一点钱，她说：'如果不收钱，对病人不好。'这以后，

## 第十三章 建元天命

抽风病一次都没有再犯过。

"病治好以后,那家人请萨满、喇嘛和郎中来喝酒,喇嘛因为自己没有治好病,所以对萨满很不愿意,喝酒时,喇嘛给萨满斟一盅酒说:'我敬你一盅。'萨满往酒里一看,酒上有一条极细小的花乙脖子蛇在游动,萨满装作没看见,随意向酒中吹口气,蛇就被冻僵淹死在酒里,然后一仰脖,连蛇带酒都喝了,给喇嘛看酒盅底。萨满放下酒盅,拿起酒粟子给喇嘛斟了一盅酒说:'我也敬你一盅。'喇嘛端酒一看,酒上漂着一根平常的缝衣服针,但是酒盅似有千斤重,喇嘛放下酒盅说:'我的法术确实不如你,佩服了。'萨满默认,喇嘛见酒中的针落底了,端起来也不重了,才敢喝。郎中不知道他们在斗法,还挨个儿敬酒呢。罕王请看,跳大神的萨满比喇嘛强,咱们这儿有萨满了,何必再留喇嘛呢?"

罕王身边的带刀近侍恒纬,也赞同大臣何和里的说法,他告诉大家说:"我小时候家住李其村,也见过喇嘛。一次我家的猪崽子丢了,正好有个喇嘛路过,请他掐算,喇嘛念经,说:'今晚猪崽会自己回来。'再没有别的办法,可是两天都过去了,猪崽也没有回来。家人着急,又求本村萨满掐算,萨满掐指算了老半天,说:'猪崽没丢,在东北方向,在一处不流的水里。'村的东边有一条小河,大家顶河水向北面走,没有找到,萨满说:'不是河里,河是流水。'如果不在河里,就在河的两边找吧,离河太远,怎么有水呢?大家再向北边走,刚一出村口,在河东侧不远的地方,一下看见了猪崽,它自己拱了一个土坑,趴在里面睡觉呢?人们抓住了它,看见一侧猪毛很湿,原来土坑里渗出水了。看,萨满算得很准。"

罕王见大家都不愿意让喇嘛留下,就说:"你们讲的也许对,可是喇嘛讲的经书,你们觉得怎么样?"贝勒大臣们仰着脸答不上来,顿了片刻,莽古尔泰说话了:"我听过一阵,可他的话不清不楚,不道啥意思。"

努尔哈赤对大家说:"你们都没仔细听,喇嘛的经文很有道理,他说生命就是苦难,穷人有苦处,富人有难处,摆脱苦难的办法只有修行,做人要安分守己,忍受苦难,心情宁静,慈悲行善,以换取来世的福。所谓福,就是成佛,在今世苦其身、尽其心,那么在来世能生在一个好地方,福便得到了。喇嘛在山中修行,萨满在民间跳神,准许他们各行其是,两不相扰,才算公平。留下喇嘛有啥不好?"大臣们无话,于是在城东开始建佛寺。

在都城内一片安宁的时候,边境的百姓再起纷争,辽东巡抚李维翰,利用不大的事件,做起了大文章。

# 竿王传奇

（下）

杨明 著

辽宁人民出版社

## CONTENTS 目录

第十四章　韬光养晦 …………… 235
第十五章　初战大明 …………… 246
第十六章　夺取清河 …………… 256
第十七章　备战备荒 …………… 263
第十八章　萨尔浒大战 ………… 272
第十九章　安抚朝鲜 …………… 282
第二十章　出征开原 …………… 287
第二十一章　驻军界凡 ………… 293
第二十二章　攻占铁岭 ………… 299
第二十三章　辽东换将 ………… 306
第二十四章　征服叶赫 ………… 313
第二十五章　罕王家事 ………… 320
第二十六章　万历家事 ………… 328
第二十七章　出征沈阳 ………… 338
第二十八章　踏入辽阳 ………… 345
第二十九章　建都东京 ………… 353
第三十章　将帅不和 …………… 362
第三十一章　轻取广宁 ………… 368

# 目录 CONTENTS

第三十二章　辽阳新政 ········· 377
第三十三章　歃血结盟 ········· 387
第三十四章　走角成龙 ········· 395
第三十五章　天命逝年 ········· 419
第三十六章　身后辈出四十四 ········· 431

第二部内容提要 ········· 448

后记 ········· 463

# 第十四章 韬光养晦

## （1）

后金国建立不久，果然像正一道长预测的那样，有不少部落前来归顺。这时边境上女真人与境外明朝边民又发生了争端。

大明万历四十四年（1616）夏初，铁岭明军的家眷，有士兵的父子或兄弟，自发地聚集了数百人，进入后金国境内，采挖山中的人参，下河里捞沙子下面的狗头金，当地女真人见明朝人越境来采挖山货，便群起阻挡，两伙人各不相让，最后竟动手厮杀。碰巧，扈尔汉带兵巡边路过这里，见两国几百人在厮杀，就下令所率的人马冲锋助战，斩杀大明边民五十余人，其他人都逃跑了。

扈尔汉回到赫图阿拉，向罕王报告了这件事，努尔哈赤对扈尔汉说："以前李成梁当总兵的时候，曾与朕在边境竖石碑，杀马立约：'如果有女真人进入明朝境内，动一草一木，或者明朝人进入女真境内拿一件东西，就是有罪，皆杀之。如果见之不杀，殃及不杀之人。'那时立约，是为了禁止女真人扰乱明朝边境，今是大明的边民扰乱我们的地方，斩杀他们，是守从约定。但是这件事也要通报给辽东巡抚。"扈尔汉说道："罕王讲的这个约定，我也记得。"

于是，努尔哈赤命令纲古里和方吉纳二人做使臣，率领九名随从，去见巡抚李维翰。这时李巡抚正在广宁城视察，铁岭总兵马林和参将丁碧先进了广宁城，见到巡抚大人，既愤怒又悲伤地述说了边境事件，李维翰看着两个部下的哭相，心里暗自高兴：正想找建州的碴儿呢，还没有办法，他们自己惹出是非来了，真是巧了。心里正美滋滋地琢磨呢，卫兵来报告："建州来两个使者，随从九个共十一名，求见大人。"李维翰怒声传令说："不用见了，来人，把那十一个建州人拿下，戴上重枷下狱。"然后命人去建州，逼迫努尔哈赤，要求"杀人偿命"。

巡抚的使者坐着八抬大轿，举着大旗，敲锣打鼓地进了赫图阿拉城，费英东领着来使见努尔哈赤。使者怒气冲冲地质问："俺们大明的百姓，出边进到你们这里，应当押解送回去，怎么可以大胆杀人呢？"努尔哈赤回答说："过去曾与辽东总兵立过誓约：如果有越境的女真人或者明朝人，就是有罪皆杀，见之不杀，殃及不杀之人。如今为啥不顾以前的约定，而强行改变说法？"明朝使者根本不听辩解，蛮横地威胁道："杀俺们边民的头领叫扈尔汉，必须斩他偿命抵罪，然后才能放回你们十一个使者，否则，是你们自兹多事，惹出兵火。"

努尔哈赤听到纲古里和方吉纳二人及九名随从被扣押，来使又语言强硬，以出兵相胁迫，心中愤怒。纲古里和方吉纳都是五祖包朗阿的后人，性情稳重，办差机敏，此时被扣押，怎不急人！于是脸色不悦地说："后金国啥时候怕打仗。"说完，命费英东送使者出大殿，努尔哈赤起身回宫，暂无对策，先不谈了。

努尔哈赤出大殿刚走不远，额亦都带着护卫急火火地迎过来，后面的护卫搀扶四个臂折腿瘸、满脸新伤的女真人。额亦都快步到努尔哈赤前禀报："罕王，我们派往萨哈连和虎尔哈的商队，都被抢劫了。"努尔哈赤惊问："伤亡多少？"额亦都回答说："去萨哈连三十人，去虎尔哈四十人，只跑出来九人，六十一人被杀，货物全部被抢了。这四个受伤轻些，另五人伤重。"闻听这么多人被杀，心疼得努尔哈赤双手握拳发抖，对额亦都说："派往远方的，都是后金国最会做买卖的能人，这次竟有如此伤亡，可恨，萨哈连。"

努尔哈赤走近四个受伤的人，看他们的胳膊腿脚和胸背，一个轻伤的人说："罕王，这回丢得太多了，我们每人牵六匹马，驮满了青布、盐、酒各色货物，走了两个月的山路，才到萨哈连。开始那里的人用貂皮、狐皮、珍珠和我们交换，后来他们的东西用完了，就常掂对偷我们货物，我们看得紧，都没得手，那天晚上，不知道从哪儿突然冲出上百人，都骑马挥刀，杀进我们的营地，见人就砍，大家抵挡不住，都被杀了，三十人中，只逃出我们俩。"

另一个受伤的人说："我们去虎尔哈的，和他们的遭遇差不多，时间不差前后，估计是同一伙人干的，我们只逃出七个人。"努尔哈赤愤然地说："出兵讨伐。"

大明的使者见努尔哈赤退堂走了，只好随费英东去客店住下，当他看见客店外站立的八旗兵，突然害怕起来，心里想：啊呀，不好，如果巡抚大人见努尔哈赤没有杀扈尔汉，一动怒斩了建州的十一个人，那我在这里不是也得玩完吗？想到这儿，使者头上的汗就在脸上直流，屁股也坐不住椅子了，搓着手走了两圈，推门一步跨到外边，对门前站岗的八旗兵拱手说："辛苦您一下，请您去把费英东老爷请来，俺有急事。"

不多工夫，费英东到了客店，大明使者客气地迎接，进入室内，使者请费英东坐下，才说："这件事已经启奏给皇上了，已经不能隐瞒。你国岂能没有罪犯，何不绑几个，押到边关城外，斩首示众，俺再禀报巡抚大人，说建州已斩了巡抚

## 第十四章 韬光养晦

要杀的人，这个事件不就了结了吗？"费英东听了点头，说道："你的这个主意不错，但我不能做主，报给罕王再说。"使者着急地说："那请你现在就去禀报。"费英东答应："你等信儿吧。"

费英东见到罕王，说了大明使者的主意，努尔哈赤传来四大贝勒和其他大臣贝勒一同合计。莽古尔泰先说："明朝欺人太甚，去年夺我们庄稼不许收割，今年又不讲理骗我们杀大臣，明年他们还要干啥？现今我后金国兵士强壮，马膘正肥，不如打下辽阳斩了巡抚，出口气。"

这话一说，当下就有几个贝勒大臣赞同，一齐要求出兵大明。

费英东不同意三贝勒莽古尔泰的说法："与明朝开战不妥，况且我们还有人质在他们手里。再说，出兵攻打城池，也得有足够的理由，怎么能因为几个人的小事动刀兵呢？"额亦都接着说道："辽阳不是一个孤立的小部，而是辽东首府，巡抚辖制的其他城池，哪一个不是兵马数千过万，巡抚后面还有大明呢，岂能轻易动得？早年哈达叶赫与大明对抗，哪次不是房破人亡、灭寨屠城，不可不小心啊！"

莽古尔泰不满地说："两位老臣胆咋这么小了，过去的哈达叶赫怎么能与后金国相比。"

努尔哈赤止住莽古尔泰说："不是两位大臣胆小，是你的见识还不长，没有准备，出兵哪有胜算！近几年大明确实欺人太甚，早晚要与他们开战，只不过还没到时候。朕已决定，答应大明使者的说法。这个差使就由费英东办吧！""喳。"费英东领命先下去了。

努尔哈赤与留下的贝勒大臣再议萨哈连虎尔哈抢劫商队的事，罕王先说要出兵讨伐，所有的贝勒大臣一致同意大军出征。努尔哈赤说："萨哈连部遥远有几千里，人口稀少，不必派大兵，出两千人马足够用了，现在就准备，立夏前出发。"贝勒巴雅喇建议道："罕王何必这么急着进兵，夏季多雨，道路泥泞，而且青草高，树叶密，枝条长，大军行动不便，最好是在冬季，等路上的草干黄了，河水也结冰了，容易行军时再攻打。"

努尔哈赤反对说："在夏天如果不去，到秋天他们把肉干、鱼干和粮食埋藏各处，自己抛弃屯寨窝棚，藏到大山里的晖塔库喇喇部，大军到了，抓不着人口，又找不着吃的，只能回兵。大军撤走，他们又回到故地，挖出埋藏的食物吃，还会边吃边嘲笑后金国兵马不能把他们怎么样，更不把后金国放在眼里了，他们的貂皮珍珠也不贡来了，这岂不有损后金国的威名？这个夏天里，我们兵马如果去攻打，他们只顾自己逃避了，没有工夫埋藏吃的东西，而且他们还会以为这个夏季大兵不会来，都在家里闲散没做防备，所以现在出兵能一举全胜。"

额亦都、扈尔汉等人都赞同罕王的说法，扈尔汉说："萨哈连和虎尔哈路途遥远，有四千多里，行军不能太快，现在准备，等到达那里，也就快到秋天了。"于是定准这个夏季进兵。

努尔哈赤发布罕王命令，下军帖四道："从每个牛录中挑选马八匹，再出人八名。把挑出来的两千匹马，赶到田野地里饲养，不干农活了；挑选出来的两千人，由扈尔汉与安费扬古率领，进行水练。每个牛录再派出两个人，进山伐木造船。出征的两千兵马，每人自己准备四十天的干粮。"

## （2）

军令发布，立即行动。扈尔汉与安费扬古两人亲自挑选人马，三日就选定了两千人，都是二十多岁年轻力壮的精兵强将，十阿哥德格类贝勒和十一阿哥巴布海贝勒都是二十一岁，一同选在两千人之中。扈尔汉与安费扬古率领他们到浑河进行水练，在河面上射箭，在水底下摆刀枪拼杀，因为萨哈连与虎尔哈两部都是沿河居住，女真话萨哈连乌拉又叫作萨哈林乌拉，意思就是黑龙江，两岸部民终日在水中捕捉鱼蟹，水性极好，所以后金国的兵马也必须能够水战。

派出来伐木造船的共有五百四十人，进山到了兀尔简河上游，砍倒百年大树，刨制小船和木桨，用了二十多天的时间，制出能够乘坐七八人的独木舟，共二百艘，都绑在了兀尔简河边。

在扈尔汉与安费扬古训练水兵的时候，费英东正与大明的使者打交道，从狱中提出囚犯三个，准备斩首之后，交给使者回去复命。使者不同意，恳求费英东说："费大人您只交出三个不妥，俺回禀巡抚大人说只有三个人犯，巡抚大人恐怕不能相信，因为俺们边民被杀的，有五十多呢，请您提二十个吧。"费英东没有完全答应说："只能增加七个，再多没有了。"

大明使者见有十个了，也就认可，但是又提要求说："要到铁岭城外斩首囚犯，让俺们的总兵副将们亲眼看见，他们就不再吵闹，巡抚大人就会没什么说的了。"费英东告诉使者，等上报罕王定夺。努尔哈赤听了费英东的报告，说："不能去铁岭城，囚犯都是叶赫的人，到铁岭必经过叶赫的领地，他们会出兵劫杀，抢回他们国的人。即使到了铁岭城外，还可能与明兵再发生冲突，生出事端。大明使者的要求也算有理，就去抚顺城吧，让抚顺城的游击李永芳看见，也可以证明一下。"

## 第十四章 韬光养晦

费英东把罕王的话告诉了使者,大明使者听了,觉得也对,他更担心出乱子,自己性命不保,因此完全同意。于是,费英东带兵马押送十个犯人到抚顺城下,大明使者坐着轿子进城,请抚顺城的游击李永芳出城做监斩。斩首人犯后,首级交给使者,带回辽阳向巡抚李维翰复命。

巡抚李维翰得报建州屈服了,便传令放走建州的使臣纲古里和方吉纳二人以及九名随从。这时李维翰的师爷问:"老爷,咱们不是要激怒建州吗,怎么又放了他们的人呢?"李维翰慢悠悠地端起茶水说:"你不懂了吧,如果不放人,努尔哈赤受了骗,就可能动兵来抢,引发打仗,可是,现在还没有出兵的旨意,怎么可以打呢?人给他放了,建州就不能出兵了,打还是不打,得俺说了算。"师爷听了,恭维说:"老爷极是高见。"

纲古里和方吉纳等十一人全部顺利回到赫图阿拉城。

大明万历四十四年(1616)——天命元年夏末的一个夜晚。努尔哈赤接到密报:"叶赫东哥格格死于蒙古,死因不明。"努尔哈赤看后,用拳重重地捶向自己的胸膛,随着头低下泪水也流淌下来,是悔?是痛?是爱?是怜?只有他自己清楚。努尔哈赤和侍卫长耳语几句。

赫图阿拉山路上,只见一行人马疾速行进。人们来到了高高的山顶,有人摆上香案,众侍卫依照侍卫长的手势,分开警戒。努尔哈赤面向蒙古方向双膝跪下:"东哥——东哥——,东哥我的福晋——"说到这儿,努尔哈赤的眼泪夺眶而出。"你就这么走了——,你怎么说走就走了呢?你知道我有多想你,我有多爱你。东哥就不该不听我的话,你应该回到建州来呀!哎!你是个好女人,你是我努尔哈赤的女人,你是一个伟大的女人,我这一辈子不会忘记你。你为我女真族不受外邦欺辱,你为民族统一大业,付出了你一生的宝贵年华。你就是我们女真族女人的骄傲,你是女真族真正的洪巴图鲁。本来我们后金国每一个人都要记住你的功劳,可你要我给你保守这个秘密,唉!你聪明、刚强、睿智。也知道你为了我出师有名,付出的眼泪和屈辱、艰辛和努力,真是难为你了!想想你这一辈子,没有吃着我的,没有用着我的,想想我真是很心痛,我愧疚,我难受哇!我想好了两点来报答你。东哥你泉下有知,听我发誓:"一、我要让你青史留名与我同在。二、你是我的至爱,从现在起再留叶赫国三年,将来我会善待叶赫族人。"

努尔哈赤的一生从心里认定的至爱为数不多,但东哥就是其中一人,可见东哥在努尔哈赤心中的分量有多重。努尔哈赤用"至爱留三年"行为,来表现他对东哥有着刻骨铭心的爱。

努尔哈赤回到了罕王宫写下让人看懂和看不懂的诗句：

槐树下，鸳鸯爱，柔情绰态。
图大业，撒开手，备感酸哀。
兴京城外契托事，解困女真统边塞。
不禁山风扑面来，阑珊谊，夫妻爱，别情在。
征战南北蚕食东西，他日再续纯情至爱。

夏已去，噩耗来，秋黄冬白。
今天事，错与对，后人评猜。
驾鹤西去人无奈，肝肠寸断天悲哀。
不禁山风扑面来，没了情，少了爱，相思债。
把酒解痛问心自我，青史留名与我同在。

夏末的天气如同小孩的脸，变化莫测。扈尔汉与安费扬古率领后金国水兵不论天气如何，艰苦地训练近一个月后，骑马出发了，两千兵马在崇山峻岭急行军八天，到达了兀尔简河上游刨制小船的地方，扈尔汉与安费扬古率领一千四百人，乘坐二百艘独木舟，顺水而行，进入松花江，顺流向黑龙江进发。另外六百人由德格类和巴布海统领，分成六队，赶着一千四百匹马，沿着江边行进，每匹马的马鞍子上，都绑着一副盔甲和刀枪。大军水陆并进，又走了十八天，在松花江转向东流的地方，船只靠岸，大军登陆。一千四百人在岸边等了两天，赶马的六百人也到了，全军上马向北进发，又走两天，到达黑龙江南岸的虎尔哈部。

虎尔哈部有大小屯寨十一个，分布在松花江和黑龙江之间的高山峡谷中，各个屯寨间都是关山阻隔，遥望不及。后金国人马兵临城下，屯寨中的人还不知道，没有一点防备，两千大军一拥而上，很轻易地俘获了第一个寨子里不足百人的猎户，人口全都抓住，而且别的屯寨又很远，被俘虏的消息也传不出去。后金国的九个商人来过这儿，知道山路和沿途屯寨的位置，引领大军快速前进，寨子一个一个被围困攻破，人口一个一个被抓获，投降归附的收养，抗拒者斩杀，用了不到一个月的时间，虎尔哈部十一个屯寨全部夺取，活捉虎尔哈部头人博济里。

与虎尔哈部隔江对望，黑河以东、黑龙江北岸，就是要去讨伐的萨哈连部，

## 第十四章 韬光养晦

可是波涛汹涌的黑龙江水,阻挡住后金国铁骑的步伐。在建州附近征战的时候,常有江河阻挡道路,后金国兵马越过那些二三十丈宽的河流,从来不用舟楫,人和马一起下河,浮水而过。然而眼前的黑龙江,可不是浑河、辉发河能比,江面上风疾浪高,暗流涌动,站在江边,寒风刺面,好像风里夹着冰针似的,眺望对岸,遥远缥缈,分不清是远处青山还是天边乌云,蹲下捧一捧江水,凉彻筋骨。水上不见船影,能看见比人还大的黑鱼跳出水面;岸边没有人烟,只有老虎、熊瞎子溜达到江边喝水。怎么过河?扈尔汉与安费扬古两人在江边发愁。

有几个水性好胆子大的护卫,要先下水游过去探路,扈尔汉阻止不让,说:"这么大的江,从来没见过,能游过去吗?江心有多大的暗流,有没有水怪都不知道,远怕水近怕鬼,不能冒险,再想办法。"

安费扬古命护卫找来几个年龄大一点的虎尔哈人,问他们:"这水啥时候能冻冰?"一个人回答:"早着呢,要等树叶落光后三十天,才能封江,现在桦树梢上还有几片叶子,没落净呢。"

扈尔汉与安费扬古合计说:"实在不行,咱们再伐树造船。"但是,手头一样工具也没有,安费扬古说:"先回营吧,明天再说。"晚上,各个营帐前拢起篝火,烤着新打回来的野鹿、山羊、狍子、貉子,肉烤成暗红色冒油,蘸盐吃;兽皮烤干,再用木棒砸一砸,披身上,抵御瑟瑟号叫的西北风。山里的百禽百兽,只有野鸡不怕火,自己往火堆里撞,烫了一身焦毛味,再大叫一声,跳到旁边的草棵里藏起来。

第二天早起,天气更加干冷,站岗的卫兵跑进大帐向扈尔汉报告:"江面冻冰了。"帐子里的人都不相信,一齐跑出去看,果然上冻了,再跑到冰面上踩一踩,有的地方冰薄漏水,有的地方结实可以走人,扈尔汉等人跪在冰上,叩谢上天保佑,让江水提前结冻,以便大军能够顺利过江。

后金国两千铁骑,牵马走过黑龙江,横扫萨哈连部二十五个屯寨,带人抢劫后金国商队的头领豹吉里被乱箭射死,首级割下装盒,活捉萨哈连部头人茂克春。夺取萨哈连后,大军继续沿黑龙江向下游进兵,又收服了使犬部和使鹿部。使犬部在萨哈连部以东到黑龙江出海口处,部民以犬作为脚力,使犬部地域偏北,一年的大多数时间里,是冰天雪地的日子,所以猎人上山打围或者刨冰捕鱼,都用犬拉爬犁,七八只犬拉着爬犁在雪地上跑,比马车还快。夏天用犬拉纤,拽着用桦树皮和树胶制成的小船,在黑龙江上叉鱼。扈尔汉与安费扬古收服使犬部后,征集青壮部民从军,他们的家人牵犬架鹰,随大军同行。

与使犬部紧邻向北是使鹿部,户户养鹿作为家畜,用鹿拉爬犁,以山中打猎、海边打鱼为生,屯寨人口不多,分散雪山密林之中,被尽数收服,俘获使犬部和使鹿部的头人共四十名,到年底,扈尔汉与安费扬古率领两千人马和俘获的人口,返回赫图阿拉。

努尔哈赤亲自迎接大军回城,召见活捉到的头人茂克春和博济里,两人跪地叩首,愿意归顺,罕王饶恕了他们劫杀商队的罪过,并且令侍卫长恒纬把自己的两件猞猁狲皮大衣取来,赏给他们穿上。各部归顺的头人和部民,都有丰厚的赏赐,给阿哈、牛马、田地、房屋、衣服和家里用的器具,没有家室的,给女人做福晋。这些远方的部民,也带到赫图阿拉一些稀奇的东西,使犬部带来的大犬,和马崽一样高,还有一只凶猛的小鹰,才像麻雀那么大,真是少见;使鹿部带来一种海里的"鱼",更是没有人见过,身上没有鱼鳞,长的是毛茸茸还有斑点,嘴长得像老虎,里边也有牙,还能离开水,用鳍当腿,在地面上爬,真是奇怪,差不多全城的人都来观看。护卫恒纬陪着西藏喇嘛也来看热闹,喇嘛轻声对恒纬说:"不稀奇,贫僧云游天竺时就见过,那里人称它海豹。"恒纬问:"它怎么是豹?没有豹爪子,也没有豹尾巴,就是皮上的斑点有点像。"喇嘛说:"叫它海豹也算合理。"但是在这儿是稀罕物,罕王又赏了用木桶装海水拎来海豹的部民。

大明万历四十五年(1617),天命二年。努尔哈赤罕王下令:挖山洞、广积粮、备战品、练兵强。命令各旗将士修甲胄,治刀枪弓箭,养肥马匹,从每个牛录抽出三丁,共七百八十人进山伐木,打造攻城的云梯和楯车,用了两个月的时间,制出云梯二百六十个、楯车一百三十辆,马拉人拽,全部运到赫图阿拉城外,这么些攻城的东西摆在路边,堆积如山。

努尔哈赤亲自检查各种器械,看到云梯楯车后,对代善等贝勒说:"都城时常有大明的商人通事来,如果被他们看到,岂不泄密?马上把云梯楯车分给各旗,云梯横立着,绑成马圈,楯车拆下轮子,做马圈门,赶些马匹圈里面,轮子拿家去藏好。现在就办。"各贝勒"喳"一声应着,翻身上马,办差去了。

修整完器械,再向八旗全军颁布《训练兵法之书》,兵法的条文要从和硕贝勒、甲喇额真、牛录额真传送到每个八旗兵丁。内容是:

"凡安居太平,贵于守正。用兵则以不疲劳自己,不困顿士兵,想办法以巧妙的谋略取胜为贵。在旷野遭遇敌兵,如果是我众敌少,我兵就潜伏到幽邃的地方,隐蔽不要被敌人发现,然后少派兵马,引诱他们,敌兵来追杀,我兵假意溃

## 第十四章 韬光养晦

逃，引敌进入埋伏地域，是中计了；如果没有引诱来，就要仔细观察敌人城堡的远近及地势平陡，城堡很远而且地势平坦，则尽力追击，城堡较近地形有利掩护，则直接冲向城堡，敌兵必然退向城内，可以拥集于城门前，掩击敌兵，速战速撤以防城堡中敌兵出来争援。倘若是敌众我寡，则不要靠近敌兵，宜当快速后退以等待大军到来。等大军集结，然后侦察敌兵的位置，细审战机可否是宜，再决定进或者退。这是突然遇到敌兵的野战之法。

至于攻打城池，应当观察其地是否可以攻取，可以打下来，则进兵，如果估计打不下来，则不要攻打。倘若攻之不克，反而有损名气，影响军心。只有不劳苦兵力而克敌制胜的人，才称得上是智巧谋略的良将。如果损失了兵力，虽然取胜，又有何益？所有制敌行师之道，自处于不能取胜的形势下，设法战胜敌人，这才是善战之将。

至于攻取城郭的时候，不在于一二人争先竞进，大军未发动时，一二人冒进，必然会招致损伤，被伤而赏赐又不及，即使殒身而亡，也不算为功劳。只有等大军结阵已定，固山额真鸣螺号声，四面并进，各路齐攻，这时先登上敌人城墙，攻陷城池的人，才给他记录先进的大功劳。"

兵法传谕后，开始选派出征的兵士，每个牛录出长甲兵四十名、短甲兵三十名，另有罕王的全部巴牙喇护卫，共选定两万多人。选中兵士的名字记录在军帖里，晚上到兵士家中下通知，白天不去，以免泄密。见到军帖的士兵，必须立即进入军营，一直到打仗回来，这期间不准离营，违令者斩首。

万历四十六年（1618），天命三年，此时的努尔哈赤已经从小到大、从弱到强，将我国大东北地区除辽东明军防区城池和女真叶赫一部之外的地方，都囊括进了自己的麾下。他所控制的区域，包括今天远东西伯利亚的大片土地，他的马鞭挥舞起来，已经可以指向北起外兴安岭、西到贝加尔湖、东临鄂霍茨克海、南到日本海之间的广大地区。努尔哈赤兵马强劲，疆域广大，实力已今非昔比。

但是，对于努尔哈赤来说，总体的战略态势并不是很好，为此，努尔哈赤要拜山门，叩恩师，向恩师讨教。正一道长为努尔哈赤分析：东南部是大明帝国的亲密盟友朝鲜；北部和西北部是虎视眈眈的蒙古部族与受到大明支持的叶赫部，是一个牵一发而动全身的局面。向任何一个方向突进，都有可能受到明庭的驰援、后翼的包抄。明朝几代君王的"捣巢""犁庭扫穴""斩杀""诛九族"，加上朝臣间的钩心斗角亦有多少人蒙难，埋下了多少仇恨的种子。贪官污吏、党阀之争闹得明朝大厦将倾。明王朝貌似强大，其实就是一个满目疮痍、摇摇欲坠、虚弱不堪的庞然大物。从而确定了战略态势，制定出国策："征讨大明、抚慰朝鲜、结盟蒙古。"

六十岁的老罕王在大政殿断然宣布："朕决心已定，今年要出征伐明。"将锋芒直指大明帝国，把自己的人生事业推上了巅峰。

晚上努尔哈赤用膳后回到了寝宫，侍女奉上茶，他喝着茶，情不自禁地又想起了东哥。这一段时间东哥的身影总是浮现在他的脑海，有一个想法总是让努尔哈赤思虑不定，因为有东哥要为其保密的要求，他又不好和别人商量，只有自己苦思冥想。这个问题就是："怎样才能让东哥青史留名与我同在？"他突然想起今天在朝堂之上议论起的反明檄文，脸上露出了笑容，对，就写进檄文里面。

因为吉祥数的原因，努尔哈赤在用兵的数量上、行动的日期上、建筑上、京城的名字上还有送礼上等等，诸多地方选用"四四"这个吉祥数顺应天道。因为他对数字是非常敏感的。

努尔哈赤想到了九五至尊，何为"九五至尊"呢？古人说天之高为九霄，地之广为九州，器物之美为九华，九是自然数中最大的一个，而五是一到九数中的中数，古人在这个中数旁边各立四个数字。古人还把物质构成的元素称为五行，把有学问的人称为学富五斗。"九五"一词见于《易经》说：九五阳气胜于天。所以古人称皇帝是九五至尊了。

努尔哈赤按照这个思路往下想，九个数排列五为尊，那么下一点排列就是七，七个数的排列那就是"四"为尊，他手一拍桌子，"对，就东哥写到第四条里，'七大恨''妻大恨'"，七里面只有一个"四"，而且"四"又是努尔哈赤的吉祥数。努尔哈赤就是要写七（妻）说事（四）。

东哥为统一民族大业奉献了他的青春和宝贵的一生，在他众多嫔妃之中也只有东哥能获得如此尊崇，也只有她最有资格获得如此尊崇。

于是他立刻令人找来了章京议论檄文，当总结到七条时，努尔哈赤说："好，就这七条。"章京拿起檄文草稿告退。

努尔哈赤要让世人都知道"告天七大恨"，同时也是给八旗子弟的动员令。当他看到告天文书只有六条时，拍案大怒，故令人宣来章京和文案。章京和文案迅速来到大政殿，叩拜施礼。努尔哈赤问为啥没有叶赫之女这条？章京支支吾吾地说："檄文是告天文书，叶赫之女是个小事，微臣怕被人说笑。"努尔哈赤拍案大怒："是我说了算，还是你说了算？"吓得章京和文案双膝跪地，连连告罪。"给我填到第四条。""喳！"文案惶恐地退出大殿。

## 第十四章 韬光养晦

努尔哈赤表情激动地念叨着:"东哥你是我的福晋,你是真正的女真民族的巴图鲁,大英雄。为夫好心痛,为夫想念你呀!你舍生取义,大义之举又不愿他人所知,为夫只能以这种方式,让你与我共同青史留名,流芳百世。我不怕有人说三道四,何惧有人说我太过牵强,何惧有人说我鸡毛蒜皮、吹毛求疵,我只能用这种方式告诉世人你就是我的'妻子',我的小东哥啊。"努尔哈赤此时真是肝肠寸断,痛彻心扉。

其实努尔哈赤所书的"七大恨",有它要开战征明,没它也是要开战征明。"七大恨"主要是为东哥所写,他要让东哥"清史留名与我同在"。人世间有无数英雄豪杰,并不都能名载史册,但努尔哈赤坚信自己一定会清史留名。

(史学家有很多人在嘲笑努尔哈赤:"这是一篇将重大原则立场和鸡毛蒜皮小事杂糅在一起的、很可爱的政治文告,很像我国民间那些招呼乡亲们拿起锄头去打冤家、吃大户的传单揭帖。这份文告语言质朴而富有煽动性,对于唤起那些满腹委屈的底层群众同仇敌忾,其作用想必不小,却也表明了努尔哈赤和他那些凶猛的战士们在政治上的识见程度。

比如,其中的第四大恨就很有意思,说的是明朝为叶赫撑腰,导致叶赫部落将努尔哈赤早就已经订婚的一位女子改嫁给了蒙古,遂成为努尔哈赤的心头大恨。")

努尔哈赤把谜团留给了后人,他多么希望有缘人解开谜团,为东哥扬名。

辽东巡抚李维翰又派使者到后金国,送来国书,大汗与各个贝勒大臣一看,无不怒火中烧,义愤填膺,人人都要与大明决一死战。

# 第十五章　初战大明

## （1）

辽东巡抚李维翰派人给后金国送来国书，里面说：昔日女真承皇命，分为海西和建州，海西分成四部，建州分成三卫。现今建州努尔哈赤未经过朝廷允许，侵占海西各部领地，统一于一家，此非圣上旨意。故命令建州归还哈达、辉发和乌拉的人口、财物、土地，恢复海西四部。

努尔哈赤召集各个大臣、贝勒上殿，令额尔德尼宣读了辽东巡抚送来的书函，大臣、贝勒们无不愤怒，请求带兵出战，打下辽阳找李维翰讨个说法，努尔哈赤下口谕说："朕计已决，今岁必定要出征大明。"

大计已定，额亦都却敷衍巡抚的使者，不给他明确的答复，礼貌地打发走巡抚的使者。巡抚的使者出城时，从边外做买卖回来的商队正陆陆续续地进城，商人们纷纷找到罕王告状。一个由辽阳城刚回来的商人对罕王说："大明的收税衙役太熊人了，以前，百年老参十斤可卖九十两银子，抽税一两，今儿个一模一样的山货，他们给压价，只准卖八十五两，又抽税二两；四十张一等貂皮卖银一百两，本应当抽税一两一钱一分，现在抽税二两二钱。稍跟他们理论几句，衙役就收缴货物，上枷捉人，只得递银子，才放人，取回货物又有缺数。行低税高，买卖亏本，请罕王做主。"

从其他城镇回来的商人，都说大明官吏突然霸道了，从抚顺城、沈阳城回来的说："官家买货不给银子铜钱，用绸缎青布顶账，买卖做完，兜里却没有银子，布匹一时不能出手，本钱都没有了，铜钱更是缺少，交易不方便。"

努尔哈赤听完所有人的牢骚，告诉大家说："买卖亏的，朕给补上，没有本钱的，朕用银子收购布匹，各路商队，接着出去做买卖。"商人们叩谢罕王恩典，努尔哈赤转头对额亦都说："统算他们的损失，登记造册，发给补贴，这个差事你办吧。""喳。"额亦都领命，带着一群商人退下去了。

商人们出门走了，努尔哈赤对建州间谍发令："辽阳、清河、抚顺、沈阳、铁岭以及开原，打探各路大明兵马将官底细及军事部署。这时正一道长派人去作

## 第十五章 初战大明

关于大明方方面面的详细记录，同时后金国自制的铜钱。努尔哈赤指派费英东再办个差事，后金国不缺黄铜，何不自己铸造铜钱，省得受大明限制买卖。"费英东赞成道："罕王说的是好主意，不过，我们的铜钱用啥样式？标上啥字？用我们的字还是大明的字，请罕王明示。"

努尔哈赤想了一下说："样式就和大明的铜钱一样吧，圆形方孔，人们用着习惯，钱上标字就铸'天命通宝'四个字，用我们自己的文字铸一些，在后金国内流通，再用大明的文字铸造一些，以备和大明来的商人兑换。"扈尔汉和费英东两人领命下殿办差去了。

大政殿努尔哈赤正和几个大臣议事，侍卫长恒纬上前禀报："启禀罕王有人献宝。"努尔哈赤令代善、扈尔汉前去，两个人见到一个四十多岁的中年女真汉子，自称前金国后裔，有当年金国藏宝图。代善问起实情，来人将自己的来龙去脉说得一清二楚，并说祖上有训"此财定要兴国而用"。同时来人问起："不知现在的罕王脉兴哪枝儿？"扈尔汉说："罕王是哪一枝哪一脉是你我能知道的吗？你只要知道我们是后金国就可以了。唉！几百年了，有此藏宝图，为何没有人取呢？"来人说："一是祖上有遗训，兴国安邦，代代相传，几代人守护，就盼着有今天哪！"

代善了解情况后说："如情况属实，罕王必定恢复你家族爵位，另有重赏。"说完就令人摆酒肉款待，拿上藏宝图转身和扈尔汉回去禀罕王。路上他们还在议论着。扈尔汉："看来这人还是一个正常的人，可我还是半信半疑。""先回禀后再说吧！""这么多年他们能不取用吗？还能有吗？""他说的也可能是实话，如果妄念取宝，那就是有命取，无命花呀！"他们禀告罕王后，将藏宝图呈了上来。努尔哈赤拿过藏宝图看看，心里也有一丝激动，他看着山山水水的图形，图的背后还有一些文字，他不认识，努尔哈赤心想："这是金国留下的宝藏，这能不能是老女真文字啊？完颜氏建立了后金国，创造了女真文字，辖区的各民族都要学习。金国覆灭的数百年，这种老女真文字已早经失传了，谁能认识呢？"于是就说："来呀，给我传来几个章京。""喳！"一会儿就来了几个人，大家看来谁都不认识这些字，有一个章京说："我那里有以前缴得的经文，我们比照一下。"经过比照认定这就是金国的文字，但谁又不认识，这就让众人为难了。这时代善摆摆手让几位章京下去了，丁是对努尔哈赤说："父汗，既然来人献宝图，他一定会识得此字。"在场的几位同时说："对呀！对呀！"一会儿，酒足饭饱的献宝之人来到了大殿之上，还真的是懂得礼节，三拜九叩山呼万岁，伏地不动。罕王令其站起，这才规规矩矩地谢恩站起。他翻译出了不为人知的秘密："当年后金国皇帝金哀宗完颜守绪看到大势已去，就将这些财宝藏于一口井中，这口枯井就在当年囚禁徽钦二帝的五国城(今哈尔滨市依兰县城北)，徽钦二帝受着坐井观天的屈辱和虐待，谁也不能想到宝藏能埋藏在那里。金哀宗完颜守绪在临终之际将藏宝图交给他的郑贵妃，从图上陈词凄凉，能看到当时国之将灭时皇帝的悲哀。"宝图还留有诅咒："谁人非兴国动用宝藏，万箭穿心死于非命。"献宝人又道出了他们不为人知的实情和几代人的艰辛。

当年金的郑贵妃携带金银珠宝带八名侍卫逃出京城，换装改名隐藏在民间，之后迁回居住守护这批宝藏。郑贵妃虽然年近五十，但仍然是貌美如仙，她唯恐自己的容貌引来内外的祸端，辜负先帝的契托，因此，自毁容颜以保安全。后又让几名侍卫结为兄弟，又分别给他们娶了福晋并给了银两安家，他们以母子的名义生活了下来。郑贵妃有笔可观的金银珠宝相传下来，维持补贴他们的生活。

他们的村寨风俗尚武，个个都武功不凡，但从不与人争勇斗狠，他们明的都是劳动生活，暗里轮换守护这片土地，发现有寻宝盗墓的可疑人，一个字就是"死"，现在几代人完成了他们的使命。

努尔哈赤听后非常感动，令扈尔汉各带两个牛录共六百人前去探宝，情况属实把全寨人带回，将给予重赏，此次行动绝密。

六百多匹携带工具、刀箭的快马奔驰在辽东大地，颖泉跟随，真是壮观。傍晚到达了五国城，井然有序地搭营布寨，八方设哨以保安全。

第二天，天刚蒙蒙亮就开始了行动，他们按照藏宝图确定了方位，寻找枯井。几百年了，哪里还有井啊！扈尔汉令军士挖地三尺，还是没有发现枯井的痕迹，又继续下挖一尺还是没有找到。他们又测试了方位，又开始挖地，终于找到了枯井，下挖枯井发现了很多遗骨，终于他们发了一个石门，打开一个石门，不远处又有一个石门，一共三道石门都打开了，里面阴气森森寒气逼人，这些刀头舔血的勇猛汉子此时还真有点毛骨悚然。

大家都知道但凡宝藏都有机关，稍有不慎就会丧命。经大家商量决定先放几只鹰，后放狗探路。于是他们唤来了几只海东青放了进去，不一会儿就听到响箭的声音，海东青身形小，反应灵敏速度快，极通人性，一会儿它们都如数返回。又放了几只海东青，这次响箭声就少了很多；再放就没有了响箭的声音。于是他们又放獒犬几次，每次都听到了重物砸地的声音，三只放进去的獒犬只返回了两只。他们打着火把拿着长枪试探着往里面走，看到到处是插在墙上的箭杆，散落在地上的箭。下落的重物都是钉板，他们听到了哀鸣的声音，他们翻开了一个钉板一

## 第十五章 初战大明

看,钉子都是生了锈了,但十分粗壮,下面的獒犬奄奄一息。他们把獒犬救了上来。再往前走,又遇到了一个石门,打开还是以鹰犬探路,就这样连续打开了两道石门,再往前就看到了一个一个洞室,分别有数量不等的箱子,他们又分别打开,里面都是金条、金砖、狗头金、银锭、东珠、元宝、玛瑙、翡翠,还有五把宝剑,拉开一看仍然寒气逼人,在场的人无不兴奋感叹。他们上报给扈尔汉,扈尔汉更是大喜过望。于是命所有的人上来,杀牛宰羊,埋锅造饭犒赏将士。又令派人购置马车。扈尔汉看到有这么多的宝藏,虽然这个地界是后金国的辖区,但还是不免有些担忧,为了保险起见,他就唤来一个海东青把密信带会赫图阿拉,详细禀报了实情,要求派人接应。努尔哈赤接到密报,立刻派额亦都带五个牛录星夜兼程赶往五国城。

晚上扈尔汉令所有士兵,人不卸甲马不离鞍,如临大敌。一个晚上相安无事。

第二天早晨,扈尔汉令军士将所有的金银珠宝运上了地面,又装上了车,大家都是累得满头大汗。仔细清点一下,正好是五口宝剑和五百箱金银财宝。这五口宝剑的剑鞘上都刻有五颗星,木箱外观不是很华贵,但非常结实。扈尔汉想,星剑是不是"兴建"的意思?金国是金木水火土五旗分队,这五百箱是不是意寓意后金国的军队?要是这样的话,是不是兴建后金国五旗军队的意思,管他是啥呢。这时只听到密集的马蹄声,哦,原来是额亦都接应的大军到了。扈尔汉令四十人护送全寨人回赫图阿拉,又令大队人马出发,急速前进。

努尔哈赤走进了装宝藏的房间,亲眼看到了这些财宝,真是万分激动。他双膝跪倒:"感谢上苍眷顾,感谢女真神护佑,感谢金国皇帝恩赐。这些宝藏再现人世,定能增强我后金国力,让我兵强马壮。"

努尔哈赤对全寨的人都给极高的封赏,土地、住房、阿哈、金银、牛马羊、工具等等一应俱全。对有贡献的人封官牛录额真,让全寨人都获得了极大的满足。扈尔汉按罕王的意思,重赏了这两个牛录军士。扈尔汉又特意嘱咐大家守口如瓶,妄言将遭到杀身之祸,等等。

正黄旗的短甲兵拉哈墨尔根,进山两天,砍蜡木做飞枪杆,砍蜡木枝做箭头,第三天中午回到家里,他的福晋很是着急,正准备叫家里的阿哈上山去找他,见拉哈墨尔根牵马驮了蜡木杆回来了,万分高兴地说:"罕王要出征了。"拉哈墨尔根一听要打仗,兴奋地问:"真的吗,你听谁说的?"

拉哈墨尔根的福晋说:"不用听别人说,昨夜见了军帖,可汗大点兵,有你。"

旁边的阿哈也高兴地插嘴说："我看见了，军书十二卷上，有爷的名。""滚。"福晋怒喝一声，阿哈赶紧规矩地靠边站了。

拉哈墨尔根已经不听他们说话了，喊出养马的阿哈要他准备随军，自己穿上盔甲。他们带上腰刀弓箭，绑好干粮，两人各拉着自己的坐骑，准备去牛录报到，他的福晋急忙跑到马前说："我准备了六个人的肉干炒米，你把家里的这四个阿哈都带上吧，好多拿回俘获的东西。"拉哈墨尔根想了一下说："我又不是牛录额真，怎么能带五个随从？""再带一个吧。"站在一边多嘴的那个又一蹦一蹦地要跟去，福晋立目扫一眼，他立刻就蔫了。福晋叫来一个身强力壮的阿哈，拉哈墨尔根点点头，算是同意了。这个阿哈早就准备好了，于是他们三人翻身上马，拉哈墨尔根回头对在家的阿哈嘱咐着："你们在家要多听福晋的，刀剑功夫不可懈怠，表现好的，等我回来有重赏。""喳。""喳。"大家看着他们主仆三个人出大门打马向军营方向奔去。

派往边城探马都已经回报，努尔哈赤又和额亦都费英东一起找各路商人，询问大明各城池的市井民情，得知各个边城军备松懈、官贪吏毒，以抚顺游击最重。抚顺游击李永芳官级最小，却与豪强地痞勾结最多，勒索商户，逼迫百姓。兵将松散，随意进出城池，买卖杂货，如同小商小贩。努尔哈赤与两个一等大臣秘密定计，要突袭只有五千守军的抚顺城。

万历四十六年，天命三年（1618）四月十三日，两万多人马集结完毕，出征前，努尔哈赤率领贝勒大臣们，到城东拜堂子祭天神，努尔哈赤在赫图阿拉城发布了他那著名的伐明檄文《告天七大恨》："朕的玛法、阿玛，未曾损明边一草寸土，明无端起衅边陲，害朕玛法、阿玛，是恨一。明虽起衅，我国尚要修好，设立石碑盟誓说：建州或者大明人有越界者，即诛杀，见到了不杀，殃及不杀之人。然而刚立完誓言，明兵就越界卫助叶赫，是恨二。明人入境抢夺，我兵遵守誓言诛杀，大明背负誓言，拘禁我国使臣纲古里和方吉纳，挟持取十人杀于边境，是恨三。明兵协助叶赫，将朕已下聘礼的女人，改嫁给蒙古，是恨四。柴河、三岔及抚安是我国部民累世家园，大明不许部民收割自己种粮谷，派兵驱逐，是恨五。大明偏信叶赫，遣使羞辱我国，是恨六。哈达辉发乌拉叶赫多次侵犯我国，朕削平列国，大明又阻挡，挟令归还各国。昔日叶赫数次掠夺哈达，大明不曾过问一回。大国之君，天下共主，为何单独构怨于我国？今大明依然兵助叶赫，倒置是非，妄为剖断，是恨七。欺凌太甚，情所难堪，因为这七大恨的原因，才出征大明。"

宣读完，打鼓敲锣吹号，罕王亲手点燃香火，跪地拜天，将手里的"七大恨"

## 第十五章 初战大明

表文点燃,放在香炉上,立誓言许愿,三叩首。

拜完堂子,巴什克额尔德尼发布增加的军纪:"这次大军出征,凡是阵中俘获的人,不许抢夺他们的衣服,不许欺辱女人,不许分离福晋儿女。抗拒者杀;放下兵器归顺的,不许杀,违令者斩。"

近侍阿敦再发布罕王命令:"都城留守的五万八旗兵马由额亦都统领,准备随时接应出征的人马。出征的左翼四旗九千兵马,由费英东统领,右翼四旗的九千兵马及三千巴牙喇护卫,由罕王亲自统帅。"

左翼四旗是:镶黄旗由扈尔汉做梅勒额真副旗主统领;正白旗由杜度统领;镶白旗由皇太极统领;正蓝旗由莽古尔泰统领,费英东统领四个正副固山旗主。另外四旗为右翼四旗,正黄旗由近侍阿敦做梅勒副旗主统领,其他三旗的固山旗主是:两红旗的代善,镶蓝旗的阿敏;巴牙喇护卫有十个牛录,由罕王的护卫恒纬担任梅勒额真,统领这三千护卫兵。

军纪军令颁发完毕,两万多八旗兵马分两翼开拔,车辚辚,马萧萧,行人弓箭各在腰,旌旗猎猎冲云霄,尘埃飞扬出城堡,车水马龙,列队出城。夹路两旁,男女家眷,不分老少,个个兴高采烈,欢送出征的兵将,如同节日,人人盼望的是多得俘获的财物。

大军天黑时分悄悄出发了,行进了一个晚上,早晨扎营古勒山,第二天晚上,兵分两路,费英东带领左翼四旗走浑河南岸,攻取东洲和玛根单两地;罕王统帅右翼四旗及巴牙喇护卫,走浑河北岸,攻取抚顺城。同时命何和里带领五百人,装扮成后金国的商人,做内应。他们带了不少货物,先进入抚顺城,打探明兵的消息,并且散布传言,说来日将有三千女真人,到抚顺城交易,货好货多而且货物价格低,人们都还在期盼着物美价廉的商品时,不料大事发生了。

### (2)

万历四十六年,天命三年(1618)四月十三日夜半时分,过了午夜也就是四月十四日(四四),大明辽东抚顺关外,一支尖啸的响箭射向天空,打破了仲春夜晚的宁静。一时间,炮火连天,杀声动地。四旗兵马绵延几十里,旌旗蔽空,刀枪如林,马拉战车,上绑云梯,疾驰如飞,犹如决堤江水,奔向抚顺城。

这时,南城门外,抚顺城上的哨兵发现了奔驰来的大队人马,旌旗飘动似火,利刃闪耀寒光,如粼粼秋波,立刻吹响低沉的螺号。顷刻之间后金国兵马就冲到城下,四面合围,把一座城池圈个严严实实。

没多久，听得城中人马跑动有声，四面城墙上增加数千兵马，各个高举刀枪或者张弓搭箭，又有人在搬动滚木礌石。八旗兵四面行动，进楯车，架云梯，短甲兵挥刀爬梯子，如巨浪击岸；弓箭手万箭齐发，似狂风卷沙。城上明兵，毫不示弱，推动滚木礌石，投飞枪，射箭还击。

城内，此时烽烟四起，这就是预先乔装潜入的八旗将士在城内制造混乱，并袭击明军小股部队，被烧的军马跳出围栏在大街上狂奔。

城外，八旗兵身穿精铁盔甲，冒箭雨，挑滚木，架礌石，拼命上冲，终于有三个人在南城门上方的位置上率先攻上了城头，可是身后的云梯却被滚木撞倒了，努尔哈赤急忙命令身边正运送云梯的伊莱说："快，架到城门上。"可是伊莱为躲避滚木礌石，没有把云梯架到罕王指定的地方，先登城的三个人都被打下来。

扬古利率两人又登城了，安费扬古做后援跟上，马上有数十人紧跟着冲上城头，城墙上刀枪对接，厮杀一处。这时，八旗军中四支响箭一齐射出，带着刺耳的啸声，从南门上方飞入城里，立刻城内有了动静，是何和里与佟养性率领城中五百兵马四处放火，不到三口烟的工夫，何和里率领人马杀到城墙上，斩了南城墙上的头领王命印千总，其余明兵溃退。何和里也杀到门前，打开了南城门，代善立刻率领两红旗的长甲兵，如同狂风一般吹入城中，城中人四面溃败。

大明帝国抚顺游击将军李永芳十分震惊，茫茫不知所措，在慌乱中迎来了后金国信使。来人说："将军，努尔哈赤率领数万大军包围了抚顺，先头部队也先期混进城中，如今已经占据各个要害之地，须臾之间，便可里应外合攻破城池。如若投降，可保一城生灵，将军也将享有荣华富贵。如果抵抗，抚顺城将玉石俱焚。"李永芳望着一城烽火，听着满城鼎沸，为保一城百姓免遭生灵涂炭，决定开城投降，并传令暂停抵抗。消息很快就上报给努尔哈赤，努尔哈赤令暂停进兵，双方都停止了用兵。

第二天，即十五日清晨，李永芳出城来到努尔哈赤大营，阿敦带领李永芳去见努尔哈赤，远远地看见李永芳骑马走过来，阿敦下马跪见罕王，并抬头招手示意李永芳跪见，李永芳在马背上迟迟疑疑，主意不定，下也不是，不下也不是。这时，努尔哈赤行大明的礼节，对李永芳拱手说："李游击不必下马。"李永芳见努尔哈赤拱手行礼，也拱手还礼。努尔哈赤马上说："李游击方才已经答应归顺，请进营说话。"说完，拨马领路就走。李永芳就此深受感动，当走进大营进入了大帐看见努尔哈赤端坐正堂，慌忙跪拜，双手上托交出宝剑说："我愿永远归降后金国，由天地为证，永世效忠。"李永芳成为大明帝国投降后金的第一位高级

## 第十五章 初战大明

军官。李永芳用行动表现了他的忠言,得到了努尔哈赤的认可,将建州格格嫁给了李永芳,成为努尔哈赤的孙驸马。

这是后金与大明之间第一次正式交战。努尔哈赤的战果是,掠夺人畜三十万,奴隶降民一千户。

努尔哈赤在抚顺城外驻营两宿,第五天回兵,带走城中人口牲畜财物一切东西,留下四百兵马做后卫,大军走到抚顺城东边二十里远的甲版,扎下大营,等待费英东率领的左翼四旗兵马来此处会和。甲版是女真人的叫法,明朝人用谐音叫这里甲邦,三十五年前,努尔哈赤刚起兵不久,曾出兵到这个山与平原交界的地方捉拿尼堪外兰。此地南边是浑河,过河再向南走五里就是东洲,此时,费英东早已打下东洲和玛根单,正分兵搜索周围屯寨。

第六天上午,费英东率领左翼四旗,搭浮桥越过浑河,带着战利品与努尔哈赤会合。

在甲版西侧的平地上,清查两路兵马收取的俘获,人畜分群,财物分堆,各种各样东西,实在是从没见过这么多,整整分理了两天,查清有人畜三十余万,其中小到鸡鸭犬鹅,大到牛马,有三十万只,在旷野上铺天盖地;捕抓降民一千多户,人口过万;粮食器具家什数不清数目,一小部分归还降户,其余分成八大堆,像八座小山似的,每旗一堆,各旗先按军功大小分配,剩下的运回去,给没有出征的兵将平均分受。

降民一千余户,不再像以往那样编入八旗,也不分给兵将们做阿哈,而是单独成为一个新的群体,按照明朝的样式,分成村屯,设里正乡长,都归李永芳统领。降户中有些不是抚顺当地的人口,口音服饰明显不一样,他们之中的几个人闹着要找后金国汗请愿,李永芳就把他们的事上报给努尔哈赤,罕王命何和里前往查看有啥冤情。

何和里到降户群里一看,闹事的人他还认识,就把这几个降民领到自己的营帐中详细询问。一个领头的先说:"何大人,前几天咱们还在客店里同桌吃酒,不知道您还是女真的官老爷,请看在咱们同住一店的份儿上,救救俺们。"何和里说:"都是熟人了,有啥事尽管讲,受了啥委屈,还是缺了啥东西,我都能帮你们。"

领头的说:"大人您知道,俺们是山东的商队,请大人放俺们回关里。"何和里为难地说:"这可办不了,你们现在都是降户,俘获的人口从来没有放走的。"领头的带身后的人一齐跪地哀求,说:"大人您要是能通融通融,俺们回乡给您修庙塑金身,传颂您的大恩大德。"说完叩头不止。何和里听了,有点动心说:"要不我给你们禀报一下，但是可能白说。"跪着的人再叩头感谢："请大人多多美言。"

努尔哈赤听完何和里的报告，说："如果给他们恩惠，或许能心存感激，回乡告知天下，说后金国并非无礼之师。查看有多少关内的商户，发给路费，各给一份'七大恨'檄文，放了吧。"何和里遵命，查出有山东、山西、河南、河北、苏杭的商户，共十六人，多给钱财，抄写檄文后放走。除这十六人之外，还有一户山西人，自愿去后金国居住，这户人姓范，家主名叫范进，他的父亲原是明朝的兵部尚书，范进赶考时却没有疏通关系，所以范进中举考了三榜十年。中举第二天，他父亲就得罪了总管，被处碟刑，家眷流放塞外，到沈阳后，再遭大内追杀，全家又逃亡抚顺城。范进在抚顺城居住时，逢年过节，拜完神祇祖宗之后，还要带全家向西方叩头，拜的是大明皇帝，每次叩头时，范进的长子范文程都极不情愿，心里暗恨皇帝，所以迁居后金国，范文程最赞同。

外乡商人才走，李永芳又找何和里，报告降户中再生事端，旗人工匠阿海奸污降户的妇女，引起降民骚乱。阿海是罕王喜欢的铁匠，打造的刀枪锋利，能刺穿精铁盾牌；锤制的铠甲特别坚韧，可挡住锋利的箭刃。何和里、费英东、安费扬古及扈尔汉四个一等大臣，共同审理罕王的红人阿海，大臣们认为，不应该因为阿海是罕王的人，就从轻处罚，应与以往他人一样处置，于是决定：罚牛一头、银十两，赔偿给受害的降户。阿海不理判罚，一根牛毛也不拔，扈尔汉把处罚文书上交努尔哈赤，请罕王定夺。

第七天晚上，处罚违法违令的兵将。伊莱攻城时畏缩，致使最先登城的三人阵亡，将伊莱割掉鼻子，没收财产，贬为阿哈。根据新增加的军纪条款，斩首工匠阿海，并把尸体砍成八块，在八旗营门前示众。

第八天早上，大军起营，回兵赫图阿拉。

北宋名臣范仲淹之后范文程是在抚顺战役后投奔后金国的，是第一个既有大明官僚家世背景，又有学历背景，却投奔了努尔哈赤的汉族文人。这是范文程的明智之举，他看透了大明帝国的腐朽，后金国的兴旺发达。范的先祖是北宋名臣范仲淹，曾经写下过千古名句"先天下之忧而忧，后天下之乐而乐"，遂使一篇《岳阳楼记》成为千古绝唱。范文程的曾祖父高居大明兵部尚书之位，祖父和父亲在辽东为官，这才落籍当时的沈阳县。

范文程来投之后，努尔哈赤很高兴，封范文程为章京。当场对大家说："他是名臣子孙，咱们要好好待他。"于是就出现诸王贝勒们竞相邀请。三日一小宴，

## 第十五章　初战大明

五日一大宴，对待范文程礼遇有佳，范文程感到很是温暖、自豪和安慰。

经过长时间观察了解和与范文程的几次谈话中，努尔哈赤了解到，这位所谓满腹经纶的范文程，更多的才华表现在诗词歌赋上，在治国、治军的韬略上都是泛泛之说，很是平庸。

此时的范文程真的是无法和面前大智大勇、胸有帝王之学的罕王相比拟，更无法与正一道长级其手下众高人相提并论。范文程这一学就是八年。

努尔哈赤笑着对范文程说："先生诗词歌赋的文采后金国内真是无人能比，其他方面可略显不足哇！""那是，那是！但从今天起我要刻苦学习，以备国家所用。"努尔哈赤说："好，我就等你这句话，你要好好学习掌握治国韬略、兵书战策，了解明朝诸事风土人情，我给你钱粮，你可以随意派人调查、了解、掌握明朝官员的相互关系和每一个人的实际状况，以备国家之需。"范文程连连点头，答应道："是、是、是！"努尔哈赤继续说："你尽可能地去做事，不要考虑银子，发给你双份饷银，如果不够随时找我。"

努尔哈赤高瞻远瞩，他这是给二代罕王留下了一位帝王之师。

抚顺城千总白云龙逃入辽阳，辽东巡抚李维翰得知后金国出兵，明军覆没，先是愤怒，后是惊恐，慌忙传令辽东总兵张承荫出兵追赶。

# 第十六章　夺取清河

## （1）

辽东巡抚李维翰得报抚顺城失守，五千兵马全军覆没，先是大惊失色，没有料到建州如此胆大，令他损失惨重；后又惊恐万分，自知皇上不会轻饶他。当务之急，是要找个补救的办法。

巡抚李维翰命管家备轿子，亲自去找辽东总兵张承荫商量办法。张承荫早就主张讨伐建州，这次抚顺城被攻破，他已经听说了，此时正在和部将颇廷相、梁汝贵等人谈论兵马钱粮的事，侍从来报："巡抚李大人到。"张承荫慌忙带人出门迎接，进到室内，张承荫恭请巡抚大人上坐，令家人献茶。李维翰还没有走到椅子边，就急火火地说："张大人知道了抚顺城的事吧，赶紧出兵去半路拦截，或许能够抢回些兵马，救回李永芳游击，赶快出兵吧。"

张承荫听了巡抚的话一愣神，然后说："建州猖狂，肯定得出兵。可是大人说什么？今天出兵？"李维翰一下坐在椅子上，不喘气地说："是，今天出兵。"

张承荫惊诧地说："大军出征，哪能说走就走？先不说军饷粮草，就是准备铠甲刀枪，人马集结，没有十天八天也办不完啊！"李维翰不悦，大声说道："十天八天？张大人难道不知'兵贵神速'这句话？不用说十天八天，就是再过两三天，等努尔哈赤回了老城，关紧大门，你手下的兵将还能打得了他吗？只有趁着他还在路上，兵力还不到一万，出其不意地半路劫杀，才有胜算。"

张承荫还要再争论："大人——"李维翰摆手制止说："不用再提理由了，辽阳城中两万多兵马，你今天马上去选出一万，粮草兵器战马，都给选出的人马使用，也无须征调别处兵马，俺再拿出家私五万两银子，充你的军饷，明天中午出兵，就这么定了。"

巡抚是上司，又自己出银子充军饷，弄得张承荫说不出话来，只好同意明天出发，当场命令副将颇廷相、梁汝贵、浦世方点兵，有什么刀枪就用什么刀枪，有什么铠甲就用什么铠甲，不用挑拣了，人凑够了就走。见总兵张承荫答应出兵，巡抚李维翰总算长出一口气。

## 第十六章 夺取清河

巡抚李维翰摆轿回府，路上，管家扒着轿子窗口问："老爷，真的从自己家里拿银子吗？"李维翰仰靠座里，眼睛不睁开，说："拿，你回去就预备。"管家紧倒着脚说："老爷，五万，差不多是全部家当了，凭什么都给姓张的？"李维翰睁开眼，说："只要俺头上的乌纱还在，银子想有多少，不就是多少嘛！"

总兵张承荫有了军饷，对付出来一万兵马，起程上路。人马不走大路，因为走沈阳，再奔向抚顺，肯定追不上建州兵马，所以张承荫命令大军向本溪走，过本溪，去清河，然后兵进赫图阿拉城。从辽阳到本溪路程是二百里，清河到赫图阿拉是一百六十里，而抚顺城到赫图阿拉是二百四十里，虽然路程远了一百二十里，但是回去的探马报告张承荫，努尔哈赤在抚顺城驻兵两天，到甲版又驻扎下了，张承荫估计建州兵马走得慢，能追过去，他准备不攻打赫图阿拉，而是迂回堵击努尔哈赤，抢回抚顺城的兵马和游击李永芳。

张承荫赶着人马星夜兼程，终于领先一步到达赫图阿拉，他虽然在山峦中，远远地绕城转向西北，但是还是被额亦都派出的游骑发现，一个游骑回城禀报，其余的人，悄悄跟踪。张承荫刚接手总兵职位时，曾亲自装扮成商人偷窥建州，可那次是走抚顺城来的，这次从清河来，不免迷路，越过赫图阿拉后竟然错过了去抚顺的大路，走到了清原西面的谢里屯。

努尔哈赤得到额亦都的报告，知道辽东总兵张承荫率大军过城不攻，而转到了谢里屯，于是命令代善和皇太极率领三旗兵马，尾随明朝的兵马，打探虚实。代善和皇太极发现明朝的一万兵马后，派信使奏报努尔哈赤，问是出战还是等待。努尔哈赤对费英东等大臣说："张承荫兵临城下，不攻战，绕行到偏远的谢里屯，看来是不敢交战，带兵出边，是应付他们的主子，代善他们兵少，不要出战，明兵会自己退去。"然后让额尔德尼去传命两贝勒不出兵。

代善得到额尔德尼的传令，又派信使上奏说："明兵如果是来堵截我们的，就应该出兵攻击他们，如果见到我兵就退去，就应该乘势追击，不然的话，我兵既没有俘获财物，明兵又嘲笑我们怯懦。"努尔哈赤得奏，同意代善的话，令费英东、扈尔汉率领镶黄旗前往谢里屯传令并且增援代善、皇太极。

明朝兵马也发现了八旗兵马，却没有退走，立刻拉开决战的阵式，据险要之地，摆下三座大营与八旗兵对阵，三座大营横立一面山坡上成掎角相对，大营后是高山险峰，不通人迹，两侧是山涧峡谷，即使大军勉强通过，也是马不成行，兵不成列，的确是易守难攻之地。营盘的四周都深挖壕堑，里边再排放战车，战车后是兵将持盾牌，架着火枪弓箭大刀长戈，总兵张承荫坐镇中营指挥，欲与八旗决一生死。

费英东、扈尔汉率镶黄旗赶到，即有四旗一万九千兵马，立刻分三队用长甲兵攻击，代善在中路，费英东与皇太极分占两翼，一声长螺响彻山谷，三路铁骑顶着徐徐的西北风，打马上坡，射箭进攻，明兵大营立刻放火枪还击，顷刻间，喊杀震山谷，烟尘起四林。

左翼镶黄旗一队冲锋最快，费英东打头冲向敌营，忽然，西北风一下子改了方向，变成呼啸的东南风，刮起沙尘，连同明兵火枪的浓烟，一齐扑向张承荫的大营，明兵的火枪手弓箭手都睁不开眼睛，火枪弓箭失去了准头。费英东乘风势疾进，纵马跳过壕堑，双手持大刀，挑倒眼前一个拦路的战车，冲进大明兵营，身后的铁骑顺着这个战车的豁口，依次冲杀进来，突然，费英东的战马被火枪发射出的烟火吓惊了，不听主人的控制，转头往回跑，其他的八旗兵也不冲了，渐渐后退，费英东死拉缰绳，马不停，惊恐乱闯，费英东单手挥刀，砍向马头，马立刻倒死，费英东摔落马下，脚从马镫里抽出来，持刀站起身，另一只手一伸，把旁边的一个骑兵拽下马，费英东自己翻身跨上那个骑兵的马匹，举刀大喊，再次打头往敌营里面冲，后面铁骑又跟随冲杀，这时，镶黄旗的短甲兵也冲上来，明兵溃不成军，另两路兵马乘势杀进，明军战死士兵的脑袋下，枕着先死的士兵。

总兵张承荫被乱箭射死，倒在乱石堆旁，一匹匹八旗的战马，在他的身边踏过。副将颇廷相与梁汝贵率残兵突围到阵外，一口气跑出三里之外，刹住人马，稍微清点，逃出来的人马是大军的十之一二，还不足两千人。梁汝贵问颇廷相："眼前山路不熟，往哪面走？"颇廷相说："大帅还在阵中，生死未卜，俺们岂能自己走，当回兵救出大帅才是。"梁汝贵惭愧地同意："你说的极是，怎能不救大帅？"当下整理队伍，列成方阵，颇廷相对全体兵将说："张大帅还在阵中，难出包围，俺要杀进阵里，救出大帅，愿意随俺进兵的就跟俺走，不愿意的，可以留下。"说完，打马前行，近两千兵士，无一人留下，持刀枪齐步前进，走进烟雾弥漫人喊马鸣的战场，又经过惨烈的激战，明军全部战死。

从八旗兵吹螺冲锋，到明兵旗倒声息，不足一个时辰，一万明朝兵马全军覆没，没有一人生还。八旗兵大获全胜，消灭了所有敌兵，斩杀总兵一员。明朝一共有二十个总兵，后金国第一次出征，就削去一个，缴获还能奔跑的战马九千匹，盔甲七千副，刀枪盾牌、火枪弓箭以及战车器械不计其数，堆积如山。

巡抚李维翰正急等着总兵张承荫带回来点好消息，可是派出的探马回报：张承荫全军覆没，一万兵马没有剩下一个人。李维翰得报，差一点昏过去，缓了缓气，

## 第十六章 夺取清河

喊来笔墨，颤颤抖抖地给朝廷写奏章，上报战况，再不敢隐瞒。

## （2）

奏章传入朝廷，群臣惊骇，一时间，各个大臣们如雷轰顶，呆如木鸡。

这些白头发白胡子的辅政、尚书、御史们都没有了主意，谁都不敢轻易拿出见解，关系国家存亡的大计，哪个能够担当！于是，这些一品二品的大臣们，一同跪到皇宫门外，奏请万历皇帝上朝，主持大政，万历已经近三十年没有上朝了，深居后宫妃娥堆里，重用宦官监管朝廷大臣。这次群臣跪请，万历皇帝依然没有出来，只见内宫的小太监手托拂尘，跨出门槛操着公鸭嗓子说："皇上龙体欠安，不见朝臣。"御史杨鹤跪直了身子，愤怒地对小太监说："边事颓废，已不可治，等努尔哈赤的兵马打到宫门前，皇上还能说龙体欠安不见吗？社稷倾危，怎么还不见大臣？"

小太监向皇上回禀了御史的启奏，万历终于答应上朝。金銮殿上，跪在品级台下的大臣们见到了久违二十多年的天子，只觉万岁眼熟，却有些不认识了；御座上的万历皇帝看着下面臣子们也很是感慨。当年的豪情状元郎，当年英姿勃勃的武将，怎么都变成了皓首银须的老翁？山呼万岁万岁万万岁，三拜九叩大礼完毕，君臣脸面相对，大人们几乎喜极欲泣，谢苍天，当今皇上还是安康的。欣喜还没有全表露在脸上，国势衰微的忧伤已上心头，各部大臣把奏章当庭递上，老太监一一接取，摆在御案上，万历皇帝现场朱批，加上玉玺，所有大臣的奏章全部批准。

刑部尚书姚若水的奏章是："停止京城内集市，开启城门要谨慎清查，清除城内闲杂劳役，禁止任何人穿越朝堂，内廷的太监发给腰牌，出入宫门，检验后才许通行，以防止建州奸细混进大内。"

吏部尚书王在晋启奏："将辽东巡抚李维翰削职为民，提升杨镐为辽东经略，派陈王庭任辽东巡抚，起用李如柏做辽东总兵，以阻止建州西进，整治兵马战具，收复失地。"

各个奏章批准，拟出圣旨，派老太监前往辽东传发。

后金国第一次出征大明，俘获无数，八旗将士都分得了预料不到的财物，举国欢喜，大明帝国天下共主，努尔哈赤曾在这个庞然大物下低三下四，忍屈受辱几十年，今天一怒而起，碰了它一下，才发现竟然是外强中干，不堪一击。各贝勒大臣们要求接着出征，继续向西发兵，攻打抚顺城西面的沈阳城。

努尔哈赤没有准许再攻取城池，对大家说："柴河、三岔、抚安三地，原是我国的屯寨，张承荫任总兵时强行夺走，今张承荫已灭，当收复失地，以解愤恨。"贝勒大臣们赞同，于是，努尔哈赤令安费扬古、皇太极率领六千八旗兵马，出征到抚顺城以北、铁岭以南的地带，大军横扫抚安堡、花豹卫、三岔儿堡及催三屯等十一处城堡村寨，遭遇小股明朝驻军，一阵冲杀就全部消灭，搜捕人口家畜，挖取仓窖里的粮食，带回都城。

八旗兵马连续两次出征，回兵后休整人马，打造刀枪甲胄，防备大明的征剿，可是过了两三个月，朝廷还没有动静，此时，传圣旨的千岁老太监的仪仗，还没有出山海关，老太监正坐在北戴河沙滩上的太师椅里，北戴河不是河边，是海边，山海关总兵杜松站在椅子旁边，陪老太监往大海远处眺望，看看有没有孟姜女划船过来。

代善、安费扬古等贝勒大臣们见明朝没有反应，又奏请罕王再攻打明朝的城池，努尔哈赤与额亦都、费英东等大臣商议，决定攻取通往辽阳的必经之地清河城。

天命三年（1618）夏，努尔哈赤统帅两万两千兵马，进鸦鹘关，出征本溪的清河城。此城位于赫图阿拉西南一百六十里，四周高山峡谷，不便大军列阵进兵。清河城地势险要，所处位置更是重要，西北一百八十里是沈阳，西南二百里到辽阳，东南二百四十里通宽甸，是阻挡在辽沈前面的一个屏障。守城的头领是参将邹储贤和参将张斾，率领兵马一万人。

努尔哈赤大军兵临城下之前，派何和里领六十人赶着四十挂马车，满载货物进清河城，每车货物底下藏着五个短甲兵。到城门口，把门的兵将上前检查，把一摞摞的貂皮虎皮猞猁狲皮都扔到车下，跟车的赶紧塞银子给领头的将官，一概不收，继续把一筐筐蘑菇倒地上，把一袋袋人参用刀挑开，货物就要被扔尽时，只听一声尖锐的口哨响起，各个车底的八旗兵，一齐踢开身上的麻袋，跳起身，挥刀砍杀搜查的明兵，然后掉转马车，丢弃了货物，赶马撤退，城内兵马动作极快，大队人马已追了出来，车上的短甲兵都有弓箭，一齐发射，飞矢如雨，追兵纷纷落马，止住了追杀的势头，何和里带着二百多人跑回来，潜伏的计划失败了。

后金国兵马开到城下，围困了城池，努尔哈赤让李永芳上前劝降，已经剃发穿着旗装的李永芳到城前喊话："请邹储贤老弟上城说话。"只见城上盾牌闪出空隙，邹储贤顶盔挂甲，外披斗篷，出现在垛口处，手向下指说："你既然投降，就没有了朋友之义，俺不认识你。"

李永芳喊："老弟你也是知时务的人，眼下城池被围困，外无援军，如果开

## 第十六章　夺取清河

战，老弟挡得住后金国兵马吗？只有手下人与你一同遭殃，全城难逃一死；如归顺，既可保自己富贵，又可救百姓于水火。请老弟细思量。"邹储贤听完，搭弓上箭，对准李永芳说："你可以快走，不然就放箭了。"李永芳无功而返。

努尔哈赤命令四面攻城，各旗人马抬云梯，推楯车，向城墙冲锋。城上严兵把守，箭矢如雨，滚木礌石倾泻。八旗兵马拼命架梯攻城，就在八旗兵马冲到城下时，城墙上大炮响了，每面城墙上都有一门火炮，只见炮口喷烟吐火，扫向八旗兵马，攻城的都是短甲兵，身上的铠甲少又单薄，烟尘升起，一声炸响震耳，八旗兵三两人，或者六七人，同时落马，士兵攻不到城下。

八旗贝勒吹螺三次，各旗兵将打马冲击三次，也不能跑近城墙，兵马已伤亡数百，努尔哈赤下令停止攻城，撤下兵马，四里外扎营，天色晚了，进营休息。

到后半夜，四更时刻，天空繁星闪如萤火，眼前漆黑，伸手不见五指。八旗兵马吹螺敲鼓攻城，长甲兵列长队，骑兵之间拉开距离，高举火把，大喊着往城下冲，离城墙还很远时又往回跑，就这样反复跑去跑回，城上火炮开始发射，道道火舌，分外耀眼，但是长甲兵的甲胄厚重，有精铁打制护脸护颈护腕，战马也披铠甲，距离又远，几乎没有伤亡。

黑暗中，一队短甲兵头顶木板悄悄移动，走到一个城脚下，趁着夜色，在隆隆炮声中开始挖墙脚，过了很长时间，听到轰隆隆一阵闷响，和火炮声明显不一样，城墙坍塌了一个缺口，又一队长甲兵驮着沙袋，冲向缺口，纷纷把沙袋扔在倒塌的土石上，垫出一条马道，后面的长甲兵如同狂风一般冲入清河城。

守城参将邹储贤得报城塌墙倒，知道性命不保，拔剑刺死妻妾儿女，举火把点燃了房屋，然后冲出门外，率领护卫向城门冲杀。八旗兵马从四门杀入，清河城一万人马全军覆灭。

数日后，沈阳城副将贺世贤率兵来增援，见清河城已经没有一人一物，再进兵十里，找到一个屯寨，斩杀全屯女真男人女人小孩一百多人，返回沈阳复命。

攻破清河城近一个月，明朝兵部侍郎杨镐才到辽阳就任辽东经略，升降官吏，调集兵马，先向朝廷上奏章，要兵马要粮饷，后派人出使建州，与努尔哈赤和谈。

杨镐的使者李继学带着通事到赫图阿拉城，见到的是额亦都，通事送上杨镐的和谈文书，然后李继学说："建州有何要求，可以派使者到辽阳，与经略大人面谈。"等使者李继学走后，努尔哈赤翻看过文书，命人将明朝的俘虏张儒绅押到辽阳城外，割掉耳朵，给杨镐送信：

"皇帝如果能纠正辽东兵将的错误，撤走入侵边境的兵马，以我有理，释怀七恨，尊许王位，将抚顺城马市五百道敕书，以及开原马市一千道敕书，分予我国军士，再给我国绸缎三千匹，黄金三百两，白银三千两，则可以罢兵，两国和好，平息事端。"

一匹绸缎银价七钱，三千匹折合白银两千一百两；一两黄金银价是五两，三百两黄金折合白银一千五百两，加上白银三千两，钱物总价值是六千六百两银子。经略杨镐把建州的信件呈送朝廷，万历皇帝这次批示最快：

"征调全国十三省兵马，对建州犁庭扫穴。"

至此，明朝开始为期八个月的全国动员，拉开萨尔浒大战的序幕。

# 第十七章　备战备荒

## （1）

明朝走马换将，军队集结，努尔哈赤知道，不久将有一场大战要打，努尔哈赤的两个间谍部队开始行动了，他们密切观察、收集明兵的动向，并加紧处理后金国内事务。

天命三年（1618）初秋，各旗开始囤积粮食，努尔哈赤派纳林和音德带五十名短甲兵，护送八百耕田的阿哈，出边界外，到浑河与界凡河交汇的嘉木湖，抢收后金国在境外种的粮食。临走时，努尔哈赤亲自嘱咐两人说："你们出边外收秋，凡事都得小心，白天督促阿哈加紧收割，晚上离开田地，找山谷险要的地方宿营，每晚换一个地方睡觉，在可能遭遇敌兵的边境，谨慎提防最主要。"

纳林和音德率领众人到了嘉木湖，急急忙忙收割，派出哨兵四周巡逻，晚上远离粮田，上山扎营，收割两天，没有见到别的人影。在这地广人稀的山野里，眼前有的是狍子、獾子、野猪、野鹿乱跑，听到的是野鸡、飞龙、鸦雀噪耳，时而还有一只虎或一只狼，闪身藏在密林中，要提防的，只有猛虎孤狼。护卫的兵将都大意起来，晚上田边扎营，也不换地方了，因为搬运新收的湿粮食很费劲。

在家里清闲两年多的李如柏，又恢复了总兵的职位，上任后，亲自带兵到边境巡查，在大山里发现了建州的兵马，李如柏令手下人不动，原地埋伏。晚上，收割庄稼的人和士兵都进营休息了，只有四个哨兵坐在营帐的外面，哨兵也没有站岗瞭望，四个人拽来一捆黄豆点着火，拿棍子穿上白天打来的山鸟，在火上烤着，一个人又从马甲里掏出一袋酒，四个人轮着喝，撕着鸟肉，挑灰火里烧熟的黄豆粒吃。

明朝巡边的兵将已经埋伏半天了，此时见营帐中没有了动静，一齐呐喊，冲杀上来，后金国护卫人马十分机警，立即反击，掩护着阿哈边打边退，跑出来阿哈七百三十人，有七十个被李如柏的兵马斩杀了，又丢弃全部的营帐，收割的苞米、黄豆、高粱，都被明兵撒扬到土里了。但是明军也损失兵卒一百多人，李如柏暗自懊悔不该冒失进山，杀死建州的都是农夫，得不偿失。他烦闷地对身边副将说：

"下次再不能吃这样的亏了。"

抢秋人马败回赫图阿拉城，五个一等大臣共同合议治罪，纳林、音德两人违令扎营，罚没家里一半的牛马；哨兵乐古德等四人因为喝酒，没有发现敌人，罚没家里三分之一的牛马。努尔哈赤以此事告诫每个贝勒："昔日元朝人占据中原，他们罕王贝勒都嗜酒伤身，荒芜政事，父因酒殒命，儿子也嗜之；兄因嗜酒殒命，弟再嗜之，贪酒溺货，争夺成仇，国就乱了。乌拉贝勒布占泰，嗜酒妄行，终遭天谴。朕的子孙，如果学他们的作为，嗜酒溺货，不勤政务，不敬守基业，则覆辙之日不远了，不可不戒。"

秋末，罕王命侍卫阿敦率领纳林和音德等两千兵马，出击抚顺城以北的会安堡等村寨，斩杀耕田汉民三百，俘虏一千，挖出仓窖里的粮食，放一个俘虏，给明朝的边将送书信：

"如果认为后金国没有理，可以约定日期，出边再战，十日或者半月都可以，攻城还是野战都行；如果认为后金国有理，送来金银，以息兵省事。你们是大国，也行苟且偷盗之事？如再杀我国耕田阿哈百人，我兵就杀你国耕田农夫千人，你国能在城里种地吗？"明朝没有回音。

天命三年（1618）初冬十月丙辰朔日，一颗彗星出现在东方天空，宽五尺，彗尾指向大明国，每天夜里都渐渐移向北斗星，移动十三天，接近北斗，又过六天，越过北斗的尾巴，就熄灭了。

努尔哈赤命护卫恒纬找萨满，掐算这个彗星的凶吉，萨满焚香作法跳神，掐算说："此星对南朝属凶，对后金国属吉。"恒纬把萨满的掐算回禀给罕王，努尔哈赤对恒纬说："我国居塞外，大明居中原，且不论他们有啥国运，只要没有不利于我国就行了。"这时，侍卫来报："东海虎尔哈部头人纳客答，率领百户部民前来进贡，已经走到城东边一百里远的地方了。"

努尔哈赤闻听，非常高兴地说："大明在辽东换将，是要出战我国，朕也要增收兵马，虎尔哈部主动来进贡，可借机招收东海部民。恒纬带二百巴牙喇护卫，出迎六十里，马上起程。朕要亲自赏赐虎尔哈部民。"恒纬领命出发。

两天后，虎尔哈部民进入赫图阿拉城，努尔哈赤上殿召见所有来人，虎尔哈人行大礼，叩头拜见罕王。努尔哈赤把自己的貂皮马甲脱下来，亲手给虎尔哈头人纳客答穿上，把自己脖子上的念珠摘下戴在纳客答的脖子上，拉着纳客答的胳膊，对殿下的贝勒大臣们说："虎尔哈的部民，住在东海的岸边、岛上，和鱼、鸟一同生活，今儿抛弃了先人的墓穴，离开了出生的土地，离开了天天喝的水，翻山涉水，

## 第十七章 备战备荒

走了一个月的路程,在道上,没有猎物时候就吃虫子,没有粮食就吃树叶、草药,乌拉鞋磨掉了底,衣裳被树枝剐成了皮条,还有比这更可怜的吗?来这儿投顺就是功劳,从那里跟来的人,他们的子孙后代,都免劳役贡赋,各贝勒大臣都记着。"

殿下两侧站立的贝勒大臣们齐声应答:"喳。"努尔哈赤说完,赏赐宴席,贝勒大臣与罕王一起陪虎尔哈部民吃肉喝酒。宴席用完,努尔哈赤让愿意留在后金国居住的站成一行,不愿意留在后金国居住的站成一行,然后重赏愿意留下的人。

赏赐留下的八个为首的小头领,给男女阿哈十对,牛马各十头,用貂皮镶边的缎面皮袄、长皮端罩衣、蟒缎无扇肩朝衣、蟒缎褂各一件,还有貂皮帽、皂靴、雕花腰带、四季的衣服、布衫、裤子、被褥等东西。其他跟随的人,给男女阿哈三到五对,牛马三到五头,衣服、鞋帽、被褥等生活用的东西。第二天又赏赐房屋和家里的用品,铁锅、炕席、水缸、瓦瓶、杯碗、碟、筷子、水桶、簸箕、木盆等杂物,都赏赐足了,原先说要回去的,又有许多人乞求留下不走了,只有几个人回去,因为他们的家人没有跟来。

留下的请回去的人给老家亲友捎口信说:"过去,乌拉的军士总想杀我们,掳获人口抢夺牛马,而现在罕王赏赐我们,收为羽翼,恩典出乎预料,告诉家里的额娘兄弟,一起过来吧,不要晚了。"东海其他部落屯寨听到消息,纷纷归附,后金国新增加兵马过千人。

在后金国欢迎东海各部归附的时候,开原总兵马林唆使叶赫部金台石出兵袭击后金国。金台石眼见东海部民归附努尔哈赤,心里眼气窝火,马林稍一捅咕,金台石当即发兵三万,攻占了后金国的城池辉发城。努尔哈赤得报,当即决定反击叶赫。

天命四年(1619)正月,努尔哈赤令代善率领五千兵马,驻守扎喀关,以防止明兵偷袭赫图阿拉,自己亲率八旗兵马,出击叶赫金台石。八旗兵马连征七日,击溃叶赫大军,攻克亦特城和粘罕寨,杀进叶赫领地十里,收掠村屯二十处,俘获人口四千多,牛马羊犬鸡鸭八万。

金台石抵挡不住,向马林求救,马林出两千兵增援,努尔哈赤见明兵出战,率兵马带着俘获回兵。阿敦等大臣不愿回兵,问努尔哈赤说:"我们野战灭张承荫一万兵马,攻城斩杀邹储贤一万明兵,马林两千人,有啥不能打的?见这么点人马就回兵?"努尔哈赤对大家说:"马林即使出两万,也不足拒阻我兵,回兵是因为我们不能两面受敌,再一个主要原因是,不能与叶赫消耗力气,必须攒足劲防备大明的新经略杨镐,狠打金台石一下就够了,防止他再掺和。"八旗兵马后撤,马林的援军就不追。

多少年来，一遇到叶赫部落的战事，罕王总是退让，众人心里也总是烦堵，但又有谁敢多说话呢？这使大家百思不得其解，也就只有听命的份儿了。大军回兵赫图阿拉休整，以待大敌。其实努尔哈赤在履行自己的承诺"对东哥的至爱，留三年叶赫"以感恩东哥。

天命四年（1619）三月二十一日，努尔哈赤修国书与朝鲜国王，自称"后金国汗"。书中写道："今有建州国汗致书朝鲜国王，你等尽可一如既往支持大明，然有一点须得说明，若有我辽东之民渡江而窜者，你等当可尽皆遣返。如今辽东官民皆已削发归降，其降官亦俱复原职，你若纳我已归附辽东之民而不还，他日休得怨我矣。"

正一道长为努尔哈赤设定"游龙走脉"第三个王城就是"界凡城"，飞鸽传书议案就到了罕王宫，努尔哈赤言听计从。界凡在赫图阿拉西北一百二十里，浑河南岸的铁背山上，与萨尔浒隔浑河对望。班布理、旺善等大臣反对修城，说："我们的赫图阿拉都城已经很坚固了，何必到那么远的高山上修城？要用很多人力，又得耗费很多钱。"努尔哈赤对大臣们说："明兵侵入女真各国，几乎都是从西面过来，我们在西面边境修建一座更坚固的城，能阻挡他们，而且我国仅仅都城有城墙，不足以拒敌，所以必须再修一座。"

费英东赞同修建界凡，他说："我国已经与大明开战，就不能怕劳苦，多修一座城堡，明兵攻打我们就得多费力气，界凡得修，以后还得修别的城池，才能不怕明兵来攻。"最后，决定扩建界凡城，从八旗各牛录中抽调一万五千人，前往铁背山凿石伐木筑城，命护卫恒纬率四百巴牙喇亲兵跟随保护。界凡城修好后，努尔哈赤令迁都，因战事紧张没有搞迁都仪式。

## （2）

筑城的同时，努尔哈赤再命李永芳秘密派出精明的心腹家丁，到开原和辽阳做买卖，罕王出本钱，开酒楼客店，以便打探明兵的消息。这些家丁都是从抚顺城俘获的明朝人，到辽阳开原就没有谁认识了。罕王每月拿出一百两银子给李永芳，让他的家丁们结交巡抚总兵的管家奴仆，探听官兵的动向。一百两银子是很大一笔钱，一个贝勒或者一个一等大臣，一年也赏不了这么多，而一个月李永芳就用

## 第十七章 备战备荒

掉这些。一些家丁告诉李永芳:"有的管家不收钱,好像不喜欢银子似的,不好处关系。"李永芳告诉家丁说:"不敢收礼的,就想别的道道嘛,不怕管家钱不要,就怕管家没爱好,看他好哪口,贪酒的陪喝,好麻的陪搓,你不会想办法呀!"家丁们赶紧说:"会,会。"心里嘟囔:"有钱谁都会花。"

  辽东经略杨镐接到万历皇帝的圣旨,立即调动辽东各城池的兵马,向开原、沈阳、辽阳就近集合,准备出征建州,同时上奏朝廷,辽东兵马不够,请速调关内兵马出塞。这时,万历已经下旨意,调全国十三省兵马,出征辽东,调山海关总兵杜松、原辽阳总兵刘挺到杨镐帐下听用。

  杜松是员勇将,驻守山海关之前,曾把守西北边关陕西榆林,在长城内外与鄂尔多斯部骑兵征战十余年,杀敌几十万,大捷近百次,蒙古兵都惧怕他,都叫他杜太师,不是危难的重地,兵部是不会调用杜松的。

  刘挺是员猛将,最早驻守江西南昌,随军征战南北,沿海劫杀倭寇,东北抗击瓦剌,身经百战,功劳卓著,名闻天下。刘挺的兵器是镔铁大刀,重一百二十斤,打马挥刀,如同鞍子上插了车轮,手下兵将送他外号,称"刘大刀"。刘挺武功谋略都不一般,但是秉性倔强,总遭排挤,谋不上职位,现在朝廷用人,兵部现提拔他做总兵,出征建州。

  明朝在辽东各城池驻扎的兵马多少不一,经略杨镐清查了一个多月,终于查清,各地名册上共有官兵三十五万人,留下大部分守城,征调的精锐兵马有十二万整。杨镐传令这十二万兵马向开原等三城集结,同时上书朝廷,催要关内的兵马。

  兵部给杨镐下文书说:除关外三十八万二千兵马归经略调度之外,再从全国十三省调募精锐十万,悉归属杨镐。可是,文书下达近两个月了,出关的兵马稀稀拉拉,到辽阳集结的关内人马总数才有八万八千名。杨镐令巡按陈王庭进京追要兵马,陈王庭到兵部上奏章说:"援辽兵马除续调川陕三万未到外,据臣亲点查过,出塞主客军丁各四万未到,再没有见到要出塞的军丁,奏请皇上降旨,令各路军马加紧出塞。"

  当杨镐急着要兵要将的时候,朝廷上有的大臣反对继续调兵,御史杨鹤上奏说:"出塞兵马已经有八万,辽东驻扎三十五人马,经略杨镐已辖四十三万大军。建州兵民不过数万,塞外不过几个山沟,四十三万大军还嫌少,要多少够用?几十万兵马,一天消耗银子数万两,不速发兵等待何时?"

  万历皇帝下旨兵部,令杨镐统领兵马速进兵建州。不惜以二十万金犒赏官兵。

为了配合出征之师，又提高赏格，明廷大行悬赏捉拿活动。万历皇帝诏告天下说：若能有生擒努尔哈赤或斩头来献的，赏给白银万两，晋升为都指挥。对于努尔哈赤的亲子、亲孙等，所谓八十个总管，有能擒、斩的，赏给白银二千两，并晋升为指挥。对于努尔哈赤伯、叔、弟、侄等所谓十二亲属，有能擒、斩的，赏给白银一千两，并晋升为指挥同知。对于其中军、前锋、书记、大汗女婿等，所谓领兵十二个大头目，有能擒、斩的，赏给白银七百两，并晋升为指挥佥事。

出征前夕，一个文官建议："为了给努尔哈赤以震慑，今年是万历四十七年就号称四十七万大军如何？"杨镐在大笑中采纳了这个建议。往往是谎话说多，会被人误当成事实。在经过较长的筹备工作中，在一片赞扬和欢呼中，他真的以为自己指挥的是四十七万大军。在辽东各城征调的精锐十二万兵马，加上出塞兵马八万，共计二十万。下令将二十万人组成东南西北四路大军，将进行分进合围、分进合击。

在辽阳有一个汉人开的武馆，为商家保镖运货，他们是建州间谍站，按照正一道长的指令开始了行动。这些人都是建州网罗的和明王朝有血海深仇的人，他们广交各界朋友，自然也包括明朝官员，他们通过手段夜入誓师会的用品仓库，在屠牛刀的刀刃上和槊杆上做了手脚。

经略杨镐领旨，命各路总兵参将到辽阳集合，点将应卯，誓师发兵。万历四十七年二月十一日，在辽阳校场上，旌旗如云，精兵强将分队站立，点将台上，杨镐宣布军纪军令，十八个斩字大令念完，请出尚方宝剑，将抚顺城临阵脱逃的千总白云龙斩首示众。

紧接着宣扬武威鼓舞士气，杀牛祭旗，等了半天也没见牛头呈上来，所有人都往点将台下边看，只见专职礼仪卫兵正挥大刀砍牛，人们纳闷儿不知道是牛皮厚，还是刀不快，牛就是杀不死，在绑牛柱子上挣扎，最后卫兵用刀当锯，锯了很多下，才割下来牛头。

祭祀完毕，驰马试槊展示军威是典礼中必有的节目，令大将在校场上驰马操练，演练的将官提槊上马，扬鞭奔驰，双手舞槊，寒风夹冰，马踏沙地，烟尘腾腾。正在虎虎生威的时候，槊头折断坠地，给人的感觉很不好，令即将奔赴战场厮杀的将士们心里留下了不祥的阴影。槊头很像没头的野鸡，在校场上滑出老远，吓得旌旗外几队人马纷纷躲闪，冲乱了阵脚，杨镐坐在点将台上，噘着嘴，老大不乐意。操练完，经略杨镐分配兵马，部署进兵方案及出征日期：

"本帅调拨大军四十七万，出征建州的兵马为二十万，分东西南北四路，四

## 第十七章 备战备荒

面进兵，分进合击，不论建州兵逃向哪一面，都有俺大兵堵截，四面包围，一举歼灭。

西路，以山海关总兵杜松为主帅，带领保定总兵王宣，副总兵赵梦麟，副将张铨等将官，统领六万兵马，从抚顺城发兵，正面出击建州。

北路，由总兵马林做主帅，带领潘宗颜、龚念遂、丁碧等参将游击，统兵四万，会合叶赫助战两万兵马，从开原城出发，进军建州。

东路，刘挺做主帅，带领康应乾、祖天定、姚国富等副将，统领关内兵丁四万，会合朝鲜出兵助战的两万人马，从宽甸进军。

南路，辽东总兵李如柏做主帅，带领参将贺世贤、阎明泰、尤世功等人，统领四万兵马，从清河发兵。

从明日起，各路主帅打马回自己的城池，进城后立即清点兵马，及早发兵，自己估算路途远近，路远的快进，路近的慢行，本帅命令，各路部队于二月二十一日分别由各自集结地同时出发，三月二日南路西路两军会合于尚间崖，然后，四路大军以炮声为号，齐头并进攻击赫图阿拉，先攻破城池的记首功。本大帅坐镇沈阳城，有违令的，军法从事。"

部署完将帅兵马，经略杨镐宴请各路总兵参将。各路总兵开怀畅饮，酒壮人胆，杜松一坛子酒下肚，先发豪言壮语，端酒碗对杨镐说："大帅只等俺的捷报就可以了，俺一支人马，足可踏平小小的建州，不必别人劳神。"刘挺斜眼瞥一下杜松，一脸不屑。李如柏走到杜松身边说："久闻杜大人神勇，俺本想挣一点功劳，现在看，俺只能把头功让给你了。"杜松哈哈大笑，算是承认李如柏的话。杨镐也高兴地说："各位总兵有功劳，圣上不会不赏的。"

将领们吃饱喝足，准备起程，杜松性子急，先行出发，奔沈阳去了。马林偷摸求见杨镐，进入内堂，行大礼，把一个包裹放在桌案上说："大人，末将来得匆忙，没有准备，只有几样山货不成敬意，请大人笑纳。"杨镐和蔼地说："马大人太客气了。"一边说一边看包裹，马林伸手打开，先拿出一个小树皮盒，再打开盒子，里面是两棵不大点的干巴人参，绑着红绳，马林把人参放桌子上说："大人，这两棵是千年的老参，人吃了可以成神仙，参汤倒外头，鸡鸭鹅狗吃了，能鸡犬升天，是可遇不可求的东西。参上的红绳大人不要拆掉，没有绳，参会跑的。"

马林一边掏东西，一边介绍："这个送大人的是鹿茸，这个是虎鞭，这个是熊掌，还有珍珠玉石。"杨镐瞪眼睛看，心里高兴。马林摆完东西说："山野的东西，让大人见笑了。"杨镐直着眼睛说："好好！"马林见杨镐高兴，侧身说："末将不打扰大人了，告退。""请请！"

马林出去，杨镐心里美滋滋地想："还是有权好哇！"正想着，卫兵来报："李如柏求见。"杨镐急忙两手一拎包裹，收起东西，然后才说："进来吧。"卫兵出门，李如柏走进来行礼。杨镐嘴里寒暄着，眼睛看李如柏的手，空着；看李如柏的身后，也没有随从，啥也没有。杨镐脸色木然地对门外喊："看茶。"李如柏拱手说："谢大人，小人带了两样东西，特意送大人。"杨镐又在李如柏身上身下看一遍，没有东西。

李如柏躬身说："请大人随我来。"说完出门领路，走进侧门厢房，房门一开，杨镐眼睛一花，满满一屋子美女，红装素裹，挤挤擦擦。李如柏说："这二十名歌女送给大人去沈阳解闷。"又提起一个小木箱说："这三百两金子送大人喝茶。"说完告退了。杨镐站在门口自己嘀咕："这俩小子，合计好了送东西，配套来的。"

卫兵又来报："刘挺求见。"杨镐一听刘挺来了，很意外又很高兴，杨镐做兵部侍郎时，两人就有矛盾，刘挺瞧不起杨镐，所以这次杨镐分兵，派给刘挺的不是精锐部队，让他走最远最难走的路，杨镐心里想：如果刘挺脑袋开窍了，即使送来一坛酒，说一句认错的话，俺就与他和好吧。想着传令卫兵："有请刘总兵。"刘挺进门，拱手说："大帅，俺东路道太远，山高壑深，又刚下大雪，十天怎么能到达？请宽限几天。"杨镐一听，大怒，把尚方宝剑往桌案上一摔，说："养兵千日，用在一时，国家危难，将士争先，岂容你等拖延。本大帅奉圣旨出征，违令者斩。"刘挺也是一脸怒气，不答二话转身就走。

刘挺走了，杨镐自己生闷气，卫兵呈上一封密信，打开一看，是北路的参将潘宗颜写给经略大人的，密信里说："马林懦弱，不堪担当一面主帅，乞求换帅接重任，马林只能做接应，不然，恐误大事，自身不保。"杨镐正在生气，随手把密信摔在地上。

晚上，卫兵押来一个酒楼的伙计，手里拿着一个纸包，请杨镐亲自审查。杨镐看一眼问："什么东西？"卫兵上前抢过纸包，抖落里面的东西，给杨镐看纸张，并且说："大人，他拿的是京城的邸报。"杨镐惊问："你从哪里偷的？"伙计跪着说："大人明鉴，小人手脚一向干净，这个纸是一位军爷扔在酒楼的，小人看着它整齐，就捡起来包种子了。小人不识字，不知道这纸金贵，就让军爷抓来了，绝不是偷的。"杨镐看了看，也没有仔细瞧报上的内容，心里正生气呢，随手把邸报一扔说："退下吧。"伙计捡过邸报，又一粒粒拾起种子，包好，退了出去。不多日，这包种子就在努尔哈赤手里了，努尔哈赤与费英东等人逐字地研究了邸报，上面有出兵辽东的奏议。

## 第十七章 备战备荒

杨镐还在生刘挺的气,想想马、李俩总兵的礼物,心情又好了许多,他自己带领八千卫兵,用马车拉礼品向沈阳进发,再次传令,四路大军按时出发,踏平建州,犁庭扫穴。

# 第十八章　萨尔浒大战

## （1）

天命四年（1619）正月过后，赫图阿拉城内更加忙碌，进进出出最多的是阔气的商人与远行的猎户，还有衣衫褴褛的乞丐，他们匆匆忙忙地进出贝勒府第和大臣们的宅院，送来秘密情报。

建州间谍的密报和军中探马的打探，致使努尔哈赤对明军行军路线、行军时间、部队统帅人选等方面了如指掌，清楚东路、西路、南路、北路二十四万大军，分四路围攻后金国。

万历四十七年（1619）二月二十四，杨镐派人来赫图阿拉城下战书："近承帝命，征调将校四十七万，统属杨镐。已定军期，三月十五。乘月圆夜，四面围堵。闻报跪降，性命可保。若敢拒抗，犁庭扫穴。"

下战书的人才离开，各路建州间谍和探马又相继送来情报，东路的刘挺已经兵出宽甸，西路杜松兵出沈阳。于是传令各个村屯兵马，全部进入都城，准备出征，十四岁以上的阿哥都进入各旗随军上阵。"费英东等人领命，下去准备兵马。

二月二十九早上，西面的探马来报，杜松的六万人马在后半夜举火把出抚顺城。不多时，南面的探马来报，李如柏率六万人马出清河城了。

大军扎营造饭，李如柏的侍卫来报，送上一物件，说是有故人求见。李如柏看了看玉佩，认识这是父亲李成梁的心爱之物，问道："是什么人呢？""是一个四五十岁的汉族人。"李如柏单独接见了来人，寒暄后，中年男子把自己的衣服撕开缝隙，拿出用布写的一封信递给李如柏。信中大意是："如柏弟，你父则是我父，念其父恩我实言相告，此之战我必胜。你号为四十七万，实则二十万，你知我有多少军？战力如何？你如进军，不说你战死沙场，就是兵败也难逃一死。不如你听兄一句话，统军观望，如我军败，你可乘胜进军，为兄不怪你。如我获胜，你保存实力还可生还。如你不弃，来我后金国，我们共享富贵。"李如柏看信后想了想，点点头。赏了送信人银子，又要把玉佩送还。送信人说："我家老爷让我物归原主，您收好了，那我就告辞了。"

## 第十八章　萨尔浒大战

同样，叶赫也接到了建州的书信，内容大致是："叶赫东西两城贝勒，除你部以外的女真部族都臣服于我建州，这么多年为啥对你部忍让，想你们也应该略知一二。听说你部要出兵两万助明朝打我建州？念我们同是女真族，今天我告诉你，我不是要打败明军，我是要灭掉明军。如果明军胜，你可乘胜追击，我不怪你们——，望你们斟酌。"等等。

努尔哈赤再次祭拜神树，祭天、告地、告祖宗，回来后立即通知大政殿议事。众贝勒、大臣、将军威风凛凛站立两旁，努尔哈赤坐在那张龙椅上，严肃地说："明军号称四十七万，实则二十六万军，分四路分进合围，现已出兵。"下面的人听到二十万大军，不免有些吃惊，笑声议论。"怎么，怕了？""罕王，我们不怕，定让他们尝尝我们八旗的厉害。"下面的人七嘴八舌地表态。

努尔哈赤用手示意，大家静了下来。他继续说："我今天给大家亮亮家底，对外都知道我们八旗六万多，在册的实则八万，如果八万将士每一人带一个阿哈，那是多少人？大家知道守军不在册，别的城寨不算，赫图阿拉城守军四千，界凡城守军一万八千人。"大家听到这里，又喜形于色地议论起来。努尔哈赤接着说："还记得九部联军时我在猎场藏军吗？现在费阿拉城猎场我藏锐军一万，深山猎场藏锐军一万。"大家一片哗然，窃窃私语。"我们能攻城拔寨，更适应野战，我们的大部人马全部出城迎战，不管你十二路来，我只一路去。留下少数人守城，就是破了城那又如何？我要一路一路地把他们吃掉，记住，不是打败是吃掉他们。""喳！""喳！""喳！"

努尔哈赤不是守城等待敌人来袭，而是把军队握成一个拳头，进行的是运动战，凭你几路来，我就一路去——各个击破的军事策略，做出宁可让赫图阿拉城城破的最坏打算。同时对赫图阿拉城城内做了安排，城内所有十四岁以上的男女民众参与守城。

第二天早晨，努尔哈赤召集各贝勒、大臣说："明兵已经分路进军，南路最先发现敌兵，清河虽近，但是路途崎岖，行军不能快，他们先出现，是引诱我们向南进兵，而杜松的西路必然是精兵，一定要先吃掉他，破此路，其他人马不足为患。"

大殿内努尔哈赤发令：

托保牛录额真率本部五百人的大牛录，每人可带两个阿哈，去东路破坏桥梁道路，设置障碍，尽可能限制东路刘挺大军前进。

武理堪牛录额真率本部五百人的大牛录，每人可带一个阿哈，阻挡南路李如柏。

代善与扈尔汉率两旗先行，朕领全军后行。分配完毕，都下去准备。

努尔哈赤已经知道西路军杜松这是一支号称十万，实则六万的部队，于是，努尔哈赤调动八旗十万大军和夹带着的八万阿哈兵，将第一次打击对准了杜松所部。

三月一日早上，后金国的游骑探马发现，杜松的兵将举火把行进到萨尔浒，天亮时，明军打头的人马开始过河，奔向浑河南岸的界凡城。

队伍前面是一杆大旗，被山风刮得哗哗响，旗上面写着一个大大的"杜"字，旗下的战马上，是一员虎将，单手提刀，头上没戴盔，挽着发髻，一脸横肉络腮胡须。身上没有披甲，短褂没有系扣，三月寒风刺骨，他竟然不冷，露出前胸腱子肉，像石头块一样，皮肉上满是伤疤，一看便知，此人勇猛无敌，久经沙场。

这员大将先骑马下河，浑河刚刚开化，水没过马的小腿，士兵们跟着下河蹚水。后面的一个护卫拎着个包裹，对这个将官喊："大帅，请穿戴盔甲。"马背上的大将笑着说："入阵披甲，不是大丈夫。俺结发从军，到现在老了，还不知道盔甲重几斤几两，你想用它累老夫吗？"说完哈哈大笑。

暗处的后金国游骑，见明兵过河，一支响箭射向上游的方向，于是一只响箭连一支响箭就通知到了水坝上的人马，把水坝挡水木板一口气拆了七八个，有土石的水坝拆不了，因为泥土还冻着，就打开闸门，破坏性地开闸放水，浑河水眼见着上涨。

杜松带领的兵马，才过河一少半，也就是两万多一点的时候，水头轰隆隆地冲下来，转眼之间，河水从大腿涨到了肩膀，河里的兵马急忙往两岸跑，离河岸近的逃上了岸，河中间的被水头冲倒了，有上百兵将被河水冲走。渡河的炮车、楯车、营帐等辎重，也被大水冲走几十辆，一个都没有拽到南岸。

杜松上岸，整理兵马，继续向界凡进军，又向河北岸的副将张铨喊话："张铨，原地扎营，等俺拿下山城，回营吃饭。"张铨带领三万多人马后退，在萨尔浒扎下大营。杜松率领两万多兵马沿山路进兵，路过两个屯寨，抓获十四个老弱的女真人，砍下首级命护卫送沈阳报捷，所有的房屋、仓库、马圈，一概点火烧毁。望着火光，杜松哈哈大笑地说："出兵第一个捷报是本帅的。"

正当杜松一马当先，得意地往山中行进时，突然闻听后队大乱，原来是界凡城的护卫人马，抄了杜松大军的后路，护卫恒纬率领四百短甲兵突袭而出，斩杀尾部明兵三百多人，后路明兵结阵反击，恒纬率人打马撤退，明军是步兵，没有办法追赶，眼看着建州骑兵一溜烟儿跑进树林子里。杜松传令，增加后队警戒，

## 第十八章　萨尔浒大战

命令才传出去,后金国四百短甲兵又从前队正面杀来,人马还未近身,箭矢先至,开路的明兵纷纷倒地。杜松挥舞大刀,拨打雕翎,虽然身无盔甲,一箭也没有碰到身上,打落箭支同时,马向前冲,到后金国兵马前,摆刀就砍,恒纬在前,举枪接招,杜松一马三刀,错镫而过,震得恒纬双手发麻,长枪险些脱手,人好悬跌落马下,再不敢回马交战,拨马头斜着败下去,四百短甲兵又齐刷刷地撤退了,死伤不少。

杜松被前后冲击两次,再不敢大意,先派出前后哨兵打探,大军两侧设立卫士,然后才往前走,进兵的速度慢了下来。

在杜松小心前行时,他的副将张铨刚刚在萨尔浒扎下大营。

当日晨,努尔哈赤率十八万八旗大军由兴京赫图阿拉出发,下午到达萨尔浒山以东、界凡山以南地区,将杜松的两支部队从中间隔开,使双方的联系完全中断。努尔哈赤说:"界凡城在吉林崖上,不易被攻破,城中一万八千兵足够守城,让杜松攻城先消耗兵力。代善领两旗,过河出击杜松,要徐徐进兵,不必快攻。朕带六旗,出击萨尔浒,必能攻破明军大营,等攻界凡的明兵看到营破旗倒,必惊慌恐惧,这时代善两旗再奋力向前,可败杜松军。"各贝勒领命,代善、扈尔汉率两旗过浑河,向界凡城方向进兵,此时的浑河水,刚刚没过马的小腿。

努尔哈赤率领六旗兵马悄悄前行,命令每个士兵,嘴里咬着一支波利芽子,既可以防止说话发出声音,又可以吸它的汁液提神,让人清醒有精力。每匹马都用细绳勒紧牙口,防止它嘶叫,被敌人发现。

六旗兵马靠近明兵大营,努尔哈赤命令十个牛录的长甲兵先行出击,攻打萨尔浒明军大营最薄弱的一角。三千铁骑,一声呐喊,打马冲锋。明兵也发现了建州兵马,立刻开炮,火光四起,喊杀震天,六十一岁的安费扬古,身披重甲,胯下战马也是周身铁甲,冲在最前面。明兵每一炮打出,都有骑兵落马,有一炮击中了安费扬古,老将随声摔落马下,不知道中了多少弹片,只见鲜血染红了全身铠甲,战马也倒死前面不远处。

喷火的大炮,丝毫没有阻挡八旗铁骑的步伐,匹匹挂甲的战马,暴风一般在烟火弹片中冲向敌营,终于冲开了大营的一角。敌营稍一松动,后继的八旗兵马,如同决堤江水,一旗接连一旗杀入萨尔浒大营。伤痕累累的安费扬古,被护卫兵马救了出来。

两军短兵相接,刀枪争鸣,人死马倒,厮杀兵将,漫山遍野。明军主帅不在营中，后金国兵马数量又几倍于明军，兼有铁骑横扫，不到一个时辰，三万多明兵，伏尸山野，全军覆没，兵器、车马、旌旗、断盔碎甲，铺满了好几面山坡。

后金国六旗兵将，马不停蹄，一声号角响，全部过河，丢下萨尔浒战场，进军铁背山。明军副将张铨受伤昏倒，埋在明兵的死尸堆里，八旗兵马走了很久，他才苏醒爬出来，在战场上找了老半天，终于找到一个活着的士兵，两人各抓到一匹马，费了很大劲爬上马背，这时看见火炮手李守良，从一个很小的山洞里，一瘸一拐地走出来，三人骑马逃向抚顺城。三万多明军，只逃生三人。

天色将晚，吉林崖下，杜松正飞马前后奔驰，指挥大军两面开战，明兵举火把前攻界凡，后面代善两旗毫无惧色。杀到性急时，杜松连声狂笑，刀锋过处，红甲八旗兵相继落马。双方正在相持不下，努尔哈赤率六旗兵马赶到，三面合围，杜松人马溃败。杜松单骑横冲直撞，无人能够阻挡，大喊："圣上我对不起你呀！我轻敌啦！"额亦都催马上前，要大战明兵主帅，杜松遭到拦截，举刀怒砍额亦都，八旗兵的黄领巾神箭手乘机射箭，三四支箭射入胸背，杜松带箭，将额亦都打落马下，正要挥刀下砍之际，一支利箭射入杜松的脖子，杜松落马而死。杜松的刀落在额亦都的肩上，因额亦都外披精铁盔甲，内穿金丝犀牛皮软猊甲，所以杜松的大刀没有砍开，却将额亦都打骨折了，两护卫把他抬走，放在马车上，叫随军郎中疗伤。

杜松战死，近三万明军全部覆灭，无一人生还，至此，大战第一天，西路六万大军全军覆没。

恶战一天，人马疲乏，努尔哈赤令八旗全部兵马进界凡城休息。人马才进城中，探马来报："北路总兵马林，率兵四万，开到萨尔浒东北三十六里远的尚间崖，扎下三座大营。"努尔哈赤得报，对贝勒大臣们说："好险，如果马林早到一天，或是杜松晚来一天，在萨尔浒会合，我们就没有这么顺利剿灭杜松。是上天保佑，明兵错过了一天，让我后金国获胜。今晚早睡，明儿个全军北进。"大家都去休息，不知道明天将有怎样的恶战。

北路总兵马林，不是不能早一天出击，而是他根本没有想与杜松会合。当努尔哈赤攻打萨尔浒张铨大营的时候，马林的探马侦察到了这个战局，参将潘宗颜催促马林加快进兵，与杜松夹击建州兵马，马林不许说："经略大人命令俺大军向南走，进兵赫图阿拉，没有说向西拐与杜松合兵，俺岂能违令！再说，兵法云：'劳师远袭，必损上将。'俺率大军出征，一定得稳扎稳打，不可贸然轻进。"

潘宗颜对马林说："大帅认为杜松能胜建州吗？"马林说："杜松虽高傲，

## 第十八章　萨尔浒大战

但确实是猛将，可是他一路人马要胜建州，还做不到。"潘宗颜问："这么说，杜松会大败了？"马林答："差不多是。"潘宗颜质问道："那么大帅见死不救，是与杜松有仇吗？即使有不共戴天之仇，国难当头也不该假公济私，宜当先国家之急而后私仇。"

马林见潘宗颜急了，笑着说："俺与杜总兵同朝为官，何来私仇？你想，今两虎相斗，其势不俱生，必会两败俱伤，到那时，杜松的西路大军虽溃败了，建州也是强弩之末实力大减，俺北路人马临其境，灭其兵，毁其城，踏平建州，破敌的首功，归俺北路，既为朝廷立功勋，又为自己争荣耀，不是好事吗？如果违令与西路合兵，触建州之锋芒，损兵折将，只能是给刘挺、李如柏做了嫁衣裳，俺们自己还得背着违令的大罪，图什么啊！"

## （2）

潘宗颜见马林自有一套理论，说不动他，怒气冲冲地走了。

当晚，在杜松战死界凡城下的时候，马林下令兵分三路，自领两万兵马，在哈达的尚间崖扎营；令潘宗颜领一万兵马，在尚间崖西面三里远的飞芬山扎营；龚念遂领一万兵马，在尚间崖西南五里远的挖共萼漠扎营，三个营地相互间隔约三四华里。马林命令在三座大营成品字形扎下营盘，以便互为犄角，大营周围，深挖沟堑，架起火炮，排列楯车，布置骑兵，以飞芬山西营和挖共萼漠南营做牛角，尚间崖中营为牛脑门儿，摆下牛头大阵，伺机出兵，对抗建州兵马。又令探马告知叶赫向他靠拢。

三月二日早起四更，代善率领一个牛录的短甲兵先行打探，三十六里山路，打马快走，两袋烟的工夫就到了。此时马林的一队兵马已经出营，开始向南进军，哨兵向马林报告："建州人马出现在西南五里河边。马林急忙收兵回营，准备坚守营盘。"代善领兵在明军三座大营的四周转了两圈，查看清楚地形和敌人的兵力部署，派人禀报到界凡城中。罕王命令各旗首尾相接，合为一路纵队北进，八旗昨天的伤员留在界凡，留部分阿哈守护，用界凡城兵力补充了部分兵力，合力出击马林。努尔哈赤带着皇太极统率前锋兵马，先到挖共萼漠，兵临龚念遂的大营前，令旺善率领三个牛录的长甲兵攻击敌营，三次号声响过，旺善在营外不能攻入，皇太极再率领三个牛录的长甲兵，冒着箭雨扑向敌营，大刀砍断兵车，推倒盾牌，后面短甲兵紧跟其后，一个冲锋，攻破大营，大杀敌兵，龚念遂阵中战死，剩余兵将逃向尚间崖的中营。

马林还没有来得及出兵增援南营，龚念遂已经阵亡，八旗兵马冲到尚间崖。马林的中营沟深且宽，沟上有吊桥。沟外骑兵已经列出冲锋队形，沟内侧战车连接当作城，架着火炮。战车里面，步兵列成方阵，准备向外攻击。八旗兵马刚刚接近马林大营，大炮的烟火就从明军骑兵的夹缝里喷射出来。

莽古尔泰和扬古利率领十个牛录长甲兵做前锋，士兵周身盔甲，还配有护手、护脸和护颈，手持长枪大刀，马匹也披铁甲戴头盔，露着马耳朵和马眼睛，二十个士兵作为一组，并排冲击。阿敏与费英东带十五个牛录的短甲骑兵，掺杂冲锋，士兵穿戴轻便盔甲，左手持弓，右手拿腰刀，三十人作为一组，跟在二十个长甲兵的后面。

一声长螺响，长甲兵驾双马，顶着烟火箭矢冲杀，与马林骑兵战到一处。扬古利左臂被弹片击中，左手不能动弹了，他把左手绑在胸前，单手挥刀，率人冲到沟壑前，抢夺数个吊桥，长甲兵从桥上杀入明营，掀翻战车，涌入营中，短甲兵催马跟随进入，五步之外，用弓箭射明兵的脸或肋下，箭无虚发，明兵中箭后，再挥腰刀砍杀。

马林见漫山遍野都是八旗兵马，锐不可当，于是带着参将丁碧及几十个护卫，趁乱逃出战场。营中的明军无人指挥，一败涂地。飞芬山西营的潘宗颜领兵马来增援中营，遭到代善伏击，满山追杀，也全军覆没，潘宗颜当场阵亡。天刚过午，声息烟灭，北路马林四万大军溃败，八旗军急速合围，经过一阵激战后，马林的北路大军全军覆灭，逃回开原的仅有几人。大路上叶赫兵慢慢腾腾行走着，派出多名探马时刻关注着，探马前来报告此事，叶赫贝勒慌忙命令急速收兵回家了。

八旗收兵于古尔本，探马来报："南路李如柏的六万兵马，在都城西南二十里的达虎栏扎营。"南路探马报完退下。武理堪牛录额真率本部五百人和五百阿哈来到了都城西南，看见号为十万、实则六万的明军大营。武理堪牛录额真按照罕王的嘱咐果断下令："留四十骑待命，其余人分两队，一部分骑马拖拉树枝在山路上奔走，好似大队人马在行进。一队拾柴，准备埋锅造饭。"一时间烟尘腾腾，于是命令二十骑奔向李如柏大营前，分成两排立马立于大营前。时至中午没见明军有什么举动，武理堪牛录额真命令埋锅造饭，这哪里是埋锅造饭哪，每个人都升起多个炉灶，一时间山上密林中炊烟腾起，好似有千军万马。这四十骑分两队轮班白天黑夜站岗，观察南路军李如柏的动静。

东路探马跟着来报："刘挺进兵到董鄂部时，与托保的牛录相遇，刘挺重兵包围托保的牛录，额尔纳、额黑乙二人战死，阵亡士兵五十名，托保领四百五十

## 第十八章　萨尔浒大战

人杀出包围撤退，刘挺急速进兵，现在距离都城一百五十里。"努尔哈赤得到报告，当场命令扈尔汉调出一千兵马，赶回都城，人马不在城里停留，连夜东进，阻挡刘挺。扈尔汉领命出发。

努尔哈赤率八旗兵马回界凡城庆贺，用八头牛祭旗，激励兵将，杀猪宰羊，饱餐将士，养精蓄锐，准备征战刘挺。

三月三日，天还没有亮，兵将们吃完饭，努尔哈赤命阿敏率领两千兵马，起早出发，向东进兵，接应扈尔汉。阿敏走后，代善对努尔哈赤说："我带二十个快马的护卫，先回都城去，再去东南探查两路的动静。"努尔哈赤允许，代善也走了。

皇太极说："哥哥们都出征了，我留后面，心中不安。"于是努尔哈赤命他率正白旗，与莽古尔泰一同待命，准备出兵东路刘挺。

代善回到赫图阿拉，往罕王宫中走去，宫内的福晋、格格们，听说大贝勒代善回来了，都急忙出来问战场的情况，大贝勒报告了前方大捷，福晋、格格们都高兴起来，叫阿哈收拾屋子，好迎接罕王回宫。

经过一昼夜休整后集结起来的八旗军，越过南路李如柏的部队，扑向东路刘挺部队。努尔哈赤命令费英东率领左翼四旗，额亦都带伤率领右翼四旗，出都城西南六十五里，到榆树屯的阿布达里岗，埋伏山谷两侧，伏击刘挺。天蒙蒙亮的时候，八旗大军到达埋伏地点，阿布达里岗的山谷平坦开阔，便于骑兵出击，两侧重峦叠嶂，便于大队兵马埋伏。

这时，有一个朝鲜人来到赫图阿拉，说自己是朝鲜军元帅姜宏立的亲信，来报姜宏立想率两万朝鲜兵投降后金国，特来联络。努尔哈赤不能断定真假，将来人关押起来，以防止他是刘挺派来的奸细。

东路刘挺率领四万关内的兵马，在宽甸与朝鲜姜宏立的两万兵马会合，要走三百二十里的山路，才能到达赫图阿拉的东面，路途遥远，翻山涉水，难分方向，近两日连遭小股建州兵马袭击，还要修桥修路更是走不快，行军差不多十天了，距离赫图阿拉还有七十里，大军扎下营帐休息。

三月四日早晨，军士吃完早饭，战马喂了草料，收拾营寨，打出"刘"字帅旗，准备继续进兵。这时，一个明军的传令兵，骑马从前面的山谷跑来，马鞍子上插带"令"字的小旗，手中拿着西路总兵杜松的调兵令箭，一直跑到帅旗下才勒住马头，举着令箭对刘挺说："总兵杜松传令刘挺大人：西路大军已到建州城下，叫刘挺大人火速合兵攻城。"

刘挺闻听，大怒说："俺与杜松一样是大帅，他来传令，拿俺当他的副将吗？"传令兵忙说道："不是命令大帅，只是军情紧急，拿令箭当信物。"

刘挺不高兴地问："为什么不按约定好的，到城下鸣炮传信？"传令兵愣了一下，说："建州不是平原，四面大山，炮声传不远，这里到建州有五十里远，不如飞骑快捷。"刘挺指着身后兵马说："不用你家总兵说话，俺大军正急着进兵呢。"传令兵拱手说："俺回禀杜大帅去了。"说完，拨马扬鞭，跑进阿布达里岗。

刘挺想喊他，问问前面的路，看传令兵头也不回，只顾打马飞奔，又一想，不用问了，跟着他回马的方向走得了。刘挺打头，领着大军走进了八旗兵马的埋伏圈。

传令兵一口气跑进山谷里，见到李永芳说："办妥了。"这个传令兵是李永芳的家丁，穿了西路士兵的号坎，骗刘挺进阿布达里岗。

刘挺兵马大部分走进山谷时，两侧山林里突然鼓锣齐鸣，八旗兵马全线出击，将明兵长长的队伍切成两段，前后包围，铁骑冲杀。刘挺不愧是疆场老将，指挥人马组成方阵，拼死抵抗。

两军刚接战，战场外冲来一大队明朝骑兵，打着"杜"字帅旗，转眼冲到刘挺军前，刘挺一看，觉得惭愧，心想：一定是杜松打下了赫图阿拉城，来与俺合兵。刘挺的士兵闪开道路，杜松的兵马一直跑向"刘"字帅旗，还有十步远的时候，杜松的兵马突然数箭齐发，射向刘挺，一支箭矢射穿刘挺的右肩膀，镔铁大刀"当啷"一声落地了，这时，冲进的"明兵"已到跟前，来将挥刀砍在刘挺头上，东路总兵刘挺当场殒命，死于马下。

"杜"字的帅旗扔掉，镶黄旗举起，铁骑前冲，踏翻了刘挺的帅旗。刘挺护卫刘招孙，把刘挺绑在自己后背，拼命往外冲杀，身中几十箭，背着刘挺死在山坡上。

东路前军覆没。阿敏、扈尔汉围剿东路后军，明兵参将康应乾阵亡，游击乔一琦自杀。朝鲜兵马没有等攻打，全军投降。至此，东路四万大军全军覆没。

辽东经略杨镐，在沈阳城花天酒地，没有向四路兵马发过一道军令，以为二十万大军加上叶赫和朝鲜的四万，二十四万大军包围建州，兵到即胜。当他手握酒杯，接到的战报是：西路和北路全军覆没。这才惊慌失措，急派快马令南路与东路回兵，军令传到前线，东路大军已经覆没。

三月五日，南路李如柏接到退兵的命令，他也没有越过站在军前的这二十名游骑。在虎栏山见明兵撤退，牛录额真武理堪率领二十游骑，催马追击，用长弓挑着帽子挥舞，假装招呼埋伏的兵马，大喊着冲向明兵，斩杀四十人，缴获战马

## 第十八章 萨尔浒大战

五十匹,李如柏六万兵马仓皇溃退,自相践踏死伤一千多人,返回沈阳城。保全的六万兵马,成为日后保卫沈阳的主力。

萨尔浒大战,历时四天,后金国以十二万八旗军和八万阿哈军,击败明朝二十四万大军,粉碎了明朝的犁庭扫穴的围攻,其中歼灭三路大军。由是一战,大明的国势日益消减,后金国的国势日益恢宏。

# 第十九章　安抚朝鲜

## （1）

后金国兵马出战萨尔浒，激战四天，消灭明兵十余万，获得大捷，努尔哈赤派人分路打扫三处战场，收取山坡沟壑里的骡马、车帐、兵器等辎重，各样物资运送到赫图阿拉城外，分为八处堆放，积攒得像小山一样高。八堆战利品平均分给八旗，再奖赏给每个士兵。

战场清理完，努尔哈赤率领兵马回到都城赫图阿拉，按照出征的功劳簿，赏赐立功的额真和士兵，在八旗大营里杀牛羊，摆宴席，庆贺大胜明军，鼓乐喧天，举城同欢。中军营内，首桌的凳子上，坐着罕王与五个一等大臣；次桌坐的是朝鲜元帅姜宏立和他的副元帅，还有四大和硕贝勒代善、阿敏、莽古尔泰和皇太极；再往下有四十多张桌子，一同围成圆形的场面，在座的都是立有大功的贝勒、大臣和各级额真。圆形场地宽阔，中间拢着一堆火，周围能容纳很多人跳舞。

各桌子边的人都坐齐了，鼓乐声停止，努尔哈赤向大家讲话："大明皇帝以二十四万人马，号称四十七万，分兵四路，合力来围攻，八旗兵出马拒敌，使明兵不能越过边境一步，各路都被歼灭，其宿将猛士，暴骸骨于外；士卒死者，不下十余万，我国大获全胜。各国听说这个事，会怎么看？如果说我们分兵四面拒敌，则会赞叹我国兵多将广；如果说我们兵马是往来剿杀，则会佩服我国兵强马壮。传闻四方，谁不惧我国军威？"座下的人都举酒碗欢呼。酒席开始，尽兴豪饮，歌舞整夜。

宴席用过次日，朝鲜元帅姜宏立上殿，谢罕王的宴请，努尔哈赤赐座给朝鲜元帅。姜宏立在旁边坐下说："此次出兵，并非我国自己愿意。过去倭寇入侵，占据了城池，夺去疆土，危急困难的时候，全依赖大明出兵相助，打退倭兵。今因为感激恩德，才调我来到后金国。又因为战前已知道刘挺不能取胜，所以愿意归附后金国，只是派出联系的人下落不明，因而没有能及早来归附。"

努尔哈赤想起来，出战刘挺之前，有一个人到都城，说自己是朝鲜元帅的亲信，现在还关押在狱里。于是命侍卫阿敦去把那个人提出来。不一会儿，阿敦带那个

## 第十九章  安抚朝鲜

人来到大殿上，果真认识姜宏立，大多数人都相信姜宏立早就愿意归附。

费英东却有些怀疑，问道："你说知道刘挺不能取胜，还没有打，你怎么知道？"

姜宏立叙述了此事：刚出宽甸的时候，臣曾问："东路兵力较弱，有一部分还是关内士兵，老爷怎么不请求增加些强壮的兵将？"刘挺无奈地说："杨老爷与俺自以前就不好，必定要置于死地。俺受国家厚恩，也愿意以死相许，但是俺的俩儿子没有食朝廷的俸禄，所以留在宽甸，买下薄田六百亩，购置草房五十间，做个农夫吧。"这时臣已知道，东路兵必定不能取胜，而臣的人马何必与罕王对抗，于是联系到一个后金国的商人名叫傲巴麻，请他给带话，臣派亲信与罕王联络。之后才让人来赫图阿拉，大概臣的话没有带到。

何和里听了，对努尔哈赤说："我国是有这个商人，他出去做买卖，还没有回来。"努尔哈赤对姜宏立说："元帅既然早就愿意归附，朕不会为难你们。"姜宏立一听话有活动，忙跟着说："还请罕王开恩，臣盼着能早回家去。"努尔哈赤告诉他："等朕与你们国王交涉后再说。"

朝鲜元帅姜宏立下殿走了，努尔哈赤对费英东、何和里说："我国与大明已经开战，就应当笼络朝鲜，瓦解它与大明的关系。现在我们派出使臣，去结交朝鲜国王，如果他答应不再出兵，我国可以给他些好处，并且送还归附的人马。费英东办这个差吧。"费英东答应："喳！"转身下殿办差。

费英东派出两个使臣，交代明白，带了"七大恨"的檄文和征战大明的战报，又叫出姜宏立的部下张鹰京等三人和一个翻译通事，与后金国使臣一同回朝鲜，努尔哈赤亲笔写信给朝鲜国王：

"后金国天命汗向朝鲜李珲国王致礼，数日前，大明以二十四万兵马出征我国，尽被我后金国击溃，你国两万余人，悉为我国所招抚，你国兵士各在其营，没有作使唤人口。过去金朝元朝的主子，曾经三四次举国与中原归于一统，然而都没能享有国家长久，仅经历几代，这是我平素就知道的，现在后金国也无意占关内寸土。今与大明结怨，也不是我乐有此举，实在是遭欺凌太甚才有这样结果。仰上天公正，眷佑我国，得以全胜。

你朝鲜出兵助战大明，我也知道不是你本意，是迫于势耳，不得已为之，因大明救你国抗倭寇，所以报答其恩情，听调出兵。昔日金国大定汗的时候，你朝鲜的大臣赵维忠叛乱，占领四十个城池，后来他要归附金国，大定汗说：'朕征讨大宋，掳获徽钦二帝的时候，朝鲜国王既不帮助大宋，也没有帮助朕，是持公道的国。'于是不接受赵维忠的归附。由此而论，你国与我国原没有嫌隙，今战场上擒获你统兵将领十人，因为国王的缘故，都留其性命。

国王当知道，普天之下，不是只有一个国家，岂有让大国独存、小国尽亡的道理？我听说大明皇帝要把后金国和朝鲜的土地，分封给他的皇子，我等将受其辱。我们两个小国，何不联手抵抗？国王还有什么事不敢违背大明，请详细告诉我。"

朝鲜国王李珲接见了后金国的使臣，看到努尔哈赤的书信，又听了张鹰京等三人的报告，惊恐得不知道如何是好，与群臣商议很久，定出国策，令平安道给后金国回信：

"朝鲜国平安道观察使朴化顿首，致书后金国天命罕王，承国王口谕，我二国接壤而居，大明与我们二国经历二百年，毫无怨恨，今贵国与大明生仇，因而大明征四方兵马讨伐，致使生灵涂炭，不仅仅殃及邻邦，而且天下四方皆动干戈了，此非是贵国的善事。

大明与我国，犹如父子，父之言，子敢违背吗？盖大义所在，不可抗拒，事属即往今勿复言。张鹰京等人回来，才知道事情原委，然而对于邻国，自有外交之道。罕王来信说：今与大明结怨，不是乐有此举。推知罕王能克制于自己，遵循大道，与大明各守疆土，我二国修复前好，不是很美满的事吗？"

努尔哈赤在大殿接见朝鲜使臣，通事将回信当庭宣读，贝勒、大臣们听了，都十分气愤，扬古利对罕王说："朝鲜国王太无理了，不亲自回信，叫平安道代笔，又处处维护大明，指责我国的不是，应该给他点颜色看。"阿敏大声说："李珲他总是跟着大明的后头跑，还搭理他干啥，干脆把他的元帅、兵将都斩了，让他知道点厉害。"

努尔哈赤侧目扫一眼阿敏，轻声说："鲁莽。"阿敏赶紧缩回去不敢再吱声。班布理跨前一步，出列说："朝鲜依附大明，已经上百年了，难以一下子改过来想法，我国与他们仅隔一江而居，还是没有争端为好。"努尔哈赤点头，对朝鲜的使臣说："你家主子来信说：我二国修复前好，不是很美满的事吗？朕以为说得很在理，后金国有诚意结交李珲国王，他的兵将在这里没有一丝损伤，择日尽数归还你们。"朝鲜使臣急忙行礼说："感谢罕王的恩德，能带回人马，臣的使命就完成了，回去见到国王，一定转达罕王的诚意。"努尔哈赤命费英东款待使臣，安排姜宏立及其兵将回国。

（2）

在后金国凯旋欢庆、安抚邻国的时候，大明朝廷内外慌乱一团，传言努尔哈

## 第十九章　安抚朝鲜

赤就要攻打京城，大户人家纷纷收拾财物细软，偷偷逃往南方避难，都担心像元朝南下那样，铁蹄踏过，城池变成放马的草场。

经略杨镐把南路兵马收回沈阳城，清点战败三路损失的兵将，士兵阵亡近十四万，将官死伤一千三百多名，丢失辎重马车五万辆。这么大的损失，怎么敢上报到朝廷？杨镐将巡按陈王庭和总兵李如柏都叫来，合计如何写上报的奏章。陈王庭说："如果实报这些数目，朝廷岂能饶了俺们，不如轻报一点。再说明一下，李维翰巡抚辽东的时候，军备废弛，致使此次出征粮草不济，军士不齐，才有战场上的失利。"

杨镐赞同说："这样说好！"李如柏接着说："还有把责任多推给杜松和刘挺一些，他们两个人，都违令进兵，一个进得急，独自抢先进入战场；另一个行动缓慢，迟迟不能到达指定地点，致使四路兵马不能同时合围，没胜建州，实属二人之过。"杨镐忙说："好好！"李如柏又说："俺也没有对战努尔哈赤，不宜再当总兵了，请经略大人令俺弟弟李如桢代理吧，他是随大人从京城来辽东的锦衣卫都督，让他当总兵，在朝廷上也说得过去。"杨镐点头说："应该应该。"三个人一起又合计奏章里上报伤亡人数，一致通过去整报零，定下：将官伤亡三百一十员，士兵死亡四万五千人，骡马丢失两万八千匹。辽东各个边城尚有兵马四十二万，请圣上派军饷，再次出征建州，有此次教训，定能战胜建州。奏章思路整理出来，杨镐有一点安心了。

朝廷的辅臣、尚书、御史们正在惊恐不知所措，除了上奏要严惩败军之将，又相互指责推卸责任外，拿不出扭转败局的策略。

先有御史杨鹤上奏章，把所有朝臣连同万历皇帝一齐指责一遍，杨鹤在奏章里清楚地写道：辽东战事失败，不知彼也不知己，丧师辱国，罪在经略；不知机宜，只知道催出，无能的是辅臣；调度不周密，束手无策，失察的是枢部；至尊优柔不断，又是至尊自己失误。

敢说实话，就属于大逆不道，不用皇上看了，太监直接处理，奏章扔火炉里，因为没有说太监的坏话，杨鹤只是乌纱一撸到底，没有抓人。成了平头百姓的杨鹤，再不用上朝，带着家眷，搬迁去南京避乱。

大学士方从哲上奏要求重罚经略杨镐及上届巡抚李维翰，这个奏章答复得最快，明朝各个时期的太监都乐于酷刑。当年朱元璋为了诛杀大臣，发明多种行刑的办法，有剥皮塞草、千刀万剐的凌迟、弃市等种类，这些处罚大多由宦官监刑，只用于三品以上的朝臣和封疆大吏，一般的罪犯，无论江洋大盗还是绿林好汉，大多押入死牢斩首，宦官最恨的不是他们，灭门九族就算完事了。

到万历朝，刑罚规定更加详细，剥皮或者凌迟时，如果刽子手看着犯人可怜，下重手整死受刑的人，刽子手将连坐，受同样的惩罚，所以，受刑的大臣，想死都不容易，得罪了太监，结果会很惨。方从哲上奏后，从大内下来的旨意为：巡抚李维翰的处罚是剥皮塞草，传游辽东；经略杨镐的处罚是弃市。圣旨一下，吏部与兵部联合派人出使辽东，将李维翰、杨镐捉拿回京城。

辽东两员大吏，都处以极刑，但还是没有整治局势的办法，御史们接着弹劾其他边将，辽东总兵李如柏又成为众人的话柄。方从哲再上奏章说：李如柏收过建州的金银美女，所以此次出战，李如柏阵前观望，建州也没有射李如柏一箭，应当定李如柏通敌之罪。李如柏闻听京城的密报，自知难逃一劫，悬梁自尽。

开原总兵马林见战场上活着回来的将帅都没有好结果，自己心里也没有底，好在他官级小，朝廷里没有人认识，没被弹劾。但是马林不敢大意，在开原率领驻守的三万兵马，修整城池，修缮器械，又与蒙古喀尔喀部的吉赛贝勒拉关系，共防建州，就是为了让朝廷里能说一个"好"字。

蒙古喀尔喀部在开原以东、阜新以北，又分为五个小部，四代人以前五部贝勒是兄弟五个，到现在五部贝勒都是堂兄弟，其中吉赛部牛羊最多，兵马最强，有铁甲骑兵近两万，吉赛自恃比临近小部强大，任意纵兵杀掠他的堂兄堂弟。一次，出兵抢夺巴岳特部，捉住部中父子六个贝勒，吉赛命令全部斩了，理由是他们胆敢反抗抢劫，巴岳特贝勒大骂："吉赛，你不是人，黑心肝比狼还毒。"吉赛听到，哈哈大笑说："我就不是人，我是山里的老虎，当然比狼狠，我还是天空的鹰，天上地下我都是大王。"从此吉赛身上必穿虎皮，头上必插鹰的羽毛，扬言将做蒙古的罕王。

开原距离蒙古喀尔喀部较近，马林见吉赛的兵马凶悍，便主动派出心腹联络吉赛，送去金银各百两、老酒十坛，说马林敬重豪爽的将来的蒙古罕王，愿意与吉赛结盟，共同对抗建州。吉赛收到礼物，一高兴，派阿布图率领两千铁骑，驻防开原，协助马林守城，并且转告马林说："如果建州出兵开原，喀尔喀兵马必先到城前助阵，踏平建州，如北风吹白草。"

马林手下几乎没有骑兵，见到蒙古铁骑来驻防，心里有了底，再送吉赛盔甲一千副，腰刀一千把，自感觉开原如同铁城，无人能破，慢慢大意起来。驻防的蒙古兵马，时常在后金国边境内偷牛羊，抢粮抢物，骚扰不断，努尔哈赤接到边境急报，决定出兵开原，征讨总兵马林和喀尔喀部阿布图。

# 第二十章　出征开原

## （1）

明万历四十七年，天命四年（1619）夏，萨尔浒大战后，努尔哈赤拟定了"速取开铁，进逼辽沈"方略，建州间谍和军中探马又开始了紧张的工作。军中的探马几乎是五日派出一个近探，十日一个远探，潜入开原、沈阳、辽阳、广宁和锦州等地的建州间谍，收集了大量的情报，现在辽东兵马有什么大动作，朝廷一个圣旨连一个圣旨地发到辽东，都是诛杀大臣定罪武将的旨意，辽阳城中驻守的五万兵马，与沈阳城内八万大军，依然由萨尔浒战场上退走的将官统领，各在城池里游荡，没有再次出兵的意思。与后金国临近的城池开原和铁岭，两城共有三万七千兵马，仍然由总兵马林统领。努尔哈赤决定先打开原这个明、蒙、满物资集散地与战略要地。

马林坐镇开原，收买蒙古喀尔喀部贝勒吉赛，联络叶赫部的贝勒布扬古和金台石，拉开与后金国再战的架势，可是开原道郑之范，却是个手握大权的贪官，掌管着开原、铁岭的兵马钱粮，有他在这里说了算，谁统领人马都不用想带出精兵强将。兵部费吃奶劲讨来的粮草军饷，送到开原城，还不够郑之范一个人挥霍，几万兵丁不但没见过饷钱，就是连饭都吃不饱，兵器甲胄破废了，才修整几样，就得欠账，马车坏了没法修理，马匹饿死，剥皮下锅做汤。但郑之范自己，每天都过着和万历皇帝一样荒淫的日子。

开原城文官武将的心思爱好，都被建州间谍查得清清楚楚，上报到罕王的手里。努尔哈赤召集大臣、贝勒们，合计眼下的局势。萨哈连额驸先说："大明征调全国兵马，一战溃败，可能无力再与我国交战，罕王不如趁着这次大胜，与大明和谈，如果万历同意两国罢兵，就像朝鲜国王说的那样，各守疆土，不是件美满的事吗？请罕王斟酌。"努尔哈赤没说话。

额亦都不赞同，说："大明自恃是天朝，在辽东还驻扎有几十万兵马，岂能答应与我国平起平坐？即使答应了，也必然是缓兵之计，等他们整顿了兵将，一定会再次出兵围剿,不如用出击代替防守,现在出征大明,辽东没有主帅时,我国容易获胜。"费英东跟着说:"应该出征,即使要和谈,也得是大明皇帝来求咱们。"多数贝勒、大臣赞成马上出征,努尔哈赤点头说:"大明战败的将帅,大多已治罪,不久将再任命经略和总兵,与我国开战。沈阳、开原、铁岭是大明在辽东的前哨,朕已决定,即日将用兵开原,八旗各个额真,分头预备。"

命令下达,大家各自办差,费英东、额亦都检查攻城的车马器械,统领八旗的贝勒布置出征的人马,何和里与李永芳安排人装扮成商户或是书生,先潜入开原做内应。

开原城是明朝在辽东的最前卫,它的东边临近建州,北边紧挨着叶赫,西边接壤蒙古喀尔喀部,因此这里的集市最繁华,条条街路店铺林立,看不见边际,做买卖的各色商人极多,有一簇簇的蒙古人出售马匹、牛皮、羊绒和肉干,还有一队队的女真人推销关东三件宝:人参、貂皮、鹿茸角。山珍野味,现打现卖,蜂蜜獾油,松子猴头,稀货干货,样目繁杂。更多的是大明关内各省的商人,在这里叫卖铁锅瓷碗铧子官盐布匹绸缎,居家用的东西无所不有。后金国的买卖人傲巴麻领着上百商户,赶了几十马车的货物,在集市里讨价还价,贾朝辅等几个书生,头戴纱帽,身着长衫,手摇折扇,在街市上指指点点。

繁荣的集市让县官现管们肥得流油,而吞下最大头的还是开原道郑之范,如果哪一路商家敢不慎忘记了郑大官人,那他的买卖就等着血本无归吧。

后金国的商户租下当街的铺子卖货,这天,一个管家模样的人领着几个衣着同样华丽的奴仆,到柜上挑选貂皮虎皮,盛气凌人地晃进店内,张口都是蛮横的话,挑拣东西摔摔打打。卖货的伙计赶忙上前施礼恭维,一个仆人梗着脖子,伸出大手指头往后摇,傲气地说:"俺们郑府管家老爷要看看皮货,有没有像样的,都摆出来。"伙计忙弓腰向管家说:"这位爷,您往里面请。"管家如同木头人一样,动也不动一下,没有搭理伙计。

掌柜的听见外面吵闹声,从后堂走出来,对管家说:"是郑老爷要的货,我们这有叶赫最好的东西,包您满意。"管家没有反应。仆人们翻腾差不多了,挑出貂皮整二十张,虎皮四十张,都是一等的货,两张虎皮是一张貂皮的价,一张一等貂皮银价是二两五钱,这些皮子正好值一百两。掌柜的扫一眼皮货说:"郑老爷看得起小店,这点东西就送给老爷,当小的们孝敬大人的。"

管家一听白送,一下子从看天的木头人变成了活人,而且活得眼睛放光,他本打算找个理由,用二三十两银子强买呢,可是人家说白送,管家的嘴也会动了,

## 第二十章 出征开原

对掌柜的说道:"俺不认识你,怎么这样大方?"掌柜的说:"开原城的兵马帮着我们防守城池,郑老爷从来都照顾我们的生意人,早就想感激老爷,却没有门路,这点东西,实在是不成敬意。小的还有个请求,管家老爷要是赏脸,在下今晚请老爷您到酒楼喝一杯,以表达我们的敬意如何?"管家的眼睛也会笑,嘴高兴地动弹:"好说,好说。"

当晚,大酒楼里山珍野味十桌,陈年老酒百坛,傲巴麻和郑管家成了莫逆朋友,并且通过管家,转赠给郑之范一小皮箱礼物,书生贾朝辅也被介绍到郑府做教书先生。

天命四年(1619)六月十日,经过三个月休整的八旗精兵,开始实施"速取开铁,进逼辽沈方略"。努尔哈赤率领四万八旗兵马精兵,昼伏夜行,要奇袭明、蒙、满物资集散地与战略要地开原。

代善率两红旗先行,武谈带着三十人走在最前面。三十人骑马走到一处浑河水汊子的时候,发现有一群牛有些奇怪,二十多头牛和几匹马成一群,不在地上吃草,却急急往前走,可是看不见放牛的人,如果没有人放牧,牛群咋往前跑呢?武谈领两个人追上去查看,接近奔跑的牛马时,突然牛群里冒出三个女真人,翻身上马,扬鞭逃跑,并且连连回身向武谈他们射箭,武谈领人追赶,撵上其中两个,把他们打落马下,另外一个带着伤逃走了。

武谈逼问抓到的人,两人说他们是金台石贝勒派出来的,到建州打探,看看是不是努尔哈赤在集合兵马。武谈把两个叶赫人押送到罕王营帐,报告有一个叶赫人逃掉了。

这时八旗兵马已经行进到浑河南岸,因为近两日天下大雨,山洪暴发,河水猛涨,泥沙乱石,在暗流里翻滚,大树枯枝,随波沉浮,浑河已经蹚不过去了,四万人马被阻挡在河边。

努尔哈赤对贝勒、大臣们说:"天刚放晴,山水还是很大,恐怕要三四天水才能下去,我们是等水退了进兵呢,还是现在回兵?"大家都不同意回兵,代善说:"各旗人马准备了很长时间,还没有到地方,因为河水大就空手回去,大军怎么能有士气?不如等几天,水消了再进兵。"

额亦都赞同说:"已经不下雨了,过几天水就能小,再派探马看看开原城那边下雨没有,如果路好走,还是进兵较好。"努尔哈赤说:"水大可以等两天,只是担心叶赫的逃卒发现了大军的动向,如果报告到开原,有这两天时间,开原就能调来救兵，蒙古吉赛与叶赫金台石的兵马，也能先赶到，敌人有了准备，仗就不能打了。"各个贝勒、大臣听了，觉得罕王说的有理，一时不知道怎么办好。

## （2）

人人愿意进兵，却没有能够快速过河的办法，只是搓手干着急。努尔哈赤想了一会儿说："如果要等河水小了再过去，必须瞒住开原的守兵，让他们认为后金国兵马不会去攻打开原城，不做防备才行。"额亦都说："叶赫的逃卒没有抓住，必定将我们出征的消息报到金台石，叶赫与开原正在联防，消息肯定是隐瞒不住的。"努尔哈赤说："可以这样，现在就派出一路兵马，沿浑河向西进兵，扬言说出兵沈阳城，大造声势，让开原、叶赫误以为后金国出兵沈阳，他们就不会戒备了，然后大军可以突袭。"贝勒、大臣们都赞同这个办法。

努尔哈赤令十阿哥德格类率领一个牛录，沿浑河南岸向西进兵，奔向沈阳城。当天傍晚，德格类这一牛录驻扎在界凡城中，第二天早起，守城兵士用小船，将西进的兵马送过河，德格类准备沿浑河北岸进兵，人马刚过河西行不远，突然与近百大明骑兵遭遇，明兵好像也要过河到南岸去，可是水急浪大，过不去。

后金国兵将打马冲杀，将敌兵斩落马下三十人，活捉二十人，余下的明兵往北面退逃，后金国兵马并不追赶，带着俘虏继续向西面走。溃退的明兵跑了一段路，见八旗兵没有追杀，便收拢队伍，返身远远地跟踪。八旗兵头也不回地直向西进兵，路过抚顺城，晚上到达李石寨东面扎营。因为只顾行军，活捉的俘虏陆陆续续地掉队，或者趁人不备，藏匿在路边深草里，八旗兵也不搜捕，这二十个人都被跟踪的明军捡了回去。

明兵不敢扎营停留，害怕后金国的兵马突然返身杀回来，况且过了李石寨，就是沈阳城地界，明兵连夜返回。这一路明兵，是开原城的探马，开原总兵马林，从叶赫那里得知建州又集结兵马，急忙派人打探，探马走到浑河边，找了几个地方，也过不去，碰巧与过河的德格类撞上。开原探马回到马林的总兵府，禀报说："建州大队人马，正向沈阳城进发。"

开原城的参将于化龙对马林说："建州肯定是出兵沈阳城了，俺开原当出兵增援，宜早做准备。"马林阻止说："不要妄动，建州出兵沈阳城，自有辽阳增援就够了，沈阳城自己也是兵多将广，何须俺们劳师袭远，如果没有兵部的命令，岂能随意出兵？俺们就装不知道建州出吧。"参将不敢违令，马林又把探马和城外的哨兵都调回开原城内。

## 第二十章　出征开原

后金国探马回报："浑河北岸没有下雨，道路干燥。开原城中兵马散乱，没有戒备的迹象。"这时天晴已经三日，山上的雨水流干了，浑河又变得浅窄清澈，水深不过马的小腿，努尔哈赤一声令下，四万大军悄悄开拔。他们五个夜晚共驰驱三百里，于十六日凌晨突袭攻城。

开原道郑之范整天忙着贪污金银，变着法敲诈下属和财主，给他行贿上贡，还得在酒楼妓院赌场里逍遥快活，忙得他挤不出一点工夫办一宗政务；总兵马林已和蒙古吉赛及叶赫金台石立了联防盟约，回到总兵府，知道建州兵去打沈阳，自己也松口气了，正在喝着茶水，想着美事呢。这时卫兵慌张地跑来："报——报——报，建州人马已经在东门攻城了。"

马林闻听，惊得一哆嗦，如同当头泼下一盆冷水，心里想：糟糕，建州定是分兵出击了。慌忙传令兵马集合，登东城墙拒敌，一边传令一边跑出门，上马奔向东门。郑之范不知道从哪个胡同钻出来，手脚颤抖，跑不成步，两个家人左右拽着胳膊，拉着他往东门走，城中人马，已有数千人登上墙头。八旗兵开始向城上射箭，如同风雨一样倾泻，楯车推动，云梯搭上城头。马林在城上左右督战，用长枪、滚木、礌石反击。

郑之范终于被家人架着走到马林身边，嘴抖动得讲不出话，马林对他说："大人不用急，俺们只须坚守一日半日的，蒙古骑兵与叶赫兵马就能到来，里外夹击，很容易打退建州兵。"郑之范听马林这样说，心里才有了底，嘴也能说话了："总兵大人守住，缺少什么告诉我。"这时，八旗兵的攻势减弱了，只有几个云梯还搭在城墙上，大队人马向南门和西门涌过去，马林请郑大人坐镇东门，留下千总王一屏、戴集宾两人，率领两千多人马，把守东门，马林自己带领大队人马奔向南门。

郑之范听说有援军，又见八旗兵攻城失利，就来了神气，坐在城上的大椅子里，两个千总上前拜见，王一屏拱手行礼说："大人，俺们这里箭支滚木礌石都不多了，请大人调来一些。"郑之范拍着扶手大怒，指着王一屏骂道："胡说，这东西不都有吗？城下没有几个人了，还要什么要？你给俺小心看着，上来一个八旗兵，俺扒你的皮。"两人不敢再说话。东门外的八旗兵都撤走了，空荡荡的没有一骑一马。

南门西门此时杀声震天，云梯搭满城墙，人马、楯车如江水淹到城下，城头上插的箭矢，密得像松树枝。城上的明兵有些坚守不住，慌乱逃窜。东城墙上的郑之范见了，脸色又惊恐起来，这时，郑府的管家疾步走上来，对着郑老爷的耳朵嘀咕了半天，郑之范犹豫一会儿，叫过来两个千总说："你俩全部去增援南门。"戴集宾拱手说："大人，总兵令俺们把守的是东门。"郑之范大怒说："混账，俺的话不是命令吗？敢违令当心灭你九族。"两人害怕，带着人马下城。郑之范和管家随后也下城回府。

郑之范回府收拾金银珠宝等细软财物，用五十匹马驮着，带上家眷，领了二百多亲兵，悄悄奔向东门。郑之范骑马走在前头，快要到达城门时，商人傲巴麻领着几十人赶着十多个马车，躲藏在胡同里，看见郑之范走过来，忙上前施礼说："大人救命，请放我们出城吧。"郑之范看也没看一眼说："跟后边。"他先知道傲巴麻他们要出城，才动心要逃走避风头，管家在东城墙上就说明白了。

东门没有把守的兵将，管家上前摘掉门闩，亲兵们打开东门，郑之范等人急火火地跑出去，这时，埋伏东门外的八旗铁骑冲杀过来，城内明兵千总白奇、王一屏、金玉和三人带兵马也刚好赶到，要关闭城门，可是有几个马车货物撒满地，车轮也掉下来，把城门给挤住了，关不上，八旗铁骑乘机杀进城中。门外郑之范被追杀，仅带了几个亲兵逃掉了。

两万八旗兵马由东门杀入开原城，明兵四面一起溃败，中午时分，开原城陷。总兵马林，参将于化龙、高贞、于守志全部阵亡，八千守军中五千战死，其余三千人成为战俘，被努尔哈赤下令全部杀死。驻守开原城的两千蒙古骑兵，只剩下二百多人，无力再战，阿布图带领残兵投降。

夕阳还没有落入西山，傍晚就打下了开原城，努尔哈赤进入南城门，坐门楼上，四周眺望城池山野，探马来报："开原城南发现明兵。"另一个探马禀报："城北有叶赫兵马，正向开原行进。"

# 第二十一章  驻军界凡

## （1）

八旗兵马打下开原城，努尔哈赤刚进入城门，南路北路探马同时来报，明兵与叶赫兵马前后来夹击。努尔哈赤命令探马再去打探来袭敌人的路线兵力，然后传令代善率领两红旗出开原北门埋伏，拦击叶赫兵；阿敏领镶蓝旗留在南门外，准备迎击明兵。其余兵马进城休息，随时听候调遣。

不多时，南面二路探马回报："城南三十里外的明兵有三千人，是一个游击统领，大旗是'喻'字。没有后继人马。"努尔哈赤闻报，对贝勒、大臣们说："明兵三千不足为患，姓喻的游击必是铁岭的喻成名，可以叫阿敏领一千兵马拒敌，其余兵马准备向北出击叶赫。"侍卫去给阿敏传令，侍卫刚刚出去，北路探马跑上来禀报："叶赫出兵一万，现到城北五十里外扎营。"努尔哈赤传令："明早出击叶赫。"贝勒、大臣们下去预备。

日落西山，天色还没有黑下来时，阿敏得令，率兵马出击，沿着大路向南进兵三十里，望见大明人马，阿敏一马当先，飞马冲杀，正往前行的明兵，闻听铁骑奔驰和风吹旌旗的声音，一点也不抵抗，全线逃跑。阿敏领二十多骑快马的护卫，冲到前面，斩杀明兵前锋四十人，勒住马头，不再冲杀，又喊住身后的兵马。

后面跟上来的牛录额真问："贝勒爷，不追了吗？"阿敏说："不追，天晚了，路途不熟，当心有埋伏。"一千八百旗兵马返回开原城，向罕王复命时，此时天色全黑了下来。

第二天早起四更，天刚刚见亮，努尔哈赤命令代善发兵先行，自己率领大军做二路兵。代善的人马北进不到十里，探马向代善禀报："叶赫人马都拔营退走了。"代善听说叶赫兵逃跑了，准备急速进兵追赶，同时上报罕王，等待指令。努尔哈赤派护卫传汗谕："昨日攻城，兵马疲乏，不可急进，回兵。"代善很是不愿意，他就是奇怪，心里嘟囔："为啥一遇到叶赫的战事，阿玛就像是变一个人似的。"他没有办法，只得领八旗兵马全部撤回开原城。

开原城是各路商贾云集的大关口，城大人多，物质富饶，各个库府都是囤积满仓，攻破城池，官吏商户大族都弃家逃走，丢下财物不计其数。努尔哈赤命令把开原城所有东西，全都搬运到界凡城，四万人用车拉马驮，运送金银财宝、牲畜粮食，整整三日也没有运送完。

罕王护卫恒纬领着一个牛录的人，搜查开原贪官郑之范的府第，搬走了屋里院外的家当，将要撤走时，看见远处草料场的草堆缝里，露出一个牛角，慢慢晃动。恒纬叫两个卫士过去看看，两人拔出腰刀，沿草堆边弓身走进草料场，到近前一看，只有一头老黄牛，已经吃饱了，趴在阴凉里倒嚼，半截钢绳还拴在牛头上，看来它是挣断绳子，来偷吃草料的。两个卫士收了腰刀，一个拉牛头上的钢绳，一个捡起树枝，打牛屁股。老黄牛慢悠悠地站起来，踩着满地干草跟人走，没走几步远，突然"轰隆"一声，老黄牛整个身子陷进地下，只剩半个牛头露出地面，绳子还在卫士手里拉着。

远处的人听到声响，见老黄牛一下就没有了，都跑过去看是怎么回事。只见牛陷下去的地方，是一个地窖，腐朽的木棚板被踩折了，从沙土里支出来。大家帮忙拽牛头，老黄牛自己也使劲往上挣扎，牛周围的地面跟着陷落，看来是一个很大的地窖。有人抱来干草捆，一捆捆扔进坑里，上面的人再使劲拉绳子，老黄牛踩着干草捆，终于爬上了地面。

有人好奇，跳进坑里，想看看地窖里埋了啥东西。扔出干草捆，再扒开陷落下来的沙土，发现底下是一垛麻袋，麻袋上涂满松树油子，干硬得像石头。往起拽一下，很沉重，又一个人跳下来，两人憋足劲，才把一个麻袋举出地窖。上面一个人抽刀，把硬当当的麻袋砍开一道口子，两人一边一个，用力一拽，"哗"的一声撕开，一匹匹色彩鲜艳的绸缎散落满地，大家捡起来看，软软的、滑滑的，干爽一点都没有返潮。这样好看的绫罗绸缎，在集市上是从来没有见过的，不是官宦家，怎么穿得起绸罗纱？再拽上来一个麻袋，砍开，还是一样的东西。

恒纬对坑里的两个人说："别拽了，上来。"两人爬出来问："这么好的东西，里面好像还有不少呢，咋不拿？"恒纬命令这些卫士说："大家动手，把地窖上盖全都揭开，里面东西小心地搬出来，不许打开，原封不动运回界凡城。"有人问："打开的这些咋办？"恒纬看了一下，周围二十多人，差不多每人手里都有一捆，于是说："打开的，每人一匹，藏好，再有东西，不许碰一件。"大伙儿听了，各自藏自己的，铠甲里，马甲里，前胸后背，都有藏的地方。

收拾妥当，动手扒地窖的上盖，挪走整整一堆马草，地窖全部揭开，一丈宽三丈长的大窖，深有六尺多，里面大得可以骑马，四面随墙摆满了方木箱、圆筐、

## 第二十一章 驻军界凡

麻袋。恒纬调来马车，一样一件地抬出来，记账装车。往地面搬运的时候，有人偷偷用小刀把杏条筐撬开个缝隙，看里面的东西，有的筐里装的是瓷碗、瓷壶，有的是铜樽、铜灯；方木箱里的东西都古怪，一个细长的木箱里，装两只牛角，不是黄牛的，又长又白；再一个方正的箱子里，装里一棵小树，像是老鹿角，但是满枝通红，伸手指摸一下，如同骨头也像石头；还有一个小盒子，里面是几粒白石头子，圆不圆，方也不方，不是生虫子的豆粒。一个地窖的财物，装满五十辆马车，剩下空荡荡的四壁。

地窖清理干净，下面一根草都没有，露出整齐的浸蜡地板。恒纬最后看一眼地窖，只剩一个卫士，扶着梯子要上来，但那个卫士没有登梯子，而是站地窖里跺脚，使劲踏地板。恒纬奇怪地问他："咋了，脚麻？"卫士说："有点不对劲，听声音地板下好像是空的。"恒纬喊来一个拿长枪的卫士，让他下去，用枪探探。

拿长枪的卫士下到地窖里，两个人四只手，抓住长枪，一齐使劲往下插，"咕哧"一响，长枪很容易扎入地板里，两人较劲拔出长枪，地板上留出一个黑洞，返过枪头，用枪转再往洞里插，进去一尺多深，感觉好像有硬的东西。恒纬叫他俩撬开地板，用刀枪挖一下，两人稍挖了几下，就揭开一个六尺见方小地窖，里面有三个小坛子，两口矮缸。一个坛子已经被长枪扎裂了，上手一碰，坛子粉碎，黄澄澄的金块悄无声息地撒了一地。

恒纬传令调来一个俩人赶的马车，装运坛子和矮缸。两个卫士跟恒纬请求，分一点开坛的金子，恒纬同意，五个人均分了一坛子，每人整一百两。装上车后，卫士要撬开另外两个坛子和两个矮缸的封口看看，被恒纬制止，原封运送到界凡城。

（2）

打下开原城五天后，攻城的八旗兵马和留守赫图阿拉的兵马，全部驻进界凡城，因为俘获的财物极多，努尔哈赤除了凭军功赏赐之外，又按人赏给金银，和硕贝勒与一等大臣赏金子五两银子一百两，贝勒与二等大臣赏金子五两银子五十两，三等大臣赏金子二两银子五十两，甲喇额真赏金子二两银子二十两，牛录额真赏金子一两银子二十两，士兵赏银子二十两，跟随士兵的牧马阿哈赏银子二两。开原城里俘获的蒙古人阿布图，愿意留住在后金国，努尔哈赤高兴，任命他做牛录额真，统领他的原部人马，并厚赏财物，多给房子、阿哈、牛羊，按照二等大臣级别赏赐金银，他手下的兵马，按有战功八旗兵的级别重赏。

在搬运开原城财物的时候，也有多人私自分取俘获，努尔哈赤命没有参加打仗的四弟雅尔哈齐清查各个贝勒大臣，看谁偷着贪污东西了。雅尔哈齐办差利索，分旗逐个牛录清查，没过几日，就清查出结果，写成文书，上报给努尔哈赤，私拿多占的人有：罕王的堂弟甲喇额真古哇尔察，四阿哥汤古代贝勒，费英东的弟弟甲喇额真巴拜，二等大臣博尔锦，梅勒额真石拉巴夏，罕王的护卫恒纬，甲喇额真土尔昆，另查出的牛录额真近二十人，并且涉及士兵六百多人。

努尔哈赤命令所有私拿多占的人，交出私自占有的东西，并且处罚牛录额真银子三十两，牛录以上人员处罚银子五十两，士兵交出多占财物不另加处罚。这些人返还出大量的金银、珍珠、玉器、瓷器、绸缎、绵帛、青布、蓝布、人参、貂裘，还有一些牦牛角、象牙、珊瑚等稀奇的东西。罕王叫分得财物较少的牛录来领取这些钱财，雅尔哈齐让从沈阳城回来的牛录额真萨克奇先挑选，萨克奇推辞说："这么精细的上等财物，叫我等先行领取，实在是太越制了，这些金银宝贝，应叫德格类贝勒先来挑取，若以公正赏赐，我等领取贝勒挑剩下的财物。"雅尔哈齐告诉萨克奇说："罕王命你们牛录先领取，是因为进兵沈阳城，为打开原城立下大功，十阿哥那儿另有赏赐，这里的你们先挑取吧。"萨克奇谢恩，领取了应得财物，回去分给牛录里士兵。其他牛录跟后选取，分净所有东西。

八旗兵马攻破开原城时，马林部下有千总守备等七人，带领近一千明兵逃走，一行人马沿着浑河走到抚顺城东面的甲版城，扎下营盘，等待沈阳城出兵援救开原城，四五天过去了，西面一点动静也没有，这些人早就没有吃的东西了，几个将领一起合计咋办。千总刘遇节先说："没法在这儿等了，俺们投奔铁岭城吧。"其他几个千总都有些犹豫，不表态。刘遇节问："不去铁岭城，还有什么办法吗？"千总王一屏很是发愁地说："在开原城东门守城的时候，郑大人说了，如果我失守，要活扒皮，现在郑大人可能在铁岭城里，我不敢去。还有，俺的妻子儿子都被建州掳走，俺要找他们，即使到那儿成了奴才当牛做马，总比挨剐强。"

刘遇节听王一屏这样说，很是吃惊，可是另外四个千总一个守备，都点头赞同王一屏的说法。千总戴集宾跟着附和："王千总说的是，俺也这样想的。"刘遇节愤怒地对他们六个人说："好，好，不保气节，贪生怕死，随便，从此大路朝天，各走半边。"

五个千总王一屏、戴集宾、金玉和、王捷、白奇策，外加一个守备，满脸羞愧又无奈地退走，六人领着二十一个亲兵，往东走去界凡城，投降建州，刘遇节率领一千兵马向北走，投奔铁岭城。

## 第二十一章  驻军界凡

二十六个人心惊胆战地走到界凡城北，疑疑迟迟地过河，他们不知道能不能找到自己的妻子儿女，也不知道八旗兵能不能让他们活着，心里没底，正紧张的时候，一队巡逻的镶蓝旗兵马飞奔而来。

王一屏、戴集宾壮起胆子，迎上前，说要投降建州。巡逻兵马见他们不是打仗来的，就押着他们进入了界凡城。一进城门，正遇上阿敏巡城，巡逻兵上前汇报说有明兵来投降，阿敏对手下人说："从来没有明兵自己来投降，一定是探子，都押出城斩了。"巡逻兵得令，推着明兵返身往城外走。这时，护卫恒纬从远处看见这里有很多兵马，还有一些明兵，跑过来问怎么回事，巡逻兵告诉他，有明兵自己来降，贝勒下令斩首。

恒纬走到阿敏前说："二贝勒，明兵已经押进城里了，禀报罕王再定夺吧，说不定可以问出一些情况。"恒纬是罕王跟前的护卫，阿敏不好驳他的面子，说："那也可以。"说完摆手，叫人押着明兵跟恒纬走。

恒纬向罕王汇报，有六个开原城逃跑的千总，带领二十一个明兵前来投降，努尔哈赤闻听，非常高兴地说："向来大明人被俘虏了，宁死也不降，现在他们知道上天保佑后金国，又听说我国恩养部民，所以相继来归附。朕明日亲自召见他们。"恒纬又向罕王禀告："阿敏说他们是探子，人心隔肚皮，谁能看得准呢。"努尔哈赤对恒纬说："不要紧，命他们办两回差事，自然分出真假。你暗地里监视他们，别叫他们看出来。"恒纬应答："喳！"

次日，努尔哈赤接见王一屏等六人，命令恒纬带人在俘获的降民里，找出所有归顺明兵的妻子儿女，归还给他们。又分别奖赏五个千总一个守备马牛羊各五十只、骆驼两只、奴仆五十人、银子四十两、绸缎八匹、青布八十匹。随他们来的明兵，也赐给奴仆、牛马、衣物、粮食、房屋和居家用的器物。王一屏、戴集宾、金玉和、王捷、白奇策五个人，依然做千总的官职，戴一位还是守备，六人都归李永芳管辖。

八旗兵马在界凡城里，宴饮欢庆数日，分足钱财，许多人都在打算回师赫图阿拉。议事厅里，费英东对努尔哈赤说："开原征战完事了，辽东明兵没有出战的动静，我们回兵吧。"努尔哈赤对大家说："朕不想回都城了，在这里建房屋居住，在边境上牧马，怎么样？"

贝勒、大臣们听罕王这样说，都是很惊诧，安费扬古反对说："不如回都城，家里附近有水有草，马匹在树荫下刷洗喂养，很快就能长得又肥又壮。而且让兵将士卒们回家去，修理兵器铠甲都方便，在这里住不好办。"其他人都附和赞同安费扬古的话。代善也说："还是回家舒坦，这儿地方小，啥都没有。"

努尔哈赤说："你们不作长远打算。今儿夏炎热，我国出兵已经二十多天，如果回都城，要走两三天才到，军士再由都城回到各自的屯寨，又需要三四天，疲乏未解，马匹没有上膘，过不多日，再集结到界凡城，还要行军这么些天。酷暑炎热的时候，反复经过远途跋涉，军士怎么不劳苦，马匹怎么能肥壮？大军定居界凡城里，城外牧马，河边饮水，等到八月秋凉草黄，又可以兴师进兵了。"努尔哈赤说完，有人同意，额亦都说："罕王之言极是，这儿离沈阳城铁岭城近多了，出兵两城池能少很多疲乏。"

于是，定下驻扎界凡城，在城里动土木，修建宫室房屋，增加营房民舍，侍卫兵马回都城，将没有搬来的福晋和罕王宫的物件及贝勒、大臣们的福晋家室，都搬迁到界凡城中。

攻克开原城近一个月，辽东兵马没有任何反应，努尔哈赤与费英东额亦都合计，要乘胜打下开原西南面的铁岭城。除了动用建州间谍和派遣后金国的探马之外，再派出新归顺的千总王一屏去铁岭城活动，派千总王捷装扮成商人，进沈阳城打探动静。

# 第二十二章　攻占铁岭

## （1）

八旗兵马攻取开原城之后，驻扎辽阳沈阳的大明军马，没有出兵救援。建州间谍飞鸽传书："开原城西南的铁岭城，依然空虚没有增加兵力，只有守军不足一万人。"铁岭城与开原城一样是大明驻守辽东的军事重地，是守卫沈阳城联络开原城的要冲，杨镐做经略时，令辽东总兵李如桢亲自把守，以防备建州兵进沈阳城。

辽东总兵李如桢本是铁岭人，弱冠后进京城做锦衣卫都督，如今在故土又升高官，风光乡里，万众仰慕。在铁岭城驻兵不多日子，没有遇到战事，也就不操心军营里的闲事，整天宴请旧日朋友，在酒楼里斗酒千金，半醉半醒中享受着马屁精们的恭维。城中大小饭庄都吃遍了，远近的赌场妓院走遍了，山野村姑没有几个看上眼的，李如桢常常端着空酒杯叹息："这偏远的地方，比京城差得太多了。"身边的人附和说："这儿小地方是没有啥好玩的，大人何不去沈阳城逛逛，路也不远。"李如桢一听，有了精神说："好主意。"

现在沈阳城里驻扎着近八万兵马，由参将贺世贤、阎明泰、尤世功等人统领，经略杨镐已经被捉拿回京城了，这些个参将游击，都属于辽东总兵的部下。李如桢命令手下的参将丁碧，统帅兵马把守铁岭城，自己领着两千亲兵，带了家眷及狐朋狗友，到沈阳城找乐子去了。

努尔哈赤对铁岭城的情况了解得差不多了，准备再派遣新归附的千总，分头去沈阳城和铁岭城活动。李永芳暗中把千总王捷叫到自己府中，对他说："罕王命你装扮成关内的商人，带上货物去沈阳城里，以做买卖的名义，打探城内的兵力部署。这是给你立功的机会，要仔细办差。"

王捷问："罕王要出兵沈阳吗？"李永芳点头说："也许是吧。"王捷又问："啥时候能进兵？俺们也跟着上阵吗？"李永芳说："最早也得上秋，你不用问这么多，把自己的差事办好就行了。"王捷忙说："大人说的是。"李永芳又说："今天回去准备一下，明早天一见亮就出城，不要被人看见，车辆货物都预备好了，今晚天黑后，给你送家去。"王捷答应，行礼退下，回家准备去了。

第二天早四更不到，王捷装扮成大户商家，带几个伙计，赶着三挂马车出门，李永芳手拿云牌令箭，将他们送出界凡城，车老板甩着鞭子，赶车上路，向西走去。

李永芳返回城内，没有回自己的府第，骑马来到千总王一屏家里。王一屏见李大人这么早来家里，急忙接进房中，惊慌地问："大人您亲自来，有什么要紧的事？"李永芳坐稳了，才说："听说你和铁岭城的参将丁碧，是拜把子的兄弟？"王一屏赶紧说："那是很久以前的事了，现在早就……"李永芳打断王一屏的话，缓声说："你别害怕，罕王打算叫你去劝说丁碧。如果劝动丁碧归附，立大功一件；如果劝说不动，罕王也不会怪罪于你。即使丁碧不愿归附，凭你们以前的兄弟情意，你也能全身而退，怎么样？"

王一屏听了是这个事，才放下心说："小人遵命。"李永芳说："那好，一会儿给你送来金银珠宝，藏在身上买道，再贿赂丁碧和他的家人，你装扮成砍柴的樵夫，挑一担柴禾进铁岭城。"王一屏问："俺啥时候走？"李永芳说："今个上午动身，骑快马走，晚上关城门之前能到铁岭城。"王一屏答："是。"李永芳交代完毕，起身回府了，王一屏预备斗笠、衣裳、砍刀和担子。

前往沈阳城的王捷出城时，恒纬命两人远远地跟在马车后面，一直跟到甲版路口，看王捷的马车没有往铁岭城的方向拐，直奔西面走，两人回界凡城向恒纬复命。

恒纬又派人到王捷家里查看，却发现了异常情况，王捷的妻子儿女都不见了，赏赐给他的金银细软，一点都没有留在家里。恒纬急忙请示罕王："王捷逃跑了，派谁去捉拿？"努尔哈赤对恒纬说："不必追了，不要声张。"恒纬又问："王一屏没走呢，还让他去不？"努尔哈赤说："去。"

傍晚，王一屏到了铁岭城外的一个村子，把马匹栓在山脚下，进村买了一担子柴火，挑着担子，腰里别着砍刀，走进铁岭城，刚进城里，城上走下兵丁，城门就关上了。

王一屏挑着一担子柴火，走到了参将丁碧府的角门，侧头看看身后，没有人跟着，抬手抓住黑漆大门上的门环，敲了两声，大门开启，一个门口站班的家人，探出脑袋，看是个打柴的，便问："什么事，不买柴火。"说完就要关门，王一屏挑着担子，顶着看门的家人，一脚跨进门里。看门人大不满意，伸手捉住王一屏的肩膀子喊："哎，哎你是怎么回事？"王一屏顺势把一小块碎银子塞到他手里，喊声立马就没有了，王一屏才说："麻烦小哥通禀一声，你家老爷的一个朋友，

## 第二十二章 攻占铁岭

托俺带来一样东西,俺得自个儿交给你家老爷。"看门人痛快地说道:"你在这儿等一会儿。"说完转身跑进院里,王一屏把柴火担子立在一边,站那儿等着。

不长时间,看门人领出来一个年纪大一些的家人,走到王一屏跟前,眼珠子乱转,上下打量,看门人说:"这是俺们管家。"老管家木着脸,看了半天才问:"那个人托你带来了啥东西?"王一屏不说话,伸手从怀里掏出一个拳头大的小木盒,打开木盒,一粒像山楂大小的珍珠嵌在盒子里,熠熠放光。老管家认得这是价值连城的宝贝,赶忙满脸堆笑,弓身请王一屏到客厅用茶,老管家自己连跑带颠儿去找丁碧禀报。

王一屏在客厅刚坐下,里面内门一响,丁碧从内室走出来,老管家紧跟在后头。丁碧看是一个打柴的樵夫,不以为意,王一屏站起身,摘下头上的斗笠,拱手说:"大哥别来无恙。"丁碧一下愣住,不由自主地说:"王一屏?"管家凑上前问:"听说王一屏不是投降建州了吗?"丁碧低声喝道:"多嘴,出门看着。"老管家忙答应:"是,老爷。"

## (2)

老管家出去了,丁碧才说话:"听说你已经投降建州,怎么到俺这里了?"王一屏摘下青布帽子,露出头发,脑瓜顶上的发髻,已经编成了和女真人一样的辫子,盘在头顶上,然后对直愣愣的丁碧说:"小弟是来告诉大哥,后金国要兵发铁岭城了,请大哥早做打算。"丁碧侧目问道:"你说怎么打算?"王一屏近前一步说:"开原三万兵马,墙高城大,总兵大人亲自把守,又联络叶赫蒙古,却是不堪八旗兵一击,兵民死尽。大哥仅统领七千兵马,把守小城,李如桢带精兵先走躲避,铁岭城能挡住八旗兵马吗?"

丁碧低头没有说话,王一屏又说:"努尔哈赤爱惜大哥是一员将才,请大哥归附,先叫小弟捎来一点礼品。"说完,把打开盒子的珍珠和五十两黄金,摆放在桌子上,丁碧不是贪官,但是看见这种东西,心也跳,口也干,像他这样的小官,饷银还不能按月领取,哪里摸过金子,只看见过李如桢头上戴珍珠,腰里揣元宝,何时都不承想过,他的桌子上也能摆金银珠宝。

眼睛落在金子上,嘴里的话就有活动,丁碧说:"归附建州,岂不成了不忠不义之人?"王一屏明白,这时的丁碧已经是有活动气了,只是还要有一个台阶下,于是赶忙说:"知时务者为俊杰。大哥归附,是择良木而栖。如果为了李如桢赔上身家性命,可是他却在金钱美女窝里逍遥,值当吗?"

丁碧又说:"就算俺愿意归附,可是其他将官不一定愿意。"王一屏小声说:"八旗兵攻城时,大哥只须开启城门即可。"丁碧首肯,两人定下开城门的暗号,王一屏在丁碧府中住一夜,次日早起,拎着挑柴火的扁担,赶回界凡城。

努尔哈赤得报王一屏的差事办成了,传令大军,明日兵发铁岭城。当晚,努尔哈赤睡得较早,梦中看见山坡上,有很多天鹅白鹤沙鸡和飞龙鸟等野禽,翱翔上下,前后乱飞,自己用鸟筐捕捉,扣住一只白鹤,大喊:抓吉赛。声音竟然喊出口,随着喊声,努尔哈赤惊醒,身边侍寝的是侧福晋博尔济锦氏,努尔哈赤把梦告诉了她,侧福晋是科尔沁贝勒明安的女儿,以前听过别人谈论吉赛,于是笑着对努尔哈赤说:"吉赛长着鹰的翅膀,罕王用筐怎么能扣住他?"

第二天早晨升帐,努尔哈赤把昨晚做的梦再告诉贝勒、大臣们,大家都说这个梦吉利,预示上天保佑后金国出征顺利,于是,努尔哈赤部署人马出兵。

明万历四十七年,天命四年(1619)七月二十五日凌晨,后金国发五万八旗兵马,分三路从界凡城出发,中路兵马一万人,由努尔哈赤亲自统领,代善皇太极等人跟随,出征铁岭城。右翼是额亦都率兵马一万人,驻进开原城,防范叶赫再次出兵。左翼由费英东领三万兵马,出兵过抚顺城,进军到沈阳城东北部的辉山驻扎,阻止沈阳城出兵救援铁岭城。

界凡城距离铁岭城一百六十里,路途平坦,没有高山峡谷,中路大军打马急行,穿过章党前甸,北转进三岔子,行军两日,傍晚时分到达铁岭城下,一万兵马四门围住城池,努尔哈赤的大营扎在城东南的山坡上。当晚半夜三更天,在城东门外隐藏两千铁骑长甲兵,准备开东门时冲杀进城。

王一屏等人在东门外,向城射入一支响箭,然后等待城门开启,然而城门未开,城上却出现了举火把的人马。李永芳到努尔哈赤马前说:"城门没有按信号打开,潜伏城门前的人马撤回来吧。"努尔哈赤说:"响箭射出,城中人已经听到,如果大军没有动作,守城将官必将奇怪,容易猜出城里藏有内应,所以必须攻城。"说完,传令在东门架云梯开战。

八旗兵点上火把,扛起云梯,推动楯车,向城上攻击,城上守兵发射火炮,抛下滚木礌石反击。攻打片刻,因为行军疲乏,城上反击的滚木礌石又多又猛,努尔哈赤传令收兵。

城内的统兵参将丁碧也听见了约定的信号,但是他没有开城门,丁碧心里想:俺不能马上开城,这样都知道俺投降了,一旦李如桢领兵夺回城池,俺岂不是落得剥皮塞草灭门九族的大罪,先看情况,见机行事。丁碧想到这儿,不但没有开城,

## 第二十二章 攻占铁岭

反而调动游击喻成名、史凤鸣、李克泰等人,下力气反击建州兵马攻城。游击兵将们见丁碧忠心保家,都冒箭雨登城头坚守。

天亮后,努尔哈赤调集人马转到北门,再架云梯攻城。北门的防守力量比东门小得多,火炮仅有一尊,滚木礌石不足,八旗兵马攻击了近一个时辰,城上士兵伤亡极多,游击喻成名被数支利箭射死在城头。

眼看要攻下北门了,努尔哈赤命令李永芳再从东门,向城里发射响箭,命令代善率领二千长甲兵埋伏在东门外。李永芳说:"昨晚半夜,丁碧都没有开城,不知道是啥情况,今儿个大白天,能行吗?"努尔哈赤告诉他说:"现在准能开城。"李永芳疑惑地下去办差。

一支响箭尖叫着飞入东门,落在参将府外,府里的丁碧正在惶恐不安,他见八旗兵马就要破城了,而沈阳城救援的信儿一点也没有,如果等八旗兵打下城池,他丁碧的日子就难过了,现在想开城,又没信号,自己如果开了城门,八旗兵没有准备,不能一下冲进城,再被把守的游击把门给关上,自己岂不暴露了。正在进退两难的时候,信号在东门响了,丁碧急忙带两个亲兵,往东门奔去,还没有到门口,看见游击王文鼎领数百人,正从东门往北门搬运滚木礌石,丁碧有了新主意。

丁碧叫住王文鼎,命令道:"王游击,你马上带几个人,从东门出城,去沈阳城给李大人送信,再不来援兵,城池难保了。"王文鼎答应:"是。"这时,旁边手提一捆箭矢的千总刘遇节说:"丁大人,末将愿同王大人一起杀出去。"丁碧同意说:"好,马上就走。"刘遇节是从开原城逃出来的,现在他已经看出局势,打算再逃一次。

东门开启,王游击、李千总带着一小队士兵冲出去,他们刚出门外,代善率领两千铁骑,暴风一般冲进城门。八旗兵以为出城的明兵是内应,也不理他们,王游击、李千总带人惊恐万分地逃进山林里。城上城下,两路攻击,守城明兵四面溃败,游击史凤鸣和李克泰等人,与数千明兵均战死,八旗兵马轻易拿下铁岭。

努尔哈赤在铁岭城屯兵三日,大宴群臣,论功行赏,将城中人畜财物尽散于士卒。酒席上拼酒的、划拳的好不热闹。酒过三巡,菜过五味,代善借着点酒意,也敢说话了:"我们八旗大军在阿玛的率领下,攻无不克,战无不胜。明军在我们八旗的马刀下是血肉横飞,在我们的马蹄下是暴尸荒野。为什么?因为阿玛带兵有方,练兵有方,军令如山,奖罚分明。"大家七嘴八舌地附和:"说得好!""嗯是这样，我们八旗是铁军，是狼军。"代善挥挥手，示意大家听他说，"我还想为我们后金国，为我们的罕王再立新功。"努尔哈赤酒意正浓，听到代善的慷慨陈词，"说得好，代善说得好，大家和我们的洪巴图鲁共同干上这一杯。"大家纷纷站起来，狂笑着，大喊着敬酒狂饮。代善说："各位将军——各位将军——，再立新功我是有目标的，叶赫近在咫尺，我要向阿玛请战，扫平叶赫。"一提到攻打叶赫，大家都是群情激奋、斗志昂扬，多少年了，差不多在每一个人心头都压抑着一口恶气，于是纷纷请战。此场面之热烈是前所未有的，努尔哈赤也被这情绪所感染、所激动。就在这时有侍卫报告："有百姓献酒。"努尔哈赤："好，送上来。"侍卫下去，努尔哈赤挥挥手示意大家坐下，"今天不是军事议事，是庆功宴，喝酒啊，一会儿咱们大家都尝尝献上来的酒咋样？"一会儿工夫，上来几个女真汉子，跪拜罕王请安后，说："听说罕王征战到此，大获全胜，我们将自酿窖酒献上，为罕王庆贺。""好，好，好，打赏。"侍卫先给罕王满满地倒上一杯，努尔哈赤一口干杯，"好酒，好酒，好——酒——"说完就倒在虎皮大椅。大家都很吃惊，但看到军医上前去看看没啥事就下来了，大家也就不是很担心了，安费扬古"罕王——醉——醉——了——"身体一晃悠，也倒下了，被人搀扶坐下了，来献酒的人马上跪倒在安费扬古面前，谢王爷给酒赐名，请求墨宝。这无外乎给酒席宴上增添了意想不到的乐趣，大家呼着喊着，最后一致推举皇太极执笔写下了"罕王醉。"

其实努尔哈赤酒醉，是大家求战打叶赫，勾起了努尔哈赤对东哥的怀念。因为他看到众人的赤胆忠心，打叶赫群情激昂，自己的"至爱留三年"的时日未到，索性多喝了点假酒醉而避之。

努尔哈赤被侍卫们搀扶着回到卧房，安顿好后，大家都下去了。努尔哈赤用手招呼侍卫长恒纬，恒纬大喜，"罕王，没喝醉啊！""烟。"恒纬装好烟递给了罕王，点燃后就走出房门站立。努尔哈赤靠在床榻上，一边吸烟一边想着。他在想一个人，想一个女人，想一个时长让他隐隐心痛的女人，她就是叶赫格格东哥，他心中的大福晋，他心中的'至爱'。有时他恨自己，为啥要舍去东哥，看看今日的成就他又对东哥有着深深的感激，内心充满着内疚和歉意。想起前年（1616年8月9日）获悉噩耗，祭拜'至亲'东哥时，许诺再留叶赫三年，这个刻骨铭心的日子怎能让他忘怀。此时努尔哈赤在心里告诉他的八旗英勇的将士："拿下叶赫的时间，快要到了。"

第二天，在代善的安排下，正红旗一个牛录的三十个牧马阿哈，赶着四百匹马，

## 第二十二章 攻占铁岭

出铁岭城西北放牧,他在引诱叶赫出兵抢马,以引起冲突好与叶赫一战,吐吐这么多年的恶气。果不其然,就在距离城池十多里的地方被人劫杀,射死阿哈七人,抢走战马一百多匹,赶着马群逃回来的阿哈,把遭劫持的情况报告给旗主贝勒代善,代善立即上马出城,率本旗兵马追击,同时让人禀报罕王。

# 第二十三章　辽东换将

## （1）

　　八旗兵的牧马阿哈，在铁岭城外遭到劫杀，马匹被抢走一百多匹，逃回城池的人也说不清是谁干的，惊慌逃命的阿哈没有看清楚。从方向上看，沈阳城的明兵或者叶赫的兵马都有可能，代善得报，立即率人马出城，同时上报罕王。

　　正红旗的先锋兵出西门，向西北方向追赶十多里，发现前方有数千蒙古兵，走近打探，看出是喀尔喀部吉赛的旗号。先锋兵马不知道应不应该出击，因为他们不是明兵也不是叶赫兵，领兵的额真派人回马请示旗主贝勒代善，代善传令："不要出击，只跟着他们。"

　　下完命令，代善拨马回走，在城外见到努尔哈赤说："阿玛，抢我们马匹的，是喀尔喀部吉赛的兵，先锋追上了，我没让他们攻击蒙古兵。"努尔哈赤说："怎么不战，赶紧出击，别让他们跑了。"代善劝阻说："出征大明的时候，再与喀尔喀开战，怕将来要后悔的。"努尔哈赤告诉身边的各个贝勒、大臣说："朕恨吉赛有五宗事，今儿个他又先杀后金国的人，讨伐他有啥后悔的！"

　　皇太极催马上前说："喀尔喀五部一直依附大明，与我们为敌，如果打下吉赛部，其他四部就能臣服，现在是机会。"努尔哈赤赞许，传令八旗："全军出击吉赛。"

　　吉赛原与总兵马林有约定，联合阻击八旗兵马，开原城被围攻时，吉赛尚未准备，没来得及出兵。这次后金国攻打铁岭城，吉赛联合扎鲁特部贝勒巴克和巴牙尔图，两部汇集一万兵马，增援铁岭城。当他们到达时，铁岭城已经失守三天了，吉赛不敢攻城，把兵马埋伏在山谷中田野里，准备等努尔哈赤出城回兵时，伏击八旗兵马。这时，八旗兵的牧马阿哈出城放马，走到了扎鲁特埋伏的地方，台吉色本看到后金国的马匹个个膘肥体壮，一群有数百匹，不禁眼馋，纵兵抢夺。

　　吉赛得报色本为占小便宜，抢劫了后金国百八十匹战马，暴露了目标，很是愤怒，训斥了扎鲁特的两个贝勒，然后传令起营回兵，不愿意和八旗正面交战，大军向西撤退，还没有走出几里远，八旗兵马从后面追杀上来，吉赛命令吹号角

## 第二十三章 辽东换将

反击。

代善一马当先，率领五千人马杀进吉赛的马队。吉赛的兵马正在撤回的时候，遭到追杀，现转身反攻，所以有些抵挡不住冲击，正拼命顽抗时，皇太极率领四千铁骑，从左翼如山洪一般冲出来，吉赛再难抵抗，全线溃退。八旗兵马追击到辽河边，斩杀敌兵近五千人，俘虏三千，跳入河水中淹溺的有上千人。

吉赛巴克等贝勒台吉兵将，逃过辽河上岸的，不过五百多人，战马不到百匹，所有的蒙古包以及肉干奶茶等物资都丢失干净，两部一万大军损失殆尽。吉赛残兵过河后，天色已经暗了，疲惫兵将倒在草地上，只能仰脸看星星露天过夜，有人笼起篝火，有人杀死带伤的马匹，剥皮烤肉充饥。

串在棍子上的马肉还没有烤到两成熟，四面杀声突起，数不清的八旗兵马，将五百又饥又乏残兵围在中间，斩杀过半，活捉贝勒吉赛、巴克和巴牙尔图，以及色本忙谷尔大（吉赛的儿子），还有吉赛妹夫等台吉十多人，俘虏兵将一百五十多人，全部押回铁岭城。

在丁碧府内，各贝勒、大臣一齐向努尔哈赤贺喜，扈尔汉说："出征前罕王做梦真的是吉利，今儿个果然抓到吉赛，与梦符合了。"侍卫长恒纬领着卫士把吉赛巴克等十多人押进来，按住跪下，等着罕王发落，几个人都扭着脖子不服气。

近侍阿敦走到努尔哈赤前面说："吉赛是喀尔喀五部里最可恨的，早先就想夺走罕王下聘礼的女人，抢劫我们的村屯，后来又囚禁我国使臣，投靠马林，堵截与我国科尔沁的联络，现在捉到了，应将他鸣镝穿心，以解愤恨。"努尔哈赤说："如果他们归顺后金国，即使过去有天大的罪恶，朕也能饶恕他不死。"

跪着的人没有一个求饶的，都侧仰着脸看棚。阿敦怒斥他们说："战败被俘了，不去死，还有什么洋气的？"吉赛的从人乌胡齐问道："你们的罕王贝勒没伤着吧？"站在一边的皇太极说："我军中只损伤兵卒数十人，其余的没有事。你们的鞍马还都完整吗？被俘虏了，还哪里有马匹，骑士被夺走鞍马，是比死还丢人的事。"跪着的贝勒台吉们，都羞愧地低下头。努尔哈赤命令恒纬，将他们全部押回界凡城。

八旗兵马得胜回兵，走到界凡城外时，绑在马车里的乌胡齐嘴还是不老实，又嘲笑后金国说："你们住的地方实在太差劲了，除了大山就是大河，哪像我们家，平平坦坦的大草地，放马跑上一天，都看不见头。这里跑马三鞭子，就没有地方跑了。"恒纬看着得意的乌胡齐说："大山有啥不好，树林子里养活了百鸟百兽，可打猎；出产貂皮人参能卖钱；大河怎么不好，有捞不尽的鱼虾，有采不完的珍珠。"乌胡齐听了，直着眼睛说不出话。

回到界凡城中，恒纬请示怎么处置吉赛等人，扈尔汉阿敦再次要求斩首吉赛，以警示喀尔喀其他四部，努尔哈赤不准许，命令恒纬将吉赛等贝勒囚禁，把吉赛的从人孛罗齐等十一个人释放回去，让他们告诉喀尔喀各部，吉赛被活捉，所属兵马全军覆没。

不几日，费英东、额亦都各率人马返回界凡城。努尔哈赤与两个大臣合计："朕把吉赛囚禁，把他的兵马灭掉了，他所属的部民牛马，恐怕会被其他的贝勒掳走，别的部落就会强大，还是保留他这个部落，将吉赛的儿子和一百四十个兵卒释放回去。"额亦都赞同说："这样好，保全吉赛的部落，留着他才有用。"费英东说："让吉赛的一个儿子回去，另一个留下侍奉他阿玛。"努尔哈赤依从费英东的办法，召见吉赛的儿子克石克图，赏赐给他貂皮镶边的朝衣，猞猁狲裘及靴子帽子带鞍子的马匹，令他带一百四十人回国。

萨尔浒大战之后，大明朝廷上下一片慌乱，除了问罪败军之将、斩杀封疆大吏之外，没有人能够拿出整治辽东残局的办法。正在不知所措时，于十六日开原城失守，总兵阵亡的急报又传到朝廷，吏部尚书赵焕等大臣，在禁宫门外跪了一整天，求见万历皇上，奏请起用赋闲在家钓鱼的熊廷弼，天黑了才出来一个小太监，将赵焕的奏章递了进去。

过了数日，万历终于下旨意，起用熊廷弼为御史、兵部侍郎、辽东经略。此时，五十一岁的熊廷弼，正闲居老家湖北江夏，过轻松的日子。这里是三国时刘备驻军的地方，熊廷弼就坐在当年关羽操练水军的江边，戴斗笠，披蓑衣，放长线，钓大鱼，长江水里、先洗头、后洗脚，仰卧在圆石头上，吹风晒太阳，正在怡然自得的时候，大内的太监摆仪仗，鸣锣鼓，到江边找熊廷弼宣读圣旨。

熊廷弼突见大内传圣旨的宦官，慌忙滚下石头宝座，跪在河滩上叩拜，手擎圣旨的太监走近，宣读了皇上旨意，熊廷弼谢恩接旨。后面的随从端上来官帽朝服朝靴，送到熊廷弼手里，太监又嘱咐说："皇上有旨，要熊大人即刻启程，进京赴职。"熊廷弼叩头答应："臣遵命。"

传旨的太监上轿走了，熊廷弼就在河滩上，戴好官帽，穿上朝服，木鞋脱了，甩到大江里，蹬上崭新的朝靴，鱼竿渔具，斗笠蓑衣，丢弃不要了，昂首阔步走回家中，吩咐家人准备马匹干粮，家人备好路费银子，封装圣旨，打上包裹，熊廷弼带两个下人，当天出发，星夜兼程二百里的速度，奔往京城。

## 第二十三章 辽东换将

（2）

熊廷弼主仆三骑，晓行夜宿，扬鞭疾驰一个多月，终于跨进京城大门。熊廷弼不先住店休息，直奔吏部拜见尚书赵焕。败报是六月二十一日传至北京的，二十二日，万历皇帝下诏任命熊廷弼为兵部右侍郎兼右佥都御史、经略辽东。经略一职，又称督师，其地位、权力高于总督与巡抚。熊廷弼来到吏部，尚书大人亲自将印信交到熊廷弼的手里，抚着熊廷弼的肩膀说："辽东边事颓萎多年，经略今日宣抚边城，定要不事姑息，重振风纪，为圣上分忧，为国解难。"熊廷弼行大礼回答："请大人放心，下官定不负朝廷重托。"

辞别吏部尚书，熊廷弼再依次拜见兵部尚书张鹤鸣和首辅大臣叶向高，两位大人客气地接见了新经略，但见熊大人只是空手行礼，一分一毫的特产都没有，心里未免都不痛快，熊廷弼不会察言观色，也没有看出上司们不高兴了。

万历皇帝十分意外召见了熊廷弼，又传谕内阁六部大臣，要全力支持熊廷弼平定辽东。大臣们接到上谕，都激动出泪光：圣上终于理政了。

熊廷弼受命奔赴辽东，刚走到山海关，又闻铁岭城失守的急报，熊廷弼不敢耽搁，又急送往京城后，打马疾奔到辽东的首府城池：辽阳城。

进城后即刻升堂，传见大小官吏，命人清点库府的粮饷器械，下令辽阳城三万余守军，全部集合到教军场应点，同时派韩金事先行去沈阳城巡视军情。韩金事恐惧，担心遭遇建州兵马，称病推托，熊廷弼改命阎守道率领二百名护卫出巡。

一进入辽东时，熊廷弼就看到各个城堡都是兵力不足、器械缺损、粮饷不济。巡检城堡边塞之后，与各边将大员合议军情，准备上书朝廷，请求增派饷银二百万两，征调关内兵将十八万、战马九万匹，以把守爱阳、抚顺、三岔子及奉集堡与虎皮驿等重地。

奏章刚送走,巡视沈阳城的阎守道哭着回来见熊廷弼，惊恐地说遇到建州骑兵，没有去成沈阳，熊廷弼安抚了阎守道，让他回家休息。然后传见前往护送的将官，查询军情。护卫官说："俺们都走到沈阳十里河，已经能望见虎皮驿了，突然右侧出现十多骑建州探马，守道大人万分恐惧，下令末将立刻后退，直接就回来了。"熊廷弼听完，叹口气，让护卫官下去，心里想：无人可用，只得自己去了。

次日，熊廷弼亲率二百护卫兵，直奔沈阳城。进城后，亲自查点兵营，颁布军令，将总兵李如桢就地免职，调李怀信做辽东总兵；又将克扣军饷人人愤恨的贪官陈伦当场诛杀，立时军心振奋，号令严明。在阅兵的较军场上，命护卫把从开原、铁岭逃出来的刘遇节、王捷、王文鼎三人绑到法场，定罪临阵脱逃，斩首祭旗，哀悼阵亡的兵将。

沈阳城领兵的将官贺世贤、尤世功等人，见新经略也是手黑的主儿，无不惊恐，他们也是萨尔浒战场的败军之将，心正怦怦跳时，经略大人就点到他们的名字，几个人慌忙出列，跪在熊大人面前，熊廷弼宣布："贺世贤、尤世功、张铨守卫沈阳城，军纪严明，军容整肃，颇有成绩，特任命贺世贤为沈阳总兵，尤世功为副总兵，张铨为巡按，另提升刘国缙为参议，即日上任。"几个人叩谢经略大人的提拔，愿拼死疆场，以报答熊大人的知遇之恩。

努尔哈赤攻取铁岭城之后，回兵界凡城休整，这天，刚议完吉赛的事，探马送来报告："辽东经略熊廷弼亲自到抚顺城查视。"议事厅里贝勒大臣们闻报，都是吃惊，从没有听说大明的高官大员，亲身勘查边塞地形的。阿敦问探马："熊廷弼带了多少兵马到抚顺城？"探马回答："只有十个卫士，进入城池不到一个时辰就回去了。"

禀报完探马退下，努尔哈赤对大家说："熊廷弼密探抚顺城，看来他要用兵占据，与其等他来战，不如我兵出击，攻取沈阳城，怎么样？"贝勒大臣们都赞同。只有李永芳上前说："罕王，熊廷弼不比杨镐，这个人大有雄才武略，不可轻视。"努尔哈赤不以为意，传令两路发兵，额亦都率领左翼四旗调出的一万兵马，走浑河南岸，从南面攻击沈阳城。右翼四旗出兵三万，代善和阿敦率领一万兵马做前锋，努尔哈赤亲率两万兵马做后队，走浑河北岸，从北面攻击。

这次出征，在巴牙喇亲兵护军也称为"黄领巾侍卫"，他们手里多了一种新兵器：四棱尖斧。四棱尖斧有两个相互垂直的斧刃，一长一短成十字形，平常的斧子只有一个斧刃。四盾刃箭的箭尖，像四棱金字塔的塔尖，有四道刃，而普通的箭尖只有两道刃，像宝剑的剑尖。这两样新打造的兵器，不是射杀敌兵的，而是专门砍射不听号令的八旗兵。兵法里规定：在攻敌冲杀时，如果有人不向前冲击，无论是贝勒、甲喇、牛录还是兵卒，擅自离队，任意搜刮财物的，护军就用四棱尖斧砍他的手背，或者用四盾刃箭射他的脸。打完仗检验伤口，手或脸上有"一"字形伤痕的，是为立功，重赏；如果是有"十"字形伤痕的，就是有罪，重罚。这样赏罚，是因为在攻取开原和铁岭时，都有人停止攻击擅自抢掠，沈阳是大城池，攻打时更不许自乱阵脚。

代善一路人马先行出发，走抚顺城北山，傍晚到葛布驻扎，建立葛布喇大营，

## 第二十三章 辽东换将

为罕王的后队做进军准备。葛布为满语，是"馋鬼"的意思，在抚顺城以西十二里远的浑河北侧，河岸地势平坦开阔，便于骑兵驰骋，再往北是连绵的山丘，可以据山防守。代善的大军在这里住宿一夜，次日天明起程，过高湾，上辉山，准备攻取蒲河与懿路之后，兵临沈阳城下。

先锋兵出击蒲河时，努尔哈赤的大队兵马刚到葛布喇大营，距离蒲河还很远，代善遭到蒲河兵马的阻击。蒲河的城堡本来没有驻扎多少明兵，但是熊廷弼得知建州两路出兵后，快速向蒲河与懿路秘密调集了兵力，又往十里河的虎皮驿以及陈相屯东北的奉集堡派发重兵。

总兵贺世贤提议说："俺们城池高大，城外护城河又宽又深，何不收缩兵力，据险坚守？"熊廷弼说道："在城墙上坚守，是最后的办法。最有效的反击是联防，建州北路兵来，必经过蒲河，在蒲河懿路两地驻军，与沈阳成掎角之势，三点联动，可以阻止北路兵。奉集堡和虎皮驿更是要地，奉集堡是沈阳城的掎角，虎皮驿是奉集堡的掎角，不守奉集堡则沈阳城孤立，不守虎皮驿则奉集堡孤立，三方鼎立，沈阳、辽阳无危。"

贺世贤等将官信服经略。熊廷弼传令："总兵贺世贤、副将鲍承先率兵一万，把守蒲河；总兵李秉城、副将赵教率兵五千，驻军懿路，准备随时接应蒲河；总兵柴国柱带一万兵马驻守奉集堡；副总兵尤世功、巡按张铨率一万兵马，驻扎虎皮驿；总兵李怀信固守城池。"将令传下，各自行动。

代善的兵马先到蒲河，贺世贤出兵结阵，两军相接，拼死冲杀，八旗铁骑尚未冲入敌阵中心，右翼李秉城率兵冲到，代善分兵对阵之时，左翼熊廷弼率领沈阳城内的兵马也赶到了，层层叠叠的明兵杀也杀不退，代善感觉吃力时，后队的莽古尔泰率领兵马前来增援，奋力冲击，熊廷弼引军马退走。代善退入辉山大营。在右翼北路没有战绩的时候，浑河南岸额亦都率领的左翼四旗也没有攻下奉集堡。

此时来自沈阳、辽阳等地的建州间谍的多宗密报，都摆在努尔哈赤的龙案之上，详细说明了熊廷弼到辽东的几个月里的情况："他以霹雳手段斩杀临阵脱逃与克扣军饷的将领刘遇节、王捷、王文鼎三人，免去李如桢总兵之职，任命贺世贤为沈阳总兵，尤世功为副总兵，张铨为巡按，提升刘国缙为参议。""他亲自查点兵营，颁布军令，整肃军容，军纪严明，招抚流移，重振民心士气。"开始努尔哈赤根本就不相信李永芳对熊廷弼的评价，也不相信熊廷弼在这么短的时间能力挽狂澜。但在接到前方军报两路兵马受阻，全都失利时，他相信了，立刻传令退兵，八旗兵马全部撤回界凡城。

努尔哈赤重新看着之前的密报，看着军事地图，细细品味熊廷弼"步步为营，渐进渐逼"的战法，看到他的判断力、组织力、执行力、亲和力。

如果说正一道长是努尔哈赤的理论导师的话，那么李成梁就是努尔哈赤的实战教练。在这两位高人的培养下，成就了努尔哈赤的识别能力，他智慧过人，多谋善断。善于观察时机，善于等待时机，善于利用时机。最后努尔哈赤决定暂停进攻辽阳、沈阳，同时努尔哈赤对东哥的"至亲三年"时日到了，他要兵发叶赫。

明军将领贺世贤、李秉城在惶恐中得到了提升，真是感激涕零，发誓定以死相报，拼命完善军务，加紧军训，秣马厉兵，严阵以待。加上当今朝廷对钱粮等军需物资的支持，得以很好地落实。他们在为今天的守卫成功，感到万分的自豪和兴奋，以为建州兵马不过如此，一起请求熊大人立即发兵，直取建州都城赫图阿拉。熊廷弼命令他们："决不可冒进，必须一个城池一个村寨地恢复，不能有一分的轻敌。"

回到界凡城中的努尔哈赤特别气愤，将作战不力的族弟旺善和铎弼，十阿哥德格类及侍卫兼梅勒额真的阿敦捆绑起来，要四大贝勒议罪。额亦都闻听，命护卫把自己绑上，跪到罕王座下请罪。

# 第二十四章　征服叶赫

## （1）

　　努尔哈赤从沈阳城退兵后，要将作战不力的领兵额真治罪，右翼固山额真额亦都自己捆绑自己，跪到罕王面前，承担出征失利的责任。努尔哈赤看着眼前这个五十多岁的老臣，脸上旧疤又添新伤，两鬓斑白，终于软下心肠，起身走下御座，双手扶起额亦都，割下捆绑在他身上的绳子，传命四大贝勒合议，从轻处罚那些贝勒额真。

　　近侍搬来凳子让额亦都坐下，努尔哈赤命侍卫长恒纬去传令各贝勒、大臣："晚饭后，叫大伙儿都来，议一议下一步出兵策略。"侍卫长恒纬应声出去。

　　傍晚，天色将暗，议事大厅里已经来了很多人，罕王还没有到，先来的人一堆一块儿地聚集一起，谈论着今晚的议题。说到熊廷弼一人来辽东，后金国就在沈阳城外失利，人人都不服气，阿敏更是高声喊，要再次出兵沈阳城，活捉熊廷弼。

　　阿敏的话说完，许多人赞同附和时，有一个人却不顺着二贝勒的话茬儿，说话的人是抚顺额驸李永芳。李额驸用不大的声音说道："熊廷弼不是无能之辈，我国再用兵，应该避实击虚。""你个蛮子，"阿敏突然翻脸，怒喝李永芳说，"这里是你说话的地方吗？我不能杀了你吗？"话没有说完，从身后拔出腰刀，跨步向前，举起刀来要砍李永芳，在场所有的人都愣住了，李永芳不动也不说话。在一旁的代善反应快，伸手拽住阿敏的肩膀，猛劲地后拉，阿敏一趔趄，又被抓了回来，侧头看是代善，持刀的右手垂下，刀尖向地，伸出左手，直指李永芳，还要骂。代善抬手打下阿敏的手，沉着脸说："别说了，你太放肆。又喝了？罕王不是禁酒了吗，你忘了？"阿敏红着脸，不出声，代善又说："刀收起来。"阿敏顺从地把腰刀插回刀鞘。李永芳的脸都吓白了。

　　代善转身对大家说："罕王命我们商议策略，谁都可以讲自己的想法，一起说才叫议论。"正说着，努尔哈赤带着近侍走进议事大厅，侍卫两侧站立，努尔哈赤坐下，看着大家说道："代善讲的对！今儿个大伙儿都说说，下一步怎么用兵？出战哪里？"

扈尔汉、扬古利几乎同声说："再打沈阳城。"巴雅喇跟着提议说："也可以先用兵辽阳城，那是辽东首府，驻兵却不是很多，打下辽阳城，就是拔掉辽东的根本。"何和里赞同出兵沈阳城，说道："还是应该出兵沈阳城，它是辽阳的栅栏屏障。"

努尔哈赤听大家言语不一，侧脸看费英东和额亦都，他俩也在听别人争论，自己没话。这时，班布理走上前，又扭头小心地看阿敏一眼，才说："罕王，应该要全力征伐熊廷弼，但刚才李永芳说的也有道理。""是吗？"努尔哈赤又抬头看着李永芳问："李额驸，刚才你是怎么说的？"站在远处边上的李永芳，听见罕王亲口问到自己，立刻挺起胸脯，目不斜视地走上前说："俺的意思是暂时不出兵辽东，因为熊廷弼已经到了，他已经整治军备，提防我国了。现在不如征伐叶赫，消除后患。"其实李永芳的提议正是努尔哈赤的授意，努尔哈赤接着问道："辽东兵将颓废，局势已经很败坏了，熊廷弼虽然有雄才伟略，可是他一个人，如何能急忙地整顿起兵马来？"李永芳大声回答："凡事好坏，都在首领一人，如果这一个人好，事事都好。"努尔哈赤点头赞同："说的是。"

听了李永芳的话，努尔哈赤对身边的费英东和额亦都说："朕的意思也是先取下叶赫，免去我国内忧，将来好用全力去攻辽沈二城。"大家听了罕王的话全都有些吃惊，这么多年了，罕王终于要发兵叶赫啦，大家纷纷请战。费英东说："以往出兵叶赫，都因为大明出兵干预，不能力攻，如今铁岭、开原归属我国，大明现在也无暇顾及北关，正是征伐叶赫的好机会。"于是努尔哈赤宣布："今儿个大计已定，十天后，听军令，出征叶赫，各旗应做好准备。"各贝勒大臣齐声应和："喳！"大家陆续出门回家，议事大厅里最后剩下阿敏和扬古利没有走，努尔哈赤问他俩："有啥事？"阿敏行礼问："我们啥时候再打熊廷弼？"努尔哈赤告诉他俩说："等时机。下去预备出兵叶赫吧。""喳！"两人退下。

各旗兵卒洗刷战马，修复盔甲刀枪，治办干粮。十天后，大政殿努尔哈赤召集各个贝勒、大臣，分派人马，命令四大贝勒各自带领本旗护军，共有二十五个牛录，往西绕行，走铁岭、开原，向蒙古喀尔喀方向进兵，出开原后再往东转，出击吉林四平的叶赫西城。额亦都和阿敦率领正黄旗的一半牛录，兵将全部穿上蒙古兵的衣服，戴上蒙古兵的帽子做先锋，出兵叶赫东城。努尔哈赤亲自统帅七个旗的一半兵马，跟在额亦都之后，兵进叶赫东城。安费扬古与扬古利两人领八旗的一半牛录把守界凡城，对峙熊廷弼的明军。分派完毕，努尔哈赤对大家说："叶赫不同于其他城寨，系我们女真部族，叶赫的兵马以后就是朕的兵马，争取俘虏，

## 第二十四章 征服叶赫

减少杀伐,能放下刀枪的,不得伤害,不夺妻女,不做阿哈,此乃军令。"

天命四年(1619)初秋,八旗各出一半牛录,八万兵马,其中包括极具战斗力的两万锐军,北进吉林四平东南的叶赫城。额亦都、阿敦带着一旗兵马,先进入叶赫地界,到达亦特城。城池里驻扎着近万人的叶赫兵马,他们还不知道后金国已经出兵了,额亦都也不攻击亦特城,绕过城池,规规矩矩地向北行进。把守城池的将官,看见蒙古兵路过,还当是拜访金台石贝勒的呢,因为叶赫正在与蒙古喀尔喀部联盟,最近经常能见到蒙古兵。

额亦都的"蒙古兵"路过不到半日,八旗兵马冲到城下,大军攻城,亦特城把守不住,叶赫兵将溃退,八旗兵追赶,不多时就赶上了前面的"蒙古兵",跑在前头叶赫的溃兵刚要求救,"蒙古兵"返身把来投靠的逃兵尽数捉拿,与追赶的八旗兵前后夹击,叶赫兵一个都没有逃脱,连一个给金台石报信的人都没有。

就以这样的方式,大军攻城夺塞,一路北行,走了四天,已经能够远望到叶赫东城了。城中贝勒金台石得报有大队蒙古兵临近城池,很觉意外,立即派兵马出迎。两军走近,"蒙古兵"突然发动攻击,出迎的叶赫兵马不及提防,伤亡过半,才看出来是后金国的兵马,赶紧回禀东城贝勒。

金台石闻听后金国来袭击,勃然大怒,调集精锐铁骑出城拒敌,又命侍卫速往西城布扬古贝勒处报信,另外再派出信使,去蒙古察哈尔部及扎鲁特部求援。布扬古的西城,在东城西面四里远的地方,金台石骑兵出城时,布扬古的兵马也开门出城。叶赫是海西女真的强部,铁骑步军都是能征惯战,驰骋于海西及蒙古地带,几乎没有谁能够抵挡,今儿个八旗兵马又来挑战,两城池各出两万兵马,一同迎敌。

八旗兵马勇猛,叶赫将士张狂,两强相遇,箭矢对飞,遮空蔽日;刀枪争鸣,如针刺耳;人马践踏,山河颤抖,马蹄扬起处,血溅白草,沙石与枯枝横飞,喊杀声、鼓号声震彻山谷。这时,四大贝勒率领的铁骑护军,正埋伏在西城的西门外,东城前鼓号响起,探马向代善回报:"东西两城出兵,与罕王开战了。"代善发令:"攻城。"四大贝勒率领人马,从山谷树丛中跃起,奔向叶赫西城。

在东城外冲杀的布扬古突然得报,西城被攻击,立刻传令回城,退兵的角声一响,西城兵马全部拨马往回跑,东城的兵马见了,不知道该冲还是该退,慌乱地被八旗兵马杀散,逃回东城,关死了城门。

额亦都、扈尔汉带一旗兵马追击布扬古,布扬古退回城内,额亦都与四大贝勒合兵一处攻打西城,努尔哈赤督率大军围困了叶赫东城,四面安营扎寨。次日,八旗兵把外城的木头栅墙用火烧毁，云梯搭上内城的城头，长甲兵打头，短甲兵跟后，二三十人并排冲击，金台石指挥人马拼死抵挡，攻守僵持不下。努尔哈赤再派人顶着湿木板，乘楯车，到侧面的城根下，在城墙上挖洞。

城下八旗兵仰头大喊："罕王有令，放下刀枪，回家无罪，不夺妻女，不夺牛羊，不做阿哈。""金台石，快投降。"数千人齐声呼喝，声音响彻云霄。金台石站上城头，也大喊："我不是明兵可比，大丈夫岂能束手？与其投降，宁可战死。"话未说完，射箭，投掷着火的滚木。

费英东身披重甲，顶着箭雨，挑开滚木礌石，领头爬云梯。努尔哈赤望见，担心费英东年岁已高，手脚不利索，怕有闪失，命侍卫传回费英东，费英东不撤，告诉侍卫说："就要登城了。"努尔哈赤传令三次，费英东都拒命不退，最终单身冲到城头，跳入城墙上。五六个叶赫兵举长枪来刺，费英东挥刀抵挡，在叶赫兵枪刺一人的空挡，长甲兵雅逊跟后，登上城，一进身，几支箭矢射到前胸，因为盔甲厚，没有受伤，雅逊假装被射中，就势倒地一滚，到了费英东身边，摆大刀将围攻费英东的守兵全都砍死。

## （2）

紧跟他俩身后，巴牙喇和短甲兵席拉布同时登城，又一排箭矢射来，席拉布挺身挡在巴牙喇前面，七八支利箭，一齐射在席拉布的胸腹，有一支长箭，穿透甲胄，插进胸膛，席拉布倒地，死在巴牙喇脚前。更多的兵将冲上来，跳在城墙上厮杀。

城墙根打洞的兵卒，也挖开一个洞口，后面的兵将，踏着乱石，冲入城里，城上城下两路攻击，叶赫守兵不敌，四面溃散，有人惊恐地逃回家里，关紧房门；有人慌乱地窜出城外，驰向荒野。努尔哈赤命护卫举着自己的罕王黄罗伞，进入城中，千余人大喊："罕王有令，放下刀枪，回家无罪，不夺妻女，不夺牛羊，不做阿哈。"叶赫兵将闻令弃刀枪跑回家中。

内城失守，金台石领一个福晋和最小的儿子及一个侍臣，退进居住的悬空台楼里。这里也是金台石存放财物的仓库，建造在一块方方正正的大石块上，石块高有五尺，长十丈多，宽七八丈，上面与四周都修得平平整整，石块上再竖立十多根三丈高、比腰还粗的大木头柱子，木头柱子顶上，修建出双层的各样式的房子。

后金国兵将追到这个台楼下，杀散四周的贝勒亲兵，把台楼围住，金台石拽走登楼的梯子，围困他的八旗兵卒也上不去台楼。

费英东率领兵马来到台楼下，命随从向上喊话："金台石，快投降，不下来，

## 第二十四章　征服叶赫

要攻了。"金台石站在平台上，探出头说："我战不能胜，兵败城破，困于家里，再战能胜吗？你们的四贝勒皇太极，是我妹妹所生，如果得以见面，听到他盟誓，我才能下去。"费英东命人把金台石的话报告给罕王。

这时皇太极正在攻打西城，努尔哈赤令侍卫召来四贝勒，对他说："你舅舅金台石有话：等你去，他才下台楼。你去东城，他下来则已，不下来就毁了他的台楼。"皇太极领命驰马奔往东城。到台楼下，兵卒们大喊："四贝勒到了。"金台石对下面说："我与四贝勒从没有见过面，怎么能分出真假？"达尔哈额驸说："你见过一般人有像我家四贝勒这么魁梧的吗？你们出使过后金国的侍臣，必定和你说过，你怎么分不出来？"

金台石看了一下说："只凭听说的高矮，分辨不出。"费英东仰头说："你要是不相信，可以叫一个人来指认。你儿子德尔格勒的乳母来我国时，见过皇太极，刚才我看见她了，给你找来。"金台石一甩手说："找她干啥，看这小子的眼色，不像是承他阿玛之命来善待我的，不过是骗我下去。虽然城破被困，兵马覆没，但这是我先祖世居的水土，我也在这儿生，在这儿长，今儿个死，也要在这里。"

等金台石说完，皇太极才说话："上苍设此天险，你们又筑重城，经营数十年，今日一战尽毁，你独自占据一个台楼，打算怎样？我身边这些将士不能攻上去吗？你说见到我就下来，现在我已经到这儿了，你下来，我领你去见阿玛。"金台石对皇太极说："你要能发誓说善待收养的话，我就下去，如果不收养，要杀我，怎么能下去呢？死就死在家里。"

达尔哈额驸听金台石这么说，就拽缰绳进马到皇太极身旁，小声说："四贝勒，假装答应，先叫他下来。"皇太极对达尔哈说："我可以和他对面拼刀，却不能骗他。"接着又对金台石说："生杀唯有听命阿玛。你国曾大兵临境，要剪灭亲戚，食肉饮血，我国要和好，派大臣出使二三十次，你说我国惧怕你们，派去的大臣不是被杀了就是被关押。今日倾覆，如果阿玛不免你罪，则杀；倘若不记恨你，因我的缘故赦免，你就可以活了。"

金台石无动于衷，仍然要皇太极起誓，皇太极说："你曾有话，我到你就下来，要下就快点，我引见你到阿玛那里；要是不下来，我就走了。"说完掉转马头向外，金台石忙说："等一会儿，我先叫阿尔塔石见你阿玛，看他怎么说，然后我再下。"皇太极停住马，金台石令身边唯一的侍臣顺绳子滑下台楼，去见努尔哈赤。费英东令随从领着阿尔塔石走。金台石又说要见他的儿子德尔格勒，皇太极命人去找。

努尔哈赤见了阿尔塔石，不等他说话，就命侍卫以鸣镝射背，然后对他说：

"挑拨纳林步路与朕为难，发兵古勒山的，不就是你吗？就此当斩你，事情过去，既往不咎，你去带你家贝勒来。"说完命侍卫架走阿尔塔石。

阿尔塔石回到台楼下，金台石的儿子德尔格勒也到了，两人劝金台石投降，金台石见阿尔塔石背插响箭，血流到脚跟，被两个侍卫架着胳膊，在努尔哈赤那里没有得到好果子，更是不肯下了。皇太极十分生气，命人捆绑德尔格勒，要杀了他，德尔格勒推开侍卫说："我今年三十六，在这儿死，砍头可以，何必绑上？"皇太极改令将德尔格勒送回他的家里囚禁，然后拨马走了。

皇太极出城外，到大营见努尔哈赤，回禀了东城里的情况，努尔哈赤对皇太极说："儿子招降，老子不从，有罪的是金台石，当斩。不要杀他儿子。"又命侍卫去传见德尔格勒，皇太极出门接他进来，德尔格勒大礼叩见努尔哈赤，恳求说："请罕王宽恕我阿玛。"努尔哈赤看德尔格勒走路发飘，说话无力，知道他很久没有吃饭了，于是叫侍卫把自己桌子上的萨其马送到德尔格勒和皇太极前面，让他俩一起吃，又对皇太极说："德尔格勒是你的哥哥，你要善待他。"

皇太极离开台楼，费英东指挥兵卒用斧子砍台楼下的柱子，再调来云梯搭到台楼。金台石遥望西城，只见八旗兵马无边无际，旌旗猎猎，盔明甲亮，如同惊涛涌动，西城已经是危在旦夕；再远眺北面，层层青山绵延天边，风云不动，看不见惊鸟乍起，蒙古援兵遥遥无期，一股悲愤袭上心头。他让侍卫护送金台石的福晋抱着小儿子走下台楼，伸手摘弓箭和腰刀扔到了地上，飞起一脚将台楼上的几桶桐油踢翻，桐油咕嘟嘟地往外四处流淌。举火把点燃台楼，一边点火一边大喊："告诉皇太极，看在他额娘和他舅舅是骨肉至亲的份儿上，保全我的子孙。"看着台楼上的熊熊大火，八旗兵士没有办法登上台楼，这时金台石已经是奄奄一息了，他拼着最后的一点力气大喊："努尔哈赤，只要我叶赫还有一个女人就要灭你爱新觉罗。"随着金台石就倒在了大火之中。

火势小了些，兵卒才登上楼台灭火，他们撬开台楼的内门，里面财物积高顶棚，一箱箱金银不知道有几十万两，貂皮虎皮、人参鹿茸、数也数不清，珍珠玉石几十盒，布匹绸缎、精致的刀剑都装在鹿皮袋子里。努尔哈赤叫雅尔哈齐做总笔帖式，登记俘获的财物。看着士兵抬着金台石的尸体往外走，心里想："你自己死就对了，你就是不死，为了东哥你也不能活。"

东城陷落，西城恐惧，守城的兵将开城归降。代善率护卫兵马入西城，围住了布扬古大院子，贝勒布扬古和他的弟弟布尔杭古都困在里面。布扬古派侍臣出来，对代善说："我家主子愿降，只是怀疑降后再遭杀戮，所以不敢出来。"代善叫

## 第二十四章 征服叶赫

侍臣转告布扬古:"我看在有亲情的份儿上,令你们出来归降,你们不从,我就率兵攻入,尽斩不留。"这时数千名八旗军在贝勒的带领下高声喊着:"罕王有令,放下刀枪,回家无罪,不夺妻女,不夺牛羊,不做阿哈。"

侍臣回禀后,又出来传言:"我家主子说:我等归附后金国,可留下盟誓退兵,我们仍然居住这里。"代善大怒:"不用再说了,既然攻破东城,还不能拔掉西城吗?岂能容许你们留居!如不速降,你们就等死吧!"侍臣回去不多时,布扬古的额娘出来了,代善行礼接待,布扬古的额娘说:"你没有盟言,所以我的两个儿子不敢出来。"

代善命护军取来一杯酒,拔出短刀划酒,发誓说:"今儿个你们归降,我若是杀你们,遭殃到我;你们与我发誓,喝了誓酒仍然不降,只有你们遭殃。你们不降,攻破房内,必杀无赦。"说完,代善自己喝了半杯,剩下半杯酒送布扬古与布尔杭古。布扬古的额娘把半杯酒拿进院子后,这时又传来八旗军的喊声:"罕王有令,放下刀枪,回家无罪,不夺妻女,不夺牛羊,不做阿哈。"布扬古眼见着有的士兵扔刀枪,在悄悄地离开,明白已经是大势已去,无奈只好带领侍臣护卫出门归降。

代善要领布扬古去见努尔哈赤,布扬古勒马站立不走,代善拽住布扬古坐骑的马笼头说:"你不是大丈夫吗?一言既出,又站这里踌躇,怎么回事?"代善拉着他的马,到东城外大营见罕王。布扬古见到努尔哈赤,单腿屈了一下,不叩首就站起来,努尔哈赤用金樽赐酒,布扬古如前单屈一腿不拜,接酒只沾下嘴唇,没有饮尽。努尔哈赤对侍卫长恒纬说:"送布扬古回西城吧。"布扬古绷着脸,不说话,转身出去。

布扬古离开,努尔哈赤很不高兴,心想:"已豁免其死,然而赐酒不饮,行礼不恭,面藏怒色,岂是真心归附?就是你真的归附,为了东哥我也不能让你活。"正想着,护卫恒纬来报:"启禀罕王,布扬古回西城后,有十六名将领在那里等候,并给布扬古请安,布扬古正坐受礼。"努尔哈赤听后心想:"这就是杀你的理由。"于是大怒道:"恒纬立即去西城处死布扬古。""喳!"

# 第二十五章　罕王家事

## （1）

后金国出征叶赫，获得全胜，攻破东西两城的第二天，努尔哈赤把叶赫的男子都集中到东城，挑选出年轻力壮的两万人，平均分配编入八旗牛录，新编入的士兵中，有一千多人没有战马，不能行军，努尔哈赤赏给他们每人一匹。归附的人中，还有数百大明的降民，他们都是开原大明的兵马，驻守在叶赫的，如今被俘获，归到李永芳统领。同时，努尔哈赤传令全军：对俘获的降民，都赦免无罪，家人亲戚不离散，不许拽女人的衣襟，不许夺男人的弓箭，各家的财物由各家主人收拾保管，不许抢夺一张毛皮一粒米。

各旗安排编入自己旗下牛录人员的叶赫部民，努尔哈赤拨给各家银子，在都城附近修建房屋院落，所有降民都入籍编旗，成为后金国的旗人。

出征的人马返回界凡城后，努尔哈赤分战功赏赐出征的兵将。费英东、雅逊和巴雅喇先登敌城，席拉布先登城又舍身护卫贝勒战死，四人列为一等功，各赏赐金十两、银一百两、战马十匹、貂皮大衣一件。雅逊是长甲兵，因这次战功，提拔为牛录额真。短甲兵席拉布阵亡城头，努尔哈赤也赠授他为牛录额真，授予他的官职和财物，由他的儿子忙阿图继承。在攻城中战死的受伤的，都分出立功的等级重赏，所有的将士及叶赫归附的士兵，都得到银子、牛羊和布匹等财物。

得了钱财的兵将部民都欢天喜地，各回自己家的村屯，放牧山野，收割庄稼，准备过年了。努尔哈赤传令到牛录额真：今年战事多，人马疲乏，入冬后让大伙儿歇歇。过了年，各牛录还要出人出牛，在铁背山西北、浑河对岸的萨尔浒修建城池。

新年过后两个多月，萨尔浒城已经开始动工，努尔哈赤打算同时再修建两个小一点的城池，以防熊廷弼进兵，但是又担心抽调人多了，如果突然有战事，兵力怕不足用，想来想去，举棋不定，心烦意乱，就命身边的侍卫快去传费英东，来议事厅商量一下，侍卫还没有下去，外面的侍卫进来报告："启禀罕王，费英东的家人来报信，费英东去世了。"

## 第二十五章 罕王家事

正在烦躁的努尔哈赤闻听，立刻愣住，直着眼睛问："你说啥？"侍卫重复说道："费英东去世了。"努尔哈赤站起身大声地说："昨儿个他才从萨尔浒回来么，今儿怎么——"皇太极从外面急急地走进来，对努尔哈赤说："阿玛，费英东走了。"

听了皇太极的话，努尔哈赤特别悲伤，手搭在侍卫的肩头，声音很小地说："扶朕去看看。"皇太极走上前劝阻说："这是臣下的丧事，阿玛就不要亲临了，以免有啥忌讳的。"努尔哈赤随侍卫往外走，边走边说："朕的股肱大臣，是同其休戚的人，今儿有吊丧的，能不悲痛吗？"

努尔哈赤回到汗宫换衣裳帽子，大福晋阿巴亥也劝努尔哈赤说："自个儿别去了，我担心罕王会悲痛伤身的。"努尔哈赤说："跟朕一辈子的老臣，二十多岁就陪在朕的左右，操劳几十年，今儿个走了，怎能不送送他？"努尔哈赤头顶白帽，腰系白带子，到费英东灵前，号啕痛哭良久，燃香守坐到半夜才回宫。

费英东位列一等大臣，任职左翼固山额真，又是十个扎尔固齐理事大臣之一，五十七岁去世。

事情办完，努尔哈赤命费英东的最有战功的儿子索海继承大臣的职位，分给最多的家产，命他收养费英东遗留的十九岁以下没孩子的小福晋，以及未满十四岁的弟弟妹妹们。又对着贝勒大臣们说："费英东比朕小五岁，却走在了前头，他的身后事，朕给安排，小福晋和幼子都有着落。努尔哈赤突然有物伤其类的感觉，才感到自己也老了，马上就联想到自己心爱的大妃阿巴亥和几个幼子，于是说："朕也老了，百年之后，朕的小阿哥和大福晋，都交给大贝勒代善收养。"

代善低头，默听罕王的口谕。额亦都见努尔哈赤特别伤感，解劝道："罕王，别太伤心了，保重身体。"皇太极跟着说道："上天会保佑阿玛身体康健的。"努尔哈赤摆一下手说："不说闲话了，大伙儿还是办好手头的差事，萨尔浒城加紧修建，蒙古最近要来使节，做好接待的准备。"

大福晋阿巴亥从侍卫那儿听到罕王说过的话，心里有了自己的小主意。自从费英东不在以后，努尔哈赤感觉多操心不少，虽然政务一直由代善协助执掌，但是原来归费英东办理的琐事，如调拨财物筑城、组队出门做买卖及海边晒盐等事情，代善办得都不如意。

春末的一天，努尔哈赤办理完公务，骑马回宫休息，身后紧随八名侍卫。还没有走近汗宫大门时，看见几个宫中婢女在宫门外扫地，这时，一个身穿绿衣的婢女，匆匆走向大门口，努尔哈赤从远处就看出，她是大福晋的贴身婢女娜扎兰。

正在低头扫地的人，没有看见娜扎兰走过来，扫把带起的尘土，扬到娜扎兰身上，娜扎兰张口就骂："骚货，没长眼珠子啊！"扫地的婢女一抬头，见娜扎兰在骂她，毫不示弱还口骂道："你才是不要脸，偷人的骚货。"娜扎兰手指对方的鼻尖叫喊："嚼舌根的，我偷谁了？"扫地的也伸直手指喊："谁不知道，你跟达海搞，还倒贴。"

娜扎兰气红了脸，不再说话，上手就抓她的头发，扫地的立马还手挠娜扎兰，这时侍卫骑马走到跟前，大声喝道："放肆。"

听到侍卫的喝声，门外的人才看见罕王到了，娜扎兰和扫地的一齐松了手，所有人都齐刷刷地低头跪下，不敢出一点声音。婢女吵架本来不算啥事，在平时处罚一下或者撵走就完事了，但是这次却牵涉到了大臣达海。努尔哈赤问扫地的婢女："你是谁的？"扫地的低头回答："奴婢是得音泽福晋屋里的。"努尔哈赤命一个侍卫，将两个人立即带走，送到扎尔固齐理事大臣那里审问。

努尔哈赤生气地进了宫门，朝大福晋的正房走了几步，停下，又转身走向小福晋得音泽的厢房。

小福晋得音泽正盘腿坐在火炕上，嘴里叼着一尺长的金嘴烟袋锅，慢悠悠地吸烟，旁边跪着一个婢女，手里拿着刚熄灭的火棍。努尔哈赤自己挑门帘，一步跨进房内，小福晋见罕王来了，将烟袋锅一把塞入婢女手里，使劲一挺就跪直身子，两手相握，搭在右腰间，仰脸笑吟吟地看着努尔哈赤，娇气地说："罕王吉祥。"

请安完了，才看出努尔哈赤一脸怒气，小福晋会笑的眼睛又变得惊慌，嘴角还是笑意，半惊半笑的表情凝固在脸上。努尔哈赤进身坐在炕沿上，小福晋跪走两下，到罕王的旁边，两手轻轻搭在努尔哈赤的肩膀上，侧着脸小心翼翼地问："罕王，咋了？"

努尔哈赤不看她，只问道："大福晋屋里的那是怎么回事？"听说是问大福晋，小福晋放心了，动了一下僵直的身子，才说："都是奴婢们闲嚼舌头，不定是真事。"努尔哈赤生气地说："别废话，快说。"小福晋手一哆嗦，马上开口："听阿哥们的奴婢说：'大福晋两次做菜饭，送到大阿哥府里，大阿哥都爱吃。有一次做菜饭，送到八阿哥皇太极府里，八阿哥只接受了，却没有吃，都放坏扔了。大福晋还派人去大阿哥的里院，大概是商量要紧的事。'没别的了。"

努尔哈赤听完更加生气，不说话，站起身，怒匆匆地走出去。原本想问娜扎兰和达海是咋回事，没想到扯出大福晋和代善。到了议事厅，叫侍卫传来扈尔汉、额尔德尼、雅逊和忙阿图四人，命他们去调查大福晋。

## 第二十五章　罕王家事

大福晋阿巴亥得知贴身婢女娜扎兰被罕王的侍卫带走了，立刻惊慌不已，心里想：一定是自己偷留布匹和银子的事让罕王发觉了，得赶紧想办法。于是，大福晋叫家里的阿哈，把三百匹布送到邻近的扈尔汉家寄存，三个大木箱子用牛车拉到扈尔汉的院子里，扈尔汉不在，他的家人听说是大福晋的东西，就把木箱子收起来了。大福晋还有五百两银子，也不敢留家里，叫人送往城外，分给以前乌拉部的邻居和亲属。

过了两天，娜扎兰和达海的事审理清楚了。

理事大臣议定：二人私通属实，娜扎兰还曾送给达海两匹蓝布，理事大臣们议定：达海私通婢女论死罪；娜扎兰勾引大臣为奸也论死罪。娜扎兰私通达海，而且与扈尔汉有干系，扈尔汉革职囚禁。

调查大福晋的大臣也查明情况，小福晋的话都属实，还查出大福晋私藏财物。理事大臣议定：休弃大福晋并囚禁。

两份议定的文书一起上奏到罕王的龙案之上。

努尔哈赤与额亦都、安费扬古合计一下，传谕：达海和娜扎兰通奸，娜扎兰处死；达海免死，革职囚禁；大福晋阿巴亥偷留布匹和银子，大福晋休弃；扈尔汉与达海通奸事有关，革去一等大臣及镶黄旗梅勒的职位，回家养老。这时的扈尔汉才四十五岁。

严处了家人近臣，努尔哈赤的情绪也很低落，心情正不好的时候，代善又上报来两件更烦心的事：一个是阿敦在叶赫偷偷抢了一个大明的女人，藏在家里，让这个女人给他做饭，被人看见，报告到代善那里。另一件事是硕托、寨桑古、古巴库三人要逃跑。

## （2）

努尔哈赤听了这个报告，心里很是为难，镶黄旗梅勒刚革职，正黄旗梅勒又出事，更想不通的是这三个人，一个是自己的孙子，一个是侄子，还一个是额驸，他们怎么能和大明的降户一样要逃呢？要搞清楚。命侍卫传雅尔哈齐和班布理查逃跑的事，自己亲自问阿敦。

藏人的事容易核实，阿敦就站在外面，叫进来一问，阿敦承认说："我家里有一个大明的女人，但不是在战阵里俘获的，是从叶赫回兵时在半路捡的，当时她有伤要死了，我把她救回，伤好后她自己愿意留下，我就收养她了。"

努尔哈赤命四大贝勒与大臣合议，多数人都说阿敦违反汗令，应该重罚，只有额亦都请罕王从轻处理，罚些银子就算了。努尔哈赤准许额亦都的意见，处罚阿敦银子一百两，女人交出，由李永芳负责送回给她的家人。

雅尔哈齐和班布理还没有查出结果时，代善对努尔哈赤说："硕托是我的儿子，平时他就游手好闲，又馋又懒，今儿个还要逃跑，我去把他抓回处死。"努尔哈赤不高兴地说："雅尔哈齐办这个差事，你不用管了。"寨桑古是阿敏的异母弟弟，阿敏担心被连累，也请求自己去捉拿寨桑古，努尔哈赤没有准许。

调查的人没有找到硕托等三人，谁都说不清他们去哪儿了，派兵沿大路追出很远，也没有看见人。找到古巴库的姐夫一家人，是他们向代善报告，说硕托等人逃跑了，古巴库的姐夫对雅尔哈齐说："昨儿个下午，他们仨在古巴库家里喝酒，硕托说他阿玛虐待自己，财物都给了弟弟们，活着没意思；寨桑古也说阿敏不许他喝酒，不给肉吃，又说明儿个就走，叫硕托也去；古巴库愿意和他俩一起走。"

雅尔哈齐问古巴库的姐夫："你去古巴库家干啥？"古巴库姐夫说："我故意去偷听他们说话。"雅尔哈齐问："你事先知道他们要跑？"古巴库姐夫说："知道，寨桑古家里的婢女以前说过。"找来寨桑古家的婢女核对，婢女承认有这回事。

晚上，雅尔哈齐和班布理向努尔哈赤奏报查实的情况，这时，侍卫来报告，硕托他们三人都回家了。努尔哈赤命侍卫把他们三个都叫来。不一会儿，三个人一齐到了，努尔哈赤问他们："你们要逃去大明吗？"三个人都愣住，硕托说："玛法，我们为啥要逃啊？哪有的事！咋问这个话呢？"

雅尔哈齐问他们："今儿个白天，你们去哪儿了？"寨桑古说："我和古巴库进山打猎，很长时间都没吃肉了，今儿个打了一只鹿、一只狍子、俩獾子，都瘦没肉，看见一只黑熊还挺肥，猫树洞里睡觉，没敢打。"寨桑古没喝酒话也多，到哪儿都咧咧。硕托跟着说："我去农庄了，才回来。"努尔哈赤告诉他们，出城三十里要向牛录额真请假是军令，再出门必须要牛录准许，然后让他们回家了。

三人走后，努尔哈赤对雅尔哈齐和班布理说："古巴库的姐夫、寨桑古的婢女都属于诬告，再核查一下。另外再看看代善、阿敏对他们的儿子、弟弟，到底怎么样。"两人领命退出。努尔哈赤问身边的侍卫阿敦："朕老了，百年之后，四大贝勒中，你看哪个能接朕的汗位？"阿敦含糊地说："仅有勇不够，更须有智谋。"努尔哈赤点头赞同："说的是。"旁边的一个侍卫，侧脸偷看阿敦，听他和罕王说的话。

硕托回家的第二天，代善见到阿敦，责怪阿敦不替自己说话，阿敦没有什么解释的话，就随口说："皇太极他们三个贝勒，要陷害你大贝勒，你儿子岳托、

## 第二十五章　罕王家事

硕托都向着几个叔叔，大贝勒要小心了。"

不多日，雅尔哈齐和班布理回报：寨桑古喝醉时总打人，婢女挨打后，故意说寨桑古的坏话解气；古巴库与姐夫不合，有了谣言，古巴库姐夫没有弄准，属诬告。代善对岳托和硕托很苛刻，偏疼小福晋叶赫氏生的三个儿子。阿敏管教弟弟们严厉一些。

努尔哈赤传来代善，责问说："办事太莽撞，不加细问，险些杀无罪的人。"代善不服气地说："硕托还有罪，与人私通。"努尔哈赤问："是你亲眼看到的吗？"代善说："不是，我家小福晋叶赫氏说的。"努尔哈赤又问："是她亲眼见到的吗？"代善说："不知道。"努尔哈赤马上命护卫恒纬去代善家里，问叶赫小福晋。

不一会儿，恒纬回来禀报："叶赫小福晋说自己没有看见，是听另一个小福晋科勒珠说的，找到科勒珠问这个事，她说只看见硕托从人家屋子出来过，他们私通是自己猜的。"

努尔哈赤听完报告，气愤地说："听见了吧，你就这么办差事？还有，你受小福晋的迷惑，虐待前福晋生的岳托、硕托，甚至要处死硕托，把财物都给了小福晋生的儿子，你不看看朕是怎么对你们的，你、莽古尔泰、皇太极，都是朕前福晋生的，朕把最多的财物、最好的侍臣兵将都分给你们，分给侄子孙子，朕喜欢福晋的儿子，给得很少，不及你一成，你怎么不想想？你以后是不是还要听小福晋说，再杀兄弟子侄呢？你还配执掌国政吗？"

大贝勒见罕王愤怒，不敢再说话。努尔哈赤又说："革去你和硕贝勒的封号，回家去吧。"努尔哈赤说完，生气地先走了。

代善回到家里闷了几天，后悔事事都听小福晋的，一怒把小福晋杀死了，然后求侍卫禀告罕王：处死迷惑人的小福晋，要痛改前非，请阿玛免罪。努尔哈赤的气已经消一些了，就让代善来见，恢复了代善的和硕贝勒的封号，但是也有处罚，剥去代善的一个旗，只让他统领正红旗，镶红旗改由岳托统领。

大贝勒代善跪在努尔哈赤跟前，哭着说："儿臣有罪，惹阿玛生气，恐怕将来阿敏、莽古尔泰、皇太极他们仨，要不容我了。"努尔哈赤惊问："你怎么有这种说法？"代善说："是阿敦告诉我的。"说完，把阿敦的话学了一遍。努尔哈赤立刻传来三个贝勒，当堂对质，三人来到，都说没有这个事，努尔哈赤问他们仨，敢不敢发誓，三个人当场立誓："如果有不敬大贝勒的言辞，愿身首异处，万箭穿心，上天明鉴。"

努尔哈赤对四大贝勒说："阿敦挑拨你们兄弟不和，心肠险恶，罪不可赦。"

然后传令侍卫,将阿敦革职囚禁,阿敦的正黄旗额真的职务由扬古利接替。雅尔哈齐听说阿敦被革职,找到努尔哈赤说:"阿敦是罕王的近臣,犯的罪也不是很大,要不要再审一下?"努尔哈赤说:"不用再审,谁都不许去看他。"

定罪阿敦之后,平息了四大贝勒间的猜疑,努尔哈赤决定召集儿孙子侄,拜堂子,对天盟誓,随罕王进入堂子的有四大贝勒代善、阿敏、莽古尔泰、皇太极及五个小贝勒德格类、济尔哈朗、阿济格、岳托和杜度。

在摆放着八品贡果的牌位前,努尔哈赤亲手点燃金达莱香粉,然后率先跪地叩拜上天,后面的贝勒们跟随跪拜,三叩首之后,牌位右侧站立的额尔德尼宣读誓词:

"蒙天地垂佑,我国与强敌争衡,将辉发、乌拉、哈达、叶赫,同一语音的人,俱收为我有。征仇国大明,得其抚顺、清河、开原、铁岭等城池,又破其四路大军,皆是天地默助。今祷上下神祇:朕子孙中纵有不善的人,天可灭之,勿令刑伤,以免开杀戮之端。如有残忍之人,不待天诛,遂兴操戈之念,天地岂能不知?若有,亦当夺其算。昆弟中若作乱的,明知道他而不加伤害,应怀礼仪之心,教化开导他的愚昧。这样能天地保佑,延及子孙百世。所祷此事,伏愿神祇,不咎既往,惟鉴将来。"

祷告完毕,努尔哈赤对儿孙子侄们说:"你们都要克承至公之心,克勤于国,朕亦等同对待每个人。四大贝勒都已是成年人,从今日起,由四人按月轮流执掌国政,一人听政一个月,平时小事自作决断,遇大事四人合议而定。小贝勒们长大后,也加入议政掌政,八和硕贝勒共掌国政。今后我们后金国不设储君,将来汗位由八和硕贝勒推举产生,假如这位罕王的德行不好,工作与为人得不到八位和硕贝勒的认可,他还有可能被轰下台去。从此,后金国的家务政事,由四大贝勒轮番掌管。"

依据正一道长提议,与努尔哈赤共同拟定的国策:"征讨大明、抚慰朝鲜、结盟蒙古。"努尔哈赤在等待时机的时候,开始派往蒙古结盟的使者,一举将联明反金的蒙古喀尔喀五部转为联金反明,解除了来自西北方向侧后翼蒙古部落的威胁。形势急转,后金国已经形成了对于大明帝国辽东控制区域的战略包围态势。

努尔哈赤正在安然自得地督促四万新军的训练,同时在督促八旗的军训、军备。努尔哈赤收敛兵势,厉兵秣马,在等待着苍天的眷顾。

天命五年(1620)初秋,萨尔浒城建成,罕王命各贝勒、大臣们一同前往新城观看,汗令刚传出,外面的侍卫来报:"穆尔哈齐去世了。"努尔哈赤闻报,

## 第二十五章　罕王家事

备感忧伤，亲临二弟家里祭奠，亲手扶灵送至墓地，燃香祭酒。然后又走到费英东墓前，扶墓碑流泪不止，久久不愿离去，侍卫劝罕王回宫，努尔哈赤给费英东的碑前点上香，斟满酒，才离开。

穆尔哈齐是罕王的异母弟弟，一生尽心奉职，从不张扬，因战功得赐号青巴图鲁，终年六十岁。

办完穆尔哈齐后事，努尔哈赤带了十余人巡查萨尔浒城，刚进城内，负责筑城的梅勒额真博尔锦，急急忙忙来拜见罕王。努尔哈赤对他说："筑城的人很辛苦，今儿个杀牛犒劳他们，按着二十人杀一头牛算，差不多要一千头，传令每个牛录拿出三头。"博尔锦说："取公家的牛吃，不如出兵大明的城堡，俘获来牲畜再杀。"努尔哈赤不准许，说："岂能为几头牛的事出兵，你是不舍得自己的财物了？"博尔锦没话了。努尔哈赤又问他说："你从哪儿来，咋气喘吁吁的？"博尔锦回答："从采石的山上来。"努尔哈赤说："你空着手走，都累成这样，筑城的人还要推车，搬运石料木料，有多劳累？不该犒赏吗？"转身又对贝勒们说："罕王贤明才有国家，贝勒贤良才有部民，所以天任的罕王，当恩养臣民，臣民须敬仰罕王，是应该的礼数。至于贝勒，宜爱惜部民，部民宜尊重贝勒；即是一家之中，主子宜怜惜阿哈，阿哈宜遵从主子。阿哈在田间劳作，打的粮食供给主子，不敢私藏；主子在战阵中俘获的财物，应给阿哈用，围猎打的肉，应给阿哈吃，不可吝啬。这样就人心喜悦，家事国事都无往不成了。"大小贝勒们都在用心静听罕王教诲。

萨尔浒城建成后，努尔哈赤与贝勒、大臣们商议迁移驻军时，从辽阳和沈阳回来的建州间谍禀报：辽东的经略、守城的兵将都有变化。

# 第二十六章　万历家事

## （1）

后金国的兵马出击叶赫时，辽东经略熊廷弼就得到消息，总兵贺世贤请求出兵界凡，要兜努尔哈赤的后路，可是熊廷弼不同意，认为辽东出兵的时机还不成熟。贺世贤、尤世功等人又多次要求：请先少派人马，趁机探探敌情。熊廷弼才答应，令贺世贤带一千人马到甲版、营盘一带，见机行事，不可鲁莽。贺世贤的军马出沈阳城半日，熊廷弼又令总兵李秉城率两千人马随后出城，准备接应贺世贤。

贺世贤率兵将带了十日的粮草，行军三日，走到营盘时，探马回来报告："八旗兵已经打下叶赫，回到界凡城了。"贺世贤得报，不再前行，立即后撤，在甲版遇上李秉城的兵马，两人合计一下，没有全军返回沈阳城，而是派出四百人，带上全部粮草往北走，去李其沟，修复那儿的兵营和烽火台。

以前李其沟和边墙都驻有明兵，设立了粮草库，后金国突袭抚顺城，回兵时将沿途城堡兵营尽数烧毁，李其沟、边墙一带的烽火台就都荒废了，但是在山尖上高耸的大土堆还有，所以修复还算容易。贺世贤又在抚顺城北的高尔山上，暗藏了兵卒，可以瞭望到李其西山烽火台的狼烟，以通信息，余下兵马全数无功而返。

熊廷弼来到辽东，虽然没有进兵后金国一步，但是却在日夜操劳，亲身巡查兵营以至于偏远的单兵岗哨，招募流亡的乡民种地修城，疏请调拨银两粮草，整顿兵卒，打造刀枪铠甲、战车盾牌。

辽沈一线防务初见规模时，熊廷弼再次上疏万历皇帝："请调集兵将十八万，战马九千匹，以布置在清河、抚顺、铁岭、开原、镇江、岫岩及宽甸等重地，至时攻守成局，辽东可取，边疆可定。"

明万历四十八年，天命五年（1620），万历皇帝朱翊钧，在深宫大院内长思，祖宗的基业、大明的江山不能败在我的手里。得知熊廷弼在辽东抑制住努尔哈赤，也是欣喜若狂。他要全力支持熊廷弼，争取把辽东失地收复回来。于是他下旨在前两年已经加征过赋税的基础上，下令每亩地再次加征赋税，为辽东战事筹集银两。

几十年不理朝政的万历，其主要原因是讨厌那些大臣们玩弄辞令，讨厌他们

## 第二十六章 万历家事

喋喋不休的党阀之争，讨厌那些大臣众口一词册立皇太子，等等，真是让他伤透了心。

事情是这样的：三宫六院七十二妃嫔的皇宫里面，皇帝独宠郑贵妃，两个人的爱海誓山盟、心醉神迷。金銮殿上，皇帝要立自己和郑贵妃所生的儿子为太子，立即遭到了群臣的坚定反对。臣子们义正词严、堂而皇之，理由是废长立幼不符大明帝国的祖宗家法。法不责众，让这位至高无上的九五之尊忍气吞声。从此，他再也懒得上朝打理国政，懒得上朝看见那些讨厌的臣子们。

而今天他接到了熊廷弼的奏报，他看到了希望、来了锐气，当即召集各部大臣，下口谕："朕将再征调全国十三省兵马，聚集十八万，出兵辽东。兵部各大臣不得推脱滞缓，速办。户部调拨钱粮，不得延误。"

大臣们眼见圣上再显龙威，无不欢喜，诚惶诚恐，遵旨速办。十三省总兵马数近二百万，很快就调集出五万人，户部拨出足用的银两粮草，集结成第一批兵马，在万历四十八年（1620）七月二十日，向山海关进发。万历派了大太监出来督察征调事宜，兵部户部的大臣们都写好了奏章，准备早朝时上奏。

明万历四十八年，天命五年（1620）七月二十一日，万历皇帝朱翊钧龙驭宾天。明神宗朱翊钧当了四十八年皇帝，这位五十八岁的万历皇帝，向辽东发出第一批兵马后就死去了。

次日早朝，大臣们上殿，意外地看见满朝堂白素垂挂，太监宫女都穿了白衣，执事太监上朝对文武百官宣布："万岁驾崩。大行皇帝的长子朱常洛即位。"万历的长子朱常洛，头顶皇冠，身穿龙袍，从侧面走出来，缓缓地坐到龙椅上。"群臣叩请。"太监宣布完，品级台下的百官，惊闻皇上晏驾，都惶恐不知所措，莽莽撞撞地跪下叩首山呼万岁。太监再宣布："上谕：八月初一日，举行登基典礼。退朝。"新皇谕令礼部治国丧，出兵的事暂时放到一边。

明万历四十八年，天命五年（1620）八月初一日，皇太子朱常洛即皇帝位，年号泰昌，史称明光宗。

朱常洛登基后，一改前朝万历皇帝的懒惰习性，天天亲临早朝理政，处事勤恳，朝中文武大臣各个满心欢喜，暗地庆贺新皇帝英明。左副都御史杨涟准备上奏皇上，请继续增兵辽东，安定边外。但是大臣顾秉谦却极力反对，在朝堂上对杨涟说："圣上即位没几日，政务尚不熟悉，并且大行皇帝后事未完，关外近期又没有大战，暂且不宜动兵，累着皇上，你吃罪得起吗？"

杨涟不理顾秉谦的阻挡，已经写好奏章，这时金都御史左光斗站出来支持杨涟，请兵的奏章递进了大内。

奏章一交上去，皇帝朱常洛立即批复，早朝上，皇帝下旨意，再调集第二批兵马出关。顾秉谦见皇上对杨涟没有不满意，也跟着上奏，附和说："十几万大军远征关外，一日要消耗粮草万石，银饷万两。所以辽东兵事当速战速决，不宜久拖。熊廷弼出任经略已有一年，这么长的时间里，没有出战过一次，皇上应下旨意促战，夺回失地，以免劳民伤财。"朱常洛当即准奏。可惜，这位励精图治的皇帝仅仅在龙椅上坐了一个月就驾崩了。据说与"红丸案"有说不清的关系。

正一道长在全国各地重要的城池都安排了自己的间谍，常有来自各地的密报的飞鸽传送消息，重要情报是要有两个信鸽分别发送，或是用海东青发信。当正一道长看到新皇帝朱常洛即位的言行，让他真的为后金国十分焦虑："大明现在有这样的皇帝励精图治，这将阻碍后金国前进的步伐。"

正一道长躺在床榻上不能安眠，于是他拿起笔走到书案，思虑了着，他写下了"泰昌"二字，细细思索，细细品味。他用笔四分五裂了明光宗朱常洛皇帝的年号："泰昌"二字。四分：一分"泰"中三，二分"泰"中人，三分"泰"中水，四分昌为日日。五裂："泰昌"变成了"三水人日日"。正一道长把笔一扔说道："其魂四分五裂，他命不久矣。"

道童按照吩咐拿来了魏忠贤的详细资料，正一道长细细地看着。

"来人呐，备重金，我要去燕京游香山，送魂于九天。"一盘计划已是了然于胸。

正一道长决定亲自下山，众弟子苦劝无益，择日他带上自己的贴身弟子，奔往京城，沿途多有正一间谍护送。这一天他们来到了京城郊外，下榻在香山的清凉寺中，牛金星带领间谍的重要头领得令前来觐见。正一道长亲自指挥发号施令："不惜一切代价办好差事，否则按门规惩治。"牛金星带领众头领发誓办好差事，他们分别领受了金银，按照正一道长的指令，各自行事去了。

大内总管太监、司礼监秉笔太监、提督东厂的大太监魏忠贤，正为当前的局势而难堪。因早在万历皇帝朱翊钧想废长立幼的时候，朝中大臣东林党人给予坚决的抵制。因此，还是皇太子时候的朱常洛与东林党人过从甚密。而魏忠贤行为自然是倾向万历皇帝朱翊钧想废长立幼的，与东林党人对立，为此，朱常洛他也曾遭受了不少的暗算。这让朱常洛对外戚宦官专权十分厌恶，也曾说过狠话，有朝一日将"他们"割除洗涤。此时忐忑不安的魏忠贤当然知道这旧有的矛盾将会

## 第二十六章 万历家事

给他带来什么的恶果，故此他像热锅上的蚂蚁坐立不安，惶惶不可终日。当他听说一位世外高人、老神仙来到香山，即刻带上礼品，由太监崔文升及穿着道袍的弟弟引领，众太监前呼后拥，魏忠贤登山门拜访神人。这么多年，正一间谍的上报，道长已经对魏忠贤此人的性格、品行、爱好、手段以及在他身上发生的所有事情都了然于心。

魏忠贤来到寺庙，小道士引路到了正堂，看见一位鹤发童颜的道长正在打坐，他示意小道童离去，自己默默地跪在一旁。约有半个时辰，正一道长睁开双目，魏忠贤立马叩头施礼，求仙人指路，寒暄几句就要入正题了。在正一道长示意下，魏忠贤转身下去了，命令太监清查闲人后，在正堂外护卫。

正一道长先是说了说他的身世与家境，这让魏忠贤大吃一惊，心中暗想："我的这些事情他说得太准了，真乃神人。"正一道长说："提督大人你是天星下凡，加之祖上护佑，其显大贵。""道长，显贵到哪一步？""贵不可言，九九是你的吉祥数，此乃天机，日后便知。"魏忠贤点头称是。道长又继续说："你命中一劫，不破你会有血光之灾。"魏忠贤又点点头，说："请道长指点迷津。""你是卧虎，将来弱龙可依赖于你，但你现在头上有强龙，强龙如在，你定有血光之灾。"道长为魏忠贤用易经解析的事正符合朝中所发生事，而且一模一样，破解之法如同谋略，魏忠贤听后大喜，心想："不干就是死，干还有一线生机，咬咬牙，干！"魏忠贤看到了一个妙计，他要依计细化而行。

分别之际，魏忠贤以百两黄金相送，正一道长拒收。魏忠贤看到正一道长见这么多黄金的眼神是这么淡漠，让他暗暗赞叹："真是神仙哪！"魏忠贤苦苦相求，正一道长让魏忠贤唤来清凉寺一清道长说："那是提督大人赏赐，用来修缮寺庙吧！"一清道长千恩万谢地把魏忠贤送走了。

郑贵妃看到朱常洛登基称帝，想起以前那些事，怕朱常洛对她报复，连忙想法讨好朱常洛。在魏忠贤的建议下，郑贵妃又挑选了八个美貌的女子送给朱常洛。多年以来这位不幸的太子朱常洛，没有得到父爱、母爱，没有姥姥疼；也没有舅舅爱，整日里如履薄冰，今天终于熬着当上皇帝，贵为一朝天子，掌握军国大权，富甲天下，可谓尊贵至极，权力上也达到极致，面对这些美女他已经是无所顾忌，白天忙于朝中大事，晚上夜夜交合。这当然也是魏忠贤做的手脚，他在宫廷夜晚使用的沉香里面添加了催情药物。

朱常洛当太子时，身边有两个姓李的选侍，号称东李西李，朱常洛特别宠爱西李。郑贵妃首先拉拢西李，她找来这个不可小觑的奴才太监魏忠贤，与西李一起合谋，郑贵妃要出面提议立西李为皇后，西李则提议封她为皇太后作为报答。而魏忠贤阴森地沉默着，声称"谨遵懿旨"。他是嘴上这么说，其实这正是他的计划实施，他要获得更大权力和利益。

朱常洛身居皇位已是无拘无束，也是他正值壮年，禁不住沉溺于女色，常常夜御多人。一天夜晚朱常洛在和多名美女行欢，突然昏倒在龙榻之上，全身虚脱，大汗淋漓。

魏忠贤得报后并没有宣太医，而是找来了掌管御药房的太监崔文升。崔文升已被正一间谍重金收买，让崔文升铤而走险，于是迅速开方，熬制了汤药，朱常洛喝后已有好转。朱常洛问崔文升是什么原因，崔文升回答是近期龙体不适，是因进补过多，营养过剩造成的。朱常洛这段时间是白天劳累于朝堂，夜晚运动在龙榻之上，进食量也确实大了许多。因此，朱常洛想了想，点点头："嗯，也对。"掌管御药房的太监崔文升向皇帝进了一剂泻药，泰昌帝吃了泻药当天晚上腹泻三四十次，身体一下就垮了下来，而且病情日趋恶化。

在京城的正一间谍刘树春，号为富商，他几乎每天都在与朝中大臣来往，把酒言欢。他接到了指令，有意约大家饮酒。一天鸿胪寺丞李可灼透露了近日皇上身体多有不适，好像还很重的消息，他们为这么好的皇帝的身体担忧。刘树春告诉李可灼，香山来了一个道长，他是世外高人、老神仙，朝中大臣多有前去拜访，你何不去前去求医求药，事情办好你可就要官运亨通啦！李可灼听信了刘树春的话，第二天在刘树春的引领下来到了香山，拜见了正一道长，求来四颗仙丹，因仙丹为红色，后被人称"红丸"。

李可灼得到红丸立刻进宫，自称有仙丹进献，魏忠贤立刻禀报了泰昌帝朱常洛。朱常洛一听说是仙丹，十分高兴，连忙叫太监召李可灼进宫送药。魏忠贤得报后，按照宫廷惯例对李可灼进献的红丸药物进行查验，太医院检验报告红丸无毒。魏忠贤又按照惯例安排朱常洛贴身太监服用红丸试药，到第二天早晨看服药太监安然无恙，于是就给朱常洛服用。

朱常洛早晨吃了一颗，病情好像有了缓解，不再腹泻，而且还能进食了。皇帝朱常洛一再夸奖李可灼："忠臣！忠臣哪！"于是李可灼得到了一笔不小的赏银。在魏忠贤的授意下，大约下午申时，太监又进言相劝，朱常洛又吃下一颗红丸，没到半个时辰朱常洛行动自如，精神状态完好如初，基本康复，朱常洛很是高兴。

晚上御膳，美女们用歌舞同贺皇帝身体康健，在美女的陪伴下朱常洛还饮用了美酒，看到自己康复这么快，心中好是高兴。可是在室内浸有药物的沉香的作

## 第二十六章 万历家事

用下，酒后皇帝朱常洛令四名美女陪寝，又快活去了。

皇帝朱常洛可以说是经历了大风大浪，大泻损八脉伤元气，大补立冲命门，交合血涌失控精尽而亡。就这样，朱常洛再也没有下了这张龙床，第二天黎明，太监才发现皇帝气绝身亡。

本来朱常洛不是什么大病，吃几副补药，调养一段时间就可以复原。但是他周围埋伏着无数支暗箭，怀有不同目的险恶之人，他们的行为交织起一桩诡秘而又残忍，且不为人知的谋杀案。而很有可能成为一代明君的朱常洛，就这样壮志未酬身先亡了。

朱常洛曾下旨的第二批兵马征集更是迅速，只用二十几天的时间，五万大军集结京城，备足粮草及饷银一百六十万两，要向山海关进发。就在满朝大臣们都称颂万岁干练果断、从谏如流，堪称一代明君的时候，朱常洛的死就像一个炸雷，吓蒙了群臣。明光宗朱常洛暴死，朝中一片哗然。人们指责太监崔文升是郑贵妃的心腹，故意用泻药伤了朱常洛的元气，其罪不在张差之下。又指责李可灼结交宦官，妄进红丸，是导致朱常洛死亡的元凶。查来查去查无实据，每个人的行为都不足以让朱常洛毙命，但还是定判了崔、李二人有罪，被发配充军。此事就这样不了了之。虽然每个人的行为都不足以让朱常洛毙命，但他们几条线交织在一起，就将朱常洛送上了黄泉路。算起来，三十九岁的明光宗朱常洛，前前后后只当了一个月的皇帝就驾崩了，史称"一月天子"。正一道长就像一名高级导演，在不留任何痕迹的情况下导演了这场"红丸案"，被列为"明朝四大谜案"之一。

谁来继皇位？人们把主要精力用到这一新的领域，加上朝中的党派之争，"红丸案"也显得没有那么重要了，也没有谁来进一步追查。

明光宗朱常洛的长子朱由校，十六岁，已经立储为太子，理所当然地继承了皇位，年号钦定为"天启"。小皇帝即位后，内宫的郑贵妃和李选侍合谋，准备挟天子以令大臣，把持朝政，当然要联络魏忠贤，魏忠贤口口称道："谨遵懿旨。"却又把风给放了出去。御史杨涟、左光斗，尚书赵楠星等正直的朝臣，不服郑贵妃和李选侍的什么懿旨，直接干涉皇帝的家事，终于使天启皇帝得以亲政。

天启亲政后，先将他的乳母客氏加封为奉圣夫人。在客氏的美言下，又正式任命魏忠贤为大内总管，加封为东厂提督。魏忠贤通过一系列的动作，为自己操纵控制朝政扫清障碍，终于如愿以偿地掌握重权，并掌管内朝。

天启不像他父亲泰昌帝那样勤于政务，而是随了他爷爷万历的秉性，不临朝听政。但也不是一点不管，每次大臣上疏，奏章都是由小太监接来，交给总管魏忠贤，再由魏忠贤捧到天启跟前，读给万岁听，圣上的旨意，再由魏忠贤传达给大臣们。因此，魏忠贤就有机会对各部大臣指手画脚，指使他们按魏忠贤的意图办事。

朝廷又恢复了往日的状态，朝臣们又见不到皇帝的面了，所有旨意，都是听总管太监说的。巴结魏忠贤的臣子逐步有所提拔，忠正耿直的人无不遭到排挤。魏忠贤又派出心腹太监高初出任辽东监军，拉拢封疆大吏。

熊廷弼上书请调兵马后，关内大军陆续开拨到辽阳广宁，粮草银饷足额，兵器车马足用。熊廷弼感激两代皇帝的隆恩和信任，更下力气整治军备，同时又派人出使朝鲜与蒙古察哈尔部，联络他们共同对抗建州。

察哈尔部是蒙古大部，有铁甲骑兵十万，放牧的领地辽阔，东起辽东赤峰，西到黄河刘家峡以南的洮河，冬季向南牧马接近延安城，夏天北走到大叶河。林丹继承汗位以来，雄心勃勃，抢掠邻部，敌视建州。大明为了免受袭扰，每年赏赐给林丹汗白银四千两。

熊廷弼要笼络察哈尔部，派使者去拜见林丹汗，送上铠甲五千副、刀枪一万把，又赠予银子八千两，邀请林丹汗与大明共同出兵建州。林丹汗收到钱财，立马答应，并且派侍臣康喀儿拜虎给努尔哈赤送去挑衅的书信：

"统四十万众、蒙古国主、巴图鲁成吉思汗，问水滨三万、建州国主、淑勒昆都仑可汗安宁无恙。

大明与我们两国是仇人，听说自从戊午年以来，你数次攻侵明国。今年夏天，我已经亲自前往明国的广宁城，招抚了这个城池，收缴他们的贡赋，倘若你兵发广宁城，我必将出兵牵制于你。

我们二人素无争端，但是，把我已收服的城池，为你所得去，我的威名何在？若不从我的言语，则我们二人的是非，上天必然会有鉴别。

以前两国使者也曾有来往，因为你的使臣对我不以礼相待，使我们两人断了音信，如果以我说的话有理，你令以前来的使者再来我国，赔礼道歉。"

察哈尔使者当堂读完书信，在场的人都异常愤怒，铎弼、旺善、贝和齐等人奏请罕王斩了使臣，以治他无理之罪。穆哈连说："也可以不杀他，割去他的鼻子耳朵，放回去报信。"

努尔哈赤对大伙儿说："你们愤怒可以，朕也生气，但是与使者有啥关系，派遣的人才是可恨。先留着他，朕也有话回敬林丹汗。"于是命额尔德尼和班布理写回信，要求既要羞辱林丹汗怯懦，不敢敌对大明，激起察哈尔人对大明的愤慨，又要拉拢他，让他靠近后金国；既贬低林丹汗的实力，又显示后金国八旗兵的威风，

## 第二十六章　万历家事

以此削弱林丹汗与熊廷弼的联盟。

额尔德尼与班布理领命，以罕王的口气写出回信：

"阅察哈尔汗来书，称四十万蒙古国主、巴图鲁成吉思汗，致书水滨三万建州国主、淑勒昆都仑可汗如何如何。你奈何以四十万蒙古之众，小看我国？

我听说明洪武时，攻取你国都，你国以四十万人，战败溃窜，逃入漠北的仅有六万人。且这六万，又不都属于你部，属于鄂尔多斯一万，属于土默特一万，属于阿索忒、雍谢布、喀喇沁一万，这三万人各有其主，与你有什么关系？余下三万，又岂是尽归于你？以不足三万人的小国，而引用久远的说法，骄称四十万，轻视我国三万人，天地岂能不知道？

我国固然不如你四十万那么多，不如你那么勇猛，我国人少又弱小，只能蒙天地眷佑，得到哈达、辉发、乌拉、叶赫，与大明的抚顺、清河、开原、铁岭八个地方。

来书说广宁已为你所收缴，我不可出征，若征你就出兵牵制。今你我二人毫无怨恨，何必因一城池，出轻薄之言？我承天命，顺时势，你如何能不利于我？你既然喜爱广宁锱铢之利，为什么不兴师转战，攻克坚城，恢复四十万人的大都。

昔日我未征讨大明以前，你曾与大明交战，丢失骆驼马匹，大败而逃。再出兵，格根戴青贝勒等十余人被杀，毫无所得而回。你两次出兵，有何虏获，攻克哪个名城，击败哪个劲旅？大明是因为这个厚赏你的吗？因为我征伐的缘故，兵威所震，男子亡于锋镝，妇女守其孤寡。大明畏惧我，才以小利诱惑你。

你看大明与朝鲜，语言相殊，服饰相异，二国尚能结为同心。我和你，语言虽殊，服饰类同，你如果有知有识，来书应当这样说：'大明，是我的仇人。汗兄征讨他，承蒙天地眷佑，毁其城，破其众。我愿与天地眷佑之主合谋，以讨伐有深仇的大明。'如果能这样立誓言，不是很好的事吗？现在不思祈福，为一点金帛与我结怨，面对皇天后土请你明鉴。"

书信写完，努尔哈赤命大臣硕色吴把什，率领十名快马护卫出使察哈尔，亲口把书信读给林丹汗听。

硕色吴把什到达察哈尔，拜见了林丹汗，拿出书信读给他，还没有念上几句，林丹汗大怒，喝令卫兵拿下建州来的人，硕色吴把什与护卫反抗，但寡不敌众，一起被林丹汗锁住。硕色吴把什的副手龙锡在帐外看守马匹，看见手持弯刀的察哈尔卫兵冲进林丹汗的蒙古包，又听见刀剑砍碰的声音，于是偷牵一匹马，冲向林丹汗的营外。龙锡是努尔哈赤堂弟，三祖父索长阿的孙子，勇猛善战，拼死闯连营，奔回后金国报信。

回到后金国的龙锡向罕王报告："硕色吴把什可能被林丹汗杀害了。"努尔哈赤得报使臣遇害，也要斩首察哈尔的使臣康喀儿拜虎。熊廷弼不用一兵一卒，仅使银子，就把察哈尔与后金国的仇给做成了。

熊廷弼办完外围的事务，只等天启再派来几万兵马，就可以反攻建州了，翘首盼望两个多月，没有兵马的信息，朝廷的监军太监高初乘八抬大轿到了辽阳城的经略府。

熊廷弼接待监军，报告军情，太监哪有心思听这个，打断话头，问熊廷弼："经略大人如今掌管几百万的银两兵饷，都是因为有魏忠贤千岁在万岁面前美言，大人打算怎么报答千岁？"熊廷弼忙躬身拱手说："下官一定尽心尽力，办妥辽东事务。"

监军高初一听，心里生气："笨蛋，谁问你这个！"见熊廷弼脑袋这么不开窍，高初就直截了当地问："大人准备给千岁弄点啥礼物？"熊廷弼听了一愣，反问监军："礼物？千岁大人要啥礼物？"监军不耐烦了，一脸不悦地说："你爱弄啥就弄啥，洒家给你提个醒，只要花个万把两银子，就得了。"熊廷弼大惊，高声说："一万两？那能打造多少刀枪？制出多少战车？凭啥要这么天价的礼物？"太监高初看熊廷弼还急了，不再说一句话，一甩手走了。第一次朝面，不欢而散。陪同熊经略一起接待的刘国缙，看出门道，偷偷追上气破肚皮的太监。

刘国缙是熊廷弼亲手提拔起来的，本该是熊经略的亲信，但他接受了建州间谍的重金，看到那白花花的银子是那样异常激动，为了钱他出卖了自己的良心，建州间谍与他约定，如有大功不但可以得到赏银还可封官。熊廷弼做事干练、雷厉风行，而且不徇私情，而刘国缙又是爱小利的主儿，因为仨瓜俩枣的没少挨熊廷弼的训斥，所以心里反而特别怨恨熊经略，只是敢怒不敢言。现在看到京城来的大人被熊廷弼得罪了，赶紧来巴结监军，为自己捞些好处，看看能否有机可乘，为后金国立功。

监军正合计怎么找茬儿呢，刘国缙又是恭维，又是要送辽东特产，正好，高初叫刘国缙给熊廷弼使坏。

刘国缙和姚文宗相处甚好，有时间就在一起把酒言欢，这次喝酒刘国缙又一次道出了心中的怨恨，他要弹劾熊廷弼，这正中了姚文宗的下怀，二人一拍即合。刘国缙不知道姚文宗已被建州间谍重金买通，他们一起商量着给朝廷上了一道弹劾经略的奏章，由监军带回京城，监军高初又在魏忠贤面前添枝加叶，数落熊廷

## 第二十六章 万历家事

弼一身的不是。魏忠贤沉着脸，拿了刘国缙和姚文宗的奏章，面奏天启皇帝。

天启皇帝正在禁宫内亲手干木匠活，天启皇帝虽然像他爷爷万历，但是不全一样，万历皇帝喜欢宫娥彩女，天启皇帝喜欢木匠手艺。总管进来时，皇上正全心全意地锯木方子，划完溜直的墨线，刚下锯"唰"的一下，魏忠贤跪在锯末子上，上奏说："启禀万岁，辽东经略熊……"皇上一分神，一下锯就跑偏了，出墨线外头去了，天启皇帝心疼：白瞎一块刨好的红松木料了。

皇上厌烦地说："朕都知道了，你就看着办吧。"嘴说着话，眼睛还在看手里的木料，在想怎么改改锯，别糟蹋了好东西。魏忠贤又说："朝臣们奏请由袁应泰代替熊廷弼。"天启皇帝也没有听清楚谁的名字，拿着墨线说："你们好自为之吧。"说完摆手叫魏忠贤下去，别耽误干活。

朝廷上一些大臣得知千岁不满意熊廷弼，就跟着起哄，溜须魏忠贤，御史冯善才等人赶紧写奏章，胡乱弹劾熊经略。

天命六年（1621）九月二十一日，天启皇帝朱由校登基后的第十五天，正式下令罢免熊廷弼辽东经略一职，熊廷弼交回尚方宝剑，"听候处分"。一道圣旨到辽东，袁应泰替换了熊廷弼，任职经略，薛国用任辽东巡抚。

努尔哈赤放下察哈尔的事，与喀尔喀使臣盟誓，再派希福等人出使喀尔喀会盟，安抚了蒙古，又得报辽东经略换人，努尔哈赤等的就是这一天。果然，新任大明辽东经略袁应泰一到任，就将熊廷弼一年多的心血"多处更易"，大部分废止，然后雄心勃勃地准备兵分三路，收复失地。

# 第二十七章 出征沈阳

## （1）

努尔哈赤从收服叶赫之后，已经有一年多的时间没与大明动刀兵。从辽阳城回来的建州间谍密报："袁应泰出任辽东经略已经上任，正在调动下属官吏，提拔心腹。"得到报告，努尔哈赤立刻命侍卫传唤额驸李永芳。又叫本月当值掌政的阿敏，召集各贝勒、大臣们上殿议事。

李永芳见努尔哈赤施礼，还没等他行完礼，努尔哈赤就问道："袁应泰到辽东当经略了，他这个人咋样？"李永芳见礼完毕，站起身说："袁应泰虽稍有武略，但不是一个帅才，他比熊廷弼差多了。"

在侍卫的传令下，不多时，代善、德格类等大小贝勒，额亦都、扬古利等几个大臣，有十多人聚集在议事厅。当值的阿敏先说话："辽东的熊廷弼下去了，新来个袁应泰，经略换人，兵马换将，正是我们出兵的时机，今儿个就议议这个事。"

努尔哈赤对大伙儿说："袁应泰已经调换兵将，重新布防，分兵五万驻扎广宁，辽阳留守五万，沈阳城内有兵六万，城外奉集堡和虎皮驿有兵两万，大伙儿说说先出兵哪里？"阿敏跟着说："我看先打辽阳好，那儿的兵马已经调出去了，又是经略的驻地，如果捉了袁应泰，别的地方都能一触即溃。"博尔锦赞同二贝勒的说法，说："打辽阳好，大城池里金帛财货可就老多了。"

额亦都不同意，说："不妥，辽阳不是小城，一两天打不下来，等广宁、沈阳的明兵回援，我们就前后受敌了。沈阳城池小，只有辽阳的三成，攻打容易些，而且有浑河阻隔，辽阳的援兵不会很快到沈阳城下，还是先出兵沈阳好。"额亦都说完，皇太极、巴雅喇等人都赞同这个说法。代善也说："沈阳城离我们近，征叶赫前又出兵打过蒲河与奉集堡，道路都熟了，这回要狠狠地收拾收拾贺世贤。"

同意出兵沈阳的人多，努尔哈赤最后决定出兵沈阳城。传命各旗整治铠甲刀枪，修复云梯楯车，预备干粮，等过了开春，雪化净时出兵。现在刚进冬季，天气已经寒冷，河水结出冰凌，努尔哈赤传令八旗各级额真："天冷树木冻透，容易砍伐，

## 第二十七章　出征沈阳

令八旗都出人上山砍大树，一个甲喇打造云梯三架、楯车四辆。每个牛录再编草袋一百个。"

上万人牵马进山，大树放倒后，剥干净树皮，拉下山，存放萨尔浒城里，在向阳的地方晒干。

何和里与李永芳选出一百人，都是从抚顺城、开原、铁岭归附的有家室的降兵，命他们装扮成关内的商户、书生，还有富家公子和流浪的乞丐，由王一屏和丁碧分别统领，进入沈阳城打探。两路人分六拨，陆陆续续从四门进城。王一屏领八十人，有的背着褡裢牵着马匹，在城内商铺里做买卖；还有人一手端碗，一手拄棍，街头要饭，都潜伏城中。丁碧领二十人，城里城外游逛，暗中探查明兵的部署、城墙的高长、池水的深浅。

城墙高矮不能拿尺去量，就等到上午的巳刻，城高和城的影长差不多时，用脚步量西城墙的影子；在下午未时，量东城墙影子是多少步，算出沈阳城比萨尔浒城高一点，是两丈五尺。城墙的长度也用脚步测量，比萨尔浒城长不少，一面墙长三里零十尺。丁碧的二十人，打探清楚城内外的情况，就悄悄返回界凡城。

萨尔浒城里数千根长木都晒干了，代善问罕王打造多高的云梯，努尔哈赤命护卫龙锡到各个牛录传令："打造的云梯长三丈。另外每个甲喇再打造一架三丈八尺的加长云梯。"

经过整整一个冬天的准备，出征所用的东西都备齐全了。新年过完，出征的将士分别收到了军帖，每人可带阿哈兵一人，可实际上根据职位不同，影响力不一样，他们分别带一至五人不等。因为多一人就多一份奖赏。八旗将士实际上是老爷兵，根据军功不同，分配给他们的阿哈人数也不一样，少的有几人，多的则有几十人，这也是努尔哈赤以少胜多的一个重要方面。

天命六年（1621）初春，努尔哈赤亲自率领八旗人马，分兵八路进军沈阳城，试探明兵虚实。大军行进到甲版城时，甲版城以北李其沟的明兵发现了八旗兵，在李其西山的烽火台上燃起狼烟，抚顺城北高尔山暗藏的哨兵，飞马疾驰将建州出兵的情报送到贺世贤手里，沈阳城及左右城堡立刻都四门紧闭，严阵以待。

八旗大军过抚顺城，走李石，行军两日，到汪家后，并不向前去沈阳城，而是往南走，进兵陈相屯东北的奉集堡。奉集堡在沈阳城东南四十里，此堡西南三十里是虎皮驿，两地与沈阳城互为犄角，这是当年熊廷弼建立的防守要塞。把守奉集堡的总兵李秉城，得报八旗兵来攻，点齐五千骑兵，高举"李"字帅旗，出城堡向北进兵六里迎战。

努尔哈赤命左翼杜度率三千正白旗兵马攻击李秉城。两军刚一交战，努尔哈赤再命左翼的莽古尔泰，率领他的三千正蓝旗兵马助战杜度。李秉城抵挡不住，败退逃回奉集堡，正白正蓝两旗人马追到，城堡里打出火炮，甲喇吉拔克达与一个长甲兵被打中，两人阵亡，杜度、莽古尔泰领人马退回来。

在蓝白两旗人马追杀明军时，努尔哈赤到奉集堡城北三里的高岗，扎下行营，帐篷还没有立起，一个探马来向努尔哈赤报告："启禀罕王，在西南十五里的地方，有二百敌兵，急速往这边走，肯定是来增援的。我们三个人，俩被打伤，我一人回来。现在敌兵离这儿不远了。"

听完报告，努尔哈赤对额亦都说："西南的明兵，肯定是从虎皮驿来的，你和德格类领镶红旗阻击他们。"额亦都领命回答："喳！"转身同德格类出去。

没有两口烟的工夫，侍卫来报："额亦都箭伤复发，从鞍子上掉下来。"努尔哈赤大惊说："快扶回来，快传医士绰尔济，令德格类领兵。"

德格类带领岳托、硕托，率右翼三千镶红旗兵马，出击十里河虎皮驿来的援兵。搀回额亦都，蒙古的医士和军中的郎中一起来给诊治，只是旧箭伤复发，没有大的伤病。努尔哈赤放下心，才对皇太极说："虎皮驿来的援兵，还不知道是多少，你去助战。镶白旗三千人不多，朕的护军你带上。遇到城堡，不必强攻，只在野外开战。"转头又对护卫龙锡说："你领护军，三十个牛录都带上，跟八阿哥走。"两人应声出去。

德格类率人马向西南进兵三里，迎面看见二百明兵。这些人是探路的哨兵，望见后金国兵马掉头就跑，镶红旗兵马追出五里，与两千明兵遭遇，明兵列阵拒战。岳托、硕托打头杀入敌阵，身后铁骑打马跟随，飞矢如雨，刀枪齐下，明兵招架不住，败退逃向黄山的大营。

镶红旗兵马追敌到黄山营前，忽听一声炮响，营门开启，冲出一路兵马，打着"朱"字副将的旗号，领头的是一员猛将，身高足有八尺，披挂整齐，单手端刀，打马迎战，挡住了岳托，两军厮杀一处。

正当德格类、岳托受阻挡的时候，皇太极领兵杀到，从左翼攻击黄山大营，劈开栅栏，推倒战车，冲入营地内，明兵溃退，后撤回虎皮驿的武靖营，辕门关闭，箭矢炮口探出木栅外，瞄准阵前。皇太极见敌营坚固，早有防备，天色也晚了，便没有攻打武靖营，率两路人马返回高岗大营。

第四日，努尔哈赤没有再出兵奉集堡和虎皮驿的武靖营，而是率领大军向西北挺进五十里，沿途路过的都是小村小屯，没有明兵驻扎，再折向东北走八十里，

## 第二十七章　出征沈阳

奔向蒲河，八旗大军整整绕着沈阳城的外围，侦察了一圈，傍晚路过蒲河荒废的兵营，在辉山住宿一夜。沈阳城总兵贺世贤派出人马增援，到达奉集堡虎皮驿时，八旗兵已经没有踪影。第五日，后金国兵马走高湾葛布，回兵界凡城，路过高尔山时，派雅逊带人搜山，把藏在寺庙内大明的暗哨尽数捉拿；走到甲版时，派阿敏的四弟图伦，领一个牛录，进兵到李其沟，捣毁营哨和烽火台。

初探沈阳城二十五天后，节气已是清明，山沟里积雪融尽，浑河完全化开，激流汹涌。努尔哈赤整体分析了战略态势后下令："八旗军每人带一个阿哈。"努尔哈赤率领八旗兵八万、阿哈兵八万，总计十六万多兵马，再征沈阳城。

兵出界凡城之前，努尔哈赤传令各贝勒、大臣："这次出征，要行军快速，突袭沈阳城，在辽阳援兵到来之前打下城池。"代善质疑说："人都骑马，可以快走，只是云梯太长，又多，斜绑马车上，快走不了。"额亦都跟着说："大贝勒说的是，马车快了，很容易刮折云梯，得想个办法。"努尔哈赤问："谁有办法？"大家都直着眼睛不出声。

## （2）

静了一会儿，皇太极上前说话："现在浑河水大，把云梯捆成木排放河里，会比马车拉得快。"大家一听，都高兴地说这个办法好。努尔哈赤同意，命令将云梯长木放入河中，后面系上小船，顺流而下。

大军水陆并进直奔沈阳城。行军两日，第二天中午到达沈阳城东七里河的马官桥，扎下大营。

努尔哈赤派出五十名快马哨探，去沈阳城下打探明兵的守备情况。探马徐徐走向沈阳城大东门，遥遥望见地势开阔的远处，城长墙高，大门紧闭。走近一点，见城墙比三个人还高，城上箭垛之间架火炮，摆满滚木礌石，箭垛上旌旗猎猎，旗下一队队铁甲兵卒，持长枪大刀，交错巡逻，步伐整齐，阵形有序，一看便知早有防备。

哨探再推马走近查看，城墙下五十丈以外，有一宽一窄两道护城河，内圈河宽五丈，波光粼粼，无风自起三层浪，不知道有多深；外圈窄些，有两丈宽。在两道护城河上，对着城门的位置各有吊桥高悬。

快走近外圈的护城河时，探马发现，马蹄下平整坦荡的地面，土的颜色不一样，干黄的土质中，有的地方呈暗灰色，看着就蓬松不实，一人用丈八长枪扎蓬松的地方，忽然干土下落，露出黄草，成一个孔洞，原来是陷阱。幸亏是信马由缰地慢走，如果是打马飞奔，肯定会连人带马一头栽里头。

仔细寻查，陷阱容易看清楚，持长枪的兵卒专找陷阱，一搅和，浮土纷纷散落，露出稻草和苞米杆子，再下面是长树枝，用枪头一挑，都掉进陷阱底，挂在底下的尖木桩上。

城外这么多人忙活，城上巡逻的看见，上来弓箭手，利箭倾泻射来。八旗兵身上有盔甲，如果不是射向脸面和马头，就不拨打箭支，也不用盾牌接挡，箭矢射在甲胄上，弹起落地。

城上指挥的将官见射不中，大怒，将手中的大葫芦一摔，转身下城。忽听一声炮响，城门开启，跑出一千步兵，两翼排开，有人放下吊桥，一队骑兵，不下五百人，擎举大旗，高声呐喊，冲杀出来，打头一员大将，胸宽体阔，身高过八尺，比别人能高出半头，手持九节钢鞭，打马飞驰过吊桥，直奔挑陷阱的八旗兵。

找陷阱的兵将聚拢一起，迎战明兵，来将过于勇猛，两马错镫，一鞭就把一个士兵打落马下，后面的明兵从两侧包抄，又有两兵卒阵亡，八旗兵见不能力敌，一齐后撤，明兵追出百步后，收住人马，得胜回城，写捷报呈送给辽阳袁应泰经略。

败回马官大营的探马，向努尔哈赤报告了敌情，贝勒大臣们听说城高池宽，兵精将猛，不禁面有难色。李永芳问探马："帅旗上是不是'贺'字？"有一个识字的人回答："是。"李永芳上前对罕王说："用九节钢鞭的大将就是沈阳总兵贺世贤。"

代善接话说："上次在蒲河，就是这个人挡住了我的旗。"大家听了，都有些发愁。努尔哈赤听他们讲完，笑着说："沈阳城容易破，今晚早歇着，明天出战。"大伙儿都愣住，不知道怎么会容易，还没有问呢，努尔哈赤先走了。

第三日早起四更，天还没有亮，努尔哈赤升座，分兵派将：令皇太极率两千长甲兵埋伏在大东门南面的荒草里；代善率两千长甲兵，埋伏大东门北面。两路人马趁天黑藏好，等天亮后，打东门外开战，两人沿护城河占领大东门吊桥。令巴雅喇、铎弼、杜度各领兵一万，在大东门开战后，分别出兵南、西、北三个城门。最后令阿敏、德格类和岳托三人领兵一百，天亮后，到大东门护城河外挑战，如果有兵将出城，都打回去，等贺世贤亲身出城，就边打边退，把他引出来，然后向南北射响箭，代善、皇太极兜后头、包围，扬古利领正黄旗正面出击大东门，接应阿敏。听到响箭，南西北三面同时攻城，其他兵马，准备随时出兵。命令下达，分头准备。

天大亮，阿敏等百人到护城河前，大摇大摆地挑坏陷阱，用长枪探水的深度。

## 第二十七章　出征沈阳

总兵贺世贤早就坐在东城墙上,座椅侧面的桌子上,摆着两只整个的熏鸡,一大盘切好厚片的酱牛肉,一只粗瓷海碗,三坛子老酒,酒葫芦系在腰间。贺世贤三口两口一碗酒,吃一片肉,旁边的亲兵马上捧坛子满上,正有滋有味地喝着,瞭望的哨兵报:"来了一百建州兵,在挑陷阱。"

贺世贤一口干了一碗酒,一蹾碗说:"杀尽敌兵,回来再喝。"说完点齐一千骑兵,传令开门。城下的副总兵尤世功,见总兵大人喝得有点多,就请求自己出城,贺世贤不准。尤世功急忙登上城头观战。

城门开启,吊桥落下,贺世贤领兵冲出城外。阿敏等看到"贺"字帅旗出城,领头的是红脸大个儿,手持钢鞭,知道是贺世贤亲自出兵了,德格类高举大棍,迎头就打,贺世贤摆钢鞭还击,不过两个回合,德格类吃不住劲,退马败走,阿敏挥大刀迎上,一个照面,阿敏大刀脱手,两人领兵后退,贺世贤打马追赶,跑出不到二十丈,阿敏、德格类突然勒马,回身再战,德格类手举大棍,阿敏拿的是腰刀,两人一齐乱打,贺世贤震开大棍,钢鞭横扫,阿敏的腰刀太短,没有用,干脆一撒,腰刀飞向贺世贤的坐骑,贺世贤斜鞭一甩,打落飞刀,阿敏、德格类接着逃跑,气得贺世贤大叫,在后面狠追,转眼跑出二三里。

阿敏回头看,贺世贤在紧追不舍,于是摘弓射出响箭,顷刻,左右伏兵齐出,围堵明兵,扬古利率一万正黄旗兵马,迎面杀出来。贺世贤见有埋伏,返身要退回城,可是回大东门的路已经被八旗兵占领了,于是领兵杀向南门,然而南门外的八旗兵也是多如潮水。

东城头上的副总兵尤世功,见大帅遭遇埋伏,东门大南门敌兵无数,赶紧跑下城,点两万兵马,从西门出城,向大南门冲杀,接应贺世贤。而此刻贺世贤被包围在数万兵马之中,冲到南门时,肩膀后腰已中三箭,血流到马背,南门冲不进去,身边的亲兵说:"大帅,进不了城,往外冲去辽阳吧。"贺世贤不准,说:"俺是主帅,岂能弃城逃跑?"说完领身边几个人,向西门冲杀,没到西门,一支黄领巾的四棱飞箭,射中咽喉,贺世贤应声落马阵亡。

副总兵尤世功率兵尚未到南门,也战死城下,两万明兵尽数被消灭,无一人逃回。

总兵和副总兵都战死城外,城内大军无人统帅,参将夏国卿、张纲,知州段展,同知陈栢领兵把守四门,各自为战,连放箭矢火炮。因为炮打得太快,使炮膛过热,火药装里就燃烧喷出,还有的自身起爆,看来不冷却是不能再用了,可军情不等你冷却。八旗兵挖土装袋填河,推楯车、架云梯攻城,长甲兵持长枪大刀急冲，短甲兵城下发箭如雨，明兵战无斗志，半打半退，扬古利率先登上东城头，守城明兵大乱，城内潜伏的人趁乱打开东门，皇太极率镶黄镶白两旗铁骑杀入城中，四万明兵四面溃败。

仅一天，八旗兵攻下沈阳城。

上年是猴年，天大旱，收成极差，粮食金贵，现在攻取沈阳城，缴获八万明兵一年的军粮，共有二十四万石，今年是鸡年，光景也不能好，还得是荒年，得了这么多粮食，足够后金国享用一年了。

攻城一战，兵卒阵亡近千人，牛录以上额真战死七人，努尔哈赤令雅尔哈齐、博尔锦等人分叙出征人员战功，重金赏赐，并将围攻贺世贤时战死的四名额真和三名攻城战死的额真的名字写在黄纸上，摆在灵台上，上贡果燃香祭奠，七个额真是：雅巴海、孙扎泰、巴顿、雅木布里、图木布、达哈木布、旺格。

当晚，努尔哈赤住宿城中，天刚黑，探马来报："辽阳来的数万明兵，已到浑河南岸扎下大营。"

# 第二十八章　踏入辽阳

## （1）

　　后金国一日打下沈阳城，傍晚，努尔哈赤率领八旗兵马，住进城内，探马来报：辽阳城来的一路援军，有两万多人，已到浑南岸边扎营；还有另外一小路人马，在浑河南五里的营盘，搭建帐房，四周立起木栅栏，在外面挑出壕沟。

　　代善、德格类等人听说敌兵临近，争着要带兵迎战，努尔哈赤对大伙儿说："都不用去，辽阳城的明兵远道而来，地形不熟，他们不会夜里渡河。明儿个白天，等他们过河时再出兵。今晚早歇着。"说完，增派探马，沿浑河到两岸细探。

　　次日天亮，各贝勒、大臣齐集中军大帐，努尔哈赤还没有升帐，探马向当值的莽古尔泰报告："浑河边的明兵开始建浮桥，在水中钉木桩，又把小船连在一起，铺上木板。看样子，最少也得建八道桥。"大帐里各个额真听了，都很着急。

　　探马下去，已经日上三竿了，努尔哈赤才走进大帐，御座下的人急急地要出战，努尔哈赤说："不急，再等一会儿。"代善上前说："明兵已经搭浮桥了，正是堵杀的时候，进兵吧。"所有人都看着罕王，等候下令，努尔哈赤说："刀枪楯车都齐备了吧？"下面的贝勒大臣们同声回答："齐了。"努尔哈赤说："再等消息。"

　　过了不到一袋烟的工夫，有探马疾步来报："浑河南岸的主帅是总兵陈策，带八千人马已经过河，在北岸的五里河列阵。"探马报完退出，努尔哈赤传令："右翼四旗出兵迎敌。"代善、岳托、阿敏和扬古利四人应声出帐，率领两红、镶蓝、正黄四旗兵马，出大南门冲向五里河。

　　浑河两岸都是开阔的平原，后金国所有兵将都是骑马出征，一队队人马随着打头的大旗飞驰，片刻就临近北岸。远远地望见，河岸边用长木架起一座高台，高过三丈，台上摆放四面大鼓，"咚咚"声传出十几里；大鼓后，两面彩旗上下摆动，指挥台前的各路兵将。

　　再走近点，看清岸边的明军全是步兵，摆出的是八卦阵，士兵身披棉甲，头上顶棉盔，手持一丈五尺长的扎枪或是砍刀，但是枪柄和刀柄都是竹竿做的，一看手里家什，就知道不是北方的兵。几百个或近千个士兵排成一个横队，首尾各有不同颜色的旗幡。每一横队前，有一员骑马的将官，披挂铁盔铁甲，手持铁柄刀枪，带领本队兵卒，随着鼓声，按高台上彩旗的指示，左右移动。十多列横队，按八卦排列。鼓声雷动，旗幡如风，兵马如流，转起的八卦阵，像是汹涌波涛里的漩涡。

大阵后的浑河浮桥上，过河的兵将正连绵不断地涌向北岸，加入阵中。

两红旗先发动攻击，短甲兵在前面，徐徐逼近，同时万箭齐发，箭矢如同仲夏突来的暴雨，倾泻到明军棉甲兵的身上。短甲兵尚未攻到阵前，长甲兵从后面快速冲出，越过短甲兵，杀入阵中，短甲兵紧随冲杀。任凭高台上战鼓多响，彩旗如何挥动，步战的明兵再也拦不住铁骑，纷纷向河中溃败。

八卦阵适合以多兵围困少兵，而明兵仅有八千多人，如何抵挡两红旗近两万兵马的冲击！不到一刻的工夫，八旗兵斩杀明兵三千多，余下明兵跌落河水里，淹溺的不计其数。浮桥早被踩翻，桥上兵将尽数落水，离南岸近的爬上岸，却被河水冻得抖成一团。

两红旗攻击八卦阵时，扬古利、阿敏领正黄旗、镶蓝旗浮水渡河，短甲兵在前，把弓和箭都装在鹿皮袋子里，扎紧袋口，系在腰间，刀枪挂在鞍子上，赶马下水，同战马一起游过浑河。

短甲兵游到对岸后，占领河边，长甲兵才过河，脱下盔甲挂鞍子上，让马驮着过河，士兵拽着马尾巴游过浑河。

河南岸的明兵见八旗兵游过河，立刻顶盔挂甲，提枪上马，眼看八旗军马也滴水，人也滴水，却像水不凉似的，都吃惊得呆住，都忘记了恐惧。等八旗兵马向前冲杀了，河边的明兵才想起来逃跑。

明军总兵陈策眼见北岸大阵溃败，八旗兵渡河，急忙率一万多兵马迎战。两红旗兵马也开始过河，八旗兵越来越多，陈策统兵拼命抵抗，终是兵少将寡，战死河边，明兵死伤过半，剩下的逃向浑河南五里的营盘。八旗军中，正黄旗甲喇额真布哈、镶蓝旗牛录额真郎格、石尔泰战死，阵亡兵卒七百三十人。

营盘的明兵已经听到河边的战鼓声，还没有出兵增援，陈策的溃兵就跑到了营门口。营门开启，逃兵全部收进，营门关闭。

代善、阿敏等人追到营盘，眺望敌营，不禁吓了一跳。只见眼前一座小城池，当道拦住大路。城高有一丈二三，比骑马士兵的头盔还高一点。城墙上火炮探出，火炮之间旌旗猎猎，旗下潜伏着弓箭手。阿敏愣着眼神问代善："大哥，昨晚探马不是说，浑河南五里是木栅栏的营帐吗？这咋是个城池呢？"

代善也疑惑地说："停住看看，叫来昨晚打探的人问问。"不一会儿，探马

## 第二十八章 踏入辽阳

到代善跟前说："贝勒爷，昨晚这地方确实是木栅栏，营门的位置也是那儿，外面壕沟也是那样，土都是新挖的。"两旁的额真兵卒，看这个突然出现的小城，有点邪乎，都有些害怕。代善命令四十个护军："回沈阳城里，取来二十个半截的云梯。"

护军回马走了，代善再命人找来两根又长又粗的圆木，分别架在两辆楯车上，准备攻城时撞击城门和城墙。

代善的护军回到沈阳城，报告了出现城池的事，大伙儿都感觉异样不太相信，一小路兵马，不足一万人，一夜之间怎么能建起一座城池！就是一个月也干不出来，难道有什么妖术吗？努尔哈赤决定亲自到营盘观看敌营，命令左翼四旗准备过河增援，自己叫上恒纬率领一个牛录的护卫先行过浑河，皇太极不放心，也带上一个牛录的护军随后出发。

努尔哈赤过河向南走出两里多，看见雅逊领着二百长甲护军，急惶惶地从右侧赶来，朝着河边方向走，雅逊望见罕王的护卫急忙奔了过来。努尔哈赤问雅逊："怎么慌里慌张的？"雅逊下马行礼说："启禀罕王，奉集堡虎皮驿两地三万兵，一同出来增援，已在白塔堡扎营。我们正偷看时，敌营冲出一千骑兵，我们撤回，一千敌兵跟着追过来了。"

努尔哈赤不悦地说："你领的也是锐军，被追出二十多里都不敢还击？"说完，要率领自己的护卫出击跟踪来的明兵，皇太极从后面赶到，劝罕王别去，由自己迎敌，努尔哈赤允许。皇太极率领不足三百人的护军牛录，打马驰向右前方，迎击明兵，将一千大明骑兵杀散，皇太极领护军追着逃兵，杀向白塔堡。努尔哈赤命恒纬速到前方的营盘，传令两红旗绕过小城池，向西南进兵，出战白塔堡，增援皇太极。

奉集堡总兵李秉城和虎皮驿总兵朱万良，得报努尔哈赤攻打沈阳城，两人商定次日出兵增援，第二天早起出兵时，又得报沈阳城在昨晚已经陷落，辽阳的援兵已到五里河，李秉城、朱万良、姜弼、阎鸣泰四人合计：沈阳城高池深，六万重兵把守，一日失陷，俺们仅两万多兵马，无坚可守，岂有胜算！如果不能取胜，不如全身而退。四人意见一致，于是扎营白塔堡，不再前行，只派出一千探马，打探辽阳援兵对阵的情况。

总兵们正等消息，探马狼狈逃回来，镶白旗兵先追杀到营前，两红旗跟后也冲到白塔堡。朱万良令姜弼领五千人抵挡一下，好容空大军撤退。姜弼率兵大喊杀出北营门，阎鸣泰领几个护卫先从南营门逃走。姜弼领的兵马与八旗兵一触即溃，全军一起向辽阳方向溃败。代善、岳托、皇太极领兵追出四十里，斩敌三千，得胜回兵。

左翼四旗也渡过浑河，八旗大军将小城池四面围困。正红旗长甲兵先冲击城池，铲平壕沟，城上火炮点火发射，一排炮打出后，在装火药的空隙，架着圆木的楯车冲到城墙下，猛撞城墙，第一次撞击，并没有太大的力道，可是圆木却冲破了城墙，连同楯车，一齐冲进了城里，城墙也倒了一大片，火炮也滚落到地面上，点火装药的兵卒摔倒爬不起来。

原来，城墙不是用砖石砌成的，而是在木栅栏上绑了苞米秆子和稻草，草上面涂上泥，泥就是用挖壕沟的土搅和成的。"城墙"里面搭了几个木头架子，放置火炮，远远望去，和真的城池一样。

"城墙"落陷了，长甲兵纵马一踩，就踏出一个豁口，四面冲杀，一万五千明兵尽数被消灭，领兵的副将董仲贵、参将张大斗战死。

八旗大军打退三路援兵，返回沈阳城休整三天，论功行赏，奖励将士。雅逊因不能临阵取胜，革去牛录的职务。

兵马休整时，努尔哈赤命李永芳派人打探辽阳的军情。李永芳给辽阳城内的亲家马汝龙写信，劝他投降，说："把守辽阳的兵马，都是从关内远道而来，水土不服，粮草不济，岂能取胜！如沈阳城兵马七八万，尚且不敌，而辽阳城不过有兵三四万，亲家不如早降立功。"

马汝龙本是大户，可是因为守城兵马轮番盘剥，家产大多被掠得所剩无几，家人遭兵痞欺辱，朝不保夕，人人愤恨，没有地方讲天理。所以李永芳派人来劝降，响应的人极多。马应龙、马承林、柯汝栋等富家大户，将后金国的探子带进辽阳城，藏匿在家里的地窖中。

努尔哈赤攻占沈阳五天后，召集贝勒大臣们合计说："沈阳已拔，敌兵大败，今儿宜当乘势进兵，攻取辽阳城，怎么样？"大伙儿都赞同，于是命额亦都、德格类领兵两千，镇守沈阳城，八旗大军架云梯、拉战车，聚集十里河虎皮驿，八旗并列，八路并进，旌旗蔽日，覆盖山野，向辽阳城进发。

八旗大军行进一天半，第二天中午到达辽阳城东南。

辽阳经略袁应泰在沈阳失守的时候，派出陈策增援，辽阳城内仅剩兵马三万，增援失败，李秉城、朱万良等带回兵马两万多，城中兵力仍是不足，袁应泰急令四周城寨兵马，火速进入辽阳城，三日之内，广宁、鞍山、锦州等大小六十余处的兵将，尽数调入辽阳，集结步军骑兵共十二万五千人，有总兵七员，

## 第二十八章　踏入辽阳

副将七员，参将二十一员，游击、备御、千总九百八十人。征集战马七万匹，战车两万辆，火炮四十门，每面城墙上架炮十门，严防八旗出兵辽阳城。

## （2）

接连不断的密报出现在努尔哈赤面前，他对敌军的情况了然于胸。努尔哈赤亲率左翼四旗，先到太子河边，眺望辽阳城，只见城池极是宽阔，城墙绵延，看不清边际，比沈阳城要大三四倍，城墙也比沈阳的城墙高出一大截，估计有三丈多。城外护城河两道，都是河宽水急，如果投入柴草沙袋，必定会被急流冲走。城墙上旌旗如云，旗下刀枪涌动，兵将无数。

见辽阳城太高，池太深，兵多将广，努尔哈赤传令大军："过河后，不攻城，先在城外杀敌。"大伙儿都疑惑："敌兵坚守城池，城外哪里有人？"

努尔哈赤领护军打头下水，游过太子河，左翼四旗兵马，紧跟着陆续跳入水中。努尔哈赤登岸后，依次派出几队探马，打着旗奔向千山探路，如果遇到大路上的行人，就打听通往京城的道路。浮水过河的四旗兵马，也不进兵城池，摆出要绕城而过的架势。

四旗兵马还没有全部过河的时候，近路探马来报："西门有五万兵马出城，向西南走，是五个总兵统领，五面帅旗上各有大字是：李、侯、蔡、姜、童。"辽阳经略袁应泰早就打探到八旗兵出征，人马调集完毕，准备坚守城池，要凭借高城大炮，挡住骑兵铁蹄。可是没有想到，从新上报的消息看，努尔哈赤要避实击虚，不打辽阳城，直接出兵鞍山、广宁，逼近山海关，这可把袁应泰吓坏了，辽阳以外的城池都已经没有兵将，广宁城里只有巡抚薛国用一个大员，手无兵卒，如果努尔哈赤这样用兵，从这儿到山海关，一路就是无人之境，那他袁应泰的罪，不是灭九族可以了结的。袁应泰与巡按张铨一商量，慌忙派出五个总兵，出城拦截八旗兵。

左四旗大部分人马游过太子河，兵将上马列队时，又一路探马来报："辽阳五个总兵李怀信、候世禄、蔡国柱、姜弼、童仲揆，率领五万兵马，到城西南五里处，在大路上当道下寨，掘土壕埋栅栏，立起大营，大营的两侧路南路北，各立有一座小一点的营寨。"

努尔哈赤得报，传令左翼四旗出击城外明兵，自己亲率一个有二百九十六人的护军牛录，走在四旗前面。皇太极率领本旗护军断后，大队人马集结到一起，率众继续前行。皇太极派护卫上报说："自己愿先出击敌营。"努尔哈赤命十二阿哥阿济格追回八阿哥，转告皇太极说：已命莽古尔泰领正蓝旗出击路南敌营，叫皇太极退回左四旗尾，与后进的右翼四旗观战。

皇太极不回，对阿济格说："要同莽古尔泰和兵出击。"阿济格自己拨马返还，给罕王回话。努尔哈赤命恒纬带两黄旗巴雅喇精锐，助战皇太极。

八旗大军抵达五总兵营前，努尔哈赤率三个旗与明兵中营对持，并不冲杀，只令正蓝旗出击路南的敌营。这时，探马来报："西门又出两万兵马，要袭击后军。"努尔哈赤令身边三旗不动，命护卫传令两红旗出战西门明兵。

皇太极、莽古尔泰冲击路南兵营，明兵抵挡不住，有些动摇，中营明兵不敢分兵援助，因为中营正面也是大兵欲出。努尔哈赤再派杜度领正白旗，从左翼绕出去，助战莽古尔泰，明兵南营溃败，残兵向西南逃窜。

南营大败，皇太极、莽古尔泰、杜度再从左翼杀向中营，努尔哈赤率领正面两旗，同时发起攻击，明兵发射火炮还击，八旗长甲兵顶烟火冲杀，明军中营抵不住两路攻打，连同北营一齐往西南撤退。皇太极领兵追出六十里，杀到鞍山才回兵。李怀信、童仲揆战死，姜弼等带着四万多兵马，逃向广宁城，投奔了巡抚薛国用。

两红旗也杀退了出城的明兵，袁应泰本想前后夹击，结果两路溃败，两万明兵都退回城里。八旗大军兵到辽阳，第一天诱敌出城，击溃五万，打退两万，斩杀总兵两员，败逃三员。当晚，八旗兵收拢人马，在辽阳城南七里曙光以北扎营。

第二天，早起卯时初刻，努尔哈赤命左翼四旗出人，挖大西边护城河的排水口，以加快护城河水泄出；命右翼四旗出人，搬运石块沙袋，堵塞城东入水口，减少太子河水灌入护城河。努尔哈赤亲自统领右翼四旗兵马，在护城河边布置楯车，令短甲兵持盾牌和弓箭，堵住吊桥，以护卫挖河填河的人。

城上明兵发现有人挖护城河，急忙禀报经略，不多时，东城门大开，总兵朱万良、副将梁仲善率领步兵骑兵共三万人，出城保卫护城河，步兵推出炮车，列火炮三层，向护城河外连发不已。河上吊桥落下，朱万良、梁仲善率骑兵往外冲杀。西门也有骑兵出城，落吊桥，出兵攻击正在挖河的八旗兵。

博尔锦派人急告罕王说："挖排水的闸门太难了，不如夺桥容易。"努尔哈赤说："要是这样，左四旗兵试着夺桥，如果夺下，速报，朕增兵攻西门。"莽古尔泰与博尔锦率两旗兵马，冒着炮火，冲杀西门明兵，城上火炮连打，箭矢倾泻，兼有炭火罐从城垛上砸下。扬古利率正黄旗助战西门，三旗拼死攻杀，终于夺取吊桥，明兵败回城里，关死城门。左翼兵马推战车，抬云梯，攻到城墙下。

代善、阿敏、皇太极等激战东门，代善领一个牛录的长甲兵三百多人，率先

## 第二十八章 踏入辽阳

迎战朱万良，正红旗兵后面，紧跟着三个牛录的两白旗铁骑，有一千多人，在吊桥头堵截辽阳骑兵，厮杀半日，总兵朱万良、副总兵梁仲善都战死河边，残兵拽起吊桥，撤回城里。

傍晚，努尔哈赤将八旗兵马全调到西门，各旗轮番出兵冲城。城上明兵举火把挑灯夜战，八旗兵借夜色急攻，守城兵力吃紧，士气不振，有不少将官坠城逃跑，道员牛维耀、高出、邢慎言、胡嘉栋和户部侍郎傅国等人，各领家丁趁黑逃走。

第三天早上，袁应泰见八旗兵只在西门外架梯攻城，兵力不是很多，就派李秉城、阎鸣泰率两万兵马，出南门向西门冲杀，想打退攻城的八旗兵。李秉城人马还没有到达西门，代善、岳托率领两红旗，踏着护城河的水面，冲到西城下，截杀李秉城。原来昨晚黑天后，八旗兵已经用石块沙袋和柴草，填埋了一段护城河，只是没有填满河面，还有一尺深的流水，骑兵踏水，轻易过河。

出城明兵不敌骑兵攻击，李秉城、阎鸣泰败回城去。袁应泰得报李秉城失利，命令人马不再出去，只坚守城池。下午，努尔哈赤增兵攻打西门，其他三面佯攻，吸引敌兵，所有的加长云梯，都架到西门城墙上，数百楯车向城下运兵，额驸沙进和苏把海最先登上城头，两人与城头守兵厮杀。这时，建州间谍在城内做了一个大动作，他们巧妙地将火药库引燃爆炸，暗红的大火球直冲高空，转瞬化作一团黑烟，漆黑一片，挡住半边天，炸裂声震得耳鸣不止，脚下城墙随声震动。大爆炸引燃了城内的营房，草料场及城上的角楼多处着火。城墙上守兵无心再战，纷纷溃退。

袁应泰在镇远楼内，见城上城下起火，八旗兵攻入，知道城池失守，举火焚楼而死，守道何廷魁投井死，监军崔儒秀自缢，总兵李秉城与副将阎鸣泰，各打开东门和北门逃走，逃散兵将五六万人。御史巡按张铨领兵抵抗，被活捉。

第四天正午，东城门大开，努尔哈赤率兵马进城，辽阳城中的大户人家，制作了一对精美的皋比华盖，缝制一个锦茵坐垫，准备乘舆轿子，男子剃发，身着琵琶襟马甲，女人穿上新裁剪的旗袍，脚下是花盆底鞋，敲锣鼓吹喇叭，出城迎接罕王。城门上系了彩色丝带，两旁摆放香炉，清香点燃，每个人的手里都举着黄纸裱糊的木牌，上写"万岁"两字，努尔哈赤在欢呼声中，率两黄旗护军骑马进入辽阳城。

张铨被活捉后，关在衙门里，努尔哈赤命博尔锦和李永芳到衙门劝降。李永芳请张铨归附，张铨不屑看李永芳，脸冲向门外说："俺受朝廷深恩厚禄，如果投降苟活，是遗臭万年。"博尔锦对张铨说："罕王将以高爵位待你，何不见一下？"

张铨说："你们虽然想让俺活，但俺唯有一死。你们留俺性命，是你国的美名；俺守死不屈服，则能流芳青史了。"

张铨坚决不归附，博尔锦和李永芳就把他的话上奏，努尔哈赤说："他如果是知天命，自己来归附，宜当重礼厚待他；今儿战败被擒住，愿意死而不愿意活，这样的人养他有啥用？赐他死，成全他的志向。"

皇太极爱惜张铨是人才，还要用远古的事例劝他，到衙门拜访张铨说："过去宋国的徽钦二帝，被金太宗捉去，都屈膝伏谒，接受公侯的封赏。我想救你一命，何必固执己见呢？"张铨说："四王子好心相劝，无非想让俺活命，俺至死不忘。徽钦二帝是乱世的小朝廷，岂能跟当今皇帝、天下共主相比？俺岂能屈膝丧失大国的威严？留俺十日可以，过十日俺不再生。"

皇太极知道张铨已有必死之心，就问道："先生临行有啥挂念吗？"张铨说："俺一心赴死，也是为家人着想，俺家里上有老母，中有妻妾九人，下有五个儿子七个女儿，俺死他们都得到保全，俺活，必使宗祀九族覆灭。"这才是张铨坚决不归附的主要原因，舍一人而保全家。但他话锋一转又说："俺看眼前将帅官吏，都愚昧而不谙时务，致使生灵涂炭。今天你们的兵马虽然能征善战，又有何益？只是伤亡人命而已。四王子如果能上奏罕王，两国和好，免生灵死于锋镝，名声岂不垂传于后世？"皇太极知不可夺其志，不得已命人缢死，厚葬于杨鲁山。

后金国取得辽阳城，左右城寨的官吏自来归附，辽河以东的镇江（今丹东、鞍山、耀州、盖州、熊岳、金州等七十二处城寨，尽数剃发归顺。

八旗大军在十天之间连取两座辽东重城，努尔哈赤与各贝勒、大臣商议，决定人马休整一个月后，乘胜进兵医巫闾山下北镇的广宁城，这时，前后方两路探马送来两个消息，让努尔哈赤止住了进兵的脚步。

# 第二十九章　建都东京

## （1）

八旗大军攻取辽阳城，此后数日间，金州、复州、海州、盖州、宽甸、凤凰、鞍山、岫岩、镇江等辽东七十余城传檄而定，全部为努尔哈赤夺取。辽阳百姓迎接努尔哈赤进城，努尔哈赤一面安抚归附的官民，一面传命各旗兵将修复盔甲战具，准备出征辽河以西的北镇广宁。

这时，护卫呈上沈阳德格类送来的奏报："喀尔喀部的卓礼克图、巴哈、石尔湖那克等贝勒，率领所属的两千人，放牧牛马，走到沈阳城北的蒲河，听说我国已拔下沈阳城，就于辛酉日闯进城内掠夺财物和粮食。我军中的蒙古人同八旗兵一起杀退喀尔喀骑兵，活捉三十人，夺得他们的牛马过千头，咋处置这些人，请阿玛定夺。"俘获的三十个喀尔喀人，也押解到了辽阳城。

努尔哈赤得报蒙古喀尔喀又敢来袭扰，很是愤怒，命令斩二十四人，令余下六人持首级和国书回报喀尔喀五部贝勒。蒙古在身后起事，前方在京城的建州间谍也送来不利的消息：天启皇帝再次起用熊廷弼。

两份奏报连着传到辽阳，努尔哈赤手拿奏报，召集各个贝勒、大臣合计对策。四大贝勒、各旗额真陆续进入经略府第。人到齐了，努尔哈赤说："现今我国新增不少疆域城池，归附的降户也多，宜当细分编制；还有蒙古、朝鲜不稳定，大明朝廷又起用熊廷弼，广宁防范会加紧，不如暂时先休整，等时机再进兵，怎么样？"

皇太极赞同说："连日出战，兵马都疲乏，缓缓劲好。再有辽民人多事乱，该想想办法管理。"其他人也都同意罕王的说法。

努尔哈赤的恩师正一道长带给努尔哈赤一封书信，拟定了游龙走脉第四站，移都辽阳。于是努尔哈赤问众贝勒大臣道："上天既然眷佑我国，授以辽阳，如今是移居这里呢，还是回我国去？"所有的人都说："回国去。"博尔锦向罕王说："这儿不好，没大山，没树林子，不能围猎，就没肉吃，没皮子用，也没地方挖人参采山货，太不好了。"代善跟着说："这儿离大明太近，如果熊廷弼出兵反攻，防敌的准备工夫也不足。"还有人说想家的，还有人说不习惯的，各有各的理由，没有愿意住在辽阳城的。

努尔哈赤说:"你们只看眼前这些事,没长远打算。国家最重要的在于土地和人口,今儿个我们回兵,留下辽阳一带城池,明兵马上就回来,占居固守;周围藏在山谷中的百姓,都不为我所有了。舍弃已得的疆土走了,以后必是麻烦事儿,还得再出兵征讨,这样不是长久之计。而且这个地方,是与大明、朝鲜、蒙古接壤的要害之地,上天既然授予我国,就该住这儿。"

大伙儿听了罕王的话,虽然觉得有理,可是心里还是不情愿,没有人接话。努尔哈赤又说:"这里没山林,不出产百兽,要围猎就走点远路,但是这儿离海近,能煮盐,以后谁都可以吃得起,家里的阿哈,就不会因为吃不到盐而逃跑上告了;这儿的田地多,收成也就多了,粮食会够吃;辽阳四下地势都平坦,更有利于长甲兵出战,兼有三岔河阻隔着广宁,明兵不能很快到来,这么些好处,你们还有啥不愿意的?"皇太极赞同说:"住这儿确实有很大益处。"其他的人勉强同意。

明天启元年,天命六年(1621)三月二十九日夜,在庆功宴会上,努尔哈赤宣布辽阳为后金国首都,定名:东京。

努尔哈赤传命在沈阳的额亦都来辽阳,令德格类领人回界凡城和萨尔浒城,将罕王及各个贝勒、大臣家的福晋、小阿哥和格格,率先护送来辽阳,各旗额真和军士的家人以后陆续迁移。一直没有随军出征的安费扬古、扈尔汉,也同德格类一起来到辽阳城。

界凡、萨尔浒的人都到了,沈阳的额亦都还没有来,护卫上报额亦都的话:"这些天身子沉重,老伤作痛,等好些时再前往。"罕王的福晋们在各个贝勒的陪同下,欢天喜地进入辽阳城。从城门口到努尔哈赤住的经略府,府门外的路上铺上了芦苇炕席,席子上再铺大红色的印着苍鹰或树叶的蒙古地毯,十二个福晋各带两名侍女,踩着红毛毯走入府第,被贬废的福晋阿巴亥也接来了,走在人群的最后面。

经略府内,张灯结彩,鼓乐悠扬,地面上铺着同外面一样的地毯,努尔哈赤端坐在正厅里的御座上,接受福晋、阿哥、格格们的请安。罕王的福晋们拿着丝巾手绢,在侍女扶持下,依次走进正厅,满心欢喜地行半蹲屈身礼,同声说:"罕王吉祥。"

在欢声笑语的人群后面,身穿侍女衣服的阿巴亥,低头站在墙角,正偷偷地掉眼泪,努尔哈赤在御座上看见了她,站起身,迈步下台阶,脸色郑重地向人群后面走去,所有人都不知道努尔哈赤要去哪儿,不约而同地集中目光,随着罕王移动,向门口方向看去。

## 第二十九章 建都东京

　　罕王径直走到阿巴亥跟前,阿巴亥低头不敢动,努尔哈赤站住,顿一下,伸手拽起阿巴亥的一只手,转身走向御座,阿巴亥被拽得连跑带颠儿,跟着罕王走上台阶。努尔哈赤走到护卫恒纬前面时,朝着墙根的凳子瞥了一眼,恒纬忙指示一旁站立的护卫,搬来一个凳子,放在御座的侧面。

　　努尔哈赤转过身,松开手,指一下凳子,对阿巴亥说:"坐吧。"说完迈步到御座前坐下。阿巴亥有些迟疑,不知道该坐还是不该坐,努尔哈赤看着她,轻声说:"坐吧。"阿巴亥听努尔哈赤又说一遍,才走到凳子边,侧身担一点边,坐了。

　　福晋们行礼完毕,退到两旁垂手站立,接着是小阿哥和格格们进门请安。听得护卫一声传唤,只见高高矮矮的大孩儿小孩儿,一齐往门里面挤,呼呼啦啦进来一片,有的磕头,有的掸开马蹄袖下跪,有的直溜溜地站那看别人叩头,卖呆呢。请安声也是参差不齐,乱七八糟地喊:"阿玛吉祥。"努尔哈赤满脸笑容地看着,阿巴亥泪光依稀地同罕王坐在一起,接受小阿哥们和格格们的请安。

　　召见完事,努尔哈赤恢复了阿巴亥的大福晋身份。

　　当晚,各牛录大营内齐摆酒宴,庆贺迁都。牛录以上的额真都被召集到罕王的御殿,分列左右依次而坐,努尔哈赤用金壶,亲手为每一个人斟酒一杯,又赏赐每人一件金丝水牛皮软猬甲黄马褂,众额真、大臣叩首谢恩。努尔哈赤对大伙儿说:"明国最大,仍以为不足,欲吞并邻国,因此朕发兵丧其师、夺其土。这都仰承上天眷佑,又因各个额真攻战用力,才能得到此地。今儿个赐酒一杯、衣一件,为物细小,岂能作为酬劳?只是想大伙儿效力疆场,勤于王事,在廷席上以见朕心喜悦而已。"

　　在辽阳城内军民欢庆之时,护卫带着一身孝服的车尔格来朝见罕王。车尔格是额亦都的儿子,见到努尔哈赤,跪地哭拜说:"阿玛昨晚老了。"努尔哈赤闻听,惊诧得双目大睁,站直身子,手指车尔格,说不出话,涌上的眼泪还没有流出来,就昏倒在座椅上。醒来后努尔哈赤"车驾临视,垂泣与诀",死后又三次"亲临痛哭"。额亦都离去,与费英东谢世间隔一年零两个月。

　　额亦都去世后,留下家产数百万,均分给十多个儿子,努尔哈赤命战功最多的车尔格收养额亦都年少的福晋,又命他袭承了大臣的职位。车尔格准备将额亦都的遗骨送回赫图阿拉安葬,努尔哈赤不许,对车尔格说:"我国已经取得辽阳,迁都这里,这儿就是家,怎么能再留恋故土,不安心于新都城?"传谕将额亦都安葬在辽阳城东北的杨鲁山。

辽沈陷落，京师大震，自辽东战事以来，大明国都北京第一次实行戒严。天启小皇帝捶胸顿足，追悔莫及，痛定思痛，下诏痛斥并惩处当初口无遮拦、罗织编造罪名弹劾熊廷弼的官员，告诫文武百官，严令他们"洗涤肺肠，一心君父，共佐时艰"[1]。天启皇帝两次下诏罪己，话说得十分恳切，让熊廷弼非常感动，当天启小皇帝下旨并派钦差前去请熊廷弼复职时，熊廷弼无二话就答应了，同年初春带上随从再次来到北京。

辽阳被攻破时，明兵和城内官民逃亡不少，留下的空房老屋极多，努尔哈赤传令归附的降民和八旗额真："辽阳官民全都迁到北城居住，八旗将士住南城。"在北城，从归附的大明官吏中选出精明能干的人，管理归附的百姓，八旗的额真军士不许干涉北城的事情。

大明官吏战死或逃走后，遗留的良田多达数百万亩，总兵朱万良在虎皮驿有地四百顷，折合四万亩，朱万良战死，四万亩地成了无主之田；道员牛维耀，家有良田二百六十顷，牛维耀缒城逃跑了；守道何廷魁投井，遗留辽阳城外田地九十顷。就是在辽东驻守几年的太监，也占地上百顷。监军太监崔儒秀，在辽阳两年，占有良田一百二十顷；右少监太监刘恭，在辽阳私自差役军丁千余人，占种官地三百余顷；监枪太监梁妃，一人侵占的民田有二百八十多顷。所有的大小官员衙役，各有田地不等，如今或是死或是逃，田荒无主，没有人耕种。

辽东地广人稀，但不是老百姓都有百亩良田，而大多数人是田无一垄、房无一间，只能做佃户，一年租地收的粮食，八九成交租还贷，剩下的吃不到年关。现在无主田很多，努尔哈赤命令八旗出人，与辽阳北城的都司及游击，一同丈量土地，测得海州城、鞍山及辽阳城左右的无主田地，共有三十万垧，一垧折合十五亩，即四百五十万亩。努尔哈赤与各贝勒大臣商议，要将这些耕地平均分给降户和八旗军士，大伙都感恩戴德。

天命六年（1621），大明天启元年七月，努尔哈赤颁布汗谕，实行"计丁授田"制度。简单讲，就是根据男人数目分配田地、服兵役、出徭役等，引起了地方豪绅的抵制。

这种"计丁授田"制度，当然对没有田地穷苦百姓无疑是件好事，大受拥护。努尔哈赤还针对辽东汉人推行了"强令剃发""强行迁居""强征差役""清查粮食"

---

[1]《明熹宗实录》，天启元年四月癸酉。

## 第二十九章 建都东京

等政策,导致辽东汉人由逃亡而反抗,由反抗而袭击,由袭击而暴动。一时间,这种暴动竟有数十起之多,后续又发展到遍及辽东各地。对此,努尔哈赤一以贯之的做法就是镇压。

为了平息这种动荡不安的局势,努尔哈赤又采取了新的策略,公布了"按丁编庄"汗谕。这道汗谕是为了完善"计丁授田"制度,其核心内容是强行将汉人与女真人编在一个村庄中居住,借女真人监视汉人。明令禁止汉人民众制造、携带、收藏刀剑、弓箭等。于是,发生了汉人房屋被强占、粮食被抢夺、妻女遭凌辱等事件,更加剧了局势的恶化。

三贝勒莽古尔泰在镇江,即今天的丹东镇压平暴中,杀了多少人无法统计,单是俘获来做奴隶的汉人就有一万二千多人;大贝勒代善负责镇压复州地区暴动,镇压结束后,复州城里的成年男子全数被其杀光,全城已经找不到男人;努尔哈赤那位孙女婿、大明叛将李永芳负责镇压辽西十三山暴动,该地区原有十万余汉族民众,此次镇压中,除七百余人逃进觉华岛之外,其余全部被杀光。

努尔哈赤认为:后金国之所以没有安定,都是因为明朝旧官吏、读书人和地主士绅们煽动的结果。于是,努尔哈赤命令各贝勒、大臣及各级额真,在汉辽东严查细访,只要抓住上述几种人,稍有乱为就一律处死。

五大臣中的车尔格劝说过努尔哈赤:"是不是杀伐太重?"努尔哈赤回答说:"当年大明朝对我女真,对我边疆部族,何尝不是'捣巢''灭之''斩杀''犁庭扫穴'。今天他们暴乱我就镇压,这就是天理。"

一日,侍卫长恒纬上殿,"启禀罕王,有人求见。"并送上玉佩,努尔哈赤看看后,说:"有请。"又挥手示意大家退下,努尔哈赤又向侍卫长伸出二指,这个暗号侍卫长是太明白了,于是恒纬疾步走出大殿,命令清场,两百步内不得有人,就去接来客,众侍卫清理现场后横刀而立,如临大敌。

努尔哈赤:"师兄好。"与到访之人见过师门礼后接过书信。当努尔哈赤接过书信后,看到来人左手一抖,现出一颗豆绿色的扇坠,努尔哈赤非常清楚,见恩师扇坠如见恩师人。努尔哈赤扑通跪倒在地,五体投地,只听见师兄开口:"努尔哈赤你个孽障,你知罪吗?为师养你、育你、助你,是为了你能成为一代明君。你属地的各族人民都是你的子民,本应善待之。战争杀伐,死伤在所难免,但而今的凶残暴虐,多处屠城镇压,杀害无辜。你简直就是灭绝人伦,你简直就是一个十足的恶魔,你和大明无道昏君有何两样?有过之而无不及。努尔哈赤你多年的努力将付之东流,为师无法再帮你了。

我骂了贵为帝王的你,我就等你来取我的项上人头。我要用我的血洗刷我带出一个孽障的耻辱,我要用我的血赔礼万千亡灵。"

努尔哈赤惊地恐跪在地上连连叩头:"徒儿知错,徒儿知罪,徒儿知错了,徒儿知罪了。"直到师兄走后,努尔哈赤方才爬起身来。努尔哈赤每每看到恩师那慈祥的目光,甚至能看到赞誉自豪的目光,从来就没有怒斥过他,这让他陷入了深深的反思。

公元1621年,即大明天启元年二十四日,努尔哈赤突然下令释放辽阳狱中官民,又下令——核查先前被削职闲住者的汉族官员,复其官职,后又设游击八员、都司二员,委之以国家政事。在东北所辖地下汗令,告知在后金国"恩养汉民"的承诺,并在最高军事会议上下令,要善待各族国人,不可滥杀无辜,否则以命抵命。

辽阳一带的明国大臣,富人之田,弃者甚多,将取该田三十万垧,分给男丁和士兵。如果田地不足,到铁岭、抚顺、清河和沈阳耕种。

今年耕种的庄稼,各自收获。收割以后,重新分地,每一个男丁,给种粮谷的田五垧,种棉麻的田一垧,均行分给。你们大户人家,不要隐匿长工、短工和帮工,如果隐匿了男丁,便得不到田地。

原来要饭吃的人,不得再游走讨饭,留家里种地;僧人不得出门化缘,也一样分田种地。要饭的及僧人同男丁分给一样多的田,所有人都要勤劳耕种各自的田地。

每三个男丁,另合种一垧官田,收成充当租税上缴。归附的人口里,每二十个男丁中,征一丁当兵,再以一丁当差。

汗谕下达,八旗的额真,辽阳北城的都司、游击都到各个村屯分地。然而不是谁都愿意接手田地,首山村有个二流子,坚决不要田地。这个人特别懒,啥活都不爱干,光棍一个,家里什么都没有,天天上别人家蹭饭吃,有人好心给他点米,他还懒得做,不如要一口现成的省事。因为等吃饭的时候,他总给人家讲,自己怎么冤,怎么可怜,到后来,村里人都能把他的又冤又可怜的事背下来了,就给他起个外号叫"总冤怜"。

## (2)

辽阳城游击去首山村分地时,对总冤怜说:"以后不许要饭,自己种地。"总冤怜坐在地上,指着游击,满嘴道理:"俺不种地,俺是大明的人家,俺爷爷辈里,中过举人,出过县太老爷,俺怎么能给你们种地?"辽阳城的游击不搭理他,

## 第二十九章　建都东京

分完地就走了。

首山村不要地的还有三个人，不要的理由是：不会种。他们是手艺人，三个人都是皮匠，干皮子的活特别拿手，熟皮子、做皮袍子，或者用生牛皮缝制甲胄都行，就是没有种过地。

游击把拒绝受田的三个皮匠和一个懒蛋，一齐上报给罕王，请求重罚，以警示他人。努尔哈赤命护卫将三个手艺人带进辽阳城，叫他们制一副生牛皮甲胄。三人惊恐地来到城里，到作坊里干活，没用两天的工夫，皮甲就做好了，努尔哈赤亲自试穿，邦硬的头盔，戴在头上既实成又轻飘；邦硬的甲胄，穿在身上，手脚灵活，一点也不板人，如果再挂上铁甲叶子，就是一副刀枪不入的上等盔甲。

罕王特别高兴，赏赐三人银子布匹，又给房屋牛马，让他们住在城里。懒蛋被责罚十皮鞭，贬为阿哈，跟皮匠干活。努尔哈赤对身边的护卫恒纬说："有人以为东珠金银是宝贝。""那啥是宝贝？""天冷能穿，饿了能吃就是宝贝。""哦！""收养国中贤能的人，理解一般人不懂的事情，制出别人制不出的东西，他们才是真正的宝。以后要善待皮匠、铁匠、木匠、草匠，所有工匠都厚养之。"恒纬答应一声，叫人记下罕王的话，传谕八旗。

迁都后，辽阳城人口增多，庄稼还没有收获时，粮食明显不够用，努尔哈赤增派人手，调运缴获的粮谷，又清查民间储存的粮食，令户民申报数量，禁止私自买卖，然后建立粮证，按人口数定量供应。一次，罕王赏赐扈尔汉布匹粮食人参鹿茸等财物，因为扈尔汉病重，没有自己领取，当值的莽古尔泰就差人去送，送东西的有四个人，是济尔哈朗、寨桑古、岳托及硕托四个贝勒。

半路上，寨桑古见赏赐的东西很多，就起了小心眼，与另外三个人合计，偷着留一点，其他三人觉得东西多，扈尔汉又在病着，就同意了。于是，四个贝勒均分了其中的两斗米，一人再拿走一匹细布。拿出这些，送去的财物并不显得少，扈尔汉的家人都收下了。

四人心里暗自高兴，回莽古尔泰府复命。莽古尔泰见四人，脸上暗含喜色，眼神飘忽不定，感觉不对头，就打发走他们，又叫侍卫去一趟扈尔汉家，问东西送到没有。不多工夫，侍卫回报，东西送到了，又报了各项财物的数目。莽古尔泰一听，送是送了，数目差了一点，不用问，是被四个人私自分了。

莽古尔泰有些为难，私分罕王赏赐给大臣的财物，等同偷窃，是有罪当罚，可是偷的也不是很多，又因为四个人都是罕王的侄子孙子，济尔哈朗还是八大和硕贝勒之一，一等的亲贵，怎么处置难以定夺。莽古尔泰一想，直接上报罕王得了。

努尔哈赤闻听四个贝勒这么没出息，十分生气，命护卫在经略府的门口，用四根细长的杆子，首尾相连，在地面上做成一个"口"字形的方框，四角各用一尺长的短木棍支起，像一个牛圈似的，传来四个贝勒，给他们都套上女人的旗袍，推进"牛圈"里监禁示众。

傍晚，努尔哈赤带着贝勒、大臣们来到门口，怒斥四人，向济尔哈朗、岳托的头上吐唾沫，狠骂他们："你们还算是人不？出猎行兵的事不上心，在家不修理弓箭刀枪，就知道穿新鲜的衣裳去吃席，像个女人似的，现在学会偷了，你们就当女人得了。"然后传令护卫，监禁四人三天三夜。

天命六年（1621）秋末，蒙古喀尔喀部差人送给后金国一万头牛马，又送来吉赛的两个儿子和一个女儿到后金国做人质，请求赎回吉赛，努尔哈赤准许。因禁整两年的吉赛，早磨尽了棱角，不见了半点当年的威风，领到努尔哈赤跟前，大礼参拜。努尔哈赤告诉他说："昔日你与大明勾结，侵犯后金国，杀我国人马。今儿个朕不计前嫌，送你回国，以后不可依恃大明与朕为敌。"

吉赛叩头说："不敢，往后愿做牛做马，报答罕王不杀之恩。"于是，努尔哈赤杀白马黑牛祭天，与吉赛盟誓，把吉赛的女儿给代善做侧福晋，让吉赛的两个儿子做殿前的额真。赐给吉赛貂皮镶边的朝衣和猞猁狲大裘各一件，华帽一顶，宝马一匹，配有玲珑雕花带弓箭的鞍子、盔甲一百副。命代善等贝勒送行十里，设宴席饯行。

吉赛回喀尔喀部后，喀尔喀部北路的台吉古尔布什和莽果尔，因为担心吉赛再来杀掠他们，就率领部民六百多户，赶着马群羊群迁徙到辽阳城，投奔后金国。努尔哈赤非常高兴，在正厅设宴席召见古尔布什和莽果尔，各赏赐貂裘三件，猞猁狲皮、虎皮、狐皮、貉皮、獭皮的大衣各两件，貂皮镶边的朝衣三件，蟒缎六匹，绸缎三十五匹，棉布五百匹，缎布多给他俩再分赏给六百部民做袍子。又赏赐金十两，银子五百两。带鲨鱼皮鞍子的宝马一匹，玲珑撒袋一个，盔甲一百副。再给田地、房屋、铁锅、柜子、桌子、凳子及饭碗，所有家里用的东西都给齐了。

努尔哈赤又将八格格聪古图嫁给古尔布什，使他成了八额驸，并且封赐号为青卓礼克图，将堂弟济白里的女儿杜济获安嫁给莽果尔，加封二人为三等大臣。六百户蒙古部民编为两个牛录，仍由两人统领。

入冬不久，刚下过第一场雪，返回喀尔喀部的吉赛贝勒，给后金国送来表示臣服的贡品：八匹白马和一匹白骆驼。蒙古地处大漠之中，物产稀少，只有茫茫草原上的马群羊群，能够凑齐九白的贡品，象征敬仰尊贵的可汗，是件极不容易

## 第二十九章　建都东京

的事。八匹马和一匹骆驼,都是口旁无缰绳,背上没鞍子,九白立雪地,只能看见十八颗黑眼珠。

在努尔哈赤巩固基业、安抚蒙古的时候,大明正举国慌乱,朝廷也加紧派兵派将,要挽救辽东残局。辽阳城失守,袁应泰战死后,有大臣上疏天启,在熊廷弼尚未到任时,下旨令巡抚薛国用暂时代理经略。总管太监魏忠贤为了捞到辽东的兵权,派出他的干孙子王化贞出京到关外,任职广宁巡抚。

巡抚王化贞的官职比薛国用小,但是因为后台硬,上头有人,不把经略放在眼里,薛国用提拔阎鸣泰做总兵,王化贞就将护卫毛文龙提拔起来做参将。阎鸣泰不愿与王化贞争权夺势,就称病不能上堂点将,把经略给的军权移交给巡抚,将所有的兵符令箭、文书信印,都送到王化贞手里。王化贞抓到兵马实权异想天开,决定反攻后金国,夺回辽东。

# 第三十章　将帅不合

## （1）

广宁巡抚王化贞得到兵马实权，山海关以外、辽河以西，十四万明兵，尽归他一人统领。王化贞心里高兴，要干出一番大成绩，给干爷爷九千岁看看，给万岁爷看看，更是给平日瞧不起他的同僚们看看。新提拔的参将毛文龙也跃跃欲试，决心弄出个模样，报答巡抚老爷的知遇之恩。

毛文龙为巡抚大人献计策说："大帅要攻取辽阳，必定会马到成功。末将愿率一哨人马，从海上转到辽东的后方，在鸭绿江口登岸，骚扰八旗兵，以助大帅如何？"王化贞想了一下说："这个主意不错，行。"毛文龙忙问："末将领多少兵将？何时出发？"王化贞说："兵贵神速，调齐人马就走。本帅给你三千精兵，大船七艘，从辽河口下海。"说完，将案上的金皮令箭和调兵虎符授予毛文龙。

天命六年，天启元年（1621）七月，毛文龙急速选派兵将，请军饷装粮食，在辽河口登船出海，到复州金州后，再补充给养，绕过旅顺口，航行近两千里，到达鸭绿江口，弃舟登岸，潜伏在安东城（今丹东）附近。

在毛文龙出海远征的时候，任职兵部侍郎兼辽东经略的熊廷弼，即将出京奔赴山海关。天启皇帝法外施恩，赐给熊廷弼只有王公皇戚才能穿用的蟒袍玉带，暗示如果熊廷弼能平定辽东，可以封为异姓王。又赐予尚方宝剑，持此剑，无论文武百官还是平民百姓，都可以先斩后奏，有生杀予夺的大权。

天启皇帝亲率满朝大臣送别到京郊，设御宴饯行。宴席上，熊廷弼跪坐在天启皇帝御座左侧，天启亲手金樽赐酒，魏忠贤双手擎酒樽，从御案上端到熊廷弼的案前，熊廷弼身后是两个宫女，手持龙纹羽扇，为熊廷弼扇凉，在万众仰慕中，君臣共饮。饯行后，天启将护驾的五千御林军锦衣卫送给熊廷弼。

熊廷弼恭送皇帝起驾回宫，文武百官跟随回京。大臣队伍里的兵部侍郎王在晋一边走，一边摇头叹气。身旁的御史左光斗见了，奇怪地问："王大人，为何事叹气？"王在晋吐出一口长气，才说："俺在叹息熊大人啊！"左光斗笑着说："熊大人今日位高权重，风光无限，你该为他高兴，怎么还叹气呢？"王在晋靠近左

## 第三十章 将帅不合

光斗,小声说:"你以为万岁这样封赏熊大人是好事吗?出关后,一旦边事有失,熊大人后果将怎样?须知:爱之深,恨之切;寄希望大,后失望亦大。"

左光斗听到这样的话,想了一会儿说:"熊大人在十个月前就是辽东经略,在职时虽无大功,也没大过。圣上不是也有口谕:'熊廷弼守辽一载,未有大失'。"王在晋说:"上次守辽,一年多没有战事,这次就算能一年不打,两年呢?三年呢?终有动兵火的一天,而胜负难料,熊大人结果难说。"左光斗听了,点点头,又摇摇头,没有再说话。

熊廷弼出京急行,到达山海关后,立即排兵布将,一口气下三道军令。第一道军令是:命巡抚王化贞将全部步兵骑兵,集结到广宁城,兵马操练,夫役修城,凭城据守,阻止八旗兵西进。广宁城背靠医巫闾山,前面有辽河宽阔如海,是阻挡八旗铁骑的天然屏障。第二道军令下给天津水师营的巡抚,命令水师营中,组建出三万人的陆战队,准备从天津港出海,航行到旅顺口登陆,三万人马从大连向辽阳出兵,由侧面攻击建州。第三道军令:命山东莱州和登州的水师,也组建三万登陆人马,出海到鸭绿江口,会合朝鲜兵马,袭击建州后方。

熊廷弼自己坐镇山海关,统领三路军马,计划调派兵将二十万,动饷银一千一百万两,用两到三年时间,形成合围建州之势,收复辽东。

第一道军令传到巡抚王化贞手里,王化贞随便看了一眼,就把军令文书扔一边了,对身边的参将孙得功说:"熊老头儿也不是块好木料,平定个辽东,用绕那么大弯子吗?等俺布置好人马,不用俩月,就大功告成了。"孙得功忙问:"大帅还要做什么布置?"王化贞说:"本帅刚到广宁时,察哈尔林丹汗送来宝马,说愿意出兵助战。察哈尔有四十万铁骑,如果出兵,十万八旗兵何足挂齿?传令守备黄进,命他带厚礼,再去联络察哈尔林丹汗。"

传令兵持令箭下去,王化贞再对孙得功说:"有人密报,抚顺游击李永芳一定是假投降,本帅兵到,他必然做内应,引导大军进兵。孙参军,你装扮成关内的商人,去辽阳城找李永芳见面商谈。"

联络的人派走后,王化贞调动兵马,将山海关外的兵将调到广宁的左右驻守,准备大举出征辽东。命总兵刘渠率领两万人,驻扎在广宁东北的镇武;总兵李秉城率领两万人,驻扎在广宁以北的镇宁;副总兵林承宗带兵一万,驻扎右屯看守粮草;总兵祁秉忠带兵一万,驻扎在广宁以南的闾阳;副总兵罗一贵,参将黑云鹤,游击李茂春、张明先,领兵三万,驻扎盘锦古城子以东的西平堡及三岔河。广宁城留守兵马仅有两万,王化贞命令各路人马随时准备出兵。

西平堡是浑河与太子河交汇的地方，两条大河分别从南北相对而来，汇合后奔向西面，三条河道呈三岔的形状，所以西平堡以西就叫三岔河，到入海口长近一百三十里，水急浪高，奔流激荡，没有大船，难以逾越。王化贞命令西平堡的副总兵罗一贵，派出大兵沿三岔河防守，一百三十里河岸，均匀布置兵马两万。

熊廷弼在山海关得报王化贞要进兵辽东，急忙率锦衣卫亲自到广宁阻止。两人见面，顾不得客气，熊廷弼要王化贞等三路人马齐备，才可以行动，必须稳扎稳打，步步为营。然而王化贞的意思与熊廷弼正相反，决意速战速决，秋后报捷。二人意见不合，心里都不痛快，各自上书朝廷，相互诋毁。这时，毛文龙的一份捷报传到广宁，本来经略、巡抚应该因此事和解，然而熊廷弼太过于固执，反倒与王化贞弄得像仇人似的。

毛文龙在鸭绿江口登岸后，暗中与岸边各城池里归附后金国的降将联络，先与镇江九连城的千总陈良策联系上了，陈良策愿意反叛，投靠毛文龙。镇江现在是后金国的游击佟养真把守，一天，佟养真带人出城丈量田地，分予户民。陈良策看这是个机会，叫人报告毛文龙可以来攻城。

## （2）

毛文龙不敢大意，不知道陈良策是否真的反水，于是只派出一百人，去镇江打探。陈良策等毛文龙的兵到了，领人在城内大喊："明兵来了。"城中闻声混乱，佟养真的儿子佟丰年提刀从家里出来，正遇上陈良策一帮人，佟丰年要领他们出城迎战，陈良策嘴里答应着，随手拔出腰刀，转到佟丰年身后，乘其不备，一刀刺死佟丰年。

陈良策带领手下六十人，迎入毛文龙的一百兵将，占领了镇江。佟养真不知道城内反叛，回城里后被陈良策捉住。毛文龙得报，率兵进驻镇江，被捉的佟养真拒绝投降，毛文龙下令杀死了佟养真。

镇江被占领后，汤站、险山两城的降兵也反叛，各自捉住守堡陈九阶和李世科，投降毛文龙。毛文龙一面派快马，绕走复州，去广宁报捷；一面征集各城寨的男丁，在爱河以东鸭绿江以北的虎山，修筑虎山城墙，防御八旗兵。

王化贞接到战报，惊喜异常，亲手把战报送给熊廷弼，请经略向朝廷报奇功，犒赏毛文龙。熊廷弼看到战报，不但一点没高兴，反而十分生气，对王化贞说："三方兵马还没有集结，毛文龙发动得太早了，致使努尔哈赤更敌恨辽民，必定会发大兵，将镇江一带兵民屠戮殆尽。因此使关内的将士灰心，令朝鲜胆寒，夺取河

## 第三十章 将帅不合

西气势，打乱三方并进的谋略。表面看是奇功，而实际是奇祸，岂有奖赏之理？"

兴冲冲来的王化贞，听了熊廷弼的话，如同迎面泼来一盆冷水，差点一下背过气，脸憋通红，说不出一个字顶熊廷弼，张了两下嘴，一跺脚，一甩手，转身恨恨地走了。

回到府第的王化贞，自己生了一天的闷气，想到毛文龙，心气终于匀乎一点，提笔写奏章，向朝廷请功，再加上弹劾经略的奏报。

熊廷弼也上书朝廷，指责王化贞轻举妄动，提出辽人不可用，蒙古不可依恃，永芳不可信，广宁多间谍，王化贞无所作为，有负圣恩。

天启皇帝接到巡抚王化贞的奏报，龙颜大悦，满朝文武，额首相贺。皇上下口谕，嘉奖毛文龙。兵部吏部一同启奏，提升毛文龙为辽东副总兵，赏银一千两，天启皇帝准奏。而熊廷弼的奏章，自然有人安排小太监给毁掉，皇帝没有看到。

努尔哈赤得报镇江叛乱，佟养真遇害，传令阿敏、皇太极两人，率甲喇富恭等人，领兵三千，出击镇江毛文龙。又命佟养真的儿子佟图赖继承了游击的职位。

三千铁骑到镇江城下，毛文龙早就没有了踪影，明兵全部逃入朝鲜躲避。两贝勒将镇江、凤凰、汤山、险山、长甸、虎山、古楼等地的一万两千多人口，全部迁徙到内地，一万两千人中，有大明人，有朝鲜人。大明人迁徙到奉集堡；朝鲜人迁徙到沈阳城与抚顺城之间的李石寨，分田种地，李石寨的田地不够用，将没有田地的朝鲜人再迁往抚顺城东部的前甸居住。

八旗兵出战镇江时，王化贞准备派兵增援毛文龙，熊廷弼再次阻拦，告诉王化贞，孤军深入，必定有去无回，全军覆没。经略与巡抚还没有争论出结果的时候，毛文龙已经弃城逃跑了，鸭绿江边的百姓已经被迁走了。

建州间谍密报：经略和巡抚彼此争斗，经略瞧不起巡抚，巡抚不拿经略当回事，朝廷偏信王化贞，牵制熊廷弼。

明天启二年，天命七年（1622）正月十八日，努尔哈赤在仔细观望良久之后，确信熊廷弼不会再有什么作为，趁熊廷弼手无兵马、王化贞废弛军备的时候，出兵医巫闾山下的辽西重镇广宁城。

春节过后，努尔哈赤命堂弟铎弼、贝和齐以及额驸沙进、苏把海统兵七千五百人镇守辽阳，努尔哈赤亲帅八旗大军西进广宁，过鞍山，走海州城，到牛庄饮马宿营。次日早起拔营，卯时兵临东昌堡，辰时到达三岔河。

时值隆冬岁月，三岔河冰封百里，河面上积雪一尺，平坦得像打谷场，后金国八旗兵马并列飞驰过河。

西岸把守三岔河的明兵，会集两千多人，见八旗兵人马无数，旌旗猎猎，首尾莫测，不敢抵抗，直接退逃。八旗前锋纵马冲杀，一气追杀二十里，望见守河骑兵逃入西平堡。八旗大军一拥而进，包围了西平堡。

此时西平堡中明兵不足一万，城高刚过人头，容易攻打。努尔哈赤命令代善，只围困，不要急着打。代善问："西平堡是广宁前第一个城堡，当速拿下，以壮军威，怎么不急着打呢？"努尔哈赤说："广宁城左右的城池，各拥重兵，如果一个一个地攻城，必然耗费军力。现在围住西平堡，城池攻不破，王化贞就会发兵救援，这样就可以在野外灭掉明兵。西平堡也不光围着不动，四面架梯攻城，但是不要攻下城池，围点打援。"代善得令，下去布置攻城。

努尔哈赤又问李永芳："孙得功能归附不？"李永芳回答："还没有消息。"在后金国出兵之前，王化贞派孙得功潜入辽阳，与李永芳联络。孙得功带来黄金十两、玉坠一枚，送给李永芳做礼物，问李永芳何时给王化贞当内应，李永芳岔过话头，向孙得功道辛苦，回赠孙得功黄金一百两、东珠一颗。

孙得功见了东西，喜形于色，李永芳才说："将军为巡抚大人效力，打了胜仗，有这么些赏赐吗？"孙得功的眼睛正和金子一齐发光，嘴里说："哪里有这么多，哪里有这么多。"李永芳又说："如果打了败仗，就得身死疆场，要是活着回去，免不了祸灭九族。"孙得功对着金元宝说："那是，那是。"李永芳凑近孙得功耳朵，小声说："当今皇上昏庸，朝臣腐败，明朝还有希望吗？要是将军能归附后金国，这些东西都是少的，还会更多。"孙得功眼睛里的火光一下熄灭了，抬起头，愣愣地问："你说啥？"李永芳说："将军得为日后打算，你想想，如今后金国兵强马壮，王化贞缺饷少粮，广宁迟早是后金国之物啊，将军何不留条后路？"孙得功推回金元宝说："俺得回去了。"李永芳把金子、珍珠都塞给他说："拿着拿着，这是我个人送将军的，别人不知道。"孙得功的手又紧抓住东西，李永芳说："我写个愿意做内应的信，带回巡抚那儿交差。将军您有了想法，再和我联系。"孙得功激动地手紧握金子，嘴里说："好好，我要是归顺后金国，那一定是立功后来见将军。"孙得功走后，直到后金国发兵也没有消息。

广宁王化贞得知后金国进兵，围困了西平堡，惊恐得不知所措，传令各城死守。此时熊廷弼驻扎在右屯，认为西平堡城矮兵少，可能不堪一击，也没有打算救援。可是传来的消息是，西平堡坚守拒敌，八旗兵两日都没有攻下城池，看来西平堡是阻挡敌兵的堡垒，于是熊廷弼持尚方宝剑，令王化贞派兵增援西平堡。

王化贞相信立那件奇功的时机已到，于是按照孙得功的策划，下令总兵刘渠、

## 第三十章　将帅不合

祁秉忠、李秉城，各率人马救援。三个总兵在平洋桥堡会合，共出兵力近三万人。王化贞再令孙得功率领五千广宁城的兵马，从旁路策应三个总兵。

明军浩浩荡荡进军西平堡，努尔哈赤命右四旗围城，不紧不慢地攻打，命左四旗迎击来援之敌。西平堡内的参将黑云鹤，在城上看见援兵临近，围城八旗兵减少，率六千骑兵冲杀出城，接应援军，右四旗起兵合围黑云鹤，六千明兵被尽数歼灭，参将黑云鹤及游击李茂春、张明先一同战死城外。

李永芳到明军西平堡城下喊话，叫城内的副总兵罗一贵投降，罗一贵放乱箭射走李永芳。守将不降，右四旗猛攻城池，罗一贵集合余下三千多士兵，都上东城墙迎战，不管另外三面城墙。右四旗进城夹攻东城，罗一贵中箭死，三千兵不剩几个人。八旗兵阵亡八百零四人。

西平堡攻下，八旗大败援军，王化贞的援军死伤无数，残部退回广宁城。

# 第三十一章 轻取广宁

## （1）

八旗兵在西平堡外，斩获广宁援兵一万多人，消灭西平堡中守兵一万，努尔哈赤命人马休息一天，次日兵进广宁城。

广宁城在西平堡的西北方向，相距二百里。西平堡失守，全军覆没；王化贞大惊失色，正在无计可施的时候，参将孙得功领兵回到广宁城。

王化贞急忙回府，传见孙得功。一身灰土的孙得功，见到王化贞跪地上就哭："西平堡外遭遇敌兵阻击，末将打头冲杀，无奈刘渠、祁秉忠等人，胆怯不敢进兵，自顾逃跑，大军溃败。末将拼死杀出重围，才得以见到大人，末将有负大人栽培。"说完痛哭失声。王化贞亲手扶起孙得功说："这些懦夫，罪不可赦。孙参军不必自责，广宁防务还要由你承担。本帅现在下令：广宁城内所有兵马，皆归孙参军统领。"说完，将令箭令旗授予孙得功。

孙得功手持金皮大令出巡抚衙门，传令亲信黄进等人，撤换各路岗哨，查封库府，粮库、银库、火药库都由亲兵把守。东城门关闭，西城门开启，接收西平堡外败退回来的散兵，广宁城里一片混乱。

八旗兵马在西平堡休整一天，大军继续西进，沿路城堡中的明兵不战自败，望风逃跑。两日后，前锋兵马已经望见了广宁城，于是扎下营盘。

第二天，八旗军来到广宁城，孙得功及三个总兵共五万兵马出城列阵，此时孙得功的心情是在两难境地，要是开战那自己就没有退路了，要想立功归顺后金国又没有什么好办法。谁知两军刚一交战，一个谁都没有料到的情形发生了，混入大明帝国军队中的建州间谍大喊："明军败了，明军败了。"孙得功一阵惊喜，忙带领部队撒腿狂奔后退。但在建州间谍身边的人知道是怎么回事，于是在千总喝令下，建州间谍遭到周边的明军士兵围杀，就是站在建州间谍身边的明军士兵也没有逃出厄运。总兵副将们止不住败退的势头，阵形乱套，本来明军大部分人都是胆怯，这一喊更加深了恐惧，以为是已经被打败，兵败如山倒，全线溃散。

孙得功等逃进广宁城后，惊惶失措地散播努尔哈赤已到城外，于是城中军民

## 第三十一章 轻取广宁

大乱,争相溃逃。正在等候捷报佳音的王化贞,没想到三岔河防线六万兵马挡不住努尔哈赤三天的攻击。现在大势已去,于是换上便装,被一员护卫扶上骏马,弃广宁而去。

八旗兵乘势冲杀,斩敌无数,总兵、副将、游击、千总不断被斩杀,明兵败到沙岭时,被斩被捉近两万,总兵刘渠、祁秉忠,副将刘徽战死,总兵李秉城逃亡锦州,鲍承先中箭落马,躲避在草棵子里,祖大寿逃向宁远,其他兵将四下溃散。

在大凌河边,王化贞遇到熊廷弼。王化贞尽弃前嫌,在熊廷弼面前大哭。熊廷弼此时的表现确实没有风度,他微笑着询问王化贞:"您不是说要提六万之兵就可一举荡平后金国吗?今天这是怎么了?"就这样,大明在辽东的最后一个战略重镇失守了,北京再次宣布戒严。

建州探马走近些,仔细探查,发现不但城上无兵马,而且吊桥平落在干枯的护城河上,又打扫得干干净净,细沙的路面上没有一丝的冰雪。吊桥里边,一样干净的大路直通向城门口,向城门一望,只见城门大开,大木方打制的城门高高悬起,这是关外的重镇广宁吗?打探的人马疑惑起来,不知道是看花了眼,还是走错了地方,赶紧回去,把这个怪异的事禀报罕王。

努尔哈赤率护军已走到营前,探马报上看到的情况,说是特别怪异。努尔哈赤问身边的人:"前日打探到广宁城,有大批兵马出逃,会不会是王化贞借机设下空城计?"护卫恒纬回答说:"很有可能,城西的医巫闾山,沟深林密,要是藏下二十万兵马,都不露踪迹,得小心熊廷弼用怪招。"皇太极不以为意,说:"不见得山上藏兵,我兵攻下西平堡不过数日,熊廷弼怎么有空在山里布下上万兵马。即使设置伏兵,调动千军,我国探马又怎么能一点不知道呢?"

用兵谨慎、善待时机的努尔哈赤,此时距离广宁尚有一段不近的距离。他并没有长驱直入进占广宁城,而是扫荡外围明军,直到两天后,二路探马进帐禀报:"广宁城的参将孙得功、守备黄进、千总郎绍贞和陆国志,领着一个师爷、一个秀才还有一个乡绅,前来求见罕王。"努尔哈赤传令请进,门外侍卫领着七个广宁官民走进大帐,孙得功打头快走,到御座前叩拜努尔哈赤后,跪直身子说:"广宁参军孙得功,愿归附罕王,献上城池,恭请罕王进城。"

努尔哈赤问:"现在城里都有哪些人?"孙得功说:"只有臣的三千亲兵和一万士兵,还有部分百姓,王化贞与其他将官,连同士兵百姓,都逃跑了。"努尔哈赤说:"好,朕命你接着做广宁参军,回去把守城池。"孙得功拜谢,努尔哈赤赏赐他一颗金印和五百两银子，跟随同来的人各有赏赐，然后让他们回广宁城。

孙得功没有联系上李永芳，这次又没有看到李永芳，献城池归顺在罕王帐下。努尔哈赤还在疑虑，现在还不能断定孙得功归附是真还是假，而且后金国的探马，也没有探查到巡抚王化贞离开广宁，孙得功怎么说他逃跑了呢？不能相信。他不相信广宁城就这样唾手可得，进不进城，还是徘徊不定。

八旗兵马扎营城外，没有进城，次日，潜伏在大明负责广宁联络的建州谍工石天柱，到城外大营叩见罕王，他现在已经是孙得功手下的一员千总，见到努尔哈赤说："启禀罕王，我从响水泉而来。"努尔哈赤打了手势，其他人都退下了。"正一山旁响水泉，天地之间有道观。"努尔哈赤知道这是建州间谍和正一间谍确认身份的暗语。于是谍工石天柱又哭诉广宁谍工全体遇难，详细讲述了事情的经过。这次他潜回城中武馆和酒店都不见他的伙伴，在密室里发现了这份遗书，了解到广宁的建州谍工全体舍命为后金国做出的最后贡献。

在广宁以武馆、酒店名义经商的建州谍工，系正一道长的下属，他们大部分是汉族，都是有对明朝的血海深仇。他们广交各界朋友，挥金如土，刺探军情。这次的广宁战事前，他们"真诚"地向游击将军请缨要参加战斗，游击将军看他们如此效忠就同意了，还赞他们忠勇为国。建州间谍站全体人员换军装进入了明军的阵营，当战斗刚要开始，他们大喊"明军败了，明军败了"的时候，就被明军当场全部杀死，还牵连了身旁的不少士兵。

努尔哈赤听后非常感动，急唤回李永芳，因为努尔哈赤早就将建州间谍交与李永芳管辖了。李永芳和石天柱的一段对话，李永芳确认了对方的身份，向罕王点点头。这时代善进来了，他认识石天柱，于是向努尔哈赤禀告："石天柱确系建州谍工，以前多有情报送到建州。"并着急地说："阿玛，有没有埋伏，进去才能知道，我先去里面看看。"于是努尔哈赤对李永芳下令："寻找广宁城建州间谍的后人，十倍抚恤金，所有人进忠烈祠。"努尔哈赤赏赐石天柱十两黄金、一百两银子。石天柱说："广宁确实是没有巡抚兵将了，人马都逃走，只有孙得功的一万两千多人，罕王可以进城，广宁已是我国的了。"努尔哈赤看看代善说："是得进去，今儿个正午，你带正红旗长甲护军突然进城，进城门后，重兵把守城门，别急着往里走，看情况，边走边留人守路。如果没有事，再向里面进军，如有意外，立即退出来。德格类、硕托，你俩带人赶四个马车，装上满口粮食封嘴的麻袋，停在城门口中间，代善进城后，要是城门冷丁关闭或是落下闸门，你俩用马车掩住，

## 第三十一章 轻取广宁

放出进城的护军；阿敏、扬古利各领本旗护军，做二路兵接应正红旗，其他各旗马上鞍，人挂甲，营中候令，防备明军出援兵。"布置完毕，各旗贝勒分头预备。

正午，代善率铁骑飞驰进入广宁城，冲到门里，只见城中空旷无人，没有旌旗，没有哨卡，太阳高照的街巷，一眼能望穿尽头，不见一个商贩路人，拐角处，有两个老兵正抱着扫把，有气无力地晒日头。猛见八旗兵进城，两个老兵慌忙跪迎。

代善左右探望，没有看出啥事，才令两人起来带路。没走多远，孙得功领着黄进等人前来迎接。正红旗护军分出一批人登城站岗，一部分人随代善、孙得功进入巡抚衙门。偌大的府第空无一人。正红旗兵马将城池上下，翻了个底朝天，除了没有带刀枪的孙得功的军队外，没有发现可疑的地方。城西的崇山峻岭里，也没有什么动静。

下午，努尔哈赤方才渡河来到广宁城下。努尔哈赤走到离城很远的地方，就看到大明辽东总兵府所在地、辽东第二大城市广宁城，孙得功、黄进等人已经剃发结辫，换了后金国坎肩马褂，在城门外搭建龙亭，摆放香炉，秀才、乡绅、大家富户及庶民百姓，尽数剃发易服高举龙旗敲锣打鼓，张灯结彩，鼓乐喧天，出迎到护城河外，将努尔哈赤迎进了他很熟悉的辽东总兵府。

努尔哈赤命阿敏、莽古尔泰、皇太极、岳托和杜度等人继续驻扎城外，自己率扬古利、博尔锦等人，领两黄旗护卫，骑马进入城内。八旗大军未伤一兵一卒，占领辽西重镇广宁。

努尔哈赤住进巡抚衙门后，按军功奖赏各贝勒、大臣、兵将，新归附官兵士卒各有厚赏。孙得功、黄进、郎绍贞和陆国志等人，除多给金银外，再令他们官拜原职，归李永芳统领。拿到金银后，黄进背地里对孙得功说："早知道奖赏这么丰厚，抓住王化贞献给罕王，赏下的银子不知道该有多少呢。"孙得功不同意地说："不是，巡抚如果不走，熊廷弼再调兵来增援，谁胜谁负，还不一定呢。巡抚出走，就算咱们能抓到，其他的兵将一怒拼命，有咱们的好果子吃吗？所以，巡抚自己跑掉，才有咱们白捡到功劳，又不伤自己身板，再说他回去了也是个死，还不一定怎么个死法呢。"黄进赶忙附和："大人高见，高见。"

今天努尔哈赤以主人的身份住进总兵府，他来到了梨园，来到了紫薇夫人自尽的歪脖梨树下，百感交集，双膝跪拜："干娘——"努尔哈赤的眼睛潮湿了、模糊了，他回忆起当年的情景，眼泪流淌下来，他拭去眼睛的泪水，走回到总兵府内。

今天的努尔哈赤有资格、有能力来回报他的干妈紫薇夫人了，遂下汗谕："册封汉族女子紫薇夫人为'歪梨娘娘',迅速修建祠堂,祠堂坐落在广宁城。"

画师根据努尔哈赤的描述,画出了紫薇夫人的画像,即描述救努尔哈赤时衣不遮体的实情,又巧妙地用琵琶掩饰了衣不遮体的尴尬。努尔哈赤看后非常满意,赏赐画师五十两银子,并令画师给他的子孙每人雕刻一幅"歪梨娘娘"的画像,在家供奉。

晚上,摆好了香案,努尔哈赤跪拜紫薇夫人时,令人把灯熄灭,他是怕干娘羞涩。自此以后,努尔哈赤每年春节祭拜,其后代视"歪梨娘娘"为神明,多有供奉。

八旗兵马进住广宁次日,远路探马捉回一个溃逃时落单的明兵,在他身上搜出黄绸子,上有字,盖着大红印章的文书。探马将这个不一般的兵丁和文书一齐带回,交给当月掌政的大贝勒,代善不认识明兵的东西,就找来李永芳看。李永芳看到黄绸,大吃一惊说:"这是圣旨啊,我在抚顺的时候,官级微末,没接过圣旨,但是我见到过总兵大人接圣旨,就是这样的东西。"

代善也不敢怠慢,忙找来孙得功,叫他认一认这个穿兵卒号坎的人是谁?孙得功来到大营一看,认识,不过是巡抚衙门的卫士。代善不信一个卫兵的怀里能有圣旨,又叫来黄进和石天柱,让他俩分别辨认,看是不是王化贞,两人都说不是,而且黄进也认识他,说是巡抚的亲兵,代善这才相信,上报罕王,捉住了巡抚王化贞的亲兵。

## (2)

努尔哈赤得报,带领李永芳、孙得功亲自审问。巡抚的亲兵被带到堂上,惊恐不安,浑身战栗。孙得功先说话:"你讲清楚哪里弄到的圣旨,就不会惩罚你。"这个亲兵见孙得功和他说话,因为是认识的人,就平静一些,开口说:"四天前,巡抚大人出城,在城门口的地方,遭到逃兵抢劫,驼箱被打碎,令箭、虎符、砚台、镇纸一哄抢光,文书、账簿扔满地,俺捡回圣旨,给巡抚大人保存着。"

李永芳问:"巡抚有你们亲兵护卫,怎么还能遭逃兵抢劫呢?"亲兵回答说:"巡抚大人出门穿的是便服,护卫只三个人,乱哄哄逃跑的兵卒和百姓太多,俺们仨卫兵都被打伤了。"努尔哈赤对李永芳说:"问他王化贞在哪儿?"李永芳问:"你家巡抚现在哪里?"亲兵说:"俺们走了一整天,晚上到义州县九道岭,没干粮吃,没水喝,又冷又饿,坐道边歇着,正发愁时,熊大人率锦衣卫迎到大凌河北岸,送来米还有肉干。"

李永芳追问:"巡抚和经略去哪里了?"亲兵缓口气说:"熊大人分出五百

## 第三十一章 轻取广宁

锦衣卫,送巡抚大人回京城,又令余下锦衣卫分队迁走村屯的老百姓,叫他们进村就把房子烧了,老百姓家里带不走的东西都烧了,后来,熊大人押送老百姓和几路逃兵,一起过了大凌河。"李永芳又问:"熊经略过大凌河后,朝哪个方向走?"亲兵说:"俺肩膀有伤,跟不上,不知道熊大人走哪条路。"

努尔哈赤命孙得功带走这个亲兵,下去细问,然后传令八旗贝勒、大臣上殿。不多时,各旗额真到齐,努尔哈赤对大伙儿说:"探马查明熊廷弼退向山海关,现在巡抚的亲兵又交代,王化贞也夹在溃败的散兵里,逃向山海关。广宁以西大山里,有没有伏兵还没弄清楚,不可不提防,令右四旗驻守广宁,令五千瑞军追熊廷弼、王化贞。"

熊廷弼随溃兵百姓刚到山海关下的时候,城楼上的兵将不许这几十万人进关,关口的大门紧闭,城上的火炮、枪箭瞄准关下的人群,他们害怕八旗兵隐藏在人群里。星夜兼程的人们赶到关前,却不许进关,有的哀伤,有的愤怒,人群开始骚乱起来。这时,熊廷弼骑马奔到城门下,单手高举尚方宝剑,喝令开关放行。

城上守将认得这个金鞘龙纹的御用之物,再不敢怠慢,忙跪地叩首,传令开启闸门放行。几十万兵丁平民进入关中。

在距离城门较远的一个长城垛口上,一个身着七品县令官服的人,正背手挺胸,眺望关外,他并没有俯瞰长城下纷乱的人群,而是极目连绵的远山,像是对身后的仆人说,又像在自言自语:"我带兵马,一人足能把守关山。"

一队长城上的巡逻兵走到县太爷跟前。领头的将官说:"你们是谁?不要看了,快下去。"一旁站立的仆人,上前一步,怒声说:"放肆,这是袁老爷出塞巡关。"袁老爷抬手止住仆人,说:"我们走,走。"说完,转身下城,边走边向天大喊:"我会再来的。"

广宁失守,十万兵马溃败关中,战报送上朝廷,御宇震动,百官恐惧,皇帝盛怒,下旨逮捕熊廷弼和王化贞,交东厂处置。经略、巡抚一同罢官,天启再下旨命兵部侍郎王在晋出任辽东经略,提升阎鸣泰做巡抚,驻扎山海关,统领军务。王在晋是一百个不愿意,现在几乎所有的朝臣都忙着打点行装,收拾细软,就等万岁下一道南迁的旨意,好出京逃生。可他王在晋却要迎着刀尖走,圣旨已下,不可抗拒,只好接了圣旨督办军务,王在晋先派出快骑探马,打探关外敌情。

瑞军探马呈上快报说:"熊廷弼带领近十万溃兵,和三四十万迁徙的百姓,都进入了山海关。巡道高邦佐宁死不进山海关，在杏山自缢。"

广宁左右城堡内没有来得及撤退的明兵明将，都自己到广宁请降，守堡以上将官十七人，千总、百总四五十人，大小城堡驿站共有四十一座，分别是：

镇静堡参将刘世熏

平洋桥守堡闵云龙

西兴堡备御朱世熏

锦州都司陈尚志

铁场守堡俞鸿渐

大凌河游击何世延

锦安守堡郑登

右屯卫备御黄宗鲁

团山守堡崔尽忠

镇宁守堡李诗

镇远守堡徐镇静

镇安守堡郑维翰

镇边守堡周远熏

大清堡游击阎印

大康守堡王国泰

镇武堡都司金励刘式章

归附的还有壮镇堡、间阳驿、十三山、小凌河、松山、杏山、摔马岭、戚家、正安、锦昌、中安、镇彝、大静、大宁、大平、大安、大定、大茂、大胜、大镇、大福、大兴、盘山驿、大洼屯及双台堡的千总和百总。

近期努尔哈赤获得了这么大的战果和这么多的明军请降的战将，心里有说不出的喜悦。晚上，努尔哈赤设宴招待请降的各级将军，分级别奖赏了他们一笔可观的银两和物品。宴会有各旗主、贝勒、大臣作陪，酒席间努尔哈赤激励大家打进山海关的斗志："但今大明皇帝昏庸，群臣贪腐，欺压百姓，百姓穷困潦倒苦不堪言。我们就要推翻腐朽的大明，我就是要打出一片天，让在座的各位过上富裕的日子，让百姓过上安详的生活。我们后金国没有贪腐，依功见赏，奖罚分明。"等等。他的慷慨陈词让在场的所有人都非常激动，尤其是请降的明军将官，因为虽然他们听说后金国对投降的人多有礼遇，但究竟怎么样还是让他们忐忑不安，到了今天他们才放下了心，他们为遇到了这样的明君而庆幸，决心效力后金国。

## 第三十一章 轻取广宁

努尔哈赤下令四旗留守广宁，四旗随他向山海关进军。命令下达，兵随旗动，大军向西进发。四路兵马齐头并进。明军撤尽，山海关外已经是无人之境，到处焦土一片。那是熊廷弼退走时，烧尽了山海关外至锦州的城池村落。

前锋到达锦州西中左所时，努尔哈赤下令安营扎寨。努尔哈赤携四旗兵马在锦州城驻营。锦州附近的明军将士前来请降，努尔哈赤真是高兴，按照在明军的级别封官加赏，归李永芳管辖，努尔哈赤带领众贝勒、大臣宴请请降的明军官兵。

努尔哈赤今天真是非常高兴，对于来敬酒的来者不拒。加上近期的大战努尔哈赤真的是累了，慢慢的就喝多了，就被侍卫搀扶下去了。努尔哈赤感觉像是在云里梦中，他看见夜幕降临，晚霞余晖光彩夺目，更显心旷神怡。他口干舌燥，想喝点茶水，朦胧中看见高山之上、松柏之下，有一道士手持拂尘向他走来，朗读恩师传言："天险微微山海关，天道止步安家园。天运时来人请入，天命后金坐江山。"平时正一道长总是以飞鸽传书给努尔哈赤提供消息和他对局势的分析和建议，而现在的大战期间，努尔哈赤居无定所，故此派弟子前来传言。

第二天，努尔哈赤立刻下令不再前行，全军拔营起寨退回广宁。途中努尔哈赤渐渐醒酒了，又想起了恩师的话，后悔地直拍大腿："恩师要我止步，没有让我退回呀！无奈汗令已发，岂可朝令夕改？罢、罢、罢，天命啊！"

回到了广宁，探马送上蒙古进兵的消息："蒙古喀喇沁部南下牧马，占领锦州一带。"努尔哈赤心想："这样也好，蒙古军给我做了一道屏障，他们闹去吧，我要休整大军，安定家园。"他对八旗额真们说："那些地方我想取随时可取，根据现在的态势，我们大军要休整，安定家园。"

明军撤尽，山海关外的城池全部应归后金国所有，结果，从广宁到山海关之间的近五百里土地，平白落到了蒙古部落手里。

努尔哈赤命在都城辽阳的福晋们来广宁城觐见。两日后，大福晋阿巴亥带领十多个福晋，坐暖棚马车进入广宁城。努尔哈赤传令："大庆三日。"八旗军全营里置酒席痛饮起来。

宴席上，代善、阿敏向罕王请命，要借明廷无名将守关之际，乘胜兵进山海关，直取京城。努尔哈赤不语，皇太极也赞同进兵，说："我军席卷河东，正成破竹之势，如果不进山海关，恐怕将来后悔。"努尔哈赤见多数人要求进兵，才放下酒樽说道："过去辽国、金国、蒙古国，都是不居住在自己国中，进入中原，过了几代，改变了自己的风俗。等到都形成关内的风俗，就灭亡了。如今大明居住关西，我国仍住关东，各自为国。朕心已定，不入关中。"

皇太极知道此事已不能更改了，心中有些气馁，退到一边喝闷酒。这时十四阿哥多尔衮来找皇太极，向八哥要野鸡翎箭。皇太极心情不好，没有搭理他。多尔衮看出八哥脸色不好，就摇着皇太极的胳膊问："咋了？咋了？"皇太极看着十一岁的多尔衮说："小屁孩儿懂啥？"多尔衮还是磨人，皇太极无意地说一句："阿玛不让进关。"多尔衮停住手说："我去问阿玛。"话没说完，噌的跑出老远。

　　多尔衮跑到努尔哈赤的案边，正儿八经地说："阿玛，我要进关。"努尔哈赤一听笑着问："你进关干啥去？"多尔衮说："八哥乐意。"努尔哈赤拉过多尔衮，摸着他的脑袋瓜说："咱们现在不进，除非有人请咱咱才去。玩去吧。""喳！"多尔衮答应着，高兴地跑了，找到皇太极说："八哥，阿玛说了，等有人请咱就能去了。"皇太极没吱声，真是天方夜谭，心里在捡笑话。

# 第三十二章　辽阳新政

## （1）

后金国西进过辽河，不费一兵一卒之力轻取北镇广宁城，十万明兵退入山海关里，八旗回兵广宁城彻夜庆贺。宴席上，探马来报："蒙古乘虚占锦州以西数五百里土地。"努尔哈赤得报后并不生气，反而说好，侧坐的代善、阿敏听了，十分诧异，两人对看，都不知道是啥意思。

他们并不知道这是努尔哈赤犯了一个打掉牙往肚子里咽的错误，既然错了，也就将错就错，他要笑看大明帝国和蒙古战争。然而努尔哈赤失算了，到后来大明帝国和蒙古没有上当，而是用银子和平解决了。这是后话。

代善要起身向罕王请旨出兵，刚一动身，阿敏伸手按下他说："罕王今儿个高兴，有事明儿个再说吧。"代善稍一愣神，然后跟着说："好，去喝酒。"

次日，努尔哈赤召集各旗贝勒、大臣，安排了留守广宁的军将后，又下令道："大军提前撤离广宁，回兵辽阳。"御座下的贝勒、大臣们都感觉意外，代善出列先说："阿玛，我国不出兵山海关了？应该出兵呀！现在喀喇沁侵占了我们用血换来的这五百里土地，我们还不管吗？"其他人纷纷议论，要出兵狠揍喀喇沁部。

努尔哈赤对着激奋的额真们说："蒙古占了辽西几百里地，不是坏事，如果喀喇沁部能够在锦州站住脚，不被明兵赶走，那样的话，蒙古就把大明和后金国给隔开了，两国会少很多事端。如果明兵出关与喀喇沁部争斗，喀喇沁部就会和我国联合，共伐大明，这样不也是好事吗？我国怎么能先出兵喀喇沁呢？"大伙儿听了罕王的话，觉得有些道理，虽然心里不愿意，也没有再坚持要出兵的了。

蒙古喀喇沁部的事放下不管了，探马再送来和蒙古有关系的好消息：兀鲁特部十七个贝勒和喀尔喀部六个台吉，率领部民来广宁归附。努尔哈赤闻听非常高兴，命代善、阿敏和博尔锦三人出城一百里迎接。五日后，兀鲁特贝勒明安、兀尔宰图、布彦代等十七个人率领部民三千户，喀尔喀台吉恩白等六人率领部民一千二百户，赶着马群羊群，骆驼背上驮着蒙古包，来到广宁城外。

努尔哈赤命扬古利和杜度杀牛羊，慰劳远来的蒙古军民，又在城中大摆宴席，为蒙古贝勒、台吉们接风。侍卫博尔锦对努尔哈赤说:"罕王收留这么多人还须当心,蒙古兵乱不讲法纪,一路肆意抢掠,不只抢劫遇到的村屯,他们还相互动刀争夺。留下他们在跟前,不知会不会有后患。"努尔哈赤说:"无妨,朕命后金国人、蒙古人、大明的降民各自分城居住,容易管教。蒙古人打仗比明兵勇猛得多,怎能不用?不可因小节而废了大略。"

当晚开席前,努尔哈赤传谕蒙古贝勒、台吉说:"我国习俗是崇尚忠信,奉守法度,贤能的一定推举不遗;悖乱的一定严惩不贷。因此国中盗窃灭迹,路不拾遗,暴乱无法兴起,习俗如此,才蒙上天眷佑。你们蒙古人,就是手持念珠口称佛号的,也不息偷盗之风,所以遭受天谴,使各部贝勒自乱其心,殃及于国。今儿个你们既然归附我国,当客随主俗,贤能的嘉奖,没有才能的人也因为归顺而厚赏。以后不可萌生偷盗悖乱之心,如旧恶不改,国法不容。"布彦代等几个蒙古贝勒,听说今后不许抢东西,大不满意,都愣瞪着眼睛,拉长脸子,肚子里在暗自生气。改了人家的习惯,断了财路,当然不会高兴。

罕王传谕完毕,再赏赐贝勒、台吉们,恒纬带领三百个护卫站成单排,依次走进摆宴席的大殿里,每个人手里都端着一个方木盘,木盘里放的不是八碟子八碗,没有下酒的熊掌鹿鞭飞龙鸟,而每个方木盘都摆了一样东西,有猞猁狲大氅、貂皮、虎皮、狐皮、貉皮的裘衣,绸缎的蟒袍,还有金银、布匹、银器、瓷器。护卫们把方木盘里东西挨排放到每个蒙古贝勒、台吉前的案几上,皮衣蟒袍给的一样,金银赏赐有差:蒙古贝勒每人,赏给金子五两,赏银子二百两;一个台吉赏金子三两,赏银子一百两。另外还赏赐居住的房屋、吃用的粮米、耕田的黄牛和犁。

布彦代等几个贝勒,一看到赏赐的这些东西,早就忘了生气,让人心跳的东西一样一样摞在案几上,几个人的嘴也跟着一下下张大,像称粮食的大斗,眼睛瞪圆,好似鼻子上安两个铃铛,放射出如孤狼见羔羊一般贪婪的目光。得到赏赐的贝勒、台吉们万分欢喜,叩谢罕王的恩德,发誓忠于罕王永不悖逆。布彦代更冲动,走出座席,大礼叩拜努尔哈赤说:"愿当罕王为主子,苍天可鉴,如有贰心,乱箭穿心。"努尔哈赤见参拜的这个贝勒魁梧英俊、言语直率,心里高兴,当即下谕旨,将岳托的女儿许嫁给布彦代,使他先成为后金国的额驸。

赏赐完东西,奏乐开席,罕王及八旗贝勒与蒙古贝勒、台吉举酒同饮。

犒赏了蒙古归附的军民,努尔哈赤传令:"十阿哥德格类领一甲喇兵马,驻守广宁城,归附的蒙古部民定居在广宁城左右,广宁所属的大明降户,随八旗大军迁徙到辽阳居住。"汗谕下达,大军撤回辽阳城。努尔哈赤刚回到府第门外,

## 第三十二章 辽阳新政

侍卫来报："巴雅喇病重，想见罕王，但是难以走到汗宫来。"

努尔哈赤闻听五弟的病又重了，顾不上回家歇一下，忙喊上四弟雅尔哈齐，又叫了身边的几个贝勒，拨马奔向巴雅喇的贝勒府。

在北京，左光斗、史可法等人给王在晋送行，一边赞叹王大人是国之栋梁，一边暗示新经略将来的命运难以预测。这时，八百里快递送上关外情报，有个好点的消息：努尔哈赤没有出兵山海关，而且连锦州都没占领就回兵了。还有个很不好的消息：蒙古人南下牧马，八旗兵退让，在锦州与山海关之间搭起成片的蒙古包。

王在晋得到这两条情报，对送行来同僚们说："各位大人不必担忧，也许以后关外就安宁了。"左光斗苦笑："敌情连报，王大人却说安宁，是安慰大家还是吓糊涂了？"三五位叹气的大臣，将王在晋的马车送出京城外。

努尔哈赤走进巴雅喇的内室，只见昔日驰骋疆场熊腰虎背的巴图鲁，现在已经骨瘦如柴，静静地仰卧炕头，眼睛直直地望着棚角，颔下喉结显得分外凸出。努尔哈赤一群人呼呼啦啦走入房间，巴雅喇侧头看见罕王驾临，忙用双手按炕，头向上抬，想坐起来，可是使了很大劲儿还是没有坐起身子。努尔哈赤快步走到炕沿边，两手扶巴雅喇的肩头说："不用起来，躺下。五弟咋病成这样了？"嘴说着话，眼睛湿了。

巴雅喇又平躺下，浅笑着说："弟的身子不争气，不能给罕王请安了。"努尔哈赤和雅尔哈齐都坐在巴雅喇头顶的炕沿上，代善、阿敏等同来的贝勒们，一起跪地上给五叔请安，然后都退出去，到厢房歇着。巴雅喇叫上茶伺候的婢女也出去，关上门，屋里只剩下兄弟三人。

巴雅喇听人都走远了，才说："我一直有话要跟罕王说，罕王总是忙。再说也不知我的想法是不是妥当。"努尔哈赤回答："五弟有话尽管直讲，客气啥。"巴雅喇稍犹豫一下，含糊地说道："我国的基业是上天赐予，如何稳固延续？赏与的福分，如何永承？"

努尔哈赤听出来了，五弟是在委婉地问后金国继承人的问题，于是说："朕早已想了人选，八个和硕贝勒都有这个福分。"雅尔哈齐插话说："罕王何不早指定一个？大明皇帝都是在登基的时候就指定皇长子做太子的。"巴雅喇赞同地说："我也是这个意思。"

努尔哈赤对两个弟弟说:"大明国的办法不好,一律以长子做太子,如果长子不是最有才能的,岂不误了大事?年长仅能受人尊重,不一定最能谋国理政。四大贝勒都是能干有智谋,才脱颖而出,现在令四人轮流掌政,是历练他们,也是在考验他们,看看四个人中,哪一个最有能力堪做新汗。四小贝勒天资聪明,等长大历练之后也是人选。"

巴雅喇问:"四大贝勒掌政的时日不短了,罕王选定哪一个了呢?"努尔哈赤说:"朕不指定。一个人如果位高权重,难免蛮横放任自己,他的权力一旦不受制约,必然泛滥。如一些贪赃的官吏,原本也是清正人,都因约束不力,纵容了他们犯错。朕现在有个好办法,过几日下谕旨给你们看。"兄弟三人又聊一会儿闲话,让巴雅喇安心静养,努尔哈赤和雅尔哈齐就起身告辞了。

明天启二年,后金天命七年(1622)三月初三日,努尔哈赤以《罕谕》,宣布了以八和硕贝勒共治国政、以推举制传承国家最高权力。于是,八和硕贝勒会议成为最高国家权力决策之所在。

私下里安费扬古问起努尔哈赤:"罕王,真的是将来要和硕贝勒以推举制传承汗位?"努尔哈赤笑着说:"以前我效仿明朝设立储君,立褚英、代善两次都很失败,造成国本之争,内部不和,影响国事。这次我发布的以八和硕贝勒共治国政、以推举制传承国家最高权力的制度,主要目的是让他们兄弟间相互和谐,每个人去努力做事来表现自己。明朝有个说法,就是有嫡立嫡,无嫡立长,说是祖训。我看就是屁话,如果长子是一个无能之辈也要继位吗?我们后金国将来汗位还是由我挑选的,哈哈哈!要是让他们推选,还不动起刀兵,打得人仰马翻!"安费扬古竖起大拇指敬佩罕王的英明。

努尔哈赤这一弥天大谎骗了多少天下人。

天命七年(1622)四月初四日,在努尔哈赤颁布汗令,由辽阳小城迁往已经建好的东京城,即辽阳东城也就是新城。(选择四月四日这个日子进入新城,就是应用了自己的吉祥数"四四"。努尔哈赤用自己吉祥数的数字能量,让诸事顺应天道。)新城设八门,东南西北大四门和东南西北小四门,这也和努尔哈赤的吉祥数"四四"大有关联。古代城池都是东南西北四门,而努尔哈赤时代却是八门。

同年春,努尔哈赤颁布八和硕贝勒共理国政的汗谕,并且命八旗各自建立档子,抄录一份罕谕存留。八旗各贝勒、大臣们齐集罕王大殿,护卫恒纬站御阶上宣读罕谕说:"继朕而嗣大位的,不是令强硬有力的人做罕王。如果以这样的人即位,他恐怕就会自恃强力而妄为,获罪于天。且一人纵有知识,终是不及众人一同谋划。

## 第三十二章 辽阳新政

今儿命你们八个和硕贝勒，同心谋国，就没有多少失误了。

你们八个和硕贝勒内，选举出能受谏，而且又品行好的一个，嗣朕登大位。新汗即位后，如不能受谏，行为又不够端正，那么就改选他人，重立品行端正的人为新汗。改选之时，若不听从众人的议定，愤怒而怫然变色，岂能使这样不贤明的人，任其所为。至于八和硕贝勒，共理国政，若一人有心得，说出来有益于国家，另外七人宜当共同赞成。如自己既无良策，又不能鉴别出他人的好坏，只缄默坐视，那么就要罢免这个和硕贝勒，从他的子弟中，选举出贤能的人继任。改选之时，若不听从众人的议定，愤怒而怫然变色，岂能使这样不贤能的人，任其所为。

八和硕贝勒中，若有人因围猎采收等私事外出，要告知他人，不可私往。若是要入见罕王，不许一二人觐见，必须等其他和硕贝勒都到齐了，一同觐见，同谋合议，以治国政。务期斥责奸佞，推举忠直。"

罕谕发出去了，八和硕贝勒会议成为最高国家权力之所在。努尔哈赤要在这八和硕贝勒共理国政中挑选一个称职的接班人。

为八和硕贝勒共理国政，努尔哈赤特令摆酒席庆贺。酒席间侍卫送上画盒，说是道士送来的，代善问："人呢？""说有急事就走了，一会儿回来。"代善打开，大家一看：

上联：骑奇马，张长弓，琴瑟琵琶，八大王，并肩居头上，占戈独战！

下联：位立人，袭龙衣，魑魅魍魉，四小鬼，屈膝跪身旁，合手被拿！

大家一段时间的议论得出的结论是：上联写的是后金国，奇马是骑字、长弓是张字、单戈在战中。琴瑟琵琶四个字上有八个王字，说的是八旗之主。

下联写的是大明，立人是位字、龙衣是袭字、合手是拿字，魑魅魍魉四个字里面的鬼字，奇妙而又形象地跪倒在地。

此对联排比工整，寓意深刻，真是妙哉，努尔哈赤能感觉到这是恩师所赠。

夜幕降临，大明帝国的钦天监监正邵天寅正在家中和几位朋友饮酒，下人来禀报："天降黄绢。"邵天寅看后很是不爽，可能是他的专长的缘故，看到魑魅魍魉不由得心头一动，后脊梁骨一阵发凉，酒力上头，一下趴到了桌上，大家把他扶到了床上。

他喝多了吗？那些重重叠叠、恍恍惚惚的字还东倒西歪。恍恍惚惚魑魅魍魉怪笑着来到邵天寅面前，"魑"问邵天寅："我是'魑'，你看看我们魑魅魍魉谁的老大？"邵天寅说："'魑'你当然是老大。""哈哈哈，错，那是你们人的排序，我们鬼是从下往上排，你看那是老大在那儿。"说着指向"魑"，一个妖艳美丽的女人缠绕，长在一个男人身上，在向他笑，她的头一摆动，邵天寅看见她身后，只见这个头转向了他，邵天寅大吃一惊"万——万——万岁——"邵天寅俯身跪倒，大礼参拜。这就是万历皇帝，被郑贵妃人头蛇身缠绕在一起，融为一体。只听见："我修行千年，享人间之富贵，念你还是国之忠臣，我今天就不难为你了。"只见手持长枪的"魍"说话了："哈哈哈，你看看我是谁呀？"光线很暗，朦朦胧胧邵天寅看不清楚。只见"魍"字的一边，变成了"高"字，再仔细一看这不是辽东经略杨镐吗？接下来一人细声细语地轻盈漫步走了过来，邵天寅抬眼看去，这不就是秉笔太监九千九百岁的魏忠贤吗？他的脑海里立刻出现了"魅"字，哎呀，九千九百岁，九九八十一，八十一不就是"未"字吗，唐朝推背图早就有说："八十一女鬼闹朝纲"指的就是"魏"字。再看王化贞，"魑"字的"离"慢慢地闪现出"化贞"二字。这不就是辽东巡抚王化贞吗？气得邵天寅七窍出烟，恨自己天眼不开，恨自己不能早早看出四鬼，恨自己没能铲除妖孽为国尽忠，他大喊："惭愧呀——惭愧——"

到——我——们——这——里——来——吧。到——我——们——这——里——来——吧。到——我——们——这——里——来——吧。四鬼边喊边跑了过来，围着邵天寅转了起来。"不——不——不——。"邵天寅在梦中惊醒，全身冷汗淋漓，大叫："大明亡于万历，亡于魑魅魍魉。"——"大明亡于万历，亡于魑魅魍魉。"

从此，邵天寅哑然失声，手足僵硬，一病不起。

（2）

建州间谍送来大明朝廷的密报："大学士孙承宗代替王在晋经略山海关，提拔马世龙，重用袁崇焕，出关二百里，修复宁远等城池。"

天启皇帝原先下旨任命王在晋为辽东经略，镇守山海关。王在晋陈兵十万于关上，不敢出关门一步。朝廷的文武大臣，见边关无一点战绩，畏缩不动，人人恐惧，于是纷纷上疏，奏请迁都避乱，此时却有一个七品县令，站出来，反对满朝官员逃避的论调。此人是进京接受考核的福建邵武知县袁崇焕。

早朝时，品级台下的袁崇焕出班跪拜说："启奏陛下，我朝天威所在，何惧边外小部。臣在几日前，曾到边关实地勘查，长城坚固，关门险峻，完全可挡住八旗铁骑，如果给臣兵马钱粮，臣一人足能守住山海关，稳保京城安然无恙。"

## 第三十二章 辽阳新政

袁崇焕豪言壮语一出，满朝侧目，有人震惊，有人欢喜，也有人不以为然。天启闻奏，龙颜大悦，问："爱卿果然有此才能？"皇上一高兴，马上有数人附和上奏道："邵武知县袁崇焕，英风伟略，胸中如有百万兵，请圣上破格留用。"

天启又问袁崇焕："爱卿有什么策略？"袁崇焕奏报："山海关右侧是茫茫大海，建州没有水师，不能海上用兵。左侧重峦叠嶂，沟壑纵横，足以阻止骑兵，并且是蒙古察哈尔的领地。察哈尔林丹汗有兵马四十余万，努尔哈赤有意将辽西的五百里土地让给蒙古，其用心险恶，就是要挑起我们大明帝国和蒙古的争斗，他坐享渔翁之利。待臣出关厚赏领兵之人，来解决辽西土地之争，绝不能上后金国的当。量蒙古诸部必然感激皇上多年眷养之恩，受招抚而对抗建州。即使蒙古不出兵交战，也不会归入建州，而会声援我国，臣就可以一心防御建州。

臣出关后，高筑墙，广积粮，修城建池，步步为营，稳扎稳打，取得一城，加高一城，不但巩固山海关，即是已失掉的封疆，也必定收复回来，许给臣五年时日，必能报给皇上大捷。"

袁崇焕一番雄才大略的答对，暂时扫去朝堂上下的惶恐，天启皇帝当即给袁崇焕加官晋爵，连升三级，封为兵部侍郎，调往山海关，到王在晋帐下听用。袁崇焕为表誓死的忠心，将年迈老母及妻妾儿女，一同带上出塞，携三十二万两饷银，奔赴山海关军营。

王在晋得知新来侍郎是皇上的新红人，虽然是在自己帐下听用，却没有一点轻视的意思，没有一点上司的架子，对袁崇焕十分器重，几乎平起平坐，共管军务。然而涉及用兵方略时，两人的意见相差太远。袁崇焕要马上出兵关外，收复被蒙古人占据的前所、前卫，以及宁远等地。王在晋不同意，理由是：粮饷不足，兵马不够，刀枪不整，如果出关与后金国开战，只有失败；从现在的情形看，努尔哈赤不敢攻打山海关，因为在熊廷弼全线溃败的时候，八旗兵都没有到山海关下，如今十万大军陈兵关上，努尔哈赤就更不能出兵了，朝廷兵马不出，八旗兵马不进，两下相安，是最好的局面。

但是，这不是袁崇焕要的结果，出京前，当着满朝大臣的面，向皇上说出了大话，如果没有一点作为，岂不是犯了欺君大罪！因此袁崇焕急着要收复几个地方。然而王在晋不同意，袁崇焕就上奏朝廷，请旨出兵。兵部难以抉择，大臣们上疏，建议大学士孙承宗巡边定夺，天启准奏。

孙承宗到山海关，也打算用兵关外，以稳定朝廷内大臣们慌乱的情绪，力劝王在晋收复关外城池。王在晋知道，一旦与后金国交兵，必定战败，自己的命运就和几位前任经略一样了，可眼前又耐不住孙承宗的压力，最后想出一个折中的办法，决定在山海关外八里远，一个叫八里铺的地方，建造一座大城池，驻扎重兵，与山海关掎角相对，护卫关门。袁崇焕和孙承宗对这个计划都不赞同，孙承宗上奏皇帝，说王在晋不堪大任，请求让自己担任经略，天启准奏。

王在晋万分惊喜地辞去经略职务，暗自庆幸自己是唯一能平安回京的边关大员。孙承宗就任，全力支持袁崇焕用兵关外。袁崇焕先用重金奖赏侵占锦州左右土地的喀喇沁贝勒，不动刀兵，就收回了山海关外锦州以西的所有城池，实际上就等于大明帝国用银子买回了失去的土地。

蒙古人天上掉馅饼得了这么多的银子，就让出城池，孙承宗任命袁崇焕为宁远道，率重兵，征夫役，调拨饷银三百万两，扩建宁远城。

袁崇焕在宁远刚一动工，努尔哈赤就得到了消息，各旗的贝勒、大臣们，一致请求出兵，趁袁崇焕立足未稳，消灭出关的明兵。努尔哈赤不准，对大伙儿说："我国承天眷佑，遂有辽东之地。但今辽阳城大，城墙年久倾危。现在东南有朝鲜，北有蒙古，二国俱未征服，如离开这儿出征大明，恐怕有后顾之忧，必须重建一座更坚固的城池，分兵守御，以固根本。今儿经略孙承宗，治军有方，营垒、炮台都有增建，明兵势气正盛，不宜与其争锋，我国须等待时机，才能征讨。"

努尔哈赤决定修建新城，大贝勒代善有异议，阻谏说："现在住的房舍，都是刚刚新建好的，如果再兴建城池房舍，百姓就太劳苦了。"努尔哈赤坚持建新城，说："如今将与大明交兵，岂能图安逸？你们所吝惜的，是一时的小劳苦，朕所考虑的是长计。如惜一时劳苦，怎么能成就将来的大业？朕打算由降户中出公差的人筑城，而城中房舍各自营建。这样虽然暂时苦一些，但是能一劳永逸了。"

贝勒大臣们勉强同意，辽阳的新城定名为"东京"，地址选在太子河东岸，距离辽阳城五里的地方，在图纸上画好城池的大小：周围六里，东西长二百九十六丈，南北宽二百六十八丈，城高三丈七尺，南城门最高最大，做举办入城等礼仪的正门，先起好了名字叫天佑门。城中有宫殿、祭坛、庙宇、官库等，由博尔锦统领兵民修建。

可是，在征调夫役时却征不出多少人，博尔锦请求降低城墙高度，原先打算砌砖六十八行，因人手少，要减去四行，罕王不许。努尔哈赤很是不悦，责问管理降户的大臣们："降户人口有十几万，怎么能没有人出公差的呢？"扬古利回答说："辽阳的男丁有十多万人，加上铁岭、奉集堡、虎皮驿及广宁归附的人口，总数近二十万，出公差的男丁该有一万，但现在只征得两千，其他没出公差的人，

## 第三十二章 辽阳新政

都是因为暗地给了都司或守堡一些财物，就免了差役，所以征不到人。"

努尔哈赤听说有这样的事，不太相信，于是令侍卫长恒纬去查实一下。不到两天，恒纬回报罕王："都司金励院子里粮食特别多，有五十多囤子，还有草垛；有马十群，牛十五群。有这么多马匹，却不上山放牧，在马圈里喂草，还喂粮食。其他院子里堆满粮食，圈里牛马成群的人，还有李永芳、佟养性、王一屏、王国光、孙得功等，共三十四人，他们不但院子里东西多，屋里的阿哈、婢女也极多，穿戴也阔气，最下等阿哈，穿的都是绸缎袿子。"努尔哈赤一听，查到的这三十四人，都是从大明归附来的降官，来到后金国的日子有多有少，任的官职有大有小，但都是管着一处降户，都苛索不少财物。

次日，努尔哈赤召集所有归附来的大明官吏，下口谕斥责说："取得辽阳之后，曾命你们将归降的兵卒，尽行放回各自父母家去，你们不同意，说是将他们遣返，今后我等俘获敌兵还有什么用处？于是不遣返，都成了你们的家丁。你们曾从镇江、宽甸、爱河带回数万人，想以此充兵役，得不到兵卒；想用此服官役，也得不到人，带来数百人上千人，也不能得到一二人服役。河东数万应服役的人，都因为你们苛索财物，使他们豁免，要人口还有啥用？新归附的官吏，没改以前明朝腐朽恶习，可以有说道，有的归附很久了，还是贪婪不改。抚顺额驸李永芳，石乌里额驸佟养性，朕待你们如同半个儿子，是爱新觉罗家的女婿，也同流合污。贝勒家中庭院有粮料吗？你们家中庭院粮料堆积多少？如果不都是免于赋税而取来的，能从哪儿来？粮料是放在表面能看见的东西，金银能看见吗？你们不思报答朕的养育之恩，不明明白白办差，而是一味如此苛索财物，让朕怎能再相信你等归附之人？"

贪赃的总兵、游击、守堡们，见罕王动怒，无不恐惧，分别来到罕王面前跪地叩首请罪，李永芳愿意交出苛索来的财物，都司金励也愿上缴粮食、绸缎、毛皮、金银等财物，两人交出的东西，折合银两一百万。金励痛哭流涕说："原先要了下属的东西，不以为有罪，今罕王下谕斥责，才知道悔恨。谢罕王及时揪出臣等贪欲，恳请给臣等自新机会。"努尔哈赤准许，免了处罚。

各官交上的财物值银三四百万两，全部转为修筑新城的款项，原先出公差服役的人数少，现在服役的人就多了，还可以花钱雇人工，租牛车干活。监工大臣们指挥兵民在杨鲁山下建窑烧砖，开采石块，备足了筑城的材料。博尔锦又请示罕王："现今砖石充足，用不用将城墙加高几行？"努尔哈赤说："不用，六十八行已经不少了。"

太子河边，杨鲁山下，人如潮涌，很久没有出门的一等大臣、老巴图鲁安费扬古，也到新城的地址观看，他坐在椅子上大半天也不出动静，家人叫他喝茶时，发现老大臣已经安然辞世了。努尔哈赤得报安费扬古离世，垂泪不已，步行送老臣到杨鲁山上。安费扬古离去，与额亦都谢世间隔一年零两个月。

安费扬古与努尔哈赤同龄，六十四岁，老大臣的离去使努尔哈赤备觉伤感，夜深人静时分，罕王还是没有困意，命侍卫召传八和硕贝勒，再宣治国上谕。

# 第三十三章　歃血结盟

## （1）

老大臣安费扬古的离去，令努尔哈赤伤感不已，夜深了，难以安眠，又想起了八和硕贝勒共治的事，要对颁布的上谕做一些补充，于是命侍卫去召集各旗贝勒，到汗宫来听口谕。

不多时，各个贝勒都急慌慌地来了，不知深夜召见有什么急事。罕王的子侄十多人进入内室，跪地行礼，努尔哈赤坐在炕边说："朕将在八和硕贝勒之下，再设八个辅政大臣，以验查各贝勒的公正之心。看谁能对自己的事、别人的事平等相待，持以公道。如果有谁以是为非，八大臣查出来，就得直言不讳地指责，要是贝勒不接受，就奏报到朕这里，这是设八大臣的第一层意思。

至于各样差事，做啥有利于国，做啥有害于国，八大臣也要用心筹划，以免有疏忽遗漏。对于有辅助大业之才的人，应推举给贝勒；对于不胜任自己差事的，要指出他不作为的地方，上报到贝勒，这是第二层意思。

带兵的武臣将官，行军列阵，谋略得失，谁能干，谁差些，八大臣也要给出评论，这是第三层意思。

要是无能的人不降职不革职，平庸误事就没有惩戒了；贤能的人不推举出来，满腹才智的就难以建功立业。你们各个贝勒，若能多聘幕僚之臣，经理国事，各得其宜，朕就放心了。"汗谕传下，努尔哈赤心情安宁了许多，说完这一件事，就让贝勒们都回去了。

走出门外，德格类没精打采地说："这么急着来，以为有要紧的军情呢，还是这个小事。"旁边的皇太极对德格类说："阿玛讲的是治国大事。"

后金、大明两国在忙着筑城防御的同时，又都在加紧拉拢蒙古。东扎鲁特的贝勒巴克和喀尔喀的台吉拉巴西，分头来到辽阳城朝觐，努尔哈赤厚赏，给他们貂皮、珍珠、布匹和绸缎。

在宁远修城的袁崇焕，也出重金招抚西扎鲁特的贝勒昂安、钟嫩和北科尔沁的贝勒孔果尔。钟嫩、孔果尔两人暗地奉献宝马，接受袁崇焕的金银，昂安则有恃无恐，与袁崇焕杀马立誓，要与明兵一道出战后金国。辽阳城派往蒙古各部的使臣，大多遭受昂安的劫杀，努尔哈赤决定，出兵讨伐西扎鲁特的昂安和钟嫩。

后金天命八年（1623）夏，阿巴泰、德格类、寨桑古、岳托和博尔锦统帅十个牛录的兵马，出战西扎鲁特。八旗大军寅时出辽阳城，三千余骑乘夜疾行，第一日行进到辽河边驻营，次日早起在罗地浮水游过辽河，走新民过彰武，沿柳河东岸进入茫茫的科尔沁草原。

盛夏大草原上的蒿草，翠绿水嫩，高过马背，层层叠叠，望不到边际，如同汪洋，尽头与天边相连。微风掠过，草浪汹涌翻滚，凌身而过，仿佛天地在摇动。骑马在草丛里穿行，一朵朵巴掌大的紫花、红花，与细细的草尖一齐扑打在铁甲上，撒落下一簇簇花瓣。大军打马飞驰，似浪卷蛟龙，前锋是镶黄旗梅勒额真戴穆布，率领五十名长甲兵探路，军尾有正黄旗牛录额真阿尔代、毛海和光石三人，领一百人做后哨。

第十日，出科尔沁草原，前锋到达厄尔格勒，这已是西扎鲁特的地界，大军再北行一百里，第十一日到达昂安驻地。阿巴泰与德格类各领兵马，从左右两翼突袭西扎鲁特的兵马，昂安事先不知道八旗出兵，八旗兵临近才仓皇迎战，长枪绞弯刀，铁甲烈马鸣，扎鲁特铁骑不敌八旗兵马，贝勒钟嫩战死阵前，其他蒙古兵四散而逃。

昂安携带三个福晋、两个小儿子及二十多个护军，坐牛车向北，往霍林河方向逃窜，马车在前面跑，骑马的护军用刀枪挑乱车轮压倒的蒿草，掩盖车辙的痕迹。博尔锦、戴穆布与正红旗甲喇额真雅希禅领五十人，沿草迹搜索，追击昂安，寻找一天多，走到霍林河南岸，在河边发现丢弃的空马车。

博尔锦、雅希禅领三十五人下马，沿河边搜找，戴穆布领十五人骑马站立高处，准备接应。突然，草丛里飞出数支箭矢，一齐射向戴穆布，射向身上的被铠甲挡住，射向脸面的被手中长枪打落。一排箭射完，昂安领二十多个兵卒从深草中站出来，围攻戴穆布等十多人，有人继续向戴穆布射箭，昂安身边的一个侍从，扬手向戴穆布打出一支小飞枪，打中了戴穆布嘴，戴穆布落马而死。

河边搜索的八旗兵，听见弓弦刀枪的声响，立刻包抄上来，昂安和十几个蒙古兵一同被斩首杀尽。

阿巴泰率领兵马搜捕各路牧马人口近千，获得牛马五万，全部带回后金国。北征大军得胜返回，努尔哈赤拜祭堂子后出迎四十里，在古城的大路上插八面龙旗，旗下排列战鼓立号角，迎接阿巴泰等凯旋。

## 第三十三章　歃血结盟

当日阴雨，努尔哈赤在营帐内摆宴席，奖赏兵将，戴穆布阵亡，分给他家的牛马财物最多，又提拔戴穆布的弟弟辛泰做牛录额真。所有出征兵卒，都按军功重赏。宴席上，博尔锦举杯说："全仗罕王洪福，我军才获大胜。"努尔哈赤对大伙儿说："蒙古就像此时的云，云合则下雨，蒙古各部落合，其兵马就强盛；各部分散，犹如云收雨止，不成强势。在他们分散的时候，我国当伺机而取。"

北征兵马刚从古城回到辽阳新城，钟嫩的儿子桑土送来哀求的书信，写道："普天共主淑勒汗陛下，臣历来没有罪，阿玛在世时曾得罪罕王。今大兵下临，臣幸运得以脱身，但福晋和儿女都被俘获，请罕王明察给予豁免。昔日罕王说过：桑土不怯懦的人。臣不敢忘罕王褒奖，恳请垂怜。"

努尔哈赤看了桑土的书信，打算归还他的福晋、儿女，阿巴泰和德格类等都不愿意，德格类说："捕获的人口，是额真士卒们拼死才得到的，岂能因一封信就要回去？"努尔哈赤对贝勒们说："钟嫩有罪当诛，其子无罪，不该惩罚。今儿以人口财物招抚了桑土，省得日后用兵讨伐，怎么不值得吗？"于是给桑土回信说："你的福晋、儿女都在这里，没有受伤，没有生病，你可以来领回去。"不久，桑土来辽阳新城朝拜罕王，努尔哈赤不仅归还了他的家人，而且归还了钟嫩所属的部民和牛马，再赐与金银、盔甲和刀枪等东西，桑土万分感激地返回扎鲁特。

## （2）

昂安、钟嫩遭斩杀，北科尔沁的贝勒孔果尔万分恐惧，派人出使后金国，请求把自己的女儿西喇黎许嫁给罕王的子侄，两国联姻和好，努尔哈赤准许，把西喇黎嫁给十九岁的阿济格做福晋。

后金天命八年（1623）夏末，孔果尔令他的儿子贝鲁思克送西喇黎去辽阳新城，因为阿济格还没有领过兵，不能带兵马迎接，努尔哈赤就命杜度、寨桑古率领五个牛录的兵马，出辽阳城六十里，到柳条寨迎接。贝鲁思克将妹妹西喇黎送到，努尔哈赤赏赐给他们貂皮、人参、金银、牛马等财物，设大宴完成婚娶礼仪。

住在后金国的额驸莽果尔，与贝鲁思克早就是好朋友，这次贝鲁思克千里迢迢来到后金国，莽果尔特别高兴，准备找旧友单喝十大碗。可是，福晋杜济获安不让他去，莽果尔问："因为啥不许喝酒？"杜济获安说："你是想看贝鲁思克，还是想看他妹子？别以为我不知道。"莽果尔被福晋无中生有地冤枉了，暴怒不已，两人动手，打得稀里哗啦，叙旧的酒也没有喝上，还闹个满脸花。在举城欢庆的时候两人打架，有人把他俩的事上报到罕王那里。

蒙古送亲队伍走后，努尔哈赤在后堂的八角殿，召集妹妹阿吉革和所有成年的格格训谕："天任国汗，立法度，惩恶扬善。今儿我国贝勒中，有的削职，有的被斥责，他们有怨恨吗？都是因为败坏法纪，祸乱常理，才依法处治。他们都是有功掌事的贝勒，且不能废法而免罪。何况你等女子，如果乱法纪，岂能徇私废法？男子柱死于外，以身殉国，你们安居家中，若违法制坏基业，岂能饶恕？朕选贤能有功劳的人，把你们嫁过去，难道是为了受制于你们的吗？你等当柔顺敬重额驸，如果再凌辱自己的额驸，恣意骄纵，她的品性就比鬼魅还可恶。"

努尔哈赤又对身边的妹妹阿吉革说："你平时多以妇道教她们，如有再犯法的，必定论罪处治，你不要阻拦朕。"

训谕完格格们，努尔哈赤再召见蒙古归附的贝勒们，传口谕说："凡是来我国居住，结婚姻立家业，娶朕家女儿的，不必畏惧格格。朕因你们远来归附，怜恤你们，嫁女成家，岂是让你们受制于女子？"

朕曾听说："察哈尔、喀尔喀各贝勒的女儿，下嫁给侍从或大臣的，格格们常欺凌额驸，扰乱国事。如果朕家女儿有像你们那样的人，欺凌自己的额驸，你们不必叹怨惧怕，也不要施以暴横，定要上告到朕这儿，格格有罪至死的，斩，决不赦免；罪不至死的，废掉，另选女子做福晋。"努尔哈赤看了看众人，接着又说："倘若格格有不贤惠的，不上奏，过错在你们身上；上奏了而没有处罚，过错在朕。凡是肚里有苦水的，不用避讳，都可以直奏实情。"

蒙古贝勒们听了罕王的口谕，大多感激不已，但也有不信的，虽然没有人说话，从表情上还是能看出来，当着蒙古贝勒们的面，努尔哈赤再传来四大贝勒，对他们四个人说："喀尔喀贝勒原本自在无拘束，欲求安宁快乐，才归附我国；兀鲁特、科尔沁部贝勒，因蒙古汗残暴，也归附我国，今后把他们等同八和硕贝勒看待。你们四人轮月掌政时，如遇到蒙古贝勒犯了当斩的罪，不要论死，遣送回他的故地就得了。"四大贝勒领命，蒙古贝勒们叩谢罕王恩德。

努尔哈赤治家如同治国，同样有韬略有家规，家规的其中一条就告诫妻子们要相辅相敬，互不干涉，要照顾好自己的孩子，出现问题由大妃决断。关于女儿与额驸的关系上的条款家法上没有，这次给补上了三条，违者按家法处理。

入冬时节，寒风吹落层层枯叶，阿巴亥伴驾在努尔哈赤身边。努尔哈赤特别喜欢阿巴亥的三个儿子：阿济格、多尔衮、多铎，尤其喜欢的是多尔衮，他感觉多尔衮特别像他，因此多尔衮的刀法得到努尔哈赤的真传而且进步极快。一会儿

## 第三十三章 歃血结盟

阿巴亥的大儿子阿济格和小儿子多铎进屋给努尔哈赤请安,努尔哈赤特问起多尔衮在哪里,他们告诉说:"多尔衮在房后练刀。"努尔哈赤很高兴地对阿巴亥说:"走,咱们去看看。"来到房后,看见多尔衮满头大汗地舞动大刀。多尔衮看见阿玛来,慌忙停住脚步,上前施礼请安。努尔哈赤又继续给多尔衮的刀法点拨:"刀一定要随身而动,不要刻意超出有效区域砍杀,探身出刀,脚不稳,刀无力⋯⋯。"努尔哈赤又让多尔衮演习,聪明的多尔衮很快地就理解和掌握其要领,让努尔哈赤龙颜大悦,令人把他一生视如珍宝的战刀取来。

努尔哈赤拉着多尔衮回到了屋里,侍女送来热手巾,阿巴亥递给努尔哈赤。努尔哈赤笑着夸多尔衮刀法大有长进,阿巴亥说:"那还不是罕王教得好。""哎,有的东西能教、能学,可有些东西是天生的,是学不来的,这孩子很多地方像我。"因为努尔哈赤经常出征,在家里的时候少,自然接触也少,多尔衮对阿玛有着敬畏之心,不敢轻易说好。这时侍卫将努尔哈赤的战刀取来,努尔哈赤抽出单刀看了又看,自言自语地说:"多少英雄豪杰躺在这把刀下啊!多尔衮接刀。"多尔衮慌忙双膝跪倒,伸手接刀。"谢皇阿玛赏赐的宝刀。""要你忠心为国。""喳!"努尔哈赤缓了口气说:"你知道这把刀意味着什么吗?"多尔衮摇摇头说:"不知道。""这把刀意味着后金国的江山。"阿巴亥听出罕王这是有意传位给多尔衮,也慌忙跪下与多尔衮一同叩谢罕王恩典。

一等大臣扈尔汉壮年早逝,努尔哈赤亲临灵前,哭泣良久。大福晋阿巴亥问:"罕王这么心疼,咋不早些起用他,以致他抑郁离世?"努尔哈赤说:"扈尔汉功已极高,恐将来新汗不能驾驭。今儿免去他所有差事,待将来新罕王再起用他时,必定感恩效忠,不想竟然先逝去。"说完,又叹息不已。扈尔汉离去,与安费扬古谢世间隔十一个月。

后金天命九年(1624)春节,喀尔喀巴岳特部台吉恩格德尔,领福晋逊戴格格来辽阳新城拜年。逊戴格格是努尔哈赤的侄女,所以恩格德尔是汗家额驸,过春节时来后金国献马。恩格德尔见都城繁华,就想留在辽阳新城长住,但是又担心后金国的贝勒们刁难他。

努尔哈赤得知恩格德尔打算留下来,很是赞同额驸的想法,为消除恩格德尔的担心,努尔哈赤命贝勒们与恩格德尔焚香盟誓,罕王召来地位较高且成年的贝勒,有代善、阿敏、莽古尔泰、皇太极、阿巴泰、德格类、寨桑古、济尔哈朗、阿济格、杜度、岳托、硕托和萨哈廉十三个人,与恩格德尔一同跪在香案下,恒纬站立右侧,宣读誓词说:"皇天眷佑,使恩格德尔远离阿玛兄弟,怀德而来,以罕王为阿玛,以各贝勒为兄弟，弃生长的故乡，视我土如故土。如不念归附抚与恩赐，则苍穹不佑，遭殃眼前。今天作之合，使额驸得以恩抚，上天保佑贝勒代善、阿敏、莽古尔泰、皇太极、阿巴泰、德格类、寨桑古、济尔哈朗、阿济格、杜度、岳托、硕托、萨哈廉以及恩格德尔咸得永年，各安享逸乐。"恩格德尔感激罕王恩泽，发誓矢心无二。

春节过后，努尔哈赤命代善等贝勒，率兵马到巴岳特恩格德尔的领地，将恩格德尔所属部民、牛羊，全部接到辽阳新城，并且厚赏恩格德尔及他的弟弟莽果尔代。

扈尔汉已离世两个月了，努尔哈赤才从悲伤中走出来，五弟巴雅喇跟着病故，伤心的痛楚再次袭来，努尔哈赤忧郁地在杨鲁山修建陵园，在安费扬古陵寝南侧安葬巴雅喇。为了祭祀方便，更为了稳定人心，努尔哈赤决定将启运山下景祖、显祖等人的陵寝，也迁到辽阳的杨鲁山。

后金天命九年（1624）四月，努尔哈赤命堂弟铎弼、旺善与贝和齐三人回老城赫图阿拉，迁移景祖、显祖的陵寝。铎弼等人来到启运山陵前，供奉牛、羊、猪三牲太牢，燃香粉祭祀，香火燃尽之后，起出景祖和显祖的梓宫，分别放在打着黄罗伞的马车上；再起出汗伯父礼敦灵柩、穆尔哈奇灵榇以及汗叔叔塔察篇古之子佑尔哈齐的灵柩，分别放在打着红罗伞的马车上；最后起出汗福晋富察氏的灵柩，放在打着蓝罗伞的马车上。护灵的大队人马缓缓西行，奔向辽阳都城。

铎弼等人临近新城时，努尔哈赤带着所有贝勒大臣，率领两牛录披甲持枪铁骑，出城二十里，到皇华亭迎接。最前面两辆黄罗伞走近，努尔哈赤与所有兵将士卒一同下马，跪在大路北侧叩首迎接。待两车走过，努尔哈赤及身后跪迎的人们站起，跟在车后，步行到杨鲁山，将所有梓宫灵柩安置在事先修建好的陵寝里。

关闭寝宫门以后，再供奉牛、羊、猪三牲太牢，燃香粉焚纸钱祭祀。努尔哈赤在景祖、显祖灵前酒叩拜说："我征大明，为玛法、阿玛报仇，已得到辽东、广宁，因此移灵至此，安于斯土。保佑后金国，天地垂福。"

后金国迁都城，移陵寝，讨伐蒙古，大明的经略孙承宗都没有动一动兵马。但活动在镇江和朝鲜的毛文龙，派出三个游击，领二百余兵逆鸭绿江东进，翻过长白山，袭扰辉发城。毛文龙的兵将虽然被守城的牛录额真苏尔东安击溃，可是努尔哈赤还是感觉到，毛文龙在后金国背后是一潜在的祸患，于是决定打击毛文龙。

后金天命九年（1624）初秋，努尔哈赤命三贝勒莽古尔泰，率二十个牛录兵马出击旅顺口，这里驻扎着一万明兵，是毛文龙的供给基地，镇江的兵源、需要

## 第三十三章 歃血结盟

的粮食军械,都是从旅顺口运去的。再命正白旗梅勒额真楞额礼、镶红旗梅勒额真吴善,领四个牛录,过鸭绿江,进入朝鲜出击毛文龙。

鸭绿江上游、乌苏里江两岸的高山密林里,分布着东海女真,为防止毛文龙在那里抓壮丁抢财物,又命旺善、车尔格、正黄旗甲喇额真达朱户领兵三个牛录,远征东海瓦尔喀部;命阿拜、塔拜、巴布泰领兵三个牛录,出兵东海北路虎尔哈部;命博尔锦、牛录额真齐扎弩、塞纽克、雅虎哈及穆达尼率兵七个牛录,进军东海南路虎尔哈部和卦尔察部。

各路兵马依次出城,侍卫急慌慌呈上奏报:"一等大臣何和里去世了。"努尔哈赤闻听,悲伤失声,跌坐龙椅上站不起来,涕泪齐出地说:"朕有并肩好友五人,为啥不留下一人送朕啊!"努尔哈赤想起身去何和里府,却无力站起,摆手传令侍卫,叫宫中所有的福晋、贝勒都去送别。何和里比努尔哈赤小两岁,享年六十四岁。何和里离去,与扈尔汉谢世间隔八个月。

出兵过江的一路兵马,道路最近。楞额礼、吴善在探马引导下,于后半夜浮水游过鸭绿江,突袭毛文龙大营。明兵惊慌失措,且战且退,八旗兵斩杀明兵五百,毛文龙领余部退入朝鲜义州境内。天亮以后,楞额礼等人登上江中种地的岛屿,尽焚岛上明兵的粮草,然后率兵返回。年末,莽古尔泰等各路兵马,都得胜回到辽阳新城。

远征的兵马回来齐了,又到新年,努尔哈赤除了奖赏有战功的将士,准备再摆下一桌最丰盛又最特殊的宴席,奖赏的不是功臣,而是六个曾经与努尔哈赤为敌的老人。


后金天命九年,天启四年(1624)发生一件大事,史称"天启掘陵"。而明朝时由宦官魏忠贤专擅朝政,腐败透顶,社会动乱,农民军风起云涌,各地急报频传,政权摇摇欲坠。

朱由校听信钦天监监正阴阳手徐天锦的奏章:"后金兴起是三百多年前入葬的京西金帝陵,王气太盛,女真龙运未绝。遂采纳了破风水、断龙脉、泄王气的'妙计',通俗说,此'妙计'就是挖努尔哈赤的祖坟。采用'屠龙九式',分别为:刺龙喉、砍龙头、断龙脚、束龙角、剜龙眼、拔龙须、铲龙鳞、烂龙肠、锁龙尾。"

天启皇帝朱由校先后两次派人去九龙山掘陵毁碑,从地上到地下,从里面到外面,金国帝王陵全给毁了,不留一座。在砸毁全部地面建筑后,又掘开各陵地宫,用散落在地的石柱、栏杆一类的建筑构件和乱石关塞死。

为了彻底绝断女真王气，又一次派钦天监监正阴阳手徐天锦带风水大师率领人马，在金太祖睿陵所在的"龙头"上动土，硬"砍"掉一块，龙头下的"咽喉"部位也被掘挖一个大洞。

还怕不彻底，又在各陵址上建起了多座关帝庙，"镇"一下女真的王气。还特别在睿陵原址修建"皋塔"一座，请来与岳飞一道抗金的南宋名将"牛皋"，与"关公"一起，给大明王朝"抗金"。

为什么要在睿陵原址建"皋塔"？据说"气死金兀术，笑死牛皋"的故事就发生在那里。（当时所建的庙、塔遗迹至今尚存）

# 第三十四章　走角成龙

## （1）

后金天命九年，天启四年（1624）正月的第一天早晨，代善、阿敏等十多个贝勒，头一拨儿来到汗宫，给罕王拜年，努尔哈赤对大家伙儿说："今天朕不和你们吃饭，朕要宴请几个老人。"皇太极听了，担心阿玛在新年的时候，想念安费扬古、何和里等老大臣，就想岔开罕王的意思，说："我国哪里还有能承受阿玛宴请大臣，阿玛就和我们一起吃吧。"

努尔哈赤说："今儿个朕要请的，是两个老头儿，全宗室里，就他俩年岁比朕大，他们是朕的兄长拜珠户和祜星阿，另加上四个老太太，有阿巴亥的额娘，孟古的姐和俩嫂子。"代善有点不乐意地问："阿玛咋请这几个，他们有啥功劳？"努尔哈赤说："他们哪有功劳？拜珠户和祜星阿，在昔日朕起兵报仇时，阻挠朕，给朕添事，没做过有裨益的活计。阿巴亥的额娘帮着乌拉贝勒满太和布占泰，没少给朕找麻烦。孟古的姐是叶赫贝勒常住的福晋，俩嫂子是布塞、金台石的福晋，她们过去都恨朕，从没给过我国一点好处，但是，他们又都是长者，朕不忍废敬长的礼数。"贝勒们再没有话说。

正午，六个老人都被请到汗宫，罕王的俩兄长进到屋里，上北炕，面向东坐在热乎乎的炕头；四个老太太上南炕，也是面向东坐在炕头。六人向罕王行家人礼，恭贺新年，罕王向他们行大礼请安，行完礼就坐到北炕炕梢的毡垫上，三个福晋再进屋，给老人们拜年，三个福晋是阿巴亥、阿吉根和德音泽。三个福晋一同行了家人礼，坐到南炕的炕梢。跟着侍卫、侍女们进来，在炕头、炕梢共放上四张炕桌，端上来八碟八碗，烧红了炭的紫铜火锅。涮锅子用的肉，有四样地上跑的，四样天上飞的。四样跑的是熊瞎子、老虎、狍子和梅花鹿；四样飞的是山鸽子、飞龙鸟、野鸡和沙鸡，都是从赫图阿拉、界凡城一带围猎打回来的山货。

努尔哈赤跪起身子把酒樽斟满，然后由侍卫端到俩兄长的炕桌上，请二人饮用，福晋们也命侍女持酒壶给俩老头儿斟酒劝饮。酒席用过，努尔哈赤亲自送他们出门，再赠予貂皮的披肩和棉马夹。

在军民同庆新年时，努尔哈赤又给科尔沁各个贝勒送去礼物。西科尔沁台吉奥巴马上派来使臣回谢，北科尔沁贝勒赛桑命台吉吴克善，将十三岁的布木布泰格格送到辽阳新城，嫁给皇太极，以表达科尔沁与后金国永结盟好。天命十年，天启五年（1625）二月，皇太极娶科尔沁贝勒斋桑之女博尔济吉特氏（后为孝庄文皇后）。博尔济吉特氏系成吉思汗后代。

一日，正一道长吩咐小道童唤来他的第五弟子钟万奎。汉人钟万奎已年近古稀，仙风道骨，相貌堂堂。见到恩师礼毕后，正一道长说："万奎，为师有一要事拜托你来完成。""恩师，何事？你吩咐就是啦！""我设定的大清龙脉，有五地，五地龙脉连起了'大金龙脉'（随着大金国号改为大清，大金龙脉改称'大清龙脉'）。按金、土、火、木、水五行埋金养脉，定乾坤大事，只有交给你我才放心，这个你拿着。"钟万奎接过皮包，钟万奎也是饱读《易经》之士，最近总感到有大事发生，当他听到恩师的一席话后，还是不免大吃一惊，沉稳了一下心态说："谨遵师命。""你知道遵师命意味着什么吗？""知道，今生就要与恩师别过。""我们既然助后金国……""恩师别说了，我们与大明都有不共戴天之仇，请恩师放心，我定会谨遵师命办好差事。就是……就是今后不能再伺候恩师左右，很是难过。"说着钟万奎跪倒在地叩头谢恩，泪如雨下，"谢恩师收养、培育之恩。"正一道长两行热泪还在流淌着，"徒儿别过起来。"当他起身走了两步，回身又跪拜正一道长，起身行走两步又转身跪拜，钟万奎三拜九叩后，还想看一眼他的恩师、他的兄长、他的恩人。举目一看，正一道长已然是声泪俱下。

努尔哈赤已经接到恩师的飞鸽传书，知道近日山上来人。他安排侍卫长留意接待，侍卫长恒纬告诉所有侍卫，近日来人需禀报，他不敢怠慢，时常去大门观望。

侍卫长恒纬终于接到了来客，将其引进到了努尔哈赤的大殿内，努尔哈赤向侍卫长恒纬打个手势。恒纬知道这个手势的含义，疾步走出向众侍卫传令道："两百步之内不得有人。"侍卫们疾步清场后，横刀而立，如临大敌。

努尔哈赤与师哥钟万奎行师门礼后，钟万奎递上牛皮包裹。努尔哈赤打开第一个皮包，豁然看到信函内写道："急！急！急！建都沈阳。游龙走脉，走角成龙。金养龙脉，乾坤可定。奉天行道，帝业成事。"

这就是努尔哈赤的恩师正一道长，为后金国设定沈阳"游龙走脉"的第五城。费阿拉城（王城、水），赫图阿拉城（兴京、木），界凡城（王城、火），

## 第三十四章 走角成龙

辽阳城（东京、土）,沈阳城（盛京、金）。"五行相生水→木→火→土→金,沈阳就是龙脉金地。这五处龙脉地,连起了"大清龙脉"。在地图上将这五点连成了龙图,再看这图,气势磅礴,活灵活现。

龙有龙尾,这条龙尾就是壮观的蜿蜒千里吉林哈达山脉;龙有龙身展现出龙身;龙有五爪,展现在龙身之下,五爪就是金龙;龙有龙胆,龙胆处正是在赫图阿拉城,有胆则兴兵,有胆则立国;龙有龙头,就是辽阳;龙有龙须,更神奇的是龙头下有两条龙须;龙有两角,就是沈阳。

游龙走脉,走角成龙。金养龙脉,乾坤可定。奉天行道,帝业成事。帝业成事,"成事"是"成四"的谐音,"成四"就是"盛"字,故定都沈阳称为"盛京"。此时,别说你大明朝腐败透顶,就是你现在不腐败,依然对后金国没有更好的办法了。

后金国龙脉是国魂,要告诉人们皇族是受上天护佑的,后金国龙脉将护佑后金国万年江上。为了达到这一震撼人心的目的,于是正一道长令人又抄写八本四十四章经书,随意撕碎一张羊皮军事地图分成八份藏于书皮之内,送给努尔哈赤分给每个旗主,世袭相传。这个信息不胫而走,绝大多人数都为有后金国龙脉国运昌盛而振奋,激励国人勇往直前,同时也让一些叵测之人耿耿于怀。

努尔哈赤向东方跪拜叩头感谢恩师。

新年过后,罕王召集各个贝勒、大臣议事厅议事。人到得差不多了,努尔哈赤说:"朕打算迁都到沈阳城。"大家听到罕王这突然的决定,都愣住了,没有谁事先知道此事。努尔哈赤这一决定遭到群臣、贝勒的一致反对。代善先反对说:"新城才建好,宫室建了,兵卒的家大多也都建完,咋又要搬走呢?"努尔哈赤说:"住在东京（辽阳）三年多,出入不是很方便,相比之下,才知道沈阳是形胜之地,四通八达。从沈阳向西征大明,路直而且近,比从辽阳走要近一些;向北出征蒙古,两三天就到;向南出兵朝鲜,过清河就快到了,住沈阳有很大的便利。"

出征过蒙古的博尔锦却不赞同迁都,走到前面说:"请罕王斟酌,甲子年是荒年,收成少,今年如果再迁都,征差役,恐怕要让我国百姓受苦了,不如等今年乙丑年丰收了再说。"

努尔哈赤强行迁都的理由是:"沈阳城池坚固,城墙完好,稍加修整就行。城中房舍也够用,不必大动土木、兴大役。沈阳的浑河与苏子河相通,在咱们老家苏子河源头伐木顺流而下就能漂到沈阳,用来修建房舍、宫殿的木材是用不完的用。况且沈阳北临山,兽多可围猎;南临河,水中鱼虾蚌蟹,捕捉不尽。朕早就筹划成熟了,你们怎么不远想一点?"

萨哈廉听说能打猎了，万分高兴，心想：我家的海东青都要不会飞了，大黑狗也跑不快了，再不进山围猎，酒也要放干了。心里这么想着，嘴里小声说："搬家好，搬家好，快搬快搬。"

努尔哈赤说是议事厅议事，其实就是下发的汗令，大家的反对无济于事。阿巴泰、德格类、岳托、旺善等不得不服从，反对的人也只好听命。努尔哈赤下令迁都，将首都由辽阳迁到了当时还不到辽阳一半大小的沈阳，宣布："大伙儿收拾一下，二十天后启程。"

在罕王的密令下，一队负有特殊使命的车队出发了。大马车上装着大大小小的箱子和帐篷，车上还有工具，赶车的和行走的有一百多阿哈，由卫队监护行走，卫队有女真族、汉族、蒙古族的士兵。在道士钟万奎的指挥下，分别在费阿拉城、赫图阿拉城、界凡城、辽阳城、沈阳城的附近山上，按照正一道长画的图，开始垂直向下打洞四十四米处扩展石窟。经过一段时间的劳作，五处石窟完成了。

道士钟万奎按五行金、土、火、木、水不同方式埋下了宝藏，以养龙脉王气。从费阿拉开始，依次进行。五行的水在费阿拉城（王城），五行的木在赫图阿拉城（兴京龙胆之地），五行的火在界凡城（王城），五行的土在辽阳（东京龙头之地），五行的金在沈阳（盛京龙角之地）。

最后道士钟万奎在沈阳的这个石窟里，埋好了物件，做完了法式，就打坐在石窟内，令这些阿哈封石门，正常进行掩埋，这些阿哈不敢听从，只好上来跟牛录额真禀报，牛录额真也搞不懂怎么回事，只知道上方有令："一切事宜听从道士的。"说道："那就随他去吧。"一切事务就绪后，他们就要回界凡城。一天，当他们在一个山坳处，牛录额真一声喝令下，护卫砍杀阿哈，清点了一下人数无误后掩埋在树林里。当这对护卫赶着车行走了一袋烟的工夫，这些护卫军被射杀，无一生还。这一队外围军又在犒劳的酒宴上中毒身亡。

从此，龙脉藏宝地就成了世人揣测之谜。

后金天命十年（1625）三月初三日，努尔哈赤率领护卫长恒纬的十个牛录向沈阳前移先行出发，傍晚在十里河的虎皮驿扎营。次日中午进入沈阳城（努尔哈赤之所以选择这天到达沈阳，也和努尔哈赤的吉祥数有关）。努尔哈赤进城后，在南城门内住下，辽阳新城中各旗人马陆续搬迁到沈阳城内。

沈阳城小，在城外打鼓吹号，全城都能听见，努尔哈赤命博尔锦在四个城门外，设立一个硬木云板、一个大铜锣和一面大鼓，用于夜间来探马报信的信号。如果来的是紧急军情，就敲云板；要是有降户降兵逃跑，敲锣；传送捷报，擂鼓。

## 第三十四章　走角成龙

再令侍卫长恒纬派人回萨尔浒伐树，筹建沈阳的宫殿。

在努尔哈赤的催促下，大政殿和十王亭迅速建成：皇城按天干、地支、三才、五行、八卦之数为本；内城二门为两仪；东、西、南、北四塔为四象；方城的大东南西北门和小东西南北门的八门为八卦。都城明现八卦，暗合九宫，正所谓天地人合，尽得王道。

努尔哈赤为内城二门命名。东面是努尔哈赤的后花园，是努尔哈赤的半壁江山，故将内城东门命名为"抚近门"；他那壮志未酬，还在"怀远"着大明半壁江山，故将内城的西门命名为"怀远门。"

努尔哈赤的恩师正一道长既别出心裁又寓意深刻，他用建筑的方式又一次描述了他的预言：大政殿的顶尖寓意努尔哈赤；正面观看大政殿八边寓意八旗之意，随八边呈现出的上四角和下四角，寓意他的四十四战年；十王亭寓意他的十年帝王年，历史事实证明了努尔哈赤恩师的预断，同时我们深深地为"易经"的高深莫测和博大精深所激动、所震撼。为什么说又一次描述了他的预言？无独有偶，新宾满族自治县的赫图阿拉有和沈阳故宫一样的大政殿（八角殿），赫图阿拉城虽然没有十王亭，但大殿前有一个九尺长、五丈宽的十个石梯台阶，寓意九五之尊努尔哈赤的十年帝王年。

后金天命十年，天启五年（1625），魏忠贤网罗亲信，在朝廷内部到处安排自己的人，已经完全控制住了整个大明。当时，宁锦防线已经相当稳固，孙承宗和袁崇焕计划向前再推进二百里，直到锦县东部的大凌河畔，然后就可以由战略相持转入战略进攻，就有恢复辽东的希望了。为此，孙承宗上奏朝廷，请调二十五万两军费，为收复辽东做应战的准备。

皇帝看到孙承宗的奏章后，立即命令拨给这笔军费。谁知，皇帝的命令却被魏忠贤给淹了。他认为："孙承宗有了这笔军费更没说没管了，他尾巴还不得翘天上去呀，再闹出点啥事来！"于是令兵部、户部、工部不说不给，互相推诿，来一个拖。于是开始了漫长的公文往来，以便将此事拖成不了了之。

建州间谍和正一间谍没闲着，针对孙承宗开始在几个重要城市，尤其是在北京散布谣言："山海关没有那么多的军将，孙承宗和袁崇焕及他们的亲信冒领了兵饷，经略本人也参与其中，他们合伙贪了六万人的军费，皇帝还蒙在鼓里。"因为谣言来的不是一个方向，一经传开，这就闹得朝廷上下议论纷纷骂声不断，对领取这笔军费的困难就更大了。

间谍们还散布谣言，通过各个渠道告诉大臣和太监们说："孙承宗如何痛恨魏忠贤，预备率兵回京实行兵谏以清君侧。"

山海关孙承宗所部的将军们都非常痛恨魏忠贤，骂他："窃权误国、欺蒙皇帝、玩弄大臣、克扣军饷、贪暴残民。"还不等这传言传播，间谍就已经多渠道地传播了。自然就到了魏忠贤的耳朵里，让他更加痛恨孙承宗，军费的事情那就根本别想了。

逃入朝鲜境内的毛文龙，也得到后金国迁都的消息，他虽然遭受多次打击，但是并没有被消灭，反而因总有动静，晋升为平辽总兵。这次毛文龙又亲率三百兵将，潜入海州城西南，准备夜袭大石桥以北的耀州城。耀州城是后金国重地，海边晒出的盐，都集中储存在这里。

夜深了，毛文龙领兵向耀州城方向摸索，派出二十人在前面探路，走到官屯寨时，打头的探子翻墙跳进一个大院子里，要看看有没八旗兵。这是正黄旗长甲兵青佳努的庭院，第一个人跳进来，第二个还在墙头上，院子里狗就狂叫起来，青佳努听见，忙取盔甲往身上披挂，青佳努的妇人不等丈夫，从桌子上抓起刀，冲出屋外，见一人正在打狗，上去一刀，砍倒那个人，墙头还有人，又是一刀，墙上人跌落墙外。手上挥着刀，脚不停步，冲出院门外，见外边还有十好几个，上前就砍。

邻居纳戴的妇人、萨格齐的妇人，也从各家的院子里冲出来，三个女人一口气打跑了十多个明兵。青佳努走出房门时，明兵已经消失在黑夜里了，青佳努只好拔出两支响箭，射向天空。不多时，耀州城的扬古利领一牛录人马赶到，往前搜索很远，没有发现敌兵的踪影。

耀州附近有明兵活动，军情马上报到沈阳城。努尔哈赤赏赐给三个女人金银布帛等财物，又加封青佳努的妇人为一等闲散备御，加封纳戴的妇人、萨格齐的妇人为二等闲散备御，就是无差事、不带兵的牛录额真。

这时耀州的城墙很矮，努尔哈赤命四个牛录额真土穆布禄、阿尔代、毛海和光石率兵去加高城墙。因为天气热，石料、木料又不够，所以城墙修得很慢，努尔哈赤再命皇太极领一个牛录的人马，去耀州城慰劳修城的兵将，协助修建。

耀州城内的一个秀才叫刘伯强，看见皇太极仅带三百人来，他就偷偷地跑出去要告密。到宁远城，刚好山海关总兵马世龙在宁远巡视，刘伯强向总兵报告说："后金国四贝勒在耀州，身边士卒不足三百人，大帅若出兵，就能捉住四贝勒。"

马世龙任总兵三年来，还没有打过一仗，朝廷中早有谏官上奏"空耗粮饷"，

## 第三十四章　走角成龙

现在见有这个机会，想立一大功，于是传令宁远前锋营总兵鲁之甲、参将李承先，率领四百骑兵、八百火枪兵，出三岔河袭击耀州，自己调四万山海关兵马做后队接应。宁远前锋营鲁之甲领命发兵三岔河。

明兵一出宁远，建州间谍就飞鸽传书把消息送到了沈阳，当明兵在辽河口的娘娘宫渡口过河时，已经明显看出敌兵针对的是耀州城，娘娘宫到耀州城只有五十里，离辽阳、沈阳就远多了。皇太极在耀州慰劳完修城的兵将，已经离开，守城的扬古利准备在城下伏击来犯的明兵。

鲁之甲的兵马在娘娘宫用小船过河，三日渡完，过河后人马不能站立，因为滩涂是泥泞的沼泽地，一脚踩下，人腿陷很深，马腿几乎全部陷入泥水里。明兵分出人割芦苇扎捆，铺在沼泽地上，从河边铺出老远，像一道芦苇桥，人和马顺着这个"桥"走向内陆。

明兵登陆后，并没有来攻城，而是隐蔽在深草处。扬古利得到这样的消息，对土穆布禄等人说："明兵白天隐藏，可能是等后队，也可能要黑天偷袭。我们分兵埋伏在城外，城内只留一个牛录。如果明兵趁黑到城下，守城的人点火为号，城外埋伏的两面夹击。"计策定下，由土穆布禄守城，扬古利、阿尔代、毛海和光石四人领兵埋伏城外。

后半夜，明兵果然来偷袭，前队是四百骑兵，后队是八百火枪兵。耀州城墙只有一人高，土穆布禄领兵蹲在墙里侧，明兵走到墙下时，土穆布禄才点燃火把，站起身对着明兵哈哈大笑，墙内的八旗兵都点燃火把站起来，一齐将火把扔出墙外，扔到明兵的马蹄下，地面上事先已经铺了一层干草，火把飞出去，烟火立刻腾起，明兵马队一乱，两侧喊杀声骤起，明兵大败。鲁之甲、李承先战死，士卒阵亡过半。马世龙率兵马已近三岔河，得报后金国有防备，前锋营溃败，不敢再过河，全军后退。

后金国获胜，缴获没伤可用的战马七百匹和部分铠甲器械。


大明出兵失利时，朝廷上正纷争不断，天启皇帝再不爱听东林党议论朝政，点头同意魏忠贤驱逐东林党人，顷刻间，御前一品的大员，朝是堂上臣，暮为阶下囚。御史左光斗下狱东厂，受炮烙刑，面额焦烂不可辨，左膝以下筋骨尽脱，席地倚墙死去；御史杨涟处以水牢泡刑，两腿上的肉泡得白如纸，块块脱落掉入水底。没一个东林党人逃脱宦官的酷刑。

孙承宗不巴结宦官，亲近东林党，令魏忠贤记恨，此时再遭遇前线失利，三年不曾用兵，一战又一败涂地，魏忠贤在皇帝耳边扇风，天启不满意这个封疆大吏，孙承宗被迫引咎辞职，魏忠贤的干儿子高第出任辽东经略。

## （2）

一日，六十八岁老罕王带众贝勒大臣打猎回到盛京汗王宫歇息，宫内准备了丰盛的酒菜，他们君臣在把酒言欢。酒过三巡，菜过五味，正在酒意浓浓之际，侍卫长恒纬来到努尔哈赤身旁小声禀报说："启禀罕王，有一汉民多次到罕王宫来献酒，他要感谢罕王恩养汉民之恩，说无论如何让他能见罕王一面，给罕王献上一杯酒，以表心意。"努尔哈赤正喝到兴头上，于是就爽快地答应了。一会儿看到一个五十多岁的汉人觐见，行三拜九叩大礼，山呼万岁，说是代辽东百姓感谢罕王恩养汉人之恩。说着起身将酒坛打开，当打开酒坛之时，室内立刻酒香飘溢。侍女满满斟上一杯酒，努尔哈赤一饮而尽，"好酒，好酒！"身旁的大福晋阿巴亥又给斟上一杯，努尔哈赤又是一饮而尽，"好酒，好酒——哈哈哈！"努尔哈赤连喝两杯，龙颜大悦。范文程看到罕王如此高兴，于是站起身形作诗赞酒以助酒兴："天赐琼浆玉液酒，杯杯入龙口。"大家立刻响应起来："好，好！""好诗，好诗！"努尔哈赤轻轻地把筷子放在了桌上，严肃地说："错，错！"大家的笑声立刻戛然而止，范文程更是惊恐万分，慌忙跪倒在地，"臣有罪，臣有罪，臣口无遮拦，臣口无遮拦。"努尔哈赤笑着说："起来吧，起来，坐下。"范文程惶恐地回到了座位。努尔哈赤扬扬自得地说："不应该'杯杯入龙口'，应该是杯杯流入老龙口。"大家马上明白是老罕王卖了一个关司，刚才的紧张气氛立刻飞到了九霄云外，于是大家又哈哈大笑了起来，范文程说："还是罕王说得好，好！"

努尔哈赤对酒商说："赏——，重赏。"酒商立刻跪倒参拜，谢罕王为我酒赐名："老龙口"。范文程站起身，抬手举杯："好，大家为罕王万寿无疆同饮'老龙口'。"

"老龙口"由此得名，后被定为皇家八旗御用之酒。

明兵换将，后金国派出大批探马，监视锦州、宁远一带的动静。

深秋时节，树叶红草籽黄，山中百兽上膘、百鸟肉肥，建州大军正在休养生息。努尔哈赤亲率四万人马，架着鹰唤着犬，放马驰骋，进山围猎军训。放山不过四五日，就打到够全城人食用几天的猎物。正准备收兵时，侍卫带上来五个西科尔沁台吉奥巴的使者，叩见努尔哈赤，禀报说："察哈尔联合巴林，已出兵到西科尔沁，请罕王速派援兵。"

## 第三十四章 走角成龙

听到求救，努尔哈赤马上传令各路围山兵将："停止围猎，立即进兵西科尔沁。"四万大军，八旗并列北进，行军到开原城北的镇北关时，许多马匹因射猎多日，已经疲乏跑不动了，难以行进，于是，努尔哈赤挑选出五千精骑，命莽古尔泰、皇太极、阿巴泰、济尔哈朗、阿济格、硕托及萨哈廉七人统领，继续北进救援奥巴，罕王自己率余下人马返回沈阳城。

五千人马星夜兼程，兵到农安塔时，林丹汗的人马已经围困奥巴数日，还没有打下来，奥巴也是人死马倒无数，即将崩溃。这时，八旗人马铺天盖地冲到，林丹汗不敢应战，连夜仓皇逃走，丢弃的骆驼、马匹、帐篷及刀枪器械，满地都是。台吉奥巴感激后金国及时救援，对莽古尔泰等贝勒说："等明年草绿后，亲自到后金国拜谢罕王。"莽古尔泰等贝勒率兵返回。

努尔哈赤的背部长有"疔毒"，罕王宫的几名御医久治未愈，于是努尔哈赤令御医详细写好病情，让侍卫长恒纬送给恩师正一道长。

正一道长看了来信，知道了努尔哈赤的病症，很是焦虑，急令人准备药材（蟾酥、朱砂、仁珠、飞罗面，此方为努尔哈赤真正服用的药方。）自己亲自动手配制药丸。派人唤来"砭术堂"的砭道人，告诉药丸用量和行砭之法，嘱咐服药后要大汗透气，并嘱咐这次去盛京要谨言慎行。

说起砭道人，他是一个很有故事的人。砭道人俗名叫杨明达，是正一道长的第三大弟子程义的徒弟。

杨明达的父亲是宫廷御医，按惯例给贵妃开了保胎药。因宫廷内斗致使贵妃流产，最后归罪于保胎药，皇帝盛怒之下将其满门抄斩。杨明达外出行医回归，当看到城门看到墙上的告示，如同五雷轰顶，只好亡命天涯。他不敢进城，直奔深山逃生，最后饥寒交迫昏倒在雪地里，被正一道长的第三大弟子程义等人救回道观。

杨明达为报答救命之恩和收养之恩，每天从早干到晚。当他知道有人生病或困乏，他不是给开方煎药，就是按跷、刮痧，因此得到大家的好评，道观里的人都非常喜欢他。正一道长通过观察和了解，确认这是一个好后生。终于找到了砭术传承之人，正一道长不觉暗自高兴。让正一道长高兴还有一个原因，那就是杨明达和他是本家同姓。

一天杨明达在给人刮痧，他是按照经络巡行刮痧，就是手三阴经从上刮到下，手三阳经从下刮到上。被前来地正一道长从窗外看到，于是正一道长就走进了房间。

杨明达看到正一道长后，马上施礼问好："师祖好！"正一道长摆摆手示意杨明达起身，就走上前来，拿起了刮痧板看看，是一块普通的鹅卵石片，经过人工打磨，还算可以。杨明达不好意思也很惋惜地说："师祖，家里有上好的玉石刮板，没有带出来。""改日我送你砭石。""那感情好，多谢师祖了。"正一道长说："你继续。"杨明达接着从手三阳经从下往上刮。"看来你所学手法有误。"正一道长说。"啊，请师祖指点。"杨明达边说话边给师祖献上茶。

　　正一道长说："上肢内侧，手之三阴经从胸走手，在手指尖交于三阳经。上肢外侧，手之三阳经从手走头，在头面部交于足三阳经，下肢外侧是足之三阳经，从头走足，下肢内侧，足之三阴经从足走胸腹，这是十二经络的循行路线。

　　经络既然是路，路上走的不仅仅是官民，也有黑帮劫匪，这个黑帮劫匪就是风寒湿三邪。风寒湿三邪与生俱来，十月怀胎一朝分娩，奇经八脉停止工作，十二经络开始循行，首先肺门打开，一声啼哭，一个生命诞生。婴儿啼哭显示出生命活力，遗传'三邪'少，则哭声气壮如牛，遗传'三邪'多，则哭声气弱如猫。气血与三邪并存争斗，互不能灭。经脉气血可排三邪于体外而不净，至正邪平衡。正气盛则身安，邪气盛则病候。"

　　说到这里正一道长饮了一口茶，接着又说："在五体的头面部和手指、脚趾是经脉交接处，亦是排三邪之处。手三阴经逼三邪痹气下行到手指，手三阳经死死地守护在那里，三阴三阳合力逼出三邪痹气于体外。排三邪痹气，亦力在真元之气，命门火足，心肾交泰，真阳催动，诸多三邪排出，病候消除，脏腑得以滋润。

　　你刮痧手法是按手三阳经脉从下向上刮，虽然把络脉淤堵出表，但又把守护那里的手三阳之气刮动上行，同时三邪之气随之游走到头面部。头面部是六阳之汇，能排三邪而力不足，气功可助力此处排邪。不知是哪位'高人'言'高枕无忧'，害人矣，经脉循行岂能顺畅呼。记住行砭要诀，轻不离肤，重不伤骨，引邪出表，引邪下行。"

　　杨明达从小就跟太医的父亲学习中医，从未听到过这样高深的中医理论，这让明达十分震惊，心想："这简直就扁鹊孙真人再世。"于是他当即跪倒，"师祖教我，师祖教我。"杨明达叩头不止，正一道长单手将他扶起说道："砭术易学难进，学教是要吃苦的。"杨明达再次跪倒："师祖我能吃苦，我向苍天起誓，一定能刻苦学习，有辱师门，天诛地灭。"

　　正一道长是道观的观主，也就是方丈，或称住持。居第二位的监院是正一道长的第三大弟子谍道人程义。方丈、监院以下有客、寮、库、帐、经、典、堂、号、谍九大执事，分头负责九个方面的事务。

## 第三十四章 走角成龙

客即客堂，掌门人称知客，负责接待宾客，并协助监院总理事务。

寮即寮房，掌门人称巡照，负责劳动事务。

库即库房，掌门人称库头，负责库房。

帐即帐房，掌门人称帐房，负责财务。

经即经堂，掌门人称高功，负责诵经。

典既是典造（或称点座），掌门人称典造，负责伙食。

堂即云水堂，掌门人称堂主，负责安置到访来客。

号即号房，掌门人称迎宾，接到指令先行迎接到访来客。

谍即密谍堂，密谍堂为九堂之首，掌门人称谍道人，负责联络各地谍工和指令其他堂口。

此外还有"四都五主十八头"，四都为名誉职务，五主和十八头各司一职，地位低于九大执事，在分工列职方面也不尽相同。

至此，正一道长新立一堂，即"砭术堂"，掌门人称"砭道人"。之前的九大堂口，其掌门人都是正一道长的徒弟，唯有砭术堂掌门人是徒孙。

杨明达一跃成为了道观的核心人物，心中也是暗暗庆幸。但他没有因此高傲，而是更加谦虚热情地为他人诊疗。

这天正一道长来到了砭术堂，杨明达立刻跪倒给师祖请安，高兴得心里好似万朵桃花开。当他知道正一道长要给传教砭术时，激动地说："师祖怎能劳您大驾前来呢？还是我前去你处学吧。""教学砭术一定要在砭术堂。""谢师祖。"于是他们祖孙二人来到了房间，对坐在东北火炕上。

正一道长说："因为只有你我二人，学教当中任何不懂之处，尽可提问。""谢师祖。"

正一道长直直腰，整整衣冠说："祖上有训——"明达立刻下地而跪，"砭法非本门弟子不得外传，违训者按本门道规严惩。""弟子谨记。""好，我现在就给你讲砭经。

中医有六法，'砭术'、中药（毒药）、灸焫、微针、按跷（手脚）、导引（气功）。砭术是六术之首，中医鼻祖矣。砭术是中国最古老的治病方法，发展有万余年，在东汉时期失传，迄今约有两千余年。唯我正一道还有代代相传，先祖突出的人物，那就是大名鼎鼎地扁鹊孙真人，世人皆知。"

杨明达问："师祖，什么是砭术？""什么是'砭术'，问得好！砭经写的是文字，砭法是施术地手法，合而称为砭术。那么什么是'砭'呢？六书理论的六种造字方法，第一种就是象形字，'砭'就是象形文字。'砭'是'石''乏'二字组成，是以石头对困乏之人。另外'乏'字的第一笔'平挑'象形砭石在皮肤上的角度，砭石微微抬起，这就是'砭'。'平挑'下的一点，象形'结节'。区区两笔象形砭石砭节。点下是'之'，象形砭石皮肤上顺逆往复之行。你要刻苦修炼。""嗯，师祖，我会刻苦努力的。"

正一道长接着说："经络，不懂脏腑经络出口动手都错，你之前学过经络有多久？"杨明达回答说："禀师祖，从小就跟父亲学经络。""那你具体说说。""经有十二正经脉和奇经八脉，有十五络脉，无数浮络和孙洛。"正一道长又问："经络在皮下，凡眼看不到，那么经络学术是从何而来？是谁最早发现？""我只知道是祖先发现，代代相传，但不知是谁发现。"正一道长微微一笑说："道教是我大汉本族之教，数千年历史，祖先得道开天眼发现经络。"

导引在任督二脉行气，是小循环，在十二经脉行气是大循环。古文字的"天"，'一'视为天，'一'字下的'大'字就是人。'大'是百会、劳宫双穴、涌泉双穴。导引五体大穴采日精月华之气，化作人体真元之气，这就是人与天地相参之理。基础奠定后修炼，易开天眼。天眼亦有九重，达到九层，亦可看过去，还可看将来。如果你练到三层天眼，即刻看到经络循行。

一些开国帝王身边都有奇才将相出现，奇就奇在拥有《易经》绝世天书，并有天眼相助。能看透玄机，能看透历史发展过程，能跟准人，站准位，运筹帷幄，决胜千里。他们拥有像神一样本事的人，这种本事就是洞彻天机、经天纬地、神机妙算、未卜先知。在历史这条长河里，中国只有六个神人，六个通晓天机的人，西周开国元勋的姜太公，战国不老的传说鬼谷子，汉朝首席功臣张良，三国第一谋臣诸葛亮，大唐第一军师徐茂公，以及元末明初的刘伯温，他们都是开天眼之人矣。开天眼亦有法，须有赋，持有恒，之后师祖教你。

杨明达不想多说，唯恐言多语失，但还是忍不住地说了："师祖，要是开了天眼看阴阳，要是看见鬼了，那有多吓人哪！"正一道长听后哈哈大笑，"我开天眼百年有余，也没看见过鬼神，世人皆把阴阳经脉误解阴间阳间。是我们祖先发现了经络，这也是上天对大汉民族地眷顾和偏爱。上古至今，历代先祖以生命至尊，使华夏子孙在大地上生生不息，已是人口众多地大家旺族，创造了大东方文明。如果能团结御敌，可抵万国。只可惜大明腐败，党派相争，民不聊生，有点说远了。你随父学中医，对风寒湿三毒是怎么看的？"

杨明达想了想回答道："禀师祖，风寒湿三气杂至合而为痹，三邪侵入人体，

## 第三十四章 走角成龙

使得气血不通畅，成为痹症。风气盛者为行痹，风邪游走善行，其关节、肢节串痛。寒气盛者为痛痹，其性凝敛，阻塞气机更厉，疼痛更剧。湿气盛者为著痹，停留肌体，导致肢体沉重。

中医五体是筋、骨、脉、肌、皮。

冬遇三邪浸入为骨痹，肾主骨应于冬。

春遇三邪浸入为筋痹，肝主筋应于春。

夏遇三邪浸入为脉痹，心主血脉应于夏。

长夏（至阴）遇三邪浸入为肌痹，脾主肌应于长夏。

秋遇三邪浸入为皮痹，肺主皮应于秋。

筋、骨、脉、肌、皮之痹，病久而不去，邪气深入，停留到五脏六腑，五体与五脏有合。肺合皮毛，心合血脉，肾合骨，肝合筋，脾合肌。因此说'骨痹不已，复感于邪，内舍于肾。筋痹不已，复感于邪，内舍于肝。脉痹不已，复感于邪，内舍于心。肌痹不已，复感于邪，内舍于脾。皮痹不已，复感于邪，内舍于肺。"

正一道长对杨明达的中医基础很是满意，对此他亦有新论："你以上所述是痹论，知道这些很好，但痹论所述，各季节遇痹气侵入，所伤及中医五体和五脏六腑，只是格式化说法而已。适合绝对健康之人，但世人皆相对健康。无论春夏秋冬受感三邪痹气，易可伤中医五体，也可伤五脏六腑。夏季受三邪痹气可生脉痹，同样可生皮痹、骨痹、肌痹或筋痹，痹气是循虚而入，不定其所。

风寒湿三邪杂至合而为痹气，风寒湿三邪杂至合而为痧毒，则痹气行，痧毒行，与气血抗衡，遂在经络各虚弱处留着。五脏不合生浊气，风寒湿三邪互争生浊气，浊气久而不去合于痹气。络痧久而不去，成板痧。板痧久而不去，其毒深入中医五体而成结节，继而深入五脏六腑成结节。如筋结节、骨结节、肺结节、肾结节、脉结节、乳腺结节等等。病位深而久久不去，则不再给其输送气血，其病痛转而不痛，任督二脉留存能量死死地守护骨髓，以止毒入骨髓。"

杨明达全神贯注地听着，他为这高深的道家医术赞叹不已。

正一道长又接着说："我对经脉有个比喻，容理解易记忆。十二经脉是互为表里的六对夫妻，分前中后三个村子居住。

前村是手足太阴经夹手足阳明经；

中村是手足厥阴经夹手足少阳经；

后村是手足少阴经夹手足太阳经。

所有的阴经只接触到互为表里的阳经（丈夫），接触不到其他阳经，所有的阳经亦如此。但他（她）们有互为相思经，如胃有病候，调互为表里胃脾经脉无果，可调心经，因为心胃二经互为相思。唯有子夫丑妻肝胆相照（子时、丑时）。

任督二脉，任字即'人''壬'，偏王矣，督为统领。任脉领六条阴经，督脉统领奇经八脉和十二经脉。督脉为父，任脉为母，督脉主气，任脉主血。奇经八脉有溢蓄气血有十二能量池，分别十二个时辰给十二条经脉输送气血，故有当令之说。有经脉失常，该当令时辰闭目养神，行气血，通经脉，排痧气，通气机，气行血行。

中医六术如同官兵剿匪，调动奇经八脉循行。奇经八脉各有分工，督脉在前，任脉在后，气行血行。砭手三阴经，行砭要砭出手指以散痧气，否则气血围堵手指爆裂以散痧气。"

正一道长教学，惊得杨明达目瞪口呆。至此，方知道之前病人手指裂开的原因了。

正一道长又接着说："十二经脉六对夫妻是以病候沟通爷爷，一方面是脏腑功能失常，有病症出现。另一方面是经络循行出现了障碍，体表病症出现。爷爷就要请官兵剿匪，人要求医救治。

中医的六种医术，砭术、灸焫、微针、按跷、导引、毒药。就说前五种医术各有手法刺激调动任督二脉配合官军前来'剿匪'。如行砭开始要在任督脉的穴位上'开穴'，后到体表病症处行砭，督脉调动奇经八脉溢蓄气血向行砭处输送，内外同力，通其经络，调其气血，引邪出表，在体表汗孔排痧气痧毒，引邪下行，在手脚经脉交接处续排三邪痧气，始收砭治之效，主治可及。

痧毒痹气不完全是砭出来的，更多的是病者气血推出来的。行砭疗一病，多治多砭，能量消耗过大，人就是乏力，甚至昏厥，以至于此。好了，今天就讲到这里，你要好生修习。""是，谢师祖。"杨明达起身相送。

杨明达回到了屋里立刻拿起笔记下说教内容，但有部分还是想不起来。听教时不敢记怕影响听教，认真听教还是有疏漏，这让他有点犯难。他突然心生妙计，他为自己的妙计暗暗发笑，心里扬扬得意。

这一天，正一道长又来到了砭术堂。正一道长带来一块砭石，杨明达看到此物，顶部有如燕翅般两个半圆的一块方玉，下面是刻有"正一道砭术堂"，这不就是印章吗？心中疑惑不解。

正一道长指着这块玉石说："什么是石？块为石。用砭法治病所用的石头，无论是玉石、岩石、赭石还是鹅卵石，都是砭石。当年有人赞誉先祖孙真人医术

## 第三十四章 走角成龙

高超，孙真人谦虚地说：'是我这块砭石好，它是天外来石。'原本是一句戏言，而后有人将自己的石头命名为砭石，也算是煞费苦心。我也多有见过出土砭具，石质不一。"

正一道长用手指向这块玉石说："看上，似球非球，取象于天，天有两重（所指燕翅圆，即是'阙'。凡眼观天，九重有二，乌云密布，晴空万里），用其在圆。看下，似权非权，取象于地，地有山川（所指印章痕迹），用其在平。看边，似针非针，取象于人，人立天地之间（所指四边），用其在直。三代（天地人）尤多（多购）美玉，访而求之，不难获得。

杨明达举手问道："我的恩师八十有余，曾多次说过与师祖情同父子。看师祖鹤发童颜，我一直迷惑不解。"正一道长微笑着说："简单又复杂，得砭法秘传，即可美白、除皱、淡斑、绝毛、丰胸增大增粗（世上本无此药）。人的头面循行九条经脉，颈部经脉循行路线狭窄，故头面部经络最易淤堵，经络受损就会未老先衰。尤其是循行路线最长的胃经受损，衰老尤为突出，女人体貌特征更是明显。"

杨明达疑问的说："女人的体貌特征？""貌是面部衰老，体就是乳房萎缩下垂。面部长痘、长斑、长皱纹，皮下一定是络脉淤堵经脉结节。我有一比，面部就如诸侯割据，山匪黑帮横行，他们各有地盘，形成大大小小地淤堵，面部就会出现多多少少地分界线，两块淤堵的分界线就是皱纹。听说朝鲜国有一美容术，是在人面部用手轻轻的按摩，那只是富人的一种心理安慰。其实面部去除络瘀经结难度多多，去十回五，循序渐进。越近经脉淤堵越难排除，皆因痹气带痧毒继而留着。如果你要年轻态，需施砭法，体会后自然自知。"

杨明达问道："师祖，有那么多的补泻法，我一直搞不懂。""补泻，你不要拘泥于所谓的补泻手法，那些都是花拳绣腿，自我标榜而已。砭法与气血合力泻其毒，补自有任督二脉沟通表里，交通阴阳，调节升降顺逆。

对青壮老幼，轻重快慢酌情砭之，以能承受略带痛为宜，不痛不足以调动任督二脉将能量转到气血虚弱之处。

你要谨记，望闻问切明病情，选经择穴热先行。砭重症，宜佳日，择静室，床安体。行砭避之痧毒，砭后净手砭手。胸出一口气，气沉丹田，发气五体。患者勿动，忌感风寒，安神归位（奇经八脉），汗孔复常。

说起汗孔复常，我要告诉你，澡堂砭痧拔罐，亦是雪上加霜。"

杨明达真诚地说："我父是宫廷太医，我从小随父学艺，已行医多年。听了师祖的教学，我就像是初学生……"杨明达直言不讳地赞美道长，却被正一道长抬起手止住。

"砭术失传久矣，砭石治病，非针非灸。世人每以砭为针，误亦久矣。面对泰山比对手中砭石，亦是针石，形容是很小的石头而已，这样一个不恰当的形容被世人误解至今。

萌山有一火石，遇水而热。用此石温经通络，散寒活血，或以汤温石而代之。烫其外，而不必灼其肤。继而取汤中之石行砭，砭痧散节。外热救治并辅以姜汤内热，则事半功倍。病患起于气血不和，冷热不调。行砭重症房内多有痹气，澡堂内有痹气，这些都是三邪喜寒惧热之理。人生则热，死则冷。死后散发痹气，俗称尸腐之气。砭术首用热救人，百病可及。

砭石之本。用石天阙，天有两重，以圆砭之。用石地利，地有山川（水火木土），以平砭之。用石人明，人有锋钝，以针砭之。一石在手，或点、或摩、或砭、或刮，酌情施法。点其穴，而不必刺其体。摩其周，而不必振其骨。刮其肤，而探其因。砭其节，而攻其坚。如果遇到痈肿或跌打损伤疾患，直接在患处施法也有急效。

砭虽小道，用其甚大，救世活人，百病皆治。"

杨明达听到这里，默默祈祷，感激上苍，今有此奇遇。

正一道长接着教学："砭经写的是文字，砭法是施术地手法，合而称之砭术。"

砭法包括砭经脉节，砭络脉痧。具体手法包括砭痧、刮痧、摩痧、点穴、拍痧、捏痧、揪痧、放痧，称"活人八法"。

杨明达问道："师祖，前四法，是以砭石行之。后四法是手法，近似于按跷吗？""问得好，砭术机理在于动，至不动经脉搏循行。只有经络通畅，才能使气血调和，至阴阳平衡，则有疗效，以济世"活人"。砭术发展万年有余，中医六术之首鼻祖也。其他五术都是在砭术基础上发展而成独立一门医术。

砭术以热救人，逐渐发展形成灸焫术。

砭术点穴疗病，逐渐发展形成微针术。

砭术的摩，即是按摩，逐渐发展形成按跷术。

道家最早发现经络用在砭术，先祖又发现不同的饮食（中药）分别溢蓄十二能量池，则至任督二脉统御气血归向不同的经脉，通经脉，开结节，排泄三邪之毒。逐而发展形成中药术。

中药有毒合于三邪，故古人称中药为毒药。听说西方国制出一种叫西药，能杀死三邪之毒，但同时也伤及经脉气血，有违天地人三才之合。中医六法是三才合之大道，所以说我们的祖先才是真正的大智慧。

## 第三十四章 走角成龙

合理饮食调动任督二脉气血归经,所以说'食不言、少食多餐'对而不错。六对夫妻的爷爷,能求医救治,也是风寒湿三邪帮凶。心态不善,暴饮暴食,饮酒无度,逆行昼夜作息,忽视四季寒热温凉而再感三邪,有违人与天地相参。

有人说'花脏钱,喝凉酒,早晚是事',错!乃世人的误传。不是'凉',而是'量'。

导引(气功)本在砭术之中。符咒是道家修炼独有功法,画符时要念咒,用符时也念咒,画符镇其气,念咒以肃其神。砭砭咒:'砭砭砭,砭砭砭,正手正心先正眼,千变万变我不变,一心世对祖师面,急急如律令。'声音高低大小地气咒之法,是带动内气行走,达到意到声到气到。以意领气,以意催声,声气结合,形成一股强大的浑沌气流,达到特殊疗效。'六气诀'和'呵息吐音法'你要努力修炼。""是,师祖,弟子不敢怠慢。"

看着杨明达学得认真诚恳,正一道长很是满意。正一道长接着说:"雄黄丹方你要牢记,雄黄、蟾酥、胡黄连、白芜荑、川黄连、麝香、珍珠、朱砂、磁石、硫磺、飞罗面。照方配制,各研细末,固大锭如权。多铸药石,火热有三。套以绸囊,对正穴道,或点之、或熨之、或摩之。代行砭石,务期热气透入。过热则提,随起随落,勿使伤肤。热退换之再砭,以三为度。轻者一日,重者七日,立可见效。即排泄久病,假以时日,亦莫不能愈矣。

你把包裹打开,教习砭法。""是,师祖。"

杨明达打开一看原来是木制的模特,上面画有经络和穴位。正一道长手把手地教习砭法。大约有半个时辰,忽听内屋里一声惨叫,进屋一看一个道童手持毛笔,口吐鲜血,伏案气绝。杨明达慌忙跪地求正一道长救命,道长说:"砭术只能治病救命,岂能起死回生?"

正一道长叹了口气说:"明达,我给你讲一个故事。东汉明帝刘庄晚年得一美女嬛儿,此女美貌绝伦,面如桃花,唇红齿白,香肌玉体,身形如风吹杨柳。胖点那就是肥环,瘦点就是瘦燕。不高不矮,不胖不瘦。因此,明帝爱若心肝。

不想嬛儿其母体弱,加之思女心切而病故。患儿知悉后大病卧床,便血不止。

太医院几经治疗无果,明帝震怒,致使院史太医受重罚。无奈只好张贴皇榜,重金求民间高贤。

有一梨眉艾发、面孔清癯的老者揭了皇榜,带着女弟子随太医引领进了皇宫。因为是给贵妃治病,不能上手,老者只好用导引之术,患儿感觉身体舒服了很多,众太医大喜。

众人向贵妃施礼后回往太医院,路上老者对女弟子说:'贵妃太过悲哀,悲哀太甚则包络绝，导致心包络气血空虚，精血不通，阳气内动，火郁于内，乃火热之邪，导致血脉下崩，则尿血不止。心包经、三焦经、附膀胱经愈穴，以热石温经通络，后行砭法，即可手到病除。'

院史带众太医摆酒宴请师徒二人，酒桌上推杯换盏，老者不胜酒力醉倒。此时来人禀告院史：'施术后贵妃舒适很多，便血也轻了。现又复发，尿血不止。'无奈，院史太医们只好陪同女弟子前去贵妃宫。第二天太医院获悉贵妃基本好转，院史立刻上朝禀告明帝。明帝龙颜大悦，起身探视贵妃。当他看到贵妃手臂上到处都是紫黑痧斑时，暴跳如雷，心疼手抖。盛怒之下，逐下令将师徒二人处以极刑，连带其家满门抄斩。明帝余怒未消，下圣旨张榜颁行告知天下：'万民有疾，勿用砭术，砭术乃为妖术。求砭术医治者重罚，施术者抄斩满门。'在东汉境内，一时间风声鹤唳，谈砭色变。

西域都护定远侯'班超'引荐大和尚拜见明帝，要在东汉传教佛法，明帝犹豫未决。当大和尚听说此事后前来觐见明帝，说能让贵妃康复，并能施法禁止妖术。明帝承诺'如有由此神通，可在东汉传教佛法'。（洛阳白马寺是佛教传入我国建立的第一座官办寺院）

于是大和尚带领众弟子诵经作法，不想竟出现几件怪事。一些人想将砭法写下传与后人，不想口吐鲜血而亡，所以至今没有行砭技法记载。砭术失传两千余年，本道砭法传承也是身口相传得以延续。

都说秦始皇暴政，实施严刑峻法，杀人无数。比起明帝刘庄来，真是小巫见大巫。砭术不扎针不吃药，适合百姓医术。没有砭术不影响帝王之家，历代帝王无人理会。砭术失传两千年，明帝刘庄间接地扼杀多少人命，真是恶积祸盈。

都说'富靠补药，穷靠泡脚'，一些医术大家归纳泡脚益处，实有更重要之处，世人皆不知晓。手常遇水而净，脚不遇水而浊。泡脚主要净脚趾污垢汗渍，足之三阳、足之三阴排痹气顺畅。但水温不宜过高（41度），厚热则伤及气血。"

眼看着师祖忧国忧民的一股怒气，瞬间化为乌有。这样自我调整心态，实在是让杨明达佩服。

正一道长语重心长地说："砭术、经络是上天赐予我大汉的厚爱，不可失传。业有兴衰，待我道衰落之时，可将砭术砭经告之天下，记吾之言代代相传。后人是以术代道，故将砭道改为砭术。我将砭经、砭法合而定为砭术，那是因祖训'砭法不得外传'之因，祖训所在不可违呀！"明达说："将来那就以师祖的大名告知天下。"

## 第三十四章 走角成龙

正一道长淡淡一笑,不屑一顾地说:"我助努尔哈赤夺天下,藏而不露,就是不想后人说三道四,闹我清静,相传砭术依然如此。

砭术是本道'韬光'之术,可借先祖孙真人之威名,以'砭道人'之名刊布流传。""弟子谨记祖训。"

此时,正一道长盘腿坐炕,合双掌凝神闭目。杨明达不知何故,只好默默地守候。忽然感觉一股气流扑面而来,这股气流越来越强,形成一个强大的气场包裹着全身,杨明达十分惬意,不知不觉地行气小周天。

随着一声长吁,正一道长举双目慈祥地看着杨明达说:"砭道人走仕途,吾道已衰,哀。诚信人尊祖训,砭经刊布,喜。以一人之笔,写有三人之名,巧。韬光居士开篇假借遇仙传砭,好一个韬光,妙。更有提跋人言,《砭经》与《内经》并传,实。

砭道人书砭经天干有十(甲乙丙丁戊己庚辛壬癸),不细矣。未写地支十二,不全也。亦有不明,人皆误解,有待后人续篇明细。砭经虽有瑕疵,亦属瑕不掩瑜,仍不失为兴绝继灭扛鼎之作。

内经如天上明月遥不可及,砭术乃地上花木随手可遇。鲜花遍开,岂不花貌闭月乎。"

不久,恒纬带砭道人回到了盛京,将砭道引荐给努尔哈赤,砭道人大礼参拜后呈上信函,努尔哈赤打开信函看到"爱徒哈赤知悉:来函已看知你病情,背部是最毒背恶疮,此乃'不搭背'疗毒。委派砭道人主治疗毒,要谨遵医嘱,服下带去丹药可保你半载安康!"

努尔哈赤自从服下了正一道长治疗背部疗毒的丹药,加上砭道人的砭术,身体康健了很多,也不那么疼痛了,有很大的好转。但努尔哈赤还是郁郁寡欢。努尔哈赤躺在床榻上想着恩师的话:"天意四十四战年,四十四年称可汗,天命帝位十年。"难道我的大限真的就要到了?想我一生与人斗,现今是兵多将广;与地斗,疆土辽阔。今天我要与天斗,看看我能不能争寿十年?就是死,我也要死在冲锋的马背上。

努尔哈赤于是就让代善安排人潜伏到明军的至山海关的各城市为内应,也包括山海关。让大萨满搭台向上天祈寿十年。

后金天命十一年(1626)正月初十一,沈阳罕王宫打开了正门,八大和硕贝勒、众大臣早早来到十王亭,分别在自己的王亭内候会。随着三声清脆的鞭声,这是上朝时间到，大家纷纷进入大政殿，按班次站好。一会儿努尔哈赤神采奕奕地走来，坐到龙椅上，众人山呼万岁，叩拜请安。

大家看到罕王身体康复得很好，都很高兴，扫去了往日的担忧。

努尔哈赤问众位贝勒大臣："我问你们一个问题，你们要用最简短语句回答。"大家还不是很理解，互相看看，不知道罕王要问什么。努尔哈赤说："答对了奖百金，答错了就要罚百金。"大家面面相觑，窃窃私语，都很是纳闷儿。努尔哈赤温和地说："今天是正月十一，大后天是十几？"大家又窃窃私语，不知何意。本来是一个非常简单的问题，但就是因为问题简单，还有重赏的原因，大家都往深层想，还是不知道是什么意思，都不敢轻易回答。旺善抬一下手臂，努尔哈赤点点头，旺善向前一步走施礼后回答："是十四。"（四四）。努尔哈赤拍案哈哈大笑："好，赏，朕意已决，倾全国之兵，兵发宁远，打进山海关，我要会会那皇帝小儿。"他是多么希望坐上那梦寐以求的北京金銮殿哪！

遂下汗令：四大贝勒着手八旗人马调动，八旗子弟每人可带两个家丁，加上汉八旗和蒙八旗，集结三四十万人马。

正月十四在沈阳举行了隆重的祭天大礼后，大军浩浩荡荡出征。代善与皇太极各带本旗为先锋，兵锋直指宁远。

后金国出兵的消息传到了山海关，辽东经略高第惊恐不知所措，慌忙与总兵杨麒等人商议对策，座中有军师说："辽东发难八年来，易换经略数人，袁应泰战死城头；薛国用代任日短，免职；熊廷弼传首九边；孙承宗也兵败罢官；唯有王在晋全身而退。前几位都与后金国争锋，下场相同；王在晋避其锋，安于事，才是上上策。大人不如学王在晋。"高第问："咱们也退守山海关？"所有人都赞同说："集合兵马，握成拳头守天险，最好，请大人定夺。"高第没有自己主意，听大家的，金皮大令发出："辽西九城四十五堡人马，全部回兵山海关里。"

关外撤兵，愁坏了宁远城的袁崇焕，看着一路路撤走的兵马和百姓，袁崇焕想：如果不撤，违抗军令，死罪；如果撤，当初在朝堂上说出的话，一件也没有兑现，往轻了说也是欺君，死罪，熊廷弼就是明摆着的例子。进退两难，举棋不定数日，关外兵马已经不多了，袁崇焕下定决心，与其被定罪斩首，不如战死阵前，做个忠臣。主意拿定，他召集城中的总兵满桂、参将祖大寿等将官说："本官身为宁远道，当与宁远城共存亡。你们可以撤走，本道定不进山海关，本道定横在这关外孤城，以肉身挡敌兵。"满桂、祖大寿被道台大人的忠义感动，愿率领一万七千将士，

## 第三十四章 走角成龙

死守不撤。

为安稳守将的心,袁崇焕暗中派人将满桂、祖大寿等将领的家眷送入关内,也把自己的两个小妾,各有一个幼子,托付给老管家带回关内。临走,告诉两个小妾说:"从此隐姓埋名,让两个儿子改姓方,回老家,藏身田园,永不出世,除非——"小妾问:"除非什么?老爷。"袁崇焕扬扬手,让他们走,说:"没有除非。"祖大寿劝袁崇焕说:"让大人的令堂和妻妾都回关内吧。"袁崇焕坚决地说道:"不!"

守城不撤既定,袁崇焕再命军卒,将城外商户、农夫,所有人等尽数收入城中。城外庭院房舍尽数放火烧光,然后推倒残墙败壁,铲为平地。之后关闭城门,用车轮大的石块,堆满城门洞,塞住城门,再不开启。再严令偏将领兵搜查潜伏的探子,抓到立斩,不得漏掉一个。偏将问参将大人说:"怎么才能做到一个人不漏?"参将回答:"凡是在城里没有家的单身人,一律以奸细论处。"偏将回答:"明白。"转身沿街稽查,几个时辰捉拿商旅数百人,缴获银子一万两,冲抵军饷。整个宁远城内充满备战的紧张气息,袁崇焕重申十八斩军纪,厉兵秣马准备血战。

后金天命十一年(1626)正月十四早晨,努尔哈赤问:"怎么还不送药来?"侍女回罕王的话:"启禀罕王,昨天晚上的药丸是最后一颗。"

在亲人和子民的欢送下努尔哈赤亲率倾全国之兵出征。八旗兵马星夜西进,走东昌堡,踏过封冻的辽河,兵临西平堡时,抓获明兵的探子,审问后知道,右屯卫还有一千人,是参将周守廉统领;大凌河有兵五百人;锦州城内,游击萧升领兵三千人,其他城池各有兵马,数目不清,都在准备撤走。

八旗兵马急速行进,到达的城池中,明兵、百姓都已走净,看不见一人。九天横过七座空城,分别是右屯卫、锦州城、大凌河、小凌河、杏山、连山和塔山。

正月二十三日兵临宁远城下,这是唯一的有守卫兵马的城池。此刻,努尔哈赤的心里想的是,拿下宁远城不在话下,最担心开战后袁崇焕会率军跑掉,增加了山海关的防守力量。于是,当他率领三四万大军来到前敌时,所做的布置不是先攻城,而是跨过宁远城五里扎下营寨,将宁远通往山海关的大道拦腰截断,防止袁崇焕跑掉,而增强山海关防务。

努尔哈赤命人将抓获的明兵探子送到宁远城下,让他去给袁崇焕送信,努尔哈赤在信中写道:"后金国八旗劲旅到此,破城是必然。城内的官员若能降,即重赏且恩养,否则,城池攻破,玉石俱焚,生灵涂炭。"

城上放下来绳子，把送信人拉上去。不多时，城墙上投下书信，护卫取回，交给罕王，袁崇焕的回信是："罕王为什么进兵？锦、宁二城，是你国得到后又放弃的地方，以你们放弃的地方，我修治后，为国守边，宁可守其地，以死相拒，报国为民，怎么能投降呢？战场相见，必拼一个你死我活。"

第一日，努尔哈赤指挥他那勇猛的八旗将士，推楯车，架云梯四面攻城，八旗大军整个进入了袁崇焕预先设计好的、遍布地雷和红夷大炮有效覆盖范围内，结果遭到地下埋置的地雷和城头设置的大炮的猛烈轰炸，从袁崇焕命人燃放第一炮开始，紧接着数门大炮齐鸣，炮火惊天撼地。由于八旗人马多而密集，每一发炮弹都能发挥出有效的杀伤力，一发炮弹发出，即开出一条血渠，烟火迸发，火光里，无数八旗的勇士和战马被炸上了天空，八旗军队遭遇重挫，伤亡惨重。

让努尔哈赤都没有想到的是红夷大炮的威力，这种大炮，射程约两公里，是当时世界上最先进的重型武器。而努尔哈赤的大炮射程还不到一公里，明军的炮火偏偏又重视努尔哈赤的大炮，还没等到射程位置，就被明军的炮火炸毁。

八旗兵攻城，西城墙上火力最小，只有两门大炮，努尔哈赤命在西门主攻，用铁皮盖的楯车，运送身穿两层铠甲的兵卒，楯车推到城下，顶在城墙上，兵卒蹲在楯车用铁锤锹镐挖城墙，火炮打不着城根。

半日的工夫，城墙已被挖出七个洞，大小不一，挖墙的兵卒已经能藏在洞里，滚木礌石、箭矢都打不到了，墙体即将倒塌。这时，城墙上探出十多个炕行柜，一半担在墙里，一半悬出墙外，柜门朝下，突然，从里面各坠出一个人，腰系铁链子，有的抱着燃烧的棉被卷，有人手提蘸油带火的干草，下坠到城墙半腰，把火扔进洞里，挖墙的八旗兵都被烧死。楯车里八旗兵一起箭射明军，犹如瓢泼大雨一般，明军死伤无数。有的明兵，手中燃烧的柴火还没有扔出去，就已中箭，柴火也被箭矢钉在身上，火烧自身，宁远城的木匾上，被箭所覆盖，已经看不到字迹。大多数明兵，被拽回去时，浑身上下早插满箭矢，命绝半空。天色晚，两军停战。

第二天，八旗兵冒着炮火又勇猛地冲向城池，他们刚推出楯车，准备接着挖墙，城墙上的炮先打过来。可是在这猛烈的炮火下又一次大挫而退。就在八旗军正要吃饭的时候，宁远城里燃起大火，浓烟滚滚。

在以往的战争岁月里，努尔哈赤最为得心应手的战法是，每次开战之前，先将一批被俘的敌方军民放回城里去，里面掺杂着他的谍工，他们的任务是和先期潜伏的人员会合，开战后，或策反，或里应外合，一举拿下城池。

袁崇焕采取了手段一举拿下城中的建州间谍和先潜人员，经历严刑拷打建州

## 第三十四章 走角成龙

间谍招供。袁崇焕使用了诱敌之计策,发出里应外合的讯号,努尔哈赤没有想到,这一次,他的建州间谍和后来混在难民中进城的内应已经被袁崇焕全数拿下。看到信号误以为内应已经成功,大功即将告成,遂指挥八旗军猛攻宁远城,而这次又遭受了更大的惨败。这位百战百胜的英雄怒气冲天,他头一次看到自己的子弟兵如此怯战,努尔哈赤的一生最不缺少的就是勇气。他不顾群臣、贝勒的劝阻,登上马背喊道:"八旗的勇士们,我们为民族而战,为我们的父祖、为我们的妻室儿女而战,为八旗的荣耀而战,冲啊——"八旗子弟兵如同疯了一般随努尔哈赤冲向宁远。又是一阵猛烈的炮火,一发炮弹落在努尔哈赤身后,一个弹片打在努尔哈赤背部,正好是努尔哈赤的毒疮部位,努尔哈赤虽有外盔甲和内犀牛皮软猬甲护身,还是被击昏落于马下,八旗子弟大哭着抢救罕王撤出战场。军中郎中忙来救治,将昏迷的努尔哈赤放进刚宰并剥开的白骆驼皮里,军医让大家出到帐外,众贝勒大臣、侍卫万分伤心,大哭着走了出去。

四大贝勒商量了一下,下令停止攻城,后退十里扎营。代善回来后,要率双层铁甲兵继续攻城,皇太极阻止说:"不能出兵了。"代善说:"咋不打了?如果不是天太冷,冻实了土,城墙早就塌陷了,今儿再挖半个时辰,准能挖倒。"其他贝勒都急着要打头出兵,皇太极缓缓地说:"损失了兵力,虽然取下城池,又有何益?仅这两天,就折损甲喇两人、牛录两人、兵卒数千。不能再战了,都回营休整吧。"

努尔哈赤苏醒了,大家可算是松了一口气。这时,探马进帐向代善禀报:"宁远城南十六里外的觉华岛(今兴城菊花岛)上,有烟升起,远看有数千明兵驻扎。"代善与各贝勒合计说:"现在天气大冷,海水封冻,请阿玛出兵先打下觉华岛吧。"皇太极说:"阿玛太伤心了,别再打扰。大哥本月掌政,就做主出兵得了。"代善犹豫不定,没有主意,阿敏、岳托等人赞同皇太极的说法,请代善下令。代善听大家都这么说,于是下令:"正红旗甲喇额真吴纳格率领三个牛录长甲兵,以及蒙古额驸布彦代等一百铁骑,做前锋,出兵觉华岛。阿敏率本旗兵马做后队助战。"

吴纳格领命出兵,八百多铁骑马踏坚冰,横扫海岛,一口气消灭七千护粮明兵,岛上防守的参将姚抚民、胡一宁、金观,游击季善、吴玉、张国清全部战死,烧毁冻在海面上的船只两千艘,烧掉和房屋一样高的粮囤子一千多个。没用阿敏出兵,吴纳格已经得胜回来了。

觉华岛大胜并没有舒缓罕王的心情,努尔哈赤拒绝贝勒们再战宁远城的要求,只在宁远城外驻扎一日,下令回沈阳城。

正月二十七日兵败。四十余年纵横天下的努尔哈赤，排山倒海般的脚步，在小小的宁远城下戛然而止。努尔哈赤率部从宁远城下撤退时，状极仓促，皇太极率其所部为中军，护送努尔哈赤所乘之辇车先退，大贝勒代善、二贝勒阿敏和三贝勒莽古尔泰各率其所部，分别为左、右、后部护军，就连派往觉华岛的部队，都来不及通知，便连夜朝沈阳方向撤退。

大军撤退时，侍卫们带来一名袁崇焕的信使和几名随从来到了龙车前，禀告了老罕王，努尔哈赤撩开车窗帘看了看来使，信使大礼参拜，参拜后呈上书信。侍卫将袁崇焕的书信转呈给努尔哈赤，信中大意是这样："说，老将军铁骑狂飙辽东几十载，攻城拔寨无坚不摧，百战百胜。但今天败在我一个文官手里，是不是气数使然吧！今送上礼品以慰后金国国主之心，等等。"努尔哈赤心里想："是啊！是天意使然，天意呀！"袁崇焕以一个胜利者的姿态赞扬努尔哈赤，实际上是气努尔哈赤。可努尔哈赤并没有动气，回赠给袁崇焕一匹名马和礼物，告诉信使："告诉袁崇焕我们还会再见。"

古代名将间的文武智斗，真是炫彩夺目，着实令人悠然神往。

# 第三十五章　天命逝年

## （1）

　　努尔哈赤回兵沈阳后治病休养，但还是忧虑政事，又伤心阵亡在宁远的四弟，终日烦闷。此时喀尔喀巴林部再生事端，在广宁以北，言语不合就杀死了后金国哨堡的斥堠军，提首级投靠大明，以此求得重赏。

　　皇太极上奏说："阿玛，我国在宁远失利后，蒙古贝勒有的投向大明，巴林部带头与我国为敌，请阿玛派兵讨伐。"现在是努尔哈赤、八和硕贝勒共治国政，对于喀尔喀巴林部背盟，与大明修好进行了议政。努尔哈赤听了奏报后说："和巴林部盟誓是'若征明与之同征，和则与之同和'，现在他们背信弃义，真是目空一切，狂妄至极。我要亲自出征讨伐剿灭巴林，给想要背盟的部落看看。"皇太极说："阿玛，我有一策，但大逆不道，不知道当讲否？还请阿玛恕罪。"努尔哈赤说："恕你无罪，你说。"皇太极："巴林部总计一万多兵马，不需皇阿玛亲往，我带人前去就可以了。我想找一人扮作你出征，阿玛你既可在家安养身体，对外亦可彰显神威，战场上你的出现可抵十万雄兵。"努尔哈赤用赞誉的目光看着皇太极说："准你所奏，下去准备去吧。"

　　努尔哈赤为了鼓舞士气，转移和排除宁远兵败的情绪，抑制蒙古部落投向大明，对巴林部背信弃义兴师问罪。努尔哈赤同意了奏请，决定让皇太极率八旗人马教训巴林部。

　　后金天命十一年（1626）四月初四日，只见"努尔哈赤"登上黄罗伞下战马，各贝勒向其跪拜，"努尔哈赤"一挥手，两万大军出征。八旗并进，昼伏夜行。走十方寺，渡过西辽河。皇太极命阿敏、阿济格率五千精锐长甲兵先行。

　　后部八旗兵向北星夜兼驰，在通辽渡辽河，再拨马头向左进兵，行军五日，抵达巴林部囊奴克的寨子。

　　四月九日，四贝勒令一万五千人在敌军后方撤退的必经之路安排了口袋阵，正面战场令五十人马尾绑上树枝，尾随五千八旗兵一拥而上，刮起风尘滚滚冲向寨前。

囊奴克是巴林贝勒叶黑的小儿子，在附近的部落里势力最大。这囊奴克的寨墙，其实只是用土垒个圈堤，怎能挡得住后金的骑兵？

囊奴克事先又不知消息，没有准备。一见如狼似虎的后金骑兵杀上来了，只能仓促迎敌，远看风尘滚滚，也搞不清有多少人马，黄罗伞下有人正向努尔哈赤施礼，囊奴克大为吃惊，趁混战匆忙上马，率领部下溃逃。

皇太极与阿敏等带领兵马，随后便追。囊奴克竭力打马奔驰，想摆脱后金追兵，误入了口袋阵。两军箭矢对射，刀枪相接，马颈相撞，蒙古军死伤无数，不少人看此情景下马投降，独不见巴林贝勒。

大军在四处搜寻囊奴克。

皇太极等人顺着马蹄印追赶，看见青草被踏倒一溜儿，是刚走过的痕迹，就向前追去。果然看见囊奴克携眷疾走。八旗护军冲上去捉拿，囊奴克身高力大，挥舞弯刀，一连将两三个护军打落马下，正在无人抵挡之时，一支利箭闪过，囊奴克应声跌落马下，箭矢射穿喉颈。人们顺弓弦声望去，见手持硬弓的正是皇太极。

囊奴克的三个随从见主人死去，暴叫着举刀调转马头，向皇太极冲来，皇太极身后的护军希尔根急忙扬鞭向前冲，可是座下马力疲乏，一较劲，希尔根的马匹竟然后腿跪地，不能奔跑了，正紧急时，一匹没有人骑的马在眼前跑过，希尔根来了急劲，一手提刀，一手扬着马鞭，单脚踩自己的马鞍子，一步跳到前面奔跑的马背上，两腿夹紧，右脚根踢马肚子，斜冲到皇太极前面，摆刀杀死了囊奴克的三个随从。远处来了一人一骑向皇太极禀报已收服寨子内外兵民。

过两日，后继大军全部到达，皇太极命阿敏、济尔哈朗领一万兵马，沿着西拉木伦河北岸，收取巴林部各寨子逃败的人口畜牧，有不少兵卒的马匹不能在远行了，没有走出多久，都返回囊奴克的寨子休整。皇太极再选出马力足用的两千人，由莽古尔泰统领，看着前面兵马的蹄印跟进。

莽古尔泰领兵走到河边时，找不到路印了，干脆浮水渡过了西拉木伦河，在南岸发现许多无人放牧马群牛群，白天河边吃草，夜晚草丛里睡觉。莽古尔泰将发现的牛马圈一起赶过河，差不多有三万头。加上代善收取到的牲畜，共有五万六千五百头，加上财物，全部夺来，男女牧民，一个也不放过，全部带走。皇太极将战利品均分给八旗，各旗额真再以战功分配给兵卒。

巴林部的塔布囊拉班和他的弟弟得尔格尔，原是古尔布什的属下，这次八旗兵没有出兵他们的驻地，但是两人得知八旗兵路过，主动领一百多部民归附后金国。皇太极召见两兄弟，厚赏他们牛马、金银、布匹等财物，将部民编入牛录，带回

## 第三十五章　天命逝年

后金国。

得胜人马回兵盛京，经过查点，这次出兵蒙古，获取蒙古的人五万六千五百多。

回兵后，皇太极赏赐扮装努尔哈赤的军士一笔不小的赏金。有一名牛录额真来到了这个军士家里说了一会儿话，就走了。

几天后装扮努尔哈赤的军士前来请罪："贝勒爷，我能扮演我心中神，接受了众贝勒爷、众将军们的大礼参拜，是我一生最高的荣耀和自豪，我这辈子值了。但我自知罪孽深重，赏金足够足够养家。我走后，希望贝勒爷善待我的家人。"皇太极惊异地看着军士，不知道他想表达什么。"我死而无憾。"军士拔出匕首自尽。皇太极蒙了，百思不得其解。

半夜时分，阿敏带着侍卫来到皇太极府门，说是探马奏报军情说："毛文龙侵袭鞍山驿站。"罕王令你我等去鞍山歼灭毛文龙，于是他们点齐八旗军速向鞍山急进。

一直潜伏在朝鲜的毛文龙，知道宁远挡住后金国铁骑，很是嫉妒，这次探听到八旗兵出征巴林部，所以急忙过鸭绿江，打算偷袭鞍山、辽阳，捞点功劳。守卫鞍山驿站的是巴布泰，仅有一个牛录的兵马，毛文龙发兵两千人到达鞍山，巴布泰立即向辽阳、沈阳派出快骑报警，驻守辽阳的阿拜有两个牛录的兵马。

阿拜得到军情，马上率全部兵卒飞驰鞍山，抵达驿站时，明兵正围攻巴布泰，阿拜从明兵身后发起攻击，毛文龙前后受敌，攻势崩溃，领兵逃走，巴布泰、阿拜两军合击，斩杀明兵一千人，活捉明兵游击李良美。

沈阳城出兵的几个贝勒，各领不足一个牛录的兵马，脚力最快的是莽古尔泰统领的牛录，刚出灯塔不久，遇上巴布泰派回的信使，得知入侵明兵败逃，狂奔半宿的贝勒们都拨马往回走。

败退的毛文龙不肯罢休，再走本溪清河，过章党，进军四百多里，兵临萨尔浒城，要在这里翻本。黄昏时分到南城门，城上兵卒不多，但是城上滚木礌石极多，箭矢如雨，明兵远路而来，没有在城下占到便宜。毛文龙传令退三里扎营，准备休息一夜，明日再攻城。

南山伐树的梅勒额真巴马礼看见明兵攻城，率领一百多伐木的兵卒冲下山，杀入正后退的明兵中，还没有来得及扎营的毛文龙大惊，不知山中有多少埋伏，仓皇撤兵，巴马礼杀明兵二百多。

毛文龙不敢再偷袭其他城池，带领不足一千人的残兵，连夜向鸭绿江方向撤退。

后金国和大明暂时休兵，科尔沁派人送信：奥巴要来后金国拜见罕王。因为奥巴部是蒙古的大部,能到后金国朝觐,努尔哈赤很高兴,命莽古尔泰和皇太极等贝勒领兵远迎。出迎的人马向北行进三日,走到开原以南的中固城时,与奥巴相遇,因是故人见面,分外亲热,行抱见礼。莽古尔泰杀牛设酒,与奥巴同席宴饮。

第四日,走到铁岭以南的凡河,奥巴再杀牛羊,宴请后金国的贝勒。将近沈阳城时,努尔哈赤先拜堂子祭天地神祇,然后亲率各贝勒、大臣,出城十里,设御帐等待奥巴到来。

## (2)

不到一个时辰,就望见奥巴一行人马了。努尔哈赤在大帐中就座,贝勒大臣们站立左右,帐门两旁高挑。不多时,奥巴在帐外下马,带着他的俩儿子贺尔禾代与拜思噶尔在门外稽首行礼。侍卫请奥巴等人进帐,奥巴进门后,再跪拜,努尔哈赤起身回礼。跟着是贺尔禾代与拜思噶尔以及随同的人跪拜努尔哈赤。参拜罕王之后,奥巴等再向两旁的代善、阿敏、济尔哈朗、杜度、扬古利等贝勒、大臣请安,各贝勒、大臣回礼问安。

奥巴坐在努尔哈赤身侧,献上一条紫色羊绒织成的毯子,一峰特别高大的骆驼和一匹纯白色宝马。奥巴脸露愧色地说:"我等所有之物,被察哈尔、喀尔喀侵我时悉数掠去,没有啥东西进献了。"努尔哈赤安慰奥巴说:"他们两部原本因贪图财物才来抢掠你的,不必说了。今儿个你我安康无恙,得以会聚,就该满足了。"说完传令摆宴席,为奥巴接风。

当侍卫、侍女们放桌子端盆碗时,努尔哈赤赏赐给奥巴三匹带整块软木雕成鞍子的宝马、三件苏杭丝绸编织的披领和三顶金片镂花镶嵌东珠的帽子。东西放到眼前,奥巴马上面含惊喜,笑问努尔哈赤说:"今天罕王所赏的东西,明天是不是还得要回去?我太高兴了,不敢相信是真给。"努尔哈赤也笑着说:"这不过是微细之物,哪儿能那么做呢?以后给你的或随意赏赐的,不一定是最好的东西,你要是看到哪个贝勒的衣服或家中的物品好,朕都会给你买下来,他们不会吝惜的。"奥巴忙谢罕王的恩情。

酒席用过,奥巴随罕王住进沈阳城。努尔哈赤每日以最盛情的礼数招待奥巴一行人,每日赏赐的财物都是极多。奥巴让人问莽古尔泰和皇太极说:"罕王曾答应许给我一位格格,如果真是,我这次想娶走。"皇太极将奥巴的话转告罕王,努尔哈赤说:"没有说过这个话啊!"皇太极说:"奥巴既然问了,也不宜驳他的面子。"努尔哈赤想一会儿说:"与奥巴联姻是好事,但宗室里没有成年的格

## 第三十五章　天命逝年

格了。"

努尔哈赤又想了许久，最后对皇太极说："图伦有个十二岁的女儿肫哲，是最大的格格了，只有把她许给奥巴了。"图伦是舒尔哈齐的四子、罕王的四侄，肫哲格格是努尔哈赤的侄孙女。在沈阳城，努尔哈赤为奥巴筹办了恢宏盛大的婚礼。

奥巴成为后金国额驸后，两国变为姻亲之国，婚礼结束时，奥巴愿与后金国盟誓告天。努尔哈赤于浑河北岸杀白马黑牛，在祭祀台上放置肉、骨、血、土、酒，点燃香粉，罕王先祭告天地，读誓词说：

"我以公直处世，被明、察哈尔及喀尔喀凌辱，乃昭告于天，上天保佑我。又察哈尔及喀尔喀侵掠奥巴，天亦保佑奥巴。奥巴怨恨两部，来我国谋事，如能体天意，绝欺诈，上天必定眷佑。不然，天降灾难与我两人。如克守盟好，天亦永为眷顾。"

奥巴跟后祭告天地，读誓词说："天生奥巴，承前代帝王疆土，与淑勒汗会盟，昭告天地。我以公忠之心，向察哈尔、喀尔喀，自萨克图汗以来，我科尔沁无细微过错，欲求安好而不可得，杀伐我，侵掠我，没有终止，欲将科尔沁贝勒剪除无遗。我儿台吉无故被杀，吉赛屠掠在先，林丹汗、囊奴克抢夺于后，我欲相安无事，而他们不许，将无辜之人，恣意杀掠。今蒙天眷佑，再依赖淑勒汗助我，幸而获免于难。我不敢忘，故来会盟。若渝盟负恩，与察哈尔、喀尔喀合谋，则天降灾难于我；若践盟不忘淑勒汗恩德，则受天眷佑。"

誓词读完，努尔哈赤与奥巴向天行三跪九叩之礼，将誓词书在香炉前焚烧告天。盟誓完毕，努尔哈赤对奥巴及各贝勒、大臣说："做恶必遭天谴，行善而蒙天佑，国的盛衰都是天意。察哈尔大兵征科尔沁，而奥巴能获免于难，此为上天保佑。今儿朕仰承天意，赐以名号，因为当敌兵临境时，其兄弟部属尽数逃遁，唯独奥巴奋力拒战，所以给奥巴赐号为'土谢图汗'给奥巴的儿子贺尔禾代赐号为'青卓礼克图'。"

奥巴与儿子一同叩谢罕王加封赐号。土谢图汗奥巴在沈阳住了整个夏季，初秋时，奥巴将回草原，努尔哈赤再赏赐铠甲、弯刀、弓箭、金银及布帛等财物。奥巴起程，将肫哲格格留在后金国，待年长一些时再来迎接，努尔哈赤亲率贝勒大臣送行。

初秋沈阳城北的原野，漫山红林，飘叶如蝶，送行的兵将边走边射猎路边的飞禽走兽，人人奋进，不肯落后。然而罕王却信马由缰，不愿追逐猎物，再不像当年五大臣在世时那样，与人一争长短。山风吹过，罕王备觉寒意，身子也觉得沉重起来。勉强走到蒲河南岗，努尔哈赤命代善和阿敏，要将客人送过铁岭，自己与奥巴话别之后，领侍卫先回沈阳城了。

奥巴送走后，各旗人马回城。努尔哈赤也回到了罕王宫品茶，他自知大限已到，这倒不是让他害怕。让他常常担心他的孩子们，"真的能够一心一意为我们这个国家吗？大臣们真的能够勤奋稳健地对待政事吗？"努尔哈赤传唤八和硕贝勒来听口谕，八个子侄到齐，努尔哈赤对他们说："昔日我国宁古塔贝勒及董鄂部、哈达、叶赫、乌拉、辉发和蒙古各国，都贪财货，轻忠直，兄弟间争夺财货，相互戕害，以致败亡，这些事不用朕说，你等都是亲眼所见，早已熟知的。鉴于此，朕令今后所俘获的衣食财货之类，必是八旗均分，任何人不可私取；获取的部民，也是八旗均分。若是一旗单独获取到的财物，不可藏匿，必拿出来均分。你等切记朕的训示，切不可见利忘义，走上贪邪的不归路。"

八个贝勒听完训示，各自回府，未过半日，罕王再急着召见八贝勒，还是有口谕下达。刚离开不长时间的八个人，再回到罕王面前，努尔哈赤再对他们说：

"你们八贝勒，见到有大臣犯错，一个贝勒指责他时，其他贝勒要同时指责，这样有错的人才能知道自己错了，才能接受指责。如果仅一个贝勒说话，其他贝勒不吱声，犯错的人会以为这个贝勒看不上自己，因而巧饰是非，争辩不已，这样就不利于掌政办差了。"接连两天罕王给各贝勒大臣们连发数道口谕。

后金天命十一年（1626）的夏末，努尔哈赤身感不适，后背疔毒隐隐发痛，令阿敏、博尔锦率十个牛录的护卫随行，到本溪的清河洗温泉，然而数日后，身子却愈发沉重了。努尔哈赤令阿敏烧纸送撞格，看到那香烟缭绕，心情好多了，感觉身体大有起色，于是决定起程回沈阳城。乘船顺太子河而下，转入浑河时，船行到沈阳城西南四十里的叆鸡堡，水浪较大，努尔哈赤感觉天旋地转，于是令船靠岸，宣大福晋前来觐见。侍卫按照罕王的意思，在岸上架起大营并传令阿巴亥大妃前来觐见。

这一次皇太极的眼线发挥了极大的作用，他用海东青把这个消息传到了四贝勒府。皇太极急令人去城外集结人马，并令人准备行装。皇太极和城外的亲兵会合直奔动叆鸡堡方向奔去。途中遇到了传令兵，传令兵立即下马见礼禀报，皇太极令其随行边走边报，直到行走了三十多里后，才放传令兵回沈阳传报。

这天夜里星月当空，大帐内烛光明亮。侍卫长恒纬正在查岗，只见远处来了一辆马车和三人三骑。侍卫们上前阻拦询问的时候，恒纬赶到，他认出是正一道长，于是上前施礼后，引领道长到努尔哈赤的大帐。侍卫长回身出大帐，下令："百

## 第三十五章 天命逝年

步不可有人。"侍卫立即跑步执行，横刀而立。

正一道长走到床前，努尔哈赤认出是恩师，不管正一道长如何阻拦，还扶着床给正一道长施礼："不知恩师驾到，没能远迎，请恩师见谅。""我徒哈赤起来说话。"一边用手搀扶努尔哈赤，"不，不，恩师啊，能不能为我祈求上苍，再转我十年寿，再给我十年，再给我十年，我便可打入中原一统天下。让天下苍生免于战火，祥和太平。"道长："天意四十四战年，四十四年可称汗，十年帝位乃天命，天命天意无人转。"正一道长扶起努尔哈赤，又继续说："为师夜观天星，看明朝之气数未尽，我在各地的间谍部队，从制造谣言，混淆视听，加速党争，制造冤案闹朝廷上下混乱，到现在进行了战略上的转向。正一间谍部队已到民间去挑动和组织农民军对明朝的反叛和抗争，将来会有人和你们联系，一定要支持，配合他们拿下北京，拿下江山。"努尔哈赤想了想说："恩师，那农民军兴起不是给我们后金国又多树强敌吗？"正一道长说："农民军定能消耗明军的实力，但他们是一时奋起，他们没有国之根本，只是一盘散沙，不会长久，不足为虑。将来会有人请你为明朝平息反叛，在他们手里夺回土地，大清才会稳坐江山。记住，对于大明可以攻，可以打，可以夺，不可占。夺取江山要在农民军手里夺取，这样后金国的江山方可稳固。一定要记住，对于大明可以攻，可以打，可以夺，不可占。""恩师是否需要银两？""我估算过，你给的银两够用，待江山坐定，我的正一间谍部队就会自动解散，这些人员你可以择优录用。"

正一道长又对努尔哈赤说了不少，大意是说他夜观天象，明朝还有数年残喘，十年后改国号为"清"，"清"中之水灭"明"中之火，入"主"压月，方可入主中原。"恩师，我想立多尔衮为新罕王。""那要看天意啦，十年后国号改'金'为'清'，年号：崇德，记住'立分崇，顺看德'。"努尔哈赤没有理解此意就问："请恩师讲明。""此乃天机，你只能自悟。"

努尔哈赤："恩师啊！您的千辛培育，不倦的辅佐，我何以为报哇！"道长："你我师徒，情如父子，何谈相报哇！我这也是为天下苍生。我还要谢你为我九族报仇，谢你展我的人生之志。"努尔哈赤刚要想说话，道长拂尘一摆问道："伏笔安排如何？"努尔哈赤："暗地我已安排妥当，每旗册封十四名刺史，八旗共百多名刺史。"此时，正一道长露出了欣慰的笑容。

道长从怀里拿出两张图，一个是地理位置图，一个是陵寝建筑图，递给努尔哈赤后，又继续说："沈阳东二十里处，有一龙脉所成之地，葬于此地可护佑子孙五六百年国运王气。记住："如日中填"此乃天机，涉及天机运程，只可意觉不可言传。"说着提笔写下了"如日中填。""谢恩师。"努尔哈赤紧接着又说:"恩师,我担心我的孩子们,真的能够一心一意为我们这个国家吗?大臣们真的能够勤奋稳健地对待政事吗?" 道长挥挥手止住努尔哈赤话语,用手指指陵寝图说:为师送你几句话,你要记住:'伏笔内告国不乱,国号改清进中原,身后辈出四十四,四十四年座江山。'"努尔哈赤在细细品味着这几句话后,获得了极大的安慰。

"我徒哈赤,今生就此别过。"努尔哈赤疑惑地抬起头,只见道长飘然而去。努尔哈赤叩头恭送恩师:"谢恩师!。"

就在努尔哈赤令船靠岸,就有人秘密飞鸽传书,皇太极第一时间知道,带自己的轻骑侍卫队打马出城,路上遇到快马飞奔给他传信的信使,"启禀贝勒爷,罕王病重,现在不能回沈阳了,看来是——"之后消息传进罕王宫,阿巴亥也急忙令人准备马车出行。其他贝勒得知此信分别前往。

努尔哈赤自言自语地说:"是'该满足'呢?还是'改满族'呢?是啊——该满足啦——是应该改满足(族)啦,不满足就会有欲望。舒尔哈齐你不满足,褚英你不满足,衮代你不满足,你们都是我的亲人,我给予你们的最多,恰恰就是你们不满足,欲望啊!对,对,我要告诫我的后人要满足,满足(族)就会没有欲望,该满足——改满族——改满族——"

努尔哈赤展开陵寝图仔细观看,正过来,转过来,心里默念"如日中填,如日中填,'日'和'中'字都是中间添一笔。"

他在观看福陵建筑的外观上看,他转了九十度看到了"中国"二字,正过来看是"三百"。又用笔在纸上画写——最后看出四个字;"中国三百"(公元1616年-1911年共是296年),他在微笑中点燃了他所写的。此时的努尔哈赤身体极其虚弱,但还是坚持着,跟跟跄跄地向东方双膝跪下,叩头感谢恩师。

多少年的实践和无数事实的验证,让努尔哈赤对他的恩师确信无疑,从来就是言听计从。

他拿起笔来思虑着,他要给后人留下遗命:

谢苍天眷顾,谢女真神护佑,谢女真彪悍的男儿,血洒疆场,马革裹尸,谢女真睿智的女人,你们用不同方式的奉献,你们用生命书写的曲曲凯歌,让我女真族再次崛起,不受外邦欺辱。

现已有半壁大好锦绣河山,江山社稷为我女真最高民族利益,国之根基不容谁人损害。朕已下旨册封八旗内百名刺卫,世袭,无俸禄。执刑汗位篡逆者,执

## 第三十五章 天命逝年

刑争汗位动刀兵者双方。执刑成功者世袭王位安乐，赐万金，赐万亩良田，灭不法者单族直系。永保舒尔哈齐子孙一旗之位。叶赫系我同族，善待。

本朝不设立皇太子，罕王要在嫡出子嗣中指定传承人。可立幼主，十四岁亲政。

正黄旗交与十二贝子阿济格掌旗，镶黄旗交与十五贝子多铎掌旗，新罕王掌八旗。兴琴瑟琵琶，灭魑魅魍魉。望众勤政爱民，固我江山社稷。

十年后，改国号"后金国"为"大清"；改族"女真"为"满"，年号"崇德"，改汗称帝。

臣服朝鲜，抚慰、征服蒙古，后挺进中原，配合农民军夺取北京，此为国策。对中原打而夺，不占，抽丝剥茧消耗其国力，一定要在农民军手中夺取江山。

朕意已决：传位十四贝子——

正当努尔哈赤写"多"字的头一笔的时候，被后面刚刚进来的皇太极看到。皇太极激动大喊了一声："阿玛！"双膝跪下，努尔哈赤被突然的喊声吓了一跳，惊失了笔。

努尔哈赤放下笔，转身看着皇太极。皇太极："阿玛，我额娘不是你最宠爱的吗？你不是最喜欢我的吗？多尔衮他是个未成年的孩子，国家交给他，你真的就这么放心吗？"努尔哈赤伸出手来慈善地抚摸着皇太极的头说："皇太极，你额娘是我最宠爱的，这是真的，还要感谢你的额娘给我生了个好儿子。在众多贝子里面你是非常优秀的，也为国立下不少的显赫战功。天合、地合、人合你做得很好，我很是欣慰。所以我喜欢你，我爱你，这些都是真的。传位关系江山社稷呀——"说到这里，努尔哈赤一阵咳嗽，努尔哈赤接着继续说："知子莫若父啊，多尔衮他能做到天合、地合、人合、己合。'己合'这可能就是天生聪慧，往往后天如何锻炼、如何努力都达不到的。"皇太极："阿玛，可我一直的理想继承大位做汗王，不是为了我权力有多高、如何风光、多么荣耀，我是要打下宁远杀了袁崇焕，打进山海关入主北京城，统一天下，让百姓脱去战争之苦，让百姓过上好日子。"努尔哈赤显得有些高兴："好啊，好啊，你有这么远大的雄心和抱负，好哇——好哇！"皇太极："我有这样的雄心是因为我有一个伟大的父亲，如果我现在有十三盔甲，可能连建州统一都未必能做到，但是您留给我们的是几十万八旗雄兵，几十万阿哈兵。阿玛我会不贪图享乐，我会一心为国效力，我会把我们后金国推向一个新的局面，不然我为啥在文韬武略上、谋国治国上煞费苦心呢？皇阿玛你就成全我吧！"皇太极激动双膝又一次跪下。

此时，努尔哈赤有些力不能支，皇太极扶努尔哈赤到床上。这时努尔哈赤看到有一亲兵穿着白色的盔甲进来,努尔哈赤什么都明白了,因为按宫规,除了正黄旗的侍卫能出入,其他任何人都不可以进到内室,心里念叨:"够手段,够胆量,够漂亮。"

此时,努尔哈赤的脑海迅速反映出"崇德"二字,立分看"崇":左面比右面分量多一点,顺看德,裁开"德"字:"双立人""十四""一""心",努尔哈赤激动地喊出:"恩师啊,神人那!难道这是天意?是天意,是天意。"

侍卫疾步走过来同皇太极耳语一会儿,皇太极又回到了努尔哈赤的身边,看着憔悴的阿玛,眼泪不觉夺眶而出。有道是 "人之将死其言也善,鸟之将亡其鸣也哀",努尔哈赤看到儿子流泪,也动情了。皇太极按照努尔哈赤的吩咐,写了"崇德"两个字。努尔哈赤手在动,想抬手都抬不起了,皇太极看懂了,马上拉起努尔哈赤的手:"皇阿玛"。努尔哈赤说:"皇儿你看,立分'崇',你先,他后,你比多尔衮分量多一点,顺看'德',你是头一笔,你是人上人,人下有一人,就是你十四弟多尔衮,你要和他一心为江山社稷啊!"皇太极连忙跪下举起右手放到胸前:"我向女真神发誓,我要像爱护眼珠一样的爱护我十四弟多尔衮,如有背约,让我万箭穿心,死无葬身之地。"努尔哈赤连连说;"好——好——这样就好。还有让我放心不下的是多铎,他还小,你要替朕照顾好他。""皇天在上,儿谨遵圣命。"

努尔哈赤将福陵图交给皇太极,令三年后下葬于此地。告诉皇太极"如日中填"四个字,此乃天机不可言传,让皇太极自悟。并告诉皇太极要在二十二米处设有假的棺木,正室有一大一小两个棺木,安葬努尔哈赤和阿巴亥,侧室分别安葬他的两个小福晋德因泽和阿济根。假棺木下面二十二米处,也就是离地面四十四米处才是安葬着"努尔哈赤和阿巴亥"的真棺木。这是后话。

努尔哈赤接着又说:"阿玛我一生打江山,杀戮太重,我做了恶人。你们切记一定要爱民得人心啊!另外我给你留下了一位帝王之师范文程,你要好好待他。你还要记住,蒙古各部就像天上的云一样,云集聚起来,必然'致雨'。蒙古各部若是团结起来,形成一股力量,必然'成兵'。咱们要乘蒙古各部分散的时机,尽快消灭蒙古各部中反对咱的势力,为将夺取江山消除身后之患。"皇太极:"皇阿玛你放心,我记住了。""还有,还有,你先要四大贝勒,同受朝拜,后再独立其位。""喳!"努尔哈赤说:"好——好,你扶我起来,我写诏书,传位给你。"皇太极显得有些激动:"阿玛——"说着来搀扶,刚刚扶起,努尔哈赤眼前仿佛出现了东哥的身影,呼道,"东哥——东哥——东——"努尔哈赤咽下了

## 第三十五章 天命逝年

最后一口气。皇太极非常难过,痛哭流泪,他忍住泪水他站了起来,命令侍卫:"罕王有令任何人不得入内。"他走到桌子前,看着遗诏凝视了一会儿——,他在努尔哈赤失笔处,也就是多的头一笔处,皇太极提笔改字。

原字:传位十四贝子 "丿"

改后:传位于四贝勒 皇太。

皇太极他用毛笔改了两个字:一个是"十"改为"于";一个是"子"改为"勒"。因为努尔哈赤写"多"字,刚起第一笔,所以就顺理成章地写下了"皇太"。因为他没有能力模仿努尔哈赤的笔迹,聪明的皇太极不继续往下写,就此止笔。

忽听外边马嘶人叫,情急之下他将遗诏揣入怀中。

门前有正黄、正白两骑侍卫,阿巴亥和代善前后脚到了,相继跟来了众贝勒大臣。侍卫长恒纬:"罕王有旨,无谕不得觐见,请容我禀告。"说着转身刚想进大帐,突然听到皇太极嚎声痛哭:"阿玛,皇阿玛——"众人一同奔进大帐,双膝下跪,痛哭失声。一时间大帐内外的八旗子弟都匍匐跪倒,声嘶力竭,哭声一片,真是惊天地泣鬼神。

后金天命十一年(1626)八月十一日,努尔哈赤在清河温泉疗养,在回沈阳途中下榻瑷鸡堡不幸病故,完成了他的四十四年军事政治生涯,享年六十八岁。

努尔哈赤一生四十四(四四)年军事生涯,则以他的卓越军事才华和八旗勇猛绝伦的武力,绘制出在中华版图的东北巅峰。此时,他可以策马扬鞭在"北起外兴安岭,西到贝加尔湖,东临鄂霍茨克海,南到日本海,包括外兴安岭和西伯利亚的大片土地。"我们暂且不论努尔哈赤是否具备政治家的资格,就凭这一点努尔哈赤已经为中华民族立下了不朽的功勋。

努尔哈赤一生四十四年生涯,正符合他顺应天道"四四"的吉祥数,一个人再信奉自己的吉祥数,也不可能用自己的生命去捍卫,这里只能看成是天意使然。

公正地看,战争就是掠夺,不论哪朝哪代都是如此。带有偏爱的心理看某场战争,可以解读为"缴获",是可喜的;带有偏恶的心理看某场战争,那结论一定是"抢劫",一定是可恶的。

我们说不清楚,也不知道,是正一道长的《易经》预测神奇,还是他古中医医术的神奇,努尔哈赤服完正一道长给的药丸后出征,到死整整半年。而真实的历史记载是:

从努尔哈赤发兵宁远城日期:公元1626年2月10日(农历正月初十四)。

到努尔哈赤驾崩日期:公元1626年8月11日。(整整半年)

努尔哈赤的一生有四个大妃、八个女儿、十六个儿子。这可能是努尔哈赤根据自己的吉祥数"四四",计划产成的结果吧。努尔哈赤非常信服他的吉祥数"四四"的数字能量,让诸事顺应天道。十六个儿子中有十五个儿子都是以飞禽走兽命名,唯有第八子取了一个大富大贵的名字"皇太极",可谓天命所致。

# 第三十六章　身后辈出四十四

在努尔哈赤死后的那一个夜晚，笼罩着神秘和恐怖，暗藏刀枪，杀机四伏。各怀心事的妃子、贝勒、大臣们，各种力量都在紧张地密谋、策划和交易，他们在垂涎那高高在上、权力无限的汗位，为此他们集结自己的锐军暗藏在沈阳郊外，以备不时之需，几乎到了一触即发的境地。

这些刀头舔血的勇猛的贝勒贝子们，努尔哈赤在世的时候，都没能阻止储位之争，到了今天他们更是胆大妄为、有恃无恐。

努尔哈赤驾崩真的是让他的家人、国人悲哀，悲痛之余，众贝勒、大臣不同心理地喊着嚷着："国不可一日无主，罕王之位不宜久虚，应该早定大计。"

这是一个风和日丽的一天，卯时一到，黄旗侍卫打开了沈阳罕王宫，众贝勒、大臣们陆陆续续到了十王亭休息候朝，只听三声清脆的鞭声，大家走向大政殿。

按照国法规定，八位和硕贝勒和五位议政大臣来到大政殿议事，侍卫长恒纬带着黄旗侍卫把罕王宫把守得严严实实。

众人刚刚一落座，侍卫长恒纬进门给众贝勒、大臣请安，递上努尔哈赤的一道密诏，其主要内容就是："大妃阿巴亥和两个妃子阿济根、德恩泽殉葬。"八和硕贝勒看后面面相观，无语，因为他们之前分别都听闻过此事。

接着代善摆摆手，让其他人退去，只留下八旗旗主和五大臣。代善说："女真神接罕王归天，国不可一日无主，今天我们要推举出新罕王，继位执政。"阿敏接口说："我看大贝勒代善最有资格当我们的罕王。""我看皇太极文韬武略绝伦，战功累累，可任罕王之位。"莽古尔泰大笑着说："我看我也行，我要是当上罕王，我一年内就可打进山海关，打进紫禁城，拿下那皇帝小儿。""听闻皇阿玛要立多尔衮，是不是有遗诏啊！"多尔衮也在想："皇阿玛要传大位给我，那遗诏在谁的手里呢？"多尔衮很有度量，也是因为他年龄小的原因，没有说话，只是在那里观望。大家交头接耳说着、嚷着，一时间大政殿内乱哄哄的。

此时，皇太极走到正面空位的桌前，拿出了努尔哈赤的遗诏举过头顶，含着眼泪说："这是皇阿玛下榻瑷鸡堡时，还没有写完遗诏，阿玛就驾崩了。"皇太极把遗诏放到了桌面上，回到了自己的座位。大家纷纷上来观看，众贝勒、大臣都确认这是罕王的笔迹。

代善看完遗诏，心中纳闷儿："皇阿玛和我谈过，不是要多尔衮继承罕王，要我做摄政王吗？怎么皇阿玛改主意了？"本来代善不想说出努尔哈赤的口谕的原因，是自己想登大位，看到遗诏后，百思不得其解，一时间他呆呆地在那里发愣。阿敏用脚碰碰代善，代善才缓过神来。

代善站起来，挥挥手说："大家静一静，我来宣读皇阿玛的遗诏。"宣读了努尔哈赤的遗诏后，一时间大家默默无语。众贝勒对高高在上的龙位皆有大争之心，此刻摆在面前的遗诏，尤其是遗诏中内容真是震撼人心，犹如一把悬在头上的利剑："——现已有半壁大好锦绣河山，江山社稷为我女真最高民族利益，国之根基不容谁人损害。朕已下旨册封八旗内百名刺史，世袭，无俸禄。执刑汗位篡逆者，执刑争汗位动刀兵者双方。执刑成功者，赐万金，赐万亩良田，世袭王位安乐。不法者灭单族直系……"。众人面面相觑，每个人都非常清楚皇阿玛的这支间谍部队的厉害，个顶个的都是心思缜密、武功超群的高手，谁又能知道皇阿玛敕封的人都在哪里？想想都感觉到脑后发凉，一个个就像泄了气的皮球，大争之心一下子被丢到九霄云外。

五大臣一直默默无语，他们为今天的场面十分担忧，当听到遗诏的内容后，满心欢喜，本来这五位大臣每个人都在为今天立大位的事忧虑重重，对于这些贝勒哪个不是刀头舔血的汉子，哪个也不是善茬儿，就是百姓争家财，也有很多打得是头破血流，况且是今天册立汗位，他们都在担心会出现刀兵之争。到了现在他们才把心放进了肚子，真的感谢上苍，不得不在心里暗暗钦佩和称颂努尔哈赤的雄才大略、高瞻远瞩。

代善宣读完遗诏后，带头跪拜皇太极，其他人等都一起跪向皇太极。皇太极说："不可，不可，这遗诏是不完整的，况且没有加盖龙印，这不符合礼法，这汗位我不能做，我走了，你们选吧，选谁我都同意。不过，皇阿玛口谕，遗诏为后金国最高机密，不得外泄他人，外泄之人以通敌叛国罪论处。"说完皇太极疾步走出了大政殿。

这下子，众贝勒都慌了神。此时，众贝勒他们的心里都清楚，有了这份遗诏，他们就都不具备进取汗位的条件，如果皇太极不登大宝，谁敢登上汗位？到现在他们已经没有了个人的私利，几乎同时他们在为国担忧，大家纷纷进言议论着。

最后由大贝勒代善领众和硕贝勒、五大臣来到皇太极府邸，大家众口一词要皇太极继汗位，而皇太极以遗诏不完整和未加盖龙印为由二次坚持拒绝。他们东

## 第三十六章 身后辈出四十四

说西说，东劝西劝，从早晨折腾到晚上，大家第三次劝进并共同发誓全力支持皇太极登上大位，并听从新罕王的指挥，要皇太极以江山社稷为重。皇太极勉如所请，最后终于同意继位。

皇太极抬身要给代善、莽古尔泰、阿敏三位兄长施礼，代善用手止住说："不可，皇阿玛说过，君臣是父子关系。"皇太极说："你说的是国礼，我是给家兄行的是家礼。"说罢给三位阿哥行礼，起身后，皇太极伸出手，手心对地，众阿哥贝勒依年龄大小伸手放在皇太极的手下，表示臣服。而后代善又一次带领众贝勒跪拜，因为他清晰地记住了努尔哈赤的"汗谕"称，汗与贝勒大臣为君臣父子关系。

皇太极回到罕王宫，侍卫长恒纬来报，有五大臣求见。尊罕王遗命，皇太极与五大臣一同来到了努尔哈赤的书房，打开一个暗门，五大臣各拿一把钥匙开启一扇小门，拿出一个箱子。"罕王有旨，请新罕王接宝。"皇太极跪接了宝盒起身，众大臣们跪拜告辞。皇太极打开用黄段子包裹的箱子，打开一看，是努尔哈赤亲笔所写，映入皇太极的眼帘。"朕给你雄兵十万、财富万计，你要小心呵护。"惊得皇太极目瞪口呆，是全国各地的谍工名单和联络方法。出书房后，只见努尔哈赤的侍卫长恒纬站立等候，遵努尔哈赤遗命，把皇太极带到一处，开起密室门，皇太极拿出钥匙正要打开，恒纬突然跪拜："启禀罕王，老罕王离去我痛彻心扉，想照料老罕王后事，后半生我要给老罕王守坟。"皇太极允许并赏银千两。

皇太极走进密室，看到无数金银、宝物。旁边有一门打开一看，屋里供奉七个灵牌：紫薇干娘、李成梁、正一道长、佟家玛法、元妃佟佳氏、孟古、东哥，唯有正一道长的牌位上盖有黄罗遮挡，也是努尔哈赤去世后唯一活着的人。灵牌按照七星摆位，恰似北斗当空。

努尔哈赤有很多至亲，然而至爱人数却不多，盘点他的一生至爱共有七人。这三男四女七个人，是努尔哈赤一生刻骨铭心的至爱。他对"至爱留三年"，以表碧血丹心。如孟古死后三年才下葬；李成梁死后三年才攻打大明；东哥死后三年才灭叶赫，等等。

后金天命十一年（1626）九月，皇太极继位于大政殿，年号"天聪"，确定明年（1627）为天聪元年。"圣"字有"耳"、有"口"，"聪"字有"耳"、有"口"还有"心"。"圣"字下有王，"聪"字上有角。因此，范文程根据皇太极的人格魅力上疏建议。"天聪"意在"天龙"，有耳能听，有口能说，而且有心志远。在沈阳的罕王宫举行了继位仪式，先有众福晋礼拜，后众贝勒、众贝子礼拜，紧接着就是文武百官叩头礼拜，山呼万岁。看到文武百官跪倒一地，官帽上的翎毛倒竖一片，真是壮观，皇太极感慨万千，备感欣慰。

皇太极又带领百官点蜡焚香，三跪九叩，祭祀天地、祖宗、各路神灵。

继位后马上起用了大章京范文程，让他参与了军国大政。范文程是何许人也？范的先祖是北宋名臣范仲淹，曾经写下过千古名句"先天下之忧而忧，后天下之乐而乐"，遂使一篇《岳阳楼记》成为千古绝唱。范文程的曾祖父高居大明兵部尚书之位，祖父和父亲在辽东为沈阳县官。

当年努尔哈赤向大明开战拿下抚顺后，满腹经纶的范文程是第一个投奔后金国的，这使得努尔哈赤非常高兴，告诉众贝勒要好生侍候。

那时的范文程的才学更多地表现在诗词歌赋上，是无法与胸有帝王之学的罕王相比，况且罕王还有恩师和正一间谍部队的支持。范文程为报知遇之恩，苦心学习，这一学就是八年。

皇太极继位后，很快把范文程找到自己身边，让他参与军国大政。

为表示尊重之意，不论人前人后，皇太极对范文程一律以"范章京"称之；每逢议事，若范文程不在场，皇太极必定会问："此事范章京知道否？"臣子的奏议若有不当之处，皇太极便会建议他："何不去找范章京商量商量？"倘若奏事大臣回答"此事范章京已经同意了"的话，皇太极就会立即批准按照范章京同意的去做。有时，如果范文程生病，皇太极甚至会将一些事情延后，等范章京病好后再作裁决。后来，皇太极对于范文程的信任已经达到这种地步，凡是范文程起草的档，他不再过目便予批准，他说："我相信范章京不会出错。"就此，范文程成了真正的大章京。

史书中记载了不少这一对君臣之间知音默契的事迹，的确十分动人。据说，皇太极时常将范文程召进宫中议事，这种议事经常长达几个时辰。我们知道，一个时辰是两个小时。也就是说，这一对君臣时常会在一起商讨事情达五六个小时，甚至更多时间。有时，范文程深夜时分方才离开宫中，回到家里刚刚歇下，皇太极又派人来请范章京入宫议事。在我国历史上，皇帝若能白天正常工作，已属帝国臣民之万幸。君臣如此夙兴夜寐，国家若不能兴旺发达的，倒是不太多见。

有一次，皇太极为了犒劳范章京，让范文程陪自己吃饭，饭菜极为丰盛，有不少"殊方珍味"，可以理解成是很罕见的地方风味、土特产、山珍海味等等。范文程迟迟不动筷子。皇太极一看，立即下令将这桌子美味撤下去，火速送到范章京府上，赏赐给范文程的父亲和全家吃。范文程则向皇太极拜谢如仪。

## 第三十六章 身后辈出四十四

皇太极至矣尽矣。当年刘先主与诸葛孔明之间的际遇也不过如此。

皇太极巧夺汗位不是为了享乐，而是为了实现自己的抱负，皇太极在书房里，看着福陵图，想起努尔哈赤临终时说的话，又看了看草纸上写的"如日中填"四个字，心想："这不是皇阿玛的字啊，这是谁写的字呢？"他自言自语"如日中填——如日中填——"他百思不得其解，就连范文程叩拜都没有察觉到。范文程又大声请安，皇太极才缓过神来。

由此，范文程却记住了"如日中天"，他理解为"好像太阳正在天顶"。以后的奏报中，他采用了"如日中天"比喻国事兴盛。

皇太极下汗谕，在沈阳城东二十里的天柱山营建福陵。在努尔哈赤死后第四年，于天聪三年（1629），在沈阳城东二十里、浑河北岸的福陵下葬。后上尊谥号为：承天广运圣德神功肇纪立极仁孝武皇帝，庙号：太祖。

努尔哈赤的恩师正一道长，以他那高不可测的、富有传奇的，而且是实实在在的用福陵建筑，写出了四个汉字"中国三百"，而皇太极到最后也没有悟出这四个字。

自天命元年（1616）至宣统三年（1911），共历二百九十六年。

皇太极成为二代罕王后，他遵遗嘱，守承诺，精心培养和重用多尔衮，更多地关照多铎。

皇太极任命年轻的多尔衮主管吏部，号为六部之首，其权力范围很大。此后，皇太极对多尔衮多次委以重任，使多尔衮有机会建功立业。就这样，皇太极扶持着多尔衮一步步成长起来，从墨勒根戴青贝勒，到睿郡王，再到睿亲王。应该说，皇太极待多尔衮不薄，在多尔衮身上倾注了皇太极的不少心血，这种关爱超过了皇太极对自己的子孙，甚至超过了对皇太极长子豪格。皇太极对多铎也不错，多有培养和重用。

皇太极遵遗嘱信守承诺，对三兄弟（阿巴亥的儿子）不薄，远不是一些人诽谤的那样阴险诡诈。三兄弟在皇太极时期的都是一旗之主，正白旗（四十五牛录）多尔衮；镶白旗（二十牛录）多铎；镶红旗（二十六牛录）阿济格。

在众贝勒的强烈要求下，为一雪前耻报父仇，皇太极又一次兵发宁远。皇太极此时仍然没有认识到红衣大炮和现有的冷兵器是差了一个世纪，结果他又一次惨败。一块石头上绊倒了两位帝王的人就是袁崇焕，当年大明所有的官兵对后金国的战果加到一起，都不如袁崇焕给予后金国的重创，袁崇焕是大明真正的英雄。然而，就是这位英雄却倒在后金间谍作祟和奸臣之言，他倒在皇太极离间计的军事行为，他死在他效忠的大明皇帝手里，是千古第一大奇冤。最后是乾隆皇帝为他平反了，这是后话。

崇祯九年，天聪十年（1636）四月，皇太极遵遗诏。国号由"后金国"改"大清"，族名由"女真"改"满"建元"崇德"。

1616年努尔哈赤建国称汗；

1626年努尔哈赤病危驾崩；

1636年皇太极遵遗诏，国号"金"改"清"，年号"崇德"。

皇太极坐北朝南称帝，并册封了四大亲王，他们是代善、济尔哈朗、多尔衮、豪格。

皇太极在继位之后有勇有谋、英勇善战。遵遗诏，先后两次攻打朝鲜，让朝鲜臣服，用两种手段抚慰、征服了蒙古。

清崇德元年（1636），皇太极派阿济格领兵出战明朝，逼近延庆，明军无力抵挡，俘人畜十七万九千八百二十，生擒总兵巢丕苍。

清崇德二年（1637），皇太极就从热河方向攻破长城，北京的正北方防线一触即溃，还摧毁了相当于北京命脉的漕运北端的仓库群通州、张家湾等地，北京城在通州地区的存粮基本上被掠夺殆尽。大运河的漕运都是北京的大动脉，这一段被切断，北京市内粮食供应就会有巨大缺口。一时间民不聊生，死者遍地，而明军却拿清军没有办法。

清崇德四年（1639），清军渡运河，明军一路溃败，攻破山东济南府，活捉德王等多个宗王。

清崇德七年（1642），皇太极命大将军阿巴泰率领大军，从界岭口破墙而入，长驱南下最远达到江苏连云港，计克三府十八州六十七县，败敌三十九处，获得黄金两千二百五十两，白银二百二十五万五千二百七十两，俘虏人畜九十七万。这样的缴获增加了经济基础，也扩大了大清朝的影响力。

清军打到连云港就是打穿半个黄淮海平原，当时的黄河以北，犹如清的后花园一般往来无阻，可以形容皇太极是纵横天下，清军完全有能力将明王朝的核心区摧毁，但皇太极必须执行遗诏而行。

关于大清配合农民军的一切军事行动，大明朝看得懂，崇祯皇帝也非常清楚。备受煎熬的崇祯皇帝恨透了大清，要与清军一决雌雄，如胜了，再去平息农民军，如败了，也就一了百了。因此在危机关口派出洪承畴率明朝最后一支有生力量决战清军。清军求之不得的大决战终于来了，皇太极和多尔衮异常兴奋。清军以他

## 第三十六章 身后辈出四十四

决定性的野战优势战胜了明军,崇祯皇帝孤注一掷的行为把大明朝送上了万劫不复的境地。

大明朝中很多人都以为长城能够拒敌大清,只要九边大军不出击只防御,就能实现谁也奈何不了谁的静态对峙,但是战争可不是他们乐观的想象。

为配合农民军的军事行动,同时在明军大举围剿农民军的紧要关口,皇太极五进中原。明朝内忧外患,军队两头作战,焦头烂额。而皇太极明令八旗军不可与农民军动刀兵,遭遇时只可招架躲避,不可剿杀。在这种情形下,使得农民军不可一世,也让李自成产生了夺取天下的信心。

满族早期实行一夫多妻多妾制,不同于汉族的一夫一妻多妾制。大福晋和侧福晋都是妻,都有正式的名分,都称为福晋,侧福晋只比大福晋的地位略低;小福晋和格格、媵妾、婢妾等都是妾,都是没有名分的,庶福晋仅是对她们的尊称而已,地位远低于大福晋和侧福晋。大福晋所生子女都属嫡出,地位高;侧福晋这些妻小福晋和格格、媵妾、婢妾等妾所生子女属庶出,地位较低,远低于大福晋和侧福晋的子女。

努尔哈赤至确立褚英、代善后就决定不再立储君,但八旗旗主必定要是大妃所生的嫡子,新的罕王也一定在嫡子中产生。

清崇德八年(1643)八月九日,清太宗皇太极在沈阳盛京清宁宫东暖阁的南炕上突然病逝,享年五十二岁,执政十七年,葬在沈阳昭陵,也就是沈阳北陵。

清太宗皇太极猝然病死,形态好似睡着。当哲哲皇后发现时,皇太极已经没有了呼吸,哲哲惊得目瞪口呆,随后就是痛哭失声。侍女、太监们应声赶来,都一起俯身跪倒哭声一片。哲哲皇后立即起身下令秘不外宣,又令人给皇太极里外换上新衣,同时她们意外地发现了遗诏,哲哲皇后看到了遗诏后大惊失色,其遗诏主要内容就是传位给多尔衮。于是,吩咐人秘密急切宣召来她的侄女庄妃。

她们非常清楚,如果多尔衮当上皇帝,她们都将失去往日的辉煌。一不做二不休,庄妃拿起遗诏走到油灯前就要烧毁,哲哲皇后拦都拦不住,庄妃玩命似的把遗诏烧毁,就此开始了清宫内一场诸王争汗的斗争。

她们策划拥立福临继皇位,一起商量了一个万全之策。一方面怂恿豪格继承皇位,让皇长子豪格与多尔衮抗衡,表面上形成争皇位的两大派。另一方面与多尔衮进行政治交易,以辅政王为砝码,就是福临在未成年时期的皇帝。

实在地说,没有皇太极的遗诏,只能在皇太极众五宫的嫡贝子中推举皇位继承人,嫡贝子中谁能胜出?

皇太极时期，有了后妃之别，而建立了五宫：

中宫清宁宫、东宫关雎宫、西宫麟趾宫、次东宫衍庆宫、次西宫永福宫。

清朝的规矩是即位之前"子以母贵"，即位之后"母以子贵"。

哲哲皇后，是孝庄文皇太后（庄妃的亲姑妈），无子。

四大妃之首的海兰珠，生皇八子，二岁而殇。

四大妃之二的娜木钟（曾是林丹汗的囊囊太后），生皇十一子博穆博果尔。

四大妃之三的巴特玛，无子。

四大妃之四的庄妃，生皇九子福临。

显而易见，皇位继承人只有在皇十一子博穆博果尔和皇九子福临中选出。按理说博穆博果尔比福临地位高，更应该继承帝位。

一天庄妃和姑妈哲哲皇后在庭院唠嗑，有意让别人听见，大约是要把福临过继给哲哲皇后等，这个消息就传到了娜木钟的耳朵里。如果哲哲皇后认领福临为子，这样福临的地位高了，就顺理成章继皇帝位了，所以娜木钟干脆就明言退出，不让自己儿子博穆博果尔竞选即位，省得白白得罪人，庄妃这一目的又达到了。

皇太极死后第六天，大政殿内推举罕王，豪格用两黄旗把沈阳团团围住，部分人马把大政殿围住。

因为豪格庶出，非嫡子，连一旗之主的资格都没有，被册封亲王也只是爵位而已，众口一词，豪格很快就败下阵来。多尔衮当时的声望威信甚高，继任皇位的呼声也非同凡响，但他没有皇太极的遗诏，名不正言不顺，他真的不敢登上皇位。

多尔衮为打下江山立下汗马功劳，而且位高权重，离皇上的宝座只一步之遥，却不敢登上皇位！那就是因为努尔哈赤遗诏如同悬在头上的一口宝剑，因此多尔衮才能与孝庄达成了政治交易。

努尔哈赤去世以后，清朝历史上没有发生像其他朝代那样为夺皇权同根相争、刀光剑影、父子兄弟相残的流血事件，是因为努尔哈赤遗诏的威慑力。

此时庄妃她们还不知道是努尔哈赤的遗诏帮了她们的大忙。

对于皇太极，多尔衮是感受复杂的两重心理：一方面，他曾经说过："太宗文皇帝之位，原系夺立。"另一方面，他也亲口对大小贝勒们说过："太宗之所以给予我非凡不同的恩情培育，超过了对于所有其他子弟，是因为他知道诸子弟只有靠我才能成就事业。我很明白他的意思，你们明白吗？"

但是多尔衮一生也没有弄明白，皇太极是想把皇位传给他的。如果皇太极不想把皇位传给他，那么就不会倾注心血对待和培养他。

## 第三十六章 身后辈出四十四

历朝历代行之千年以上的宗法制度，父位传子、子承父位，有嫡传嫡，无嫡立长，无子传弟。而努尔哈赤早已把此制度废除，是要在八旗旗主当中，也就是嫡子当中选出一个，因为只有努尔哈赤四个大妃的儿子才有资格任旗主。比如皇太极之所以能继位，一是他是大妃孟古所生的嫡子，二是他顺理成章成为一旗之主，三有遗命。

时至今日，代善的一个儿子、一个孙子为首的一群人还不服气，暗地里要策划拥立多尔衮为皇帝。而代善清楚地知道努尔哈赤遗诏里面的内容："朕已下旨册封八旗内百名刺史，世袭，无俸禄。执刑汗位篡逆者，执刑争汗位动刀兵者双方。执刑成功者世袭王位，赐万金。不法者灭单族直系。"努尔哈赤的遗诏，如同一把无形的宝剑悬于头上。

因为"遗命"只有八旗旗主和五大臣知道，属于最高机密，因此，代善又不敢把努尔哈赤的遗诏告诉子孙。代善为保住本单族直系人性命，把真相报告给朝廷，断送了策划拥立多尔衮为皇帝的自己一子一孙的性命。而多尔衮依然是辅政王，没有丝毫的损伤。多尔衮有能力登上皇位，而始终没有敢登上皇位，他是怕如果登上了皇位后，不知来自何方，甚至是自己的亲信，一把钢刀会插入他的心脏。

正一道长的预言好像天意，大清年号"崇德"所指，"立分崇，顺看德"，先是皇太极继位，后有多尔衮继位。尽管努尔哈赤想把皇位传给多尔衮，尽管孝庄烧毁了遗诏，这都改变不了"天意"。天意就是皇太极继位，皇太极死后，多尔衮掌权，虽然没有皇帝之名，但他是实际上的皇帝，直到多尔衮死去。这难道真是"天意"吗？就当是历史巧合吧！这也是和正一道长的另一个预言吻合："身后辈出四十四，四十四年坐江山。"果然是先有四贝勒皇太极继位，后有十四贝子多尔衮掌权。

皇位传承："四贝勒皇太极——十四贝子多尔衮——努尔哈赤的孙子福临1644年在北京坐拥江山。

牛金星字聚明，明末宝丰人，为人质朴，性喜读书，二十岁中秀才。他不满足现状继续求学，几经周折拜倒在正一道长门下，是正一道长的第三十一弟子。完成了五年学业的牛金星可以说是满腹经纶，他精于计谋，通晓天官、风角及孙子兵法。明天启九年，后金天聪元年（1627）考中举人。

牛金星是正一间谍里面的重要人物，后被指派到北京城设馆授徒，他以这个身份为掩护指挥手下开展制造谣言、混淆视听、制造冤案、加速党争、索取情报等活动。这一天有飞鸽传书，牛金星接到指令："进行了战略上的转向，到民间去，挑动和组织农民军对明朝的反叛和抗争。"于是他安排好留守北京的小部分人员，大部分人员派往各地，他也回到了农村老家，为方便行事他把全家迁居县城。

明崇祯十三年，清崇德五年（1640）冬，牛金星经过李岩引荐入李自成麾下，为李自成出谋划策，历任大顺政权左辅和天佑阁大学士。

牛金星设计出一个鼓动民心的歌谣："跟着闯王不纳粮。"一时间让农民军风生水起。他又建议闯王"少刑杀，赈饥民，收人心"，李自成按此建议获得了民心，同时牛金星也得到了李自成的信任。

牛金星是闯军中少有的文人，他又荐举宋献策到闯王帐前，李自成闻之大喜，封为谋士。宋献策是何许人也，他是正一道长的第三十八号弟子，其学识不亚于牛金星。他精通兵书战策、排兵列阵、奇门遁甲及图谶等术，因为他身材矮小，被人称为"宋孩儿"。

宋献策到了军中就为李自成出谋献策，表现出非凡的才智。为了更快地建立农民政权，树立李自成的威望，他又提出"十八孩儿当主神器"的口号，暗指李自成的"李"字是十八子就是十八孩儿。口号广为流传，对争取民众、鼓舞农民军士气起到了极大的感召力。因此，宋献策深受李自成的敬重，凡战役战斗计划必先向他征求意见。

一次，宋献策说："听说有道士为闯王写过谶语，'流入顺河干，陷于十八滩，若要上云天，起自雁门关'。将军开始起义就马上称王，定国号为闯，现在已经验证了这种说法。现在按'起自雁门关'一语，闯王夺取江山就是从现在开始啊！"李自成闻之大喜，于是拜他为军师。

崇祯十四年，崇德六年（1641）四月，农民军攻取南阳。李自成依宋献策计，采取迂回战术，使明将杨文岳疲于奔命。

这一天李自成、刘宗敏、牛金星、宋献策饮酒，酒过三巡菜过五味，大家很是惬意。牛金星起身说："禀我主，昨夜我梦见仙人指路。"刘宗敏哈哈大笑，因为他们不相信，宋献策很是好奇，就和刘宗敏窃窃私语，李自成要他细细道来。"大明的'明'字中的日月，为天主。大清的'清'字中有'氵''月''主'，水中之月视为地，地上加主，就是地主，他要做大地主人，他要改天换地一统天下。而仙人说你闯王要扭转乾坤，左扭东面大清年号'崇德'德字的左面'彳'为'川'；右转西面大明年号'崇祯'祯字的右面'贞'为'页'，川加页既为'顺'，闯王你扭转乾坤，扭转大清、大明的年号改定为了我们的国号'顺'。仙人还说了，

## 第三十六章 身后辈出四十四

你大明不是天主吗？你大清不是要改天换地当地主吗？闯王你要改清中之月、明中之月，也就是改天地二月为二日，合为'昌'，用大明、大清的国号，改为我们的年号为'昌'，闯王你要改天改地，一统江山，则江山永固。"

此时，大家都无语，都陷入深思：这难道真是天意吗？

崇祯十七年，顺治元年（1644）一月一日，李自成在西安称帝，国号"大顺"，年号"永昌"。加封牛金星为天祐殿大学士（宰相），宋献策为"开国大军师"。李自成采纳了宋献策的谋略，设官守土，除暴安良。

同年二月，李自成挥师东渡黄河，进军北京，所向无敌，月余兵临北京城下。攻城十分艰难，此时，宋献策向李自成奉献谶语："孩儿军师孩儿兵，孩儿攻城管叫赢，只要摆开孩儿阵，孩儿夺取北京城。"李自成遂点强壮童子五千人阵前听令，众人饮酒发誓"不破北京城，活不成"。只见云梯林立，万箭齐发，孩儿兵口叼短刀，如同猿猴四面登城，锐不可当，守城官兵四处逃散。

此时的大明朝已经被大清抽丝剥茧，打得奄奄一息，所以农民起义军才能一路势如破竹所向无敌。

三月十九日城破，崇祯皇帝在景山自缢。李自成进入北京入住紫禁城，获得银三千七百万锭，金一千万锭，据说须用骡马一千八百五十万才能同时运走。牛金星在众多美女之中挑选到宫女窦美仪献给李自成，李自成一见倾心，却加以推托，在牛金星和宋献策的劝说下，李自成封窦美仪为妃，于是大臣将军们都纷纷效仿。

李自成进入北京以后，派人携带四万两白银去招降吴三桂，吴三桂看到大明朝已经是大势已去，为了家人和他的关宁铁骑，决定投降大顺，李自成听说后非常高兴。牛金星听到这个消息后却焦急万分，立刻派在农民军里的正一间谍向酒桌上的刘忠敏禀报："城里有一大户人家，房屋百间，家中有一美女倾国倾城。"当刘忠敏见到了陈圆圆后，淫心大动，不顾李自成派去保护吴三桂家小的军将阻拦，强行霸占了陈圆圆。正一间谍把此事禀告给牛金星后，牛金星立刻派人马不停蹄地奔向山海关，把这个消息巧妙地告诉了归降途中的吴三桂，当他听到李自成拘禁了他的父亲和家人，霸占爱妾陈圆圆之后，一气之下带兵返回山海关，发誓要报仇雪恨。

大顺军进城之初京城秩序尚好,店铺营业如常,并对骚扰百姓的军士严厉惩罚。此时，牛金星和宋献策秘密相商，商议后决定依计行事。牛金星派人招来大批明朝降官，根据其过去的职位开始任用和委派，人们喜气洋洋。这时刘宗敏带大队人马把这些降官统统关入牢中。从3月27日开始对降官施以酷刑，四处抄家，恐怖气氛逐渐凝重，人心惶惶。得到甜头的农民军目光又指向了商户，士卒趁机抢掠财物占为己有，臣将更是饱装私囊，给京城大明臣民造成了灾难性的后果。这些原本是一穷二白的农民军官兵一夜间暴富，保命才能保财。就此，农民军的战斗力急剧下降，也给明朝臣民留下了恶感。

宋献策又以天象示警上疏李自成说："天象惨烈，日色无光，亟应停刑。"李自成采纳了宋献策的建议，得宽赦者一千余人。这些受了酷刑又被抄家盘剥的人犹如惊弓之鸟，走的走逃的逃，一时间北京城内可以说是风声鹤唳。与多尔衮任用明朝降官，先预付一年俸禄，形成了鲜明的比照。

到了现在牛金星和宋献策要完成正一间谍任务的最终目的是什么呢？那就是能让李自成早日登上皇帝之位。

于是牛金星大肆采购登基所需物品，大肆张扬登极礼仪，教习登基仪式。而且不断地劝进李自成早登大宝、一统江山。

比起清军来，吴三桂更痛恨农民军。他认为大清只是抢东西，不占大明的地，不夺大明的江山。而农民军是要夺大明的江山。吴三桂急不可耐，他为自己的兵力不足而焦虑，想联络清军平息反叛的农民军，又唯恐他人说他卖国。听说李自成要在北京称帝夺取大明江山，这可急坏了吴三桂，也为吴三桂引清兵入关提供了借口。于是吴三桂派人与多尔衮联络，邀请多尔衮平息反叛。这是有利益交易的合作关系，多尔衮答应了吴三桂。

崇祯十七年，顺治元年(1644)四月十三日，三方军力集结在山海关西十里的"一片石"。李自成亲率二十万精锐亲征驻守山海关的明朝将领吴三桂，吴三桂合兵人数只有不到四万人马，而被引入关的清军有八万左右，将要在一片石展开了一场大战。

出征前宋献策上疏李自成，要李岩守城。因为李岩是农民军里的一员猛将，在军中很有影响力，所统领的人马也是非常有战斗力的，因此李自成没有采纳宋的建议。

以过往的经验，李自成认为清军惧怕农民军，那因为以往的清军都是躲避农民军的，就是遭遇战，清军也很快战败。于是他很有信心地用三万人马对峙清军，其他军力全力扑向吴三桂的明军。

明军的战力强于农民军，但人数的悬殊让明军惨败，而清军的多尔衮就是坐山观虎斗。直到二十二日，吴三桂的明军战败，他深知如继续开战有全军覆灭的可能。因此，吴三桂被迫降于清朝摄政王多尔衮，两军联手击溃李自成。这时的

## 第三十六章 身后辈出四十四

李自成才亲眼看到清军的战力，惊得他是七窍生烟。一片石之战是李自成起兵以来遇到的最大惨败，让他的雄心壮志立刻被秒杀了一半。

崇祯十七年，顺治元年（1644）四月二十六日，战败的李自成率军退出北京，下令立斩杀吴三桂全家三十余口。同年四月二十九日，在牛金星、宋献策等人的劝谏下，李自成在明宫武英殿即皇帝位，就是"大顺"夺了"大明"的江山。第二天大军分两路撤出北京逃往西安，一路是李自成和牛金星，另一路是刘宗敏和宋献策。在撤出北京前李自成听从了牛金星的主意在紫禁城中放了一把大火，除武英殿完好外，大部分建筑被毁。

李岩文武全才，他感觉到牛金星在入京前和入京后判若两人，就是牛金星入京的所作所为，让他十分气愤，他把朝廷上下弄得乌烟瘴气，但他搞不明白这是为什么。一次和众将领酒后大骂牛金星祸国殃民，被牛金星的眼线探知。

在撤退的途中牛金星告诉李自成一个秘密，说是在和宋献策分手的时候，宋献策夜观星象道破了天机，留下谶语："'顺'据北京城，岩遇石而空。若想回天力，石子抛河中。"李自成听后脑海里浮现出"李岩""一片石"，这不就是岩遇石吗？难怪宋献策建议李岩守城不出战，一时间李自成把战败的罪责都推向了李岩。"他为什么不跟我说明呢？""他岂敢事前道破天机？"在宋献策的配合下牛金星谗杀了李岩，致使农民军军心涣散，李岩所统人马部分脱离了农民军。

宋献策随刘宗敏的农民军撤到武昌附近，二人同为清军所俘。在审问宋献策的时候，宋献策请求将军回避左右后说："请将军把这块玉佩交予贝勒爷，他一看便知。"多尔衮一看到玉佩知道这是正一间谍的将军级别的人物，立刻让人给接到了大帐之中。

宋献策来到了大帐对多尔衮道出他是正一道长的第三十八号弟子，同时简明叙述了在农民军的情况，又说明了几次飞鸽传书的内容。最后他用四十四章经翻译多尔衮递给的数字密信，多尔衮确信无疑。多尔衮很是佩服宋献策的才华，夸赞他为大清朝立下汗马功劳，想请他留在军中效力，共享富贵。宋献策则表示他的一切作为都是为报师恩，报恩师他老人家的救命和培育之恩。他想先安顿好他的家人后，去给恩师守墓。这又让多尔衮十分感动，连连称赞。于是多尔衮赏宋百金千银和数量不少的珠宝，派人护送安顿家人，后又送往东北深山之中。

多尔衮曾向宋献策问起过刘宗敏，宋的回答是："此人视金钱如粪土，散金聚人，性暴凶残，头有反骨，农民军都有反骨。"因此，多尔衮下令对刘宗敏斩立决，同时下令："对农民军不收降，斩立决。"

清顺治二年（1645）夏，牛金星带着儿子牛佺凭玉佩见到了多尔衮，因为多尔衮已经在宋献策那里了解到牛金星，因此多尔衮对牛金星礼遇有加。按照牛金星的意思，封赏牛佺官任黄州知府，给牛金星不菲的奖赏，安度晚年。

牛金星给明朝臣民造成了灾难性的后果，在他的建议下紫禁城被烧得所剩无几并殃及臣民房屋。不论站在大明角度上看，还是站在大清朝的角度上看，牛金星都是十恶不赦的一个坏蛋。为什么牛金星敢来大清露面？为什么大清没有对其"斩立决"？想必是牛金星为大清立下汗马功劳，不然不会封赏没有尺寸之功的牛佺为黄州知府，大清的官哪能随便封赏呢？

牛金星在临死前对儿子牛佺说："赖弥缝之巧，得不膏荆棘，可幸。要，不可恃也，吾死，必葬香山之阳，闭门教子勿再出。"

牛金星这段话大概意思是："靠我功劳的弥补，恩惠你做了知府，可幸。官道如荆棘之路，很是艰难、凶险，位不可久持。我死后你要辞官回乡，闭门教子，别再为官了。"牛佺遵嘱，葬牛金星于香山之阳，即致仕旋里。

牛金星的这段话看似平庸，实则是洞察秋毫的至理名言是大智慧。

说来说去，努尔哈赤的幸运，的确与他拥有两个优秀的儿子——四贝勒皇太极和十四贝子多尔衮大有干系。

崇祯十七年，顺治元年（1644），大清朝六岁的福临入主北京，继任了大清皇位获得了江山。确认了正一道长的预言，也实现了努尔哈赤的"怀远四海九州同"的愿望。

而让大明臣民真心归附、俯首听命是有原因的：一是大清以为崇祯皇帝报仇的名义入关的；二是大清夺的是大顺江山；三是农民军给明朝臣民留下了恶感；四是大清免了过去所欠的赋税，而且现行收取的赋税很得民心。

多尔衮具有大智慧，他闪转腾挪，将八旗制度原则和明朝汉文化制度原则奇异般完美结合，让多少名流猛士拜倒在自己眼前。知子莫若父，由此就不难看出努尔哈赤曾选定多尔衮做接班人是可信的。

风传多尔衮和孝庄联姻一事，众说纷纭，唯我独看："孝庄是中国历史上少见的女政治家，一生呕心沥血。为维护她和福临的北斗之尊，承受常人不能忍受的困苦和波折。虽然地位宠贵，但在权倾朝野的多尔衮面前还是孤儿寡母，甚至随时都有被捏死的可能。她必须忍，必须忍让，她能给的都给了多尔衮。顺治元

## 第三十六章 身后辈出四十四

年十月一日，在北京第二次登基的福临册封多尔衮为"叔父摄政王"；顺治二年年初，加封为"皇叔父摄政王"；顺治五年十一月尊为"皇父摄政王"。从这层层升级的尊崇，就能看到多尔衮威权日重，似乎也能隐隐约约看到孝庄的眼泪。当时多尔衮就寝在皇宫里，孝庄给了多尔衮女人的温柔也是很有可能的。此时的多尔衮什么样美女都不在话下，各地甚至外国都竞相敬献美女。多尔衮想与孝庄联姻是有政治目的的："当不了皇帝，就做太上皇。"如果联姻成功，青史留名的地位是不一样的了，那么清朝就不是十二帝，而是十三帝。而具有政治敏感度的庄妃是不会和多尔衮联姻的："你要什么物都行，你要什么名都可以，造什么样舆论，多少人说合，联姻是不可能的。联姻就意味着皇太后这个北斗之位下跌到福晋，甚至影响到福临的皇位。"多尔衮这次闪转腾挪的联姻失败，是失败在地位上。

顺治七年（1650），三十九岁的多尔衮"病死"在喀喇程，即今天的河北省拦河镇。多尔衮做了八年名为摄政王的实际皇帝，死后被追封为"清成宗"，谥懋德修远广业定功安民立政诚敬义皇帝。

多尔衮为什么死在1650年12月31日，而且死在福临"十四岁亲政"的头一天呢？福临生于1638年3月15日，大清祖制幼主十四岁亲政，太后和辅政大臣放权，而多尔衮并没有放权还政给福临的言行，这就是努尔哈赤这口"上悬宝剑"起到的作用。多尔衮是死在他身边人的手里，而这些亲信正是努尔哈赤赐封的"刺史"。

努尔哈赤万万没有想到，他的"伏笔"第一个杀死的竟是他寄予厚望的爱子，多尔衮也万万没有想到自己死在他的皇阿玛手中。可能多尔衮在地下都在喊冤，他既没有篡权，也没有动刀兵夺权，怎么就被"刺史"执刑了呢？但他忘记了，没有还政给福临就形同篡权，没有让福临十四岁亲政就是有违"遗诏"。（多尔衮的死因应该算是一个谜，关于细节我将在下一部书《皇太极》里详细描述）

多尔衮死后，十四岁的清世祖福临亲政，孝庄垂帘听政，有道是"一朝帝王一朝臣"。压在孝庄头上的这一座大山豁然倒塌了，她自然会使出了一番手段。就是在她卧薪尝胆备受煎熬的多尔衮执政时期，养成了她杀伐果断善于权谋的性格，她开始指令济尔哈朗帮助皇帝摧毁多尔衮势力。所有的阴谋、明枪、暗箭立刻展现在人们面前，顷刻之间朝堂内外风声鹤唳、刀光剑影、血雨腥风。

两个月后，就是在顺治八年（1651）二月，福临下旨，多尔衮的家产被抄，封号被剥夺，甚至尸体被挖出来，鞭抽棒打之后，砍下了脑袋示众。多尔衮定鼎中原的盖世之功，被编造出莫须有罪名掩盖至无影无踪。这里就能看到孝庄埋藏在心里的仇恨，也能想象到孝庄曾受到过多少委屈和屈辱。由此可见，孝庄和多尔衮的联姻是不可能的事情，只是多尔衮单方面采取的政治手法而已。

清顺治十年（1653）五月，清世祖尊清太祖努尔哈赤遗诏正式下诏，为死去多年的舒尔哈齐追封为和硕庄亲王，配享太庙。距离舒尔哈齐的死已经四十二年了！

按照清太祖遗命，四十四年后舒尔哈齐尊亲王，配享太庙，应该在清顺治十二年（1655）。福临之所以提前两年下诏，这显然是济尔哈朗帮助孝庄摧毁多尔衮势力后的酬庸。

直到一百多年后，乾隆帝为多尔衮平反，恢复睿亲王封号，评价其"定国开基，成一统之业，厥功最著"。

努尔哈赤的一生有他残酷的一面，让很多无辜百姓死于非命，但就努尔哈赤开疆拓土的功绩而论，他的确为中华民族立下了旷世之功。我要赞美：

《传奇》

就是传奇，
就是蛟龙，
荡涤在白山黑水云里浪中。
蹉跎岁月磨肝胆，
夜来举杯同庆功。
弯刀断流多往事，
忠魂常回睡梦中。
征东西大智大勇，
拓疆土戎马一生。
八旗之主努尔哈赤，
铁骑狂飙夺辽东。

就是骄傲，
就是英雄，
绘制出中华版图东北巅峰。

## 第三十六章 身后辈出四十四

神工大雪造天纸,
铁蹄书写千古功。
马背征程破万险,
半壁江山露峥嵘。
定番邦抵御外寇,
如日月气吞霓虹。
大清太祖努尔哈赤,
怀远四海九州同。

# 第二部内容提要

下面对本人第二部长篇小说《颠覆明朝》的大体内容在此作一介绍。

## 序：是谁导演了明朝三大谜案

万历年间，为确立太子，皇帝与大臣间经历二十一年的斗争，被称为"国本之争"。

封建王朝对嫡长制看得很重，太子必须立嫡（皇后所生之子称嫡），无嫡立长，在皇帝无子的情况下，可以兄终弟及。明神宗万历皇帝迟迟不立长子朱常洛为太子，想立郑贵妃之子朱常洵。但大臣尊祖制力争，要立长子朱常洛为太子，明神宗万历皇帝一拖再拖，想拖到原配皇后死后，郑贵妃当皇后为止，这一拖一争使得宫廷矛盾变得错综复杂。

正一道长就是利用这一矛盾展开了系列的动作，使得宫廷错综复杂的矛盾更加尖锐，朝堂上下鸡犬不宁、鸡飞狗跳。

明末宫中四大谜案是指"妖书案""梃击案""红丸案""移宫案"。其中"妖书案""梃击案""红丸案"是努尔哈赤的恩师正一道长导演的三场闹剧，而明朝始终都在本朝内侦破查找，而且是查无所获，最后找个替罪羊就不了了之了。大明使出吃奶的劲，也没有想到这是大清朝的手笔。

实事求是地说，几百年过去了，史学界没有什么争议，就连富有想象力、创作力的影视剧作家也未曾探求。大家都没有想到其故事惊心动魄、其情节扑朔迷离。

## （1）"妖书案"幕后之谜

万历三十一年（1603），"妖书案"虽然不了了之，却闹得明王朝鸡飞狗跳，同时充分暴露出明末朝廷中党争的激烈。

明神宗长子朱常洛的生母王氏原本是一普通宫女，在慈宁宫侍奉慈圣太后（明神宗生母）。有一天，明神宗来到慈宁宫向母亲请安，刚好太后不在，神宗正要离开时，发现了清秀可人的王氏，于是私下临幸。按照宫中规矩，皇帝临幸宫女，应该赐一物件给对方，作为临幸的凭证。但明神宗认为王氏是母亲宫中的宫女，私下临幸是一件不光彩的事情,所以没有给王氏任何信物,自顾自地去了。谁知道这片刻风流后,王氏竟然怀上了龙种。慈安太后本人也是宫女出身,知道此事后不但没有为难王氏,还十分高兴地召来明神宗询问究竟。但出人意料的是,明神宗竟然矢口否认曾经私幸过王氏。只是这否认没有什么效果,皇帝的日常起居包括性生活都有专人记录,明神宗临幸王氏的事早就被记录在《内起居注》中。实在无可抵赖了,明神宗才不好意思地承认了

明神宗对王宫女的临幸只是一时的酒后兴起,并不当真,新鲜一过就忘却了,他对王氏都没有太多的感觉。慈安太后却是一位贤后,让儿子立王氏为恭妃,并且告诉儿子说:"我已经年纪大了,但还没有尝过抱孙子的滋味,如果王恭妃生个男孩,这是宗社的福气,母以子贵,可不能计较原先的贵贱啊!"

十月怀胎后,王氏生下了明神宗的第一个儿子——朱常洛。王氏虽然被立为恭妃,但皇长子朱常洛一直没有被立为太子。

万历十四年(1586)正月,宠冠后宫的郑妃生下一子,取名朱常洵。郑妃美貌如仙、聪明机灵,明神宗与她情深意笃。虽然后宫三千,他认郑贵妃是自己的妻子,而且一直保持终生。由于皇帝对郑妃言听计从,在很长的一段时间内,她一直是一个朝野注目的人物,并招致了几乎所有人的唾骂。

为什么后宫佳丽三千,万历帝独宠郑贵妃?这里有着一个惊天秘密。那就是此时此刻的万历帝已是替身假皇帝。

因此郑贵妃才成了"皇帝"的心头肉,生了儿子后,明神宗立即晋封郑妃为贵妃。大学士申时行等,认为皇长子朱常洛年已五岁,生母恭妃一直未闻加封,但郑妃甫生皇子,即晋封册,显见得是郑妃专宠。大学士们担心将来定有废长立幼的事情,于是上疏请册立东宫,有"祖训朝立皇太子,英宗以二岁,孝宗以六岁,武宗以一岁,成宪具在"之语。但明神宗本人和在郑贵妃的怂恿下,总想借机立朱常洵为太子,于是就想出了种种办法拖延,但遭到大臣们的极力反对。当时太子又叫国本,因此,皇帝与大臣间的这次斗争又称为"国本之争"。大臣力争,要立朱常洛为太子,明神宗一拖再拖,大臣再争,这一争就是十五年,使得宫廷斗争变得错综复杂。

第一次"妖书案"便是在这期间发生的。

万历十八年(1590),著名大儒吕坤担任山西按察使,在职期间,他采辑了历史上贤妇烈女的事迹,著成《闺范图说》一书。宦官陈矩(后来执掌东厂,参与审理第二次"妖书案")出宫时看到了这本书,买了一本带回宫中。郑贵妃看到之后,想借此书来抬高自己的地位,于是命人增补了十二人,以汉明德皇后开篇,

郑贵妃本人终篇,并亲自加作了一篇序文。之后,郑贵妃指使伯父郑承恩及兄弟郑国泰重新刊刻了新版的《闺范图说》。

实际上,尽管第二版的《闺范图说》与第一版有许多相同之处,但与出书人的初衷却有本质的区别,但逐渐有人开始将两版书混为一谈。

万历二十六年(1598)五月,担任刑部侍郎的吕坤上《天下安危疏》《忧危疏》,请明神宗节省费用,停止横征暴敛,以安定天下。吏科给事中戴士衡借此事大做文章,上疏弹劾吕坤,说他先写了一本《闺范图说》,然后又上《天下安危疏》,是"机深志险,包藏祸心","潜进《闺范图说》,结纳宫闱",逢迎郑贵妃。吕坤平白无故蒙受了不白之冤,立即上疏为自己辩护,说:"先是,万历十八年臣为按察使时,刻《闺范图说》四册,明女教也。后来翻刻渐多,流布渐广,内容也被人改笔,伏乞皇上洞察缘因,有无包藏祸心?"

吕坤确实比较冤枉,他原来的书被人改头换面,本来就与他无关,而还说他自己偷偷送进宫里,企图"结纳宫闱",更是莫须有的罪名。因为整个事情牵涉到郑贵妃,明神宗装聋作哑,没有理睬。

正一道观,每天都在忙碌着,小道士在一只只信鸽腿上取下密报,送往解谜房。因为来的密报都是数字,所以由解谜房的道士按照四十四章经转换成文字,交与正一道长的第三大弟子程义,有些归档,重要的上报交正一道长。

此时的正一道长已把正一间谍遍布在重要边关要塞和部分重点大城池,他们在不停地传送着密报。字数少的以飞鸽传书,字数多的经人传递。可以说大明朝的诸多事事都在正一道长的知悉之中,大明的国本之争是正一道长看好的,他要添上一把天火搅乱朝纲。

灯下,正一道长写完《忧危议》,落款名字写到"朱东吉"的时候,真是让心有感慨和激动,"朱姓多少年没有写了"。正一道长母亲姓朱,和大明皇家有渊源,真是如烟往事不能忘却呀!正一道长稳了一下情绪,重新改写了《忧危竑议》。

完稿后,道童传来弟子程义,到北京抄写《忧危议》数百份并指令十一月十一日凌晨分发到指定地点。三弟子程义不理解地问道:"恩师,为啥非要在双十一发放?"正一道长笑着说:"月为朝,日为臣,十一就是'干'字,双十一就两个干字,就是要他们朝臣互斗'干,干',我要在大明王朝掀起一场轩然大波。"此言一出,师徒俩同时朗声大笑。"我观天色,北京这天夜半飘雪,跋文一定要放在北侧台阶,凌晨发出,更能彰显诡异。"随即又是一阵朗声大笑。

## 第二部内容提要

这一天,白雪梳妆了北京城,是那样的绚丽。清晨人们纷纷起来打扫庭院、门前、街道,很多人都不难发现台阶之上的"跋文"。这短短的不到三百字的"跋文"让北京城、让大明王朝平地再起风云。

一个自称"燕山朱东吉"的人专门为《闺范图说》写了一篇跋文,名字叫《忧危竑议》,以传单的形式在京师广为流传。"燕朱东吉"的意思是朱家天子的东宫太子一定大吉。"忧危竑议"四字的意思是:在吕坤所上的《忧危疏》的基础上竑大其说,因为《忧危疏》中没有提到立太子的问题。文中采用问答体形式,专门议论历代嫡庶废立事件,影射"国本"问题,大概意思是说,《闺范图说》中首载汉明德马后,马后由贵人进中宫,吕坤此意其实是想讨好郑贵妃,而郑贵妃重刊此书,实质上是为自己的儿子夺取太子位埋下的伏笔。又说:吕坤疏言天下忧危,无事不言,唯独不及立皇太子事,用意不言自明。又称吕坤与外戚郑承恩、户部侍郎张养蒙、山西巡抚魏允贞等九人结党,依附郑贵妃。

此文(即所谓的"妖书")一出,立即引起了轩然大波。人们不明所以,纷纷责怪书的原作者吕坤。吕坤忧惧不堪,借病致仕回家。

明神宗万历皇帝看到《忧危竑议》后,大为恼怒,可又不好大张旗鼓地追查作者。郑贵妃伯父郑承恩因为在《忧危竑议》中被指名道姓,也大为紧张,便怀疑《忧危竑议》为戴士衡和全椒知县樊玉衡所写。在戴士衡上疏之前,全椒知县樊玉衡曾上疏请立皇长子为皇太子,并指斥郑贵妃。

明神宗也不想把事情闹大,便亲下谕旨,说明《闺范图说》一书是他赐给郑贵妃的,因为书中大略与《女鉴》一书主旨相仿佛,以备朝夕阅览。又下令逮捕樊玉衡和戴士衡,经过严刑拷掠后,以"结党造书,妄指宫禁,干扰大典,惑世诬人"的罪名分别发配广东雷州和廉州。而因吕坤患病置之不问。

吕坤之后再也没有步入仕途,闭门著述讲学,二十年后谢世,《呻吟语》便是他著名的作品。

戴士衡于万历四十五年(1617)死于廉州。

第一次"妖书案",由于明神宗故意轻描淡写地处理,所以并未引起政坛的震动。而五年后的第二次"妖书案"就非同一般了,其曲折离奇之处,令人匪夷所思。至于谁是《忧危竑议》的真正作者,始终没有人知道。

在第二次"妖书案"前的"国本之争",明神宗迟迟不立长子朱常洛为太子,自然是想立郑贵妃之子朱常洵。但封建王朝对嫡长制看得很重,太子必须立嫡,无嫡立长,在皇帝无子的情况下,可以兄终弟及。

当时明神宗皇后还在世,为了能够名正言顺地立郑贵妃之子朱常洵为太子,唯一的办法就是等到原配皇后死了,扶郑贵妃为皇后,这样朱常洵的身份就变成了"嫡子",名分超越了朱常洛的"长子"。基于这样的考虑,明神宗万历皇帝在立太子的问题上采取了拖的态度,一直要拖到郑贵妃当皇后为止。为了郑贵妃,明神宗几乎得罪了所有的人,但他却不敢在败坏祖制这条路上走得太远。然而,天不遂人愿,偏偏明神宗皇后迟迟不死,不仅如此,还对王恭妃所生的皇长子朱常洛十分爱护。

明神宗一拖再拖,大臣们自然不同意,上疏者前赴后继,但都没有起到任何效果。到了万历二十九年(1601),明神宗到慈圣太后那里问安,这位老太后不满意地问明神宗为什么迟迟不立太子。可能是老太后威风犹在的缘故,也可能明神宗对太后的问题事先没有准备,惊惶之下竟然说了一句关键的错话:"朱常洛是宫女(明朝皇宫内称呼宫人为都人)之子。"意思是说朱常洛出身卑贱。但明神宗显然是鬼迷心窍,他忘记了他"母亲"也是宫女出身。当慈圣太后怒气冲冲地指着他说"你也是宫女的儿子"时,替身明神宗假万历这才醒悟过来,然后惊恐地跪伏在地上,心想:"错、错、错,我怎么把这么重要的事情给忘记了呢?"这时只听见老太后怒道:"你还是不是我儿子?"这句话如同五雷轰顶,震得明神宗万历皇帝七窍生烟。

不久,老太后授意内阁大学士沈一贯上了一疏,竟然立竿见影地收到了奇效。奏疏中其大致内容是皇长子年令也大了,应该早立太子,结婚生子,到时有了孙子,您也能享子孙满堂的福啊。就这样沈一贯劝动了皇帝。为求自保和平息众怒,万历皇帝第一次乾纲独断,下诏即日举行册立朱常洛为太子。

朝野上下,闻讯而欢声雷动。但郑贵妃却坐不住了,为此跟明神宗大闹了一场,明神宗又开始动摇,第二天明神宗万历皇帝就反悔了,以"典礼未备"为由,要改期册立太子。在关键时刻,沈一贯起了相当关键的作用,他将明神宗的手诏封还了,坚决不同意改期。在这样的情况下,明神宗总算下了决心,于十月十五——正式册立皇长子朱常洛为太子,朱常洵被封为福王。这位福王,就是后来在明末被农民起义军杀死后剁成肉酱的那位。

朱常洛虽然当上了太子,但其实日子并不好过。明神宗不大喜欢他,郑贵妃也对太子位虎视眈眈,随时想易储。

还有一次申时行奉命去见万历,刚进去就听到"卢洪春"这厮"!肆言惑众好生狂妄!""这厮"二字在明代许多小说中出现,意思是这小子,这混蛋,这王八蛋,是市井无赖的常用语,"这厮"二字能从"万历"口中吐出,也这就充分显现出"万历"的真实身份。

万历三十一年(1603)十一月十一日清早,内阁大学士朱赓在家门口发现了一份题为《续忧危竑议》的揭帖,指责郑贵妃意图废太子,册立自己的儿子为太子。不仅朱赓收到了这份传单,很多人都收到了同样的传单,现在已经在京师广为散布,上至宫门,下至街巷,到处都有。《续忧危竑议》假托"郑福成"为问答。所谓"郑福成",意指郑贵妃、福王、成功。书中说:皇上立皇长子为皇太子实出于不得已,他日必当更易;用朱赓为内阁大臣,是因"赓"与"更"同音,寓更易之意。此书大概只有三百来字,但内容却如同重磅炸弹,在京城中掀起了轩然大波。时人以此书"词极诡妄",故皆称其为"妖书"。

明神宗得知后,大为震怒,下令东厂、锦衣卫以及五城巡捕衙门立即搜捕,"务得造书主名",第二次"妖书案"由此而起。

《续忧危竑议》中,指名道姓地攻击了内阁大学士朱赓和首辅沈一贯,说二人是郑贵妃的帮凶。这二人大惊失色,除了立即上疏为自己辩护外,为了避嫌,不得不戴罪在家。沈一贯老谋深算,为了化被动为主动,便指使给事中钱梦皋上疏,诬陷礼部右侍郎郭正域和另外一名内阁大学士沈鲤与"妖书案"有关。

之所以要诬陷沈鲤,除了因为沈鲤与沈一贯一直不合外,还因为当时内阁只有三人:首辅沈一贯、次辅朱赓、次辅沈鲤,沈一贯和朱赓均被"妖书"点名,只有沈鲤一个人榜上无名,独自主持内阁工作,自然,人们会理所当然地怀疑他。

而诬陷郭正域,一是因为郭正域之前与沈一贯因为楚王一事闹得很不愉快;二是同知胡化告发"妖书"出自教官阮明卿之手,而阮明卿就是给事中钱梦皋的女婿。钱梦皋为了替女婿脱罪,需要找个替罪羊。郭正域不但是沈鲤的门生,而且是胡化的同乡,加上当时已经被罢官,即将离开京师,很有发泄私愤的嫌疑。

总而言之,沈一贯和钱梦皋联合起来诬陷沈鲤和郭正域,不过是挟嫌报复,却由此引发一场大冤狱。

郭正域正要离开京师时被捕。巡城御史康丕扬在搜查沈鲤住宅时,又牵扯出名僧达观(即著名的紫柏大师)和医生沈令誉。达观和沈令誉都受到了严刑拷打,达观更是被拷打致死,但二人都未能如沈一贯所愿牵扯出郭正域等人。

更重要的一个环节那就是东厂、锦衣卫和三法司(刑部、都察院、大理寺)

的会审，为了让沈令誉服罪，事先做了不少布置。沈令誉奶妈的女儿只有十岁，也被叫到大堂做证。东厂提督陈矩问那小女孩："看到印刷妖书的印版有几块？"那小女孩说："满满一屋子"。陈矩听了忍不住大笑。《续忧危竑议》只有短短三百来字，顶多也就两张纸，哪来的一屋子印版。沈令誉的冤屈显而易见，由此对郭正域和沈鲤的诬陷自然也不能成立。

这个时候，有些人纷纷出来检举揭发，锦衣卫都督王之祯等四人揭发同僚周嘉庆与"妖书"有关，但不久就查明纯属诬告。案情越来越复杂。参与审讯的官员得到沈一贯暗示，想逼迫之前诬陷钱梦皋女婿阮明卿的胡化承认郭正域是"妖书"的主谋，胡化却不肯附和，说："阮明卿，我仇也，故讦之。郭正域举进士二十年不来往，何由同作'妖书'？"

因为郭正域曾经当过太子朱常洛的讲官（老师），朱常洛听说此事后，对近侍说："何为欲杀我好讲官？"这话相当有深意，诸人闻之皆惧。为了营救老师，朱常洛还特意派人带话给东厂提督陈矩，让他手下留情。陈矩为人精明，尽管太子地位不稳，但也绝不会轻易开罪太子。加上没有任何证据证明郭正域跟"妖书案"有关，显而易见是场大冤狱。后来正是由于陈矩的鼎力相助，郭正域才免遭陷害。

针对郭正域的审讯一连进行了五天，始终不能定案。明神宗震怒，下诏责问会审众官，众官惶惶不安。东厂、锦衣卫，包括京营巡捕压力都相当大，京师人人自危，如此一来，必须尽快找到一只替罪羊。

万历三十一年（1603）十一月二十一日，"妖书"发现后整整十日，东厂捕获了一名形迹可疑的男子皦生彩，皦生彩揭发兄长皦生光与"妖书案"有关。

皦生光本是顺天府生员（明朝的生员不仅是官学生，还是一种"科名"），生性狡诈，专门以"刊刻打诈"为生。明人冯梦龙在《智囊全集》中记载了一则他的故事：有一缙绅为巴结朝中权贵，到处访求玉杯，想送给权贵作为寿礼，也曾托过皦生光。三天后，皦生光拿着一对玉杯求售，说这对玉杯来自官府，价值百金，现在只要五十金就行。缙绅很高兴地买下。没过几天，忽然卒吏匆忙地押着两个吵闹不休的人前来，再仔细瞧，原来是皦生光和一名宦官，皦生光皱着眉头说，前次卖给缙绅的玉杯本是皇宫中宝物，被宦官偷出变卖，现在事机败露，只有物归原处，双方才能平安无事。缙绅大为窘困，玉杯已送权贵无法索回，只好请皦生光想办法，皦生光面带为难色，过了许久才答应帮忙，他建议缙绅出钱贿赂宦官、衙门官员，或者能得以幸免。缙绅不得已，只有答应，于是拿出近千两银子。

## 第二部内容提要

日后虽明知皦生光借机诈财，但也无可奈何。

不仅如此，皦生光还胆大包天地借"国本之争"讹诈过郑贵妃的兄弟郑国泰。当时有个叫包继志的富商为了附庸风雅，曾经委托皦生光代纂诗集。皦生光故意在诗集中放了一首五律，其中有"郑主乘黄屋"一句，暗示郑贵妃为自己的儿子夺取皇位。包继志根本不懂，便刊刻了诗集。皦生光立即托人讹诈包继志，说他诗集中有悖逆语。包继志情知上当，却也无可奈何，只好出钱了事。皦生光又拿着诗集去讹诈郑国泰，郑国泰胆小，加上朝野上下舆论都对郑贵妃不利，只好出钱了事。

皦生彩揭发声名不佳的兄长后，皦生光之前的事迹全部曝光，锦衣卫如获至宝，立即逮捕了皦生光，将其屈打成招。

事情到了这个地步，本来就可以结案了，主审的刑部尚书萧大亨为了讨好明神宗，还想把"妖书案"往郭正域身上引。但皦生光却表现出最后的骨气，在酷刑下始终没有牵连他人。他的妻妾和年仅十岁的儿子都受到了拷打，却都没有按萧大亨的意思招供。

尽管所有人都明白"妖书案"其实与皦生光无关，就连急于结案的沈一贯、朱赓都不相信，他们认为《续忧危竑议》一文论述深刻，非熟悉朝廷之大臣不能为，皦生光这样的落魄秀才绝对没有这样的能耐。但急于平息事端的明神宗还是匆匆结案，皦生光被凌迟处死，家属发配边疆充军。

皦生光死后，离奇的第二次"妖书案"就此平息了，可在京城的正一间谍还是意犹未尽，他们编造谣言指向明朝历史上杰出的火器专家赵士桢，一时朝野上下流传"妖书"其实出于武英殿中书舍人赵士桢之手。

赵士桢一生研制改进了多种火器，应该是明朝不可多得的人才。赵士桢为人慷慨有胆略，交游颇广。由于他性情耿直，生平甚好口讦，与公卿亦抗不为礼，加上又因为制造火器得罪了不少人，一生并不得志，当了十八年鸿胪寺主簿才升为武英殿中书舍人，还经常受到怀疑、诽谤。他的研究成果也未能如宋应星、徐光启那样彪炳史册。

赵士桢的一生颇富传奇色彩。他早年是太学生，在京师游学。他能写一手好字，书法号称"骨腾肉飞，声施当世"，时人争相买他所题的诗扇。有个宦官也十分喜欢赵士桢的书法，买了一把诗扇带入宫中，结果被明神宗看见，大为赏识，赵士桢平步青云，以布衣身份被召入朝，任鸿胪寺主簿。鸿胪寺（类似于国宾馆）日常职责是凡外国或少数民族的皇帝、使者，到京师朝见皇帝或进贡，按等级供给饮食及招待。

皦生光被杀后，京中盛传"妖书"是东嘉赵士桢所作。赵士桢为此而身心劳瘁，后来他已经精神错乱，甚至多次梦见皦生光索命，最后终于一病不起，抑郁病亡。

明朝上下都知道，"妖书"作者不可能是皦生光，说赵士桢是"妖书"作者始终只是传说，并没有证据，真正的作者到底是谁，这就是明朝的四大谜案之一。

"妖书案"虽平，但其影响所及，却已远逾宫廷，遍及朝野，险恶的宫廷斗争越演越烈。

## （2）"梃击案"幕后之谜

明神宗万历帝在位期间，由于王皇后无子，故朝臣主张立长子为太子，皇长子朱常洛，万历十年（1582）出生。子因母贱，朱常洛是神宗宫女所生，所以万历皇帝不喜欢这个长子，也不希望立朱常洛为太子。

郑贵妃与明神宗万历帝产生了真爱，已然进入海誓山盟、心醉神迷的境地。明神宗万历帝到所有的嫔妃那里都是过客，独宠郑贵妃几十年如一日。而且他喜欢郑贵妃之子皇三子福王朱常洵，爱如心肝，本意是想立为太子。但朝臣坚持立朱常洛为皇太子，而皇太后李氏、皇后王氏也支持立朱常洛为太子。国本之争，演变成皇帝与大臣们的势力之争，朝堂上下乌烟瘴气、鸡犬不宁。

由于神宗不断拖延，皇长子朱常洛十岁时储位未定。神宗虽然处分一些支持皇长子的大臣，但东林党也支持皇长子，使支持皇长子为太子的声势更大。到了万历二十九年(1601)，皇长子朱常洛二十岁，朝堂上下一片呼声，神宗无法再拖延下去了，终于策立常洛为皇太子，封朱常洵为福王，封地为洛阳。

而郑贵妃不忘初衷，时时刻刻都在想易储，时不时地在神宗面前唠叨。

本来国本之争有了结果，朝廷上的矛盾亦有淡化。可就在此时北京的正一间谍接到了指令，进行人为的"梃击案"，给朝堂本已淡化的矛盾又添上了一把熊熊大火，更加剧国本之争矛盾的日趋尖锐，使其无暇顾及边塞之事。

正一间谍的一名成员名唤张差，一身武艺，他的父亲原系大明的一名武官，因朝廷的内部争斗，惨遭灭门之灾，张差带老娘看病躲过了一劫。张差听到噩耗后立即带着老娘逃往城外，投奔到济州义弟刘星家中，隐名埋姓十余年，后被正一间谍招收到武馆，成为正一间谍的成员。

张差心甘情愿地接受了制造"梃击案"的指令，为报家仇、为赡养老娘他愿意付出自己的生命。张差老娘带着十倍的抚恤金被安全送到了赫图阿拉，罕王赏

## 第二部内容提要

给了房屋、家具、十头牛羊和三个阿哈,张差千恩万谢,安置好老娘后直奔北京城,走向不归路。张差接到的指令是:"造声势,可以伤众人,不可伤太子。"

在正一间谍经营的赌场上,嗜赌成性的太监庞保是郑贵妃手下,今天又来到了赌场,正一间谍等的就是他的到来。庞保今天手气不佳,百十两银子不长时间就输得干干净净,庞保赌瘾未尽,还想翻本,到柜台签字画押借了五十两银子,一会儿就输没了,他真的很纳闷儿:"怎么一把都没赢呢?"这是正一间谍设的局,他怎么能赢呢!庞保第二次来到柜台,只见进来一人,掌柜的立即热情地打招呼:"嘿嘿!金先生您来了,好哇!""好好,恭喜发财!"庞保着急就截了掌柜的一句话,说道:"我还想借五十六两纹银。""不行啦!店有规定,借钱不能过三。前些时日你借了两次,今天又借了一次,不能再借了。"金先生这时开口说了话:"这不是庞公公吗?""你是?""我跟国舅爷进宫几次见到过你,怎么你不记得了?""哦!哦!是金先生。"虽然他不记得这位面前的金先生,但还是逢迎着。"怎么今天手气不好?""嗨咦!不是不好,是糟透了,一把没赢。"

这时从大门进来一人,向金先生施礼说道:"国舅爷有请,他在福来大酒楼等你。""哦!知道了。"回头又向庞保说:"郑国泰国舅爷请客,你随我去好吧!"庞保见到这是巴结的好机会,当然不可放过,他点头答应着,随金先生来到了福来酒楼。庞保见到了国舅爷施礼请安,国舅爷认得是庞保,就问:"你怎么出宫了?""给贵妃娘娘办差。""哦这样,那你在这个房吃喝,我请,我和金先生有要事相商。"金先生对手下人说:"你陪好公公,小心伺候。"于是他们各到包间吃酒。

不到一个时辰,金先生推门进到庞保的包间,下人给金先生满了一杯酒,金先生一摆手下人退了出去。庞保端起酒杯向金先生致谢,他们共同饮了此杯。金先生对庞保说:"你也知道国本之争闹得沸沸扬扬,现在朱常洛被选定太子,他死定了。现在有奇功一件的大好事,不但有重赏,还可升迁,不知你愿意做否?""要我怎么做?""你只要把人安全送入宫中,引到慈庆宫就可以了。""这可是掉脑袋的事呀!"金先生拿出了二百两纹银说:"你拿着,没你的事,就是有事还有郑贵妃撑腰呢。"庞保看到这白花花的银子,一想到还有娘娘、国舅撑腰,咬了咬牙说:"这事我干。""你可是奇功一件哪!""好!""就这么说定了,后天我在赌场等你,把人交给你。"

万历四十三年(1615)五月十二日,庞保在老太监刘成协助掩护下,将张差顺利进宫,并酒肉伺候。待到傍晚,老太监刘成送张差去慈庆宫,张差顺手拿起太监护院使用的一条大棍跟随而去。

张差手持木棍，闯进太子朱常洛居住的慈庆宫，击伤守门太监数人，太子内侍韩本用武艺高强，他闻讯赶到，在前殿与张差打斗在一起，在众太监的配合下逮捕张差。

经过御史刘廷元审讯，张差是蓟州井儿峪人，语言颠三倒四，常提到"吃斋讨封"等语。刑部提牢主王之寀认为事有蹊跷，觉得张差绝不像疯癫之人，安排两天不给张差饭吃后，他用饭菜引诱他："实招与饭，不招当饥死。"张差低头，又说："不敢说。"王之寀命众人回避，亲自审问。

张差装作饥饿难忍的样子招了供，供出是郑贵妃手下太监庞保、刘成指使。

原来张差靠砍柴与打猎为生，在一个月前，张差在济州卖完货后，赌钱输了，结果遇上一位太监，太监说可以带他赚钱，张差随这位太监入京，见到另外一位老太监，老太监供与酒肉。几天后，老太监带他进紫禁城。老太监交木棒给张差，又给张差酒饮。带他到慈庆宫，著他进宫后见人即打，尤其见到穿黄袍者（是太子朱常洛），这是奸人，要把他打死。老太监言明，如打死穿黄袍者，重重有赏，如被人捉住，他会救张差。

此事一出，多有朝臣怀疑是郑贵妃想要谋害太子，就连明神宗朱翊钧也是这样想的。朝臣王志、何士晋、张问达上奏疏谴责外戚郑国泰"专擅"，郑贵妃则惶惶不可终日，向皇上哭诉，神宗朱翊钧要她去向太子表明心迹。结果皇帝和太子不愿深究，最后以疯癫奸徒罪将张差处以凌迟。张差临死前曾说："同谋做事，事败，独推我死，而多官竟付之不问。"

张差一死，多有言官上表谴责。为平息满朝文武的怨气，刑部、都察院、大理寺三法司前后五次会审庞保、刘成两人，由于人证消失，庞、刘二犯有恃无恐，矢口否认涉案。六月一日，明神宗密令太监将庞保、刘成处死，全案遂无从查起。

## （3）"红丸案"幕后之谜

万历四十八年，天命五年（1620）七月二十一日，五十八岁的明神宗万历皇帝朱翊钧龙驭宾天，当了四十八年皇帝。

宣次日早朝，大臣们上殿，意外地看见满朝堂白素垂挂，太监宫女都穿了白衣，执事太监上朝对文武百官宣布："万岁驾崩。大行皇帝的长子朱常洛即位。"万历的长子朱常洛头顶皇冠，身穿龙袍，从侧面走出来，缓缓坐到龙椅上。"群臣叩请。"太监宣布完，品级台下的百官，惊闻皇上晏驾，都惶恐不知所措，莽莽撞撞地跪下叩首山呼万岁。太监再宣布:"上谕:八月初一日,举行登基典礼。退朝。"新皇谕令礼部治国丧,出兵的事暂时放到一边。

明万历四十八年,后金天命五年(1620)八月初一日,皇太子朱常洛即皇帝位,年号"泰昌",史称"明光宗"。

朱常洛登基后,一改前朝万历皇帝的懒惰习性,天天亲临早朝理政,处事勤恳,朝中文武大臣各个满心欢喜,暗地庆贺新皇帝英明、勤政。左副都御史杨涟准备上奏皇上,请继续增兵辽东,安定边外。但是大臣顾秉谦却极力反对,在朝堂上对杨涟说:"圣上即位没几日,政务尚不熟悉,并且大行皇帝后事未完,关外近期又没有大战,暂且不宜动兵,累着皇上,你吃罪得起吗?"

杨涟不理顾秉谦的阻挡,已经写好奏章,这时金都御史左光斗站出来支持杨涟,请兵的奏章递进了大内。

奏章一交上去,皇帝朱常洛立即批复,早朝上,皇帝下旨意,再调集第二批兵马出关。顾秉谦见皇上对杨涟没有不满意,也跟着上奏,附和说:"十几万大军远征关外,一日要消耗粮草万石,银饷万百两。所以辽东兵事当速战速决,不宜久拖。熊廷弼出任经略已有一年,这么长的时间里没有出战过一次,皇上应下旨意促战,夺回失地,以免劳民伤财。"朱常洛当即准奏。

正一道长在全国各地重要的城池都安排了自己的间谍部队,常有来自各地的密报飞鸽传送消息,重要情报是要有两个信鸽分别发送,或是用海东青发信。

当正一道长看到新皇帝朱常洛即位的言行,让他真的为后金国十分焦虑:大明现在有这样的皇帝励精图治,这将阻碍后金国前进的步伐。他绞尽脑汁要为后金国排忧解难,躺在床榻上思虑了好久不能安眠,于是起身来到了书案,他拿起了笔,写下了"泰昌"二字,细细地思索,细细地品味。他用笔四分五裂了明光宗朱常洛皇帝的年号"泰昌"二字。四分:一分"泰"中三,二分"泰"中人,三分"泰"中水,四分昌为日日。五裂:"泰昌"变成了"三、水、人、日、日"。正一道长把笔一扔说道:"其魂四分五裂,他命不久矣。"于是他急令道童拿来明朝官员的资料,找到魏忠贤的资料,正一道长细细地看着。

"我要去燕京游香山,送魂于九天。"一盘周密的计划已是了然于胸。

正一道长决定亲自下山,众弟子苦劝无异,择日他带上自己的贴身弟子,奔往京城,沿途多有正一间谍在暗处保护。

这一天他们来到了京城郊外,下榻在香山的清凉寺中,各间谍头领得令前来觐见，按照正一道长的指令，领受金银各自行事去了。

　　大内总管太监、司礼监秉笔太监、提督东厂的大太监魏忠贤，正为当前的局势而难堪。因早在万历皇帝朱翊钧想废长立幼的时候，朝中大臣东林党人给予坚决的抵制。因此，还是皇太子时候的朱常洛与东林党人过从甚密。而魏忠贤行为自然是倾向万历皇帝朱翊钧想废长立幼，与东林党人对立，为此，朱常洛也曾遭受了不少的暗算。让朱常洛对外戚宦官专权十分厌恶，也曾说过狠话，有朝一日将"他们"割除洗涤。此时忐忑不安的魏忠贤当然知道这旧有的矛盾将会给他带来什么样的恶果，故此他像热锅上的蚂蚁坐立不安，惶惶不可终日。当他听说一位世外高人、老神仙来到香山，即刻带上礼品，由太监崔文升及穿着道袍的弟弟引领，众太监前呼后拥，魏忠贤登山门拜访神人。这么多年，正一间谍的上报，道长已经对魏忠贤此人的性格、品行、爱好、手段以及在他身上发生的所有事情都了然于心。

　　魏忠贤来到寺庙，小道士引路到了正堂，看见一位鹤发童颜的道长正在打坐，他示意小道童离去，自己默默地跪在一旁。约有半个时辰，正一道长睁开双目，魏忠贤立马叩头施礼，求仙人指路，寒暄几句就要入正题了。在正一道长示意下，魏忠贤转身下去了，命令太监清查闲人后，在正堂外护卫。

　　正一道长先是说了说他的身世与家境，这让魏忠贤大吃一惊，心中暗想有些事儿只有我自己知道，他是怎么知道的呢，真乃神人。正一道长说："提督大人你是天星下凡，加之祖上护佑，其显大贵。""道长，显贵到哪一步？""贵不可言，'九九'是你的吉祥数，此乃天机，日后便知。"魏忠贤点头称是，道长又继续说："你命中一劫，不破你会有血光之灾。"魏忠贤又点点头，说："请道长指点迷津。""你是卧虎，将来弱龙可依赖于你。但你现在头上有强龙，强龙如在，你定有血光之灾。"道长为魏忠贤用《易经》解析的事正符合朝中所发生事，而且是一模一样，破解之法如同谋略，魏忠贤听后大喜，心想："不干就是死，干还有一线生机，咬咬牙，干！"魏忠贤他看到了一个妙计，他要依计细化而行。

　　分别之际，魏忠贤以百两黄金相送，正一道长拒收，魏忠贤看到正一道长见这么多黄金的眼神是这么淡漠，让他暗暗赞叹："真是神仙哪！"魏忠贤苦苦相求，正一道长让魏忠贤唤来清凉寺一清道长说："那是提督大人赏赐，用来修缮寺庙吧！"一清道长千恩万谢地把魏忠贤送走了。

## 第二部内容提要

郑贵妃看到朱常洛登基称帝，想起以前的那些事，怕朱常洛对她报复，连忙想法讨好朱常洛。在魏忠贤的建议下，郑贵妃又挑选了八个美貌的女子送给朱常洛。多年以来这位不幸的太子朱常洛没有得到父爱、母爱，没有姥姥疼，也没有舅舅爱，整日里如履薄冰，今天终于熬着当上皇帝，贵为一朝天子，掌握军国大权，富甲天下，可谓尊贵至极，权力上也达到极致，面对这些美女他已经是无所顾忌，白天忙于朝中大事，夜夜交合。这当然也是魏忠贤做的手脚，他在宫廷夜晚使用的沉香里面添加了催情药物。

朱常洛当太子时，身边有两个姓李的选侍，号称东李西李，朱常洛特别宠爱西李。郑贵妃首先拉拢西李，她找来这个不可小觑的奴才太监魏忠贤，与西李一起合谋，郑贵妃要出面提议立西李为皇后，西李则提议封郑贵妃为皇太后作为报答，而魏忠贤阴森地沉默着，声称"谨遵懿旨"，依计执行，他是嘴上这么说，其实这正是他计划的实施，他要获得更大的权力和利益。

朱常洛身居皇位已是无拘无束，也是他正值壮年，禁不住沉溺于女色，长长夜御多人。一天夜晚朱常洛在和多名美女行欢，突然昏倒在龙榻之上，全身虚脱，大汗淋漓。

魏忠贤得报后并没有宣太医，而是找来了掌管御药房的太监崔文升。崔文升已被正一间谍重金收买，让崔文升铤而走险，于是迅速开方，熬制了汤药，朱常洛喝后已有好转。朱常洛问崔文升是什么原因，崔文升回答是近期龙体不适，是因进补过多、营养过剩造成。朱常洛这段时间是白天劳累于朝堂，夜晚运动在龙榻之上，进食量也确实大了许多。朱常洛想了想，点点头："嗯，也对。"掌管御药房的太监崔文升向皇帝进了一剂泻药，泰昌帝吃了泻药当天晚上腹泻三四十次，身体一下就垮了下来，而且病情日趋恶化。

在京城的正一间谍刘树春，号为富商，他几乎每天都在与朝中大臣来往，把酒言欢。他接到了指令，有意约大家饮酒，窥探朝中情报。一天鸿胪寺丞李可灼透露了近日皇上身体多有不适，好像还很重的消息，他们为有这么的好皇帝的身体担忧。刘树春告诉李可灼，香山来了一个道长，他是世外高人、老神仙，朝中大臣多有前去拜访，你何不去前去求医求药，事情办好你可就要官运亨通啦！李可灼听信了刘树春的话，相约同去。第二天在刘树春的引领下来到了香山，拜见了正一道长，求来四颗仙丹，因仙丹呈红色，后被人称"红丸"。

李可灼得到红丸立刻进宫自称有仙丹进献，魏忠贤立刻禀报了泰昌帝朱常洛，朱常洛一听说是"仙丹"，十分高兴，连忙叫太监召李可灼进宫送药。魏忠贤得报后，按照宫廷惯例对李可灼进献红丸药物进行查验，太医院检验报告红丸无毒。魏忠贤又按照惯例安排朱常洛贴身太监服用红丸试药，到第二天早晨看服药太监安然无恙，于是就给朱常洛服用。

朱常洛早晨吃了一颗，病情好像有了缓解，不再腹泻而且还能进食了。皇帝朱常洛一再夸奖李可灼："忠臣！忠臣哪！"于是李可灼得到了一笔不小的赏银。在魏忠贤的授意下，大约下午申时，太监又进言相劝，朱常洛又吃下一颗红丸，没到半个时辰朱常洛行动自如，精神状态完好如初，基本康复，朱常洛很是高兴。

晚上御膳，美女们用歌舞同贺皇帝身体康健，在美女的陪伴下朱常洛还饮用了美酒，看到自己康复得这么快，心中好不高兴。另一个狂徒在室内放了侵有药物的沉香，在药物的作用下，酒后的皇帝朱常洛令四名美女陪寝，又快活去了。

皇帝朱常洛可以说是经历了大风大浪，大泄损八脉伤元气，人补立冲命门，交合血涌失控精尽而亡。就这样，朱常洛再也没有走下了这张龙床，第二天黎明，嫔妃和太监才发现皇帝气绝身亡。

本来朱常洛不是什么大病，吃几服补药，调养一段时间就可以复原。但是他周围埋伏着无数支暗箭，怀有不同目的险恶用心的人，他们的行为交织起一桩诡秘而又残忍的谋杀案。而很有可能成为一代明君的朱常洛，就这样壮志未酬身先亡了。

朱常洛曾下旨的第二批兵马征集更是迅速，只用二十几天的时间，五万大军集结京城，备足粮草及饷银一百六十万两，要向山海关进发。就在满朝大臣们都称颂万岁干练果断、从谏如流堪称一代明君的时候，朱常洛的死就像一颗炸雷，震蒙了群臣。明光宗朱常洛暴死，朝中一片哗然。人们指责太监崔文升是郑贵妃的心腹，他故意用泻药，伤了朱常洛的元气，其罪不在张差之下。又指责李可灼结交宦官，妄进红丸，是导致朱常洛死亡的元凶。但经查来查去查无实据，每个人的行为都不足以让朱常洛毙命，但还是判定崔、李二人有罪，发配充军。此事就这样不了了之了。虽然每个人的行为都不足以让朱常洛毙命，几条线交织在一起的他们，一起将朱常洛送上了黄泉路。

算起来，三十九岁的明光宗朱常洛，前前后后只当了一个月的皇帝就驾崩了，史称"一月天子"。正一道长就像一名高级导演，在不留任何痕迹的情况下导演了这场"红丸案"，扫清了大清国（后金）前进道路上的障碍。

因查不出所以然来，所以此案被列为明朝四大谜案之一。

# 后 记

经过多年的构思与写作，我的第一部长篇历史小说《罕王传奇》终于成功收笔。这部作品凝聚着我的心血，看成是我人生中的半个骄傲，只因本人文字能力有限，或有些许瑕疵，敬请读者见谅，也可吐槽，交流思想。笔者未来将对《罕王传奇》续写篇章，细化内容，并计划推出第二部《颠覆明朝》、第三部《东哥传奇》、第四部《皇太极》，敬请期待。

多少个夜晚，青灯黄卷，形同攀峰。回头看看，有成功的喜悦；向上看看，也有过放弃的迷茫。那时也才真正体会到那些成功作家背后的艰辛和不易。目标和方向的坚定不移，一次次提升了我的思想和智慧，坚持码字，垒起那一层层台阶，向上攀登，证明了我来到这个世界上的价值。

感恩人生当中遇到的所有贵人。这里我要感谢辽宁大学历史学教授、辽宁省历史学会会长韩毅先生提供的历史资料，感谢爱新觉罗·德崇先生口述清朝皇家历史文化并题字，感谢辽宁省知青文化研究会会长于立波先生的帮助，感谢著名文物学家、书法家李仲元先生题字，感谢全国著名书法家哲成先生题字，感谢沈阳满族联谊会、盛京昂吉满语言文化研究会会长富大伟先生的满文题字，感谢辽宁人民出版社编辑赵维宁先生的辛勤付出，感谢所有关注《罕王传奇》的人，你们都是我生命中的贵人。含泪感恩，真诚地道一声谢谢！

# 为便于阅读《罕王传奇》附赠彩图

（图1、图2，大政殿、十王亭。）努尔哈赤的恩师正一道长即别出心裁又寓意深刻，他用建筑的方式在沈阳汗王宫描述了他的预言："大政殿的顶尖寓意努尔哈赤，正面可视大政殿上的八条边寓意八旗之意，随八条边呈现出现的上四角和下四角，寓意努尔哈赤的'44'战年；十王亭寓意努尔哈赤'十年'帝王年。"

（图3、图4，福陵。）努尔哈赤的恩师正一道长为大清国运，在福陵建筑上留下四字预言："中国三百"。（公元1616年～1911年，共计296年。）

中国　　　　　三百

（图5，努尔哈赤迁移首都图。）正一道长谋略，努尔哈赤创造出"大清龙脉"。

佛阿拉城（王城）、赫图阿拉城（兴京）、界凡城（王城）、辽阳城（东京）、沈阳城（盛京）。这五座龙脉地，连成"大清龙脉"。看这图气势磅礴，活灵活现。

龙有龙尾，蜿蜒千里吉林哈达山脉；龙有龙身，"红线"展现；龙有龙爪，展现在龙身之下，五爪就是金龙；龙有龙胆，龙胆正是处在赫图阿拉城，有胆则兴兵，有胆则立国；龙有龙头，就是辽阳；龙有龙须，在龙头下有两条龙须；龙有两角，就在沈阳。

游龙走脉，走角成龙，金养龙脉，乾坤可定，奉天行道，帝业成事（成四）。""成四"就是"盛"字，故定都沈阳称为"盛京"。